언어의 7번째 기능

언어의 7번째 기능

2018년 3월 1일 1판 1쇄 발행
2018년 4월 5일 1판 5쇄 발행

지은이 | 로랑 비네
옮긴이 | 이선화
펴낸이 | 양승윤

펴낸곳 | (주)영림카디널
　　　　서울특별시 강남구 강남대로 354 혜천빌딩
　　　　Tel. 555-3200 Fax.552-0436

출판등록 1987. 12. 8. 제16-117호
http://www.ylc21.co.kr

값 15,800원

ISBN 978-89-8401-224-0 03860

「이 도서의 국립중앙도서관 출판예정도서목록(CIP)은 서지정보유통지원시스템 홈페이지
(http://seoji.nl.go.kr)와 국가자료공동목록시스템(http://www.nl.go.kr/kolisnet)에서
이용하실 수 있습니다.(CIP제어번호: CIP2018004851)」

언어의 7번째 기능

La septième fonction du langage

로랑 비네 지음
이선화 옮김

영림카디널

해석하는 사람은 어디에나 있다.
모든 사람들은 각자 자신의 언어로 말한다.
타인의 언어를 어느 정도 아는 사람도 마찬가지다.
해석의 지평은 광대하고, 해석자는 자신의 이익을 좇는다.

– 자크 데리다

들어가기에 앞서

롤랑 바르트는 누구? (1915~1980년)

 프랑스의 구조주의 철학자이자 기호학자며 비평가. 자본주의 사회에서 신화를 만들고 유지, 강화하는 과정을 규명하며 그 이면에 은폐된 이데올로기를 비평했다. 우리는 편견(doxa)에 사로잡혀 있다며 '저자의 죽음'을 외쳐 페미니즘 담론에 지대한 영향을 미쳤다.

바르트의 죽음과 연루된 실존인물들.

 미셸 푸코 (1926~1984년)
프랑스 후기구조주의의 대가. 광인(狂人) 분석을 통해 중세 이후 정상과 비정상을 가르고 타자를 양산해 사회질서를 재구축한 서구 권력의 속성을 비판했다. 약자의 연대 투쟁론은 그의 아이디어다. 실제로 바르트가 죽었을 때 그를 사랑했다고 고백한 동성애자다.

 루이 알튀세르 (1918~1990년)
마르크스주의 철학자. 단순한 물질 기반의 이데올로기를 비판하며 종교, 교육, 가족, 법, 정치, 문화에 은폐되어 인간을 길들이는 이데올로기의 기능과 구조를 설파했다. 프랑스 지성의 산실인 에콜 노르말 쉬페리에르(ENS)에서 푸코를 가르쳤으며, 그와 학문적 동지로 지냈다.

 자크 데리다 (1930~2004년)
'선과 악'같은 이분법 구도의 서양철학을 비판하며 해체주의를 주창한 인물. 구조주의의 대안을 제시하려 한 대표적인 포스트모더니즘 철학자이다. 푸코의 에콜 노르말 후배였다.

 움베르토 에코 (1932~2016년)
이탈리아의 기호학자이며 철학자·역사학자·미학자로 볼로냐대학교의 교수로 재직. 세계 명문 대학의 객원 교수로 활동하며 명성을 떨쳤다. 세계적인 베스트셀러 《장미의 이름》의 작가다.

로만 야콥슨 (1896~1982년)
러시아의 언어학자. 소쉬르의 뒤를 이어 언어학 창시에 기여했다.
저서 《일반 언어학 이론》에서 '언어의 6가지 기능'을 정의했다.

존 설 (1932~현재)
미국의 언어철학자.
말(발화 행위)이 간접적으로 실천(수행적 기능)을 일으키는 메커니즘을
연구했다.

필리프 솔레르스 (1936년~현재)
프랑스의 작가이자 비평가.
잡지 〈텔 켈〉을 창간해 후기구조주의 철학을 알리는 데 기여했다.

쥘리아 크리스테바 (1941년~현재)
불가리아 출신으로 파리에서 활동한 문학 이론가이자 정신 분석학자.
필리프 솔레르스와 결혼했으며 〈텔 켈〉의 창간에 참여했다.

프랑수아 미테랑 (1916~1996년)
프랑스의 제21대 대통령. 종전 후 드골의 영향 아래 줄곧 권력을 잡았던
우파를 꺾고 처음 좌파 정부를 출범시킨 인물이다. 14년을 집권한 최장
수 대통령이다.

발레리 지스카르 데스탱 (1926년~현재)
프랑스의 제20대 대통령. 1974년 만 48세의 나이에 야당 후보 프랑수
아 미테랑을 누르고 대통령으로 선출되었다.

이 밖의 등장인물

장 폴 사르트르, 시몬 드 보부아르, 자크 라캉, 질 들뢰즈, 장 보드리야르, 피에르 부
르디외, 노엄 촘스키 등등

일러두기

1. 이 책은 다음 원서를 번역한 것이다.
Laurent Binet, La septième fonction du langage, Grasset & Fasquelle, 2015.

2. 본문의 각주는 모두 옮긴이 주다.

3. 단행본 서적은 《》로, 신문 이름과 영화, 그림, 희곡 제목은 〈〉로 표시했다.

부 표제지 아이콘 출처

파리 Icon made by GDJ from commons.wikimedia.org
볼로냐 Icon made by Freepik from www.flaticon.com
이타카 Icon made by OpenClipart-Vectors from pixabay.com
베네치아 Icon made by Freepik from www.flaticon.com
파리 Icon made by Freepik from www.flaticon.com
나폴리 Icon made by Grindcore Beaver from commons.wikimedia.org

1부

파리

1

인생은 소설이 아니다. 어쨌든 당신이 원하던 삶과는 거리가 멀다. 롤랑 바르트는 비에브르 거리를 걸으며 생각했다. 20세기의 가장 위대한 문학 비평가인 그가 이토록 울적한 기분에 싸여있는 충분한 이유가 있었다. 어머니가 죽었다. 자신이 프루스트적 사랑*을 했던 그 어머니가. 콜레주 드 프랑스에서 맡은 〈소설 준비〉 강의는 또 어떠했던가. 스스로 자책하지 않을 수 없을만큼 명백한 실패로 끝났다. 일본의 하이쿠나 사진, 시니피앙, 시니피에, 파스칼의 유희,** 카페의 청년들, 실내복, 강의실의 빈자리…. 1년 내내 학생들에게 잡다한 이야기들을 숱하게 늘어놓았다. 정작 소설에 대한 것은 빼놓고. 게다가 이 강의를 3년이

---

* 가지기 어려울수록 더 집착하게 되는 사랑.
** '신을 믿어라. 만에 하나 신이 없더라도 손해 볼 것은 없기 때문이다.'

나 더 해야 한다니. 강의가 자신의 내면에 도사린 아주 섬세한 문학가적 감성을 꽃피우는 데 오히려 누가 될 뿐임을 스스로도 잘 알고 있었다. (사람들은 25세 이하 청년들에게 바이블이 된 그의 저서 《사랑의 단상*Fragments d'un discours amoureux*》에서 소설가로서 그의 감성이 싹트기 시작했다고 입을 모아 말한다.) 생트-뵈브 같은 평론가에서 프루스트 같은 소설가로, 이제는 변신의 정점에 이르러 문학의 거장들 사이에 자리를 잡아야 할 시기였다. 그런데 어머니가 죽었다. 《글쓰기의 영도*Le degré zéro de l'écriture*》를 쓴 이후 어쩔 수 없이 문학가로서의 족쇄는 채워졌고, 그 순간이 다가왔다.

정치라…. 흠, 일단 두고 봐야지. 롤랑 바르트가 중국에 다녀왔다고 해서 딱히 모택동주의자라고 할 수는 없다. 게다가, 사람들이 그에게 기대하는 것도 그런 모습이 아니다.

샤토브리앙, 로슈푸코, 베르톨트 브레히트, 라신, 로브-그리예, 쥘 미슐레, 어머니. 소년기의 사랑.

그때도 거리 곳곳에 비유 캉푀르*가 있었을까?

15분 후면, 그는 저 세상 사람이 된다.

블랑-망토 거리에서 먹은 음식에는 분명 문제가 없었다. 그곳에서 맛있게 식사했던 사람들의 모습을 상상해본다. 《신화론

---

* 프랑스의 유명 아웃도어 브랜드.

Mythologies》에서 롤랑 바르트는 부르주아들이 자신들의 위상을 높이기 위해 고안한 현대의 신화를 해석했고, 이 책으로 일약 유명 인사가 되었다. 어떻게 보면 부르주아들은 스스로 자신들의 계급을 개척한 셈이다. 하지만 그들은 완전한 지배계급이 아닌 프티 부르주아, 즉 소시민이었다. 그들이 지배계급으로서 사람들에게 봉사한다면 아주 드문 경우로 분석할 만한 주제다. 그렇지. 그에 관한 글을 써야지. 오늘 저녁에 쓸까? 지금 당장 쓸까? 아니지. 우선 슬라이드를 분류해놓아야겠어.

롤랑 바르트는 주변을 전혀 의식하지 않으며 발걸음을 내딛는다. 사실 그는 타고난 관찰자이며 관찰하고 분석하는 것이 그의 직업이다. 그는 '기호'를 쫓으며 평생을 살았다. 하지만 지금 가로수도, 보도도, 유리창도, 그리고 자신이 속속들이 잘 아는 생−제르맹 거리의 자동차도 전혀 관심이 없다. 살을 에는 매서운 추위와 그가 좋아했던 일본도 지금은 머릿속에 없다. 거리의 소음 역시 전혀 들리지 않는다. 플라톤의 '동굴의 우화'와 비슷했다. 자신만의 의식 세계에 갇혀 바깥세상을 인식하지 못하고 있었으니. 그가 주변에서 볼 수 있는 것은 어둠뿐이었다.

롤랑 바르트가 온통 근심에 빠져 있어야 했던 이유들은 알 만한 사람들이 다 알고 있다. 하지만 나는 그날 정말 무슨 일이 일어났는지를 말하고 싶다. 그날, 그가 무엇엔가 생각을 빼앗겼던 것은 어머니의 죽음이나 소설을 쓸 수 없는 무력감, 혹은 청년들에 대한 혐오감이 점점 더 깊어졌기 때문만은 아니었다. 물론 이 모든 것을 전혀 생각하지 않았다는 게 아니다. 그의 강박적인 신경증세를 간과하고 넘어가려는 것도 아니다. 그러나 지금 그에게 다른 이유가 있는 것은 분명하다. 생각에 깊이 잠긴 그의 텅 빈 시선과 마주친 행인들 가운데 관찰력이 있는 사람이라면, 바르트가 자신과는 어울리지 않는 '흥분' 상태에 놓여 있었음을 알아차렸을 것이다. 어머나 청년들, 껍데기뿐인 소설 말고도 다른 문제가 있었던 것이다. 그것은 리비도 시엔디*libido sciendi*, 즉 지식에 대한 갈망이었다. 그리고 자신이 인류의 지식에 변혁을 일으켜 세상을 바꾸게 될지 모른다는 오만한 생각이었다. 그는 에콜 거리를 건널 때 마치 이론을 정립하고 있는 아인슈타인이 된 것 같은 기분이었을까? 틀림없는 것은, 그가 주변에 주의를 기울이지 않았다는 사실이다. 그가 트럭에 부딪힌 곳은 사무실에서 불과 몇 십 미터밖에 떨어지지 않았다. 그는 사람의 몸이 금속에 부딪히는 특유의 소름끼치는 둔탁한 소리를 내며 마치 헝겊 인형처럼 차도 위를 굴렀다. 행인들은 놀라 펄쩍 뛰었다. 1980년 2월 25일 오후, 그들은 눈앞에서 무슨 일이 벌어지고 있는지 알지 못했다. 그럴 수밖에. 지금까지 어느 누구도 알지 못하고 있으니.

2

기호학은 완전히 낯선 개념이다. 처음으로 영감을 느낀 사람은 언어학의 창시자인 페르디낭 드 소쉬르였다. 그는 자신의 저서 《일반 언어학 강의*Cours de linguistique générale*》에서 '사회생활 속의 기호를 연구하는 학문을 창시할 것'을 제안했다. 그 과제에 참여하고 싶은 사람들에게 필요한 구체적인 방법론을 제시하지는 않았지만 대신 이렇게 말했다. "사회 심리학의 일부라서, 결국 일반 심리학의 한 분야라고 해야 한다. 우리는 그것을 ('기호'를 뜻하는 그리스어 *sēmeîon*을 따서) 기호학 *sémiologie*이라고 부를 것이다. 기호학을 연구함으로써 우리는 기호가 무엇으로 이루어져 있는지, 그리고 어떤 법칙을 따르는지 알게 될 것이다. 지금까지는 이런 학문이 없었기 때문에 어떤 것을 연구하게 될 것이라고 정확하게 말할 수는 없다. 하지만 분명히 연구할 가치가 있는 학문이고, 큰 진전을 이룰 수 있을 것이다. 언어학은 기호학이라는 큰 범주 학문의 일부일 뿐이다. 기호학의 법칙을 언어학에도 적용할 수 있으며, 이는 인문학 전반에 밀접하게 영향을 미치게 될 것이다."

나는 영화배우 파브리스 뤼치니가 이 말을 해주면 좋겠다. 그는 어디에 어떻게 강약을 주며 말해야 하는지 잘 알고 있어, 듣는 이들은 그 말의 의미를 온전히 이해하든 못하든 적어도 아름답다고는 느끼게 된다. 소쉬르의 이런 천재적인 영감을 이해하는 사람은 당시에 거의 없었다 (일반 언어학 강의는 1906년에 개강했다.). 그의 말은 100년이 흐른 지금도 사람들에게 위압감을 주며 여전히 난해하다. 기호학이 창시된 이래 많은 기호학자들이 좀 더 명확하고 자세한 정의를 내리려 시도했다. 하지만 서로 방향이 다른 말을 하거나 (때로는 자신들끼리도 서로 납득을 못하며) 뒤죽박죽되기도 하고, (기껏해야) 언어의 법칙을 벗어나는 기호 체계 리스트를 오히려 더 늘려놓곤 했다. 학자들은 도로법, 국제 해상법, 버스 번호, 호텔의 방 번호 같은 것들을 기존의 육군 계급이나 청각장애자용 알파벳 같은 기호들로 바꾸어놓기도 했다.

소쉬르가 처음 기호학을 창시할 때의 포부에 비하면 초라해 보인다고 할 만하다. 이런 시각으로 기호학을 보면, 언어학의 한 영역을 확장시키기는커녕 그저 지금보다 훨씬 단순하고 범위가 협소한 언어의 공통 조상어나 연구하는 것으로 보일지도 모른다.

하지만 천만에. 실상은 그렇지 않다.

볼로냐의 현인, 현존하는 마지막 기호학자 중 한 명인 움베르토 에코가 인류 역사상 최고의 발명품으로써 그 무엇도 뛰어넘지 못할 효율성을 지닌 바퀴와 숟가락, 책을 자주 언급한 것은 결코 우연이 아니다. 기호학 역시 인류가 만들어낸 도구 중 가장 강력한 것에 속한다고 생각할 수 있다. 단, 불이나 핵에너지를 처음 발견했을 때와 마찬가지로 사람들은 무엇에 필요한 것인지, 또 어떻게 사용하는지 모르고 있을 뿐이다. 아직까지는.

3

사실, 15분 후에도 롤랑 바르트는 여전히 살아 있었다. 그는 도로변의 배수구에 무기력하게 누워 있었다. 거친 숨을 내쉬었고, 하이쿠와 라신의 12음절 시구, 파스칼의 경구 등이 무의식 속에서 빙빙 돌고 있었다. 그는 – 아마 마지막으로(그도 마지막이라는 것을 분명 알고 있었을 것이다) – 듣고 있었는지 모른다. 공포에 사로잡힌 남자의 비명소리. "저 사람이 바퀴 아래로 뛰어 들었어요! *Il s'est jeté sous mes rrrrous!* 저 사람이 뛰어든 거라고요! *Il s'est jeté sous mes rrrrous!*"* 이 사람은 어디 억양을 쓰고 있는 거지? 그의 주변에는 놀란 행인들이 모여들어 곧 시체가 될 그를 굽어보며, 토론하고 분석하고 평가하고 있었다.

"구급차를 불러요!"

"소용없어요. 벌써 죽었어요."

---

* r을 유난히 굴리는 외국인 억양.

"저 사람이 내 차로 뛰어들었어요! *Il s'est jeté sous mes rrrrous!* 다들 봤잖아요?"

"완전히 망가졌네."

"쯧쯧. 가엾게도⋯."

"공중전화가 어디 있죠? 누구 동전 있어요?"

"브레이크 밟을 틈도 없었다고요! *Je n'ai même pas eu le temps de frrrreiner!*"

"만지지 말아요. 구급차 올 때까지 기다려야 해요."

"비켜 주세요. 의사입니다."

"만지지 마세요."

"의사예요. 아직 살아 있습니다."

"가족에게 알려야죠."

"가엾어라⋯."

"이 사람 알아요!"

"자살인가요?"

"혈액형이 뭔지 알아야 하는데⋯."

"저희 고객이에요. 아침마다 한 잔씩 마시러 오시거든요."

"앞으론 못갈 것 같네요."

"이 사람 취했나요?"

"술 냄새가 나네요."

"카운터에 앉아서 백포도주를 마셨는데. 몇 년 전부터 아침마다 와서.”

“혈액형을 알고 싶은데….”

“차가 오는지 보지도 않고 뛰어 들었다고요! *Il a trrraverrrssé sans rrregarrrder!*”

“운전하는 사람은 어떤 경우든 차를 멈출 수 있어야 해요. 법이 그래요.”

“괜찮을 거예요. 보험에 들었다면.”

“하지만 보험료가 껑충 뛸걸요.”

“만지지 마세요!”

“의사라니까요!”

“나도 의사입니다.”

“그러면 두 분 같이 살펴보세요. 난 구급차를 불러 올게요.”

“배달가야 되는데…. *Je dois livrrrer ma marrrchandise.*”

사람들이 사용하는 언어에서 r 소리는 굴린 소리 R로써, 혀 끝이 윗니 뿌리에 닿으며 소리를 내는 설단치조음(舌端齒槽音)이다. 반면에 프랑스 사람들은 약 300년 전부터 혀의 맨 뒷부분과 목젖의 접촉을 통해 발음되는 후부설배구개수음(後部舌背口蓋垂音)을 사용했다. 독일 사람도 영국 사람도 r을 굴리지 않는다. 그런데 저 사람의 발음은 이탈리아어나 스페인어와도 다르다. 아마 포르투갈어가 조금 비슷할까? 그의 발음은 약간 후음에 가깝지만 전체적인 어조에는 비음이 덜 섞여 있고 높낮이도

단조롭다. 그래서 공포에 질린 목소리인지 구분하기 어렵다.

그래. 아마도 러시아어 같군.

4

언어학에서 갈라져 나온 기호학이 어쩌다 발육부전의 미숙아 같은 모양새가 되어서 가장 빈약한 언어를 연구할 때나 사용하게 되었을까. 최후의 순간에는 중성자탄 같은 획기적인 도구로 변신할 수 있을까?

바르트도 몇 가지 시도를 해왔다.

처음에는 기호학을 언어 이외의 의사소통 기호 연구에 이용했다. 소쉬르는 제자들에게 이렇게 말한 바 있다. "언어는 생각을 표현하는 기호 체계라는 점에서, 문자나 농아용 글자, 혹은 상징적 의식이나 존칭, 군사 기호 등과는 다르다. 언어는 이런 모든 체계 중에 가장 중요하다." 그렇다. 오래전부터 기호 체계란 뚜렷하게, 그리고 의도적으로 내 의사를 전달할 수 있는 목적을 가진 것이라고 정의되었다. 에릭 보이상스는 기호학을 "의사소통 과정, 즉 다른 사람들에게 영향을 주기 위해 사용된 수단과 사용하고 싶은 수단을 연구하는 학문"이라고 규정지었다.

바르트는 천재적 영감으로 연구 분야를 의사소통 체계에 한

정하지 않고, 의미 체계로 확대시켰다. 어떤 한 가지 언어를 접하면 그 언어의 수많은 사용 방식에도 금방 익숙해질 것이다. 언어학자가 도로 기호나 군사 암호 등을 연구하는 것은 체스나 포커꾼이 타로나 라미 놀이를 하는 것과 마찬가지로 흥미진진하기 때문이다. 움베르토 에코라면 이렇게 말할 것이다. 의사소통을 위해서는 언어가 가장 좋은 수단이며, 그 이상의 것은 없다고. 하지만 언어로 모든 것을 말할 수 있는 것은 아니다. 우리의 몸도 말하고, 물건들도 말하며, 역사도 말하고 개인이나 공동체의 운명도 말하고, 죽은 것, 산 것들이 모두 끊임없이 우리에게 수천 가지 방식으로 말하고 있다. 사람은 그것을 해석하고 전달할 수 있는 장치다. 아주 조금이라도 상상력이 있다면, 사방에서 기호를 발견할 수 있을 것이다. 여성의 망토 색깔, 자동차 문 위의 긁힌 자국이나 같은 층에 사는 이웃의 식습관, 프랑스 실업률의 월간 총계, 새로 빚은 보졸레 포도주의 바나나 맛(항상 바나나 맛 아니면 산딸기 맛이 난다. 왜 그럴까? 아무도 그 이유를 모르지만, 분명히 이유가 있을 것이고, 그것은 기호학적 이유일 것이다), 전철역의 통로에서 가슴을 활짝 펴고 성큼성큼 걸어가는 흑인 여자의 자신감에 찬 걸음걸이, 블라우스 맨 위 단추 두 개를 채우지 않는 직장 동료의 습관, 축구 선수가 골을 넣은 후 보여주는 세리머니, 섹스 상대의 오르가슴을 드러내는 신음 소리, 스칸디나비아 가구의 문양, 테니스 토너먼트

스폰서의 로고, 영화의 타이틀 뮤직, 건축물, 그림, 주방, 패션, 선술집, 실내 장식, 서구 남녀의 특징적인 모습, 사랑, 죽음, 하늘, 땅…. 모든 것에 기호가 있다. 바르트에게 기호는 더 이상 단순한 기호가 아니었다. 기호는 지표(指標)로 완전하게 탈바꿈했다. 지표는 사방에 널려 있다. 이제 기호학은 이 세상을 장악할 채비를 했다.

5

바야르 경위가 롤랑 바르트를 후송한 피티에-살페트리에르 병원의 응급실에 모습을 드러냈다. 그가 가지고 있는 자료의 내용은 이렇다. 남자, 64세, 월요일 오후 에콜 거리에서 횡단보도를 건너던 중 세탁물 운반 트럭에 충돌. 트럭 운전수는 이반 델라호프라는 사람으로 국적은 불가리아. 허용 범위 내의 가벼운 음주 운전, 혈중 알코올 농도 0.6g으로 법적 허용 한도인 0.8g 이하. 세탁물 배달이 밀려 있었던 점 스스로 인정함. 시속 60km를 넘기지 않았다고 주장. 부상자는 의식 없음. 구급차가 도착했을 때 신원을 밝힐 만한 것은 아무것도 소지하고 있지 않았으나 콜레주 드 프랑스의 교수이자 작가인 미셸 푸코라는 동료에 의해 신원 밝혀짐. 이름은 롤랑 바르트, 직업은 마찬가지로 콜레주 드 프랑스의 교수이자 작가.

이상의 내용을 보면 수사관, 그것도 정보국의 수사관을 서둘러 보낸 이유를 찾을 수 없다. 자크 바야르는 자신이 이곳에 있는 이유를 전혀 짐작할 수가 없다. 1980년 2월 25일 롤랑 바르트가 세탁물 운반 차량에 치인 시점은, 그가 프랑수아 미테랑과 블랑-망토 거리에서 식사를 마치고 나온 직후였다.

우선, 점심 식사와 사고 사이에는 아무 관계가 없다. 이듬해 대선에 사회당 후보로 출마할 미테랑과 세탁 회사에서 고용한 불가리아 출신 운전수와도 아무런 연결 고리가 없다. 하지만 모든 가능성을 조사하는 게 공안 경찰의 본분이다. 특히 대선 캠페인에 한창인 프랑수아 미테랑과 관련이 있다면 더더욱 주의 깊게 조사해야 한다. 사회당 후보 지지도는 미셸 로카르가 압도적으로 높았다. (1980년 여론조사 협회의 설문 조사. '사회당 후보로 누가 가장 적격인가?' 미테랑 20%, 로카르 55%) 하지만 당 내부에서는 이미 후보로 결정된 미테랑을 거부할 엄두를 내지 못했다. 미테랑은 당원들의 지지를 받아 사회당 당수로 재선출된 인물이고, 6년 전 대선에서 49.19%의 표를 얻어 50.81%의 지스카르에 간발의 차이로 패했다. 직선제를 도입한 이래 가장 적은 표차로 아슬아슬하게 진 것이다. 이제 제5공화국 역사상 처음으로 좌파 대통령이 선출될 순간을 맞게 될지 모른다. 좌파가 정권을 잡게 된다니…. 이런 때에 아주 작은 위험이라도 감수할 수는 없었다. 그래서 정보국에서는 서둘러 수사관을 파견한 것이다. 자크 바야르는 우선 바르트가 미테랑과의 식사에서 과음을 했는지 확인하고, 혹시라도 난잡한 향연에 참가한 것은 아닌지 조사하고자 했다. 최근 사회당 지도부는 몸을 사리는 분위기라서 그들의 이름을 더럽힐 만한 스캔들은 거의 전무했다. 아, 한 가지가 있었다. 천문대 앞마당 위장 습격 사건이 있었다. 그들에게는 비시 정부의 도끼 문장을 언급하는 것도 금기였다.* 함부로 언급했다가는 호된 대가를 치르게 될 게 분명하기 때문이다. 자크 바야르는 공식적으로는 세탁물 운반 트럭의 교통사고 정황을 밝히는 임무를 맡았지만, 그에게 무슨 일을 해야 할지 지시할 필요는 없었다. 사회당 후보의 신뢰성을 훼손시킬 방법이 있는지 찾아보고, 필요한 경우에는 사정없이 그를 더럽혀 줄 것이다.

자크 바야르가 병실 앞에 도착했을 때, 그는 복도에 몇 미터나 늘어선 줄을 발견했다. 모두가 롤랑 바르트를 방문하려는 사람들이었다. 옷을 잘 차려입은 노인도 있었고, 아무렇게나 걸친 청년, 잘 차려입은 청년, 다양한 스타일의 사람들, 긴 머리, 짧은 머리, 북아프리카 태생으로 보이는 사람, 그리고 여

---

* 미테랑은 사회당 당수로 인기가 떨어졌을 때 누군가가 자신을 습격한 것처럼 사건을 조작해 인기를 만회하려 했다. 또한 나치의 괴뢰 정부였던 비시 정부의 하급 관료였고 페탱 원수에게서 훈장까지 받았다.

자들보다는 남자들이 많이 있었다. 그들은 차례를 기다리며 큰 소리로 대화를 나누며 논쟁을 벌이고, 책을 읽거나 담배를 피우고 있었다. 바르트가 어느 정도의 유명 인사인지 몰랐던 바야르는 어리둥절했다. 그는 수사관의 특권을 이용해 줄 앞으로 가며 "경찰이요."라고 말했고, 방 안으로 들어갔다.

곧바로 자크 바야르의 눈에 들어온 광경은, 무척 높은 침대와 기도에 삽입된 튜브, 얼굴의 혈종, 그리고 환자의 슬픈 눈빛이었다. 방 안에는 네 사람이 있었다. 젊은 남동생, 출판사 편집자, 제자, 그리고 아랍의 젊은 왕자(?) 같은 멋진 남자. 아랍 왕자의 이름은 유세프로 바르트의 친구이자 제자 장-루이의 친구이기도 했다. 장-루이는 바르트가 가장 총명하다고 평가하며 총애하는 젊은이였다. 장-루이와 유세프는 18구의 아파트에 함께 살면서 바르트의 삶을 풍족하게 해주는 저녁 모임을 종종 열곤 했다. 그는 거기서 많은 사람들, 학생들, 배우들, 다양한 사람들을 만났다. 앙드레 테시네 감독과 이자벨 아자니, 그리고 수많은 지적인 젊은이들. 사건을 재구성하러 이 자리를 찾은 바야르 수사관에게 이런 사람들이 흥미를 끌 리는 없다.

바르트는 병원에 도착했을 때 의식을 되찾았다. 주변 사람들 앞에서 "바보같이! 바보같이!" 하고 자책했다고 한다. 여러 군데 타박상을 입고 늑골 몇 개가 부러졌지만, 그다지 걱정할 만한 상태는 아닌 것 같았다. 바르트의 동생에 따르면 '아킬레스건과 폐를 다쳤다고 했다. 그는 젊었을 때 결핵에 감염된 데다 시가를 엄청나게 피워댔기 때문에 늘 호흡기가 좋지 않았는데 결국 발목을 잡히고 만 것이다. 스스로 호흡하기 힘들어서 기도에 산소 튜브를 삽입해야 했다. 바야르가 도착했을 때 바르트는 깨어 있었지만 더 이상 말을 할 수 없는 상태였다.

바야르는 부드럽게 말을 걸었다. 몇 가지 질문을 하겠습니다. 그저 네, 아니오라는 신호만 해주면 됩니다. 바르트는 작은 스파니엘* 같은 슬픈 눈빛으로 바야르를 보며 희미하게 고개를 끄덕였다.

"트럭에 치였을 때 사무실에 가던 길이었죠? 맞나요?" 바르트는 '네'라는 표시를 했다.

"차가 전속력으로 달리고 있었나요?" 바르트는 고개를 한쪽으로 돌렸다가 천천히 다른 쪽으로 돌렸다. 바야르는 바르트가 잘 모르겠다고 대답한 것이라고 이해했다.

"다른 데 정신이 팔려 있었나요?" 네.

"점심 식사를 생각했나요?" 아니오.

"강의 준비를 생각했나요?" 잠시 침묵. 네.

"점심 식사에서 프랑수아 미테랑을 만났나요?" 네.

"식사하는 동안 뭔가 특별한 일, 혹은 특이한 일이 있었나

* 귀가 길고 처진 사냥개.

27

요?" 잠시 침묵. 아니오.

"술을 마셨습니까?" 네.

"많이 마셨나요?" 아니오.

"한 잔?" 네.

"두 잔?" 네.

"세 잔?" 잠시 침묵. 네.

"네 잔?" 아니오.

"사고가 일어났을 때 신분증을 가지고 있었나요?" 네. 잠시
침묵.

"확실해요?" 네.

"사람들이 당신을 발견했을 때 당신에게는 신분증이 없었
어요. 집이나 다른 곳에서 잃어버렸을 가능성이 있나요?" 긴
침묵. 바르트의 시선은 갑자기 또렷해지는 듯 보였다. 그는 고
개를 저어 아니라는 신호를 했다.

"쓰러져서 구급차를 기다리는 동안 누가 신분증을 가져갔
는지 혹시 기억하나요?" 바르트는 질문을 못 들었거나 이해를
못한 것 같아 보였다. 아니오.

"아니라면, 기억이 안 난다는 건가요?" 다시 침묵. 하지만
이번에는 바르트의 얼굴에 언뜻 불안한 표정이 스친 듯했다.
다시 아니오.

"당신의 지갑에 돈이 들어 있었습니까?" 바르트의 눈은 바

야르에게 고정되어 있었다.

"바르트 선생. 제 말 들리세요? 돈을 가지고 있었습니까?"
아니오.

"귀중품을 가지고 있었습니까?" 침묵.

바야르의 얼굴에 고정된 바르트의 시선은 마치 눈 안쪽에
이상한 불길이 타오르고 있는 것 같았고, 언뜻 죽은 사람처럼
보이기도 했다.

"바르트 선생? 귀중품 가지고 있었습니까? 누가 물건을 훔
쳐 갔을 수도 있다고 생각하나요?" 병실은 고요했고 간혹 바르
트의 기도 삽입관을 통과하는 거친 숨소리만 들렸다. 한참 동
안 침묵이 흘렀고, 바르트는 아주 천천히 고개를 저었다. 아니
오. 그러고는 고개를 돌려 버렸다.

6

바야르는 병원을 떠나며 중얼거렸다. 문제가 있군. 그저 일
상적인 조사라고 생각했는데 뜻밖에 중요한 것일지도 몰라. 신
분증이 사라졌다니. 아주 평범한 사고인 것 같아 보였는데 호
기심이 생기는군. 그는 여러 사람들을 탐문해 자세한 내용을
밝혀내야겠다고 생각했다. 콜레주 드 프랑스(지금까지 이런 곳이

있는지도 몰랐다. 그리고 뭘 하는 곳인지 아직도 잘 모른다) 앞 에콜 거리에서 시작해야겠군. 그는 미셸 푸코라는 사람을 만날 참이다. '사고 체계의 역사' 교수라…. 그다음엔 저 수많은 장발 학생들과도 대화를 나눠봐야겠어. 사고 목격자들도. 그리고 바르트의 친구들도. 그는 일이 자꾸 늘어나는 게 당혹스럽기도 했고 짜증도 났다. 하지만 병실에서 느꼈다. 뭔가 있다는 것을. 바르트의 눈빛은… 그건 두려움이었다.

바야르 형사는 생각에 잠겨서 길 건너에 세워진 검은 차를 보지 못했다. 그는 자신의 공무용 차량에 올라 콜레주 드 프랑스로 향했다.

7

바야르는 입구의 홀에 서서 강의 목록을 보고 있다. 〈핵자력〉, 〈발달 신경심리학〉, 〈동남아시아의 사회지학(社會地學)〉, 〈이슬람 이전 시대 동양의 기독교와 영적 인식〉….

복잡하군. 교수실에 가서 미셸 푸코를 만나고 싶다고 하자 강의 중이라고 했다.

계단식 강의실은 발 디딜 틈도 없이 꽉 차 있었다. 억지로 뚫고 지나가려 하자 사람들이 화를 내며 비켜주지 않는 바람에 그는 물러설 수밖에 없었다. 학생 한 명이 친절하게도 귓속말로 요령을 알려 주었다. 자리에 앉고 싶으면 적어도 두 시간 전까지는 강의실에 도착해야 해요. 강의실이 꽉 차면 맞은편 강의실에서 방송으로 들을 수도 있어요. 푸코의 얼굴을 볼 수는 없지만, 적어도 들을 수는 있거든요. 그래서 바야르는 맞은편의 강의실 B로 갔다. 이곳도 꽉 차 있었지만 앉을 수는 있었다. 수강생들의 조합은 다양했다. 어린 학생, 나이 든 학생, 히피, 여피, 펑크족, 고스족, 트위드 스웨터를 입은 영국사람, 앞섶이 깊게 파인 옷을 입은 이탈리아사람, 차도르를 입은 이란사람, 작은 개를 데리고 온 할머니…. 그는 우주비행사 차림을 한 쌍둥이 옆에 앉았다. (다행히 헬멧은 쓰지 않았다.) 그들은 진지한 분위기 속에서 노트에 무언가를 끄적이며 집중해서 듣고 있었다. 마치 연극이라도 보는 것처럼 때때로 헛기침을 하는 사람도 있었지만, 무대에 배우는 없었다. 마이크에서 40대 남자의 비음 섞인 목소리가 울리고 있었는데 샤방델마스 총리 스타일은 아니고, 굳이 말하자면 영화배우 장 마레와 장 푸아레를 섞은 듯한 목소리에 조금 더 날카로운 느낌이 있었다.

"여기서 제기하고 싶은 문제는 바로 이것입니다. 의미란 무엇인가. '구원'이라는 개념 속에 있는 의미가 무엇일까요? '계시'의 의미는요? 첫 세례 때 받는 '속죄'의 의미는 무엇인가요? '참회'의 반복은, 아니 더 나아가 '죄'의 반복은 어떤 의미인가요?"

유식한 척하시네. 바야르는 생각했다. 도대체 무슨 말을 하려는 것인지 이해하려고 애썼지만 푸코가 다음 말을 할 때까지도 계속 안간힘만 쓰고 있었다. "이런 방식으로, 이 주제가 진실이 되기 위해서는, 그리고 사랑의 의미가 내포되어 있다면, 그렇다면 이것은 그의 안에 진정한 신이 있다는 것을 의미하고, 또한 신은 절대 거짓말을 하지 않기 때문에 진실이 되는 것입니다."

그날 푸코가 말한 것이 무엇이었는지, 감옥을 말하고 있었는지, 아니면 권력의 감시, 고고학, 생명권력*, 혹은 계보학을 이야기하고 있었는지는 알 수 없다. 푸코의 목소리는 계속 쩌렁쩌렁 울리고 있었다. "철학자나 우주 생성론자들이 보기에 세상은 이 방향이든 저 방향이든 돌고 있을 것입니다만 보통 사람들이 생각하기에는 시간이란 한 방향으로 나아가고 있을 뿐이죠." 바야르는 여전히 아무것도 이해하지 못한 채, 특유의 음색으로 절묘한 시점에 말을 끊고 침묵을 지키다 다시 잇는, 푸코의 강의 리듬에 맞춰 꾸벅꾸벅 졸고 있었다.

이 사람은 나보다 더 많이 벌까?

"인간의 행위를 통제하고 스스로 의지의 주체라고 자처하며 결과적으로 실수를 반복하는 법률 체계와, 일시적인 각운과

---

* 미셸 푸코가 사용한 개념으로 현대 자본주의 사회에서 사람들을 통치하기 위해 사용하는 힘.

불가역성이 필연으로 나타나는 인간의 구원과 완성 체계 사이에는, 제 견해로는 절대로 협력이 있을 수 없습니다…."

네, 네. 그러시겠죠. 바야르는 처음부터 무작정 혐오스러웠던 이 목소리에 본능적인 적개심을 억누를 수 없었다. 국민 세금을 이런 사람들과 나눠 받아야 하다니. 자신과 같은 공무원들은 일을 한 대가로 국가의 보수를 받을 자격이 있다. 그런데 콜레주 드 프랑스? 이건 뭐란 말인가. 프랑수아 1세가 설립했다고? 그건 입구에서 읽었다. 그래서 그게 어쨌다는 거지? 모든 사람이 자유롭게 들을 수 있는 강의라…. 그저 좌파 실직자, 퇴직자, 광신도, 파이프 담배를 피우는 교수들이나 관심 있어 할 것 같은데. 듣도 보도 못한 말도 안 되는 강의나 하고 말이지. 학위도 없고, 시험도 없고. 바르트나 푸코는 저런 허황된 소리를 하고 돈을 번단 말이지. 이런 곳에서 배워봤자 직업을 찾을 수도 없을 텐데. 인식 체계? 웃기는군.

마침내 다음 주를 기약하는 것으로 강의가 끝났다. 바야르는 다시 강의실에서 쏟아져 나오는 사람들의 무리 사이를 거슬러 올라가 마침내 강의실 안으로 들어섰다. 조끼 아래 터틀넥 스웨터를 받쳐 입고 안경을 쓴 대머리 남자가 아래쪽 강단에 있었다. 그는 호리호리하지만 단단해 보이는 몸에, 약간 돌출된 단호해 보이는 아래턱, 완벽하게 면도한 대머리, 그리고 세상의 인정을 받고 있음을 스스로 아는 사람들 특유의 오만한 인상의 소유자였다. 바야르는 강단으로 다가갔다. "무슈 푸코?" 키 큰 대머리 남자는 강의를 마친 교수들이 흔히 그렇듯이 느긋하게 강의 자료를 정리하고 있었다. 그는 자신을 열렬히 숭배하는 수강생 중 한 명이 용기를 내어 다가온 것이라고 생각하고 웃음 띤 얼굴로 바야르 쪽으로 고개를 돌렸다. 바야르는 명함을 꺼냈다. 그는 이 명함의 위력을 잘 알고 있다. 푸코는 잠시 동작을 멈추고 명함을 본 뒤, 수사관의 얼굴을 한참 쳐다보고는 다시 서류를 정리하기 시작했다. 그리고 마치 흩어지기 시작하는 관중의 관심을 불러일으키는 배우처럼 큰 소리로 말했다. "공권력에 의해 내 신원이 밝혀지는 것을 거부합니다." 바야르는 못 들은 척했다. "교통사고에 대해 물어보고 싶은 것이 있습니다."

대머리는 아무 말 없이 강의 노트를 가방에 쑤셔 넣고 강단에서 내려갔다. 바야르는 그의 뒤를 따라가며 다시 물었다. "무슈 푸코, 어디로 가시는 거요? 당신에게 질문이 있다고 하지 않았습니까?" 푸코는 성큼성큼 강의실 계단을 올라갔다. 그는 뒤를 돌아보지 않은 채 마치 무대에서 혼잣말을 하는 배우처럼, 아직 강의실에 남아 있는 사람들이 다 들을 수 있을 만큼 큰 소리로 말했다. "공권력이 내 이동의 자유를 제한하는 것을 거부합니다." 강의실에 남아 있던 사람들이 모두 웃었다. 바야르는 그의 팔을 잡았다. "당신 입장에서 사고를 진술해주기를 부탁드리고 있는 겁니다. 그뿐이에요." 푸코는 온몸이 뻣뻣해진 채 멈춰 서서 침묵했다. 그는 마치 캄보디아 킬링필드 이래 가장 심각한 인권 침해를 당한 것 같은 표정으로 자신의 팔을 잡은 바야르의 손을 보고 있었다. 바야르는 계속해서 잡고 있었다. 그들 주변에서는 사람들이 웅성거리고 있었다. 한참 시간이 흐른 후에 푸코가 입을 열었다. "내 입장에서라면, 그들이 그를 죽였어요." 바야르는 잠시 그의 말을 이해하지 못했다.

"죽였다고요? 누구를요?"

"내 친구 롤랑을요."

"아직 안 죽었는데요."

"이미 죽었습니다."

푸코는 안경 너머로 바야르를 뚫어지게 쳐다보고 있었다. 그리고 길고 긴 이야기의 비밀스런 결말을 자신만이 알고 있는 듯이 천천히, 음절 하나하나에 힘을 주어 말했다.

"롤랑 바르트는 죽었어요."

"하지만 누가 그를 죽였다는 겁니까?"

"시스템이죠. 당연히."

푸코가 사용한 '시스템'이라는 단어는 바야르가 막연히 품고 있던 의심을 확신으로 바꾸었다. 맙소사. 역시 좌파에게 걸려들었군! 그는 경험을 통해 알고 있었다. 좌파들의 입에선 '부패한 사회, 계급투쟁, 시스템' 같은 말만 나올 뿐이다. 그는 참을성 있게 다음 말을 기다렸다. 다행히도 푸코는 더 자세히 말해주려는 것 같았다.

"롤랑은 최근 몇 년 동안 심한 모욕을 당했어요. 그가 현상을 있는 그대로 이해하고, 완전히 새로운 방식으로 재창조해내는 능력을 가졌기 때문이죠. 그래서 그들은 롤랑이 알아들을 수 없는 말을 한다고 비난하고 흉내 내고 조롱했어요."

"그럼 그들이 누군지 아십니까?"

"물론이죠! 롤랑이 콜레주 드 프랑스에 온 이후로 – 내가 오게 했습니다만 – 그를 시기하는 자들의 불만이 더 커졌어요. 롤랑의 적들이란 시대의 흐름을 거스르는 반동분자들, 부르주아, 파시스트, 스탈린주의자, 그리고 특히 롤랑을 절대 용서하지 않는 부패한 늙은 비평가예요."

"뭘 용서하지 않는다는 거죠?"

"감히 생각하려 한 죄! 부르주아의 낡아빠진 사고 체계를 고쳐보려고 한 죄, 그 타락한 규범 기능을 세상에 드러내려고 한 죄, 추악한 부르주아의 진짜 모습을 세상에 보여준 죄! 더러운 늙은 창녀 같으니라고!"

"누구를 말하는 겁니까?"

"이름을 원하나요? 나를 어떻게 생각하는 거요? 피카르 같은 자들, 포미에 같은 자들, 랑보 같은 자들, 뷔르니에 같은 자들! 그들은 할 수만 있었다면 롤랑에게 총을 쐈겠죠. 소르본 교정의 빅토르 위고 동상 아래서 열두 발을 쐈을 겁니다!"

갑자기 푸코는 걷기 시작했고, 멍하니 있던 바야르는 몇 걸음 뒤쳐져서 서둘러 따라갔다. 푸코는 강의실에서 나가 계단 쪽으로 향했고 바야르는 그를 쫓아 달렸다. 바야르의 구두 뒷굽 소리가 돌바닥에 요란하게 울리는 가운데 바야르가 푸코를 소리쳐 불렀다. "무슈 푸코, 당신이 말하는 사람들이 도대체 누굽니까?" 푸코는 성큼성큼 올라가며 뒤를 돌아보지도 않은 채 말했다. "개, 자칼, 무식한 멍청이, 무가치하고, 그리고 특히, 특히, 특히! 비열한 권력의 추종자! 구세대를 지키려는 율법자! 죽은 생각을 붙들고 놓지 않는 기둥서방! 혐오스런 냉소를 띠고 우리에게 시체 썩은 냄새를 뿜어대는 자들!" 바야르는 계단 난간에 매달렸다. "무슨 시체요?" 푸코는 계단을 한 번에 네 칸씩 올라갔다. "생각이 죽은 자들이요!" 그리고 그는 냉소적으로 웃었다. 바야르는 푸코를 따라 잡으려 애쓰며 외투 주머니에 손을 넣어 볼펜을 찾았다. "랑보의 철자가 어떻게 되죠?"

8

바야르는 책을 사러 서점에 들어갔지만 가본 적이 별로 없어 원하는 책이 어디쯤 꽂혀 있을지 도저히 짐작할 수가 없었다. 점원에게 물어보자 레몽 피카르는 죽었다고 했다. 푸코는 바야르에게 피카르가 죽었다는 말을 안 하는 게 낫다고 생각한 것일까? 점원은 피카르의 저서 《새로운 비평인가, 새로운 기만인가?Nouvelle Critique ou nouvelle imposture》는 주문을 해야 한다고 했다. 대신 레몽 피카르의 제자로 구조주의 비평을 비난했던 르네 포미에의 《충분히 해독했다Assez décodé》를 살 수 있었다. (바야르는 무슨 소린지 이해하지 못했지만 어쨌든 점원이 그렇게 말했다.) 그리고 랑보와 뷔르니에 공저의 《쉽게 읽는 롤랑 바르트Le Roland Barthes sans peine》도 샀다. 얇은 초록색의 책으로 표지에는 주황색 타원형의 틀 안에 롤랑 바르트의 근엄해 보이는 얼굴이 들어 있었다. 놀리는 듯 이빨을 드러내고 손을 입에 올린 채 '히히!' 하고 웃으며 틀에서 나오는 작은 남자가 미국 만화가 크럼의 작품처럼 그려져 있었다. 사실 그것은 크럼의 그림이 맞았다. 물론 바야르는 크럼의 대표작 〈고양이 프리츠〉를 본 적이 없었다. 1968년 5월 혁명의 정신을 그린 만화로, 흑인들이 색소폰을 부는 까마귀로 등장하고 주인공인 고양이는 터틀넥 스웨터를 입고 마리화나를 피우며, 잭 케루악처럼 도시의 폭동을 배경으로, 혹은 쓰레기통이나 자신의 캐딜락 안에서 움직이는 모든 것에 키스를 한다. 크럼은 만화 속의 여자들을 그릴 때, 굵고 강한 넓적다리와 벌목꾼처럼 넓은 어깨, 폭탄 같은 가슴과 암말 같은 근육질의 엉덩이를 강조해 표현했다. 바야르는 이런 만화의 미학에 익숙하지가 않아서 표지의 그림을 크럼과 연관 지어 생각을 할 수 없었다. 어쨌거나 그는 포미에의 책과 함께 이 책을 샀다. 피카르는 이미 죽은 사람이라서 현재 수사 단계에서는 중요하지 않았다. 그래서 그의 책은 주문하지 않았다.

바야르는 카페에 앉아 맥주를 주문하고 담배에 불을 붙였다. 일단 《쉽게 읽는 롤랑 바르트》를 펼쳤다. (무슨 카페냐고? 분위기를 재구성해보기 위해선 세부적인 사항들도 중요하다. 그렇지 않은가? 소르본에서 잘 보이고, 작은 예술영화 및 실험영화 상영관인 샹포 극장의 맞은편에 있으며 에콜 거리의 끄트머리에 있다. 사실대로 말하자면 그곳을 전혀 모른다. 마음대로 상상하시길.) 그는 책을 읽었다.

R.B.는(이 책에서 롤랑 바르트는 R.B.로 불린다.) 스물다섯 살 때, 시대에 뒤떨어진 모습으로 그의 저서 《글쓰기의 영도》 와 함께 등장했다. 그는 프랑스어의 문법과 적절한 단어를 사용해서 독자적인 언어를 만들어내며, 차츰 차츰 프랑스어 로부터 멀어졌다.

바야르는 담배를 길게 빨아들여 꿀꺽 삼키며 페이지를 넘겼다. 카운터 쪽에서는 카페 종업원이 앞에 앉은 손님에게 만약 미테랑이 대통령에 선출되면 프랑스는 아마 내전으로 붕괴할 것이라고 얘기하고 있었다.

첫 번째 수업 : 대화의 요소.
1 – 당신은 당신 자신을 어떻게 발음하나요?
불어 – 당신 이름이 뭐죠?
2 – 저는 저 자신을 L이라고 발음합니다.
불어 – 제 이름은 윌리엄입니다.

바야르는 책 내용이 무엇을 풍자하는지 어느 정도 알아차렸고, 저자들이 풍자하는 것에 공감하는 대신 경계심을 느꼈다. 무엇 때문에 "R.B."나 "윌리엄"이라고 하는 거지? "L?" 잘 모르겠다. 잘난 척하는 얼간이 지식인들.

다시 종업원이 손님에게 말하고 있었다. "공산주의자들이 권력을 잡으면 부자들은 모두 프랑스 밖으로 돈을 빼돌리고 다른 곳에 숨기려고 할걸요. 거기선 세금도 안 내고 아무도 빼앗지 않을 테니까요."

다시 랭보와 뷔르니에.

3 – 당신의 존재를 개발시키기도 하고 은폐하기도 하며 당신의 실용주의적 경제활동을 한정하고, 울타리를 치고 조직

화한 것은 무엇일까요?

불어 – 당신은 무슨 일을 합니까?

4 – 저는 기호가 새겨진 버튼을 누릅니다.

불어 – 저는 타이피스트입니다.

이 부분을 읽고 조금 웃었다. 하지만 바야르는 말장난으로 자신을 조롱하는 듯한 느낌에 본능적인 혐오감을 느꼈다. 물론 이런 종류의 책들이 자신을 대상으로 한 것은 아니고 지식인들을 대상으로 한 것이며, 이 지식인이라는 기생충들이 자기들끼리 서로 비웃는 것을 즐기는 것도 모르는 바가 아니다. 서로 비웃는다…. 지식인들의 특이한 취미군 그래. 바야르도 그럭저럭 바보는 아니라서 이미 자신도 모르는 사이에 피에르 부르디외와 비슷한 소리를 하고 있었다.

바에서는 여전히 대화가 진행되고 있었다. "돈이 스위스로 다 빠져나가고 나면, 더 이상 사람들에게 월급을 줄 돈도 없을 거예요. 그럼 내전이 시작되는 거죠. 그리고 사회-공산주의자들이 이길 거예요." 종업원은 잠시 말을 끊고 손님에게 음료를 내갔다. 바야르는 계속해서 책을 읽었다.

5 – 내 대화는 R.B.의 언어를 거꾸로 역반사하는 놀이를 통해 원래의 의미를 되찾거나, 그 의미에 근접할 수 있을 것입

니다.

불어 – 나는 롤랑 바르트의 언어를 아주 잘 할 수 있습니다.

바야르는 이 책이 주장하는 바를 알 수 있었다. 롤랑 바르트의 언어는 이해 불가라는 것. 그렇다면 저자들은 무엇 때문에 굳이 시간을 들여 롤랑 바르트를 읽은 것일까? 그리고 무엇 때문에 그에 대한 책까지 쓴 것일까?

6 – 롤랑 바르트 언어가 나의 기호로 '순화'(혹은 동화)되는 것은 나의 의지를 두 배로 증폭시킨 뒤 다시 반으로 잘라내는 것입니다.

불어 – 나도 이 언어를 배우고 싶습니다.

7 – R.B. 언어의 중복법은 프랑스어 특유의 관용 어법으로 표현하자면 가시가 있는 것 아닌가요?

불어 – 롤랑 바르트는 프랑스인에게는 너무 어려운 것 아닌가요?

8 – 바르트의 스카프는 반복되는 만큼 기호를 둘러싸서 가려줍니다.

불어 – 아니오. 꽤 쉽습니다. 하지만 공부를 해야 합니다.

바야르의 혼란은 더 커졌다. 그는 자신이 더 혐오하는 것이 바르트인지 아니면 바르트를 조롱하는 두 코미디언인지 더이상 확신할 수 없었다. 그는 책을 내려놓고 담배를 비벼 껐다. 종업원은 다시 카운터 뒤에 돌아와 있었다. 그와 대화를 나누던 남자는 포도주잔을 손에 든 채로 반박하고 있었다. "하지만 미테랑이 그들을 국경에서 잡을 걸요. 돈은 다 빼앗길 거예요." 종업원은 미간을 찌푸리며 나무라듯이 말했다. "부자들이 바보인 줄 아시나요? 아마도 전문 밀수꾼을 고용할걸요. 그리고 돈을 빼돌릴 경로를 조직할 거예요. 한니발처럼 알프스와 피레네를 넘어가겠죠. 전쟁이 났을 때처럼. 유대인들도 넘어갔는데 그 사람들이라고 못 건너겠어요? 안 그래요?" 손님은 완전히 설득된 것 같지는 않았지만 달리 답변할 말이 생각나지 않는 듯했다. 그는 그저 고개를 끄덕거리다가 손에 들고 있던 포도주를 비우고 다시 주문했다. 종업원은 의기양양하게 포도주한 병을 꺼냈다. "맞아요! 난 상관없어요. 좌파가 이기면 난 제네바로 떠날 거예요. 그자들에게 절대로 내 돈을 빼앗기지 않을 겁니다. 절대 안 되죠. 공산주의자들을 위해 열심히 일한 게 아니에요. 당신도 잘 아시겠지만, 난 누구를 위해서 일하지 않거든요. 자유인이니까요. 드골처럼요!"

바야르는 한니발이 누구인지 기억해보려고 애썼다. 그러고는 기계적으로 카페 종업원의 왼손 새끼손가락 한 마디가 없다고 수첩에 기록했다. 그는 맥주 한 잔을 다시 주문하고 이번에는 르네 포미에의 책을 펼쳤지만, 네 페이지에 걸쳐 '어리석은 짓'이라는 단어가 17번 나온 것을 세고는 책을 덮어 버렸다. 그러는 동안 종업원은 새로운 주제에 대해 얘기하고 있었다. "문명사회는 어느 곳이든 사형 제도 없이는 유지할 수 없어요!" 바야르는 계산을 하고 거스름돈은 팁으로 남긴 채 카페를 나섰다.

그는 몽테뉴의 동상을 올려보지 않은 채 지나쳐서 에콜 거리를 건너 소르본 대학으로 들어섰다. 그는 지금 벌어지고 있는 이상한 일들에 대해 자신이 아무것도 이해하지 못하고 있다는 것, 아니면 아주 조금밖에 이해하지 못하고 있다는 것을 알고 있었다. 누군가 전문가가, 혹은 해설자, 교육자 같은 사람의 설명이 필요했다. 대학교수가 좋겠군. 그는 안내데스크에서 기호학과가 어디 있는지 물었다. 안내원은 쌀쌀맞은 얼굴로 그런 과는 없다고 했다. 바야르는 교정에서 짙은 감색 외투를 입고 항해용 신발을 신은 학생들에게 기호학 강의를 들으려면 어디로 가야 하는지 물었다. 대부분의 학생들은 기호학이 무엇인지도 모르거나, 어디선가 들어본 적이 있을 뿐이었다. 하지만 마침내 한 학생을 만났다. 장발에 마리화나를 피우며 루이 파스퇴르 동상 아래 비스듬히 서서 '세미오'*를 들으려면 뱅센의 캠퍼스로 가야 한다고 말해주었다. 바야르는 각 대학 캠퍼스가

---

* 기호학을 뜻하는 프랑스어 세미올로지를 줄여 말한 것.

어디에 위치하고 있는지 잘 모르지만 뱅센이 좌파들의 소굴이라는 것은 알고 있었다. 그곳에는 일하기 싫어하는 직업적 선동꾼이 우글거렸다. 바야르는 호기심에 장발 학생에게 왜 기호학 수강을 신청하지 않았는지 물었다. 그는 헐렁한 터틀넥 스웨터에 마치 조개를 캐러 가는 사람처럼 검은 바지의 밑단을 걷어 올리고, 발목이 높이 올라오는 자주색 닥터 마틴 운동화를 신고 있었다. 그는 마리화나를 길게 빨아들이고 대답했다. "2학년을 유급해서 두 번째 다닐 때 들었죠. 하지만 트로츠키 그룹에 참가하게 돼서요." 그는 자신의 설명에 만족스러워하는 것 같았지만 이해를 못하고 있는 바야르의 눈빛을 보고는 한마디 덧붙였다. "어… 그러니까 문제가 좀 있었어요."

바야르는 더 이상 붙잡지 않았다. 그는 자신의 푸조 504에 올라 뱅센을 향해 출발했다. 붉은색 신호등에 멈춰 섰을 때, 그는 옆 차선의 검은색 DS*를 보며 생각했다. "죽여주는군…."

9

푸조 504는 포르트 드 베르시에서 순환도로를 타고, 다시

---

* 시트로앵의 고급 차.

포르트 드 뱅센에서 순환도로를 빠져 나온 뒤 아브뉘 드 파리를 오랫동안 달린 후 육군병원 앞을 지났다. 도중에 일본인들이 몰고 있는 푸른색 푸에고가 끼어들려 했다. 바야르는 어림없다는 듯 앞질러 나가며 성을 끼고 돌아 파르크 플로랄을 지나고 숲을 가로질러 마침내 70년대 교외의 대학교 캠퍼스를 닮은, 건축학적으로는 인류 역사상 가장 추한 건물로 짐작되는 가건물 앞에 주차를 했다. 오래전 아사스 대학에서 법학을 공부했던 시절을 떠올리고 있던 바야르에게는 매우 낯선 풍경이었다. 강의실에 가기 위해서는 흑인들이 잔뜩 모여 있는 곳을 지나가야 했다. 그는 약에 취해 반쯤 정신을 잃은 채 바닥에 널브러져 있는 사람들을 뛰어넘고 물 대신 쓰레기와 오물로 가득 찬 연못을 지나 벽보와 낙서가 뒤덮인 지저분한 벽을 따라 걸었다.

벽에는 "교수, 학생, 학장, 아토스의 직원들은 다 죽어라! 나쁜 놈들!", "식당을 없애는 것에 반대", "뱅센에서 노장으로 이전하는 것 반대", "뱅센에서 마르느-라-발레로 이전하는 것 반대", "뱅센에서 사비니-쉬르-오르주로 이전하는 것 반대", "뱅센에서 생-드니로 이전하는 것 반대", "프롤레타리아 혁명 만세", "이란 혁명 만세", "모택동주의자 = 파쇼", "트로츠키주의자 = 스탈린주의자", "라캉 = 짭새", "바디우 = 나치", "알튀세르 = 살인자", "들뢰즈 = 네 엄마랑 붙어먹어라", "시수 = 키스해줘", "푸코 = 호메이니", "바르트 = 친중국 사회주의-배신자", "칼리클레스 = 나치 무장친위대", "금지하는 것을 금지하는 것은 금지되어 있다.", "좌파 연합 = 네 똥구멍에 있지", "우리 집에 와! 르 카피탈을 읽자! 발리바르가 서명함"…. 학생들은 마리화나 냄새를 풍기며 바야르에게 무례하리만치 바싹 다가와 전단지를 쥐어주었다. "동지, 지금 칠레에서 무슨 일이 일어나고 있는지 아시나요? 살바도르는요? 아르헨티나에 대해서는 잘 알고 있나요? 모잠비크는요? 모잠비크에는 관심 없나요? 어디 있는지는 알아요? 티모르에 대해서 듣고 싶지 않으신가요? 니카라과의 문맹 퇴치 모금 중인데요. 커피 한 잔 사주실래요?" 바야르는 낯선 기분이 사라지는 것을 느꼈다. 그는 '청년 민족'*에 참여했을 적에 이런 더러운 좌파들과 싸우곤 했다. 그는 쓰레기로 가득한 연못에 전단지를 던졌다.

바야르는 마침내 문화와 커뮤니케이션 학부 건물에 도착했다. 벽의 코르크판에 붙어 있는 강의 리스트에 그가 찾던 것이 있었다. 〈이미지의 기호학〉, 강의실 번호와 주간 강의 시간표, 교수 이름은 시몽 에르조그.

---

* 1949년 설립된 우파 민족주의 운동 단체.

10

"오늘은 제임스 본드 영화 속의 숫자와 글자에 대해 얘기해 보도록 하죠. 제임스 본드를 말할 때, 가장 먼저 떠오르는 글자 는 무엇인가요?" 강의실 안에는 침묵이 흐르고, 학생들은 곰곰 이 생각하고 있었다. 흠, 제임스 본드는 나도 들어봤지. 바야르 는 강의실 끄트머리에 앉아서 끄덕였다. "제임스 본드의 상관 의 이름이 뭐였죠?" 바야르는 대답을 알고 있었다. 그는 크게 말하고 싶은 충동을 느끼고 놀랐다. 하지만 학생들은 벌써 앞 다투어 외쳐대고 있었다. M이요! "M은 누구고, 왜 M일까요? M이 무엇을 뜻하는 거죠?" 다시 침묵이 흘렀다. "M은 중년의 남자지만 여성스러운 인물이죠. Mother의 M입니다. 양육자인 어머니. 키워주고 보호해주는 사람. 본드가 사고를 치면 화를 내지만 본드에게 한없이 관대한 사람이기도 하죠. 본드는 자신 의 임무를 완수해서 M을 기쁘게 해주고 싶어 해요. 본드는 임 무를 수행하는 사람이지 자신의 의지대로 일하는 사람이 아닙 니다. 그는 독자적으로 움직이지 않아요. 고아가 아닌 거죠. (물 론 생물학적으로는 고아입니다만, 상징적으로는 고아가 아니에요. 그 의 어머니는 영국이죠. 조국과 결혼한 것이 아니고, 총애받는 아들입 니다.) 그는 고위층의 심적·물적 지원을 받아가며 불가능한 임 무를 완수해서 나라의 자랑거리가 됩니다. (M은 환유의 기법으로 표현하자면 곧 영국과 여왕입니다. 영화 속에서 종종 본드가 영국 최고의 요원이라고 상기시켜주죠. 가장 총애하는 아들입니다.) 불가능한 임무를 주지만 대신 필요한 모든 수단을 마련해주죠. 제임스 본드는 모든 걸 다 가졌어요. 그래서 본드에 대한 환상이 인기가 있는 겁니다. 모험가이자 정부의 고급 요원, 강력한 현대의 신화가 되었죠. 모험과 안전. 본드는 때로 법을 위반하기도 하고, 부정행위를 하기도 합니다. 범죄를 저지를 때도 있지만 보호받죠. 허락된 범법이니까요. 비난받지도 않습니다. 그의 등록번호, 마법의 세 숫자 '007'이라는 숫자가 상징하는 바로 그 유명한 '살인 면허'가 있거든요."

"숫자 00, 더블 제로는 살인 허가를 표시하는 기호입니다. 여기서 우리는 숫자의 상징을 뛰어나게 적용한 예를 볼 수 있습니다. 살인 면허를 숫자로 어떻게 표현할 수 있을까요? 10? 20? 100? 백만? 죽음은 양으로 환산할 수 없습니다. 죽음은 '무'의 상태이며, '무'를 뜻하는 숫자는 바로 '0'입니다. 하지만 살인은 단순한 죽음과는 또 다른 것이죠. 살인은 다른 사람에게 죽음을 가하는 행위니까요. 그래서 불가피하게 두 번의 죽음이 되는 겁니다. 자신의 죽음까지 포함해서요. 다른 사람을 죽이는 일의 위험성을 고려하면 자신이 죽임을 당할 가능성도 높아집니다. ('00'이 붙은 요원들의 수명은 매우 짧습니다. 영화에서도 종종 상기시켜주죠.) 자신의 죽음과 죽임을 당하는 사람의 죽음. 두 개의 '0'은 죽일 수 있는 권리이자 죽을 수 있는 권리입니다. 그렇다면 '7'은 무엇을 의미할까요? 7은 전통적으로 모든 숫자 중에서 가장 우아하며, 역사적으로 그리고 상징적으로 마법과 같은 의미를 지닌 숫자입니다. 제임스 본드의 경우에는 7은 특히 두 가지의 큰 의미가 있다고 볼 수 있습니다. 여성에게 장미를 선사할 때 흔히 홀수로 준비하듯이 홀수죠. 그리고 소수이기도 합니다. (소수란 1과 자신 외에 다른 숫자로 나눠지지 않는 수죠.) 이것은 유일무이성(性)을 나타내기도 하고, 단일성과 개별성을 나타내기도 합니다. 번호로 표현함으로써 초래할 수도 있는 대체 가능성과 비인격적 느낌을 상쇄시켜 버립니다. '6번 요원'이 주인공이었던 '죄수' 편에서 6번 요원이 계속해서 절망적으로, 반항적으로 "난 숫자가 아니라고요!"라고 외쳤던 것 기억하시나요? 제임스 본드는 자신의 번호를 받아들이고 순응했는데 말이죠. 그의 번호는 그에게 상상을 초월하는 편리함과 특혜를 주어서 거의 귀족 같은 대우를 받게 하거든요. (여왕에게 충성하는 귀족이죠.) 007은 6번과는 달리 이 사회가 그에게 부여하는 초월적 특혜에 만족합니다. 그래서 헌신적으로 자신의 기득권 혹은 기존 질서를 유지하기 위해 일하죠. 임무의 대상이 되는 적의 본질이나 동기에는 전혀 관심이 없습니다. 하지만 6번은 혁명가에요. '반혁명주의자'라는 단어가 암시하는 것처럼 어떤 사건의 '후'에 일어남을 뜻하죠. (보수주의자들은 혁명에 '반발'하죠. 구체제 혹은 기존 질서로 돌아가려고 합니다.) 그래서 반혁명주의자의 숫자가 혁명주의자의 숫자 뒤를 잇는 것이 논리적이겠죠. (여기서 짚고 넘어가자면, 제임스 본드는 005가 아닙니다.) 007이라는 숫자의 기능은 즉 기존 질서로 돌아가는 것을 보장해주는 것입니다. 세계 질서를 뒤흔드는 위협을 제거해서 말이죠. 007 시리즈는 항상 '정상의 상태', 즉 '기존 질서'로 돌아간 것을 보여주며 끝납니다. 움베르토 에코는 제임스 본드가 파시스트라고 표현했어요. 사실, 그가 반혁명적인 사람이라는 것을 알 수 있죠…."

한 학생이 손을 들었다. "하지만 각종 장비를 마련해주는 Q도 있는데요. Q에는 어떤 의미가 있다고 보시나요?"

교수는 즉각 대답해서 바야르를 놀라게 했다.

"Q는 아버지를 상징해요. 제임스 본드에게 필요한 무기를 제공하고 어떻게 사용하는지도 알려주죠. 본드에게 노하우를 전수하기도 합니다. 이런 의미에서, 자연스럽게 Father의 F를 따서 F로 불렀어야 하지 않을까 하고 생각하게 되죠. 그런데 Q가 나올 때의 장면을 자세히 보셨나요? 뭐가 보였나요? 긴장을 풀고 느긋해진 제임스 본드, 격식을 차리지 않고 농담도 하죠. 그리고 이야기를 진지하게 듣지도 않아요. (진지하게 듣지 않는 척한다고 말할 수도 있고요.) 마침내 Q는 여러분을 대신해서 본드에게 질문합니다. '질문은?' (혹은 때에 따라 '이해됐나?') 그래도 제임스 본드는 절대 질문하지 않아요. 게을러 보이지만 뭐든 설명을 들으면 바로 완벽하게 흡수해버리는 비범한 이해력을 가지고 있거든요. 그래서 Q는 'Question', 즉 '질문'의 Q입니다. 간절히 기다리지만 결코 본드가 해주지 않는 질문이죠. 간혹 농담처럼 질문을 던지기도 하지만 결코 Q가 바라는 진짜 질문을 하지 않아요."

다른 학생 한 명이 말을 이었다. "영어에서 Q는 '큐'라고 발음됩니다. 즉 'queue', 기다리는 줄을 의미하죠. 쇼핑 시간을 나타낼 수도 있다고 봅니다. 즉, 최첨단 무기를 늘어놓고 고르는 시간이죠. Q가 등장하는 시간은 임무 수행을 끝낸 후, 다음 임무에 들어가기 전까지의 작전 타임이자 유희적 시간이기도 하고요."

젊은 교수는 열정적으로 팔을 휘저었다. "완벽해요! 정말 뛰어난 관찰입니다. 훌륭한 아이디어에요. 여러분, 기호를 해석하는 방법은 무궁무진하다는 것, 그리고 다의성(多義性)이란 바닥없는 우물과 같아서 끝없이 메아리가 울려 퍼지도록 할 수 있다고 한 것 기억하시나요? 단 한 개의 단어라도 해석의 끝은 없습니다. 아니, 단어가 아니라 글자 하나도 그래요. 지금 보셨지 않습니까?"

교수는 손목시계를 보았다. "강의를 마무리할 시간이군요. 다음 화요일에는 제임스 본드의 의상을 분석해보기로 하죠. 남학생들은 턱시도를 입고 오시고 (강의실에 와자한 웃음소리) 여학생들은 우슬라 안드레스의 비키니를 입고 오세요. (여학생들의 야유와 항의하는 소리) 다음 주에 봅시다."

학생들이 강의실을 하나둘씩 떠나고 있는 동안 바야르는 묘한 웃음을 띤 채 젊은 교수에게 다가갔다. 젊은 교수는 영문을 모르고 쳐다보았지만, 바야르는 중얼거리고 있었다. "대머리가 한 짓을 너한테 그대로 갚아주마."

11

"분명히 말씀드리지만 저는 바르트 전문가도 아니고, 사실은 기호학 전문가도 아닙니다, 경위님. 역사 소설 속의 근대 문자 DEA* 과정을 끝냈어요. 언어 행위에 관한 언어학 논문을 준비 중이고, TD**도 하나 맡고 있습니다. 이번 학기에는 이미지의 기호학 강의를 해요. 작년에는 기호학 기초 강의를 했죠. 1학년 학생들의 첫 TD였고, 이 과정에서 학생들에게 기초 언어학을 접하게 해주었어요. 기호학의 바탕이 언어학이니까요. 소쉬르와 야콥슨, 존 오스틴과 존 설 이야기를 해주었고,

---

* 석사 학위 취득 후 이수하는 1년제 교육 과정.
** 소그룹으로 나뉜 학생들이 각자 연구하고, 교수가 연구를 돕거나 바로잡아 주는 과정.

주로 바르트를 다루게 되었죠. 바르트의 이론이 가장 접근하기 쉽기도 했고, 바르트는 종종 대중문화의 소재를 이용했기 때문에 학생들의 호기심을 불러일으키기가 훨씬 쉽거든요. 예를 들어서 라신이나 샤토브리앙 같은 사람에 대한 비평도 그렇고요. 왜냐하면 학생들이 문학 전공자가 아니라 커뮤니케이션 전공자니까요. 바르트에 대해 강의할 때는 많은 시간을 할애할 수 있었어요. 왜냐하면 감자튀김을 곁들인 스테이크라든가 시트로엥의 최신 모델이나, 제임스 본드 같은 재미있는 주제를 다룰 수 있었거든요. 게다가 그것이 기호학의 정의와 맞아 떨어지기도 하고요. 문학적 비평 과정을 문학이 아닌 것에 적용시키는 과목도 있어요."

"그 사람 안 죽었습니다."

"뭐라고요?"

"방금 많은 시간을 '할애할 수 있었다고' 말하지 않았습니까? 옛날 이야기하듯이. 이제 불가능한 일처럼 말했잖아요."

"어, 아닌데요. 딱히 그런 의도로 말한 건 아닌데…."

시몽 에르조그와 자크 바야르는 단과 건물의 복도를 나란히 걷고 있었다. 교수는 한 손에 서류 가방을 들고 다른 손에는 복사물을 잔뜩 들고 있었다. 한 학생이 인쇄물을 주려고 하자 그는 고개를 저었다. 학생이 파시스트라고 부르자 그는 미안한 듯이 웃었고 바야르에게 다시 말을 꺼냈다.

"죽었다 해도 그의 비평 방식은 계속해서 사용할 수 있어요. 잘 아시겠지만…."

"죽을 수도 있다는 생각은 어떻게 하게 됐죠? 당신 앞에서 한 번도 그의 부상이 심각하다고 말한 적이 없는데요."

"도로에서 교통사고가 났다고 무조건 수사관을 보내진 않을 테니까요. 그래서 사고가 꽤 심각하고, 사고의 정황을 조사하는 중일 것이라고 추측한 겁니다."

"사고 정황은 꽤 분명합니다. 피해자도 아무 걱정할 필요가 없는 상태고요."

"그런가요? 아… 그렇다면 정말 안심입니다. 수사관님."

"내가 수사관이라고 말한 적 없습니다만."

"말씀 안 하셨다고요? 바르트가 꽤 유명해서 수사관을 보낸 거라고 생각했습니다만…."

"그제까지는 바르트라는 이름을 들어본 적도 없습니다만."

젊은 교수는 당황해서 입을 다물었고 바야르는 만족했다. 양말과 샌들을 신은 한 학생이 바야르에게 인쇄물을 내밀었다. 〈고다르를 기다리며, 단막극〉 그는 인쇄물을 주머니에 쑤셔 넣고 시몽 에르조그에게 물었다.

"기호학이 뭐라고 생각하십니까?"

"음…, 사회적 삶 속에 있는 기호들을 연구하는 학문?"

바야르는 《롤랑 바르트 쉽게 읽기》를 떠올리고 이를 악물었다.

"그 말을 불어로 하면?"

"하지만… 그게 소쉬르가 내린 정의인데요…."

"소쉬르인지 쇼쉬르*인지 그 사람이 바르트를 아나요?"

"어, 아니요. 소쉬르는 죽었어요. 기호학의 창시자입니다."

"흠. 알겠습니다."

하지만 바야르는 사실 아무것도 이해하지 못했다. 두 사람은 카페테리아를 가로질러 걸었다. 이곳은 메르게즈 소시지와 크레이프와 허브 냄새로 가득한 황량한 창고 같았다. 연보라색 도마뱀 가죽 부츠를 신은 키가 큰 남자가 휘청거리며 탁자 위에 서 있었다. 담배를 물고 손에는 맥주를 들고서 한바탕 연설을 하고 있었고, 젊은이들이 눈을 반짝이며 듣고 있었다. 시몽 에르조그는 아직 자신의 사무실이 없기 때문에 바야르에게 이곳의 테이블에 앉기를 청하고, 기계적으로 담배를 권했다. 바야르는 사양하고 자신의 담배를 꺼낸 뒤 다시 얘기를 시작했다.

"구체적으로 말하면 이게 뭔가요? 이… 음… 학문이?"

"음, 그러니까… 현실을 이해하기 위한 학문이라고 할까요."

바야르는 눈에 띄지 않을 만큼 살짝 얼굴을 찌푸렸다.

"즉?"

---

* 쇼쉬르는 신발이란 뜻이다.

젊은 교수는 몇 초 동안 곰곰이 생각했다. 그는 추상적 개념에 대한 바야르의 이해력이 매우 낮다는 것을 알아차리고 어떻게 설명하는 것이 좋을까 가늠해보고 있었다. 어떻게든 납득을 시키지 않으면 이 대화는 몇 시간이고 제자리걸음을 할 것이다.

"사실은 간단해요. 우리 주변에 사용되는 사례가 많거든요. 무슨 말인지 이해가 되시나요?"

바야르의 불만스러운 침묵. 카페테리아의 반대쪽 끝에서는 여전히 연보라색 도마뱀 가죽 부츠를 신은 남자가 젊은 학생들에게 68년 혁명의 업적을 얘기하고 있었다. 그는 68년 혁명이 매드 맥스와 우드스탁을 합쳐놓은 것과 같다고 말했다. 시몽 에르조그는 최대한 단순하게 말해보려고 시도했다. "의자는 앉기 위한 것이고, 탁자는 식사하기 위해서 필요하고, 책상은 일하기 위해 필요하고, 옷은 몸을 따뜻하게 해주는 것이고…. 맞지요?"

여전히 냉랭한 침묵. 그는 계속해서 말을 이어갔다.

"그런데 이런 고유의 기능 이외에도 물건들이 다른 상징적 의미가 있다면…. 예를 들어 언어 능력이 있어서 우리에게 어떤 의미를 전달해준다면 어떻게 될까요? 당신이 앉아 있는 의자를 살펴봅시다. 디자인을 전혀 고려하지 않고 만들었군요. 싸구려 나무에 니스를 칠했고 받침쇠는 녹이 슬어 있네요. 우리가 앉아 있는 이 장소가 안락함이나 미관은 전혀 신경 쓰지 않앉고 그럴 돈도 없다는 것을 말해주죠. 게다가 구내식당과 마리화나의 냄새가 뒤섞여 우리가 대학교 안에 있다는 것을 말해주고요. 같은 방식으로 당신의 옷차림을 볼까요? 정장을 입고 계시네요. 즉 관리직이시죠. 그런데 비싼 옷은 아니군요. 그렇다면 월급이 그다지 많지 않거나 옷차림에 신경을 쓰지 않거나 혹은 둘 다겠죠. 즉 당신의 직업은 옷을 잘 차려입어야 하는 직종은 아니라는 걸 알 수 있습니다. 당신의 신발은 아주 낡았네요. 자동차를 타고 왔는데도 말이죠. 그렇다면 당신은 사무실에 가만히 앉아 있는 일이 아니라 현장을 자주 방문하는 일을 하는군요. 관리직이면서 밖으로 많이 다니며 조사하는 사람."

"흠… 무슨 말인지 알겠습니다." 바야르가 마침내 침묵을 깨고 말했다. 바야르가 한참 동안 침묵하는 동안 시몽 에르조 그는 연보라색 도마뱀 가죽 부츠를 신은 남자가 열광하는 청중들에게 스피노자파의 분대장이었던 그가 어떻게 헤겔파에게 승리할 수 있었는지* 말하는 것을 듣고 있었다. "내가 어디에 있는지는 이미 알고 있습니다. 입구에 '뱅센 – 파리 8대학'이라고 쓰여 있었거든요. 그리고 당신의 강의가 끝나고 내가 다가갔을 때 보여준 삼색의 카드에는 크게 '경찰'이라고 쓰여 있었죠.

---

* 스피노자는 '가장 자연스런' 정부 형태가 민주주의라고 생각했으며, 국민이 군주를 위해 모든 권리를 희생해서는 안 된다고 보았다. 반면에 헤겔은 국가의 권위에 높은 가치를 부여했다.

그러니 당신이 무슨 말을 하려는지 아직도 잘 모르겠습니다."

시몽 에르조그는 땀이 나기 시작했다. 이 대화는 그가 치렀던 구술 면접을 떠올리게 했다. 공포에 사로잡히지 말 것, 집중할 것, 침묵 속에서 인정사정없이 째깍째깍 흘러가는 시간에 신경 쓰지 말 것, 제도적으로 우월한 위치에 있음에 내심 만족스러워하며 고통을 주는 것을 즐기고 있는 구술 면접관의 거짓된 친절을 무시할 것. 그 역시 이런 과정을 모두 겪은 후 그 자리에 갔을 테니 동정심이라곤 없었겠지. 젊은 교수의 머릿속에는 이런 생각들이 순식간에 스쳐갔다. 그는 맞은편에 앉은 남자를 주의 깊게 관찰하며 질서정연하게 단계적으로, 배워온 대로 머릿속에서 생각을 가다듬었다. 마침내 준비가 끝났다고 느꼈을 때, 그는 입을 열었다.

"당신은 알제리에서 전쟁을 치렀군요. 결혼은 두 번 하셨고, 두 번째 아내와 별거 중이고 스무 살이 채 안 된 딸이 있고, 그 딸과 관계가 순탄치는 않으신 것 같네요. 지난 두 번의 대선에서 지스카르에게 투표하셨고, 내년에도 그럴 예정이고요. 당신은 공무 수행 중에 팀원을 잃으셨죠. 아마도 당신의 실수로요. 당신이 그렇게 생각하고 있거나. 어쨌든 그 일 때문에 마음이 편하지 않은 상태고요. 하지만 당신의 상관들은 당신에게 책임이 없다고 생각하고 있습니다. 당신은 제임스 본드의 최근 시리즈를 극장에 보러 갔지만 집에서 TV로 매그레 경감 시리

즈나 리노 벤추라 주연의 영화를 보는 편이 좋았을 거라 생각하죠."

기나긴 침묵. 홀의 맞은편에서는 스피노자의 빙의를 받은 듯, 부츠를 신은 남자가 관중들의 환호 속에서 어떻게 자신과 자신의 무리가 샤를 푸리에 무리를 끝장냈는지 얘기하고 있었다. 바야르는 작은 목소리로 웅얼거렸다.

"무슨 근거로 그렇게 얘기한 겁니까?"

"간단합니다. (다시 침묵이 흐른다. 하지만 이번에는 젊은 교수가 주도한 침묵이다. 바야르는 아까와는 달리 불만스러운 기색 없이 조용히 앉아 있었지만 오른손의 손가락이 떨리고 있었다. 연보라색 도마뱀 가죽 부츠의 남자는 롤링 스톤즈의 노래를 시작했다.) 방금 강의가 끝나고 제게 다가왔을 때, 강의실에서 말이죠, 당신은 무의식적으로 등을 문이나 창문 쪽으로 돌리지 않았어요. 그렇게 배우는 곳은 경찰학교가 아니라 군대죠. 당신에게 이런 예리한 반사 신경이 남아 있다는 사실 자체도 당신의 군 경험이 단순히 훈련받은 것으로 끝난 게 아니라 자신도 모르는 사이에 습관처럼 남아 있을 정도라는 것을 말해줍니다. 그래서 아마도 전쟁에 참여했을 거라고 생각했어요. 그런데 인도차이나 전쟁에 참여했다고 보기에는 너무 젊기에 아마도 알제리에 파견됐으리라고 추측했습니다. 지금 경찰에 계시니 분명 우파일 것이고, 대학생이나 지식층에게 기본적으로 적개심을 가지고 있는 것을 봐서도 (대화를 나누기 시작했을 때부터 알아차렸어요.) 우파가 확실하다고 생각했죠. 그런데 알제리를 드골이 독립시킨 것을 경험했고, 알제리에 참전한 사람들에게 이것은 배신이라 여겨지고 있어요. 그러니 당신은 드골파 후보인 샤방에게 투표하길 거부했을 것이고, 그렇다고 영향력도 없고 2차 투표까지 오를 가능성이 전혀 없는 르 펜에게 투표할 만큼 비이성적인 분은 아니죠. 그래서 지스카르를 지지했을 것이라고 생각했습니다. 당신은 여기에 혼자 왔어요. 프랑스 경찰들은 항상 둘 이상씩 짝지어 다니는데 말입니다. 즉 당신에게는 특별 규정이 적용되었겠죠. 뭔가 심각한 사유, 예를 들어 팀원을 잃었다든가 하는 사유가 아니면 주어질 수 없는 그런 특별 혜택 말입니다. 당시의 충격이 커서 당신은 새로운 팀원을 맞을 생각이 없고, 당신의 상관은 혼자 다닐 수 있도록 허가해주었겠죠. 그래서 당신은 무의식적으로든 아니든 스스로 매그레 경감과 견주어 생각할 수 있었을 겁니다. 매그레의 것과 비슷한 당신의 외투를 보고 추측했습니다만. (물랭 형사는 가죽 재킷을 입고 있고, 당신과 비교하기엔 너무 젊으니까요. 음… 그리고 당신은 제임스 본드처럼 입을 수 있는 돈은 없고 말이죠.) 당신은 오른손에 결혼반지를 꼈지만 왼손 약지에 아직도 반지 자국이 있어요. 같은 일이 반복된다는 느낌이 싫어서, 아니면 악운을 쫓으려고, 어쨌든 무슨 이유로든 재혼하면서 손을 바꿔서 결혼반지를 꼈겠죠. 그런데도 충분치가 않았나 봅니다. 왜냐하면 이른 시간인데도 당신의 셔츠가 구겨져 있으니까요. 즉 당신의 집에 다림질을 하는 사람이 없다는 거죠. 당신의 사회 문화적 배경인 프티 부르주아의 전형적인 모습을 생각하면 당신의 아내는 집에 없는 게 분명합니다. 아직도 아내가 당신과 살고 있다면 남편이 다림질하지 않은 옷을 입고 나가도록 내버려두지는 않았을 테지요."

일순간 침묵이 흘렀다.

아마 이들을 관찰하는 사람이 있었다면, 침묵이 24시간 계속되리라고 믿었을 것이다.

"그럼 딸에 대해서는 어떻게 추측한 거죠?"

교수는 겸손한 척하면서 손으로 바람을 일으키는 시늉을 했다.

"아… 그건 설명하자면 너무 길어요."

사실 딸 이야기는 특별한 근거 없이 비약해서 말한 것이었지만, 교수는 어쨌든 딸 얘기를 하기 잘했다고 생각했다.

"알겠습니다. 따라오시죠."

"네? 어디로요? 저를 체포하시는 겁니까?"

"아니요. 당신에게 도움을 청하는 겁니다. 당신은 다른 장발족들보다 덜 멍청해 보이는군요. 그놈들의 멍청한 짓거리를 통역해줄 사람이 필요하거든요."

"하지만… 아니요. 죄송합니다만 그건 불가능해요. 내일도 강의가 있어서 준비를 해야 하고. 그리고 논문도 써야 하고 도서관에 책도 반납해야 하고…."

"이런 제길. 같이 갈 거요, 말 거요?"

"하지만… 어디로요?"

"용의자를 심문하러요."

"용의자라고요? 하지만 그건 사고 아니었나요?"

"좋아요. 목격자라고 해두죠. 갑시다."

연보라색 도마뱀 가죽 부츠를 신은 남자 주위에 몰려 있던 젊은이들은 박자에 맞춰 "스피노자가 헤겔을 꺾었다! 스피노자가 헤겔을 꺾었다! 변증법은 꺼져!"라고 외치고 있었다. 카페테리아를 나서며 바야르와 그의 새 조수는 "바디우도 우리 편이다!"라고 소리 지르며 스피노자 일파를 무찌르려는 모택동주의자들이 지나가도록 비켜주었다.

12

롤랑 바르트는 생-쉴피스 성당 옆, 뤽상부르 공원 가까이 세르방도니 거리에 살고 있었다. 저기에 차를 세워야겠군. 바야르는 그의 차 푸조 504를 11번지 입구 앞에 세웠다. 위키피디아에 따르면, 어떤 이탈리아 건축가가 어떤 브르타뉴 주교를 위해 설계한 집이라는군.

부르주아 계층을 위한 멋진 건물이었다. 질 좋은 흰색 돌로 지어졌고, 큰 철문이 있었다. 철문 앞에 뱅시*의 직원이 문의 비밀번호를 설정하고 있었다. (사실 이때는 아직 뱅시로 불리지 않고 CGE, 즉 전기회사로 불렸고 나중에는 알카텔로 불리게 된다. 하지만 시몽 에르조그가 이때 미래의 사실들을 알았을 리가 없다.) 정원을 가로질러 수위실을 지나자마자 오른쪽에 있는 계단 B를 이용해야 했다. 바르트와 그의 가족은 아파트 2층과 5층의 집 두 채를 가지고 있었고, 6층에 붙은 방 두 개를 사무실로 쓰고 있었다. 바야르는 수위에게 열쇠를 요구했다. 시몽 에르조그는 바야르에게 뭘 찾으러 왔는지 물었지만, 바야르도 자신이 뭘 찾으러 온 것인지 아는 바가 없었다. 엘리베이터가 없었기 때문에 그들은 계단을 올라갔다.

아파트 2층은 낡고 오래되었으며, 나무 괘종시계와 함께 매우 잘 정돈되어 있었고 깨끗했다. 서재로 쓰는 방도 깨끗했고 서재 옆의 침대 위에는 트랜지스터 라디오와 샤토브리앙의 《무덤 너머서의 회상Mémoires d'outre-tombe》이란 책이 있었다. 하지만 바르트는 주로 6층의 침실 겸 거실에서 작업을 했다.

아파트 5층에서 바르트의 동생과 그의 아내가 그들을 맞아

---

* 프랑스의 토지, 도로 공사, 건설, 에너지 기업.

주었다. 바야르는 바르트 동생의 아내가 아랍 여자라고 생각했고, 시몽은 예쁜 여자라고 생각했다. 그녀는 그들에게 차를 대접했다. 바르트의 동생은 그들에게 아파트 2층과 5층의 구조가 똑같다고 말해주었다. 바르트와 그의 어머니, 그리고 남동생은 5층에 살았지만, 어머니가 병에 걸리면서 5층까지 올라가기에 너무 약해지자 마침 비게 된 아파트 2층을 바르트가 구입하여 어머니와 함께 살았다고 했다. 롤랑 바르트는 많은 사람들을 만났기 때문에 자주 외출했고, 어머니가 돌아가신 뒤에는 외출이 더 잦았다고 했다. 하지만 바르트가 어디로 다녔는지는 모른다고 했다. 단지 카페 드 플로르에 자주 간 것만은 알고 있었으며, 그곳에서 친구들도 만나고 직업상 필요한 만남도 거기서 주로 가졌다고 했다.

6층에는 작은 방 두 개가 붙어 있었다. 좁고 긴 나무판자 위에 바르트가 책상으로 사용한 탁자가 있었고, 철제 침대와 귀퉁이의 작은 주방 냉장고 위에는 일본산 차가 놓여 있었다. 사방에 책이 있고, 반쯤 찬 재떨이와 커피 잔이 있었다. 이 방이 가장 낡고 지저분하고 정리가 안 돼 있었다. 피아노와 디스크 플레이어, 클래식 음악 디스크들(슈만, 슈베르트), 그리고 열쇠, 장갑, 카드, 오려낸 신문 기사 등이 담긴 구두 상자를 볼 수 있었다. 바닥에 작은 출입구가 하나 있어 층계를 통하지 않고도 아파트 5층으로 출입할 수 있게 돼 있었다.

시몽 에르조그는 벽에 롤랑 바르트의 최근 저서인 《환한 방 *La chambre claire*》의 사진들이 붙어 있음을 눈여겨보았다. 그 중 하나는 겨울 정원에 서 있는 작은 소녀의 빛바랜 사진으로, 바르트가 숭배하는 어머니였다.

바야르는 시몽 에르조그에게 바르트의 서류와 책들을 좀 신경 쓰라고 말했다. 시몽 에르조그는 다른 사람의 집을 방문한 문학인들이 으레 그렇듯, 책장의 책들을 호기심을 가지고 살펴보았다. 프루스트, 파스칼, 사드, 샤토브리앙, 몇 권의 현대 문학, 필리프 솔레르스의 저서 몇 권, 쥘리아 크리스테바, 알랭 로브-그리예, 그리고 사전과 평론집, 츠베탕 토도로프, 제라르 주네트, 언어학 저서 몇 권과 소쉬르, 오스틴, 존 설…. 책상 위 타자기에는 쓰다 만 종이가 끼어 있었다. "우리는 항상 우리가 사랑하는 것을 이야기하는 데 서툴다." 시몽 에르조그는 바르트의 글을 죽 훑어보았다. 스탕달을 다룬 글이었다. 시몽은 바르트가 책상에 앉아 스탕달과 사랑, 그리고 이탈리아에 관한 글을 쓰는 것을 상상하며 감정의 동요를 느꼈다. 자기가 세탁물 차에 치여 쓰러지게 되리라고는 생각도 못했겠지.

타자기 옆에는 야콥슨의 《일반 언어학 이론*Essais de linguistique générale*》이 놓여 있었다. 읽던 곳을 표시해놓은 듯 종이가 끼어 있었는데, 그것이 시몽 에르조그에게는 피살자의 손목에서 죽음의 순간에 정지한 시계를 떠올리게 했다. 차에 치였을 때 바르트가 생각하고 있던 것은 이 책이겠군. 바르트는 언어의 기능에 관한 부분을 다시 읽으려던 참이었다. 책갈피 대신 네 번 접은 종이가 책에 끼어 있었다. 시몽은 종이를 조심스럽게 펼쳤다. 손글씨로 빽빽하게 뭔가 적혀 있었는데 전혀 알아볼 수가 없어서 다시 접어 원래 자리에 잘 끼워 놓았다. 바르트가 집에 돌아오면 원하는 부분을 바로 읽을 수 있을 것이다.

책상 가장자리에는 읽은 편지 몇 통과 엄청나게 많은 미개봉 편지, 똑같은 글씨체로 휘갈겨 쓴 메모지와 주간지 〈누벨 옵세르바퇴르〉 몇 부, 잡지에서 오려낸 기사와 사진이 있고, 담배꽁초가 장작더미처럼 쌓여 있었다. 시몽 에르조그는 슬퍼졌다. 바야르가 철제 침대 아래를 뒤적거리는 동안 그는 창밖을 내다보았다. 아래쪽에는 이중 주차된 검은 DS가 있었다. 시몽은 그 상징적 의미에 미소를 지었다. DS는 바르트의 《신화론》에서 가장 중요한 상징물로, 바르트의 기고문 모음집의 표지로도 쓰였다. 그는 뱅시의 직원이 금속 절단기로 비밀번호 기판이 들어갈 자리에 홈을 파내는 소리가 울리는 것을 들었다. 건물들 너머로 보이는 하늘은 화창했다. 그는 뤽상부르 공원의 숲을 생각했다.

바야르가 침대 아래에서 찾은 것들을 책상 위에 올려놓는 소리에 시몽은 공상에서 깨어났다. 그것들은 오래된 〈누벨 옵세르바퇴르〉가 아니었다. 바야르는 심술 가득한 미소를 지으며 시몽에게 말했다. "그 친구 이걸 좋아했군 그래." 시몽의 눈앞에 펼쳐진 젊은 근육질의 벌거벗은 남자들의 사진. 그들은 도발적인 눈빛으로 그를 보고 있었다. 당시의 사람들에게 공공연한 비밀이었는지 모르겠지만, 바르트는 동성애자였다. 베스트셀러 《사랑의 단상》을 썼을 때, 그는 사랑하는 대상의 성을 정확하게 밝히지 않으려고 공을 들여가며 항상 '파트너'나 '상대'라는 말로 표현했다. (이 단어들은 문법적으로 남성형 대명사를 쓴다. 프랑스어에서는 '중립'이 남성형으로 취급되기 때문이다.) 나는 바르트가, 당당하게 동성애의 권리를 주장했던 푸코와는 달리 매우 신중했다는 것을 안다. 수치심을 느꼈을지도 모른다. 어쨌든 적어도 자신의 어머니가 죽기 전까지는 동성애자인 것을 내색하지 않으려 애썼다. 푸코는 그 점을 문제 삼아 롤랑 바르트를 비난했고 냉담하게 대했다. 하지만 사람들 사이에서 혹은 대학교 내에서 루머가 돌았을 가능성이 크고, 그렇다면 공공연한 비밀이었을지도 모른다. 어쨌든, 시몽 에르조그는 바르트가 동성애자라는 사실을 알고 있었음에도 지금 수사관에게 굳이 알려야 한다고 생각하지는 않았다.

바야르가 〈게이 피에〉*를 뒤적거리고 있는데 전화벨이 울렸다. 바야르는 책장을 넘기던 손을 멈췄다. 그는 잡지를 펼친

---

* 동성애의 즐거움이라는 뜻. 프랑스의 동성애자를 위한 주간지.

채로 책상 위에 내려놓고는 미동도 없이 시몽 에르조그를 보았고, 시몽도 바야르를 마주 보았다. 사진 속의 잘생긴 청년은 자신의 성기를 쥔 채 그들을 보고 있었고, 전화기는 계속 울리고 있었다. 바야르는 전화벨이 몇 번 더 울린 후 수화기를 들고 아무 말도 하지 않았다. 시몽은 몇 초간 침묵을 지키고 있는 바야르를 계속 바라보고 있었다. 바야르는 본능적으로 숨을 죽였다. 바야르가 마침내 "여보세요?"라고 말했을 때, 상대방이 딸깍 하고 전화를 끊는 소리를 들었고, 그 뒤엔 '뚜우' 하는 통화 대기음이 들렸다. 바야르는 혼란스러운 표정으로 수화기를 내려놓았다. 시몽 에르조그가 바보 같은 질문을 했다. "잘못 걸린 전화인가요?" 열린 창문을 통해 바깥 길에서 자동차가 시동을 거는 소리가 들렸다. 바야르가 포르노 잡지를 챙긴 후, 두 사람은 아파트를 나섰다. 시몽 에르조그는 생각했다. '창문을 닫을걸. 곧 비가 올 것 같은데….' 바야르도 생각했다. '염병할 지식인 동성애자.'

그들은 관리인에게 열쇠를 돌려주기 위해 벨을 눌렀지만 응답이 없었다. 뱅시의 기술자가 자신이 열쇠를 맡았다가 돌려주겠다고 했지만 바야르는 아파트로 돌아가서 바르트의 동생에게 주는 것이 낫겠다고 생각했다.

바야르가 다시 내려왔을 때, 시몽 에르조그는 뱅시의 기술자와 담배를 피우고 있었다. 바야르는 거리 쪽으로 나와 차가 주차된 곳을 지나쳤다. "우리 어디로 가고 있는 건가요?" "카페 드 플로르로 갑시다." "그런데 그 기술자 억양 들었어요? 슬라브계 같죠?" 바야르는 투덜거렸다. "우리한테 중요한 인물이 아니라면 관심 없소." 생-쉴피스 광장을 가로지르며 그들은 푸른색 푸에고를 지나쳤다. 바야르는 갑자기 전문가의 말투로 시몽에게 말했다. "저건 르노의 최신 모델이오. 막 공장에서 출시됐을걸." 시몽 에르조그는 그 차를 조립한 노동자들은 결코 푸에고를 살 수 없으리라는 생각을 했다. 열 명이 돈을 모아도 못 살 텐데. 이런 생각에 빠져서 운전대에 있는 두 일본인에게는 전혀 주의를 기울이지 않았다.

13

카페 드 플로르에서 작은 금발 여인 옆에 앉은 남자가 두꺼운 안경 너머로 그들을 응시하고 있었다. 생김새가 허약해 보였다. 개구리를 닮은 듯한 그의 얼굴이 왠지 낯익었지만 이곳에 온 이유가 따로 있었기에 신경 쓰지 않기로 했다. 바야르는 서른 살이 채 안된 젊은 남자들을 눈여겨보았고 그들에게 몇 가지 질문을 할 작정이었다. 대부분 이 근방을 배회하는 지골로*들이다. 그들이 바르트를 알까? 모두 알고 있었다. 바야르는 그들 한 명 한 명에게 차례로 질문하고, 시몽 에르조그는 곁눈질로 사르트르를 봤다. 그는 지쳐 보였고 담배를 피우며 끊임없이 기침을 했다. 프랑수아즈 사강이 걱정스러운 얼굴로 그의 등을 두드려주고 있었다. 바르트를 마지막으로 만난 사람은 젊은 모로코 남자였어요. 바르트는 그 남자와 처음 만났지만 친밀하게 얘기를 나눴죠. 이름은 몰라요. 그날 둘이서 함께 나갔어요. 어디로 가서 뭘 했는지, 어디 사는지 전혀 몰라요. 오늘 밤 리옹역 근처에 있는 사우나, 뱅 디드로에 가면 그 남자를 볼 수 있을 거예요. "사우나라고요?" 시몽 에르조그가 되물었다. 그때 어떤 스카프를 두른 미치광이 같은 사람이 나타나서 아무에게나 무턱대고 소리를 지르기 시작했다. "이 자식들아, 나를 봐라! 이제 그 낯짝이 오래가지 못할 거다. 진실을 말해줄게. 부르주아는 지배하거나 죽거나 할 거다. 부어라! 마셔라! 사회의 안녕을 위해 페르네를 마셔! 즐겨라! 즐겨! 쫓아내라! 파멸시켜라! 독재자 장 베델 보카사 만세!" 사람들은 대화를 멈추고 수군거렸다. 이런 광경이 낯설지 않은 사람들은 심드렁하게 쳐다보았고, 관광객들은 무슨 일인지도 모르는 채 흥미롭게 지켜보고, 종업원들은 아무런 동요 없이 손님들의 시중을 들고 있었다. 스카프를 두른 예언자처럼 그는 연극배우처럼 과장된 동

---

* 몸 파는 남자

71

작으로 팔을 휘저으며 상상 속의 대상에게 말을 했다. "뭘 필요 없어. 동지들. 너희들은 구시대 속에 살고 있으니."

바야르는 저 사람이 누군지 물어보았다. 지골로 한 명이 그는 장-에데른 알리에라고 말해주었다. 그는 귀족 작가라고 할 수 있는데 때때로 소란을 피우며 이듬해 대선에 미테랑이 승리하면 자신도 장관이 될 것이라 말하고 다닌다고 했다. 바야르는 그의 V자 턱을 뒤집어 놓은 듯한 입술과 반짝이는 푸른 눈, 가끔 잘못된 발음을 하기는 해도 귀족 혹은 부호 특유의 어투를 지니고 있는 점을 눈여겨보았다. 그는 다시 질문을 시작했다. 바르트랑 같이 나갔다던 그 남자는 어떻게 생겼지? 남쪽 지방 억양으로 말하고, 작은 귀걸이를 하고 있어요. 머리가 길어서 얼굴을 덮죠. 장-에데른은 두서없이 큰 소리로 생태학과 안락사, 자유 방송과 오비디우스의 시집 《변신*Metamorphoseon libri*》에 관해 늘어놓고 있었다. 시몽 에르조그는 사르트르가 장-에데른을 주시하는 것을 보았다. 장-에데른은 사르트르를 보자 떨기 시작했다. 사르트르는 사색하는 듯한 눈으로 그를 똑바로 응시하고, 그 옆에서 프랑수아즈 사강은 마치 통역을 하듯 사르트르에게 귓속말을 하고 있었다. 장-에데른이 눈살을 찌푸리니 숱 많은 곱슬머리 때문에 족제비 같은 얼굴이 더 돋보였다. 그는 잠시 침묵하다가 다시 외쳐대기 시작했다. "실존주의는 전염병이다!* 제3의 성 만세! 제4의 성 만세! 라 쿠

폴**의 지식인들을 실망시키면 안 돼요!" 바야르는 시몽 에르조그에게 뱅 디드로에 같이 가서 이름 모를 모로코 남자를 찾도록 도와달라고 말했다. 장-엘데른은 사르트르 앞에 가서 오른팔을 들어 올리고 손을 바닥 쪽으로 향하게 하고 발뒤꿈치를 찰칵 붙이며 외쳤다. "하일, 알튀세르!" 시몽 에르조그는 자신이 꼭 갈 필요는 없지 않느냐고 항변했다. 사르트르는 기침을 하면서 담배에 불을 붙였다. 바야르는 호모 같은 지식인이 용의자를 찾는 데 매우 도움이 될 것이라고 말했다. 장-에데른은 앵테르나쇼날***에 외설스런 가사를 붙여 노래하기 시작했다. 시몽 에르조그는 수영복을 사러 가기엔 너무 늦었다고 했지만 바야르는 수영복은 필요 없다고 말했다. 사르트르는 〈르몽드〉를 펼치고 퍼즐을 풀기 시작했다. (그는 거의 맹인이었기 때문에 찾아야 할 단어의 뜻을 프랑수아즈 사강이 읽어줬다.) 장-에데른은 갑자기 길 위의 무언가를 보고 밖으로 뛰어나가며 소리를 질렀다. "모더니즘! 엿이나 먹어라!" 이미 7시. 밤이 되었다. 바야르와 시몽 에르조그는 504가 세워진 바르트의 집 앞으로 돌아갔다. 바야르는 앞 유리창에 붙어 있는 주차 위반 경고를 떼어 내

---

* 사르트르는 '실존주의는 휴머니즘이다'라고 했다. 불어로 'L'Existentialisme est un humanisme.'라고 했는데, 장-에데른이 'L'Existentialisme est un botulisme.'라고 하여 끝자락 운율을 맞추었다.
** 파리의 레스토랑. 지식인들의 모임 장소로 유명했다.
*** 프랑스에서 작곡된 국제 사회주의자 노래로 1944년까지 소련의 국가로 불림

고 레퓌블릭 광장 방향으로 출발했다. 검은색 DS와 푸른색 푸에고도 뒤따라 출발했다.

14

자크 바야르와 시몽 에르조그는 사우나의 증기 속에서 작은 흰 수건을 허리에 두른 채, 땀범벅이 된 남자들 사이를 걸어 다녔다. 바야르는 신분증을 탈의실에 두었고 그들은 신분을 밝히지 않은 채 귀걸이를 한 게이를 찾고 있었다. 그를 찾았을 때 겁먹게 해서는 안 되기 때문이다.

사실 그들은 제3자의 눈으로 보기에 제법 그럴싸한 커플이었다. 탐색하는 듯한 날카로운 눈빛이 위압적인, 상체에 털이 많은 중년의 건장한 남자와 호리호리하고 털이 별로 없는 부드러운 눈빛의 젊은 남자. 시몽 에르조그는 겁먹은 인류학자 같은 분위기를 가지고 있어서, 스쳐 지나가던 많은 남자들이 탐욕스런 눈으로 그를 뚫어지게 쳐다보며 그의 앞에서 몸을 한 바퀴 돌리곤 했다. 바야르 역시 눈길을 끌었다. 두세 명의 젊은 남자들이 유혹하는 눈빛으로 그를 쳐다보았고, 좀 떨어진 곳에 서 있던 덩치 큰 남자는 바야르를 보며 자신의 성기를 손으로 쥐었다. 여기서는 분명 리노 벤추라 스타일이 통하는 것 같았다.

바야르는 동성애자들이 자신을 그들과 같은 부류로 생각하는 것에 화가 났지만, 투철한 직업 정신으로 속마음을 감춘 채, 그들의 접근을 막으려고 가볍게 적개심을 드러내는 데 그쳤다.

하지만 공간이 워낙 넓다 보니 모로코 남자를 찾는 게 쉽지가 않았다. 사우나, 정확히는 하맘*, 욕탕, 여러 용도의 방들…. 남자들 역시 다양했다. 나이, 키, 덩치. 아는 것이라곤 그저 머리가 길고 귀걸이를 한 젊은 모로코 남자라는 사실뿐. 게다가 그곳에 있는 남자들의 절반이 서른 살 이하로 거의 모두가 마그레브 사람**이었고 귀걸이를 하고 있었다. 머리카락에 대한 정보도 도움이 되지 않았다. 모두들 젖은 머리카락을 뒤로 넘기고 있어서 얼굴을 가릴 만큼 머리가 긴지 알아낼 방법이 없었다.

마지막 한 가지 단서가 남아 있었다. 남부 억양이라는 것. 하지만 억양을 알아내려면 대화를 나눠봐야 한다.

사우나 구석의 타일 벤치 위에 두 명의 젊은 남자가 서로의 성기를 애무하며 부둥켜안고 있었다. 바야르는 살그머니 다가가서 그들이 귀걸이를 하고 있는지 확인했다. 둘 다 귀걸이를 했군. 하지만 둘 다 지골로라면 서로에게 돈이 되지 않을 텐데 같이 시간을 보낼 이유가 있나? 그럴 수도 있겠지. 바야르는 한

---

* 터키의 전통 목욕탕.
** 이집트를 제외한 북아프리카 지역. 알제리, 모로코, 튀니지, 리비아 등.

번도 이런 쪽의 풍기 단속 업무를 하지 않아 아는 바가 없었다. 그는 시몽을 끌고 실내를 한 바퀴 돌았다. 수증기 때문에 공기는 빽빽한 안개 같았고 빛이 뿌옇게 비쳐 잘 보이지 않는 데다 개별 사우나실에 있는 사람들은 가까이 가서 관찰하지 못하고 창 너머로 볼 수밖에 없었다. 그러다 한 아랍 남자를 스쳤다. 그는 지나가는 모든 남자의 성기를 만지려는 것 같았다. 일본인 두 명, 기름진 머리에 콧수염이 난 남자 두 명, 덩치가 크고 문신이 있는 남자, 늙은 호색한, 눈빛이 부드러운 젊은 남자…. 사람들은 허리나 어깨에 수건을 걸치고 있었고, 욕탕에서는 모두 벌거벗었으며, 어떤 이들은 발기한 상태였다. 이곳에도 역시 모든 종류의 사람들이 다 있었다. 키가 큰 사람, 작은 사람, 뚱뚱한 사람, 마른 사람. 바야르는 그중에 귀걸이를 한 사람을 분류해보려고 했다. 네다섯 명을 찾아냈을 때, 그는 시몽에게 어떤 남자를 가리키며 말을 걸어보라고 시켰다.

시몽 에르조그는 자기보다 바야르가 말을 거는 게 더 나을 것이라고 생각했지만 바야르의 굳은 표정을 보고는 체념한 채 어색하게 지골로에게 다가가 인사말을 건넸다. 시몽의 목소리는 떨리고 있었다. 남자는 웃었지만 대답은 하지 않았다. 강의실에 있을 때를 제외하면 시몽은 수줍음을 탄다. 그래서 누군가에게 먼저 다가가 본 적이 없었다. 그는 간신히 한두 마디를 더 했지만 스스로도 엉뚱하고 우스꽝스런 말을 했다고 생각했다. 남자는 아무 말 없이 시몽의 손을 잡고 가까운 방으로 데려갔다. 시몽은 저항하지 않고 그가 이끄는 대로 따라갔지만 빨리 행동을 취해야 한다는 것을 알고 있었다. 그는 머뭇거리며 말했다. "당신 이름이 뭐야?" 남자가 대답했다. "파트리크." 남부 억양인지 구분하려면 o나 eu가 있어야 하는데…. 시몽은 남자를 따라 작은 방에 들어갔고, 남자는 시몽의 허리를 잡고 그의 앞에 무릎을 꿇었다. 시몽은 남자가 좀 더 길게 말하도록 다시 말을 걸었다. "내가 먼저 하는 건 어떨까?" 남자는 아니라고 말하며 떨고 있는 시몽의 수건 아래로 손을 넣었다. 시몽의 수건이 아래로 떨어졌다. 시몽은 남자의 손가락 아래서 자신의 그것이 반응하고 있다는 사실에 놀랐다. 그는 결국 마지막 승부수를 쓰기로 했다. "잠깐, 잠깐! 내가 뭘 하고 싶은지 알아?" 남자가 물었다. "뭔데?" 이런, 아직도 너무 짧게 말하는군. 음절이 더 있어야 억양을 들을 수 있는데…. "네게 똥 싸고 싶어." 남자는 놀라서 시몽을 쳐다보았다. "그래도 돼?" 마침내 파트리크는 대답했다. 남부의 억양이 전혀 없는 목소리로. "알았어. 하지만 돈을 더 줘야 해." 시몽 에르조그는 수건을 집어 들고 재빨리 달아났다. "할 수 없네. 다음에 보자고!" 이 짓을 주변의 수많은 지골로들과 계속해야 한다면…. 오늘 밤은 무척 길고 험난하겠군. 그는 지나가는 모든 이의 성기를 만지려 하는 아랍인과 또 마주쳤다. 콧수염 남자 두 명과 일본인 두 명, 덩치 크고 문신이 있는 남자와 잘생긴 젊은 남자를 지나 막 바야르와 합류하려던 순간, 비음이 섞였으며 굵고 지적인 목소리를 들었다. "생명권력이 지배하는 장소에서 경찰의 하수인이 위압적인 근육을 드러내 보이는 건가? 이게 어찌된 일이지?"

마른 몸에 각진 턱의 대머리 남자가 벌거벗은 채 팔짱을 끼고, 바야르의 뒤쪽 나무 벤치의 등받이에 기대어 다리를 활짝 벌리고 앉아 있었다. 그의 앞에는 마르고 귀걸이를 한, 짧은 머리의 젊은 남자가 그의 것을 핥고 있었다. "뭔가 재미난 걸 발견하셨나요, 경위님?" 미셸 푸코는 시몽 에르조그를 뚫어지게 쳐다보며 바야르에게 물었다.

바야르는 놀란 내색은 하지 않았지만 대답할 말을 찾지 못하고 있었다. 시몽 에르조그는 눈을 크게 떴다. 수많은 사우나실의 신음 소리와 삐걱거리는 소리가 사방에서 울리고 있었다. 구석진 곳에서 콧수염이 난 두 남자가 서로 손을 잡고 바야르와 에르조그와 푸코를 몰래 관찰하고 있었고, 모든 사람의 성기를 만지려 드는 아랍 남자가 어슬렁거리고 있었다. 일본인들은 수건을 머리에 얹고 욕탕에 몸을 담그려는 참이었고 문신이 있는 남자들은 미소년들에게 바짝 달라붙어 있었다. 아니 그 반대인가? 미셸 푸코는 바야르에게 질문했다. "이 장소를 어떻게 생각하시나요, 경위님?" 바야르는 여전히 대답을 하지 않았고, 사우나실의 소리는 계속해서 들리고 있었다. "*하아! 하*

아!" 푸코는 다시 말을 이었다. "누구를 찾으러 온 것 같은데, 벌써 찾은 것 같군요." 그는 시몽 에르조그를 가리키며 웃었다. "당신의 알키비아데스!"* 다시 사우나실로부터 들려오는 소리. *"하아! 하아!"* 바야르의 말. "난 롤랑 바르트가 사고를 당하기 전날에 만났던 남자를 찾고 있소만." 푸코는 자신의 다리 사이에서 바삐 움직이는 젊은 남자의 머리를 쓰다듬으며 말했다. "롤랑에게는 비밀이 있었죠. 당신도 알겠지만…." 바야르는 그게 무엇이냐고 물었다. 사우나실의 소음은 점점 더 크고 거칠어지고 있었다. 푸코는 바르트가 서구식 섹스를 구상해냈다고 말했다. 즉 비밀은 지키되 비법을 터득하는 것. "롤랑 바르트는 목자가 되고 싶은 양이었죠. 물론 그는 여러 방면에서 목자였어요. 그 이상 찬란하고 눈부신 목자는 없었죠. 하지만 섹스에 관한 한 그는 항상 양이었죠." 사우나실의 소리는 고함으로 변했다. *"아앗! 아앗! 아앗! 아앗!"* 아랍 남자는 시몽의 수건 아래에 손을 넣으려고 시도했지만 시몽은 부드럽게 밀어냈고, 실패한 아랍 남자는 콧수염 남자들 쪽으로 갔다. "롤랑은 마음 깊이 기독교인의 기질을 가지고 있었어요. 그는 초기 기독교인들이 예배에 참석하는 것처럼 이곳에 왔죠. 아무것도 이해하지 못하면서 열정만 가지고 온 거예요. 그는 왜 그런지도 모르면서 맹

---

* 소크라테스의 젊은 남자 연인.

목적으로 믿었어요." (사우나실의 소리가 계속 들렸다. "으응! 으응!") "동성애가 역겨운가요, 수사관 양반? ("더 세게! 더 세게!") 하지만 우리를 만든 건 당신들입니다. 남자들의 동성애라는 개념은 고대 그리스에선 존재하지 않았어요. 소크라테스는 동성애자라는 낙인 없이 알키비아데스를 손에 넣을 수 있었죠. 그리스인들은 동성애를 보고 젊음을 더럽히는 행위가 아니라 좀 더 훌륭한 행위라고 생각했거든요."

푸코는 눈을 감으며 머리를 뒤로 젖혔고, 바야르도 에르조그도 그것이 쾌감에 겨워서인지 사색에 잠겨서인지 알 수 없었다. 여전히 사우나실로부터는 합창 소리가 들려왔다. "아앗! 아앗!"

푸코는 중요한 사실이 생각났다는 듯 다시 눈을 떴다. "하지만 그리스인들에게도 한계가 있었어요. 이것이 젊은이들의 쾌락이 되는 것에는 반대했죠. 금지를 시킬 수는 없었지만 용인을 해주지 않았어요. 마침내는 당신들처럼 행동한 거죠. 품위를 위해 배척하기로 한 거예요. (사우나실: "안 돼! 안 돼! 안 돼!") 강제로 행동을 취할 때 품위는 가장 효과적인 핑계가 되죠." 그는 다리 사이를 가리켰다. "르네 마그리트가 말했듯이 이건 파이프가 아니거든요."* 그는 열심히 자신의 그것을 빨아들이고 있는 젊은 남자의 머리를 정돈해주었다. "너 말이야, 내 것을

---

* 마그리트의 그림 〈이미지의 배신〉. 커다란 파이프 그림이 있고 아래에 '이것은 파이프가 아니다.'라고 쓰여 있다.

입에 넣기 좋아하는구나. 맞지, 아메드?" 젊은 남자는 고개를 끄덕였다. 푸코는 그를 부드럽게 쳐다보고 뺨을 어루만지며 말했다. "짧은 머리가 정말 잘 어울리는군." 젊은 남자는 웃으며 대답했다. "메르시 비엥."*

바야르와 에르조그는 온몸의 신경이 곤두서며 귀로 몰리는 것을 느꼈다. 제대로 들은 건지 확신할 수가 없었다. 아메드는 다시 덧붙였다. "메르시 비엥, 미셸. 당신 것은 너무 아름다워요."

15

네. 맞아요. 그는 며칠 전에 롤랑 바르트를 만났다. 아니오. 그들은 정기적으로 섹스하는 관계가 아니었다. 바르트는 그것을 "뱃놀이"라 불렀다고 한다. 하지만 바르트는 그다지 적극적인 편이 아니었다. 오히려 매우 감성적이었다. 그는 아메드에게 학술원에서 오믈렛을 사주었고 자신의 침실 겸 거실로 데려갔다. 그들은 함께 차를 마셨다. 특별한 얘기를 나누지는 않았다. 바르트는 말수가 적은 남자였고 무슨 생각에 잠긴 듯해 보였다. 작별 인사를 할 때 바르트가 물었다. "세상이 네 거라면

---

* 고마워요. 남부 억양. 표준 발음은 메르시 비앙에 가깝게 들린다.

뭘 하고 싶지?" 지골로는 모든 법을 없애버리겠다고 대답했다. 바르트가 다시 물었다. "문법도 없앨 거야?"

16

피티에–살페트리에르 병원에는 정적이 감돌았다. 바르트의 친구들, 숭배자들, 지인들, 그리고 단순히 호기심으로 온 사람들. 그들은 서로 교대해가며 침상 곁을 지켰고, 병원 대기실을 차지하고 낮은 목소리로 한담을 나누거나 샌드위치를 먹거나 담배를 피우거나 신문, 기 드보르의 책, 밀란 쿤데라의 소설을 읽고 있었다. 그때 그들이 등장했다. 키가 작고 머리가 짧은 활기찬 여자와 긴 검은 외투에 흰 셔츠를 풀어헤쳐 가슴팍을 드러내고 검은 머리가 바람에 날리는 남자, 그리고 어딘가 새를 연상시키는 얼굴에 파이프를 물고 있는 빛바랜 금발의 또 다른 남자 한 명.

그들은 성큼성큼 사람들의 무리를 뚫어가며 걸었고, 사람들 사이에는 곧 무슨 일이 벌어질 것 같은 분위기가 돌았다. 노르망디 상륙 작전이 벌어질 때와 같은 팽팽한 긴장감 속에 그들은 혼수상태의 환자가 있는 병동으로 들어섰다. 바르트를 보려고 와 있던 사람들뿐 아니라 다른 방문객들까지도 호기심 어린 눈빛으로 쳐다보았다. 5분이 채 지나지 않아 고함 소리가 들렸다. "이대로 죽도록 내버려두고 있잖아! 그저 방치하고 있어!"

복수의 천사 세 명은 흥분한 채로 다시 돌아왔다. "여긴 가망 없는 사람들이 죽기만 기다리는 곳이야! 이건 말도 안 돼! 왜 아무도 말해주지 않았지? 우리가 더 빨리 왔어야 했는데!" 프랑스 지식인 역사상 영원히 기록될 만한 순간을 포착할 사진사가 그 자리에 없었던 게 유감이다. 쥘리아 크리스테바와 필리프 솔레르스, 그리고 베르나르-앙리 레비가 롤랑 바르트처럼 소중한 친구를 병원 직원들이 소홀하게 다루고 있다며 맹렬히 비난했기 때문이다.

모두 베르나르-앙리 레비가 이 자리에 있었다는 사실에 놀라겠지만, 그는 웬만한 사건 사고에 꼭 끼어들었다. 바르트는 그를 '신지식인(철학자)'이라는 다소 모호하지만 어쨌든 공식적인 명칭을 붙여 대우해주었고, 이 때문에 들뢰즈의 맹비난을 받기도 했다. 바르트 주변 사람들의 말을 들어보면, 그는 마음이 너무 약해서 '아니야'라는 말을 하지 못했다. 베르나르-앙리 레비가 1977년 출간된 자신의 저서 《인간의 얼굴을 한 야만 *Barbarie à visage humain*》을 바르트에게 보냈을 때도, 바르트는 내용에 대해서는 언급하지 않고 정중하게 책의 형식을 칭찬했다. 어쨌든 베르나르-앙리 레비(이후부터 *BHL*)는 바르트에게 받은 이 편지를 차기 작품인 《신문학*Les Nouvelles Littéraires*》

에 수록하고 솔레르스와 어울려 다녔으며, 3년이 흐른 지금 살 페트리에르 병원에서 그의 친구인 위대한 문학평론가 바르트를 위해 목청을 높이고 있는 것이다.

패거리들이 병원 직원들에게 소리를 지르며 난동을 피우는 동안 ("바르트를 당장 다른 곳으로 옮겨요! 미국 병원*으로 옮겨야겠어! 빨리 전화해봐!") 몸에 잘 맞지 않는 정장 차림의 남자 두 명이 슬그머니 복도로 빠져나갔다. 아무도 그들을 눈여겨보지 않았다. 자크 바야르는 현장에 있었지만 검은 외투를 입은 덩치 큰 검은 머리 남자의 난동을 지켜보며 그쪽에 온 정신을 쏟았고, 옆에 있던 시몽 에르조그는 바야르가 그에게 맡긴 임무, 즉 '지금 소란을 피우는 자들이 누구인지'를 통역사처럼 바야르의 귀에 대고 설명하고 있었다. 세 명은 병원의 홀을 종횡무진 누비며 거칠게 소란을 피웠다. 그들이 모종의 심오한 집단 안무를 하고 있다고 해도 믿길 정도였다.

그들이 여전히 소리를 지르는 동안 ("그 사람이 누군지 알기나 하는 거야? 어떻게 롤랑 바르트를 다른 환자들하고 똑같이 취급할 수 있지?" 이런 부류의 사람들은 항상 자신의 위상을 내세워 특별 대우를 받고 싶어 한다.) 잘 맞지 않는 정장 차림의 두 명은 다시 홀에 나타났다가 슬그머니 사라졌다. 하지만 금발 머리에 다리가

---

* 사학재단에서 설립한 미-불 합작 비영리병원.

날씬한 간호사 한 명이 당황한 기색으로 나타나 의사의 귀에 뭔가를 속삭였을 때에는 다시 그 자리에 있었다. 모두 우왕좌왕하며 서둘러 바르트의 방으로 몰려갔다. 위대한 평론가는 튜브가 모두 뽑히고, 혈관에 꽂혀 있던 링거 바늘도 뽑힌 채 침상 바닥에 엎어져 있었다. 종이처럼 얇은 환자복 너머로 그의 앙상한 엉덩이가 보이고 사람들이 그를 바로 눕히는 동안 헐떡거리며 초점을 잃은 눈이 돌아가고 있었다. 하지만 그는 의사 옆에 서 있던 바야르를 알아보자 초인적인 힘을 발휘해 몸을 바로 세우며 바야르의 조끼를 잡았다. 바야르는 바르트에게 몸을 굽혔고, 바르트는 작은 목소리로 바야르에게 무엇인가를 말했다. 바르트의 목소리는 영화배우 필리프 누아레와 착각할 정도로 비슷하다고 알려져 있지만, 지금 그의 목소리는 딸꾹질을 하는 것처럼 중간중간 끊어지고, 알아듣기도 힘들만치 희미했다.

"소피아, 엘 쎄*Elle sait* …. (그녀가 알아요.)"

문 앞에 크리스테바가 금발 머리 간호사와 함께 서 있었다. 바르트의 눈은 오랫동안 간호사에게 머물렀고 방 안에 있던 사람들, 의사들, 간호사들, 친구들, 경찰들은 바르트의 필사적인 눈빛에 마비된 듯 꼼짝 않고 서 있었다. 그러고 나서 바르트는 정신을 잃었다.

밖에서는 검은색 DS가 타이어로 끼음을 내며 출발하고 있었다. 홀에 머물고 있던 시몽 에르조그는 바깥에 신경을 쓰지 않았다.

바야르는 크리스테바에게 물었다. "당신이 소피아인가요?" 그녀는 어색한 j와 u 발음으로 아니라고 대답했다. "아니요. 쥘리아입니다." 바야르는 그녀의 말에서 희미하게 외국인의 억양을 느꼈고, 아마도 이탈리아어나 독일어, 혹은 그리스어나 브라질어, 아니면 러시아어일 것이라고 생각했다. 그는 그녀의 얼굴이 딱딱하다고 느꼈다. 꿰뚫어 보는 듯한 시선도 마음에 들지 않았다. 작고 검은 눈이, 자신은 바야르보다 지적인 여자이고 덩치 큰 바보 경찰을 경멸한다고 말하는 듯했다. 그는 기계적으로 물었다. "직업이 뭡니까?" 그녀가 비웃는 듯한 어투로 "정신 분석학자"라고 대답했을 때, 본능적으로 그녀의 뺨을 갈기고 싶은 충동이 일었지만 간신히 참았다. 아직 두 사람을 더 심문해야 했기 때문이다.

금발의 간호사는 바르트를 침대에 눕혔다. 그는 여전히 의식을 잃은 채였고 바야르는 경찰관 두 명을 병실 문 앞에 배치하고 새로 지침을 내릴 때까지 방문자의 출입을 금하게 했다. 그는 마침내 소동의 주인공인 두 사람을 마주했다.

성, 이름, 나이, 직업?

주아요 필리프. 솔레르스가 먼저 대답했다. 마흔네 살. 작가. 배우자는 쥘리아 주아요 크리스테바.

레비 베르나르-앙리. 서른두 살. 철학자. 에콜 노르말 쉬페리외르* 졸업생.

두 사람은 바르트가 사고를 당했을 때 파리에 없었다. 바르트와 솔레르스는 매우 친밀한 사이였다. 바르트는 필리프 주아요 솔레르스라는 사람의 잡지인 〈텔 켈〉에 참여하고 있었고, 몇 년 전에는 쥘리아를 포함해 세 명이 함께 중국에 다녀오기도 했다. 왜 갔냐고요? 연구차 갔습니다. 더러운 공산주의자들 같으니…. 바야르는 혼잣말을 했다. 바르트는 솔레르스의 연구를 찬양하는 글을 여러 편 썼다. 바르트는 솔레르스에게 아버지와도 같은 사람이었다. 가끔은 바르트가 어린아이 같아 보일 때도 있었지만…. 크리스테바는? 언젠가 바르트는 만약 자신이 여자를 사랑했더라면 아마도 크리스테바를 사랑했을 것이라고 말했다. 그는 그녀를 경애했다. 그럼 필리프 주아요 씨, 당신은 질투하지 않았습니까? 하하하…. 쥘리아와는 당신이 생각하는 그런 관계가 아니거든요. 그런데 가엾은 롤랑은 남자들하고도 그다지 행복해하지 않았어요. 그건 왜죠? 어떻게 사랑해야 하는지 몰랐던 거죠. 항상 먼저 다가오는 사람에게 점령당했을 뿐이에요…. 알겠습니다. 그리고 레비 씨, 당신은요? 아, 전 바르트를 존경합니다. 정말 위대한 사람이에요. 당신도 함께 여행했나요? 아니오. 그분에게 부탁하고 싶은 프로젝트가 아주

---

* 파리 고등사범학교. 프랑스 최고의 엘리트 교육기관.

많았죠. 어떤 종류의 프로젝트죠? 우선 샤를 보들레르의 삶에 관한 영화 프로젝트요. 바르트에게 보들레르 역할을 맡기고 싶었죠. 솔제니친과의 인터뷰도 맡기고 싶었고요. 나토NATO에 쿠바를 독립시켜 달라는 청원을 넣는 것도 부탁하려 했어요. 이런 프로젝트가 있었다는 증거가 있습니까? 아, 물론이죠. 앙드레 글뤽스만과 프로젝트에 관해 얘기를 나눴거든요. 그 사람한테 물어보세요. 바르트에게 적이 있나요? 많지요. 솔레르스의 대답이다. 그가 우리 친구라는 걸 모두가 다 알거든요. 그리고 우리에게 적이 많으니까요. 당신들의 적이 누군데요? 스탈린주의자들. 파시스트. 알랭 바디우, 질 들뢰즈, 피에르 부르디외. 코르넬리우스 카스토리아디스. 피에르 비달-나케, 그리고… 엘렌 시수. (베르나르-앙리 레비: 아, 맞아요. 엘렌 시수랑 쥘리아 크리스테바는 사이가 틀어졌죠? 솔레르스: 그래…. 아니, 아니지…. 엘렌 시수가 쥘리아를 질투한 거지. 마르그리트 때문에….)

마르그리트 뭐라고요? 뒤라스요. 바야르는 마르그리트 뒤라스라는 이름을 적었다. 주아요 씨는 미셸 푸코라는 사람을 아십니까? 솔레르스는 이슬람 수도승처럼 빙글빙글 돌기 시작했다. 빠르게 점점 빠르게. 그래도 파이프는 여전히 입술 사이에 잘 물고 있었다. 파이프의 불붙은 끄트머리는 빨갛게 피어오르며 병원 복도에 우아한 오렌지색 커브를 그렸다. "진실을 원하시나요? 형사님? 온전한 진실을요? 사실… 미셸 푸코는 바르트의 명성을 질투했어요. 특히 저, 솔레르스가 바르트를 사랑한 것을 질투했죠…. 왜냐하면 푸코는 독재자 중에서도 최악의 독재자거든요…. 생각해보세요. 공공질서의 대변자님. 푸코가 제게 최후통첩을 했답니다…. "바르트와 나, 둘 중에 하나를 선택해." 몽테뉴와 라보에티, 라신과 셰익스피어, 위고와 발자크, 괴테와 실러, 마르크스와 엥겔스, 메르크스와 풀리도, 모택동과 레닌, 브르통과 아라공, 로렐과 하디, 사르트르와 카뮈(으, 아니에요. 이 사람들은 뺍시다), 드골과 틱시에 비냥쿠르…. 계획 경제와 시장 경제, 로카르와 미테랑, 지스카르와 시라크…." 솔레르스는 회전 속도를 늦추며, 파이프 담배를 문 채로 기침을 했다. "파스칼과 데카르트, 콜록 콜록… 트레조와 플라티니, 르노와 푸조, 마자랭과 리슐리외… 후읍." 꺼진 듯했던 파이프 담배가 되살아났다. "센강의 좌안과 우안, 파리와 베이징, 베네치아와 로마, 무솔리니와 히틀러, 소시지와 퓌레…."

갑자기 방에서 무슨 소리가 들려왔다. 바야르는 문을 열고 바르트가 잠꼬대를 하면서 온몸에 경련을 일으키며 발작하는 것을 보았다. 간호사는 그를 덮은 시트를 매트리스 안에 끼워넣으면서 그를 안정시키려 하고 있었다. 그는 '대혼란'이나 '의미 단위', '빛나는 텍스트' 등을 거론하며 그것을 읽어봤자 문장과 대화의 흐름, 그리고 사용되는 언어의 성질 등을 적당히 짜깁기해놓은 매끄러운 표면만 이해할 수 있다고 말하고 있었다.

바야르는 시몽 에르조그를 불러 해석해달라고 부탁했다. 바르트는 점점 더 격렬하게 요동치고 있었다. 바야르는 그에게 몸을 굽혀 말했다. "무슈 바르트, 당신을 해치려던 사람을 봤습니까?" 바르트는 초점이 없는 눈을 뜨고 바야르의 목덜미를 잡고, 숨을 헐떡이며 가쁜 목소리로 말했다. "보호자(tuteur)라는 시니피앙은 일련의 짧은 연속된 분절로 나눌 수 있고, 이것을 어휘를 뜻하는 렉시라고 하기로 한다. 읽는(lecture) 단위이기 때문이다. 이렇게 분절하는 이유는 더 이상 주먹구구식으로 나아가서는 안 되기 때문이다. 주먹구구식 임의로 하면 방법론적 책임이 없기 때문에, 따라서 시니피에만을 분석하게 된다…." 바야르는 에르조그에게 눈빛으로 질문했고, 에르조그는 어깨를 으쓱했다. 바르트는 이를 악물고 간신히 숨을 쉬며 헐떡거렸다. 바야르는 다시 물었다. "무슈 바르트, 소피아가 누굽니까? 그녀가 뭘 안다는 거죠?" 바르트는 그를 보고 있었지만 그가 누구인지 모르거나 혹은 너무 잘 알고 있는 것 같기도 했다. 그는 거친 목소리로 암송하기 시작했다. "전체적인 맥락에서 볼 때, 텍스트란 하늘에 비교할 수 있다. 평평하지만 깊이가 깊다. 잔잔하고 경계도 없고 지표도 없다. 예를 들어 어떤 점술가가 어떤 특정 원칙에 의한 새의 비행을 살펴보려고 하늘에 지팡이로 임의의 사각형을 그려 연구하듯, 비평가는 텍스트의 한 부분에서 의미의 차용이 있는지, 의미가 노출된 것이 있는지,

인용된 문구가 있는지 관찰한다."

바야르는 에르조그에게 화가 났다. 에르조그는 난처한 얼굴로 솔직히 이런 횡설수설은 설명할 수 없다는 시늉을 했다. 히스테리가 최고조에 달했는지 바르트는 숨이 넘어가는 듯 비명을 지르기 시작했다. "모든 게 텍스트에 들어 있어요! 알겠습니까? 텍스트를 찾으세요! 그것의 기능! 이런 어리석은 일이!" 그는 베개 위로 머리를 늘어뜨리고 책을 낭독하는 것처럼 중얼거렸다. "어휘는 한 가지 의미 단위를 나타내는 것일 수도 있고, 연설문이나 담화에서 (체계적 읽기에 의해 규정 혹은 증명된) 여러 의미를 지닐 수 있는 다원적 구조의 (여러 단어로 된) 문장일 수도 있다. 그러므로 어휘 혹은 어휘 단위란 단어나 단어 그룹, 문장이나 단락, 달리 말하면 '자연스러운' 언어의 구성 요소들로 덮인 다면체에 비교할 수 있다." 바르트는 정신을 잃었다. 바야르는 그를 흔들었으나 금발의 간호사가 들어와 환자가 휴식을 취해야 한다며 만류했다. 그들은 다시 방에서 나왔다.

바야르가 시몽 에르조그에게 설명을 해달라고 요구하자, 에르조그는 솔레르스나 BHL이 한 말에 크게 기대를 걸어선 안 된다고 말하는 게 낫겠다고 생각했다. 하지만 그 역시 일말의 가능성이 있다고 생각했기 때문에 의욕적으로 말했다. "일단 들뢰즈와 얘기를 나눠봐야 할 것 같아요."

병원에서 나갈 때 시몽 에르조그는 바르트를 담당하는 금발 간호사와 부딪혔다. "아, 죄송합니다!" 그녀는 매혹적인 미소를 지으며 말했다. "괜찮습니다!"*Ce n'est rrrien, monsieur!**

17

아메드는 일찍 잠에서 깼다. 전날의 수증기와 약물 때문에 깊이 자지 못했다. 몸이 나른하고 머리도 아프고 침실이 낯설어 당황스럽기도 했다. 잠시 생각을 더듬고 나서야 이곳에 오게 된 경위를 기억할 수 있었다. 그는 옆의 남자를 깨우지 않도록 조심스럽게 침대에서 나와 소매 없는 티셔츠를 입고 리쿠퍼 청바지를 입었다. 욕조 모양의 재떨이에 어제 피운 마리화나가 남아 있어 마저 피우고 주방으로 가서 커피를 마신 다음, 심장 위치에 빨간 F 글자가 크게 찍힌 검은색과 흰색의 테디 스미스 재킷을 걸치고 문을 나섰다.

바깥은 화창했고 거리는 텅 비었다. 검은색 DS가 차고 앞 진입로에 주차돼 있었다. 아메드는 워크맨으로 블론디의 노래를 들으며 신선한 공기를 들이마셨다. 검은색 DS가 출발하며 그의 뒤를 따라오고 있다는 것은 눈치채지 못했다. 그는 센강

---

* R을 심하게 굴리는 슬라브계 언어 발음.

을 건너고 파리 식물원을 지나면서, 운이 좋으면 카페 드 플로르에 누군가 와 있어 진짜 커피를 사줄 수도 있을 것이라고 생각했다. 하지만 카페 드 플로르에는 동료 지골로들과 두세 명의 구두쇠 영감들밖에 없었다. 사르트르가 마침 스웨터를 입은 학생들 몇 명과 함께 앉아 파이프를 피우며 콜록대고 있었다. 아메드는 그곳을 빠져나와 비옷을 입고 슬픈 눈의 비글을 산책시키고 있는 행인에게 담배를 얻어 아직 문을 열지 않은 생-제르맹 펍 앞에서 다른 지골로들과 함께 피웠다. 그들도 아메드처럼 잠이 부족해 보였고, 숙취에 담배를 너무 많이 피운 것 같은 몰골이었다. 그리고 대부분이 어제 하루 종일 아무것도 못 먹은 것 같았다. 사이드는 간밤에 나이트클럽 발렌 블루에서 무슨 일이 있었는지 물어보았고, 아롤드는 배우 아만다 레아와 나이트클럽 팔래스에서 섹스할 뻔했다고 대답했다. 슬리만은 누군가에게 맞아서 엉망이었는데 무슨 일이 일어났는지 전혀 기억을 못했다. 그들은 모두 지루하다고 입을 모았고, 아롤드는 몽파르나스나 오데옹 극장에 가서 영화 〈르 기뇰로〉를 보고 싶어 했지만 상영은 오후 2시 이후에나 있었다. 맞은편에는 콧수염 난 남자 두 명이 DS를 주차하고 브라스리 립 주점의 테라스에서 커피를 마시고 있었다. 그들의 옷은 마치 차 안에서 잔 것처럼 구겨져 있었고 우산을 가지고 있었다. 아메드는 돌아가서 잠이나 자는 게 낫겠다고 생각했지만 다시 6층까지 올라가기가 싫었다. 그래서 그는 전철역에서 나오는 흑인에게 담배를 또 하나 얻어 피우고는 병원에 가야 할지 말아야 할지 곰곰이 생각했다. 사이드는 '바바'가 혼수상태에 빠졌지만, 아메드의 목소리를 들으면 좋아할 것이라고 했다. 식물에게 클래식 음악을 틀어주면 잘 자라듯이 혼수상태에 빠진 환자들도 소리를 들을 수 있는 것 같다고 했다. 아롤드는 검은색과 오렌지색의 양면 항공 재킷을 자랑했다. 슬리만은 그들 모두 잘 알고 있는, 얼굴에 칼자국이 있는 러시아 시인을 어제 우연히 봤는데 여느 때보다도 더 잘생겨 보였다고 말해서 놀림감이 되었다. 아메드는 라 쿠폴에 지인이 있는지 보러 가기로 마음먹고 렌 거리를 거슬러 올라갔다. 콧수염 난 두 남자가 급히 뒤를 따르느라 우산을 두고 가자 종업원이 우산을 집어 들고 소리쳤다. "손님! 손님!" 이렇게 화창한 날, 마치 검을 휘두르듯이 우산을 휘두르는데도 아무도 관심을 기울이지 않았다. 두 남자는 급히 돌아가 우산을 받고는 계속 아메드의 뒤를 따라갔다. 그들은 아메드와 적당히 거리를 두기 위해 타르코프스키의 영화 〈스토커〉와 또 다른 소비에트 전쟁 영화를 상영하고 있는 코스모스 극장 앞에 멈춰 섰다. 아메드가 옷 가게 앞에서 하염없이 시간을 보내고 있어 그를 놓칠 위험은 없었다.

두 남자 중 한 명은 DS를 가져오기 위해 몸을 돌렸다.

18

질 들뢰즈는 비제르 거리, 라 푸르슈 역과 클리시 광장 사이에 있는 집에서 두 수사관의 방문을 받았다. 시몽 에르조그는 위대한 철학자를 만난다는 사실에 매우 들떠 있었다. 그의 집은 책으로 가득 차 있었고, 철학과 담배 냄새가 풍겼다. 텔레비전에서 테니스 시합을 중계하고 있고, 라이프니츠에 대한 책들이 사방에 흩어져 있었다. 텔레비전에서 퍽 퍽 하는 테니스 공 소리가 들려왔다. 지미 코너스와 일리에 너스타세의 시합이었다.

공식적으로 그들이 이곳을 방문한 이유는 BHL이 들뢰즈를 용의자 중 한 명으로 언급했기 때문이다. 그들은 '심문'을 시작했다.

"무슈 들뢰즈. 당신이 롤랑 바르트와 언쟁을 했다고 들었는데 사실입니까? 이유가 뭐였죠?" 퍽 퍽. 들뢰즈는 반 정도 태우다가 꺼져버린 담배를 입에 물었다. 바야르는 유난히 긴 손톱을 눈여겨보았다. "그래요? 아니요. 롤랑하고 언쟁할 거리가 딱히 없었습니다. 아, 물론 그 흰 셔츠 입은 무능한 키다리 멍청이(BHL)를 지지했다는 사실만 빼면 말이죠."

시몽은 모자걸이에 놓인 모자를 보았다. 입구와 서랍장의 외투걸이에 걸린 모자까지 모자들의 모양이나 색깔이 아주 다양했다. 영화 〈사무라이〉에서 알랭 들롱이 썼던 모양의 모자도 있었다. 퍽 퍽.

들뢰즈는 의자에 편안하게 앉아 있었다. "저 미국인 선수 보이시죠? 비에른 보리*의 천적이죠. 아니, 사실은 아니에요. 보리의 천적은 존 매켄로**입니다. 이집트식 서브와 러시아인의 영혼. 안 그래요? 쿨럭 쿨럭(들뢰즈의 기침). 하지만 코너스는(그는 코노즈라고 발음했다) 깔끔하게 테니스 라켓 정중앙으로 때리는 볼, 항상 위험을 감수하는 멋진 플레이, 땅을 스치듯 낮게 뜨는 볼이 유명하지요. 코너스도 매켄로처럼 아주 귀족적이에요. 보리의 일품인 코트 깊숙이 꽂는 볼, 네트 위를 안정되게 넘기는 탑스핀 기술은 누가 보든 이해할 수 있을 거예요. 보리는 프롤레타리아를 위한 테니스를 만들어냈어요. 매켄로와 코너스는 왕자의 플레이를 하고요."

바야르는 의자에 앉았다. 이런 헛소리를 아직도 한참 더 들어야 한다는 생각에서였다.

시몽은 들뢰즈의 말을 반박했다. "하지만 코너스는 서민의 전형 아니었던가요? 그의 별명은 코트의 악동, 깡패였고, 속임수를 쓰기도 했고, 심판에게 대들고 욕도 했고요. 정직하게 플레이하지 않고 싸움꾼인 데다 집착도 강하죠."

들뢰즈는 참지 못하고 말을 잘랐다. "그래요? 쿨럭 쿨럭. 반

---

* 스웨덴의 테니스 선수. 테니스 역사상 가장 위대한 선수 중 한 명으로 널리 인정받고 있다.
** 미국의 테니스 선수. 감각적이고 독특한 플레이스타일로 이름을 날렸다.

대 의견치고는 흥미로운 관점을 가지고 있군요."

바야르는 다시 질문했다. "바르트에게서 무엇인가 훔치고 싶어 했을 수도 있습니다. 텍스트일 수도 있고요. 혹시 아시는 게 없습니까, 들뢰즈 선생?"

들뢰즈는 시몽을 향했다. "'무엇'으로 시작하는 질문은 좋은 질문이라고 할 수 없어요. '누구', '얼마나', '어떻게', '어디서', '언제'로 시작하는 게 낫습니다."

바야르는 담배에 불을 붙이고, 성질을 누그러뜨려 가며, 혹은 거의 체념한 듯한 목소리로 물었다. "무슨 말을 하고 싶은 겁니까?"

"말하자면 사건이 일어난 지 1주일이 지난 지금 당신이 제게 찾아와 철학자들 사이의 얼토당토않은 중상을 언급했다면, 그것은 롤랑의 사고가 아마도 사고가 아니기 때문이겠죠. 그렇다면 범인을 찾으러 온 것일 테고 살인 동기를 찾으러 온 것이겠죠. '왜'냐고 물어보기까진 아직 시간이 더 필요하신가 봅니다. 그런가요? 운전수에게서는 아무것도 찾아내지 못한 모양이군요. 롤랑이 깨어났다고 들었습니다만 말하고 싶어 하지 않았나 봅니다. 자, 그럼 '왜'로 바꿔볼까요?"

텔레비전에서는 코너스가 공을 넘길 때마다 거친 숨을 몰아쉬고 있었다. 시몽은 창밖을 잠시 보았다. 주차된 푸른색 푸에고가 보였다.

바야르는 왜 바르트가, 들뢰즈의 말대로라면, 그가 아는 것을 밝히지 않으려 하는지 물어보았다. 들뢰즈는 자신이 딱 한 가지 사실만 안다고 말했다. "무슨 일이 일어났는지도 모르고 그가 뭘 받았는지도 모르겠지만 말입니다. '가짜들'은 어디에나 항상 있어요. 그들은 이 일에 관한 한 자신이 최고라고 말하죠."

바야르는 부엉이 모양의 재떨이를 자기 쪽으로 끌어당겼다. "그러면 들뢰즈 선생, 당신은 어떤 분야에서 최고입니까?"

들뢰즈는 코웃음과 잔기침의 중간쯤 되는 소리를 냈다. "사람들은 항상 자신이 결코 될 수 없는 사람 혹은 한 번 되어본 적이 있지만 다시는 될 수 없는 사람인 척을 하죠. 경위님, 하지만 그게 진짜 문제라고 생각하지는 않습니다만…."

바야르는 그럼 뭐가 진짜 문제냐고 물었다.

들뢰즈는 담배에 다시 불을 붙였다. "그 가짜들을 어떻게 구분해낼 것이냐…."

건물 어딘가에서 여자의 비명 소리가 들렸다. 쾌락의 비명 소리인지 분노의 고통 소리인지는 알 길이 없었다. 들뢰즈는 손가락으로 문을 가리켰다. "여자란 말입니다, 경위님. 여자로 타고난 게 아니에요. 주변에서 어떤 여자가 되어야 한다고 불어넣은 대로 만들어지는 거죠." 그는 숨을 헐떡거리며 일어서서 적포도주 한 잔을 따랐다. "우리도 마찬가지고요."

바야르는 무시한 채 다시 물었다. "모든 사람들이 다 비슷하다고 생각하십니까? 당신은 나와 당신이 비슷하다고 생각하는 거요?"

들뢰즈는 웃었다. "그래요…. 어떤 면에서는 말이죠."

바야르는 짐짓 선의에서 말하는 것처럼, 하지만 망설이는 어조를 숨기지 않으며 물었다.

"당신도 진실을 원합니까?"

"진실이라…. 진실은 어디서 시작되고 어디서 끝나는 거죠? 우리 주변에선 항상 어떤 일이 일어나고 있고, 우리는 그 중심에 있으니까요."

코너스가 첫 세트를 6 대 2로 이겼다.

"자신이 원하는 존재인 척하는 사람들 중에 누가 좋은 사람인지 어떻게 알아볼 수 있나요? 당신이 '어떻게'를 알고 있다면, '왜'도 알아낼 수 있을 것입니다. 소피스트를 예로 들어봅시다. 플라톤의 말에 따르면, 그들은 가질 권리가 없는 것에 대해 권리를 주장했죠. 그래요. 그들은 속임수를 쓰는 거죠. 비열한 작자들 같으니!" 그는 두 손을 비볐다. "소송은 항상 가짜들의 몫이니까요…."

들뢰즈는 포도주 잔을 내려놓고 시몽을 보며 말했다. "그리고 소설처럼 재미있죠."

시몽도 그의 눈을 마주보았다.

19

"아니오! 그건 절대로 불가능한 일이에요! 단호히 거부합니다. 절대 안 가요. 이제 충분하잖아요. 거기에 내가 발을 딛는일은 절대로 없을 겁니다. 그 쓰레기 같은 말들을 해석하는 데굳이 내가 필요하지 않잖아요. 그리고 내가 그놈의 말을 들을필요도 없고요. 간략하게 그놈의 입장을 요약해드리죠. 난 자본주의의 비열한 개입니다. 노동자 계급의 적이고요. 나는 모든 정보를 독점하고 있습니다. 아프리카에서 코끼리를 쫓고 있지 않을 때는 라디오의 자유 방송을 찾아내 없애버리죠. 나는표현의 자유를 막아버려요. 사방에다 핵발전소를 짓고 가난한사람들 집에 멋대로 찾아가 선동질을 하는 사람이죠. 다이아몬드는 잔뜩 숨겨놨죠. 전철에서는 프롤레타리아인 척합니다. 흑인들이 황제이거나 청소부일 때만 좋아해요. 인도주의라는 말을 들으면 바로 낙하산 부대를 파견하죠. 사적인 용도로 극우파 사무실의 별실을 사용하기도 하고요. 국회에는 엿을 먹이죠. 나는… 나는… 구제불능 파시스트라고요!"

시몽은 손을 떨면서 간신히 담배에 불을 붙였다. 바야르는시몽의 흥분이 가라앉기를 기다렸다. 수사가 어느 정도 진전이되었기 때문에 그는 지금까지 얻은 정보를 검토한 뒤 첫 번째보고서를 제출했다. 사건의 파장이 작지 않을 것이라고 짐작은 했지만 그곳으로 소환되리라고는 생각도 못했다. 시몽도 함께 소환되었다.

20

"각하께서 기다리고 계십니다."

자크 바야르와 시몽 에르조그는 벽이 초록색 실크로 덮여 있고 햇빛이 잘 드는 각진 사무실로 들어갔다. 시몽은 얼굴이 창백했지만 책상 뒤에 지스카르가 서 있고 그 앞에는 팔걸이의 자 두 개가 있는 것을 보았다. 방의 다른 쪽에는 낮은 테이블과 소파가 놓여 있었다. 시몽은 곧바로 대통령의 의중을 읽었다. 대통령은 방문객과 자신의 거리를 확실하게 인식시켜 주기를 바라거나, 반대로 더 친근한 어조로 대화를 나누고 싶어 할 수 도 있다. 즉 대통령은 자신의 책상을 요새처럼 사용해 책상 뒤 에서 그들을 맞거나, 혹은 그들과 함께 낮은 테이블 주변에 편 안하게 앉아 조각 케이크를 먹으며 대화를 나눌 수도 있다. 시 몽 에르조그는 케네디에 대한 책이 눈에 잘 띄도록 필기도구 함 위에 놓여 있는 것도 눈여겨보았다. 케네디는 젊고 현대적 인 이미지를 주는 대통령이고, 지스카르 자신도 그런 모습으로 보이고 싶어 한다고 생각했다. 원통 모양의 책상 위에는 상자 두 개가 놓여 있었는데 하나는 빨간색, 또 하나는 파란색이었다. 청동 조각상이 여기저기에 있었다. 지적으로 보일 만큼 계산된 높이로 서류가 쌓여 있었다. 서류 더미가 너무 낮으면 대통령이 게을러 보일 테고, 너무 높으면 무너져 버릴 것이다. 벽에는 거장의 그림들이 걸려 있었다. 지스카르는 거대한 집무용 책상 뒤에 서서 한 여인의 그림을 가리켰다. 아름답지만 꾸미지 않은 얼굴에 양팔을 벌리고, 섬세한 하얀 옷은 배 부분까지 열려 있어서 풍만하고 하얀 가슴을 간신히 가리고 있었다. "운 좋게도 보르도 박물관에서 가장 아름다운 프랑스 그림 중 하나를 대여할 수 있었어요. 외젠 들라크루아의 〈미솔롱기의 폐허 위에 선 그리스〉에요. 정말 훌륭하지 않습니까? 미솔롱기는 당연히 아시겠죠? 바이런 경이 그리스 독립전쟁에 참전하여 튀르크군을 상대로 싸우다가 죽은 도시입니다. 아마 1824년이었던 것으로 기억합니다만. (시몽에게는 '기억합니다만' 하고 환심을 사려는 듯한 대통령의 말투가 인상 깊었다.) 정말 끔찍한 전쟁이었죠. 오스만 사람들은 정말 사납고 잔혹했으니까요."

여전히 책상을 벗어나지 않고, 악수를 하려는 제스처도 없이 그는 앉으라고 권했다. 결국 그들에게 제공된 것은 푹신한 소파도, 조각 케이크도 아니었다. 대통령은 여전히 선 채로 말을 이어갔다. "앙드레 말로가 내게 뭐라고 얘기했는지 아십니까? 내가 역사의 비극에 대해 아무것도 이해를 못한다고 하더군요." 시몽은 외투를 입은 채 조용히 서 있는 바야르를 곁눈으로 훔쳐보았다.

지스카르는 다시 그림 얘기로 돌아왔다. 두 방문자는 그의 이야기를 진지하게 듣고 있다는 것을 보여주기 위해 그림 쪽으로 몸을 돌렸다. "내가 역사의 비극에 대해 이해를 못할 수도 있겠죠. 하지만 적어도 이 젊고 아름다운 여인의 슬픔을 느낄 수 있습니다. 옆구리에 상처를 입었지만 그리스인의 독립을 꿈꾸던 이 여인의 슬픔을 말입니다." 두 사람은 어떻게 대답을 해야 할지 몰라 그저 침묵을 지키고 있었고 지스카르도 공손한 동의의 표현으로 사람들이 침묵하는 것에 익숙했기 때문에 개의치 않았다. 지스카르는 S 발음을 Sh로 발음하며 말했고 마침내 그가 창밖을 보기 위해 몸을 틀자 시몽은 이 침묵이 화제 전환을 위한 것이고 이제 곧 본론으로 들어가게 되리라는 것을 알았다.

대통령은 창밖을 보며 몸을 돌리지 않은 채 방문자들에게 벗겨진 뒷머리를 고스란히 보이면서 다시 말을 이어갔다. "난 롤랑 바르트를 한 번 만난 적이 있습니다. 이곳에도 초대했지요. 정말 매력적인 사람이었죠. 메뉴를 15분 동안 분석했어요. 그리고 각 음식의 상징적 가치를 멋들어지게 설명해주었죠. 정말 흥미진진했어요. 가엾게도 어머니의 죽음을 극복하기 힘들어했다고 들었습니다. 맞습니까?"

지스카르는 마침내 앉으며 바야르에게 말했다.

"바야르 경위. 무슈 바르트의 사고가 있었던 날, 어떤 텍스트를 가지고 있었는데 누군가 빼앗았다고 했죠? 경위가 그 텍스트를 찾아주었으면 좋겠습니다. 국가 안보에 관한 일입니다."

바야르가 물었다. "그 텍스트가 정확히 어떤 것인가요, 각하?"

지스카르는 앞으로 몸을 기울였다. 책상 위의 두 주먹을 꼭 쥔 것을 보아 그가 매우 진지하고 심각하다는 것을 알 수 있었다. "국가 안보를 위험에 빠뜨릴지도 모르는 아주 중요한 텍스트입니다. 잘못 사용되면 막대한 손실은 물론이고 민주주의의 근간이 송두리째 흔들릴 수도 있어요. 유감스럽지만 이 이상은 말씀드릴 수 없습니다. 극비로 진행해야 한다는 것을 명심하세요. 하지만 여러분들에게 모든 권한을 부여하겠습니다."

지스카르는 마침내 시몽을 보았다. "젊은 선생. 당신이 경위의 안내역을 해주고 있다고 들었습니다. 무슈 바르트를 둘러싼 언어학 세계를 잘 아신다고요?"

시몽은 대통령의 질문을 덥석 물지 않았다. "아니요. 별로 그렇지 않습니다."

지스카르는 바야르에게 묻는 듯한 시선을 던졌다. 바야르가 대답했다. "무슈 에르조그는 조사에 필요한 지식을 갖추고 있습니다. 그는 이쪽 분야의 사람들이 어떻게 생각하는지, 어… 그러니까 어떻게 조사해야 할지를 알고 있습니다. 그리고 경찰이 찾지 못하는 것을 찾아냅니다."

지스카르는 미소를 지었다. "그럼 당신은 견자(見者) 아르튀르 랭보처럼 다른 사람이 보지 못하는 것을 보아요, 젊은 선생?"

시몽은 작은 목소리로 웅얼거렸다. "아니요. 전혀 그렇지 않습니다."

지스카르는 들라크루아의 그림 아래 원통형 책상에 놓여 있는 빨갛고 파란 두 개의 상자를 손가락으로 가리켰다. "여러분들 생각에는 이 상자 안에 무엇이 들어 있을 것 같습니까?"

시몽은 이게 시험인지 아닌지 알 수가 없었고, 이 시험을 통과하고 싶은지 생각할 겨를도 없이 무의식적으로 대답했다. "제 생각에는 레지옹 도뇌르 훈장 같습니다만…."

대통령은 활짝 미소를 지었다. 그는 일어나서 상자 하나의 뚜껑을 열고 메달을 꺼냈다. "어떻게 맞췄는지 물어봐도 될까요?"

"어, 음… 방 전체가 상징으로 가득 차 있습니다. 그림, 초록색 벽, 천장의 테두리… 각각의 상징들이 공화국의 힘과 영화를 상징하고 있어요. 들라크루아의 그림과 필기도구함 위에 올려두신 케네디의 사진이 있는 책. 이것도 매우 중요한 상징입니다. 하지만 상징이란 것은 드러나야만 가치가 있는 것입니다. 상자 안에 숨어 있는 상징은 아무 소용이 없죠. 말하자면 그런 상징은 없는 것과 마찬가지입니다.

동시에, 각하께서 설마 상자 안에 유리병과 십자드라이버를 넣어 두지는 않으셨을 거라고 생각했습니다. 두 상자에 도구가 들어 있을 가능성은 아주 낮아 보였어요. 클립이나 스테이플러를 넣어두셨다면 각하의 집무용 책상 위, 손에 잘 닿는 거리에 있을 테고요. 그러니 상자 안에 있는 물건은 상징을 위한 것도, 기능을 위한 것도 아닙니다. 하지만 분명히 무엇엔가 쓰이는 물건이죠. 열쇠를 넣어둘 수도 있겠지만 엘리제궁에서 문을 열고 닫는 사람이 각하는 아닐 테니까요. 전속 기사가 있으시니 차 열쇠도 필요 없으시죠. 그래서 다른 가능성을 생각했습니다. 잠자고 있는 상징물. 지금 이 방에서는 아무런 의미가 없지만 이 방, 즉 위대한 공화국을 상징하며 이 방을 벗어난 다른 곳에서 상징물이 되는 것. 작고 쉽게 이동할 수 있는 것. 메달. 그중에서도 이 장소의 특징을 생각하면, 레지옹 도뇌르가 아닐까 생각했습니다."

지스카르는 의미 있는 시선을 바야르와 주고받았다. "경위가 말한 게 무슨 뜻인지 이제 알겠소."

21

아메드는 말리부 오렌지를 홀짝거리며 마르세유에 살던 시절을 얘기하고 있었다. 앞에 앉은 남자는 묵묵히 듣고 있는 듯했지만 귀담아듣고 있지는 않았다. 아메드는 코커 스파니엘을 닮은 이 남자의 눈빛이 무엇을 의미하는지 알고 있다. 아메드는 이 남자의 주인이다. 이 남자가 아메드에게 격렬한 소유욕을 느끼기 때문이다. 아메드는 가끔 자신을 내어주며 즐거움을 얻기도 하지만, 그 즐거움은 갈망의 대상으로서 가지는 강력한 권력이 풍기는 즐거움에 비할 바가 못 된다. 그것이 젊음과 아름다움과 가난함의 좋은 점 중 하나다. 아메드는 자신을 가지기 위해 언제든지 기꺼이 돈을 내줄 준비가 되어 있는 사람들을 마음속으로 경멸했다.

밤이 되었고, 겨울은 끝나가고 있었다. 아메드는 늘 그렇듯이 도시 한가운데에 있는 이 부르주아 남자의 커다란 아파트에서 불편함을 느꼈다. 자신이 있을 곳이 아니라는 느낌. 그 느낌 때문에 아메드는 불순한 즐거움에 취하게 된다. 훔치는 것이 땀 흘려 버는 것보다 두 배는 돈벌이가 된다. 그는 알랭 바셍의 *Gaby oh Gaby*에 맞춰 허리를 흔들어대는 사람들을 헤치고 주방으로 다시 가서 빵에 타프나드 소스를 발라 먹었다. 이것을 먹으면 어린 시절을 보낸 남프랑스가 떠오른다. 거기서 달팽이 부셰 파이를 입에 쓸어 넣고 있는 슬리만을 만났다. 슬리만은 자신의 엉덩이를 은근슬쩍 쓰다듬고 있는 배불뚝이 출판업자의 우스갯소리에 웃으려고 애쓰고 있었다. 그들 옆에는 젊은 여자가 과장된 몸짓으로 고개를 젖히며 깔깔대고 있었다. "그랬더니 그놈이 멈추고는… 뒷걸음질을 치는 거야." 창가에는 사이드가 외교관처럼 생긴 흑인과 함께 마리화나를 피우고 있었다. 스피커에서는 *One step beyond*의 첫 소절이 흘러나오고, 히스테리 비슷한 전율이 온 방 안에 흐르고 있었다. 사람들은 음악 때문에 흥분되는 듯, 쾌락의 파동이 온몸을 관통하는 듯 소리를 지르며, 잠시 잃어버렸던 애견이 꼬리를 흔들며 되돌아온 것처럼 자신의 광기를 되찾았다. 그들은 허스키한 색소폰이 흐르는 이 공간과 시간에 대해 생각을 멈출 수 있는 것처럼, 아니면 생각을 아예 안 할 수 있는 것처럼 흥분했다. 달아오른 분위기를 유지할 수 있도록 몇 곡의 디스코 음악이 더 연주되었고, 아메드는 송로버섯을 넣은 타불레를 한 접시 담으면서 코카인, 아니면 아쉬운 대로 스피드*를 줄 수 있을 것 같은 초대 손님 몇 명을 눈여겨봤다. 두 가지 약 모두 그에게 섹스하고 싶은 욕구를 주지만 스피드는 그것을 흐물흐물하게 만드는 단점이 있다. 뭐, 그래도 상관없어. 아메드는 생각했다. 조금이라도 더 시간을 끌어서 집에 가는 시간을 늦추기만 하면 돼.

아메드는 창가에 있는 사이드에게 갔다. 가로등이 앙리4가 쪽의 광고판을 비추고 있었다. 광고판에는 정장 차림의 세르주 갱스부르 사진이 있고 "바야르**가 당신을 남자로 바꿔드립

---

* 암페타민.
** 남성용 의류 브랜드.

니다. 안 그래요, 갱스부르 씨?"라고 쓰여 있었다. 아메드는 왜 바야르라는 이름이 귀에 익은지 기억이 나지 않았다. 아메드는 경미한 심기증 때문에 자신의 기억력이 걱정되어 지난해에 무슨 일이 일어났는지 큰 목소리로 차례차례 읊으며 물을 마시러 주방으로 갔다. 슬리만은 엉덩이를 주물럭대며 목덜미에 거친 숨을 내뿜는 배불뚝이 출판업자에게 신경 쓰지 않는 척하면서 벽에 걸린 석판화 몇 점을 보고 있었다. 그러데이션 기법에 따라 무지개 색으로 묘사한 개 한 마리가 1달러짜리 지폐가 가득한 식기에서 지폐를 먹고 있는 판화였다. 스피커에서 흘러나오는 크리시 하인드의 목소리가 울지 말라고 노래하고 있었다. 장발 남자 두 명이 AC/DC의 보컬 본 스콧의 죽음과 그의 대체자로 거론되는 모자 쓴 트럭 운전수에 관해 얘기하고 있었다. 옆선이 있는 양복에 넥타이를 느슨하게 맨 젊은 남자가 자신의 이야기를 들어주는 사람들에게 〈경찰의 전쟁〉에서 배우 마를렌 조베르의 가슴을 볼 수 있다고, 아주 확실한 사람에게서 들었다고 신이 나서 떠들어대고 있었다. 존 레논이 맥카트니와 싱글 앨범을 준비하고 있다는 말도 들렸다. 이름이 기억나지 않는 한 지골로가 아메드에게 와서 마리화나가 있는지 묻고는 파티가 '센강의 좌안'*을 흉내 낸 부르주아 성향인 것 같다고 비

---

* 센강의 좌안은 하층민이 많이 살았던 구역. 우안은 부르주아가 살았던 구역.

아냥거렸다. 그는 창밖의 바스티유 광장에 서 있는 자유의 정령 동상을 가리키며 말했다. "뭐가 문젠지 알겠어, 친구? 난 우리가 모두 자코뱅파이면 좋겠어. 물론 그래도 한계가 있겠지만." 누군가 블루 큐라소가 담긴 잔을 카펫에 엎었다. 아메드가 파티장을 떠나 생-제르맹으로 돌아갈까 망설이고 있는데 사이드가 욕실을 가리켰다. 두 소녀와 한 늙은 남자가 동시에 욕실로 들어서고 있었다. 그들이 섹스를 하려는 것이 아니라 약을 흡입하려 한다는 것은 알고 있었기에, (늙은 남자는 모르는 척하겠지만 두 소녀는 적어도 5분 동안 정신이 혼미해져 있을 것이다.) 그들은 잘 하면 마리화나 한 개비, 운 좋으면 두 개비를 얻을 수 있을 것이라고 생각했다. 누군가 콧수염 난 대머리 남자에게 혹시 영화배우 파트리크 드베르가 아니냐고 물었다. 슬리만은 배불뚝이 출판업자에게서 벗어나기 위해 스트레치 진을 입고 있던 금발 머리 여자를 잡고 그녀와 함께 다이어 스트레이츠의 *Sultans of Swing*에 맞추어 록 댄스를 추었다. 배불뚝이 출판업자는 깜짝 놀라서 빙글빙글 도는 커플을 보며 애써 즐거운 듯한 표정을 지으려고 했지만 아무도 속아 넘어가지 않았다. 우리 모두처럼 그도 혼자였다. 하지만 그것을 감추지 못하는군. 사실 아무도 다른 이에게 큰 관심을 기울이지 않는데. 단지 그가 외로움을 견뎌내지 못한다는 것만을 느낄 뿐. 슬리만은 여자와 다음 곡 다이애나 로스의 *Upside down*도 함께 추었다.

큐어의 *Killing an Arab* 도입부의 후렴이 흐를 때쯤 푸코와 에르베 기베르가 도착했다. 푸코는 사슬이 달린 커다란 검은 가죽 재킷을 입고 있었고 머리엔 면도하다가 베인 흔적이 있었다. 기베르는 젊고 아름다웠다. 만화처럼 비현실적으로 아름다워서 파리 사람을 제외하고는 아무도 그가 작가라는 것을 믿지 않을 것 같았다. 사이드와 아메드는 욕실의 문을 두드리며 안에 있는 사람들을 갖은 거짓말과 말도 안 되는 핑계를 대가며 꼬드기려고 애썼지만, 문은 꿈쩍도 하지 않았고 안쪽에서는 은밀한 금속성 소리와 도자기가 부딪히는 듯한 소리, 그리고 숨을 들이마시는 소리가 들릴 뿐이었다. *총을 들고 해변에 서서…(Killing an Arab 가사).* 언제나 그랬듯이 푸코가 나타나자 사람들은 두려움이 섞인 흥분을 느꼈다. 다만 이미 암페타민에 취해 환각 상태에 빠진 사람이나 해변의 노래가 들린다고 생각해 흥분해서 날뛰는 사람들은 예외였다. *바다를 보며, 모래를 보며…* 욕실의 문이 열리고 두 소녀가 늙은 남자와 나란히 나와서 사이드와 아메드를 경멸하듯이 아래위로 훑어보며 노골적으로 코를 킁킁거렸다. 소녀들은 상류층 파티에서 약에 취한 사람들 특유의 거만한 분위기를 풍겼다. 아직은 머릿속에서 마약 연기와 함께 날아가 버린 세로토닌을 크게 느끼지 못하겠지만, 몇 달이 지나고 몇 년이 지나면 회복하는 데 점점 더 오랜 시간이 필요할 것이다. *난 살아 있어요. 난 죽어 있어요….* 사람들이 빙 둘러싼 가운데에서 푸코는 젊은 기베르에게 이야기를 들려주고 있다. 자신의 존재가 사람들에게 불러일으키는 열기와 흥분은 전혀 눈치채지 못한 듯하다. 그들은 이곳에 도착하기 전에 이미 시작한 대화를 계속 이어간다. "어렸을 때 난 금붕어가 되고 싶었어. 어머니는 말씀하셨지. '하지만, 아가, 그건 불가능해. 넌 차가운 물을 싫어하잖니.'" 큐어의 보컬 로버트 스미스의 목소리. *난 이방인이야!* 푸코. "난 몹시 난처해졌어. 그래서 말했지. 정말 아주 잠깐이면 되니까 금붕어가 무슨 생각을 하는지 알고 싶다고…" 다시 로버트 스미스. *아랍인을 죽이고 있어!* 사이드와 아메드는 다른 곳에 가보기로 했다. 아마도 라 노체에 갈 것이다. 슬리만은 다시 배불뚝이 출판업자에게 돌아갔다. 결국은 먹고살아야 하기 때문이다. *그의 눈에 비치는 내 모습을 보며….* 푸코. "누군가는 고백해야 해. 항상 누군가는 결국 고백을 하게 되지…" 로버트 스미스. *해변의 죽은 남자….* 기베르. "그 남자는 벌거벗은 채 소파에 있었어요. 그런데 공중전화 부스에는 제대로 작동되는 전화가 한 대도 없고…." *해변의 죽은 남자….* "마침내 하나를 찾았는데 이번엔 동전이 없는 거예요." 아메드는 다시 한 번 커튼 너머를 보다가 바깥에 주차된 검은색 DS를 보고 말했다. "가서 좀 쉬어야겠어." 사이드는 담배에 불을 붙였고 파티의 불빛에 비친 그들의 두 그림자는 커튼을 멋들어지게 수놓았다.

22

"조르주 마르셰? 우린 조르주 마르셰 같은 사람한테 관심 없어요. 그걸 아셔야 합니다."

토론에 참여한 가수 다니엘 발라부안은 마침내 말할 기회를 얻었다. 그는 사람들이 자발적으로 혹은 강제로 3분 이내에 자신의 말을 멈추게 할 것을 알고 있었기 때문에 빠른 속도로 이야기했다. 정치가는 늙고 부패했으며 이해력이 완전히 바닥이라고.

"당신한테 하는 말이 아닙니다, 무슈 미테랑…."

그렇긴 하지만….

"내가 알고 싶은 것, 내 흥미를 끄는 것은 이민 노동자들이 누구에게 집세를 내고 있느냐 하는 겁니다. 다시 말해서, 누가 감히 월 700프랑의 돈을 이민 노동자들에게 요구하는 건가요? 그토록 누추한 집에서 쓰레기 더미와 함께 살고 있는 사람들한테 말입니다."

엉망진창 실수투성이에 말 속도는 너무 빨랐지만, 그래서 더욱 효과는 만점이었다.

기자들은 발라부안이 대담 프로에 젊은 사람들을 초대하지 않는다고 그들을 비난했을 때 평소와 마찬가지로 아무것도 이해 못 한 채 투덜거렸다.(물론 당연히 말꼬리를 잡고 비아냥거렸다. 초대했거든요. 그 증거로 당신도 와 있잖습니까. 머저리야.)

하지만 미테랑은 무슨 일이 일어나고 있는지 정확하게 이해했다. 이 풋내기는 젊은이들의 모습을 있는 그대로 보여주고 있었다. 그와 기자들, 그리고 비슷한 사람들이 테이블 주변에 모였다. 늙고 어리석은 자들은 아주 오래전부터 자기들끼리만 모였기 때문에 세상 사람들에게는 이미 죽은 사람이나 마찬가지였다. 심지어 죽어버려도 아무도 알아차리지 못하는 그런 존재였다. 미테랑은 분노한 젊은이에게 진심으로 동의하는 것처럼 보이려고 애썼다. 하지만 동의의 표현을 하려고 할 때마다 마치 지나치게 간섭하는 것처럼 들리기만 했다.

"잠깐만요. 제 노트를 빠르게 읽겠습니다. 어쨌든 제가 여러분께 드릴 수 있는 것은, 이것은 경고로써…" 미테랑은 입술을 깨물면서 안경을 만지작거렸다. 생방송이었고 녹화 중이었다. 참담한 실패군. "제가 여러분께 말씀드릴 수 있는 것은, 절망은 사람들을 선동하게 되고, 또 선동은 위험하다는 것입니다."

기자는 악마 같은 조롱이 언뜻 비치는 어투로 말한다. "무슈 미테랑, 당신은 젊은이와 대화를 나누기 원한다고 말씀하셨고, 주의 깊게 경청해주셨습니다." 제기랄, 어서 다른 얘기로 넘기라고.

미테랑은 어떻게든 격랑을 헤치고 노를 저어보려 애를 썼다. "제가 흥미를 가진 것은 그의 생각하는 방식과, 음… 행동하는 방식입니다. 다니엘 발라부안 씨가 음악과 글로써 표현해주었듯이…. 시민으로서 가진 권리이고…. 경청의 권리가 있으며…. 이해받을 권리가 있습니다." 노를 저어! 노를 저어! "발라부안 씨는 자신의 방식으로 말씀하셨고. 또 자신의 말에 책임질 의무가 있습니다. 그는 시민이고 우리도 마찬가지입니다."

1980년 3월 19일. 앙텐 2 채널의 뉴스 스튜디오. 오후 1시 30분. 미테랑에게는 스튜디오의 시간이 천년처럼 느껴졌다.

23

롤랑 바르트는 죽어가면서 무슨 생각을 했을까? 아마도 어머니를 생각했을 것이라고 사람들은 말한다. 어머니가 바르트를 죽였다고 말한다. 그래. 그렇지. 항상 사적이고 사소한 일, 더러운 작은 비밀이 대답이 되지. 들뢰즈가 말했듯이 모든 사람에게는 엄청난 경험을 겪은 위대한 어머니가 있다. 그래서? "슬픔 때문에." 아하, 슬픔 때문에 심장이 멈춰버렸군. 불쌍한 작은 사색가가 자신의 관점에 갇혀서 죽어가는 순간에도 가장 작고 진부한 가정사를 생각하면서 죽었다는 것인가. 수수께끼도 없고 미스터리도 없는 세상. 어머니. 어머니가 모든 질문에 대한 대답이 된다. 20세기에 우리는 신을 절대적인 위치에서 끌어내렸는데 그 자리를 어머니가 차지해버렸다. 하지만 바르트는 어머니를 생각하고 있지 않았다.

바르트가 했던 사색의 실을 잡고 따라가 볼 수 있다면 알게 될 것이다. 죽어가는 이 남자는 자신이 무엇이었는지, 무엇이 될 수 있었는지를 생각한다. 또 무엇을 생각했을까? 자신의 인생 전체를 돌아보는 게 아니라, 사고 순간을 떠올려본다. 누가 사주했을까? 사람들이 자신의 일을 방해했던 때를 돌이켜본다. 그리고 텍스트가 사라졌다. 사주한 자가 누구든 간에 우리는 전례 없는 재난을 맞게 될 것이다. 그자는 롤랑과 어머니의 관계를 십분 활용해 세상 사람들을 속여 넘길 수 있을 것이다. 소극적인 성격이 결국 롤랑을 불행하게 하고 말았다. 얼마나 어이없는 일인가. 그가 사고에서 살아남는다 해도 축하하기엔 너무 늦을 것이다.

롤랑은 어머니를 생각하지 않는다. 이것은 영화 〈싸이코〉가아니다.

그럼 무슨 생각을 하냐고? 아마 이런저런 회상을 할 수도있고, 자신의 사적인 생각, 큰 의미 없는 자잘한 일들, 혹은 혼자만 아는 일들을 생각했을 수도 있다. 어느 날 저녁, (늦은 오후라고 하는 게 나을까?) 파리로 갈 때 영어 통역과 푸코와 함께택시를 탔다. 세 명 모두 뒷좌석에 앉았고 가운데에 통역이 앉아 있었다. 푸코는 평소처럼 대화를 거의 혼자서 이끌었다. 그는 생기 있고 자신감에 찬, 비음이 섞인 목소리로 말을 했다.

언제나 그렇듯이, 상황을 주도하는 자로서 푸코는 즉석에서 작은 논쟁을 만들었다. 자신이 피카소를 얼마나 싫어하는지, 피카소가 얼마나 하찮은 사람인지 설명하며 웃었다. 젊은 통역자는 가만히 듣고 있었다. 모국에서는 작가이자 시인이었지만 이곳에서는 두 위대한 프랑스 지식인의 말을 그저 정중하게 들었고, 바르트는 푸코의 달변 앞에서는 자신의 말이 그다지 설득력이 없다는 것을 알고 있었다. 그래도 지기 싫다면 무언가 말을 해야 했기 때문에 함께 웃으며 시간을 벌었다. 하지만 자신의 웃음소리가 가짜라는 것을 알고 있었고, 자신이 난처해하고 있다는 사실 때문에 더욱 난처해했다. 악순환이었다. 그는 평생 이것을 인식했고, 푸코 같은 자신감을 항상 간절히 원했다. 학생들 앞에서 이야기할 때조차도, 심지어 학생들은 경외심을 가지고 경청하고 있는데도 그는 전문가 같은 목소리 이면에 자신의 수줍음을 감추려했다. 오직 글을 쓸 때만 자신감을 가지고 있었다. 안전하게 종이 뒤에 숨어야만 온전한 자신감을 가질 수 있었다. 그가 쓴 모든 책들, 그의 프루스트, 그의 샤토브리앙은 이런 자신감이 넘친다. 푸코는 여전히 피카소에 관해 떠들어대고 있었고 바르트는 지지 않으려고 자신도 마찬가지로 피카소를 싫어한다고 말했다. 그렇게 말하면서 스스로를 혐오했다. 관찰을 업으로 삼은 사람으로서 무슨 일이 일어나고 있는지 매우 잘 이해했기 때문이다. 그는 푸코 앞에서 스스로 품위를 손상시켰고 아마 잘생긴 젊은 통역은 그것을 알아차렸을 것이다. 그는 피카소를 능멸했지만, 소심한 모욕자였다. 푸코는 어땠나. 푸코는 목청껏 웃었고, 피카소가 과대평가되었다고 했다. 사람들이 피카소를 높이 평가하는 것을 이해할 수 없다고 말했고 피카소가 무슨 생각을 가졌는지 전혀 모르겠다고 했다. 어쨌든 바르트 역시 고전주의자였고, 마음속 깊은 곳에서 근대성을 좋아하지 않은 것은 사실이다. 하지만 그것은 별로 중요한 문제가 아니다. 그가 실제로 피카소를 싫어한다 하더라도 중요한 문제는 푸코에게 지지 않아야 했다는 것이었다. 푸코가 우상 파괴의 주장을 했을 때 무조건 반대했다면 늙은 고집쟁이처럼 보였을 것이다. 그런 이유로, 정말로 피카소를 싫어하든 아니든 택시 안에서 그는 정당하지 않은 이유로 피카소를 함께 비난하고 조롱했다. 택시가 어디로 가고 있었는지는 기억도 안 나지만.

죽어가는 순간 바르트는 이 택시 안에서의 논쟁을 생각했을지도 모른다. 눈을 감고 잠들 때, 그는 슬픈 마음이 들었을 것이다. 어머니 때문이든 아니든 슬픔은 그에게 익숙한 감정이다. 잠시 아메드를 생각했을지도 모른다. 그는 앞으로 어떻게 될 것인가? 내가 가진 이 비밀은 어떻게 될 것인가? 그는 천천히, 부드럽게, 자신의 마지막 잠에 빠져들 것이고, 장담컨대 그것은 불쾌한 경험이 아닐 것이다. 하지만 신체 기능이 하나하나 멈추면서 그의 영혼은 방황하기 시작할 것이다. 그의 마지막 생각은 무엇일까?

이런. 그가 라신을 좋아하지 않았다는 사실을 말해두어야겠다. "프랑스인들은 (2천 단어의 남자) 라신이라는 작가를 가졌다는 사실을 지칠 줄 모르고 자랑한다. 그러면서 라신보다 10배나 많은 단어를 사용한 셰익스피어의 부재에는 절대 불평하지 않는다." 이 말을 들었다면 젊은 통역사는 놀랐을 것이다. 하지만 바르트는 시간이 어느 정도 흐른 뒤에야 이런 글을 썼다. 만약 그가 그 기능을 이미 알고 있었더라면….

방문이 서서히 열렸지만 바르트는 혼수상태의 깊은 잠에 빠져들어 그 소리를 듣지 못했다.

바르트가 '고전주의자'라는 것은 엄밀히 말해 사실이 아니다. 마음속 깊은 곳에서 그는 18세기의 건조함을 싫어했다. 12음절 시구의 칼로 자른 듯한 정형화도 싫고, 무리해서 짧게 잘라버린 경구도 싫고, 지식으로 무장한 열정도 싫다.

그는 자신의 침대로 다가오는 발소리를 듣지 못했다.

물론 그들은 비할 데 없이 훌륭한 웅변가들이지만 바르트는 그들의 차갑고 비인간적인 면모를 싫어한다. 라신의 열정이라. 흥, 멋지군 그래. 페드르?* 그래, 알았다고. 접속법 대과거로

---

* 라신의 대표작. 그가 에우리피데스의 비극 〈히폴리토스〉에서 소재를 따면서 주인공 파이드라를 프랑스식으로 표현한 이름.

표현하여 조건법 과거의 의미를 가지는, 이를테면 '할 수 있었을 텐데'를 '~였으면 좋았을 텐데' 식으로 바꿔 아쉬움을 나타내는 고백 장면? 맞아. 그건 천재적이었어. 그건 인정하지. 페드르는 아리아드네의 입장에서, 그리고 이폴리트는 테세우스의 입장에서 역사를 다시 썼으니까….

누군가 그의 전자 심전도계 위로 몸을 굽히고 있다는 사실을 그가 알 턱이 없다.

베레니스는?* 티투스는 베레니스를 사랑하지 않았다. 그건 분명한 사실이다. 간단하다. 코르네유도 마찬가지로….

그는 그림자가 자신의 짐을 뒤지는 것도 보지 못했다.

라 브뤼에르는 아주 교과서적인 사람이다. 적어도 파스칼은 몽테뉴와 대화했고, 라신은 볼테르와, 라퐁텐은 발레리와 대화했다. 하지만 과연 누가 라 브뤼에르와 대화하고 싶어 할까?

그는 누군가의 손이 호흡기의 분압기를 살그머니 돌리는 것도 전혀 눈치채지 못했다.

라 로슈푸코. 그나마 괜찮지. 어쨌든 바르트는 로슈푸코의 《잠언집Réflexions》에서 많은 도움을 받았다. 그는 기호학의 전성기 이전의 기호학자다. 인간의 행동에 나타나는 기호들을 분석해 인간의 영혼을 분석할 수 있었다. 프랑스 문학 사상 가장

---

* 라신의 작품. 라신은 베레니스를 통해 자신과 함께 프랑스 3대 극작자였던 몰리에르, 코르네유에 라이벌 의식을 표출.

위대한 사람이라고 할 수 있다. 바르트는 마르시악의 공자*가 생-앙투안 성 밖의 해자에서 튀렌 군대의 총알이 빗발치는 가운데 그랑 콩데 옆에서 자랑스럽게 말 위에 앉아 있는 모습을 보았다. 이렇게 말하고 있겠지. 이런, 죽기에 딱 좋은 화창한 날씨군.

무슨 일이 일어난 것이지? 더 이상 숨을 쉴 수 없었다. 그의 기도가 갑자기 수축했다.

하지만 그랑드 마드무아젤**이 콩데 공의 군대가 통과할 수 있도록 성문을 열어 줄 텐데…. 라 로슈푸코는 눈을 다쳐 일시적으로 시력을 잃었지만 죽지는 않았다. 그리고 복권될 것이다.

그는 눈을 떴다. 그리고 그녀를 보았다. 눈부신 불빛에 가려 제대로 보이진 않았지만. 그는 숨을 못 쉬고 헐떡거렸다. 구조를 요청하고 싶었지만 목소리가 나오지 않았다.

그는 다시 회복할 것이다. 그렇지? 그렇겠지?

그녀는 부드럽게 웃으며 그가 몸을 일으키지 못하도록 그의 머리 위에 베개를 대고 눌렀다. 어차피 그는 쇠약해져서 저항할 힘도 없었다. 이번에는, 이번에는 정말로 끝이군. 그는 생각했다. 포기하고 싶었다. 하지만 그의 의지와 상관없이 몸이 경련을 일으키고 있었다. 그의 몸은 살고 싶어 했다. 그의 뇌는

---

* 프롱드의 난 때 반란군의 편에 섰던 마르시악의 공자 라 로슈코프를 가리킨다.
** 안 마리 루이즈. 오를레앙 공작 가스통과 마리 드 부르봉의 딸.

더 이상 혈관에 닿지 않는 산소를 미친 듯이 찾고, 심장은 마지막 아드레날린 효과로 폭주했지만, 마침내 기력이 다해 느려지고 있었다.

"언제나 사랑하고, 언제나 고통받으며, 언제나 죽는다." 마침내 그의 마지막 생각이 코르네유의 12음절 시구로 정리되었다.*

24

1980년 3월 26일. 20시 뉴스. 파트리크 푸아브르 다보르(이하 PPDA).

"시청자 여러분 안녕하십니까. 많은 소식이… (PPDA는 잠시 말을 멈춘다.) 우리의 삶과 관련되어 있습니다만, 어떤 소식은 장밋빛이고 어떤 소식은 그렇지 않습니다. 판단은 여러분께 맡기겠습니다." (들뢰즈는 자신의 아파트에서 클리시 광장이 보이는 쪽에 있다. 텔레비전 뉴스를 하루도 거르지 않고 보는 들뢰즈는 안락의자에 앉아 대답한다. "감사합니다.")

20시 1분. "우선 2월 생활 물가지수 상승에 대해 알려드립니다. 1.1%입니다. 르네 모노리 경제부 장관은 "그다지 좋은 지

---

* Tou/jours/ ai/mer/, tou/jours/ souf/frir/, tou/jours/ mou/rir. 정확하게 12음절.

수가 아니다."라고 말했습니다. 그래도 1월의 1.9%보다는 나아진 수치입니다. (이보다 더 나쁘기는 힘들 거라고 PPDA는 말했다. 비에브르 거리의 자택에서 텔레비전 앞에 앉은 미테랑도 같은 말을 중얼거렸다.) 미국이나 영국보다도 낮은 수치고, 서독과 같은 수치입니다." (라이벌인 독일을 언급하자 엘리제궁에서 서류에 서명을 하던 지스카르는 텔레비전 쪽을 쳐다보지도 않은 채 기계적으로 킥킥 웃었다. 아메드는 자신의 좁은 침실에서 외출 준비를 하고 있었지만 양말이 어디 있는지 못 찾고 있다.)

20시 9분. "교사들은 여전히 시위 중이고 시위는 내일도 계속될 것으로 예상됩니다. 전국 교사 조합은 파리와 에손의 교사들에게 다음 학년도에 예정된 학급 폐쇄에 대해 항의할 것을 촉구하고 있습니다." (솔레르스는 한 손에 중국제 맥주를 들고 다른 손에는 빈 파이프를 든 채 소파에서 투덜대고 있다. "공무원한테 주는 월급은 정말 아까워!" 크리스테바는 주방에서 말한다. "오늘 저녁은 송아지 고기 요리야.")

20시 10분. "이번 소식은 '산소를 만들어주는' 뉴스라고 말할 수 있겠습니다. (시몽은 눈을 들어 하늘을 쳐다본다.) 대기 오염이 7년 전에 비해 현저하게 개선되었습니다. 미셸 오르나노 환경부 장관에 따르면 황 배출이 30% 감소했습니다. 산화탄소 배출도 46% 감소했다고 합니다." (미테랑은 얼굴을 찡그렸지만 평소 표정과 크게 다르지 않다.)

20시 11분. "외신입니다. 차드, 아프가니스탄, 콜롬비아…에서 어떤 일이 있었는지 전해드리겠습니다."(그 외에 여러 나라 소식이 나오지만 푸코를 제외하고는 아무도 듣지 않는다. 아메드는 마침내 양말을 찾았다.)

20시 12분. "에드워드 케네디가 뉴욕주 프라이머리 선거에서 깜짝 승리를 거뒀습니다…."(들뢰즈는 가타리에게 전화하려고 수화기를 든다. 바야르는 집에서 뉴스를 보며 셔츠를 다리고 있다.)

20시 13분. "작년의 교통사고 수가 증가했습니다. 오늘 국가 헌병대의 발표에 따르면 79년도에 12,480명 사망, 사고 250,000건. 즉 살롱-드-프로방스 도시의 인구에 맞먹는 사망자 수입니다. (아메드는 '왜 하필 살롱-드-프로방스지?'라고 생각한다.*) 부활절 휴가가 곧 다가오니 이 수치를 잘 생각해주시기 바랍니다."(솔레르스는 손가락을 세우고 소리쳤다. "잘 생각하라고? 잘 생각하라고? 쥘리아, 당신도 저 소리 들었어? 나 참, 어이가 없어서. 수치를 보고 잘 생각하라고? 하하하!" 크리스테바 : "식사합시다!")

20시 15분. "교통사고가 심각한 결과를 불러오기도 합니다. 어제 방사능 물질을 실은 화물차 한 대가 다른 대형 화물차와 충돌해 길가 도랑에 처박혔습니다. 보호 장치 덕분에 심각

---

* 살롱-드-프로방스는 남부 지역에 있다.

한 방사능 물질 유출은 없었습니다." (미테랑, 푸코, 들뢰즈, 알튀세르, 시몽, 라캉은 각각 텔레비전 앞에서 웃음을 터뜨렸다. 바야르는 다림질을 계속하며 담배에 불을 붙였다.)

20시 23분. "프랑수아 미테랑의 〈라 크루아〉지(誌) 인터뷰 소식입니다. 그중 몇 가지는 역사에 기록될 것 같습니다." (미테랑은 흡족한 미소를 짓는다.) "지스카르는 한 일파, 한 계급, 한 계층의 사람으로 머물러 있습니다. 그의 정책은 6년째 진전 없이 지지부진합니다. 황금 송아지* 앞에서 벨리댄스를 추는 격이죠. 〈우부대왕〉** 저리 가라 할 정도입니다." ("프랑수아 미테랑이 한 말이었습니다."라고 PPDA가 말했다. 지스카르는 잠시 천장을 쳐다본다.) 대통령을 위한 소식입니다. 조르주 마르셰와 세 명의 동료에게도 해당하는 말입니다. "프랑수아 미테랑이 말하기를, 조르주 마르셰는 자기가 원할 때는 정말 매력적이고 재미있는 사람이라고 합니다. (알튀세르는 윌름가에 있는 아파트에서 어깨를 으쓱하는 시늉을 했다. 그는 주방에 있는 아내에게 소리를 쳤다. "엘렌, 이거 들었어?" 대답이 없다.) 마침내 프랑수아 미테랑은 사회당 내에서의 미테랑-로카르 연정 가능성을 어떻게 생각하느냐는 질문에 대답했습니다. (PPDA의 목소리는 잠시 갈라졌다가 정상을 되찾았으나 거의 느끼지 못할 정도였다.) 미테랑 후보는 이런

---

* 우상 숭배를 상징한다.
** 프랑스의 시인이자 극작가인 알프레드 자리의 희곡. 공격성, 탐욕, 위선, 비만, 식욕 등 인간이 가진 모든 추함을 극대화해 보여준다.

형태의 미국식 정치가 프랑스에 완전히 적합하지는 않다고 말했습니다."

20시 24분. "롤랑 바르트가··· (PPDA 잠시 침묵) 오늘 오후 파리의 피티에−살페트리에르 병원에서 별세했습니다. (지스카르는 서명을 멈춘다. 미테랑은 얼굴을 찡그리는 것을 멈춘다. 솔레르스는 사각팬티 차림으로 파이프를 휘젓던 손을 멈춘다. 크리스테바는 볶음 요리를 휘젓던 손을 멈추고 주방에서 달려 나온다. 아메드는 양말을 신다가 멈춘다. 알튀세르는 아내와 말다툼하려던 것을 멈춘다. 바야르는 다림질을 멈춘다. 들뢰즈는 가타리에게 말한다. "다시 전화할게." 푸코는 생명권력에 관해 생각하던 것을 멈춘다. 라캉은 여전히 시가를 빨아들인다.) 작가이자 철학자인 롤랑 바르트는 한 달 전 교통사고를 당했습니다. (PPDA 잠시 침묵) 향년 64세. 현대 문학과 커뮤니케이션에 대한 저술로 이름을 남겼습니다. 〈아포스트로프〉*의 베르나르 피보와 롤랑 바르트의 인터뷰를 잠시 후 보겠습니다. 롤랑 바르트는 저서 《사랑의 단상》을 남겼고 이 책은 큰 성공을 거뒀습니다. (푸코는 천장을 쳐다본다.) 곧 보여드릴 인터뷰에서 그는 사회 논리학적 관점을 설명하고 있습니다. (시몽은 천장을 쳐다본다.) 감수성과··· (PPDA 잠시 침묵) 섹슈얼리티의 관계. (푸코는 다시 천장을 쳐다본다.) 들어보겠습니다." (라캉

* 저널리스트 베르나르 피보가 진행한 텔레비전 토론 프로그램으로 특히 마르그리트 뒤라스, 알렉산드르 솔제니친, 롤랑 바르트 등 문인들이 많이 초대되었다.

은 천장을 쳐다본다.)

롤랑 바르트 : (필리프 누아레를 닮은 목소리로) "제가 말하는 사랑의 주체, 주체의 성에 대해 너무 앞서 나가지 않도록 사랑에 빠진 한 주체라고 못 박겠습니다. 아무튼 이 사랑에 빠진 주체에게는, 어… 정말 여러 가지 힘든 점이 많을 겁니다. 음… 감정 면에서 금기시하는 것들을 극복하려면 말이죠. 반면에 섹스 문제에 대한 금기들은 오늘날 쉽게 깨지고 있습니다."

베르나르 피보 : "사랑하면 유치하게 되기 때문인가요?" (들뢰즈는 천장을 쳐다본다. 미테랑은 마자린*에게 전화해야겠다고 혼잣말을 한다.)

롤랑 바르트 : "음… 네. 어떤 면에서는요. 사람들은 그렇게 믿죠. 사람들은 사랑이라는 주제에 두 가지 특징을 부여하죠. 두 가지 나쁜 특징을요. 첫 번째는, 바보가 된다는 것입니다. 사랑에 빠진 사람들은 바보 같은 행동을 해요. 자신도 느끼죠. 그리고 사랑의 광기도 있어요. 이것에 대해 유명한 담화도 많죠. 그렇지 않습니까? 단지 이것은 현명한 광기죠. 이 광기를 거역해서 생기는 영광은 없어요." (푸코는 천장을 보던 눈을 내려 텔레비전을 보며 미소를 짓는다.)

발췌한 인터뷰가 끝나자 PPDA가 다시 말을 이어갔다. "무

---

* 프랑수아 미테랑이 혼외 관계로 낳은 딸, 작가, 철학 교수.

슈 장-프랑수아 칸*, 음… 롤랑 바르트는 여러 분야에 관심을 가졌는데요. 여러 분야에서 의견을 냈고요. 최근에는 영화에서도 본 적이 있습니다. 이것저것 다 시도해보는 사람이었나요?" (실제로 롤랑 바르트는 테시네의 영화 〈브론테 자매〉에서 태커리 역을 맡았다. 단역이었기에 롤랑 바르트의 숨겨진 재능을 보여줬다거나 하지는 않았다고 시몽은 기억한다.)

J. F. 칸 : (매우 흥분한 상태) "말씀드리자면, 분명히 이것저것 다 시도해본 것 맞습니다. 네. 바르트는 음… 패션에 관한 글도 썼습니다. 넥타이에 관한 글도 썼고, 뭔지 기억이 안 나지만 레슬링에 관해서도 썼어요. 라신, 쥘 미슐레, 사진, 영화, 일본에 관해서도 썼으니 이것저것 다 손댄 게 맞죠. (솔레르스는 코웃음을 쳤다. 크리스테바는 그를 엄한 눈으로 쳐다보았다.) 하지만 사실 그게 모두 통일성이 있어요. 이걸 보세요. 바르트의 마지막 저서입니다. 사랑의 담화, 사랑의 언어에 관한 것이죠. 사실 롤랑 바르트는 항상 언어에 관해서 썼어요. 바르트의 넥타이, 우리들의 넥타이…. 그것은 일종의 말하는 방식이었던 겁니다. (솔레르스는 약간 화가 났다. "일종의 말하는 방식이라고? 흥! 잘도 지껄이는군.") 패션도 마찬가지로 소통하는 방식이에요. 여기서 바르트가 말하고자 하는 것은 한 사회에서 자신을 표현하는 방

---

* 저널리스트, 작가, 교육사학자

식이죠. 영화도 당연히 그렇고요! 사진도 마찬가지입니다. 즉, 근본적으로 롤랑 바르트는 살아 있는 내내 기호를 쫓고 의미를 해석해왔던 겁니다. 사회나 공동체에서 표현하기 위해 사용하는 기호. 산만하고 불명확한 감정을 표현하는 것. 이런 면에서 롤랑 바르트는 위대한 저널리스트라고 말할 수 있습니다. 그리고 기호학, 기호를 연구하는 학문의 대가이기도 했죠.

그리고 위대한 문학 평론가이기도 했습니다. 왜냐하면 '작품이란 무엇인가?', '작품이란 작가가 자신을 표현하는 수단인가?' 이런 문제를 같은 방식으로 설명했으니까요. 롤랑 바르트는 문학 작품에 세 가지 요소가 있다고 했습니다. 우선 언어가 있습니다. 라신은 프랑스어, 셰익스피어는 영어로 글을 썼죠. 이것이 언어입니다. 다음으로 문체가 있습니다. 작가가 글을 쓰는 방식과 재능에 따라 문체가 각각 다릅니다. 문체는 본인이 자발적으로 정해서 쓰는 것이고요. 문체와 언어, 이 두 가지 사이에 '글쓰기'라는 세 번째 요소가 있습니다. 글쓰기는 전략을 펼치는 장소라고 할 수 있습니다. 넓은 의미에서 글쓰기란 표현을 하기 위한 통로가 됩니다. 작가가 스스로는 의식하지 않고 그저 내키는 대로 무엇인가를 쓴다 하더라도 문화, 자신의 근원, 사회 계층, 자신이 속한 사회가 다 드러나는 것이죠. "우리의 집으로 물러가자." 같은 라신의 문구를 볼까요. 아니면 편하게 쓴 다른 문구라도 상관없습니다. 별로 큰 뜻이 없는 문구 같지만, 롤랑 바르트는 그게 아니라는 겁니다. 자연스럽게 내키는 대로 흘러나오지만 사실은 작가를 표현해주는 요소가 들어 있다고 합니다."

PPDA : (아무것도 듣지 않았고, 이해하지도 못했고, 별로 신경을 쓰지도 않았다. 그저 투명인간 같은 느낌이다.) "단어 하나하나를 모두 분석하는군요!"

J. F. 칸 : (대꾸하지 않으며) "더 대단한 점은 말입니다. 바르트는 문체 면에서 수학처럼 매우 차갑고 냉철하게 글을 썼습니다. 그런데 동시에 아름다운 문체를 선보였어요. 어쨌든 결론은 롤랑 바르트는 매우 소중한 존재였다는 것입니다. 우리 시대의 천재였습니다. 이전에는 연극으로 천재성을 표현하던 시대가 있었습니다. 소설로 표현하던 시대도 있었습니다. 예를 들어 50년대에는 모리악이나 카뮈 같은 사람들이 있었죠. 하지만 60년대의 프랑스는, 프랑스 문화의 천재성은 담화에서 나타난다고 생각합니다. 시사성이 없는 일상생활의 잡다한 담화에서요. 여러분도 눈치채셨겠지만 위대한 소설이 나오지 않았습니다. 위대한 극작품이 나오지도 않았죠. 더 나은 작품은 '그는 이렇게 말했다, 혹은 이렇게 했다'를 설명하는 분야에서 나왔죠. 그래서 사람들로 하여금 더 훌륭하게 말하게 만들었고, 고리타분한 구식 대화에서 벗어나 더 역동적으로 살 수 있게 해주었죠."

PPDA : "이어서 파르크 데 프랑스 경기장에서 열린 축구 소식을 전해드리겠습니다. 프랑스 국가대표 팀이 네덜란드와 맞붙었습니다. (아메드는 집에서 나와 현관문을 닫고 계단으로 내려 갔다.) 생각보다 훨씬 중요한 친선경기입니다. (시몽은 텔레비전 을 끈다.) 네덜란드는 최근 월드컵에서 두 번 연속 결승에 진출 했고 (푸코는 텔레비전을 끈다.) 프랑스와 네덜란드는 82년 스페 인에서 열릴 다음 월드컵 예선전에서 같은 조에 편성되었기 때 문입니다. (지스카르는 다시 서류에 서명하기 시작했다. 미테랑은 자 크 랑에게 전화하려고 수화기를 들었다.) 마지막 뉴스가 끝나고 녹 화 경기를 보실 수 있습니다. 22시 50분경 방영될 예정이며, 해 설은 에르베 클로드가 맡겠습니다." (솔레르스와 크리스테바는 식 사를 하기 위해 테이블에 앉았다. 크리스테바는 눈물을 훔치는 몸짓 을 하며 말한다. "산 사람은 계속 살아야지." 두 시간 후에 바야르와 들뢰즈는 축구 경기를 볼 것이다.)

25

1980년 3월 27일 목요일. 시몽 에르조그는 젊은이들이 가 득한 바에서 커피 한 잔을 시켜놓고 몇 시간째 앉아 있다. 아마 도 몽타뉴-생트-주느비에브 거리일 것이다. 다시 한 번 말하지만, 이 장소는 큰 의미가 없으므로 이전처럼 아무 곳이든 원하는 곳을 상상하면 된다. 젊은이들이 많이 모여 있다는 점을 감안하면 라탱 지구*라 생각하는 것이 논리적이고 현실적으로 보일 수도 있다. 그곳에는 작은 포켓볼 테이블이 있었는데, 공들이 서로 부딪히는 소리가 마치 하루가 끝난 후 떠들썩하게 대화를 나누는 가운데서 뛰는 맥박 소리 같았다. 시몽 에르조 그는 커피를 다 마셨지만 집에 가기엔 아직 시간이 너무 일렀기 때문에 맥주를 한 잔 더 시켰다.

1980년 3월 28일자 〈르몽드〉(르몽드는 항상 다음 날짜로 신문이 나오니까)는 1면을 대처 총리의 '인플레이션 잡기' 대책과 차드의 내전에 할애했다. (대처는 놀랍게도 '공공분야 지출을 감축'하겠다고 발표했다.) 롤랑 바르트의 죽음도 어쨌거나 첫 페이지 오른쪽 하단에 언급되었다. 베르트랑 푸아로-델페크라고 하는 저명한 기자가 롤랑 바르트에게 바치는 애도사는 이렇게 시작한다. "카뮈가 자동차 사고로 세상을 떠나고 겨우 20년이 지났는데, 또 다시 문학계는 크롬 옷을 입은 여신**에게 지나치게 과한 공물을 바치고 말았습니다." 시몽은 그 구절을 여러 번 다시 읽으면서 홀 안을 한 번씩 훑어봤다.

포켓볼 테이블에는 20대 젊은 남자 두 명이 막 스무 살을 넘

---

* 명문대학교들이 주변에 있어 학생들이 몰려드는 거리.
** 자동차를 가리킨다.

겼을까 말까 한 소녀가 지켜보는 가운데 시합을 하고 있었다. 시몽은 기계적으로 상황을 분석했다. 옷을 잘 입은 남자는 여자가 마음에 들었고, 여자의 마음은 흐트러진 옷차림에 머리가 길고 약간 더러운 다른 남자에게 가 있다. 이 남자는 거만하고 무덤덤한 표정이라서 과연 여자에게 관심이 있는지 알 수 없다. 남자가 무덤덤한 이유는 전략적인 것 같았다. 자신이 더 우월한 위치에 있음을 보여주고 그녀의 마음이 자신에게 있음을 이미 아는 지배적 위치의 수컷이라는 것을 과시하기 위함이 아닐까? 아니면 그녀보다 더 아름답고 더 반항적이며 덜 수줍어하는, 자신과 좀 더 수준이 맞는 다른 여자를 기다리는 것일지도 모른다. (아니면 두 가지 모두 해당할 수도 있다.)

푸아로-델페크는 계속해서 써내려갔다. "바르트는 30년 전부터 동료 비평가 바슐라르와 함께 문학 비평계를 풍요롭게 만들었습니다. 여전히 막연한 것으로 남아 있는 기호학 이론가로서가 아니라, 새로운 독서의 즐거움을 일깨워 주었기 때문입니다." 시몽이 품고 있는 기호학자 기질이 불평처럼 튀어나왔다. 독서의 즐거움이라고? 이것은 또 무슨 헛소리. 기호학이 여전히 막연하다고? 네가 바보인 것이지. 정말 그렇다 치더라도…, 아니 됐다. "새로운 소쉬르였을 뿐 아니라, 새로운 지드이기도 했습니다." 시몽이 커피 잔을 받침에 탁 소리가 나게 내려놓자 커피 방울이 신문에 튀었다. 둔탁한 소리가 포켓볼의 공 부딪치는 소리와 맞물려 아무도 눈치채지 못할 정도였다. 스무 살이 될까 말까 한 여자만 고개를 돌려 시몽을 보았고, 시몽과 시선이 마주쳤다.

두 젊은이의 포켓볼 실력은 엇비슷하게 형편없었지만. 그렇다고 해서 포켓볼 테이블에서 짝짓기 춤의 경연을 벌일 수 없었던 것은 아니었다. 그들은 눈썹을 찡그리고 고개를 설레설레 흔들었고 턱은 거의 공에 닿을 듯이 바짝 구부렸다. 또 테이블 주위를 셀 수도 없이 돌았다. 자신들이 얼마나 열심히 생각하고 있는지를 보여주는 것이리라. 그들은 흰 공의 어느 지점에 충격을 주어야 할지를 기술과 전략을 동원해서 신중하게 따지고 있었다. (이 공 역시 복잡한 지표에 따라 선택된 것이다.) 공을 앞에 놓고 불규칙한 힘과 빠른 속도로 치는 시늉만 하며 그 결과를 시뮬레이션하는 것은, ('줄질'한다고들 하지. 시몽이 혼잣말을 한다.) 이 시합의 에로틱한 성격을 떠오르게 하지만 경기자들의 경험이 일천함을 느끼게 하기도 한다. 그들이 곧이어 재빨리 공을 치지만 서투른 실력은 감출 수가 없다. 시몽은 다시 〈르몽드〉로 눈을 돌렸다.

장-필리프 르카 문화부 장관이 말했다. "바르트가 남긴 문학과 사유의 고찰은 인류가 스스로를 더 깊이 이해하고 사회에서 더 잘 살아갈 수 있도록 해주었습니다." 다시 커피 잔을 내려놓는 소리. 이번에는 조심스럽게 잘 내려놓았다. 시몽은 스무 살이 될까 말까 한 소녀가 다시 몸을 돌리는 것을 보았다. 문화부에는 이렇게 진부한 말 외에 더 나은 생각을 정리할 만큼 신경 쓴 사람이 아무도 없었다는 뜻이군. 시몽은 이 진부한 문장이 작가, 철학가, 역사가, 사회학자, 생물학자의 범주에 드는 사람이 죽었을 때 누구에게든 적용하는 상투적인 표현이라고 생각했다. 이 사람 덕분에 더 깊이 이해하게 되었다고? 흥, 브라보. 애썼군. 사르트르, 푸코, 라캉, 레비−스트로스, 부르디외가 죽어도 똑같은 말을 하겠지.

시몽은 옷을 잘 입은 남자가 항의하는 소리를 들었다. "아니야. 상대방 파울 때문에 자기가 치는 경우에는 공을 넣었어도 연속으로 칠 수 없어." 법학과 2학년생(아마도 첫해는 유급했겠지). 옷차림, 재킷, 셔츠로 봤을 때 파리 2대학 학생인 것 같군. 옷차림이 후줄근한 경쟁자가 대꾸했다. "알았어. 그러지 뭐. 네가 원하는 대로 하자. 상관없어." 심리학과. 얘도 2학년(아니면 1학년을 2년째 하고 있거나). 파리 3대학이나 6대학(홈그라운드 텃세를 부리고 있군). 스무 살이 될까 말까 한 소녀는 억지로 미소를 띠고 있지만 누군가 자신을 봐주기를 바라고 있다. 양쪽의 색깔이 다른 키커스 신발을 신고 있고 일렉트릭 블루진의 밑단을 접어 올렸다. 머리는 포니테일로 묶었고 던힐 라이트 담배를 피운다. 현대문학. 1학년. 소르본이나 소르본 누벨. 아마도 1년 조기 입학인 것 같군.

"그는 모든 세대를 위한 의사소통 매체와 신화, 그리고 언어 분석에 새 장을 열었습니다. 롤랑 바르트의 저서들은 우리의 마음속에 문학과 행복을 불러일으키며 오래오래 남을 것입니다." 미테랑은 바르트의 능력에 크게 감명을 받지는 않았지만, 적어도 바르트가 어느 정도의 실력자인지 어렴풋이 감을 잡은 것 같다.

끝나지 않을 것 같던 길고 긴 시합은 파리 2대학 학생의 아슬아슬한 승리로 끝났다. 마지막에 예상치 못한 한 방(브르타뉴 지방의 어느 술꾼이 만들어냈다는 규칙으로, 상대방이 검은 공을 잘못 집어넣었다.)으로 경기를 이기고는 보그*를 흉내 내며 팔을 들어올렸다. 3대학 혹은 6대학 학생은 아무렇지도 않은 표정을 지으려 애썼고 소르본 여학생이 그를 달래면서 팔을 쓰다듬었다. 구경꾼들은 그저 놀이 한 판을 즐긴 것처럼 웃는 척했다.

프랑스 공산당도 성명을 발표했다. "우리는 오늘, 일생을 의사소통과 상상력에 대한 새로운 방식의 연구, 텍스트를 읽는 즐거움, 문학의 구체화에서 새 장을 연 지성인에 대해 경의를 표하는 바입니다." 시몽은 문장에서 중요한 요소인 "지성인에 대해"를 즉시 알아봤다. 경의의 대상은 지성인으로서의 면모다. 다른 면이 아니다. 즉 중성의 사람(동성애자), 지스카르와

---

* 스타트렉에 등장하는 외계 종족.

식사하고, 모택동주의자인 친구들과 중국에 간 바르트는 경의의 대상이 아닌 것이다.

새로운 소녀가 바 안으로 들어왔다. 긴 곱슬머리, 가죽 재킷, 닥터 마틴 신발, 귀걸이에 찢어진 청바지. 시몽의 생각 : 미술사학, 1학년. 그녀는 후줄근한 옷차림의 남자에게 키스했다. 시몽은 포니테일 소녀의 반응을 면밀하게 관찰했다. 그녀가 분노를 꾹 참고 있음을 느꼈다. 열등감을 느낄 필요가 전혀 없건만 열등감이 점차 심해져서 그녀의 입가에 주름으로 나타나기 시작하고, 마음속의 갈등이 점점 거세지며 쓰라린 감정은 경멸로 나타났다. 다시금 시몽과 소녀의 눈길이 마주쳤다. 소녀의 눈빛은 잠시 반짝했으나 그것이 무엇을 의미하는지는 알 수 없었다. 그녀는 일어서서 시몽에게 다가와 테이블로 몸을 숙이고 그의 눈을 똑바로 쳐다보며 말했다. "뭐야, 변태. 내 사진을 원해?" 시몽은 당황해서 알아들을 수 없는 말을 중얼거리며 다시 미셸 로카르에 관한 기사를 읽기 시작했다.

26

위르*에 이렇게 많은 파리 시민이 모인 적은 없었다. 그들은 바욘역까지 기차를 타고 왔다. 모두 장례식을 보러 온 것이었다.

묘지에는 차가운 바람이 불고 비가 퍼붓고 있었다. 사람들은 삼 삼오오 짝지어 모여 있었다. 아무도 우산을 가져올 생각을 하지 못했다. 바야르도 시몽 에르조그를 끌고 와서 흠뻑 젖은 생-제르맹의 무리들을 보았다. 카페 드 플로르에서 785킬로미터 떨어진 곳에서 솔레르스가 초조하게 파이프를 깨물고 있는 모습이나 BHL(베르나르-앙리 레비)가 셔츠 버튼을 단정히 채운 모습도 모두 낯선 풍경이었다. 모두들 장례식이 너무 오래 걸리면 안 된다고 생각하고 있었다. 시몽 에르조그와 자크 바야르는 거의 모든 사람들을 알아볼 수 있었다. 솔레르스와 크리스테바와 BHL의 그룹. 유세프와 폴과 장-루이 그룹. 푸코와 다니엘 데페르와 마티유 랭동, 에르베 기베르, 디디에 에리봉 그룹. 대학교 그룹: 토도로프와 주네트. 뱅센 그룹: 들뢰즈, 시수, 알튀세르, 샤틀레. 바르트의 동생인 미셸과 아내 라셸. 바르트의 편집자와 학생들: 에릭 마티, 앙투안 콩파뇽, 르노 카뮈. 전 애인들과 지골로 한 무리: 아메드, 사이드, 아롤드, 슬리만. 영화 관계자들: 테시네, 아자니, 마리-프랑스 피지에, 이자벨 위페르, 파스칼 그레고리. 검은색 우주 비행사 옷을 입은 쌍둥이와(아마도 친척 중에 방송국에 일하는 사람이 있을 것이다.) 이 지역에 사는 사람들….

---

* 프랑스 남서부의 작은 도시.

모두 위르의 묘지를 흡족해했다. 묘지 입구에서 두 사람이 검은색 DS에서 내려 우산을 펼쳐 들었다. 장례식 진행을 돕던 사람 중 한 명이 차를 보며 소리쳤다. "저것 봐. DS야!" 사람들 속에서 만족해하며 속삭이는 소리가 퍼져나갔다. 바르트의 책 《신화론》의 출판을 시트로앵에서 후원했기 때문에 바르트에 대한 애도의 표시로 DS가 왔다고 생각했기 때문이었다. 시몽은 바야르에게 나지막이 말했다. "이 중에 살인자가 있을 거라고 생각하나요?" 바야르는 대답하지 않았다. 그는 사람들을 관찰하면서 모두에게 혐의점이 있다고 생각했다. 수사를 진전시키기 위해서는 자신이 뭘 찾고 있는지를 알아야 했다. 바르트가 가지고 있던 물건, 훔치는 것만으로 모자라 그의 목숨을 앗아갈 만큼 귀중한 물건은 무엇이었을까?

27

팡테옹* 인근, 로랑 파비위스의 사치스러운 아파트에 사람들이 모여 있다. 천장은 화려하게 몰딩 장식이 되어 있고 바닥에는 헝가리산 가공 목재가 깔려 있다. 자크 랑, 로베르 바댕테

---

* 파리의 신고전주의 양식 건물. 이전에는 교회였으나 현재는 공동묘지다.

르, 레지 드브레, 자크 아탈리, 세르주 모아티가 참석하여 사회당 후보 미테랑 이미지의 장단점을 분석하고 있었다.

첫 번째 단락(장점)은 거의 비어 있었다. 단지 '드골을 1차 투표에서 승리하지 못하도록 저지했다'라고만 쓰여 있었다. 파비위스는 이미 15년 전에 일어난 일이라고 말하며 다른 것을 찾아보자고 제안했다.

두 번째 단락(단점)은 거의 채워져 있었다. 중요도 순으로 나열해보면,

마다가스카르.

천문대 사건.

알제리 전쟁.

너무 늙었다. (제4공화국 같다.)

송곳니가 너무 길다. (비웃는 것처럼 보인다.)

항상 선거에서 진다.

이상하게도 비시 정부의 페탱 원수가 미테랑에게 도끼 문장을 직접 수여한 일, 미테랑이 비시 정부에서 맡았던 역할 등은 당시에 결코 언급되지 않았다. 언론은 잠자코 있었고 (늘 그렇듯이 기억상실증?) 정적들도 그랬다. (유권자들이 기분 나쁜 과거를 떠올리고 화를 낼까 봐 겁을 먹었을까?) 아주 적은 수의 극우파만이 이런 말들을 퍼뜨려 젊은 세대들은 그저 중상모략이라고 여길 뿐이었다.

어쨌든 사회주의 젊은이들이, 지적이고 야심만만하고 어떤 면에서는 여전히 이상주의적인 데다 희망찬 미래를 꿈꾸는 젊은이들이 시대에 뒤쳐진 SFIO*와 FGDS**의 잔해, 제4공화국의 잔해, 우파와 타협한 식민주의자이며 사형 지지자(그가 내무부 장관을 거쳐 법무부 장관으로 재직하는 동안 알제리에서 45건의 처형이 있었다)인 프랑수아 미테랑을 어쩌다가 지지하게 되었을까? 그의 경쟁 후보였던 로카르는 사회당의 피에르 모루아나 장 피에르 슈벤망의 총애를 받았고, 유럽통합 지지자였던 자크 들로르와 노조연합 지도자였던 에드몽 메르의 지지를 받았다. 모아티에 따르면 로카르는 "노동자 중심 사회주의자였으며 우리 노선에 딱 맞는 재정 감독관"이었다. 하지만 이렇게 말한 모아티마저 나중에는 68혁명의 박쥐들을 재현하듯 미테랑의 진영에 가담한다. 미테랑은 담화의 방향을 좀 더 좌측으로 틀었고 다음과 같이 선언했다. "생산과 투자와 거래 수단을 국영화하는 것이 옳다고 믿습니다. 경제 전체를 이끌어 나갈 큰 규모의 국영 회사가 필요하다고 생각합니다."

실무 회의가 시작되었다. 파비위스는 따뜻한 음료와 비스킷, 과일 주스 등을 커다란 나무 테이블에 갖다놓게 했다. 업무의 중대성을 상기시키기 위해 모아티는 1966년의 〈누벨 옵세

---

* 국제 노동자 동맹 프랑스 지부. 프랑스 사회당의 옛 명칭.
** 민주사회좌파 연합.

르바퇴르〉에서 오려낸 사설을 꺼냈다. 장 다니엘이 미테랑에 관해 쓴 것이었다. "이 사람은 아무것도 믿지 않는다는 느낌을 준다. 그의 앞에 서면 무언가를 향한 신념이란 게 무의미해 보인다. 미테랑은 이 세상에 순수한 것은 없고, 모두가 비열하고 불결하며, 어떤 것에도 환상을 품어선 안 된다고 말한다."

테이블 주변에 앉은 사람들은 모두 난제가 쌓여 있다는 점에 동의했다.

모아티는 팔미토 과자를 집어 먹고 있다.

바댕테르는 미테랑을 변호했다. 냉소적인 이미지는 정치에서 상대적으로 불리하게 작용하지만, 능력이 좋고 실용적이라는 인상을 주기도 한다. 어찌 됐건 '마키아벨리주의자'와 '마키아벨리적 인물'*은 의미가 다르다. 타협자라는 것이 꼭 타협했다는 것을 뜻하지는 않는다. 융통성과 계산은 민주주의의 미덕이기도 하다. '개 같은 철학자' 디오게네스는 각별하게 깨달음을 얻은 철학자가 아니었던가.

"알았어요. 그러면 천문대 위장 습격 사건은?" 파비위스가 질문했다.

자크 랑이 항의했다. 습격이 위장이라는 설은 아직도 분명하게 검증되지 않았다. 그 주장은 모두 전(前)드골주의자이며 극

---

* 권모술수를 추종하는 사람과 실제로 권모술수를 실행하는 사람.

우파인 사람의 의심스러운 진술에 근거한 것인데 그자는 벌써 수차례 말을 바꾸지 않았나. 사람들이 미테랑의 차를 발견했을 때에는 이미 총탄 때문에 벌집이 된 상태였다. 자크 랑은 정말로 화가 많이 난 것 같았다.

파비위스의 말. "그렇다면 음모론으로 몰고 가면 되겠군." 남은 것은, 그가 지금까지도 별로 호감 가는 사람이 아니고 그다지 사회주의자도 아니라는 것.

자크 랑은 장 카우의 말을 떠올렸다. 장 카우는 미테랑이 독실한 가톨릭 신자이며, 겉으로 사회주의자인 척하면서 속으론 기독교 신앙을 감추고 있다고 주장했다.

드브레는 한숨을 내쉬었다. "산 넘어 산이군."

바댕테르는 담배에 불을 붙였다.

모아티는 쇼키니를 먹고 있다.

아탈리 : "미테랑은 좌파에 묻어가기로 결심했어요. 특히 공산당하고도 힘을 합쳐야 한다고 생각하고 있어요. 하지만 그러면 온건 좌파 성향 유권자들이 등을 돌리지 않을까요?"

드브레 : "아니요. 당신이 온건 좌파라고 부르는 사람들을 나는 중도파라고 부릅니다. 혹은 더 엄밀히 따져서 급진 발루아 정당이라고 부릅니다. 그들은 어차피 우파에 투표해요. 지스카르파라고도 볼 수 있습니다."

파비위스 : "당신은 스스로 급진 좌파라고 생각하시나요?"

드브레 : "물론이죠."

자크 랑 : "알았습니다. 그럼 송곳니는 어떡할까요?"

모아티 : "마레 지역의 치과 의사에게 예약을 해두었습니다. 영화배우 폴 뉴먼 같은 미소를 지을 수 있도록 만들어줄 겁니다."

파비위스 : "나이는 어떻게 하죠?"

아탈리 : "경험이 풍부한 거죠."

드브레 : "마다가스카르는?"

파비위스 : "사람들은 신경 안 쓸 거요. 모두 다 잊었을 테니."

아탈리 : "1951년에 식민지 관리 장관이었으니까요…. 대학살은 1947년에 있었고요. 물론 유감의 뜻을 표하긴 했지만, 어쨌든 손에 직접 피를 묻히진 않았어요."

바댕테르는 아무 말도 하지 않았다. 드브레 역시 침묵했다. 모아티는 핫초콜릿을 마시고 있다.

랑 : "그런데 그 영화가 있지 않습니까? 미테랑이 식민지 모자를 쓰고 아프리카 사람들 앞에 서 있는…."

모아티 : "텔레비전 방송국은 그 이미지를 내보내지 않을 거예요."

파비위스 : "식민지라는 주제는 우파도 싫어해요. 그 문제를 끄집어내려고 하지 않을 것입니다."

아탈리 : "알제리 전쟁도 마찬가지예요. 알제리는 일단 드골의 배신이라는 성격이 강합니다. 너무 민감한 문제예요. 지

스카르는 자칫 알제리 출신 프랑스인들의 표를 잃을지도 모르는 모험을 하려 들지 않을 거예요."

드브레 : "공산당에서 들추면요?"

파비위스 : "마르셰가 알제리 얘기를 끄집어내면, 우리는 메서 슈미트*얘기를 꺼내면 됩니다. 다른 데서도 마찬가지지만 정치에서는 과거 얘기를 끄집어내는 게 결코 도움이 되지 않아요."

아탈리 : "공산당이 계속 우기면 우리는 나치-소련 불가침 조약으로 공격하면 됩니다."

파비위스: "좋군요. 그럼 미테랑의 장점은 뭐가 있습니까?"

침묵….

모두 커피 잔을 집어든다.

파비위스는 담배에 불을 붙인다.

자크 랑 : "문학에 어느 정도 조예가 있는 사람이라는 이미지가 있습니다."

아탈리 : "사람들은 그런 것에 별 관심이 없어요. 프랑스 사람들은 바댕게**에게 투표하지 빅토르 위고에게 하지 않습니다."

자크 랑 : "연설을 잘합니다."

드브레 : "그렇습니다."

---

* 독일의 비행기 제조 회사. 마르셰는 비행기 정비공이었으며 2차 대전 당시 비시 정부 시절 차출되어 메서 슈미트의 공장에서 정비공으로 일했는데, 자발적으로 갔다는 주장이 있다.
** 나폴레옹 3세의 별명.

모아티 : "아닙니다."

파비위스 : "로베르는?"

바댕테르 : "그렇기도 하고 아니기도 합니다."

드브레 : "집회 현장에서는 사람들을 고무시킵니다."

바댕테르 : "자기 생각을 정리할 시간이 주어졌거나 자신이 잘 아는 내용이라면 괜찮습니다."

모아티 : "텔레비전에 나올 때는 영 아닙니다."

자크 랑 : "일대일 담화인 경우는 괜찮아요."

아탈리 : "하지만 얼굴을 직접 마주보고 할 때는 꽝이죠."

바댕테르 : "자신의 의견을 받아들이지 않거나 반박하면 아주 불편하죠. 자기주장을 적절히 펼 줄은 알아요. 하지만 도중에 방해받는 것을 싫어합니다. 집회에서 사람들의 지지를 받으면 열정적인 사람이 되고, 기자들과 대화할 때는 난해하고 지루한 사람이 되기도 합니다."

파비위스 : "보통 텔레비전에 나올 때 상대방을 멸시한다는 인상을 줍니다."

자크 랑 : "미테랑은 시간을 충분히 가지는 걸 선호하거든요. 서서히 워밍업도 하고 말입니다. 연설을 할 때는 목소리도 내보고 마이크 시험도 해보고 청중들을 파악할 시간이 있죠. 하지만 텔레비전 방송에서는 그게 불가능하니까요."

모아티 : "하지만 텔레비전이 미테랑을 위해 바뀔 수는 없

지 않습니까?"

아탈리 : "어쨌든 빠른 시일 내에 바뀌지는 않겠죠. 만약 그
가 대통령이 되면…."

모두 : "엘카바크 기자를 쫓아버리는 겁니다." (모두 웃음.)

자크 랑 : "텔레비전을 큰 집회라 생각하라고 전해야겠군요.
군중들이 카메라 뒤에 모여 있다고 상상하라고요."

모아티 : "조심하세요. 열정적인 모습은 집회에서 좋은 요
소지만 스튜디오에서는 그렇지 않을 수도 있으니까요."

아탈리 : "좀 더 구체적이고 직접적으로 말하는 연습을 해
야 합니다."

모아티 : "나아져야죠. 훈련을 해야 합니다. 계속 반복 훈련
을 하게 합시다."

파비위스 : "흠, 미테랑이 기뻐하겠네요."

28

밖에서 사오일을 지내고 나서 아메드는 마침내 집으로 돌아
가기로 결심했다. 적어도 깨끗한 티셔츠 한 개쯤은 집 어딘가
에 있겠지. 그는 6층인가 7층에 있는 자신의 방으로 힘겹게 올
라갔고 기진맥진해졌다. 그의 방에는 욕실이 없어서 샤워는 할

수 없지만 그래도 침대에서 몇 시간 뒹굴며 몸과 마음의 피로를 풀고 세상의 허영, 존재의 사치를 잊을 수는 있었다. 그러나 자물쇠에 열쇠를 넣고 돌리는 순간, 그는 평소와 다른 느낌을 받았다. 누군가 문을 억지로 열어 자물쇠가 부서져 있었다. 문을 슬쩍 밀자 삐거덕 소리가 났다. 방은 난장판이었다. 침대는 뒤집혔고 서랍은 죄다 빠졌으며 벽 하단에 붙어 있던 널빤지는 뽑혀 있었다. 옷들이 사방에 흩어져 있고 냉장고는 활짝 열린 채로 문에는 손대지 않은 음료수 한 병이 놓여 있었다. 세면대 거울은 여러 조각으로 깨졌고, 지니 소다와 세븐업 캔이 사방에 굴러다녔다. 아메드가 모아놓은 요트 잡지는 모든 페이지가 찢어져 있고 프랑스 역사 만화책도 마찬가지였다. (프랑스 혁명과 나폴레옹에 관한 부분은 아예 사라지고 없는 듯했다.) 프티 라루스 사전과 책들도 바닥에 흩어져 있었고 카세트테이프는 꼼꼼하게 끝까지 풀어져 있었다. 라디오는 일부가 분해되어 망가져 있었다.

아메드는 작동이 되는지 보려고 수퍼트램프의 테이프를 되감아 플레이어에 넣고 재생 버튼을 눌렀다. 그러고는 뒤집힌 매트리스에 누워 옷을 입은 채 방문을 열어 놓고 *Logical Song*의 화음을 들었다. 그러면서 자기 역시 어릴 적엔 인생이 아름답고 기적 같고 마법 같다고 생각했지만 지금은 모든 것이 바뀌었다고, 또 크게 책임감을 느끼지도 못하고 완전히 무시할 만큼 쿨하지도 못하다고 생각하며 잠이 들었다.

29

한 고층 건물의 입구 앞에 족히 10미터는 될 듯한 줄이 늘어서 있었다. 엄한 얼굴의 건장한 흑인 경비가 입구를 감시하고 있었다. 아메드는 사이드와 슬리만이 덩치 큰 남자와 함께 있는 것을 보았다. 그 남자는 자신을 '하사'라고 부르라고 했다. 그들은 함께 새치기를 하고 문지기 이름을 부르며 인사를 건네고는 롤랑, 아니 미셸이 안에서 기다린다고 말했다. 그는 고층 건물의 문을 열어주었다. 건물 안에서는 마구간과 계피와 바닐라와 어항(魚港)의 냄새가 뒤섞인 듯한 냄새가 났다. 그들은 연출가 장—폴 구드를 스쳐 지나가며 그의 행동거지를 보고 곧바로 환각 상태인 것을 알아차렸다. 사이드는 아메드 쪽으로 몸을 기울이며 '정말 싫다, 지스카르 임기가 빨리 끝났으면 좋겠어, 생활비가 너무 많이 들어, 하지만 마약이 필요해'라고 말했다. 슬리만은 젊은 U2의 보컬 보노 복스가 바에 앉아 있는 것을 봤다. 그곳에는 구식 레게 밴드가 경쾌하고 저속한 무대를 펼치려는 참이었다. 하사는 무심하게 리듬에 한 박자 뒤쳐져서 허리를 흔들며 걸었고 보노가 이를 호기심 어린 눈으로 지켜봤다. 기자 이브 무루시가 장신의 가수 그레이스 존스의 배에다 대고 얘기하고 있었다. 브라질 댄서들이 고객들 사이를 요리조리 지나가며 섬세한 카포에라 안무를 선보였다. 제4공화국에서 제법 중요한 부처의 장관이었던 사람이 막 알려지기 시작한 젊은 여배우의 가슴을 만지려 했다. 그리고 살아 있는 바닷가재를 머리 위에 얹거나 끈에 묶어 끌고 다니는 소년과 소녀들이 도처에 있었다. 왜 하필 바닷가재인지는 모르겠지만, 1980년도 파리에서는 그게 유행이었다.

입구에서는 옷차림이 엉망이고 콧수염이 난 남자 두 명이 500프랑짜리 지폐를 입구의 문지기에게 주고 슬그머니 들어왔다. 그들은 우산을 보관함에 맡겼다.

사이드는 아메드를 불러 약을 달라고 했다. 아메드는 사이드에게 조금 기다리라는 신호를 보내고 영화 〈시계태엽 오렌지〉의 몰로코 바에 있는 것과 같은, 벌거벗은 여자가 엎드린 모양의 낮은 테이블에서 마리화나를 말아주었다. 아메드 옆의 각진 소파에서는 배우 알리스 사프리치가 궐련용 파이프를 물고 있었다. 입술에는 위풍당당한 미소를 짓고 목에는 보아 뱀을 걸치고 있었다. (진짜 보아 뱀이다! 아메드는 혼잣말을 했지만 이내 그것이 매우 어리석은 짓이라고 생각했다.) 알리스 사프리치는 그들 쪽으로 몸을 기울이며 말했다. "이봐, 귀염둥이들, 오늘 밤은 멋지지?" 아메드는 마리화나를 피우며 웃었고 사이드가 대답했다. "뭐 하기에 멋지다는 거죠?"

바에서는 하사가 보노에게서 한 잔 얻어 마시는 데 성공했다. 슬리만은 그들이 무슨 언어로 대화를 나누고 있는지 생각해보았지만, 사실 그들이 서로 대화를 나누는 것 같진 않았다. 콧수염 남자 두 명은 구석에 자리 잡고 귀리가 들어간 폴란드산 보드카 한 병을 주문했는데, 보드카는 젊고 아름다운 남녀들을 그들의 테이블로 유인하는 효과가 있었다. 테이블에 다녀간 사람들 중에는 한두 명의 신인 배우들도 있었다. 바 근처에서는 갈색 머리의 테니스 선수 빅토르 페치가 셔츠를 풀어헤치고 귀에는 다이아몬드 귀걸이를 하고서, 똑같이 셔츠를 풀어헤친 채 링 귀걸이를 한 금발의 테니스 선수 비터스 제럴라이티스와 논쟁을 벌이고 있었다. 슬리만은 뉴웨이브 밴드 택시 걸의 리드보컬과 수다를 떨고 있던 젊은 거식증 소녀에게 멀리서 인사를 건넸다. 그녀 바로 옆에는 텔레폰의 베이시스트가 정방형의 도리스식 기둥을 본떠 만든 콘크리트 기둥에 등을 기댄 채 무표정하게 서 있었고, 한 여자가 올랜도에서는 테킬라를 어떻게 마시는지 보여준다며 그의 뺨을 핥고 있었다. 하사와 보노는 어디론가 사라졌고 슬리만은 이브 무루시에게 열심히 뭔가를 떠들어대고 있었다. 푸코가 화장실에서 나와 아바의 여가수와 열정적인 토론을 시작했다. 사이드가 갑자기 아메드를 소리쳐 불렀다. "스피드든 마리화나든 코카인이든 뭐든지 좋으니 제발 좀 갖다 줘. 빌어먹을." 아메드는 사이드에게 마리화나를 내밀었고, 사이드는 분노에 차서 그것을 움켜쥐었다. 마치 '내가 네 마리화나를 어떻게 할지 보여줄까.'라고 외치는 듯했다. 그는 마리화나를 입으로 가져가 혐오와 탐욕이 뒤섞인 얼굴로 빨아들였다. 구석에서는 두 명의 콧수염 남자가 새로운 친구들과 대화를 나누고 잔을 서로 부딪치며 외쳐댔다. "Na zdravé!"(건배!) 가수 제인 버킨은 남동생인지 그녀를 닮은 젊은 남자에게 무언가를 열심히 얘기하려 했으나 다섯 번이나 반복해서 말하고는 결국 어깨를 으쓱하며 체념하는 동작을 취했다. 사이드는 아메드에게 소리 질렀다. "우리한테 뭐가 남았지? 약국 진통제? 그게 계획이었나?" 아메드는 사이드에게 마약을 주지 않으면 참을 수 없을 지경에 이르게 되리라는 것을 알았다. 그래서 그는 누군가 충격에 빠졌을 때 혹은 완전히 취했을 때 하듯이 사이드의 어깨를 잡고 눈을 똑바로 보며 말했다. "이봐, 잘 들어." 그리고 뒷주머니에서 반으로 접은 A5 용지를 꺼냈다. 그것은 렉스 바로 건너편에 새로 문을 연 아다만티움이라는 나이트클럽의 초대장이었다. 바로 오늘 저녁, 아메드가 아는 딜러가 그곳에 있을 것이다. 광고지에는 가수 루 리드를 닮은 얼굴이 있고, 오늘의 테마는 70년대이다. 그는 알리스 사프리치에게 펜을 빌려 광고지 뒷면에 딜러의 이름을 대문자로 또박또박 쓰고는 짐짓 엄숙한 얼굴로 사이드에게 내밀었고, 사이드는 광고지를 조심스럽게 조끼 안주머니에 넣은 뒤 곧바로 아메드에게서 뚝 떨어졌다. 구석에서는 옷차림이 엉망인 두 명의 콧수염 남자가 새로운 친구들과 매우 즐거운 시간을 보내는 듯한 표정이었고, 파스티스와 보드카와 쉬즈를 섞어 새로운 칵테일을 만들어냈다. 모델 이네스 드 라 프레상주도 그들의 테이블에 합류했다. 하지만 사이드가 출구 쪽으로 가는 것을 보자 그들은 웃음을 멈추었고 헤비메탈 밴드 트러스트의 드러머가 "어이, 친구! 친구!" 하고 외쳐대며 그들의 뺨에 키스하려고 했지만 정중하게 사양하고 동시에 자리에서 일어났다.

사이드는 확고한 걸음걸이로 그랑 불르바르 거리를 지났다. 우산을 들고 일정한 거리를 둔 채 뒤따라오는 두 남자에게는 신경도 쓰지 않았다. 그는 아다만티움 클럽까지 가려면 몇 개의 골목길을 지나야 하는지 계산하고 있었다. 아다만티움에 가면 코카인을 살 수 있겠지? 아니, 암페타민으로 만족해야 할지도 몰라. 코카인이 더 좋기는 하지만 암페타민이 더 싸니까. 그리고 더 오래가지. 하지만 잘 안 서는데…. 그래도 섹스하고 싶은 마음은 들게 해주지. 대충 잡아서 5분 동안 고객을 찾고, 그 다음 5분 동안 빈 방을 찾는 거지. 그리고 5분 동안 본게임. 총 15분이면 다 끝나겠군. 세 번이면 충분할 거야. 어쩌면 두 번만으로 끝날 수도 있어. 부자인 데다 잔뜩 굶은 사람이 걸리면 말이지. 아다만티움에는 쿨한 부자들이 많이 올 것 같았다. 싸구려 약쟁이 레즈비언들은 오지 말았으면…. 모든 게 순조롭다면 1시간 후에 약을 살 수 있을 것이다. 하지만 푸아소니에르 거리에서 길을 건너려던 순간, 뒤따라오던 두 남자가 가까이 다가왔다. 한 남자가 우산의 뾰족한 부분으로 사이드의 스톤 워시 청바지를 뚫고 다리를 찔렀다. 사이드가 소리를 지르며 펄쩍 뛰어오르자 두 번째 남자는 사이드의 재킷 아래로 손을 넣어 안주머니에 있던 광고지를 가로챘다. 사이드는 몸을 돌렸지만 그들은 이미 돌이 촘촘히 박힌 길을 성큼성큼 건너가 버린 뒤였다. 사이드는 다리가 욱신욱신 아파오는 것을 느꼈고, 한 남자의 손이 분명히 몸을 만졌다는 것을 떠올리고 소매치기를 당한 것이라 생각하며 신분증이 제대로 있는지 확인했다. (돈은 원래 없었다.) 초대장이 사라진 것을 알아차리고 그는 "내 초대장! 내 초대장!" 하고 소리 지르며 그들을 뒤쫓아 갔다. 하지만 현기증이 나면서 힘이 빠져버렸다. 시야가 흐려지며 다리도 더이상 움직이지 않았다. 그는 길 한가운데 멈춰 서서 손으로 눈을 덮고는 경적을 울려대는 차들 한복판에서 쓰러졌다.

다음 날, 일간지 〈파리지앵 리베레〉에는 두 사람의 죽음이 보도되었다. 젊은 알제리 남자, 20세. 약물 중독으로 길 한가운데서 사고사. 마약 밀매상, 최근 개업한 나이트클럽 아다만티움의 화장실에서 고문당한 끝에 사망. 경찰청장은 아다만티움에 영업 중지 처분을 내림.

30

"이자들은 뭔가를 찾고 있었어. 의문점은 딱 하나야, 아메드. 그들이 왜 그걸 못 찾았지?"

바야르는 우물거리며 담배를 씹고 있고, 시몽은 클립을 가지고 장난을 치고 있었다.

바르트는 질식해 죽었고 사이드는 독살을 당했다. 마약 딜러는 살해당했고, 누군가 그의 아파트를 헤집어놓았다…. 아메드는 이젠 경찰에 알려야겠다고 생각했다. 롤랑 바르트에 관해 아직 밝히지 않은 것도 있었다. 마지막으로 만났을 때, 바르트는 그에게 종이 한 장을 주었다. 타자기의 자판을 치는 소리가 탁탁 울렸다. 파리 경찰청 건물의 사방에서 타자기 소리가 울렸다.

아니오. 아파트를 뒤진 사람들은 그것을 찾지 못했습니다. 아니오, 못 찾았습니다.

어떻게 못 찾았다고 확신할 수 있지? 방 안에는 그게 없었습니다. 어째서? 불태워 버렸으니까요.

그것을 읽었나? 네. 어떤 내용인지 말해줄 수 있을까? 어떤 면에서는요. 무엇에 관한 글이지? 침묵.

바르트는 아메드에게 그것을 외우고 없애버리라고 했다. 아마 아메드의 남프랑스 억양이 그것을 기억하는 데 도움이 되리라고 생각한 것 같다. 아메드는 바르트가 지시하는 대로 따랐다. 바르트는 비록 늙었고 배불뚝이에다 턱도 두 겹이었지만, 아메드는 어머니를 침울한 소녀처럼 대하는 그를 좋아했기 때문이다. 게다가 위대한 교수가 자신에게, 단 한 번으로 끝날 수도 있지만 어쨌든 섹스와 관련이 없는 임무를 맡겨주었다는 것이 기뻤다. 그리고 바르트가 3천 프랑을 주겠다고 약속했기 때문이기도 했다.

바야르는 다시 물었다. "내용을 좀 들려줄 수 있나?" 침묵. 시몽은 클립으로 목걸이를 만들던 것을 멈췄다. 사무실 밖에서는 여전히 타자기 소리의 합창이 들렸다.

바야르는 지골로에게 담배를 권했고, 그는 바야르처럼 진한 담배를 피우지 않으면서도 반사적으로 받아 들었다.

아메드는 담배를 피우며 계속 침묵하고 있다.

바야르는 아메드가 이미 세 명의 목숨을 앗아간 중요 정보를 가지고 있다는 점, 그리고 이 정보를 공개하지 않으면 아메드의 목숨 역시 위험하다는 점을 분명히 했다. 아메드는 반대로, 자신의 머리가 이 정보를 유일하게 저장한 장소이기 때문에 자신을 죽이지 않을 것이며, 자신이 갖고 있는 비밀이 생명보험이라고 말했다. 바야르는 아메드에게 아다만티움의 화장실에서 고문 끝에 살해당한 마약상의 사진을 보여주었고 아메드는 오랫동안 사진을 들여다보았다. 그러고는 앉은 자리에서 몸을 뒤로 젖히고 무언가를 암송하기 시작했다. "율리시즈처럼 아름다운 여행을 한 자 / 혹은 황금 양털을 차지한 자는 행복하다…." 바야르는 시몽에게 설명을 요구하는 눈짓을 했고, 시몽은 이것이 중세 시대 사람인 뒤 벨레의 시라고 말해주었다. "언제 다시 보게 될까 내 아름다운 작은 마을의 / 굴뚝에서 내뿜는 연기를. 어느 계절에…." 아메드는 이 시를 초등학교 때 배웠으며 아직도 기억하고 있다고 말했다. 자신의 기억력이 자랑스러운 것 같았다. 바야르는 아메드에게 24시간 잡아놓을 수도 있다고 으름장을 놓았고, 아메드는 상관없다고 했다. 바야르는 자신의 전략을 어떻게 수정할지 골똘하게 생각하며 새 담배를 한 개비 꺼내어 불을 붙였다. 어차피 아메드는 자기 집으로 돌아갈 수 없다. 머무를 만한 안전한 장소가 있나? 있어요. 바르베 거리에 있는 친구 슬리만의 집에서 잘 수 있습니다. 아메드는 당분간 눈에 띄지 않도록 주의해야 할 것이다. 자주 가는 장소에 가선 안 되고, 길을 갈 때는 자주 방향을 바꿔야 한다. 즉 몸을 숨겨야 한다. 바야르는 시몽에게 아메드를 태워주라고 했다. 직감상 자기처럼 나이 든 경찰관보다는 젊은 민간인이 태워주는 게 몸을 숨기기에 좋을 것 같았다. 그리고 소설이나 영화 따위를 연구하는 저 젊은 작자에 비해서 난 할 일이 너무 많으니까 말이지. 일하는 시간의 100%를 다 이 일에 갖다 바치는 것은 불가능하다. 지스카르는 이 일이 최우선이라고 했고, 지스카르에게 투표하긴 했지만.

바야르는 시몽이 탈 차량을 배정해주라고 지시를 내렸다. 그들이 떠나기 전에 바야르는 아메드에게 혹시 소피아라는 이름을 들어본 적이 있는지 물었지만, 아메드는 소피아라는 사람은 모른다고 대답했다. 손가락 한 마디가 없는 경찰관이 그들을 차고로 데려가 경찰 표시가 없는 르노 R16의 열쇠를 주었다. 시몽은 인도 서류에 서명하고, 아메드를 조수석에 태워 경찰청을 떠나 샤틀레 방향으로 출발했다. 그들이 출발하자 경비의 의심을 사지 않도록 길가에 이중 주차를 해놓았던 검은색 DS가 뒤따라 출발했다. 신호등에서 대기하는 동안 아메드가 (남프랑스 억양으로) 시몽에게 말했다. "아, 저기, 푸에고예요!" 푸른색 푸에고였다.

시몽은 센강의 시테 섬을 건너 법원 앞을 지나 샤틀레 광장에 이르렀다. 시몽은 아메드에게 파리에 왜 왔냐고 물었다. 아메드는 마르세유가 자신과 같은 동성애자들이 살기에는 좋지 않으며, 파리가 차라리 낫다고 말했다. 이곳이 뭐 만병통치약은 아니지만 (시몽은 아메드가 '만병통치약'이라는 단어를 사용했다는 점이 특이해 기억해두었다.) 게이를 덜 무시한다는 것이었다. 시골에서 게이로 사는 것은 아랍인으로 살기보다 더 힘들다. 하지만 파리에는 게이도 많고 돈도 많고 즐길 거리도 많다. 시몽은 리볼리 거리에서 노란 신호등에 그냥 달렸고 뒤에 있던 검은색

DS는 빨간 신호등으로 바뀐 것을 무시하고 따라와 뒤에 붙었다. 푸른색 푸에고는 뒤에 남았다. 시몽은 아메드에게 자신이 대학교에서 바르트에 관해 가르친다고 말하고, 조심스럽게 물어봤다. "텍스트는 무슨 내용인가요?" 아메드는 시몽에게 담배를 하나 달라고 하고 말했다. "사실은, 나도 몰라요."

시몽은 아메드에게 속고 있는 것은 아닌지 잠시 생각했다. 하지만 아메드는 자신이 그 텍스트를 이해하려 들지 않고 그대로 외웠다고 말했다. 바르트의 지시 사항은, 만약 무슨 일이 생기면 어딘가에 가서 어떤 사람에게 그 내용을 알려야 한다는 것이었다. 반드시 그 사람이어야 한다고 했다. 시몽은 왜 그렇게 하지 않았느냐고 물었다. 아메드는 왜 안 했다고 생각하는지 반문했다. 시몽은 아메드가 바르트의 지시대로 했다면 결코 경찰을 찾지 않았을 것이라고 대답했다. 아메드는 시몽의 말이 맞다고 했다. 그 사람이 프랑스에 있지 않기 때문에 너무 멀고 돈이 없어서 못 갔다고 했다. 바르트가 준 3천 프랑을 거기에 쓸 생각은 없었다.

시몽은 백미러에서 여전히 DS가 그들의 뒤를 따르는 것을 보았다. 스트라스부르-생-드니 전철역에서 그는 브레이크를 밟았다. DS도 브레이크를 밟았다. 시몽이 속도를 늦추자 DS도 속도를 늦췄다. 길가에 차를 세우자 DS도 차를 세웠다. 시몽은 심장이 쿵쾅거리기 시작했다. 그는 아메드에게 만약 나중에 돈이 충분히 생긴다면 뭘 하고 싶은지 물었다. 아메드는 시몽이 왜 차를 세웠는지 어리둥절했지만 묻지 않았고, 돈이 생기면 배를 한 척 사서 관광객들을 태우겠다고 했다. 자신은 바다를 좋아하고, 어릴 적 아버지와 함께 바위로 둘러싸인 바닷가에 종종 낚시를 하러 갔다고 말했다. (물론 아버지가 그를 쫓아내기 전이지만.) 시몽이 갑작스럽게 다시 출발하자 타이어가 끼익하는 소리를 냈다. 백미러를 보니 DS 역시 급출발을 했다. 유압식 서스펜션 때문에 차체 앞부분이 높아졌고 도로에 타이어 자국이 남았다. 아메드는 뒤로 돌아 DS를 보았고, 같은 차가 집 앞에 서 있었고 바스티유에서 파티가 있었던 밤에도 서 있던 것을 마침내 기억했다. 그리고 몇 주 동안이나 미행당했다는 사실을 알아차렸다. 이미 자신을 열 번이나 죽일 기회가 있었다는 것, 그리고 열한 번째에 마침내 죽일지 모른다는 것도 전부 이해했다. 아메드는 차창 위에 달린 손잡이를 꽉 잡고 시몽에게 말했다. "오른쪽이요."

시몽은 깊이 생각할 틈도 없이 오른쪽으로 방향을 틀었고, 마젠타 거리와 평행하는 작은 길을 따라 달렸다. 더 걱정스러운 것은 뒤의 DS가 이제는 더 이상 숨을 생각을 하지 않고 그들을 추격하고 있다는 사실이었다. DS가 거리를 좁혀오자 그는 불확실하지만 자신의 직감을 따라 브레이크를 밟았고, DS는 R16과 충돌했다.

몇 초 동안 두 차는 마치 의식을 잃은 것처럼 나란히 정지한 채 가만히 있었다. 행인들도 놀라 멍하니 구경하고 있었다. 시몽은 DS에서 팔이 나오는 것을 보았고, 금속성의 물체가 빛나는 것을 보았다. 그게 총이라는 것을 깨닫고 다시 출발했다. 총은 빗나갔고 R16은 굉음을 내며 앞으로 튀어 나갔다. 팔은 차 안으로 사라지고 DS도 출발했다.

시몽은 신호등을 무시하고 내달렸다. 마치 곧 폭격이 있을 예정이라고 경고하는 것처럼, 혹은 그달의 첫 수요일 정오인 것처럼* 쉴 새 없이 경적을 울려댔다. 사람들은 사이렌 소리가 파리의 10구를 갈가리 찢고 있다고 생각했을 것이다. 뒤에는 DS가 적기를 차단하는 요격기인 양 바짝 붙어 달리고 있었다. 시몽은 푸조 505 한 대를 들이받고 화물차에 튕겨져 나갔으며 인도로 올라갔다가 행인을 칠 뻔하기도 하며 레퓌블릭 광장 방향으로 들어섰다. 뒤에서는 DS가 뱀처럼 장애물을 피하며 달려왔다. 시몽 역시 보행자들을 피해 자동차들 사이로 달리면서 아메드에게 소리쳤다. "텍스트 내용! 빨리 말해요!" 아메드는 집중할 수 없었다. 차창 위의 손잡이를 꽉 움켜쥔 그의 입에선 아무 말도 나오지 않았다.

시몽은 레퓌블릭 광장을 한 바퀴 돌며 생각을 하려 애썼다.

---

* 프랑스에서는 매달 첫 수요일 정오에 점검 차 긴급 상황용 사이렌을 울린다.

어디에 가야 경찰이 있을지 알 수가 없었다. 하지만 7월 14일에 바스티유 근처, 마레 지구의 소방서에서 열렸던 댄스파티를 생각해냈고 피유-뒤-칼베르 거리로 무작정 들어갔다. 창백하게 질린 아메드가 더듬더듬 말하기 시작했다. "언어의 7번째 기능." 하지만 그가 텍스트를 암송하기 시작했을 때, DS가 그들의 옆으로 나란히 차를 붙이고 조수석 쪽의 창문을 열었다. 시몽은 콧수염이 난 남자가 권총을 겨누고 있는 것을 보았고, 방아쇠를 당기려는 찰나에 힘껏 브레이크를 밟았다. 총이 발사되는 순간 DS는 앞으로 나갔지만 시몽은 뒤에 있던 푸조 404와 충돌하면서 그 반동으로 앞으로 튕겨져 나가 다시 DS와 나란하게 되었다. 시몽은 왼쪽으로 핸들을 꺾었고 DS는 앞으로 달려 나갔지만 역주행해 온 푸른색 푸에고를 가까스로 피했다. DS는 시르크 디베 거리에서 인도로 빠져나가 보마르셰 거리와 평행한 아믈로 거리에서 사라졌다. 보마르셰 거리는 피유-뒤-칼베르 거리와 이어지는 거리다.

시몽과 아메드는 마침내 추격자를 따돌렸다고 생각했지만, 시몽은 여전히 바스티유 방향으로 달렸다. 그는 아메드가 기계적으로 다시 암송을 시작했을 때도 마레 지구의 골목길에서 길을 잃고 헤매고 싶지 않아 운전에 집중했다. "말을 통한 의사소통의 여러 가지 요소 중에 다른 것과 확연히 구분되는 한 가지 기능이 있다. 그것은 어떤 면에서 다른 것들을 모두 포괄하기도 한다. 이 기능을 우리는…" 바로 그 순간, DS가 수직 교차로에서 나타나 R16의 옆을 들이받았다. R16은 나무에 부딪쳤고, 쇠와 유리가 부서지는 요란한 소리가 났다.

연기가 나는 DS에서 권총과 우산을 든 콧수염 남자가 나와 R16으로 다가올 때까지 시몽과 아메드는 정신을 잃고 있었다. 남자는 조수석 쪽의 덜렁거리는 문짝을 열고 팔을 길게 뻗어 권총을 아메드의 얼굴에 붙이고 방아쇠를 당겼다. 찰칵. 아무 일도 일어나지 않았다. 찰칵 찰칵. 그는 우산을 창처럼 휘둘러 아메드의 옆구리를 찌르려고 했다. 하지만 아메드가 팔을 들어 우산을 막았고, 우산 끝은 그의 어깨를 찔렀다. 타는 듯한 고통으로 아메드는 날카로운 비명을 질렀다. 공포는 분노로 바뀌어 그는 남자의 손에서 우산을 비틀어 빼앗고 안전벨트를 풀면서 남자에게 달려들어 우산을 가슴 한복판에 꽂았다.

또 다른 콧수염 남자가 운전석 쪽으로 다가왔다. 시몽은 정신을 차리고 차에서 나가려고 했지만 문이 열리지 않았다. 자동차 운전석에 갇힌 그는 두 번째 남자가 총을 겨누자 공포에 질려 꼼짝하지 못하고, 검은 구멍에서 총알이 나와 그의 머리를 관통할 순간을 그저 기다리며 "섬광이 있은 후 밤이 올 것이다."라는 생각을 했다. 그때 갑자기 부르릉 하는 소리가 나며 푸른색 푸에고가 두 번째 남자를 들이받았다. 남자는 충격으로 튕겨 나가 차도 한가운데에 떨어졌다. 푸에고에서 일본인 두 명이 내렸다.

시몽은 조수석의 문으로 가까스로 나와 아메드에게 기어갔다. 아메드는 첫 번째 콧수염 남자 위에 쓰러져 있었다. 시몽은 그의 몸을 뒤집어 살펴보고 아직 움직임이 있다는 사실에 안도했다. 일본인 한 명이 다가와서 아메드의 머리를 받쳐 들고 맥박을 살피고는 "푸아송"이라고 말했다. 시몽은 "푸아송(생선)"으로 듣고 바르트가 분석한 일본 음식을 떠올렸지만, 아메드의 피부와 눈이 노란빛으로 변하고 온몸이 경련을 일으키는 것을 보며 "푸아종(독)"을 말했을 것이라고 이해했다. 시몽은 누구든 구급차를 불러달라고 소리 질렀다. 아메드는 시몽에게 말을 하고 싶어 했다. 그는 고통스럽게 몸을 일으키려 했고, 시몽은 그에게 몸을 숙이고 '기능'에 대해 물어보았지만, 아메드는 더 이상 텍스트를 암송할 기력이 없었다. 이미 머릿속에 있던 기억들은 사라지고, 마르세유에서 지낸 가난한 어린 시절과 파리에서의 생활, 동료들, 섹스, 사우나, 사이드, 바르트, 슬리만, 극장, 라 쿠폴에서 먹던 크루아상, 그리고 그가 비벼댔던 매끄러운 몸들을 보고 있었다. 하지만 숨이 끊어지기 직전, 사이렌 소리가 멀리서 들리기 시작할 때, 그는 들릴 듯 말 듯 속삭였다. "에코…."

31

자크 바야르가 도착했을 때는 경찰이 주변을 통제하고 일본인들과 그들이 푸에고로 들이 받았던 두 번째 콧수염 남자가 사라져버린 후였다. 아메드의 시신은 아직도 도로에 그대로 있었고, 첫 번째 콧수염 남자의 시신도 가슴에 우산이 꽂힌 채 그 옆에 있었다. 시몽 에르조그는 등에 누군가 둘러준 담요를 덮고 담배를 피우고 있었다. 아니요, 다친 데는 없습니다. 아니요, 일본 사람들이 누군지 몰라요. 아무 말도 해주지 않았거든요. 그저 목숨을 구해주고는 가버렸어요. 푸에고를 타고 왔어요. 네. 두 번째 콧수염 남자는 아마 다쳤을 거예요. 심하게 다쳤을 텐데 다시 일어서서 사라졌다니 아주 건장한 사람인가 봅니다. 자크 바야르는 혼란스러워하며 엉망이 된 차들을 보고 있다. 왜 DS지? 1975년에 생산이 중단된 차인데. 그리고 푸에고는 방금 공장에서 나와 아직 판매되지도 않는 차종이다. 아메드의 시신 주위에는 백묵으로 윤곽선이 그려져 있다. 바야르는 담배에 불을 붙였다. 결국 지골로의 계산이 틀렸군. 머릿속에 있는 정보는 널 보호해주지 못했지. 바야르는 아메드를 죽인 자들은 말하게 하려는 게 아니라 입을 다물게 하려는 것이라고 결론지었다. 그렇다면 왜일까? 시몽은 아메드의 마지막 말을 전해주었다. 바야르는 언어의 7번째 기능에 대해서 아는 바가 있냐고 물었다. 시몽은 여전히 쇼크 상태였지만 기계적으로 설명해주었다. "언어의 기능이란 언어학적 분류인데 러시아의 언어학 대가가 그걸 이론으로 정리했어요. 그 학자는⋯."

로만 야콥슨.

시몽은 말을 끝맺지 못한 채 멍해졌다. 그는 바르트의 서재에서 보았던 로만 야콥슨의 책, 《일반 언어학 이론》을 떠올렸다. 언어의 기능 부분이 펼쳐져 있었고 책갈피 대신 종잇조각이 끼어 있었지.

그는 바야르에게 사람을 이미 네 명이나 죽게 한 그 텍스트가 세르방도니 거리에 있는 바르트의 집에서 이미 보았던 것일 수도 있다고 말했다. 시몽은 뒤에 있던 경찰관이 슬그머니 사라져 전화를 거는 것을 눈치채지 못했고, 그의 왼쪽 손에 손가락이 하나 없는 것도 알아차리지 못했다.

바야르는 이제 충분히 이해했다는 생각이 들었다. 야콥슨인가 뭔가 하는 사람 이야기는 아직 잘 모르겠지만. 그들은 바야르의 504를 타고 손가락이 없는 경찰관을 비롯해 경찰이 잔뜩 타고 있는 승합차의 호위를 받으며 라탱 지구 방향으로 서둘러 출발했다. 그들은 요란한 사이렌 소리를 울리며 생-쉴피스 광장에 이르렀다. 아마도 그것이 실수였다.

차가 드나드는 주 출입구의 무거운 철문에는 비밀번호를 누르는 장치가 있었다. 수위실 창문을 두드리자 수위가 어리둥절한 얼굴로 문을 열어주었다.

아니오. 방을 보여 달라고 한 사람은 없었는데요. 지난달에 뱅시 기술자가 와서 비밀번호 장치를 설치했고 그 뒤로 딱히 특별한 일은 없었어요. 네. 맞아요. 러시아나 불가리아, 아니면 그리스 사람일지도 몰라요. 그런 억양이요. 잠깐만요. 그런데 참 희한하네요. 그 사람 오늘 다시 왔는데? 인터폰 설치 견적서를 작성해야 한다고 하면서요. 아니오. 6층 열쇠를 달라고 하지는 않았는데요. 왜 그러시죠? 네, 열쇠는 벽에 걸려 있어요. 다른 열쇠랑 같이요. 보세요. 네, 계단으로 올라갔어요. 5분도 채 안됐어요.

바야르는 열쇠를 쥐고 계단을 한 번에 네 칸씩 뛰어오르기 시작했고 대여섯 명의 경찰관이 그 뒤를 따랐다. 시몽은 수위와 함께 남았다. 6층의 서재 문은 잠겨 있었다. 바야르는 열쇠를 밀어 넣었지만 구멍이 막혀 있었다. 방 안쪽에서 열쇠를 꽂아 놓은 것이다. 그때 못 찾았던 바르트의 열쇠군 그래. 바야르는 중얼거렸다. "경찰입니다." 바야르는 문을 두드리며 소리 질렀다. 방 안에 인기척이 있었다. 바야르는 문을 부수고 들어갔다. 책상에 손을 댄 흔적은 없었지만 책이 사라지고 없었다. 안에 끼어 있던 종이도 없다. 그리고 방 안에 아무도 없었다. 창문은 닫혀 있었다.

5층으로 통하는 통로 입구가 열려 있었다.

바야르는 뒤따르던 경찰들에게 내려가라고 소리 질렀다. 하지만 그들이 이곳에 있는 동안 방에 왔던 기술자는 이미 계단에 있었다. 그들은 바르트의 동생 미셸의 집을 두드렸다. 미셸은 침입자가 지붕을 통해 들어오는 바람에 겁에 질린 모습이었다. 뱅시의 기술자는 미셸의 집을 통한 덕분에 두 층을 먼저 내려갈 수 있었고, 1층에 이르렀을 때는 영문을 모르는 시몽을 밀치고 밖으로 뛰어나갔다. 그는 나가면서 철문을 닫았고, 문이 자동으로 닫히는 바람에 남은 사람들은 안에 갇히는 신세가 되고 말았다.

바야르는 수위실로 달려들어 전화를 낚아챘다. 경찰에 사람을 더 보내달라고 할 참이었지만 전화기가 다이얼식이었다. 번호를 돌리는 동안 도망자는 포르트 도를레앙,* 아니 진짜 오를레앙**까지 가버릴지도 모른다.

하지만 남자는 그쪽 방향으로 가지 않았다. 그는 자동차로 도망치고 싶었지만 바야르의 명령으로 주변을 검문하는 경찰관 두 명 때문에 길 끝에 세워놓은 자동차로 가지 못했다. 그는 뤽상부르 공원 쪽으로 달리기 시작했고, 경찰관 두 명은 멈추라고 소리를 질렀다. 철문 안에서 바야르가 소리를 질렀다. "총은 쏘면 안 돼!" 바야르는 당연히 남자를 생포하려 했다. 마침

---

* 파리에 있는 전철역. 오를레앙의 입구라는 뜻.
** 파리로부터 130km 떨어져 있는 도시.

내 벽면에 붙은 스위치를 눌러서 철문을 열었을 때, 남자는 이미 사라진 뒤였다. 하지만 바야르가 근처 경찰들에게 이 지역 일대를 봉쇄하라고 명령을 내렸기 때문에 멀리 가지 못할 것이 확실했다.

남자는 뤽상부르 공원을 가로질러 달리고, 경찰들이 호루라기를 불며 뒤를 쫓았다. 산책하던 시민들은 운동 삼아 달리기를 하는 사람에도 익숙하고 공원지기가 호루라기를 부는 것에도 익숙해서, 남자가 마침내 경찰과 대치하기 전까지는 전혀 관심을 기울이지 않았다. 경찰은 남자에게 달려들었지만 남자는 럭비 선수처럼 세차게 경찰에 달려들어 뒤로 넘어뜨리고 펄쩍 뛰어넘어 계속 달렸다. 그는 어디로 가는 것일까? 목적지가 있을까? 그는 방향을 바꿨다. 분명한 것은 경찰이 모든 출구를 봉쇄하기 전에 공원을 빠져나가야 한다는 것이었다.

바야르는 경찰들과 함께 승합차를 타고 무전기로 지시를 내리면서 남자를 쫓고 있었다. 경찰 병력은 라탱 지구 전체에 배치되었다. 도망자는 포위되었다. 도망은 실패했다.

남자는 주변 지리를 잘 알고 있었다. 남자는 무슈-르-프랭스 거리의 내리막길을 달려 내려갔다. 좁은 일방통행로라 차를 타고 쫓아갈 수가 없었다. 남자는 센강의 우안 쪽으로 가려는 것 같았다. 그는 보나파르트 거리를 나와서 퐁-뇌프 다리에 접어들었다. 하지만 여기가 마지막이다. 다리 끝에 이미 경찰차가 와 있기 때문이다. 뒤로 돌자 바야르의 승합차가 길을 막아섰다. 그는 꼼짝없이 덫에 걸린 쥐의 처지가 되었다. 강으로 뛰어든다 해도 얼마 못 갈 것이다. 하지만 아마도 마지막 카드를 써먹을 수 있을 것이다.

그는 다리 난간에 올라서서 팔을 뻗었다. 손에는 조끼에서 꺼낸 종잇조각을 들고 있었다. 바야르는 남자에게 다가갔다. 남자는 한 발자국만 더 움직이면 종이를 센강에 던져버리겠다고 했다. 바야르는 앞에 보이지 않는 벽이 있는 것처럼 움직이지 않았다. "진정해."

"물러서! *Rrreculez!*"

"원하는 게 뭐지?"

"자동차! 기름 가득 채워서! 차를 주지 않으면 이걸 던져버리겠어! *Voitourrre avec le plein. Sinon je jette le docoument!*"*

"던져봐. 얼른 던지라고."

남자는 던지는 시늉을 했다. 바야르는 자신도 모르게 움찔하며 소리를 질렀다. "잠깐만!" 그는 종잇조각이 적어도 네 명의 죽음에 얽힌 비밀을 풀어줄 것임을 알고 있다. "얘기 좀 하자고. 오케이? 이름이 뭐지?" 시몽이 바야르 곁으로 왔다. 다리의 양쪽 끝에서 경찰들이 남자에게 총을 겨누고 있었다. 남

---

* 슬라브어족 특유의 굴리는 r 발음. 불어의 u('위')를 ou('우')라고 발음하고 있다.

자는 달리기의 여파로 아직도 헐떡거리며 한쪽 손을 주머니에 넣었다. 바로 이때 총성이 울렸다. 남자는 발뒤꿈치로 제자리에서 돌았다. 바야르는 소리를 질렀다. "쏘지 마!!!" 남자는 뻣뻣하게 굳어서 강물로 떨어졌고, 종이는 팔랑거리며 공중을 날았다. 바야르와 시몽은 난간으로 달려가 몸을 기울이고 마치 최면에 걸린 것처럼 종이가 우아하게 그리는 궤적을 멍하니 쳐다봤다. 종이는 마침내 물 위로 사뿐히 내려앉았다. 바야르와 시몽과 경찰관들은 직감적으로 이 종잇조각이야말로 그들이 애타게 찾던 것임을 알았기에, 넋이 나간 듯이 꼼짝 않고 물결을 따라 유유히 흘러가는 것을 지켜봤다.

바야르가 마침내 최면 같은 상태에서 벗어났다. 그는 전혀 희망이 없지는 않다고 생각하며 조끼와 셔츠와 바지를 벗고 난간 위에 올라가 10분의 1초 정도 망설인 뒤 강물에 뛰어들었다. 물이 사방으로 튀고 바야르는 물속으로 사라졌다.

그가 다시 물 위로 떠올랐을 때는 종잇조각에서 20미터가량 떨어져 있었고, 다리 위에서 시몽과 경찰관들은 마치 응원단이 구호를 외치듯 소리치며 방향을 알려주었다. 바야르는 온 힘을 다해 헤엄쳐서 종잇조각에 다가가려 했지만 종이는 물결에 휩쓸려 멀어져 갈 뿐이었다. 그래도 결국은 따라잡겠지. 바야르는 반드시 잡을 수 있을 거야. 아직 몇 미터가 남은 상황에서 바야르가 다리 아래로 들어가 보이지 않게 되자 시몽과 경찰관들은 다리를 가로질러 반대쪽 난간으로 가서 기다렸다. 마침내 바야르가 나타나자 그들은 다시 소리를 질렀다. 1미터만 더, 1미터만 더 가면 종이에 닿을 수 있다. 막 바야르의 손이 종이에 닿으려는 순간, 유람선이 지나가며 물결을 일으키고 종이는 가라앉고 말았다. 바야르도 물속으로 들어갔다. 한동안은 바야르의 팬티만 어슴푸레 보였다. 바야르가 물 위로 다시 솟아 나왔을 때 그는 흠뻑 젖은 종이를 쥐고 있었고 경찰들의 환호성 속에 물가로 나왔다.

하지만 경찰들이 그를 강에서 끌어 올리고 그가 손을 폈을 때, 종이는 흐물흐물한 반죽 덩어리처럼 되고 글씨는 다 지워져 있었다. 바르트가 깃털 펜에 잉크를 찍어서 글을 썼기 때문이다. 그들은 CSI 수사관들이 아니라서 글씨를 다시 나타나게 할 방법은 없을 것이다. 마법의 스캐너 따위가 있을 리도 없고, 자외선 조명을 비춘다고 나타날 리도 없다. 무엇이 쓰여 있던간에, 그것은 영원히 사라져버렸다.

총을 쏜 경찰관이 다가와서 변명을 늘어놓았다. 그는 남자가 주머니에서 총을 꺼낸다고 생각하고 더 깊이 생각할 틈도 없이 방아쇠를 당겨버렸다. 바야르는 경관의 왼손에 손가락이 한 마디 없는 것을 보았다. 바야르는 손가락이 왜 없냐고 물어보았고, 경찰관은 시골에 있는 부모님 집에서 나무를 베다가 다쳤다고 말했다.

경찰 잠수대원들이 시신을 건져 올렸을 때, 그들은 남자의 주머니에서 총이 아니라 바르트의 집에 있던 책, 《일반 언어학 이론》을 찾았다. 바야르는 아직도 몸이 덜 마른 채로 시몽에게 물었다. "젠장, 이 야콥슨이란 놈은 또 누구야?" 자, 드디어. 시몽은 설명을 마무리할 수 있게 되었다.

32

로만 야콥슨은 러시아 언어학자다. 19세기 말에 태어났으며 '구조주의'라고 불리는 운동의 시발점이 되었다. 소쉬르(1857~1913)와 퍼어스(1839~1914) 다음으로, 그리고 옐름슬레우(1899~1965)와 함께 야콥슨은 언어학의 창시자 중 가장 중요한 이론가이다.

야콥슨은 고대 수사학에서 시작된 두 가지 수사법, 즉 은유(한 단어를 유사성이 있는 다른 단어로 바꾸는 것이다. 예를 들면 콩코드기를 '금속 새'라고 부른다거나 권투 선수 제이크 라 모타를 '성난 소'라고 부르는 것)와 환유(한 단어를 연관성 있는 다른 단어로 바꾸는 것이다. 예를 들면 검객을 '예리한 칼날'로 부른다거나 컵에 음료수를 담아 마시는 것을 '컵을 마시다'라고 용기로 내용물을 표현하는 것)를 사용하여 언어의 기능법을 두 가지 축, 즉 계열축과 통합축으로 구분해 설명했다.

간략하게 말하자면, 계열축이란 수직적인 개념으로 단어의 선택을 가리킨다. 어떤 말을 하고자 할 때, 사람들은 우선 머릿속에 있는 단어 중 몇 개를 선택하고 나열한다. 예를 들어 '염소', '경제', '죽음', '바지', '나-너-그' 등이다.

그러고 나면 '무슈 세갱의', '아픈', '자기의 연장을 가지고', '구겨진', '아래에 서명한' 등과 같은 단어와 결합해 문장을 만든다. 이러한 연결 고리는 수평적이다. 단어를 적절한 순서로 결합하여 한 문장을 만들고, 그런 문장을 여러 개 만들면 담화가 만들어진다. 이것이 통합축이다.

명사를 선택하고 나면 그것에 형용사를 연결시킬 것인지, 부사나 동사와 연결시킬 것인지 접속사나 전치사를 사용할 것인지 정해야 한다. 또 세부적으로 어떤 형용사, 부사, 동사를 사용할지 정해야 한다. 매번 문장을 만들 때마다 단어 선택을 다시 하고 결합한다.

계열축은 문법적으로 비슷하게 분류되는 단어 리스트에서 선택해야 하는 것이다. 명사와 대명사, 형용사와 형용사절, 부사, 동사 등이 그것이다.

통합축은 단어 나열의 순서를 정하는 것이다. 즉 주어-동사-보어의 순서가 될 수도 있고, 동사-주어, 또는 보어-주어-동사가 될 수도 있다.

단어와 결합.

그러므로 문장을 하나 만들 때마다 당신은 단어를 선택하고 결합하는 두 가지 작업을 하게 된다. 다시 말해 단어 선택(계열축)은 하드디스크를 이용하는 것이고, 결합(통합축)은 처리 장치의 작업에 해당한다. (바야르가 컴퓨터의 구조와 기능을 이해할 수는 없겠지만.)

하지만 지금 우리가 알아야 할 언어의 기능은 이것이 아니다. (바야르가 투덜거린다.)

야콥슨은 대화나 혹은 의사소통의 과정이 발신자(화자), 수신자(청자), 전언(메시지), 수단(전달 경로), 그리고 약호 체계(공동의 기호 체계)로 구성된다고 했다. 이 구조를 통해 전달되는 언어의 기능도 여섯 가지로 분류했다.

자크 바야르는 더 이상 듣고 싶지 않지만, 수사를 위해서는 대략적으로라도 이해할 필요가 있으므로 꾹 참고 듣는다. 그러니까 언어의 기능은 다음과 같다.

－‘지시적 기능’은 언어의 첫 번째 기능이며 가장 뚜렷한 기능이다. 사람들은 무언가에 대해 말하고 싶어서 언어를 사용하기 때문이다. 사용된 단어들은 특정한 내용이나 특정한 상황을 지칭하며, 그것에 대한 정보 전달을 목표로 한다.

－‘감정표현적 기능’은 화자가 전달하는 정보에 대해 화자의 존재와 입장을 분명하게 하는 기능이다. 감탄사, 양태부

사,*화자의 판단이 드러나는 표현, 풍자 등을 사용한다.

　－'능동적 기능'은 청자, '너'에 관련된 기능이다. 주로 명령문이나 호격, 즉 메시지를 전달받는 사람을 부르는 호칭과 함께 사용된다. 예를 들면 "제군들, 자네들이 만족스럽네!" 같은 문장이다. (눈치챘을지 모르겠지만 한 문장에 한 가지 기능만 있는 경우는 거의 없고, 보통은 여러 가지 기능을 복합적으로 가지고 있다고 보면 된다. 나폴레옹이 아우스터리츠 전투 이후에 병사들에게 한 말은 '만족스럽다'는 감정표현적 기능과 '제군들'이라는 호격을 사용함으로써 능동적 기능을 함께 사용했다.)

　－'친교적 기능'은 가장 흥미로운 기능이다. 기능 자체가 목적이다. 전화로 "여보세요?"라고 말하면 "네, 말씀하세요."라고 대답한다. 의사소통 중이라는 표현을 제외하고는 그 외의 말은 하나도 하지 않거나, 친구들과 술집에서 여러 시간 토론을 할 때, 날씨에 관해서 말할 때, 또는 전날 밤에 본 축구 경기에 관해서 말할 때, 즉 대화의 내용 자체에는 큰 관심이 없고 단지 대화에 참여하기 위한 목적으로 '말하기' 위한 '말'을 할 때의 기능이다. 사실 근래 우리들의 대화 대부분은 이 친교적 기능을 하기 위한 것이다.

　－'메타언어적 기능'은 화자와 청자가 서로의 말을 이해하

---

* 예를 들어 확실히, 아마도, 정말, 틀림없이, 물론 등

게 해주는 기능이다. 즉 그들이 같은 신호 체계를 사용하는지 확인하는 것이다. "제 말을 이해하시나요?", "내가 뭘 말하려는지 이해되셨어요?", "이거 아세요?", "내가 설명해줄게요." 또는 청자 입장에서 "무슨 말을 하고 싶으신 건가요?", "이게 무슨 뜻인가요?" 등이다. 한 단어의 뜻이나 대화의 내용 전개에 관련된 모든 기능, 언어를 습득하여 적용하는 과정에 대한 모든 기능, 언어를 사용하는 의도나 목적에 관련된 모든 기능, 메타언어(상위언어)에 대한 모든 기능을 메타언어적 기능이라고 한다. 사전은 메타언어적 기능 외에 다른 기능은 없다.

– 마지막으로 '시적인 기능'이다. 시적인 기능은 미적인 차원에서 언어를 본다. 두운법이나 자음운, 모음 반복, 되풀이, 반복, 에코(메아리, 반복)나 리듬의 효과를 적절히 사용하는 것이 이 기능에 해당한다. 당연히 시나 노래에 많이 쓰이고, 신문 기사의 제목, 연설문, 광고나 정치 슬로건 등에서도 쉽게 찾아볼 수 있다. 예를 들어 "CRS = SS"라는 표현은 시적인 기능을 사용한다.*

자크 바야르는 담배에 불을 붙이고 말했다. "여섯 개밖에 없잖아."

---

* CRS는 프랑스 경찰 내의 특수부대를 뜻하며 SS는 나치 친위대를 가리킨다. CRS = SS는 운을 맞춘 표현이다.

"뭐라고요?"

"기능이 여섯 가지밖에 없다고요."

"아, 맞아요."

"7번째 기능은?"

"음, 그건… 있나 보죠."

시몽은 바보처럼 웃었다.

바야르는 시몽에게 왜 급료를 주며 데리고 있는지 모르겠다고 투덜거렸다. 시몽은 자기도 이 일을 원하지 않으며, 파시스트 대통령이 경찰국의 우두머리에게 특별 명령을 내렸기 때문에 자기 의사와는 전혀 상관없이 바야르와 함께 다니게 된 것이라고 항의했다.

하지만 시몽은 7번째 기능에 대해 계속 생각했다. 야콥슨의 책을 다시 읽으면서 7번째 기능을 말하기 위해 복선을 깔아둔 듯한 부분을 발견했는데, '마법적 혹은 주술적 기능'이라는 것이었다. '그 자리에 있지 않은, 혹은 살아 있지 않은 제3의 인물을 능동적 메시지를 전할 대상으로 전환하는 것'이라고 정의되어 있었다. 야콥슨은 리투아니아의 마법 주문을 예시로 들어놓았다. "다래끼가 말라버리기를. 추추추." 하하. 훌륭한 예로군요.

야콥슨은 러시아 북쪽 지방의 주문도 언급했다. "물, 강의 여왕, 오로라여! 내 슬픔을 푸른 바다 너머, 바다 깊은 곳으로 가져가 묻어버려라! 슬픔의 신을 섬기는 자의 가벼운 심장을 절대로 무겁게 하지 못할지어다!" 덤으로 성경의 구절도 인용해놓았다. "해야, 기브온 위에 머물러라. 달아, 아얄론 골짜기 위에 멈추어라. 그러자 해가 그대로 머물렀고 달이 멈추었다." (여호수아 10장 12절)

알았다고. 하지만 이것은 모두 특수한 일화잖아. 이것을 언어의 7번째 기능이라고 말할 수 있을까? 기껏해야 능동적 기능을 약간 변형해서 정화 의식에 쓴 것이잖아. 시적인 기능 요소가 조금 가미되었다고 할 수 있겠다. 하지만 마법의 기도는 이야기 속에서나 실현될 뿐, 실제로는 전혀 효과가 없다. 시몽은 이것이 7번째 기능일 리 없다고 확신했다. 야콥슨은 그저 구색을 갖추는 정도로 언급만 했을 뿐이기에 더더욱 강한 확신을 주었다. "마법적 혹은 주술적 기능?" 호기심이 일긴 하지만 파고들 만큼은 아니었다. 그저 슬쩍 끼워 넣은 난센스지. 설마 이런 것 때문에 사람을 죽이겠어.

33

"키케로의 영혼으로 여러분께 말씀드립니다, 친구들이시여. 오늘 저녁엔 생략 추론의 비가 내릴 것입니다. 제 눈엔 아리스토텔레스를 이해한 사람이 보입니다. 누가 마르쿠스 퀸틸리아누스를 아는지도 보입니다. 하지만 그것이 문장 구성의 대결에서 어휘의 벽을 극복하는 데 충분히 도움이 될까요? 까악 까악! 당신의 귀에 대고 말하는 자는 코락스*의 영혼입니다. 창조하신 아버지를 찬미합시다. 승리자는 오늘 저녁 시라쿠사에 머물 겁니다. 패배자는… 손가락이 문틈에 끼게 될 것입니다. 혀보다는 손가락이 낫겠지요. 오늘의 웅변가가 내일의 호민관임을 절대 잊지 마세요. 로고스**에게 영광을! 로고스 클럽 만세!"

34

시몽과 바야르는 반은 실험실, 반은 무기고인 방에 있다. 그들 앞에는 작업복을 입은 남자가 콧수염 남자가 가지고 있던, 시몽의 머리에 총알을 박아 넣을 뻔했던 총을 살펴보고 있다. ("현실의 Q로군." 시몽은 생각했다.) 총기 전문가는 총을 이리저리 살펴보면서 큰 목소리로 말했다. "9밀리, 8발, 더블 액션 방

---

* 수사법을 창시한 고대 그리스인. 고대 그리스어로 '까마귀'라는 뜻. 시칠리아 섬의 시라쿠사에 살았다고 한다.
** 분별과 이성. '말하다'라는 뜻의 그리스어에서 파생, '말한 것'을 뜻함.

식. 재질은 철, 이음새는 구리, 손잡이는 호두나무, 탄창 제외 무게 730그램." 발터 PPK와 비슷하지만 안전장치가 반대 방향으로 달려 있네요. 그렇다면 소련에서 만든 마카로프 PM이군. 근데….

그는 다시 설명을 시작했다. 총은 일렉트릭 기타와 같다. 예를 들어 키스 리처즈의 텔레캐스터나 지미 헨드릭스의 스트라토캐스터를 생산하는 펜더는 미국 회사다. 하지만 어떤 모델들은 판매권 계약을 맺고 멕시코나 일본에서 만들기도 한다. 미국에서 만든 제품과 모양이 똑같은 대신 대체로 값이 더 싸고 품질이 약간 떨어지는데, 간혹 예외가 발생하는 경우도 있다.

이 마카로프는 러시아 모델이 아니고 불가리아 모델이다. 그래서 아마 고장이 났을 거다. 러시아에서 만든 제품은 아주 성능이 좋다. 불가리아 제품은 그것만 못하다.

"경위님은 웃으실지 모르겠습니다만." 총기 전문가는 콧수염 남자의 가슴에서 뽑은 우산을 들고 말했다. "이 구멍 보이시나요? 끝부분에 홈이 파여 있어요. 이 구멍이 주사기 역할을 합니다. 손잡이에다 약물을 넣고요. 손잡이에 있는 장치를 누르면 밸브가 열리고 압축공기 실린더가 액체를 흘려보내죠. 아주 단순하지만 위험한 무기입니다. 불가리아의 반체제 작가 게오르기 마르코프를 2년 전 런던에서 살해한 무기와 같은 거예요.

기억하십니까?" 바야르는 기억하고 있었다. 그 살인 사건은 불가리아 정보국의 소행으로 판명됐지. 리신이라는 독을 쓴 것으로 기억한다. 하지만 이번엔 더 강한 독, 보툴리눔 독소가 사용되었다. 보툴리눔 독소는 신경과 근육의 신호 전달을 막아버려 근육 마비를 일으키며 피해자는 호흡기 근육의 마비 혹은 심정지로 몇 분 안에 질식사하게 된다.

바야르는 생각에 잠겨 우산 손잡이의 장치를 만지작거렸다. 혹시 우연이라도 시몽 에르조그가 아는 학계 인물들 중에 불가리아 사람이 있을까? 시몽은 곰곰이 생각해본다.

있어요. 시몽이 아는 불가리아 사람이 한 명 있었다.

35

두 명의 미셸, 미셸 포니아토프스키와 미셸 오르나노가 대통령의 집무실에 보고를 하러 왔다. 지스카르는 걱정스러운 얼굴로 엘리제궁의 정원 쪽으로 난 창문 앞에 서 있었다. 오르나노가 담배를 피우고 있었기 때문에, 지스카르도 오르나노에게 담배를 좀 달라고 했다. 포니아토프스키는 집무실 구석의 널찍한 안락의자에 앉아서 앞에 놓여 있는 낮은 테이블 위의 위스키를 마셨다. 포니아토프스키가 먼저 입을 열었다. "안드로포프와 연락이 닿는 인맥이 있습니다." 지스카르는 아무 말도 하지 않았다. 그 정도로 높은 권력에 오른 사람들이 늘 그렇듯이, 그는 중요한 질문의 대답을 측근들이 알아서 먼저 해주길 기다렸다. 무언의 질문에 포니아토프스키가 대답했다. "그들에 따르면 KGB는 관련이 없다고 합니다."

지스카르 : "무슨 근거로 그런 말을 믿지요?"

포니아 : "여러 가지가 있습니다. 가장 신빙성이 있는 건 그들이 그것을 가져가 봤자 당장 쓸 수도 없다는 사실이죠. 정치적인 면에서 말입니다."

지스카르 : "소련에서는 선전 활동이 아주 중요한 요소에요. 그들에게 아주 쓸모가 있을 겁니다."

포니아 : "글쎄요. 흐루쇼프를 계승한 브레즈네프가 표현의 자유에 그다지 관대하다고 말할 수는 없습니다. 소련에는 토론이라는 게 없습니다. 설령 있다 해도 당 내부에서만 있죠. 일반 국민들은 전혀 모르고요. 따라서 그들에게 중요한 것은 설득력이 아니라 정치권력의 균형입니다."

오르나노 : "방금 든 생각인데 브레즈네프나 다른 당원이 내부적으로 사용하고 싶어 할 수도 있을 것 같습니다. 중앙위원회에는 서로 못 잡아먹어 안달인 사람들이 모여 있으니까요. 으뜸 패를 쥘 수 있다고 생각하면 솔깃하지 않을까요?"

포니아 : "브레즈네프가 그런 방식으로 우위를 차지하고 싶

어 할 것 같진 않습니다. 그럴 필요도 없고요. 반대파가 아예 없습니다. 체제가 아주 견고하니까요. 중앙위원회의 그 누구도 개인의 이익을 위해서 이런 일을 비밀리에 벌이지는 못할 겁니다."

오르나노 : "안드로포프를 빼고는 말이죠."

포니아 : (짜증이 나서) "안드로포프는 그늘에서 움직이는 사람입니다. KGB 의장이라는 누구보다도 강한 힘을 가지고 있어요. 그런 사람이 굳이 이런 정치적 모험을 할 것 같지 않습니다."

오르나노 : (비아냥대며) "맞습니다. 그늘에 있는 사람들은 그렇죠. 탈레랑과 푸셰 두 명* 모두 전혀 정치적 야심이 없는 사람들이었죠. 다들 잘 알고 있습니다."

포니아 : "어쨌든 그 사람들이 야심을 실현시키지는 못했잖아요."

오르나노 : "과연 그럴까요? 빈 회담에서는…."

지스카르 : "그만합시다! 또 다른 가능성은?"

포니아 : "불가리아 정보국이 KGB의 지원 없이 독자적으로 이 작전을 세울 확률은 지극히 낮습니다. 반면에 불가리아 정보국 요원이 개별적으로 돈을 받고 일했을 가능성은 고려해볼 만합니다. 물론 그랬다면 이 일을 사주한 측이 누구인지 알아봐야겠죠."

---

*두 명 모두 프랑스 혁명 당시의 인물로 음모와 배신, 기회주의의 대명사로 통한다.

오르나노 : "불가리아 정보국은 요원 관리가 그렇게 허술한가요?"

포니아 : "부패가 만연해서 어떤 부처도 오염되지 않은 곳이 없으니까요. 정보국도 예외가 아닙니다."

오르나노 : "정보국 요원들이 여유 시간에 과외로 돈벌이를 한단 말인가요? 솔직히…."

포니아 : "정보국 요원들이 여러 사람을 위해 일한다고 말한다면, 그래도 이해가 안 가시나요?" (술잔을 비운다.)

지스카르 : (상아로 된 하마 모양 재떨이에 담배를 비비며) "좋아요. 다른 건 없습니까?"

포니아 : (안락의자에서 두 손을 뒷목에 얹고 몸을 뒤로 젖히며) "카터의 동생이 리비아 돈을 받은 것 같아요."

지스카르 : (놀라서) "누구 말입니까? 빌리요?"

포니아 : "안드로포프가 CIA에서 이 정보를 알아낸 것 같아요. 아주 만족스러워하는 것 같던데요."

오르나노 : (다시 아까의 주제로 돌아가서) "그럼 이제 어떡하죠? 끝내나요?"

포니아 : "각하는 그 서류를 원하는 게 아니라 적의 손에 들어가지 않았다는 걸 확인하고 싶으신 거죠."

"제가 알기로는 아무도 그걸 가지고 있지 않습니다." 지스카르가 S가 Sh로 바뀌는 특유의 발음으로 말했다. 당황스러운 상황이거나 아주 즐거운 상황에서 지스카르의 습관은 더욱 심해졌다. "물론, 물론… 우리가 그걸 되찾을 슈 있다면… 적어도 어디에 누구의 손에 있는지 파악할 슈 있다면, 가능하면 되찾을 슈 있다면… 정말 마음이 놓이겠지만 말입니다. 프랑스를 위해서요. 만약에 그 셔류가, 만약에 엉뚱한 자의 손에 들어간다면… 생각하기도 싫습니다."

포니아 : "그러면 바야르에게 정확하게 임무를 알려주어야 합니다. 서류를 되찾아 오되 아무도 내용을 알아선 안 된다고요. 바야르와 붙어 다니는 그 젊은 언어학자는 내용을 이해할 수 있을 것 아닙니까. 그렇다면 이용할 수도 있을 테고. 아니면 서류를 바로 없애버리라고 할까요? 복사본까지 모두 다요. (그는 중얼거리며 일어서서 바 쪽으로 간다.) 그놈은 좌파야, 분명 좌파라고…."

오르나노 : "하지만 서류가 이미 사용되었을지도 모르잖습니까?"

포니아 : "제가 아는 바로는 그 서류를 누가 사용하면 바로 알게 되어 있습니다."

오르나노 : "은밀하게 사용하면요? 눈에 안 띄게요?"

지스카르 : (들라크루아의 그림 아래 진열대에 기대어 서서, 상자 안에 놓인 레지옹 도뇌르 메달을 만지작거리며) "별로 그럴 것 같진 않습니다. 권력이란 어떤 종류의 것이든 행사하게 돼 있는 것

이니까요."

오르나노 : (궁금해하며) "원자폭탄을 터뜨릴 만한 가치가 있는 건가요?"

지스카르 : (잘난 척하며) "원자폭탄보다 중요합니다."

대통령은 잠시 지구의 종말을 생각했다. 오베르뉴 지방을 넘어가는 A71 도로와 샤말리에르* 시청, 그리고 자신이 책임져야 할 프랑스를 생각했다. 오르나노와 포니아토프스키는 말을 멈추고 참을성 있게 기다렸다. "그때까지는 우리의 모든 행동력을 한 가지 목표에 집중합시다. 좌파가 권력을 잡지 못하게 하는 것."

포니아 : (보드카 병의 냄새를 맡으며) "제가 살아 있는 한 프랑스에 공산주의자 장관은 없을 겁니다."

오르나노 : (담배에 불을 붙이며) "대선이 끝날 때까지 살아 있으려면 술은 그만 좀 드시죠?"

포니아 : (잔을 들며) *"Na zdrowie!"* (건배!)

---

* 지스카르가 대통령으로 취임하기 전에 시장을 지낸 도시.

36

"크리스토프 동지, 20세기의 가장 위대한 정치가가 누군지 당연히 아시겠죠?"

에밀 크리스토프는 루뱐카*로 소환되지 않았다. 사실 소환되는 편이 더 좋을지도 모르겠다.

"물론 게오르기 디미트로프**입니다. 유리 블라디미로비치."

모스크바 시내 지하의 한 오래된 주점에서 KGB 의장인 유리 안드로포프와 비공식적으로 만났다면 마음 놓을 일이 아니었고, 그를 공공장소에서 만났다고 해서 만남의 성격이 달라지는 것도 아니었다. 그 자리에서 체포될 수도 있고 죽을 수도 있다. 그는 그런 사실을 잘 알고 있었다.

"불가리아 사람이로군." 안드로포프는 웃었다. "전혀 예상 못했는데."

웨이터가 보드카 두 잔과 오렌지 주스 두 컵, 작은 오이 두 접시를 테이블 위에 놓았다. 크리스토프는 이것이 무슨 상징적 의미가 있는 것인지 잠시 생각했다. 주변에서는 사람들이 담배를 피우고 술을 마시고 큰 소리로 떠들어대고 있었다. 대화 내

---

* 당시 KGB 본부와 감옥이 있던 곳.
** 불가리아의 정치가. 독일로 망명해 공산주의 활동을 펼쳤다. 1945년 귀국하여 불가리아 인민공화국 수립에 기여.

용을 숨기고 싶다면 사람들이 아무 말이나 떠들어대는 시끄러운 장소에 있는 게 낫다. 행여 누군가 대화를 녹음한다고 해도 특정한 사람의 목소리를 구분할 수 없기 때문이다. 건물 안에 있다면 욕조에 물을 틀어놔야 한다. 하지만 그래도 가장 쉬운 것은 한잔하러 가는 것이다. 크리스토프는 주점 손님들의 얼굴을 보며 최소 두 명의 요원을 알아봤다. 틀림없이 더 많은 요원이 있을 것이라고 짐작하지만.

안드로포프는 계속해서 디미트로프에 관해 얘기했다. "1933년 이래 시작된 광기가 어땠는지는 라이히슈타크 사건 재판 일지에 다 기록되어 있어요.* 증인 괴링과 피고인 디미트로프의 설전은 곧 닥쳐올 파시스트의 침공, 공산주의자들의 영웅적인 저항과 우리의 최종 승리를 예고하는 것이었죠. 이 재판은 공산주의가 정치적, 도덕적인 모든 관점에서 우월하다는 것을 상징적으로 보여주었습니다. 디미트로프는 위풍당당하고도 유머 감각이 넘치는, 역사적으로 길이 남을 논법을 완벽하게 펼쳤어요. 목숨이 날아갈지도 모르는 상황에서, 욕설을 퍼붓고 주먹을 휘두르는 괴링을 상대로 말입니다. 당신도 그 광경을 봤어야 하는 건데! 라이히슈타크의 의장이자 프로이센의 총리, 내무부 장관인 괴링. 하지만 그게 다였죠. 그런데 디미트로프는

---

* 독일의 국회의사당인 라이히슈타크는 1933년 나치가 정권을 잡은 직후에 불에 타 폐허가 된다. 나치는 공산주의자들을 방화범으로 조작하려 했으며, 디미트로프도 그중 한 명이었다.

어땠습니까? 피고석에 앉은 사람은 디미트로프였는데도 말이에요. 역할이 완전히 뒤바뀌어서 질문에 대답하는 입장에 놓인 사람이 괴링이었다니까요! 디미트로프는 괴링을 철저히 농락했죠. 괴링은 분해서 발을 구르며 길길이 날뛰었어요. 마치 과자를 빼앗긴 어린아이 같은 꼬락서니였죠. 괴링을 마주보며 피고인석에 앉아 있는 디미트로프는 그야말로 위엄이 넘쳤어요. 모든 사람이 나치의 광기를 똑똑히 볼 수 있게 해주었죠. 재판장도 똑똑히 봤어요. 마치 재판장이 디미트로프에게 괴링의 행동을 양해해달라고 하는 것 같아서 정말 웃겼다니까요. 재판장이 뭐라고 말했냐면, 어제 일처럼 똑똑히 기억이 나네요. '당신들이 공산주의를 전파하는 데 전력을 기울이고 있으니 목격자가 저렇게 흥분 상태가 되는 게 그다지 놀랍진 않으시겠죠?'라고 했어요. 흥분된 상태라고요? 디미트로프는 괴링의 반응이 매우 만족스럽다고 대답했죠. 하하! 얼마나 멋진 사람입니까? 정말이지, 재능이 넘치는 사람이에요."

크리스토프는 KGB 의장의 말 속에 수많은 암시와 함축된 의미가 있다고 생각했지만 자신의 편집증 때문에 말을 올바르게 해석하지 못할 수도 있다는 생각에 꼬치꼬치 따지지 않고 그저 넘어가기로 했다. 하지만 그를 모스크바로 불러낸 데에는 분명히 이유가 있으리라. 안드로포프가 뭔가 알고 있는지 여부는 궁금하지 않았다. 그가 아는 게 '무엇인지'가 궁금했다. 그것이 훨씬 더 다루기 어려운 문제이다.

"당시에는 사방에서 사람들이 말했죠. '독일에는 사람이 한 명밖에 남지 않았다. 그리고 그 사람은 불가리아인이다.' 난 그 사람을 알아요, 에밀. 타고난 웅변가요, 타고난 지도자입니다."

안드로포프가 위대한 디미트로프를 찬양하는 것을 들으며 크리스토프는 자신의 현재 상황을 생각해보았다. 거짓말을 준비하는 사람에게 상대방이 어느 정도의 정보를 가지고 있는지 모른다는 것보다 더 불편한 일은 없다. 그때가 언제가 될지 모르겠지만, 그는 도박을 해야 한다.

그리고 그 순간이 왔다. 안드로포프는 이제 디미트로프 이야기를 끝내고 디미트로프의 동포, 또 다른 불가리아인에게 자신이 루뱐카의 사무실에서 들은 최근의 보고에 대해 정확한 경위를 물었다. 파리에서 벌어진 일은 도대체 무엇 때문에 일어난 것입니까?

드디어 올 것이 왔군. 크리스토프는 심장이 쿵쿵 빠르게 뛰는 것을 느끼고 호흡 소리가 거칠어지지 않게 주의했다. 안드로포프는 오이를 씹고 있다. 크리스토프는 지금 당장 결정해야만 한다. 자신이 벌인 작전을 설명하고 책임을 질 것인가, 아니면 아무것도 모르는 척을 할 것인가. 하지만 후자를 선택하면 자신은 무능한 사람으로 보이게 된다. 정보원의 세계에서 무능한 사람은 절대 좋은 결말을 볼 수 없다. 크리스토프는 치밀하게 계산된 거짓말이 어떻게 작용하는지 잘 알고 있다. 치밀하게 계산된 거짓말이란, 진실의 바다 한가운데 있어야 한다. 즉 90%의 진실 고백으로 신뢰도를 높여서 숨기고 싶은 10%를 가리는 것이다. 이렇게 하면 한편으로 비밀이 탄로 나는 것을 막을 수도 있다. 시간을 벌고, 일이 뒤죽박죽으로 얽히는 것도 피할 수 있다. 거짓말을 해야 한다면 단 한 가지에 대해서만, 나머지에 대해서는 거짓말을 하면 안 된다. 에밀 크리스토프는 안드로포프에게 몸을 숙이며 말했다. "유리 동지, 로만 야콥슨을 아십니까? 당신의 동포입니다만. 보들레르에 관해 아주 훌륭한 글을 썼죠."

37

사랑하는 줄렌카,

어제 모스크바에서 돌아왔고 모든 일이 잘 진행되었다. 적어도 내 생각에는 말이지. 어쨌든 무사히 돌아왔다. 늙은이와 술을 마셨지. 그 사람 아주 재미있더구나. 막판에는 취한 모습을 보였지만 내 생각엔 진짜로 취하진 않았다. 나 또한 그 사람들이 내 말을 믿도록, 혹은 경계를 덜 하도록 한번씩 취한 척을 했단다. 너도 짐작하겠지만 경계심은 절대 풀지 않았지. 그 사람이 알고 싶어 하는 건 다 말해줬다. 물론 너에 관한 것만 빼고. 난 사람 손으로 쓴 글의 힘이라는 걸 믿을 수가 없다고 말했지. 그래서 파리에 있는 정보부에 알리지 않았다고 말했다. 우선 임무에 관한 정보를 확실히 하고 싶었다고. 그런데 우리 요원들 중에 그 힘을 믿는 자들이 있어서 몇몇 요원들을 파견했고 그들의 열의가 지나쳐서 일을 벌이게 되었다고 설명했다. 프랑스 정보국 요원들이 조사하고 있는 것 같지만 지스카르는 상황을 모르는 것 같다고 했다. 네 남편의 인맥으로 어떻게 좀 알아볼 수 있겠니? 어쨌든 신중하게 행동하도록 해라. 늙은이가 나를 감시하고 있기 때문에 네게 사람을 보낼 수는 없겠구나.

트럭 운전수는 정말 시간 맞춰 잘 해줬다. 그 텍스트를 넘긴 가짜 의사도 그렇고. 프랑스인들은 절대로 그들을 찾을 수 없을 거다. 흑해 연안에서 휴가를 즐기고 있으니. 너와 연결되는 사람들은 그들과 이미 죽은 요원들뿐이고, 감시하고 있는 사람 한 명만 있을 뿐이니까. 그도 부상을 입었다고 하지만, 그 사람은 믿을 만한 사람이니 안심해도 된다. 경찰이 뭔가 발견하더라도 그가 알아서 처리해줄 거다.

한 가지 더 충고하자면, 텍스트를 잘 보관하도록 해라. 우리들은 습관적으로 중요한 서류를 잃어버리지 않기 위해서, 그리고 어떤 대가를 치르더라도 비밀이 누설되지 않도록 보관하고 숨기지만. 너는 그 텍스트의 복사본을 만들도록 해라. 딱 하나만.

그리고 그걸 누군가 신뢰할 수 있는 사람에게 맡기도록 해라.
그 사람은 내용이 무엇인지 몰라야 한다. 원본은 네가 잘 보관
하고.

한 가지만 더. 일본인들을 조심해라.

내 충고를 잘 새겨두기 바란다, 나의 줄레치카. 앞으로 그 정보
를 잘 이용해야 한다. 잘 지내고 모든 일이 예상대로 잘 진행되
길 바란다. 물론 내 경험에 따르면 예상대로 진행되는 일이란
없지만 말이지.

항상 너를 염려하는 늙은 아비로부터.

타츠코.

추신 : 답장은 프랑스어로 쓰도록 해라. 더 안전하기도 하고 프
랑스어 연습도 되니까.

38

팡테옹 뒤편에는 에콜 노르말 쉬페리외르의 사택이 있다.
이곳은 사택의 커다란 방이다. 눈 밑에 주름이 달려 있고 피곤
해 보이는 백발의 남자가 말한다.

"나 혼자야."

"엘렌은 어디 갔어요?"

"몰라. 또 싸웠어. 별것도 아닌 일에 흥분해서 난리를 쳤지. 아니면 나 때문이었던가."

"도움이 필요해요. 이 서류 좀 맡아줄 수 있어요? 읽으면 안 돼요. 열어봐도 안 되고요. 아무한테도 말해선 안 돼요. 엘렌도요."

"알았어."

39

1980년에 크리스테바가 솔레르스를 어떻게 생각했는지는 알 수가 없다. 어릿광대 같은 댄디즘,* 프랑스인의 전형적인 방종, 불쌍할 정도의 허세, 10대가 쓴 비방문 같은 유치한 문체, 그리고 충격적인 부르주아 스타일의 문화 양식은 동유럽에서 프랑스로 갓 넘어온 가녀린 불가리아 여자를 유혹할 수 있었다. 말하자면 60년대에는 그랬을 것이다. 15년 후에는 솔레르스의 매력이 분명 빛을 잃었으리라고 추측할 수 있다. 하지만 누가 알겠는가? 분명한 것은 처음부터 그들의 관계가 굳건했고 아직도 잘 유지되고 있다는 사실이다. 그들은 역할 분담이 잘

---

* 귀족주의. 반속물주의.

되어 있는 견고한 팀이었다. 허세와 위압, 속물적인 것, 그리고 무엇이든 바보스럽고 어릿광대 같은 짓은 솔레르스의 몫이었다. 반면에 슬라브적인 것, 독을 품은, 차가운, 체계적인 일, 드러나지 않은 세계의 비밀, 거물급 인사를 움직이는 작업, 전략, 제도적인 것, 출세를 위한 관료적인 절차들은 크리스테바의 몫이었다. (세간에 따르면 솔레르스는 '수표 쓰는 방법'도 모른다.) 둘은 정치적으로 이미 전투 기계에 가까운 면모를 보여주었고, 다음 세기에 찬양받는 인물로 남을 만한 덕목을 차근차근 쌓아갔다. 이를테면 크리스테바가 니콜라 사르코지에게서 레지옹 도뇌르를 받게 되었을 때, 훈장 수여식에 참석한 솔레르스는 '바르트'를 '바르테스'라고 발음한 대통령을 조롱할 기회를 놓치지 않았다. 좋은 역할과 나쁜 역할을 다 맡고 싶고, 버터를 갖고 싶은데 버터를 팔아서 돈도 벌고 싶고, 명예를 갖고 싶은데 무례한 짓도 하고 싶고. (나중에 프랑수아 올랑드는 크리스테바를 레지옹 도뇌르 3등 훈장 수훈자로 올려주었다. 대통령이 바뀌어도 훈장 수훈자는 또 그 사람이다.)

사악한 듀오, 정치 커플. 지금은 이 정도로만 기억해두자.

크리스테바가 문을 열고 알튀세르와 그의 아내의 방문을 알았을 때, 그녀는 불쾌한 표정을 감출 수 없었다. 혹은 감출 의사가 없었다. 반면 알튀세르의 아내인 엘렌은 그날 저녁 맞닥뜨릴 사람들이 자신들에게 어떤 태도일지 잘 알았지만 억지로 미소를 띠었다. 두 여자의 본능적 적개심은 어떤 면에서는 공범자라고 할 수 있을 정도로 닮은 꼴이었다. 알튀세르는 죄지은 아이 같은 표정으로 꽃다발을 내밀었고 크리스테바는 꽃을 꽂기 위해 싱크대로 갔다. 솔레르스는 식전에 마시는 술에 취한 듯한 모습으로 그들을 맞이하며 부자연스러운 감탄사를 연발했다. "어? 어떻게. 오… 친애하는 나의 친구들. 이보다 더 기쁠… 흠, 흠, 자, 테이블에 앉읍시다. 친애하는 루이, 어… 보통 때처럼 마티니로 할까요? 적포도주로? 허허! 엘렌, 음… 뭐가 좋을까요? 음… 블러디 메리 어때요? 흐흐흐. 쥘리아. 셀러리 좀. 어? 여보? 루이! 어… 당은 요즘 어떤가요?"

엘렌은 겁먹은 늙은 고양이처럼 다른 초대객들을 둘러보지만 텔레비전에서 봤던 BHL과 검은색 가죽 투피스를 입은 여자와 함께 온 라캉을 제외하고는 아는 사람이 없다. 솔레르스는 사람들이 자리 잡고 앉는 동안 서로 소개를 해주고 있지만 엘렌은 굳이 다른 사람들의 이름을 외우려고 하지 않는다. 운동복을 입은 젊은 뉴요커 커플이 있었고, 대사관에서 일하거나 북경 서커스단에서 공중 그네를 타는 중국 여자, 파리의 출판업자, 캐나다의 여성 운동가, 불가리아의 언어학자. 엘렌은 속으로 비아냥거렸다. "프롤레타리아의 전위자들."

손님들이 자리를 잡고 앉기 무섭게 솔레르스가 상냥한 목소리로 폴란드 이야기를 시작했다. "언제까지든 회자될 주제죠.

솔리다르노시치*와 야루젤스키….** 그래, 그렇지. 미츠키에
비치와 슬로바키아, 레흐 바웬사, 카롤 보이티야….*** 100년
이나 1000년 후에도 폴란드인들에 대해 얘기할 수 있겠지요?
그때도 아마 러시아의 지배를 받고 있을 테니까요. 현실적으로
그렇죠…. 그러니 우리 대화 주제가 끊어질 일은 없겠습니다.
만약 러시아가 아니라면 독일의 지배를 받을 테죠. 안 그렇습
니까, 여러분? 동지들! 그단스크를 위해 죽는 것, 단치히를 위
해 죽는 것. 얼마나 듣기 좋은 말입니까? 어떻게 생각하세요?
맞아요, 사실 똑같은 말이죠…."****

알튀세르를 향한 도발이었으나 알튀세르는 흐릿한 눈빛으
로 마티니에 입술을 적시고 있을 뿐이었다. 마치 마티니에 잠
기고 싶은 것 같군. 엘렌은 작은 야생동물처럼 대담하게 알튀
세르를 대신해서 답변했다. "폴란드 사람들을 걱정하는 마음은
알겠어요. 당신 가족을 아우슈비츠로 보낸 건 폴란드인들이 아
니었으니까요." 솔레르스가 유대인을 화제로 삼는 것에 잠시
머뭇거리자 엘렌이 계속해서 말했다. "새 폴란드인 교황은 마
음에 드시나요? (그녀는 자신의 접시에 얼굴을 바짝 들이댄다.) 그

---

* 1980년대 폴란드의 민주화 운동을 이끈 노동조합 조직
** 폴란드의 군인이자 정치가. 자유노조 총파업에 대해 계엄령을 선포하고 강경책을 썼다.
*** 폴란드 출신 교황.
**** 그단스크는 폴란드의 항구도시다. 1939년 독일이 병합을 요구하면서 침입함으로써 2차
세계대전의 직접적인 원인이 되었다. 단치히는 그단스크의 독일식 명칭이다.

럴 리가 없겠지만." (그녀는 유행하는 어투로 말했다.)

솔레르스는 마치 날개를 파닥거리듯 두 팔을 벌리고 열정적으로 말했다. "새 교황은 완전히 제 취향입니다. (아스파라거스를 씹으며) 비행기에서 걸어 내려와 땅에 입 맞추는 모습은 정말이지 숭고하지 않나요? 어디를 방문하든 교황은 무릎을 꿇습니다. 마치 아름다운 창녀가 그것을 입으로 받아들이려는 듯이 말입니다. 그리고 땅에 입을 맞추죠. (그는 반쯤 베어 먹은 아스파라거스를 휘두른다.) 교황은 키스를 좋아해요. 더 이상 뭘 바라겠습니까? 어떻게 교황을 싫어할 수 있겠습니까?"

뉴요커 커플은 동시에 킥킥거리며 웃었고 라캉은 손을 들며 작은 새소리를 냈지만 말을 하지는 않았다. 모범적인 공산주의자답게 생각이 많은 엘렌은 다음 질문을 던졌다. "그러면 교황이 무신론자도 사랑한다고 생각하시나요? 최근에 듣기로는 그분이 성적인 문제는 그다지 개방적이지 않다고 하던데요. (크리스테바를 흘끗 쳐다보며) 제 말은, 정치적으로 말이에요."

솔레르스는 큰 소리로 웃음을 터뜨렸다. 그는 무엇이든 상관없이 주제를 바꿔야 한다고 생각할 때면 이렇게 웃곤 했다. "주변에 괜찮은 참모가 없기 때문이죠. 교황은 동성애자들에 둘러싸인 게 확실해요. 그들은 이 시대의 새로운 예수회 신도들이지만 성적인 문제에 관해서라면 좋은 조언을 해줄 수 없겠지요. 세상에 신종 질환이 돌고 있는 데 말입니다. 신께서 말씀

199

하셨죠. 열매를 맺고 번성하여라. 콘돔이라, 신에 대한 모독이죠. 멸균 처리된 섹스라니. 단단해진 그것이 여성의 몸과 닿을 수 없다니…. 후아…, 저는 단 한 번도 콘돔을 써본 적이 없어요. 다들 아시다시피 제가 영국을 아주 좋아하긴 하지만* 제 거기를 고기 포장하듯이 싼다는 건… 절대 안 될 일이죠!"

이때 알튀세르가 정신을 차렸다.

"만약 소련이 폴란드를 침공했다면 고도의 전략적인 이유 때문이었을 거야. 어떤 대가를 치르더라도 히틀러가 러시아 국경에 다가오는 것을 막아야 했을 테니까. 스탈린은 폴란드를 완충 장치로 사용했거든. 폴란드 영토에 근거지를 두면서 침공에 대비하기도 하고."

"전략은 완벽하게 들어맞았고요." 크리스테바의 말이다.

"뮌헨 협정 이후에 독소 불가침 조약은 불가피한 선택이었지." 알튀세르가 말을 이었다.

라캉은 부엉이 비슷한 소리를 냈고 솔레르스는 다시 술을 마시기 시작했다. 엘렌과 크리스테바는 서로를 빤히 쳐다봤고, 중국 여자와 불가리아 언어학자, 캐나다 여성 운동가가 프랑스어를 할 줄 아는지는 여전히 아무도 몰랐다. 뉴요커 커플도 크리스테바가 최근 테니스를 쳤는지 물어보자 그제야 프랑스어

---

* 콘돔을 영국인 의사 콘턴이 만들었다고 하여 프랑스에서는 capote anglaise(영국식 덮개)라고도 부른다.

를 내뱉었다. (그들은 솔레르스·크리스테바 커플의 복식 경기 상대였다. 크리스테바는 아직 초보에 불과한 자신이 최근 경기에서 막상막하의 경기를 펼쳐서 스스로도 놀랐다고 했다.) 하지만 대화의 주제를 바꾸기 좋아하는 솔레르스는 그들이 대답할 틈을 주지 않았다.

"아! 비에른 보리! 홀연히 나타난 메시아! 윔블던 잔디밭에 두 팔을 펼치고 무릎을 꿇었을 때 그의 모습은… 마치 잔디밭의 예수님 같았죠. 금발 머리와 머리띠… 수염…. 보리가 윔블던에서 이긴 건 모든 사람들을 구원하기 위한 겁니다. 구원해야 할 사람이 너무 많아서 해마다 우승했죠. 우리들 모두의 죄를 사해주려면 몇 번이나 더 우승해야 할까요? 다섯 번? 열 번? 스무 번? 쉰? 백? 천?"

"매켄로를 더 좋아하시는 줄 알았는데요?" 젊은 뉴요커가 뉴욕 억양으로 말했다.

"아, 매켄로… 너무 사랑한 나머지 미운 마음이 들기까지 하는 사람이죠. 매켄로는 댄서에요. 악마처럼 우아하죠. 하지만 코트에서 아무리 날아다녀도 소용이 없어요. 루시퍼니까요. 천사들 중 가장 우아하고 아름다운 루시퍼. 루시퍼는 결국 마지막에 파멸하고 말죠…."

솔레르스가 성경 이야기를 시작해 세례 요한과 매켄로를 비교하는 동안 크리스테바는 손님들에게 앙트레를 내오겠다며 중국 여자와 함께 주방으로 사라졌다. 라캉의 젊은 정부는 식탁 아래에서 신발을 벗었고, 캐나다 여성 운동가와 불가리아 언어학자는 호기심 어린 눈으로 서로를 처다봤으며, 알튀세르는 마티니에 들어 있는 올리브로 장난을 쳤다. BHL은 주먹으로 식탁을 내리치며 말했다. "아프가니스탄에 참전해야 합니다."

엘렌은 모든 사람들을 관찰하고 있었다.

그녀는 말했다. "그럼 이란은요?" 불가리아 언어학자가 짐짓 비밀스러운 어조로 말했다. "망설임은 환상을 낳지요." 캐나다 여성 운동가는 소리 내어 웃었다. 크리스테바와 중국 여자는 양다리 고기를 가져왔다. 알튀세르는 말했다. "당이 아프가니스탄 침공을 지지한 건 잘못된 행동이야. 신문 기사로 한 나라를 침공한 셈이지. 약삭빠른 소련은 금방 발을 뺄 거야." 솔레르스는 빈정대듯 물었다. "당에 분파가 몇 개나 있죠?" 출판업자는 흘끗 시계를 보고 덧붙였다. "프랑스는 뒤쳐지고 있어요." 그는 엘렌을 보며 웃고는 다시 말했다. "예순네 살이 되면 진지해지기 어려운 법이죠." 라캉의 정부는 BHL의 반바지 앞쪽 지퍼 부위를 맨발로 쓰다듬었다. 그의 것은 곧바로 팽팽하게 부풀어 올랐다.

화제는 바르트로 넘어갔다. 솔레르스는 그를 기려 애매모호한 추도사를 읊었다. "많은 동성애자들이 한 번쯤 비슷비슷한 이상한 느낌, 안에서부터 먹히고 있는 듯한 느낌을 주었죠."

크리스테바는 11명의 초대객들을 하나하나 쳐다보며 말했다. "우리가 그이와 아주 가까웠다는 걸 알고 계시겠죠. 롤랑은 필리프를 아주 좋아했어요. (크리스테바는 겸손하지만 비밀을 감추고 있는 듯한 표정을 지었다.) 그리고 저도 많이 좋아해주었고요." BHL이 덧붙였다. "그는 단 한 번도 마르크스-레닌주의에 대해 고민하지 않았습니다." 출판업자 : "그 사람 베르톨트 브레히트를 좋아했죠." 엘렌 : (신랄하게) "중국은요? 중국은 어떻게 생각했나요?" 알튀세르는 눈썹을 찌푸렸다. 중국 여자는 고개를 들었다. 솔레르스는 아무렇지도 않은 듯 쾌활하게 답했다. "지루하다고 생각했죠. 하지만 다른 곳도 전부 고만고만하다고 생각했어요." 롤랑 바르트와 잘 알고 지냈던 불가리아 언어학자 : "일본을 제외하고는요." 롤랑 바르트에게 석사 논문 지도를 받은 캐나다 여성 운동가는 기억했다. "그분은 정말 친절하셨고 아주 고독했어요." 편집자 : (잘 안다는 표정으로) "그렇기도 하고 아니기도 하죠. 항상 사람들에게 둘러싸여 있었으니까요. 그리고 그걸 원했죠. 어쨌든 영향력 있는 사람이었어요." 라캉의 정부는 의자에서 점점 더 아래쪽으로 내려와 BHL의 앞섶을 발가락 끝으로 주물렀다.

BHL : (동요하지 않고 침착하게) "정부가 한 명 있으면 좋죠. 물론 그 사람에게서 떨어져 있을 줄도 알아야 하고요. 저 같은 경우엔 에콜 노르말에서…." 크리스테바가 건조한 웃음으로 그의 말을 끊었다. "왜 프랑스 사람들은 학생 시절에 그렇게 집착하는 걸까요? 학생 때 얘기를 꺼내지 않고는 두 시간을 채 못 버틴다니까요. 꼭 퇴역 군인들이 군 시절 얘기하는 것 같아요." 출판업자도 동의했다. "맞아요. 프랑스 사람들은 모두 학교에 대한 향수가 있습니다." 솔레르스는 짓궂게 말했다. "게다가 어떤 사람들은 평생 학교에 남죠." 하지만 알튀세르는 아무런 반응도 보이지 않았다. 엘렌은 자신의 경우를 일반화한 부르주아들의 습관에 속으로 욕을 뱉었다. 그녀는 학교를 싫어해서 오래 다니지 않았다.

입구의 초인종이 울렸다. 크리스테바가 일어서서 문으로 갔다. 사람들은 그녀가 현관에서 허름한 옷차림의 콧수염 난 남자와 얘기를 나누는 것을 보았다. 그들의 대화는 1분도 채 걸리지 않았다. 그리고 나서 그녀는 아무 일도 없었다는 듯 자리에 돌아와 앉아서 방문객에 대해 짧게 언급을 했다. (이때 잠시 그녀의 슬라브 억양이 튀어나왔다.) "죄송해요. 연구실에 좀 귀찮은 일이 생겨서요."*Excusez-moi, des affairrres ennuyeuses. Pourrrr mon cabinet.* 출판업자가 뒤를 이어 말했다. "프랑스에서는 학교 성적이 사회에서 성공하는 데 큰 영향을 끼칩니다." 불가리아 언어학자는 크리스테바를 뚫어져라 쳐다보고 있었다. "다행스럽게도 그게 유일한 요소는 아니지만요. 안 그래요, 쥘리아?" 크리스테바는 언어학자에게 뭔가를 불가리아어로 말했다. 그들은 낮은 목소리로 짤막하게 응답하는 둘만의 대화를 나누기 시작했다. 서로 적대하는 말을 쏟고 있다 해도 주위의 다른 초대객들이 그것을 알아낼 방법은 없었다. 솔레르스가 끼어들었다. "자, 여러분. 둘이서 속삭거리기는 하지 맙시다. 하하…." 솔레르스는 캐나다 여성 운동가에게 말을 걸었다. "쓰시는 책은 진전이 있나요? 저도 루이 아라공의 견해에 동의합니다. 여성은 남성의 미래죠. 문학에서도 마찬가지입니다. 여자는 죽음이고 문학은 항상 죽음의 편이니까요…." 그는 캐나다 여자가 자신의 속옷을 벗기는 상상을 또렷하게 하면서 크리스테바에게 디저트를 내올 수 있는지 물었다. 크리스테바는 일어서서 중국 여자의 도움을 받아 접시를 치우기 시작했다. 두 여자가 다시 주방으로 사라지자 출판업자는 시가를 꺼내 빵칼로 끄트머리를 잘랐다. 라캉의 정부는 여전히 의자에서 몸을 뒤틀었고, 뉴요커 커플은 얌전히 서로 손을 잡은 채 예의 바른 웃음을 띠고 앉아 있었다. 솔레르스는 캐나다 여성 운동가와 테니스 커플과 넷이서 함께 뒹구는 상상을 했다. 수사슴처럼 터질 듯이 팽팽해진 BHL은 다음번에는 솔제니친을 꼭 초대해야 한다고 말했다. 엘렌은 알튀세르에게 투덜댔다. "바보같이! 얼룩이 졌잖아!" 그녀는 수건에 탄산수를 조금 적셔 그의 셔츠를 닦았다. 라캉은 작은 목소리로 유대인의 노래 비슷한 것을 흥얼거렸다. 사람들은 모르는 척했다. 주방에서는 크리스테바가 중국 여자의 허리를 잡았다. BHL은 솔레르스에게 말했다. "생각해보면 필리프 당신은 사르트르보다도 더해요. 스탈린주의, 모택동주의, 교황주의…. 사람들은 항상 자기가 잘못 알고 있었다고 생각하겠지만 당신은…! 당신은 생각을 너무 쉽게 바꿔서 혼동할 틈도 없죠." 솔레르스는 파이프에 담배를 끼웠다. 라캉은 중얼거렸다. "사르트르, 그는 존재하지 않지." BHL이 계속해서 말했다. "저…, 저는 다음 책에서." 솔레르스가 그의 말을 끊었다. "사르트르는 반공산주의자가 모두 개라고 했어. 나는 반카톨릭주의자가 모두 개라고 했지. 굉장히 단순하잖아. 고귀한 유대인치고 가톨릭으로 개종하려는 유혹을 느끼지 않은 사람은 한 명도 없을걸. 안 그래? … 여보, 디저트 갖다 주는 거야?" 주방에서는 크리스테바가 숨찬 듯한 목소리로 곧 준비가 끝난다고 대답했다.

출판업자는 솔레르스에게 엘렌 시수의 책을 낼 것 같다고 말했다. 솔레르스가 대답했다. "불쌍한 데리다…. 그를 즐겁게 해줄 사람은 시수가 아니군. 후후…." BHL은 다시 한 번 강조했다. "전 데리다를 아주 좋아해요. 학교 다닐 때 제 선생님이셨죠. 당신도 선생님이셨죠, 루이. 하지만 데리다는 철학자가 아니에요. 아직 살아 있는 프랑스 철학자는 세 명밖에 없거든요. 사르트르, 레비나스, 그리고 알튀세르." 알튀세르는 칭찬에 아무런 반응을 보이지 않았다. 엘렌은 짜증을 감추고 있었다.

미국인이 물었다. "그럼 피에르 부르디외는 훌륭한 철학자가 아닌가요?" BHL은 그가 명문인 에콜 노르말 졸업생인 것은 맞지만 분명히 철학자는 아니라고 대답했다. 출판업자는 미국인에게 부르디외는 사회학자이며 문화적, 사회적, 상징적 자본 등의 보이지 않는 불평등을 없애고자 부단히 노력하는 사람이라고 말했다. 솔레르스는 크게 하품을 했다. "그는 특히 아주 완벽하게 지루한 사람이었어요. 그 사람의 행태가 말이죠. 그래요, 물론 우린 평등하지 않습니다. 굉장한 소식이죠? 비밀 하나 알려드릴까요? 쉿! 더 가까이 오세요. 우린 늘 불평등했고, 그건 앞으로도 절대 안 바뀔 거예요…. 정말 놀랍죠. 안 그래요?"

솔레르스는 점점 더 흥분했다. "더 높은 곳! 더 높은 곳! 더 추상적인 것! 빨리! 우린 엘자와 아라공이 아니고 사르트르와 보부아르는 더더욱 아니죠. 다 틀렸어요! 간통은 불법적인 만남이죠. 네, 네, 그렇고말고요. 미풍(微風)과 같은 것. 우리는 그걸 항상 잊어버린다니까요. 여기, 지금. 바로 여기, 바로 지금…. 당대의 흐름이 진실일 때가 종종 있어요…." 그는 캐나다 여자와 엘렌을 번갈아 보았다. "모택동주의 사건이요? 그 당시에는 흥밋거리였죠. 중국, 낭만주의. 선동적인 글을 써야 할 때가 있었어요. 사실이에요. 저는 야유를 퍼붓는 데에는 프랑스 최고죠."

라캉은 좀 떨어져서 앉아 있었고 정부의 발은 여전히 BHL

의 사타구니를 문질렀다. 출판업자는 솔레르스의 말이 끝나기를 기다렸다. 캐나다 여자와 불가리아 남자는 무언의 연대감을 느꼈다. 엘렌은 프랑스의 위대한 작가 솔레르스가 혼자 떠들어대는 소리를 들으며 조용히 속으로 화를 삭였다. 알튀세르는 내면에서 뭔가 위험한 것이 치솟아 오름을 느꼈다.

크리스테바와 중국 여자가 마침내 살구 파이와 클라푸티 과자를 가지고 돌아왔다. 그들의 입술은 립스틱을 새로 발라서 이글거리는 불길처럼 빨갛게 빛났다. 캐나다 여자는 프랑스인들이 내년에 치를 대선을 어떻게 보고 있는지 물었다. 솔레르스가 웃음을 터뜨렸다. "미테랑의 운명은 단 하나, 실패뿐이죠. 철저하게 실패할 거예요." 사소한 것도 절대 그냥 넘어가지 않는 엘렌이 그에게 물었다. "당신은 지스카르랑 식사한 적이 있죠? 어떤 사람이던가요?"

"누구, 지스카르요? 풋, 정말 웃기는 사람이죠. 그 작자 이름의 de는 자기 아내한테서 온 겁니다. 아셨어요?* 우리의 친애하는 롤랑이 옳았다니까요. 성공한 부르주아의 표본이라고 했거든요. 만약 지금이 68년이고 5월 혁명 같은 게 또 일어난다면 우린 더 이상 무사하지 않을 거예요."

"거리의 구조물들…." 라캉이 들릴 듯 말 듯 한 소리로 중얼

---

* 프랑스 귀족의 이름에는 성(가문 이름) 앞에 of에 해당하는 de가 붙는다. 지스카르 데스탱의 이름 Giscard d'Estaing에서 Estaing 앞에 붙은 de는 아내의 이름에서 따온 것이라는 뜻

거렸다.

"미국에서 지스카르는 영리하고 활기찬, 그리고 야심 가득한 특권층 귀족의 이미지를 가지고 있습니다." 미국인이 말했다. "하지만 아직까지는 외교적으로 강렬한 인상을 남기지는 못한 것 같아요."

"적어도 베트남전에 참전을 결정하진 않았죠. 그건 사실이에요." 알튀세르가 입을 닦으며 쉰 목소리로 말했다.

"그래도 자이르에는 간섭했죠." BHL이 말했다. "그리고 유럽 통합에 찬성이에요."

"그렇다면 다시 폴란드를 언급해야겠군요." 크리스테바가 말했다.

"아니, 폴란드 얘기는 오늘 그만 했으면 좋겠는데." 솔레르스가 파이프를 빨며 말했다.

"그래요. 차라리 동티모르에 관해 이야기하는 건 어떤가요?" 엘렌이 말했다. "분위기를 좀 바꿔요. 프랑스 정부가 인도네시아의 학살을 비난하는 소리는 못 들어봤어요."

"생각을 해봐." 알튀세르가 다시 끼어들었다. "1억 3천만 인구에 어마어마한 규모의 시장, 그리고 미국의 소중한 우방국이지. 게다가 미국의 영향력이 크지 않은 곳에 있고. 안 그래?"

"음, 맛있었어요." 미국 여자가 클라푸티를 다 먹고 말했다.

"코냑 좀 더 드실래요, 여러분?" 솔레르스가 말했다.

BHL의 사타구니를 발로 문지르던 젊은 여자는 갑자기 생-제르맹의 모든 이들이 말하는 샤를뤼스*가 누구냐고 물었다. 솔레르스가 웃었다. "세상에서 가장 흥미로운 유대인이랍니다. 그 사람도 동성애자였죠."

캐나다 여자가 코냑을 한 잔 마시고 싶다고 말했다. 불가리아 남자가 그녀에게 담배를 권했고 그녀는 촛불에 대고 불을 붙였다. 솔레르스의 고양이가 중국 여자의 정강이에 몸을 비볐다. 누군가 시몬 베유를 화제로 꺼냈다. 엘렌은 그 여자를 혐오한다고 말했고 솔레르스는 시몬 베유를 옹호하기 시작했다. 뉴요커 커플은 카터가 재선에 성공할 것 같다고 했다. 알튀세르는 중국 여자와 농담을 주고받기 시작했다. 라캉은 애용하는 시가를 꺼내 물었다. 그들은 축구 얘기를 하고, 신예 플라티니의 장래가 촉망된다는 데 모두들 동의했다.

파티가 끝나가고 있었다. 라캉의 정부는 BHL과 함께 가기로 했고, 불가리아 언어학자는 캐나다 여성 운동가와 가기로 했다. 중국 여자는 혼자서 숙소로 돌아가게 되었고, 솔레르스는 머릿속에서만 일어났던 난교의 향연을 꿈꾸며 잠들 것이다. 라캉은 갑자기 어떤 깨달음을 얻었는지 무기력한 목소리로 말했다. "왜 여자들은 여자이기를 멈추고 나면 자기 손 안에 있던 남자를

---

* 마르셀 프루스트의 소설 《잃어버린 시간을 찾아서》의 등장인물.

처참하게 밟아버리는 걸까? 그러니까… 물론 남자의 행복을 밟아버린다는 말일세." 다른 초대객들은 침묵을 지켰다. 솔레르스가 말했다. "가장 생생한 거세 경험을 한 자가 왕인 법이죠."

40

"손가락 한 마디가 없는 경관을 좀 조사해보시오." 바야르는 퐁-뇌프에서 불가리아 남자를 쏜 경관을 미행하기로 결정했다. 하지만 아직까지 정체도 본질도 아무것도 알아내지 못한 '그들'이 경찰 내부에도 침투했다는 불길한 느낌 때문에 경찰의 내부 조사 기관에 말하지 않고 시몽에게 그를 조사해달라고 말했다. 시몽은 늘 하던 대로 항의했다. 시몽이 생각하기에 이번에는 정말로 거절할 타당한 이유가 있었다. 손가락이 없는 경관과 퐁-뇌프 다리 위에서 마주쳤을 뿐 아니라 바야르가 물에 뛰어들었을 때 시몽은 다른 경관들과 함께 있었고 바야르가 물에서 나온 뒤에는 바야르와 함께 있는 것을 모두가 보았다.

"그런 것은 상관없어요. 변장하면 되니까."

"어떻게요?"

"머리를 깎고 덜떨어진 학생 같은 그 옷을 바꾸면 됩니다."

"이번 일은 정말 너무 심하군요." 시몽은 그동안 비교적 협조적이었지만 이번만은 그도 완강하게 저항했다. "절대 절대 안 돼요. 더 이상 얘기도 꺼내지 마세요."

바야르는 국가 기관에서 일이 어떻게 돌아가는지 잘 알았다. 그래서 인사이동에 관한 얘기를 끄집어냈다. "앞으로 무슨 일을 할 예정이요, 젊은 시몽? (젊긴 한데, 몇 살이더라?) 논문이 끝나면 어떻게 되는 거죠? 보비니*에 있는 고등학교에 쉽게 자리를 마련해줄 수 있는데. 아니면 뱅센에 임용되도록 힘을 써줄 수도 있고."

시몽은 국가 교육기관에서는 일이 그렇게 돌아가지 않는다고 생각했다. 지스카르가 힘을 써봤자 (지스카르라서 더 안 될 것이다.) 뱅센에 자리를 얻는 데 전혀 도움이 되지 않을 것이라고 (뱅센은 들뢰즈와 발리바르의 세력권이니까) 생각했지만 사실 확신하지는 못했다. 반면에 인사이동 얘기는 솔깃했다. 그래서 그는 미용실에 갔다. 거울에 비친 자신의 모습을 보고 어색하고 불편한 마음이 들 정도로 머리를 짧게 깎았다. 자신의 모습이 낯설게 느껴졌다. 분명 자신의 얼굴이 맞지만 그가 오랫동안 무심코 만들어온 자기만의 익숙한 모습이 없었다. 내무부 경비로 양복과 넥타이도 샀다. 비싸지 않은 양복인데도 제법 맵시가 있었다. 어깨 부분이 헐렁하고 바지 길이가 너무 짧기는 했

---

* 파리 근교의 도시.

212

지만. 넥타이 매는 방법, 폭이 넓은 부분과 좁은 부분을 어떻게 위치해야 하는지도 처음으로 배웠다. 하지만 변신을 완성하자마자 그는 거울 앞에서 어색함과 반감뿐만 아니라 일종의 호기심을 느꼈다는 사실에 당혹스러워했다. 새로운 자신의 모습에 느끼는 흥미, 자기가 맞지만 자기가 아닌 모습, 다른 삶을 사는 자신. 은행이나 보험업, 공무원, 혹은 외교관으로 일하는 자신의 모습을 상상해보며 넥타이 매듭을 고쳐 매고 조끼 아래 구겨진 셔츠를 소매에서 잡아당겨 팽팽하게 만들었다. 자, 이제 임무를 수행하러 나갈 채비가 되었다. 그의 내면의 일부는 삶의 흥미와 유희 부분도 중요하게 생각했고, 그는 이 작은 일탈을 맛보기로 결심했다.

그는 오르페브르 거리의 파리 경찰청 앞에서 손가락 한마디가 없는 경관이 근무를 마치기를 기다리며 럭키 스트라이크를 피웠다. 프랑스 정부의 돈으로 산 담배다. 바야르가 지시하는 대로 일하는 데에 좋은 점이 하나 있다면, 비용을 국가에서 지불한다는 것이다. 그는 담배를 산 (3프랑짜리) 영수증을 챙겨놓았다.

마침내 경찰관이 모습을 나타냈다. 경찰복을 입고 있었다. 시몽은 멀찌감치에서 그의 뒤를 따라 걷기 시작했다. 그는 퐁생-미셸 다리를 건너고 거리를 쭉 거슬러 올라간 뒤 생-제르맹 거리의 교차로에서 버스를 탔다. 시몽은 택시를 잡아타고 말했다. "저 버스를 따라가 주세요." 마치 장르 불명의 영화 속 한 장면 같은 묘한 기분이 들었다. 기사는 아무것도 묻지 않고 그의 말대로 버스 뒤를 따라갔고, 시몽은 버스가 정차할 때마다 경찰관이 내리는지 확인했다. 그는 중년의 남자로 보통의 키와 몸집을 가지고 있고, 이렇다 할 특징이 없는 평범한 외양이었기 때문에 시몽은 그를 놓치지 않도록 주의를 기울여야 했다. 버스는 몽주 거리를 거슬러 올라갔고 남자는 상시에서 내렸다. 시몽도 택시에서 내렸다. 남자가 어떤 카페로 들어가자 시몽은 밖에서 잠시 시간을 보낸 뒤에 들어갔다. 남자는 안쪽 테이블에 앉아 있었다. 시몽은 문 옆에 자리를 잡고 앉았지만 금방 후회했다. 남자가 연신 문 쪽을 돌아보았기 때문이다. 물론 시몽을 알아보아서가 아니라 누군가를 기다리기 때문이었다. 시몽은 그의 주의를 끌지 않기 위해 창밖을 계속 쳐다봤다. 전철역에 들어가고 나오고, 잠시 멈춰 서서 담배를 피우고, 무리를 짓고 서서 이제 뭘 할지 의논하는 학생들의 활기찬 움직임을 보았다. 함께 있어 즐겁고 알지 못하는 미래에 조급해하는 행복한 청춘들.

그런데 전철역에서 나오는 학생들을 보고 있던 시몽의 눈에 갑자기 낯익은 얼굴이 보였다. DS와의 추격전 끝에 그를 죽이려다 실패한 불가리아 남자. 그때와 같은 구겨진 옷을 입고 콧수염이 텁수룩해졌는데 깎지도 않았다. 그는 주변을 한 바퀴

획 둘러보고는 시몽이 있는 쪽으로 걸어왔다. 다리를 절고 있었다. 시몽은 메뉴를 보는 척 얼굴을 숨겼다. 불가리아 남자가 카페의 문을 열고 들어왔다. 시몽은 본능적으로 움찔했지만 남자는 시몽을 그대로 지나쳐서 홀 안쪽으로 들어가 경찰관의 테이블에 앉았다.

두 남자는 낮은 목소리로 대화를 시작했다. 이때 카페 종업원이 시몽의 자리로 왔다. 그는 건성으로 마티니를 달라고 했다. 불가리아 남자는 시몽이 처음 보는 외국산 담배를 꺼내 물었다. 시몽도 럭키 스트라이크를 한 개비 물고 초조함을 가라앉히기 위해 한 모금 길게 빨아들였다. 불가리아 남자는 자기를 보지 못했을 것이고 달라진 외양 때문에 절대로 자신을 못 알아봤을 것이라고 애써 생각했다. 하지만 그의 바짓단은 너무 짧고 조끼는 너무 헐렁했다. 어설픈 초보 형사 티가 난다는 것을 카페에 있는 사람들이 모두 눈치챘다면? 자기가 걸치고 있는 우스꽝스러운 옷차림과 그의 깊은 내면과의 괴리가 너무 커서 조금만 눈여겨본다면 그 간극을 눈치채는 것이 그다지 어렵지 않을 것 같았다. 시몽은 갑자기 자신의 정체가 발각되는 생생하고 끔찍한 상상을 하며 몸부림쳤다. 두 남자는 맥주를 주문했다. 그들을 유심히 관찰한 끝에 시몽은 아직 정체가 탄로나지 않았다고 결론을 내렸다. 놀랍게도 그들뿐 아니라 다른 사람들도 시몽의 존재를 모르는 듯했다. 시몽은 평정을 되찾을 수 있었다. 그는 마치 음향 기술자가 여러 악기 소리가 뒤섞인 음악에서 한 가지 소리를 분리해내듯 두 남자의 대화 소리에 집중하여 이해해보려고 애썼다. '종이', '시나리오scénarrrio', '접촉', '학생', '서비스serrrvice', '차voiturrre' 등의 단어를 들은 것 같았다. 하지만 어쩌면 자기 암시 때문에, 아마 이런 말들이 나오지 않을까 예상하던 것을 들었다고 착각하고 있는 지도 모른다. '소피아'라든가 '로고스 클럽'이라는 소리를 들은 것 같기도 했다.

이때 시몽은 무언가 미끄러지듯 자신에게 다가오는 것을 느꼈다. 카페 문이 열리고 닫히면서 바람이 이는 것을 느꼈지만 신경 쓰지 않았다. 하지만 의자를 끌어당기는 소리에 고개를 돌려보니 젊은 여자가 그의 테이블에 앉아 있었다.

양미간을 살짝 찡그리고 미소를 짓고 있는 금발 머리의 여자. 그녀가 입을 열었다. "살페트리에르Salpetrrrière 병원에서 경찰관이랑 같이 있던 분 맞죠?" 시몽은 다시 한 번 공포로 속이 울렁거리는 것을 느꼈다. 그는 홀 안쪽에서 대화에 열중하고 있는 두 남자를 흘낏 쳐다보았다. 그녀가 다시 말했다. "그 불쌍한pauvrrre 무슈 바르트를 위해서 오셨잖아요." 시몽은 그녀를 알아보았다. 솔레르스와 BHL과 크리스테바가 소란을 피웠던 날, 바르트의 튜브가 뽑힌 걸 발견한 매끈한 다리의 간호사. 그녀가 그를 알아봤다는 사실이 그가 그럭저럭 변장을 잘

했다고 여겼던 나름의 안도감에 찬물을 끼얹었다. "그분은 너무 슬퍼 보였어요. *Il avait tant de chagrrrin.*" 심하진 않았지만 분명 특유의 억양이 있었다. "불가리아 출신이신가요?" 그녀는 놀란 표정을 했다. 커다란 밤색 눈이었다. 아마 스물두 살이 채 안되었겠군. "아니요. 왜요? 러시아 사람이에요." 홀 안쪽에서 비웃는 소리가 들리는 것 같았다. 그는 위험을 무릅쓰고 다시 돌아보았다. 두 남자가 건배하고 있었다. "전 아나스타샤예요."

시몽은 머릿속이 멍한 상태에서 러시아 간호사가 프랑스 병원에서 뭘 하고 있는 것일까 궁금했다. 1980년의 소련은 조금씩 유화적 태도를 보이기 시작하긴 했지만 여전히 폐쇄적이었고 국경을 확실하게 개방하지도 않았다. 프랑스 병원에서 동유럽 사람을 채용하는 경우가 있는지도 확실치 않았다.

아나스타샤는 여덟 살 때 프랑스에 왔다고 했다. 그녀의 아버지는 샹젤리제 거리의 아에로플로트(소련항공) 지사장이었다. 그는 가족과 함께 올 수 있도록 허가를 받았으며, 본국 소환 명령이 떨어졌을 때 정치적 망명을 신청하여 그녀도 부모님과 남동생과 함께 파리에 남을 수 있었다. 아나스타샤는 간호사가 되었고 남동생은 아직도 고등학교에 다닌다고 했다.

그녀는 차를 주문했다. 시몽은 여전히 그녀가 무엇을 원하는지 이해를 못하고 앉아 있었다. 그는 그녀가 프랑스에 도착한 연도를 기점으로 그녀의 나이를 계산해보려고 했다. 그녀는 소녀처럼 생긋 웃었다. "지나가다가 창문 너머로 당신을 봤어요. 말을 붙여야겠다고 생각했죠." 홀 안쪽에서 의자 끄는 소리가 들렸다. 불가리아 남자가 화장실에 가려는지 아니면 전화를 하려는지 일어섰다. 시몽은 고개를 숙이고 손을 관자놀이에 붙여 옆얼굴을 가렸다. 아나스타샤는 뜨거운 물에 티백을 넣었고 시몽은 손을 움직이는 그녀의 모양새가 굉장히 우아하다고 생각했다. 카운터에서는 어떤 고객이 큰 소리로 폴란드의 상황에 관해 떠들다가 플라티니가 네덜란드를 상대로 펼친 경기에 관해서 얘기하고, 보리가 롤랑 가로스*에서 보여준 무결점 경기도 얘기했다. 시몽은 주의력이 흐트러지는 것을 느꼈다. 간호사의 출현이 그를 방해한 데다 시간이 흐를수록 신경이 곤두선 탓이기도 했다. 왜 그런지는 모르겠지만 시몽의 머릿속에서 계속 소련의 국가가 맴돌았다. 붉은 군대의 합창과 심벌즈 소리. 불가리아 남자가 화장실에서 나와 테이블로 돌아갔다.

"*Soïouz nerouchymyï respoublik svobodnykh* …." (자유로운 공화국들의 굳건한 단합을.)

학생들이 들어와 왁자지껄하던 테이블의 친구들과 합류했다. 아나스타샤는 시몽에게 경찰이냐고 물었다. 시몽은 순간적으로 큰 소리를 내며 아니라고 말했다. 당연히 아닙니다! 하지

---

* 세계 4대 테니스 대회 중 하나인 프랑스 오픈이 열리는 테니스 경기장.

만 무의식적으로 자신이 바야르 경위를 도와서 일종의 자문 역할을 하고 있다고 밝혔다.

"*Splotila naveki Velikaïa Rous'*…."(*위대한 러시아가 영원토록 결속시켰도다.*)

홀 안쪽 테이블의 경찰관이 '오늘 저녁'이라고 말했다. 시몽은 불가리아 남자가 짧게 대답하면서 '예수'라고 말한 것을 들은 것 같았다. 그는 여자의 순진무구한 웃음을 보며 먹구름을 뚫고 비치는 햇살과 자유를 생각했다.

아나스타샤는 바르트에 관해 얘기해달라고 했다. 시몽은 바르트가 어머니와 프루스트를 매우 좋아했다고 말했다. 아나스타샤도 프루스트를 알고 있었다. *물론 그렇겠지. 위대한 레닌이 우리가 나아갈 길을 밝히네.* 아나스타샤는 사고 당시 바르트의 열쇠가 사라져서 가족이 걱정했다고 말해줬다. 그래서 그들은 자물쇠를 바꾸고 싶어 했는데, 아마 비용을 꽤 치렀을 것이라고도 했다. *스탈린이 우리를 키웠고, 인민에게 충성하라고 하셨네.* 시몽은 아나스타샤에게 이 구절을 암송해주었다. 그녀는 시몽에게 흐루쇼프의 집권 이후로 소련 국가에서 스탈린을 언급하는 부분이 삭제되었다고 알려줬다. (공식적으로는 1977년에 비로소 삭제되었다고 한다.) *상관없어요. 우리의 군대는 전장에서 더 강해졌다네.* 불가리아 남자가 일어나서 조끼를 입으며 떠날 준비를 하고 있었다. 시몽은 그를 따라가야 할지 잠시 망설였다. 하지만 신중하게 자신의 임무를 완수해야겠다고 생각했다. *우리가 치르는 전투가 인민의 앞길을 결정할 것이라네.* 불가리아 남자는 시몽을 죽이려고 했을 때 그의 눈을 똑바로 바라봤다. *하지만 손가락이 없는 경찰관은 내 얼굴을 똑바로 본 적이 없지. 그러니 경찰관을 따라가는 게 덜 위험하고 더 안전하지.* 경찰관이 이 일에 연루되었다는 것은 확실해졌다. 카페를 나서며 불가리아 남자는 아나스타샤의 얼굴을 뚫어지게 보았고, 그녀는 예의 그 아름다운 미소를 지었다. 시몽은 죽음의 위험이 옆에 도사리고 있음을 느끼자 온몸이 뻣뻣해졌다. 그는 고개를 숙였다. 경찰관도 카페를 나갔다. 아나스타샤는 경찰관에게도 미소를 지었다. *이 여자는 다른 사람들의 시선을 받는 데 익숙하구나.* 시몽은 생각했다. 그는 창밖으로 경찰관이 몽주 거리를 거슬러 올라가는 것을 보았고, 그를 놓치지 않으려면 서둘러야겠다고 생각했다. 그는 20프랑짜리 지폐를 꺼내 차와 마티니 값을 지불하고 거스름돈은 받지 않은 채 (하지만 영수증은 챙겼다.) 간호사의 팔을 잡고 함께 나왔다. 여자는 약간 놀란 것 같았지만 뿌리치지 않았다. *Partiia Lenina, sila narodnaïa⋯.(레닌의 당이여, 인민의 힘이여.)* 이번엔 시몽이 웃으며 말했다. 바람을 쐬고 싶기도 하고 좀 급한 일이 있는데 같이 가줄 수 있나요? 머릿속에서 그는 소련 국가의 후렴구를 끝맺고 있었다. ⋯ *Nas k torjestvou kommounizma vediot!(공산주의의 승리로 우리*

를 인도하네!) 시몽의 아버지는 공산주의자였지만 그는 굳이 그
녀에게 그 사실을 밝힐 필요를 느끼지 못했다. 그녀는 약간 괴
짜 같은 그의 행동을 재미있어 하는 것 같았다. 다행이군.

　그들은 경찰관의 뒤를 따라 10여 미터를 걸었다. 밤이 되어
사방이 어두워지고 서늘해졌다. 시몽은 계속 간호사의 팔을 잡
고 있었다. 아나스타샤가 그의 행동을 이상하다고 여겼는지 신
사적이라고 여겼는지는 모르겠지만, 어쨌든 그녀는 아무 내색
을 하지 않았다. 그녀는 바르트 주변에 사람이 아주 많았다고,
사실 지나치게 많았다고 말했다. 바르트의 병실에 들어오려는
사람이 항상 있었다고 했다. 경찰관은 뮈튀알리테* 쪽으로 방
향을 꺾었다. 그녀는 바르트가 바닥에 쓰러진 것을 발견한 날,
솔레르스와 크리스테바와 BHL이 찾아와 소란을 일으켰던 그
날, 그 세 명이 바르트를 지독하게 모욕했다고 했다. 경찰관은
좁은 골목길로 접어들어 노트르담 성당의 안뜰 쪽으로 갔다.
시몽은 사람들의 우정이란 무엇인지 생각했다. 그는 아나스타
샤에게 바르트가 사람들의 행동을 지배하는 상징적 기호나 법
칙을 분석하는 전문가였다고 말했다. 아나스타샤는 눈썹을 찌
푸렸다. 경찰관은 보도보다 낮은 곳에 있는 나무로 된 육중한
출입구 앞에 멈춰 섰다. 시몽과 아나스타샤가 문 앞에 이르렀

---

* 1930년에 극장 용도로 지어졌으나 현재는 여러 이벤트를 위한 건물

을 때, 경찰관은 이미 안으로 사라지고 없었다. 시몽도 멈춰 섰다. 그는 여전히 간호사의 팔을 잡고 있었다. 아나스타샤도 그의 팽팽한 긴장감을 느낀 듯 입을 다물었다. 두 사람은 정문의 철책과 돌계단과 목재 문을 보았다. 아나스타샤는 다시 눈썹을 찌푸렸다.

시몽이 전혀 기척을 느끼지도 못한 사이 두 사람이 와서 그들을 지나쳐 철책을 열고 돌계단을 내려가 초인종을 눌렀다. 문이 조금 열리고 나이를 가늠할 수 없는 창백한 남자가 담배를 물고 목도리를 두른 채 나와서 그들의 얼굴을 찬찬히 보고는 들여보내 주었다.

시몽은 생각했다. 내가 만약 소설 주인공이라면 어떻게 했을까? 물론 초인종을 눌렀겠지. 그리고 아나스타샤를 팔에 끼고 들어갔겠지.

안에서는 아마 은밀한 회합이 벌어지고 있을 것이다. 그는 경찰관이 앉은 테이블에 다가가 포커 게임을 제안할 것이고, 아나스타샤는 그의 옆에서 블러디 메리를 홀짝거리겠지. 그는 다 안다는 듯한 표정으로 경찰관에게 손가락이 왜 그렇게 되었냐고 물어본다. 경찰관 역시 뒤지지 않는 자신만만한 표정과 위협적인 어투로 말한다. '사냥을 하다 사고를 당했죠.' 시몽은 퀸과 에이스 풀 하우스로 이길 것이다.

하지만 인생은 소설이 아니다. 그들은 아무 일도 없었던 것처럼 다시 걷기 시작했다. 길의 막다른 곳까지 갔다가 다시 문 쪽으로 돌아가려고 할 때 그들은 새로이 세 명이 와서 초인종을 누르고 들어가는 것을 보았다. 하지만 시몽은 맞은편 인도에 서 있는 찌그러진 푸에고는 보지 못했다. 아나스타샤는 다시 바르트에 관해 말하기 시작했다. 바르트는 의식이 남아 있었을 때 여러 번 자신의 조끼를 찾았어요. 무슨 물건을 찾는 듯했는데, 혹시 그가 무엇을 찾고 있었는지 아시나요? 시몽은 오늘 밤의 임무가 여기서 끝났다고 느끼자 꿈에서 막 깨어난 기분이었다. 그는 간호사를 보고 당황해서 더듬거리며, 시간이 된다면 차라도 한잔 함께 마시면 어떨지 물었다. 아나스타샤는 웃었다. (시몽은 웃음의 의미를 미처 이해하지 못했다.) 방금 마시고 온 것 아니었나요? 난처해진 시몽은 다음에 또 한잔 하자고 말했다. 아나스타샤는 시몽의 눈을 깊숙이 들여다보고는 또 미소를 지었다. 그리고 말했다. "어쩌면요." 시몽은 이것을 냉정한 거절로 받아들였다. 아마 그가 옳았을 것이다. 그녀가 "다음에 봐요. *Une autrrre fois.*"라고 말하며 전화번호도 알려주지 않고 가버렸기 때문이다.

시몽의 뒤편, 길가에는 푸른색 푸에고가 반짝이며 서 있었다.

41

"가까이 오세요! 웅변가, 수사학자, 달변가 여러분! 광기와 이성의 소굴, 사유의 무대, 꿈의 학교, 논리의 학교인 이곳에 자리를 잡고 앉으세요. 떠들썩한 단어들의 소리를 들어보세요. 얼키고 설킨 동사와 부사를 음미해보세요. 담화의 조련사가 독설을 어떻게 완곡하게 표현하는지 들어보세요. 로고스 클럽은 오늘 새 시즌을 맞아서 여러분께 한 번도 아니고 두 번도 아닌 세 번의 손가락 대결을 선보입니다. 여러분의 식욕을 돋우기 위해 첫 경기에서는 두 분께 다음의 첨예한 질문을 드리겠습니다. 아프가니스탄은 소련의 베트남이 될까요?

로고스에게 영광을! 변증법 만세! 자, 이제 축제를 시작해볼까요? 언어가 우리와 함께하길!"

42

츠베탕 토도로프는 바짝 여위고 안경을 쓴, 덥수룩한 곱슬머리 남자다. 그는 20여 년 전부터 프랑스에 살고 있는 언어학자이며 바르트의 제자로 문학(특히 환상 계열의 문학)을 공부하고 있으며 수사학과 기호학의 전문가이다.

바야르는 시몽의 말을 듣고 그를 조사하러 왔다. 토도로프도 불가리아 출신이기 때문이다. 전체주의 국가에서 성장한 토도로프의 경험은 인문주의자로서의 의식을 더욱 발전시켰고 그의 언어학 이론에까지 영향을 미친 듯했다. 예를 들어 그는 수사학이란 민주주의 아래에서만 진정하게 꽃필 수 있다고 생각했다. 수사학에서는 자유로운 토론이 전제되어야 하는데, 이는 독재 체제나 군주제 국가에서는 온전하게 누릴 수 없는 것이기 때문이다. 제정 시대 로마에서도 그렇고 유럽의 봉건 체제에서도 수사학은 '설득'이라는 본래의 목적을 잃어버려, 청자가 말을 어떻게 받아들일지에 집중하기보다는 '말' 자체에만 집중하기에 이르렀다. 담화문을 들을 때, 그것이 얼마나 효과적으로 의미를 전달하는지 생각하지 않고 단지 사용된 언어가 아름다운가 하는 데에만 관심을 둔 것이다. '아름다움' 자체에 대한 관심이 '정치'에 대한 관심을 대체해버렸다. 달리 말하자면 수사학이 시로 변질된 것이다. (사람들은 그것을 제2의 수사학이라고 부른다.)

토도로프는 바야르에게 유창하지만 슬라브어 특유의 억양이 여전히 강하게 남아 있는 프랑스어로 말했다. 자신이 아는 바로는 불가리아 정보국(KDC)이 왕성하게 활동하고 있으며 매우 위험한 기관이라는 것이었다. 그들은 KGB의 지원을 받는데다가 꽤 까다로운 작전을 기획하고 수행하지요. 교황 암살 같

225

은 거창한 작전은 아니더라도 최소한 방해가 되는 사람을 제거합니다. 네, 틀림없어요. 하지만 토도로프는 그들이 바르트의 사망 사고에 연루되었을 것 같지는 않다고도 했다. 프랑스 문학 비평가가 관심을 끌 이유가 뭐가 있겠어요? 바르트는 정치에 관여한 적이 없고 불가리아와는 아무런 접점이 없는데 말이죠. 물론 중국에 다녀온 적은 있지만, 그렇다고 해서 그가 모택동주의자나 반(反)모택동주의자가 되어 돌아왔다고 할 수는 없다. 지드나 아라공 같은 열혈 공산주의자도 아니었다. 중국에서 돌아오는 길에 바르트가 분노했던 이유는 형편없는 에어프랑스의 기내식 때문이었던 것을 토도로프는 아직도 기억하고 있었다. 바르트는 기내식에 관한 글을 기고할 생각까지 하고 있었다.

바야르는 자신이 당면한 어려움을 직시했다. 도대체 '살해 동기'가 무엇인가. 바야르는 추가 정보가 없는 상태에서 총이나 독우산 같은 증거만을 가지고 상황을 추론해야 했다. 또 바르트의 죽음에 지정학적 이유가 개입되었다고 볼 근거가 전혀 없음에도 토도로프에게 고국 불가리아의 정보국에 관해 계속해서 질문을 던질 수밖에 없었다.

누가 정보국의 총책임자인가? 에밀 크리스토프 대령이라는 사람이다. 그는 어떤 사람인가? 특별히 자유주의자는 아니었지만 기호학에 심취한 사람도 아니었다. 바야르는 막다른 길에 이른 것 같은 불길한 느낌이 들었다. 어쨌든 두 명의 살인자가 마르세유 사람이든 유고슬라비아 사람이든 모로코 사람이든 도대체 그것만으로 무엇을 더 알아낼 수 있겠는가? 바야르는 자신도 모르는 사이에 구조주의자들의 관점에서 생각했다. 자신이 가지고 있는 다른 지표들과 아직 조사해보지 못한 지표들을 대조해가며 불가리아라는 변수가 직접 관련이 있는 타당한 지표인지 검토해봤다. 그는 혹시나 하는 마음으로 물었다.

"소피아라고 하면 떠오르는 게 있습니까?"

"네. 제가 태어난 도시입니다."

소피아.

역시 불가리아가 관련이 있군.

이때 목욕 가운 차림의 아름다운 붉은 머리 여자가 방을 가로질러 지나가며 들릴 듯 말 듯 바야르에게 인사말을 건넸다. 바야르는 영국식 억양이라고 생각했다. 안경 낀 말라깽이 학자가 따분할 틈 없이 사는군. 두 사람의 관계를 우려한다거나 특별히 신경 쓰는 것은 아니었다. 하지만 단지 자신의 직업에 기인한 습관으로 분석해보건대, 불가리아 비평가와 영국 여자가 암묵적으로 주고받은 에로틱한 공범자의 눈길은 그들의 관계가 막 싹트기 시작한 사랑이거나 불륜이거나 아니면 둘 다라는 점을 암시하는 듯했다.

어쨌든 말이 나온 김에 바야르는 토도로프에게 '에코'(아메드가 죽기 직전에 마지막으로 한 말이다)를 듣고 떠오르는 게 있는지 물었다. 토도로프가 대답했다. "네. 그 사람에게 무슨 일이 있나요?"

바야르는 그의 질문을 이해할 수 없었다.

"움베르토 에코. 그 사람 잘 지내고 있습니까?"

43

루이 알튀세르는 얼마 전에 넘겨받은 소중한 종잇조각을 들고 있다. 당에서 교육받은 규칙, 그의 모범생 기질, 포로수용소에서 모범수로 지낸 세월. 이 모든 것을 고려한다면 그는 수수께끼 같은 종잇조각을 결코 펼치지 않을 것이다. 반면에 공산주의와 동떨어진 그의 개인주의적 성향, 수수께끼를 좋아하는 취향, 잦은 속임수 등을 생각하면, 그는 종잇조각을 펼쳐 볼 것이다. 알튀세르는 아직까지 그 내용이 무엇인지 모르지만 과연 어떤 중요한 내용일지 궁금해 하고 있다. 만약 그것을 펼쳐 본다면, 에콜 노르말 수험 1년 차 준비생일 당시 철학 논술에서 부정하게 20점 만점에 17점을 받은 이래 (그는 자신의 개인적 속임수의 신화에서 이 이야기를 맨 처음 언급하곤 했으며 늘 이 경험을 되새겼다.) 저지른 부정행위의 긴 리스트에 또 하나가 추가될 것이다. 하지만 그는 두려웠다. 그자들이 어떤 짓을 저지를 수 있는지 잘 알고 있기 때문이다. 그래서 그는 현명하게 (자신의 생각으로는 비겁하게) 종잇조각의 내용을 읽지 않기로 결정했다.

하지만 어디에 숨길 것인가? 그는 자신의 책상에 잔뜩 쌓인 서류들을 보고 에드거 앨런 포를 떠올렸다. 그는 종잇조각을 피자집이나 은행의 광고지가 들어 있던 봉투에 넣었다. 그 시절 우리 집 우편함에 늘 들어 있던 광고지가 어땠는지는 기억이 나지 않지만, 중요한 것은 그가 봉투를 책상 위의 눈에 잘 띄는 곳에, 말하자면 원고와 습작, 마르크스나 마르크스주의에 대해 끄적여 놓은 초고들, 특히 최근의 "반(反)이론적 자아비판"에서 "실질적"인 결과를 도출하기 위한 프로젝트로 '인민 운동'과 그들이 신봉하는 '이데올로기' 사이의 위태로운 유물론적 관계를 작성한 원고 사이에 두었다는 사실이다. 여기라면 그의 편지가 안전하게 보관될 것이다. 책도 몇 권 있었다. 마키아벨리, 스피노자, 레몽 아롱, 앙드레 글뤽스만…. 이 책들은 읽은 흔적이 있었다. 서재를 장식하고 있는 수천 권의 책 중 대부분은 그렇지 않았지만…. (그는 이것을 자신의 신경 쇠약증이 점차 심해졌다는 증거로 생각했다.) 플라톤(그나마 읽었다), 칸트(읽지 않았다), 헤겔(들춰 보았다), 하이데거(대충 읽었다), 마르크스(자본론 1부는 읽었으나 2부는 읽지 않았다)….

누군가 문에 열쇠를 꽂고 있었다. 엘렌이 방으로 들어왔다.

44

"무슨 일이시죠?"

그는 여느 경비원과 다르지 않았다. 두꺼운 모직 목도리를 두른 얼굴이 창백하고 나이를 가늠할 수 없는 백인이라는 점과, 입에 담배를 물고 마치 상대방이 그 자리에 없는 듯 상대방 너머 뒤쪽을 쳐다본다는 점만 빼면 말이다. 하지만 그는 불친절하고 마치 상대방의 영혼을 읽어내려는 듯했다. 바야르는 굳게 닫힌 문 뒤에서 무슨 일이 벌어지고 있는지 알아내려면 신분증을 꺼내지 않고 익명을 유지해야 한다는 사실을 알았다. 그래서 어설프기 짝이 없는 거짓말을 하려던 순간, 문득 영감을 얻은 시몽이 갑자기 앞으로 나서며 말했다. "엘 쎄."

삐걱 소리를 내며 나무문이 열렸다. 경비원은 옆으로 물러서며 들어오라는 손짓을 했다. 그들이 들어선 아치형 지하실에는 돌과 땀과 담배 연기 냄새가 떠돌고 있었다. 콘서트장처럼 사람들로 꽉 차 있었지만 보리스 비앙*을 보러 온 관객들은 확실히 아니었고, 벽에도 재즈 반주 코드가 붙어 있지 않았다. 사방은 온통 쇼 직전의 흥분된 소음으로 가득했고 어릿광대처럼 과장된 목소리가 울리고 있었다.

---

* 프랑스 작가, 음악가, 발명가, 공학자.

"로고스 클럽에 오신 걸 환영합니다. 언어의 아름다움을 증명해주시고, 해방시켜주시고, 찬양하시고 비난해주세요. 언어는 마음을 빼앗고 세계를 제패할 수 있습니다. 가장 뛰어난 웅변가의 자리를 놓고 다투는 대회에 참석하여 함께 즐겨주십시오!"

바야르는 시몽에게 눈짓으로 설명을 요구했다. 시몽은 그의 귀에 대고 죽어가는 바르트가 했던 말이 '그녀가 안다*Elle sait*'가 아니라 로고스 클럽을 뜻하는 'LC'였다고 말했다.* 바야르는 놀라서 입을 헤벌렸다. 시몽은 어깨를 으쓱했다. 목소리는 여전히 쩌렁쩌렁 울리고 있었다.

"제 액어법,** 훌륭하지 않습니까? 접속사 생략은 어떤가요? 오늘 밤에도 여러분은 다시 한 번 언어의 대가가 무엇인지 알게 되실 겁니다. 대가를 치르지 않고는 아무것도 말할 수 없습니다. 로고스 클럽에서는 단어로 대가를 치르지 않습니다. 그렇지 않습니까, 여러분?"

바야르는 머리가 하얗고 왼손의 손가락 두 개가 각각 한 마디씩 없는 노인에게 다가가서 직업적 냄새가 나지 않는, 다만 너무 초짜 티를 내지 않는 어투로 물었다. "여기서 지금 무슨 일이 일어나고 있는 겁니까?" 노인은 적의 없는 얼굴로 바야르를 보았다. "처음 오셨나요? 그렇다면 일단 지켜보시기를 권해

---

* 'Elle sait'와 'LC'는 똑같이 '엘 쎄'라고 발음된다.
** 한 문장에서 절이 연속될 때, 이미 표현된 어구를 다음 절에서는 생략.

드립니다. 참가하려고 서두를 필요 없어요. 실컷 배우고 나서 나중에 참가해도 늦지 않습니다. 잘 듣고 배워서 실력을 먼저 키우세요."

"어디에 참가한다는 말입니까?"

"물론 언제든지 '친선 시합'에 참가할 수 있습니다. 그건 아무런 대가를 치를 필요가 없으니까요. 하지만 지금까지 시합을 한 번도 본 적이 없다면 우선은 지켜보는 걸로 만족하시는 게 좋아요. 첫 시합에서 당신이 어떤 인상을 주느냐에 따라서 당신에 대한 평가가 이뤄질 거고, 그게 아주 중요한 요소가 되니까요. 바로 당신의 에토스가 되거든요."

그는 각각 한 마디가 짧은 두 손가락 사이에 담배를 끼워 물고 한 모금 빨아들였다. 그러는 동안에도 도대체 어느 구석에 숨었는지 보이지 않는 진행자의 목소리가 계속 울렸다. "위대한 프로타고라스에게 영광을! 키케로에게 영광을! 모*의 독수리**에게 영광을!" 바야르는 시몽에게 이 사람들이 누군지 물었다. 시몽은 모의 독수리가 보쉬에라고 말했다. 바야르는 또 다시 시몽을 한 대 치고 싶은 욕구가 치미는 것을 느꼈다.

"데모스테네스처럼 허리띠를 졸라 매세요! 페리클레스 만

---

* 파리 근교의 도시.
** 볼테르는 18세기 모의 주교였던 자크-베니뉴 보쉬에를 태양왕 루이 14세에게 맞설 만한 인물이라며 '모의 독수리'라고 불렀다.

세! 처칠 만세! 드골 만세! 예수 그리스도 만세! 당통과 로베스
피에르 만세! 그들은 왜 조레스를 죽였을까요?"

이 사람들은 나도 알지. 처음 두 사람은 빼고.

시몽은 노인에게 게임의 규칙이 무엇인지 물었다. 노인의
설명에 따르면 모든 시합은 두 명이서 겨룬다. 제비뽑기로 주
제를 정하며, 항상 질문은 단답형으로 예, 아니오로 답하거나,
두 참가자가 각각 주어진 논리에 대해 찬성 혹은 반대로 대답
하고, 자신의 입장을 설명한다.

"테르툴리아누스, 성 아우구스티누스, 막시밀리앵이 우리
와 함께 하기를!" 다시 목소리가 울렸다.

전반부엔 친선 시합이 있고 진짜 시합은 끝 무렵에 있다. 대
개는 한 번의 시합이 있고, 때로 두 번, 드물지만 세 번의 시합
이 있을 때도 있다. 이론상 공식 시합의 횟수는 제한이 없지만,
분명한 어떤 이유 때문에 지원자들은 시합을 서두르지 않는다.
노인은 그 이유가 무엇인지는 굳이 설명할 필요를 느끼지 않는
것 같았다.

"*Disputatio in utramque partem*(찬반 논쟁)! 자, 논쟁을 시작하
겠습니다! 참신한 주제를 갖고 대결해주실 두 분의 '말하는 자'
가 나와 주셨군요. 자, 그러면 지스카르는 파시스트입니까?"

홀 안 여기저기서 외치는 소리와 휘파람이 터져 나왔다.
"자, 대조법의 신이 당신들과 함께하기를!"

한 남자와 한 여자가 강단으로 올라가 각각 작은 책상 뒤에서 관객들을 향해 자리를 잡고는 노트에 뭔가 바쁘게 적기 시작했다. 노인이 바야르와 시몽에게 설명했다. "각자 5분 동안 준비를 한 후 자신의 입장이 찬반 어느 쪽인지 밝히고, 그 이유를 간략하게 설명합니다. 그러고 나면 논쟁이 시작되는 거죠. 논쟁 시간은 매번 다르게 정해지지만 권투 시합과 마찬가지로 심판단이 언제든 경기 종료를 선언할 수 있습니다. 먼저 말하는 사람은 찬성과 반대 중 어느 하나를 선점할 수 있기 때문에 유리합니다. 기회를 놓친 사람은 자신의 입장과 다르다 해도 남은 하나를 택할 수밖에 없습니다. 친선 시합에서는 자신과 같은 등급의 적수와 대결하고, 누가 먼저 시작할지 제비뽑기로 결정합니다. 하지만 공식 시합에서는 다른 등급의 적수와 대결하고, 더 낮은 등급의 참가자가 먼저 시작합니다. 지금 보시는 시합은 주제가 이미 정해져 있죠? 이것은 1단계의 시합입니다. 그리고 저 두 사람은 '말하는 자'들이죠. 로고스 클럽 내에서는 가장 낮은 등급이에요. 말하자면 병사들이죠. 그 위에는 '달변가'가 있습니다. 그리고 '웅변가', '변증법론자', '소요학자', '호민관', 맨 위에는 '소피스트'가 있고요. 하지만 웅변가 이상으로 올라가는 사람은 매우 드뭅니다. 소피스트는 거의 없어요. 대략 열 명 정도. 그들은 모두 암호명을 가지고 있죠. 5등급, 즉 소요학자부터는 비밀에 싸여 있습니다. 심지어 소피스트는 존재하지 않고 그저 손이 닿지 않는 완벽함을 추구하는 몇몇 클럽 회원들을 위해, 불가능에 가까운 달성 목표를 만들어주기 위해 만들어놓은 가상의 등급이라고 말하는 사람도 있습니다. 저는 분명 소피스트들이 있다고 확신합니다. 제 생각에는 드골도 여기 회원이었어요. 아마도 '위대한 프로타고라스'였을 겁니다. 로고스 클럽 회장의 암호명이라고 알고 있습니다만. 저는 '달변가'예요. 한 해 동안 '웅변가'였는데 자리를 계속 지키지는 못했죠." 그는 손가락이 잘린 왼손을 들어보였다. "비싼 대가를 치렀어요."

시합이 시작되어서 입을 다물어야 했기 때문에 시몽은 노인에게 '진짜 시합'은 어떤 것인지 물어볼 수가 없었다. 그는 사람들을 둘러보았다. 대부분 남자였고, 온갖 연령층과 유형의 사람들이 모여 있었다. 엘리트를 대상으로 한 클럽이라 하더라도 그 기준은 분명 경제력이 아니었다.

첫 참가자가 성량이 풍부한 듣기 좋은 목소리로 말을 시작했다. 프랑스 총리는 꼭두각시다. 헌법 49-3 조항*이 국회를 거세시켜서 국회는 아무런 힘이 없다. 드골은 언론을 비롯해 모든 권력을 장악한 지스카르에 비하면 훨씬 훌륭한 대통령이었다. 브레즈네프, 김일성, 호네커, 차우셰스쿠의 독재는 적어

---

* 정부가 긴급한 상황의 경우 의회 표결을 거치지 않고 법안을 공표할 수 있게 허용하는 조항.

도 당과 함께 권력을 나눈다. 미국 대통령이 가진 권한은 프랑스 대통령의 것보다 훨씬 제한적이다. 멕시코 대통령은 단임제로 재선이 허용되지 않는데 프랑스 대통령은 재선이 허용된다.

대결 상대자는 비교적 젊은 나이의 여자였다. 그녀는 신문만 읽어봐도 독재국가가 아니라는 것을 충분히 실감할 수 있다고 응수했다. (이번 주 〈르몽드〉 사설의 제목만 봐도 정부를 신랄하게 비판하고 있지 않은가. '왜 정부는 이렇게 많은 분야에서 모조리 실패했나?' 이전에 이미 혹독한 검열을 겪어봤기 때문에 비교할 수 있지 않은가.) 그리고 그녀는 마르셰, 시라크, 미테랑의 거친 표현을 증거로 내세웠다. 독재라고 하기엔 표현의 자유가 제법 허용되고 있다. 기왕 드골 얘기가 나왔으니 말인데 사람들이 드골에 대해서 뭐라고 했는지 기억하는가. 드골이 파시스트라고 했다. 제5공화국을 파시스트 국가라고도 했다. 헌법도 파시스트 헌법이라고 했다. 항상 쿠데타 중이라고도 했다. 그녀의 결론 : "지스카르가 파시스트라고 말하는 것은 역사에 대한 모욕이다. 무솔리니와 히틀러의 희생자들에게 침을 뱉는 것과 마찬가지다. 스페인 사람들에게 어떻게 생각하는지 물어보자. 호르헤 셈프룬에게 지스카르가 프랑코 총통과 같은지 물어보자. 과거의 기억을 왜곡한다면 그것은 수사학자로서 수치스러운 일이다." 우레와 같은 박수가 터졌다. 심판단은 잠시 의논을 한 끝에 여자의 승리를 선언했다. 젊은 여자는 만족하여 활짝 웃으며 상대자와 악수하고 관객에게 감사를 표했다.

친선 대결은 계속되었다. 참가자들은 기뻐하기도 낙담하기도 했고, 관객들은 환호하기도 하고 야유하기도 하고 휘파람을 불기도 하고 소리를 지르기도 했다. 마침내 이날 밤의 하이라이트, "손가락 대결"의 순간이 왔다.

주제 : 구술과 서술

노인이 두 손을 비비며 말했다. "메타 주제군요! 언어를 말하는 언어, 이보다 더 아름다운 주제는 없을 거예요. 아아, 너무 멋지지 않습니까? 보세요. 참가자의 등급이 공지되어 있어요. 젊은 달변가가 웅변가에게 도전을 했군요. 승리하면 그 자리를 차지할 수 있습니다. 이 사람이 등급이 더 낮으니 먼저 시작을 하는 거예요. 어느 쪽 입장을 지지할지 궁금하군요. 두 가지 입장 중에서 한쪽이 더 까다로운 경우가 종종 있는데, 더 어려운 쪽에 더 관심을 가지는 사람도 많지요. 심판단과 관객에게 더 깊은 인상을 심어줄 수 있거든요. 반대로 평이한 입장을 선택하는 경우엔 그만큼 논쟁에서 자신의 재능을 보여주기가 어렵다는 단점이 있지요. 평범한 소리를 늘어놓게 되고, 관객들의 흥미도 끌기가 힘들고요."

노인이 말을 마치고 대결이 시작되었다. 모든 사람들이 매우 흥분한 상태로 침묵을 지켰다. 웅변가의 자리로 올라서고 싶은 젊은이는 단호한 어조로 말을 시작했다.

"책에 대한 숭배가 우리의 사회를 만들었고 우리는 글로 된 텍스트를 신성화했습니다. 율법의 서, 십계명, 모세 5경 두루마리, 성경, 코란…. 가치를 지니기 위해서는 글로 새겨야 했죠. 저는 그것을 페티시즘이라고 부르겠습니다. 저는 그것을 미신이라고 부르겠습니다. 그리고 그것이 독단주의의 근원이라고 감히 말하겠습니다.

구술의 우월성을 단언한 사람은 제가 아닙니다. 바로 오늘날의 우리가 있도록 하신 분이지요. 사색가 여러분! 달변가 여러분! 바로 변증법의 아버지, 우리 모두의 선조이신 분, 단 한 권의 책도 쓰지 않았던 분, 우리 서구 세계의 모든 사색의 근원이 되신 분입니다.

생각해보십시오! 우리가 이집트의 테베에 있다고 생각해보세요. 파라오가 묻습니다. 글자가 무엇에 필요한 것입니까? 신이 대답합니다. 글자는 무지를 치료하는 궁극의 약이다. 파라오가 말합니다. 그렇지 않습니다! 그 반대입니다! 글을 배우는 자의 머릿속에 망각을 심어줄 뿐입니다! 그들은 더 이상 기억하려 하지 않을 테니까요. 과거를 회상하는 것은 진정한 기억이 아닙니다. 책은 비망록에 불과합니다. 우리에게 지식을 주는 것이 아닙니다. 책은 이해하게 해주는 것이 아니며, 숙련되게 해주지 못합니다.

모든 것을 책에서 배울 수 있다면 왜 학생들에게 교수가 필요한가요? 왜 이미 책에 쓰여 있는 사실을 누군가 설명해주어야 하는 걸까요? 왜 학교가 있나요? 도서관만 있으면 부족한가요? 왜냐하면 책만으로는 부족하기 때문입니다. 우리의 생각은 서로 주고받을 수 있을 때에 비로소 살아 있기 때문입니다. 고정된 생각은 이미 죽은 생각입니다. 소크라테스는 글을 그림에 비유했죠. 그림 속의 존재는 마치 살아 있는 것처럼 꼿꼿이 서 있습니다. 하지만 질문을 던져도 그저 엄숙한 자세로 가만히 서서 침묵을 지킬 뿐이죠. 글도 마찬가지입니다. 책 속의 글이 말하고 있다고 생각할 수도 있습니다. 하지만 질문을 던지면? 읽은 글을 이해하려 질문을 던져봐도 책은 표현만 조금씩 바꿀 뿐 늘 같은 말을 반복합니다.

언어란 의미를 만들어내는 것이고, 전달 대상자가 있어야만 비로소 의미를 갖게 되죠. 지금 이 순간 저는 여러분께 말을 하고 있습니다. 여러분께서 이 자리에 있기에 제가 지금 말하고 있는 것입니다. 미친 사람이 아니고서야 아무도 들어주지 않는 사막에서 말을 하겠습니까? 마찬가지로 미친 사람들만이 자기 자신에게 끊임없이 말을 걸겠죠. 하지만 텍스트는? 텍스트는 누구에게 의미를 전달합니까? 모든 사람이겠죠. 즉 그것은 아무에게도 전달하지 않는 것과 마찬가지입니다. 일단 책이 쓰이고 나면, 그 속에 기록된 담화는 그것을 이해하는 사람에게도 무관심하고, 전혀 관심을 가지지 않는 사람에게도 똑같이 무관심하죠. 누구에게 의미를 전달해야 하는지, 누구에게는 하지 말아야 하는지 전혀 알 턱이 없습니다. 텍스트는 정확한 대상자가 없기 때문에, 불분명하고 애매하고 비인격적일 수밖에 없습니다. 모든 사람에게 전달하기 적합한 의미라는 게 어떻게 있을 수 있겠습니까? 편지도 마찬가지로 대화보다 못합니다. 편지란 어느 한 상황에서 쓰는 것이고, 다른 사람에게 전달하기 위한 것이죠. 그러나 막상 편지가 전달되었을 때에는 편지를 쓴 이와 받은 이의 상황이 이미 모두 변했을 것입니다. 전달되는 시점에 이미 구식이 되어버리는 겁니다. 이미 존재하지 않는 상황의, 말하자면 가공인물에게 쓴 편지가 되어버리죠. 마찬가지로 편지를 썼던 때의 상황이 바뀌었기 때문에 편지를 쓴 사람도 가공의 인물이 되어버립니다. 더 이상 같은 사람이 아니에요. 시간의 수렁 속에 사라져버린 과거의 사람이죠. 편지를 쓴 이가 전달하고자 했던 상황을 편지 봉투가 감춰버리는 겁니다.

그래서 제 결론은 이렇습니다. 글은 죽음입니다. 텍스트의 자리는 학교 교과서에 있을 뿐입니다. 진실은 담화 속에서만 존재하며, 사색이 끊임없이 변화하는 여정을 생각하면 말로 전하는 것만이 그 속도를 따라잡을 수 있을 것입니다. 말, 그것이 생명입니다. 제가 그 증거입니다. 저는 바로 오늘 이 자리에 말을 하기 위해, 여러분의 말을 듣기 위해, 생각을 주고받고 토론하며 반론을 제기하고 생생한 생각을 함께 만들어나가기 위해, 변증법의 힘으로 더 활기를 띠는 말과 생각을 교류하며 '말'이라고 불리는 음성의 울림 속에서 함께 전율하기 위해 온 것입니다. 여기 모인 우리들도 그 증거입니다. 글이란 죽은 상징에 불과합니다. 음악에 비유할 수 있을 뿐입니다. 이제 소크라테스의 말로 끝맺도록 하겠습니다. 소크라테스는 "진짜 지식이 아니면서, 지식인 척하는 가짜 지식."이라고 했습니다. 그게 바로 글이 만들어 내는 지식입니다. 경청해주셔서 감사합니다."

박수 소리가 요란했다. 노인은 흥분한 것 같았다. "아아! 젊은이가 고전에 대해서 뭘 좀 아는군요. 상당히 논리적이에요. 소크라테스는 책을 쓴 적이 없지요. 일단 그건 확실해요. 수사학의 엘비스 같은 느낌입니다. 그렇지 않나요? 어쨌든 전략적으로 안전한 쪽을 택했군요. 구술 쪽을 옹호하는 건 로고스 클럽의 활동을 정당화하는 것이기도 하니까요. 미장아빔*Mise en abyme!* 자, 이제 도전받은 자가 대답할 차례네요. 견고한 논리를 내세워야 할 텐데요. 저라면 데리다의 예를 들겠어요. 도전자의 말을 하나하나 분리해서 대화 또한 텍스트나 편지와 마찬가지로 개별화하지 않은 수단이라고 설명할 겁니다. 자신이 말할 때, 혹은 들을 때, 자신이 누구인지 혹은 대화의 진정한 상대자가 누구인지 사실은 아무도 모르니까요. 대화 내용이란

---

* 작품 속에 작품을 넣어 반복적인 이미지를 만들어내는 예술 기법.

없어요. 그저 어리석은 속임수일 뿐이지요. 내용이란 존재하지 않아요. 어쨌든 그건 제가 생각한 반박 논리입니다. 도전자가 내세운 견고한 논리를 무너뜨리려면 아주 정확하고 구체적이어야겠죠. 글의 우월성을 증명하려면 수업 이야기를 안 할 수가 없겠군요. 기술적인 얘기라서 그다지 재미있지는 않을 겁니다. 저요? 네, 그렇습니다. 소르본 야간 강좌를 들었어요. 직업은 배달부였고요. 아, 쉿! 조용히! 이봐! 들려줘! 웅변가 지위를 훔친 게 아니란 걸 보여달라고!"

관객석이 조용해졌다. 반백의 웅변가가 연단에 섰다. 그는 도전자보다 더 신중하고 덜 열정적으로 보였다. 그는 관객과 도전자와 심판단을 한 번 쓱 훑어보고는 검지를 치켜들며 단 한 마디만을 말했다. "플라톤."

그리고는 입을 다물었다. 오랫동안 그가 침묵을 지키자 관객들은 기다리다가 차츰 불편함을 느끼기 시작했다. 관객들이 이렇게 귀중한 시간을 낭비하는 이유를 궁금해 하기 시작할 무렵 그는 마침내 입을 열었다.

"친애하는 도전자께서 소크라테스를 인용하셨습니다. 그런데 여러분은 정정을 안 해주시네요. 그렇지 않습니까?"

정적.

"도전자는 플라톤을 인용했는데 말이죠. 소크라테스는 자신의 생각을 글로 남기지 않았기 때문에 《파이드로스Phaidros》에 기록된 멋들어진 변론도 못 남길 뻔했죠. 훌륭하신 도전자께서는 거의 완벽한 논리로 소크라테스를 재구성해주셨지만, 플라톤이 아니었다면 우리는 모두 소크라테스를 전혀 모를 뻔했어요."

정적.

"경청해주셔서 감사합니다." 그는 다시 자리에 앉았다.

관객들 모두가 도전자를 보려고 몸을 돌렸다. 도전자는 원한다면 다시 발언할 수 있었다. 그리고 다시 논쟁을 시작할 수 있었다. 하지만 그는 얼굴이 창백해진 채 침묵하고 있었다. 그는 심판단의 말을 들을 필요도 없이 자신이 졌다는 것을 알았다.

천천히, 용감하게 도전자는 앞으로 나가서 배심원 테이블에 손을 펴서 올려놓았다. 관객들은 모두 긴장하여 지켜보고 있었다. 담배를 피우던 이들은 긴장하여 담배 연기를 빨아들였다. 모두가 자신의 숨소리를 들을 수 있을 정도였다.

배심원석의 가운데 앉아 있던 남자가 칼을 들어올렸다. 그리고 단번에 새끼손가락 한 마디를 잘라냈다.

젊은 도전자는 신음 소리를 내지 않았지만 앞으로 풀썩 주저앉았다. 대기하고 있던 사람이 즉각 다가와서 침묵 속에 약을 바르고 붕대를 감았다. 누군가는 떨어져 나간 손가락 마디를 주웠다. 시몽은 그 사람이 그것을 주워서 버렸는지 전시 목적으로 꼬리표에 날짜와 논쟁 주제를 적어서 용기에 보관했는지는 보지 못했다.

광대 같은 목소리가 다시 울리기 시작했다. "참가자에게 영광을!" 관객들도 따라 외쳤다. "참가자에게 영광을!"

노인이 낮은 목소리로 설명해주었다. "한 번 지고 나면 당분간은 도전할 수 없어요. 좋은 시스템이죠. 도전자들이 강박적으로 자꾸만 도전하는 것을 막아주거든요."

45

이 이야기에는 맹점이 있다. 이야기의 시발점이기도 하다. 바르트와 미테랑의 오찬. 일어나선 안 되지만 일어난 사건이다. 자크 바야르와 시몽 에르조그는 절대 모를 것이다. 그날 어떤 일이 일어났는지, 무슨 이야기가 오고 갔는지. 아마 그들은 기껏해야 초대객 명단이나 입수할 수 있을까. 하지만 나라면 아마도…. 어쨌든 모든 것은 방법의 문제고, 나는 어떻게 접근해야 하는지 잘 알고 있다. 목격자를 심문하고 증언을 검증하고…. 그리고 근거가 약한 증언은 분리해서 버리고 역사책에서 읽은 대로 생각하려고 하지 않을 것이다. 필요한 경우에는… 굳이 말하지 않아도 알겠지. 우리는 그날을 살펴볼 필요가 있다. 1980년 2월 25일에서 아직 밝혀지지 않은 부분이 있다. 바로 이게 소설의 미덕이다. 언제든 끄집어낼 수 있다는 것.

46

"네, 파리에 오페라 하우스가 없으면 안 되죠."

바르트는 다른 곳에 있기를 원했다. 할 일이라면 이런 사교 생활보다 더 나은 게 있었다. 그는 오찬 초대를 수락한 것을 후회했다. 좌파 친구들에게 욕을 먹게 될 것이다. 적어도 들뢰즈는 만족스러워하겠지. 푸코는 경멸하는 듯한 농담으로 바르트를 괴롭히고, 다른 사람들도 덩달아 푸코를 따라할 것이다.

"아랍 소설은 이젠 경계가 뭔지를 모르겠다니까요. 고전주의 틀을 벗어나고 장르 소설도 아니고…."

이것이 치러야 할 대가로군. 지스카르와 점심 식사를 한 것에 대해서 말이지. '크게 성공한 부르주아'. 그렇지. 하지만 그들도 나쁘지는 않았다. 포도주 병을 땄으면 일단 마셔야 한다. 그런데 이 백포도주는 맛있군. 이게 뭐지? 샤르도네 같은데.

"알베르토 모라비아의 최근 책을 읽었나요? 레오나르도 시아시아의 작품을 아주 좋아합니다. 이태리어 할 줄 아시나요?"

두 사람이 특별한 점이 있나? 내가 알기로는 없다.

"잉마르 베리만 영화 좋아하세요?"

그들이 말하고 옷 입고 행동하는 방식은… 아마 부르디외라면 우파의 특징적인 모습이 뚜렷하다고 말할 것이다.

"피카소를 제외하고 미켈란젤로의 위치를 넘볼 수 있는 화가는 없을 겁니다. 사람들은 그의 작품에 나타나는 민주주의적 의미를 언급하지 않지요."

나는 어떠냐고? 나도 우파의 양상을 띠고 있냐고? 우파의 특징적인 모습을 벗어나려면 우선 옷차림에 신경 쓰지 말아야 한다. 바르트는 자신의 낡은 조끼가 잘 걸려 있는지 확인하기 위해 의자의 등받이를 만져보았다. 침착해. 아무도 네게서 훔치지 않을 거야. 하하! 넌 부르주아 같은 생각을 하고 있구나.

"지스카르는 봉건제 프랑스를 생각하고 있어요. 프랑스 국민이 지배자를 원하는 건지, 안내자를 원하는 건지 두고 보면 알겠지요."

그는 항상 주장하는 투로 말한다. 변호사답다. 주방에서 좋은 냄새가 풍겼다.

"금방 나와요. 거의 다 됐어요! 요즘은 무슨 연구를 하시나요, 무슈?"

언어에 대해서요. 미소. 이해한다는 듯한 보통 사람들의 표정. 굳이 자세히 물어보지도 않는군. 다시 프루스트 이야기. 모두들 좋아하지.

"믿기지 않으시겠지만 제 숙모님이 게르망트*를 아시더라고요." 젊은 여배우의 톡톡 쏘는 말투에 가시가 돋아 있었다.

---

*《잃어버린 시간을 찾아서》에 나오는 지역 및 가문 이름.

프랑스인답다.

피곤하다. 수사학의 길을 걷지 않았더라면 정말 좋았을 텐데. 하지만 이젠 너무 늦었다. 바르트는 슬픈 한숨을 푹 쉬었다. 지루한 것을 싫어하기도 했지만, 그렇게 많은 초대를 다 받아들인 이유를 자기 자신도 납득하기 힘들다. 하지만 오늘은 좀 다르다. 다른 할 일이 없어서 온 게 아니다.

"저는 미셸 투르니에와 꽤 친한 편이에요. 남들이 생각하는 만큼 거친 사람은 아니더라고요. 하하."

흠, 생선 요리. 그래서 백포도주였군.

"앉으세요. (주방 쪽으로) 자크! 식사 내내 주방에 있을 건 아니죠?"

곱슬머리에 귀걸이를 한, 염소를 닮은 얼굴의 남자가 완성된 요리를 가지고 와 서빙을 마치고 함께 식탁에 앉았다. 그는 바르트의 옆자리에 앉기 전에 바르트 쪽으로 몸을 기울였다.

"이건 코트리아드라는 요리입니다. 노랑촉수, 대구, 넙치, 고등어 같은 여러 생선에 갑각류와 채소를 넣고 끓여서 비네그레트 소스로 맛을 낸 거예요. 저는 커리와 타라곤도 조금 넣었죠. 맛있게 드세요!"

음, 맛있는걸. 깔끔하면서 서민적인 맛이군. 바르트는 음식에 관한 글을 종종 썼다. 감자튀김을 곁들인 스테이크, 버터 햄 샌드위치, 포도주와 우유…. 하지만 이것은 다른 종류의 음식이다. 단순하지만 조리된 음식이다. 요리를 준비하는 과정에 노력과 정성과 사랑이 들어간다. 그리고 힘을 과시하는 수단이 되기도 한다. 그것은 일본을 다룬 바르트의 저서에서 이미 이론화되었다. 서양의 음식은 풍성하고 위엄이 있어 제왕의 경지에까지 이르려 하고, 명예를 높이는 것과 관련 있으며 더 크고 장엄하며 푸짐한 것을 지향한다. 반면에 동양의 음식은 극도의 정제성을 추구한다. 오이의 맛은 양이 풍부하거나 더 큰 것에 있는 게 아니라 그것을 쪼개는 데 있다.

"브르타뉴 지방 어부가 배 위에서 바닷물로 요리했던 음식이에요. 비네그레트는 짠 음식을 먹으면 목이 마를 수 있어서 그걸 완화시키는 역할을 했죠."

도쿄의 추억…. 서양의 나이프와 포크가 자르고 찌르는 반면 젓가락은 음식을 나누기 위해 헤쳐놓고 흐트릴 뿐이다. 절대로 음식에 폭력을 휘두르지 않는다….

바르트는 포도주 한 잔을 더 따르도록 내버려두었다. 식탁을 둘러싼 초대객들은 약간 위축되어서 침묵 속에서 식사를 하고 있었다. 그는 덩치가 작은 미테랑이 그다지 소리를 내지 않으며 대구를 한 입 삼키는 것을 관찰했다. 부르주아 계급에서 태어나 교육을 잘 받았다는 사실이 여지없이 드러났다.

"저는 부(富)가 곧 권력이라고 말했죠. 물론 완전히 틀린 말은 아닙니다. 당연하죠."

미테랑이 숟가락을 내려놓았다. 식탁의 초대객들도 모두 행동을 멈추며 그의 얘기를 경청하려 들었다.

어떤 일본 요리는 처음부터 끝까지 손님 앞에서 조리되기도 하는데(이 요리의 근본적인 특징이다), 이는 그들이 존중하는 식재료의 죽음을 신성시하는 것을 중요하게 여기기 때문이다.

초대객들은 극장에서처럼 소리를 내지 말아야 한다고 생각하는 듯했다.

"하지만 사실이 아닙니다. 여러분이 저보다 더 잘 아시겠지요. 그렇지 않습니까?"

일본 요리에는 중앙에 놓기 위해 고안한 메뉴가 전혀 없다. (서구 문화에선 중앙에 놓인 음식이 다른 음식을 모두 지배한다.) 일본 요리는 모두가 서로를 장식한다. 식탁 위, 그리고 접시 위에 놓이는 음식은 전체의 일부분일 뿐이다.

"진정한 권력은 바로 언어죠…."

미테랑은 미소를 지었다. 그의 목소리는 부드러운 어조를 띠었고 바르트는 그를 의심하지 않았다. 그는 미테랑에게 말해야 한다고 생각했다. 이제 도쿄 생각은 그만! 두려워하던 그 순간이 왔다. (어차피 피할 수 없음을 알고 있었다.) 이제 응답해야 한다. 사람들의 기대에 부응하고 기호학자로서의 역할을 해야 한다. 아니면 적어도 언어 전문가인 지성인으로서의 역할을 해야 한다. 그는 미테랑이 자신의 간결한 표현 속에 숨은 뜻을 알아차리길 바라며 말을 이었다. "특히 민주 정권 아래에서 그렇죠…."

미테랑은 여전히 미소를 띤 채 "그런가요?"라고 말했다. 하지만 바르트에게 설명을 요구하는 질문인지, 동의한다는 의사 표현인지 아니면 반대의 뜻으로 말한 것인지 확신할 수가 없었다. 모임의 책임자로 보이는 염소 얼굴의 젊은 남자가 혹여 대화가 끊어질까 걱정이 되었는지 한마디 거들어야겠다고 나선 것 같았다. "괴벨스가 말했죠. '문화라는 단어를 들으면 저는 총을 꺼냅니다….'" 바르트는 그 인용문의 맥락과 의미를 설명할 순간을 놓쳐버렸고, 미테랑이 담담한 어조로 고쳐 말했다. "아니죠. 그 말을 한 건 발두어 폰 시라흐*예요." 식탁에 둘러앉은 초대객들 사이에 어색한 침묵이 흘렀다. "무슈 랑을 용서해주세요. 전쟁 때 태어났지만 너무 어렸으니까요. 그렇지요, 자크?" 미테랑은 일본 사람들처럼 눈을 찡긋했다. 그는 'Jack'을 프랑스식으로 자크라고 발음했다. 바르트는 지금 이 순간, 꿰뚫어보는 눈을 가진 작달막한 남자와 자기 사이에 무슨 일이 일어나고 있다는 느낌을 받았다. 어째서이지? 마치 지금의 오찬은 바르트만을 위해서 마련되었다는 느낌이 스쳐 지나갔다. 다른 손님들은 그저 들러리로 눈속임을 위한 존재일 뿐이며, 더 심하게 말하자면 공범 같아 보였다. 미테랑의 오찬 사교 모

---

* 나치 독일 학생 동맹의 지도자.

임은 처음 있는 일이 아니다. 한 달에 한 번은 꼭 있었다. 그저 눈속임이나 하려고 이 사람들을 부르지는 않았겠지. 바르트는 생각했다.

밖에서는 블랑–망토 거리를 지나가는 마차 소리가 들리는 것 같았다.

바르트는 머릿속에서 분석을 해보았다. 조끼 안주머니에 접어서 넣어놓은 텍스트 내용과 현재의 상황을 고려했을 때, 논리적으로 생각한다면 지금 그의 의심은 망상증이라고 할 수 있을 것이다. 그는 다시 말을 하기로 했다. 일단 멋쩍게 웃고 있는 갈색 곱슬머리의 젊은이를 곤경에서 구해줄 생각이었다. "역사적으로 수사학이 발전했던 시기들은 항상 공화정 아래에 서였어요. 아테네, 로마, 프랑스…, 소크라테스, 키케로, 로베스피에르…. 물론 표현은 서로 달랐고, 서로 다른 시대 사람들이었지만 그들 모두가 민주주의라는 커다란 구상 위에 그려진 융단처럼 펼쳐져 있죠." 미테랑이 흥미를 느끼는 듯했다. "우리의 친구 '자크' 씨는 전쟁 얘기를 하고 싶었나 봅니다. 히틀러역시 훌륭한 웅변가였음을 상기시켜드리고 싶습니다." 그리고 덧붙여서 야유하는 기색이 전혀 없이 말했다. "드골도 마찬가지에요. 나름대로 웅변가였죠."

게임에 말려드는 것을 무릅쓰고 바르트가 물었다. "지스카르는 어떤가요?"

미테랑은 마치 처음부터 이 말을 기다려왔던 것처럼, 이전에 나눈 모든 대화는 이 순간을 위해 예정되었던 것처럼 즉각 의자에서 뒤로 몸을 젖히며 말했다. "지스카르는 아주 기술이 좋은 사람입니다. 무엇보다 자기 자신을 아주 잘 알고 있어요. 사용할 수 있는 수단과 약점을 모두 잘 알고 있죠. 말할 때 호흡이 짧지만 거기에 정확하게 맞춰서 짧은 문장을 구사하기 때문에 약점이 드러나지 않아요. 주어, 동사, 직접 보어, 마침표, 중간에 쉼표 없음. 끝. 그래서 아무도 눈치채지 못하죠." 그는 잠시 뜸을 들이며 초대객들이 예의상 미소를 지을 때까지 기다렸다가 다시 말을 이었다. "그런데 앞뒤 문장 내용을 굳이 연결시킬 필요는 못 느끼는 것 같습니다. 문장이 각자 따로 놀아요. 한 문장 한 문장 떼놓고 보면 완벽하죠. 완벽한 달걀 한 개처럼 아주 매끄러워요. 그런데 달걀이 한 개, 두 개, 세 개…. 계속 연달아 낳는 거죠. 메트로놈이 똑딱이듯 아주 규칙적으로 말이죠." 그는 식탁에 앉은 사람들을 한 바퀴 둘러보며 사람들이 킥킥거리는 소리에 신이 나서 목소리가 커졌다. "아주 훌륭한 기계예요. 음악 애호가 한 사람을 알고 있는데 지스카르의 메트로놈이 베토벤보다 더 천재적이라고 하더군요. 물론 볼 만한 광경이긴 합니다. 굉장히 교육적이지 않습니까? 달걀 한 개는 달걀 한 개다. 다들 무슨 말인지 이해하시죠?"

문화부 행정 조정관이라는 직책을 의식했는지 자크 랑이 끼어들었다. "바로 무슈 바르트께서 글에서 지적한 점이기도 합니다. 같은 내용 무한 반복의 참화."

바르트가 말했다. "맞습니다. 그러니까… 전형적인 나쁜 사례입니다. 쓸모없는 방정식이죠. A=A, '라신은 라신이다.' 사유 면에서는 전혀 알맹이가 없다고 볼 수 있습니다."

미테랑은 의견이 이렇게 모이는 것에 매우 만족한 눈치였다. 그래서 기회를 놓치지 않으려고 계속 말했다. "맞습니다. 바로 그거예요. '폴란드는 폴란드, 프랑스는 프랑스.'" 그는 짐짓 우울한 어조로 말했다. "자, 그렇다면 이제 반대로 이야기해봅시다. 바로 거기에 지스카르의 장점이 있다는 거죠. 명백한 사실을 자신의 것처럼 선언하는 기술이 탁월합니다."

바르트가 협조적으로 적극 거들었다. "사실 명백한 사실들은 입증할 필요도 없습니다. 말하고 나면 그만이죠."

미테랑은 의기양양해서 반복했다. "그래요. 명백한 사실들은 입증할 필요가 없지요." 이 때, 식탁 끝에서 누군가 말했다. "말씀을 들어보니 사회당은 선거에 절대로 지지 않겠군요. 프랑스 국민들이 그렇게 바보는 아니니까 그 사기꾼한테 두 번이나 속아 넘어가진 않을 것 아닙니까."

어딘가 지스카르를 연상시키는 입술이 도톰한 젊은 대머리 남자였다. 그는 다른 초대객들과 달리 미테랑에게 큰 감명을 받은 것 같아 보이지 않았다. 미테랑은 기분이 상한 듯 그에게 몸을 홱 틀며 말했다. "아, 무슨 생각을 하시는지 알겠어요. 로랑. 당신은 다른 사람들처럼 지스카르보다 더 뛰어난 토론자는 없다고 생각하는 것 아닙니까?"

로랑 파비위스는 찡그리며 말했다. "그런 말은 안 했는데요…."

미테랑, 공격적으로. "그랬어요! 분명히 그랬습니다! 당신은 아주 얌전하게 텔레비전에 나와 말하는 것을 그대로 다 믿는 시청자죠! 당신 같은 시청자들 때문에 지스카르가 텔레비전에서 그렇게 좋게 비치는 겁니다."

젊은 대머리 남자는 더 이상 말하지 않았고 미테랑은 흥분해서 날뛰었다. "지스카르가 작금의 사태에 자신의 책임이 전혀 없다고 얘기하는 걸 보셨나요? '9월에 물가가 올랐다고요? 소고기 값이 올랐는데요.' 10월엔 '멜론 값이 올랐는데요.' 11월엔 '가스, 전기, 기차 요금, 임대료가 올랐을 뿐인데요. 물가가 오르는 걸 어떻게 예측하나요?' 훌륭하시구먼, 아주." 그는 입을 비죽거렸다. "사람들은 경제 논리가 너무 쉬워서 아주 놀라워하죠. 현명하신 영도자께서 고급 경제 논리 비법까지 전수해 주시니." 그리고 큰 소리로 말했다. "그래요. 소고기 탓이죠. 가증스러운 멜론과 빌어먹을 임대료 탓이고요. 지스카르 만세!"

참석자들은 모두 굳어 있었지만 로랑 파비위스는 담배를 꺼내 물며 말했다. "과장이 심하시군요."

미테랑은 사기꾼처럼 보이게 만드는 억지웃음을 지으며 억지로 태연한 말투를 가장해서 말했지만, 사람들은 그가 대머리 남자에게 말하는 것인지 초대객들 전체에게 말하는 것인지 알 수가 없었다. "잘 아시겠지만, 농담한 겁니다. 아, 전부 다 농담은 아니고요. 하지만 이제 무기는 내려놓읍시다. 국정을 살핀다는 게 아무것도 책임지지 않는 것임을 다른 사람에게 설득시키려면 정말 머리가 좋아야겠죠."

자크 랑이 슬그머니 사라졌다.

바르트는 자신의 맞은편에 앉은 사람이 집착 성향을 가진 편집증 환자의 전형적인 표본이라고 생각했다. 이 사람은 권력을 원하고 있지. 지금까지 너무 오랫동안 권력을 잡지 못해서 쌓인 원한을 모두 라이벌에게 돌리고 있군. 마치 다음번에도 실패하리라 생각하고 벌써 분노를 느끼는 것 같군. 그리고 승리를 위해 무슨 일이든 할 준비가 돼 있지. 절대 포기하지 않을 테고. 자신의 승리를 예감하지 않더라도, 승리를 위해 투쟁하는 게 천성이지. 아니면 살면서 그렇게 된 것일 수도 있고. 쓰라린 패배에서 교훈을 얻었을 수도 있지. 바르트는 울적한 기분이 들어 위안을 얻고자 담배를 꺼내 물었다. 패배는 한 사람의 인생에 깊은 상처를 남기기도 한다. 바르트는 미테랑이 정말로 원하는 것이 무엇일까 생각했다. 그의 굳은 의지는 분명 확고하다. 하지만 그 역시 시스템에 갇혀 있는 것이 아닐까?

1965년과 1974년 대선, 1978년 총선···. 매번 실패할 때마다 사람들은 그의 탓을 하거나 책임을 묻지 않았다. 따라서 그는 그 자리에서 버텨도 된다고 생각했을 것이다. 그가 여전히 자리에 있는 이유 자체가 사회당의 정치적 전략이었고, 물론 결과에 따라 실패한 전략이 될 수 있었다.

젊은 대머리 남자가 다시 말을 꺼냈다. "잘 아시겠지만 지스카르는 훌륭한 연설가입니다. 게다가 그 사람의 스타일은 텔레비전 방송에 적합하죠. 아주 현대적이라는 겁니다."

미테랑은 동의하는 척했다. "하지만 로랑, 저도 그렇게 생각한 적이 있었어요. 의회 연설을 보고 그 능력에 정말 감탄했죠. 당시에는 정말 피에르 코 이래 최고의 연사라고 생각했으니까요. 피에르 코 아시죠? 좌파 연합 내각에서 장관을 지냈고 급진주의자였죠. 아, 잠시 설명을 좀 해야겠네요. 무슈 파비위스는 너무 젊어서 좌파 공동 개혁 프로그램*을 잘 모르시겠군요? 그렇다면 인민 전선**은 더더욱···. (초대객들의 킥킥거리는 웃음소리) 다시 연설의 귀재 지스카르로 넘어갑시다. 그자의 연설은 논리가 뚜렷하고 짧게 끊어져 있죠. 그래서 청중들은 중간 중간 생각을 할 수 있습니다. 말하자면 텔레비전 스포츠 중계에서 볼 수 있는 슬로 모션 같은 거죠. 여러분들은 안락의자

---

* 1972년에 사회당과 공산당, 좌익급진당이 비준한 좌파 정당 협력안.
** 파시즘과 전쟁에 반대하는 좌익과 중도파들의 광범위한 연합 전선.

에 앉아 허리를 붙이고 머리를 기대고, 일체의 근육 운동을 중단한 채 편안하게 지스카르가 텔레비전 화면에 자리 잡는 것을 봅니다. 그는 틀림없이 연설자로서 타고난 자질에다가 여러 가지 기교를 갖다 붙이겠죠. 아마추어의 시대는 이제 끝났습니다. 하지만 지스카르는 보상을 받았죠. 그와 함께 텔레비전이 살아 숨 쉬는 것이 되었으니까요. 인공호흡기 지스카르의 승리입니다."

대머리 남자는 여전히 미테랑에게 찬탄하지 않는다. "결국은 엄청난 효과가 입증되었죠. 사람들은 그에게 귀를 기울이고, 그에게 투표하는 사람도 생겼으니."

미테랑은 곰곰이 생각에 잠겼다. "저도 그런 생각을 합니다. 당신은 지스카르가 현대 스타일이라고 얘기하셨습니다. 저는 그게 도가 지나치다고 생각합니다. 문학적 수사학과 감정의 호소는 사람들에게 조롱거리가 되고 있어요. (바르트는 1974년의 대선 토론 이야기를 들었다. 불행한 후보였던 미테랑 입장에서는 아물지 않는 상처일 것이다.) 대부분의 경우엔 맞는 말입니다. (이런 고백은 미테랑에게 얼마나 뼈아픈 것일까? 미테랑은 이 경지에 이를 때까지 얼마나 노력해야 했을까?) 눈에 거슬리는 화장처럼 조잡한 언어는 귀를 상하게 합니다."

파비위스는 다음 말을 기다렸고, 바르트와 모든 초대객들도 그의 말을 기다렸다. 미테랑은 다른 사람을 기다리게 하는 습관이 있다. 그는 시간을 끌다가 말을 이었다. "하지만 수사학에는 수사학 이외에 무언가가 더 있습니다. 기술 관료의 수사학은 이미 사용되고 있어요. 이전에는 수사학이 값진 것이었습니다. 이제는 우스꽝스러운 것이 되었죠. 최근에 '수지 불균형 때문에 아주 힘듭니다.'라고 말한 사람이 누구죠?"

자크 랑이 와서 다시 자리에 앉으며 말했다. "로카르 아닌가요?"

미테랑은 다시 한 번 짜증 난 기색을 드러냈다. "아니요! 지스카르예요!" 그는 자신이 이제껏 공들여 말한 것을 단번에 망쳐버린 곱슬머리 젊은이를 노려보았다. 그러고는 아무 일도 없었다는 듯이 다시 말을 이었다. "자, 진찰을 받으러 갔다고 생각해봅시다. 머리가 아파요? 심장이 아픕니까? 허리가 아픈가요? 배는요? 이런 경우에는 어디가 아픈지 잘 압니다. 하지만 수지 불균형이요? 6번 늑골과 7번 늑골 사이요? 이름을 들어도 잘 모르는 분비샘이요? 꼬리뼈에 붙어 있는 작은 뼈요? 지스카르는 그렇게 스스로 진단을 내릴 만한 수준이 못 됩니다."

초대객들은 웃어야 할지 말아야 할지 판단을 내리지 못하고 있었다. 확실치 않은 상황에서는 가만히 있는 게 낫다.

미테랑은 창밖을 바라보며 계속 말을 이었다. "지스카르는 기본 상식이 있는 사람이고 어림잡아 말하는 데 도가 튼 사람이죠. 그리고 정치를 잘 아는 사람입니다."

바르트는 그 애매모호한 칭찬을 이해했다. 분명 우월성을 인정하는 발언이었지만, '정치'라는 영역 특유의 정신분열적 행태를 꼬집는 말이었다. '정치'라는 단어 자체가 경멸과 모욕의 뜻을 담고 있기도 했다.

미테랑은 멈추지 않고 계속 말했다. "하지만 그의 세대는 경제만능주의와 함께 사라지고 있어요. 여왕 마고는 눈물이 말라버리자 지루해하기 시작했죠."

바르트는 혹시 미테랑이 취한 것은 아닌지 궁금했다.

파비위스는 점점 더 재미있어 하는 것 같았다. 그는 미테랑에게 말했다. "조심하세요. 지스카르는 지금도 움직이고 있습니다. 그리고 누구를 겨냥해야 하는지 정확하게 알고 있죠. 그의 독설을 기억하시나요? '당신만 심장이 있는 게 아닙니다.'"

초대객들은 숨을 멈추었다. 모두들 기다리고 있는데도 미테랑은 조용히 말했다. "전 심장이 있는 척하지 않아요. 그리고 저는 지스카르의 공적인 면모에 대해 의견을 낼 뿐입니다. 제가 모르는 사적인 면은 섣부르게 판단하지 않습니다." 양보해야 할 것을 양보하면서, 동시에 페어플레이의 정신을 보여주며 그는 결론지었다. "그런데 우리는 지금 언변에 관해 이야기하고 있지 않았나요? 지스카르에게는 기교가 많은 부분을 차지하죠. 그래서 자기가 예상치 못한 주제가 나오면 어떻게 접근해야 할지 몰라요. 인생의 어려운 순간, 지스카르든 여러분이든 저든 야심을 가진 사람들은 힘든 순간을 항상 겪게 되죠. 바로 그런 순간에 벽의 글귀*를 보게 되는 것입니다. 그 글귀는 당신이 스스로를 모방하기 시작한다는 것을 알려주죠."

이 말을 들으며, 바르트는 알코올 기운이 도는 것을 느꼈다. 그는 신경질적인 웃음이 터지려 하는 것을 느꼈지만 금언을 기억해내고 자제했다. "사람들은 모두 자기 자신을 보면 웃음을 터뜨린다."

결국은 자기 성찰이다.

---

* 성경 다니엘 서에 나오는 표현으로 불행한 운명에 대한 조짐을 뜻한다.

2부

볼로냐

47

16시 16분

"제기랄, 푹푹 찌는군." 시몽 에르조그와 자크 바야르는 군데군데 벽돌이 깨진 볼로냐의 거리를 걷고 있다. 아케이드*의 가장자리 차양 아래를 찾아다니며, 잠시라도 땡볕을 피해보려 하지만 1980년 여름의 북부 이탈리아는 너무 더웠다. 벽에는 스프레이로 낙서가 그려져 있었다. *"Vogliamo tutto! Prendiamoci la citta!"*(우리는 전부를 원한다! 도시를 점령하자!) 3년 전 바로 이곳에서 헌병들이 학생 한 명을 죽였다. 시위가 일어나자 내무부 장관은 기갑부대를 보내 진압했다. 프라하에서 일어났던 불상사가 1977년 이탈리아에서도 일어났다. 하지만 지금은 모든

* 지붕이 있는 통로

게 조용하다. 장갑차는 기지의 구석을 채우고 있고, 볼로냐 전체가 낮잠을 자는 것처럼 보였다.

"여긴가? 우리가 어디쯤에 있지?"

"지도 좀 보여주세요."

"지도는 너한테 있잖아."

"아니요. 아까 돌려줬잖아요!"

유럽에서 가장 오래된 대학 도시 볼로냐의 한가운데 있는 구에라치 거리에서 시몽 에르조그와 자크 바야르는 DAMS*가 있는 오랜 건물로 들어갔다. 난해한 제목이 붙어 있는 게시판에서 간신히 이해한 바로는, 움베르토 에코 교수가 바로 이곳에서 매주 강의를 한다. 하지만 교수는 거기에 없었다. 수위가 유창한 프랑스어로 강의가 이미 끝났다고 말했다. ("제가 말했잖아요. 여름에 학교로 교수를 찾으러 오는 건 멍청한 짓이라고요!") 어쩌면 주점에 있을 수도 있다. "보통은 '드로게리아 칼조라리'나 '오스테리아 델 솔레'에 가시죠. 하지만 드로게리아는 문을 좀 더 일찍 닫아요. 그래서 오래 마시고 싶으신 날엔 오스테리아에 가십니다."

바야르와 시몽은 아름다운 마조레 광장을 가로질러 걸었다. 절반은 흰색 대리석, 나머지 절반은 황갈색 대리석으로 14세기

---

* Discipline Arte Musica e Spettacolo, 볼로냐 대학교 예술·음악·공연학부.

에 지어진 미완의 바실리카 성당이 있었고, 넵튠의 분수를 둘러싼 통통하고 음란한 세이렌들은 악마 같은 돌고래에 올라타 자신의 가슴을 움켜쥐고 있었다. 그들은 아주 좁은 길로 이어진 거리에서 오스테리아 델 솔레를 찾았다. 이미 대학생들로 꽉 차 있었다. 외벽에 낙서가 있었다. "*Lavorare meno-Lavorare tutti!*" 시몽이 라틴어를 알기 때문에 낙서 내용을 이해할 수 있었다. "적게 일하고—모두에게 일자리를!" 바야르는 생각했다. '사방에 불한당 놈들이군. 일하려는 놈은 결국 아무도 없지.'

입구에는 마치 연금술 기호 같은 모양의 커다란 태양 그림 포스터가 있었다. 이곳에서는 저렴한 포도주를 마실 수 있고, 각자 음식을 가지고 올 수도 있었다. 시몽은 산조베제 포도주 두 잔을 시켰고 바야르는 움베르토 에코가 있는지 알아봤다. 그곳에 있는 모두가 에코를 아는 듯했지만 다들 같은 말을 했다. "*Non ora, non qui.*"(*지금은 여기 없어요.*) 두 프랑스 남자는 조금 기다려보기로 했다. 바깥이 참을 수 없을 만큼 덥기도 했고, 혹시 에코가 올지도 모르기 때문이었다.

L자 모양의 홀 안쪽에 한 무리의 학생들이 어떤 여학생의 생일을 떠들썩하게 축하해주고 있었다. 친구들이 그녀에게 토스터를 선물했고, 그녀는 토스터를 친구들에게 자랑스럽게 보여주며 감사의 마음을 표했다. 나이 든 사람들도 있었는데 그들은 모두 입구 근처의 카운터 주변에 모여 있었다. 홀에 주문

을 받으러 다니는 종업원이 없어서 그런가 보다 하고 시몽은 이해했다. 카운터의 바 뒤에는 백발 머리를 한 올도 흐트러짐 없이 뒤로 틀어 올린 검은 옷차림의 근엄해 보이는 노파가 주문을 받고 있었다. 시몽은 아마도 노파가 주점 주인의 어머니일 것이라 짐작했다. 주점 안을 둘러보니 주인으로 보이는 남자를 금세 찾을 수 있었다. 키가 훌쩍 크고 몸놀림이 어색하며 인상이 험상궂은 남자가 한 테이블에서 카드놀이를 하고 있었다. 과장된 몸짓과 헐떡거리는 숨소리로 미루어 보건대 그는 원래 여기서 일하는 사람인 듯했지만, 지금은 일을 하지 않고 있었다. 따라서 그가 주인일 것이라고 판단했다. 카드놀이는 일찍이 본 적이 없는 것으로 일종의 타로카드 게임처럼 보였다. 그의 어머니가 때때로 "루치아노! 루치아노!" 하고 불렀지만 그는 투덜거리기만 할 뿐 대답하지 않았다.

L자형의 구석에는 안쪽 정원의 테라스로 통하는 문이 있었다. 시몽과 바야르는 테라스에서 서로를 더듬고 있는 몇몇 커플과 모종의 결사대를 상징하는 듯한 스카프를 두른 세 명의 청년을 보았다. 시몽은 외국인들도 몇 명 보았다. 그들이 이탈리아인이 아니라는 점은 옷이나 몸짓, 혹은 눈을 보고 알 수 있었다. 지난 몇 달 동안 겪은 일들 때문에 겁에 질린 시몽은 사방에 불가리아인이 있다고 생각하게 되었다.

하지만 주점의 분위기는 시몽의 두려움과 거리가 멀어 보였다. 사람들은 기름과 페스토 소스를 넣어 구운 과자를 꺼내놓고 아티초크를 깨물어 먹고 있었다. 거의 모든 사람들이 담배를 피웠다. 시몽은 테라스에서 스카프를 두른 젊은이들이 테이블 아래로 작은 꾸러미를 주고받는 것을 보지 못했다. 바야르는 포도주를 한 잔 더 시켰다. 홀 안쪽에 있던 학생 한 명이 그들에게 와서 프로세코 포도주와 사과 파이 한 조각을 권했다. 그의 이름은 엔초라고 했는데 매우 수다스러웠고 프랑스어를 할 줄 알았다. 그는 시몽과 바야르에게 자신들과 합석하자고 권했다. 그의 친구들은 즐거운 분위기로 대화를 나누고 있었는데, "*fascisti*(파시스트)", "*communisti*(공산주의자)", "*coalizione*(동맹)", "*combinazione*(연합)", "*corruzione*(부패)" 같은 말들이 들리는 걸로 보아 정치 얘기를 나누는 것 같았다. 시몽은 "*피치*"라는 말이 자주 들린다며 그게 무슨 뜻인지 물어봤다. 햇볕에 그을린 얼굴의 자그마한 갈색 머리 여자가 "PC(공산당)"를 이탈리아어로 발음한 것이라고 프랑스어로 설명해주었다. 그녀는 모든 정당이 부패했으며, 공산당마저 기업주와 손을 잡고 기독교민주당*과 연합하려 했다고 이야기했다. "다행히도 붉은 여단이 알도 모로**를 납치해서 놈들의 연정을 막았어요. 물론 붉은 여단이 알도 모로를 죽이긴 했지만 그건 교황의 잘못이고, 협

---

* 이탈리아기독교민주당. 중도파 보수정당.
** 이탈리아 총리를 지낸 정치가.

상을 거부한 더러운 안드레오티*의 잘못이라고요."

루치아노는 그녀가 프랑스인들과 애기를 나누는 것을 듣고 손짓하며 그녀를 불렀다. "*Ma, che dici! La Brigate Rosse sono degli assassini!(이봐, 뭔 소리를 하는 거야! 붉은 여단은 살인자 집단이야!)* 알도 모로를 죽였다고. 그리고 자동차 트렁크에 처박아 놓았지. 마치 개처럼 말이야!"

젊은 여자는 태도가 돌변하여 소리를 질렀다. "*Il cane sei tu!(개는 당신이야!)* 붉은 여단은 전쟁을 하고 있었어요. 알도 모로를 수감된 동료와 맞바꾸자고 했죠. 그들은 55일 동안이나 기다렸어요! 거의 두 달 동안 정부가 협상에 나서주기를 기다렸는데 정부는 거절했죠. 포로 한 명도 내줄 수 없다고 했어요. 안드레오티가 그렇게 말했다고요. 모로는 간청했죠. 동지들, 저를 구해주시오. 저는 아무런 죄가 없어요. 제발 협상에 나와주시오! 하지만 모로의 친구들은 이렇게 말했어요. 저 친구 제정신이 아니군. 약을 먹었어. 강요를 받아서 변절했어. 내가 아는 알도가 아니야. 그렇게 말했다고요. *sti figli di putana(창녀 새끼들처럼)!*"

그녀는 침을 뱉는 시늉을 하고는 포도주 잔을 들어 단숨에 비워버렸다. 그러고는 웃으며 시몽을 향해 몸을 돌렸다. 루치아

---

* 이탈리아의 총리를 세 번 지낸 정치인. 마피아와 연루된 혐의로 기소되었으며 이탈리아의 대표적인 부패 정치인으로 여겨짐.

노는 투덜거리며 다시 테이블을 보고 타로카드 게임을 이어갔다.

그녀의 이름은 비안카였다. 눈은 아주 까맣고 이빨은 아주 하얬다. 나폴리 태생으로 정치학을 전공하고 있으며, 기자가 되고 싶다고 했다. 물론 부르주아 언론에서는 일하지 않을 작정이다. 시몽은 바보처럼 웃으며 고개를 끄덕였다. 뱅센에서 논문을 쓰고 있다고 말하자 비안카는 박수를 치며 좋아했다. 3년 전 이곳 볼로냐에서 대규모 학회가 열렸을 때 많은 프랑스 지성인들을 봤다고 했다. 가타리, 사르트르, 그리고 흰 셔츠를 입고 다니는 레비…. 그녀는 '로타 콘티누아'*를 주제로 사르트르와 시몬 드 보부아르를 인터뷰했다. 그녀는 사르트르처럼 검지를 치켜들고 그가 한 말을 흉내 냈다. "저는 젊은 투사가 공산당이 지배하는 도시의 거리에서 살해당했다는 것을 받아들일 수가 없습니다." 그리고 선언. "저는 젊은 투사의 편에 서겠습니다." 아, 너무 멋졌어요! 그녀는 가타리가 마치 록스타처럼 열광적인 환호를 받은 것도 말해주었다. 존 레논이 온 것 같았죠. 사람들이 광분했으니까요. 한번은 가타리가 시위에 참가했다가 베르나르-앙리 레비를 만났어요. 그를 행렬에서 떠나게 했죠. 학생들이 너무 흥분했는데 레비가 흰 셔츠를 입고 있었거든요. 하마터면 폭행을 당할 뻔했죠. 비안카는 소리를 내어

---

* 이탈리아 급진 좌파 단체. 지속적 투쟁이라는 뜻.

웃음을 터뜨리고 프로세코를 또 한 잔 마셨다.

하지만 바야르와 이야기를 나누던 엔초가 대화에 끼어들었다. "붉은 여단? 좌파 테러리스트, 테러리스트는 테러리스트지. 안 그래?"

비안카가 다시 화를 냈다. "무슨 테러리스트? 격렬하게 행동하는 투사들이지."

엔초는 쓴웃음을 지었다. "그래, 모로는 자본의 개였고 말이야. 양복을 차려입고 넥타이를 맨 도구에 불과했지. 아녤리*와 미국인들의 손에 놀아난 한낱 도구. 하지만 그 넥타이 뒤에는 분명히 한 명의 인간이 있었어. 모로가 아내와 손자에게 편지를 쓰지 않았더라면… 우리는 틀림없이 그의 도구로서의 면모만 봤겠지. 인간으로서의 면모는 생각도 못 했을 테고. 그래서 그의 친구들은 여론이 불리해질까 봐 겁을 먹은 거야. 그들은 모로가 강제로 편지를 썼다고 말했지. 하지만 모두 다 알 수 있었어. 아니구나, 이 단어들은. 이건 감시인이 쓰게 한 말이 아니구나. 이건 곧 죽게 될 불행한 남자가 쓴 편지임을 알 수 있었어. 넌 그를 죽인 붉은 여단 친구들에게 동조하는 거지? 네 친구들이 손자를 사랑한 노인을 죽였다는 걸 잊고 싶어서 편지에 관해서는 생각도 하기 싫지? 네 뜻이 그렇다면 뭐."

---

* 움베르토 아녤리. 이탈리아 기업인.

비안카의 눈이 이글거렸다. 이야기가 이렇게 돌아간다면 그녀에게 남은 방법은 하나, 감성적인 면에서 상대방을 앞서는 것이었다. 하지만 지나쳐선 안 된다. 어쨌든 감성적인 정치 이야기는 교리 문답서처럼 너무나도 당연한 소리로 들릴 위험이 있기 때문이다. "하지만 그 손자는 잘 극복할 거야. 최고의 학교에 다닐 테고 굶주림이 뭔지 절대 모를 테지. 유네스코나 나토, 유엔, 로마, 제네바, 뉴욕, 어디서든 원하는 데서 연수를 받을 테고. 너 나폴리 가본 적 있어? 정부가, 안드레오티와 그놈 친구 모로의 정부가 방치한 다 쓰러져 가는 집에서 자라는 아이들을 봤어? 기독교민주당의 정책이 얼마나 많은 여자들과 아이들을 절망 속에 방치했는지 알아?"

엔초는 비안카의 잔을 채워주며 쓴웃음을 지었다. "악으로 악에 맞서겠다니. 진심이야?"

그때 테라스에서 세 명의 젊은이 중 한 명이 무릎에 있던 냅킨을 던져버리면서 일어나더니, 목에 두르고 있던 스카프로 얼굴의 아랫부분을 가렸다. 그러고는 카드놀이를 하는 테이블로 성큼성큼 다가와 주점 주인에게 권총을 겨누고 그의 종아리를 쐈다.

루치아노는 헐떡거리며 바닥에 쓰러졌다.

바야르는 무기가 없었고 소란이 벌어지는 바람에 그들을 잡을 수 없었다. 남자는 나머지 두 명의 친구들과 함께 한 손에 연기가 피어오르는 총을 들고 거리로 나갔다. 그들은 눈 깜짝할 사이에 사라져버리고 말았다.

주점은 공포에 사로잡힌 분위기가 아니었다. 카운터 뒤에 있던 노파가 소리를 지르며 루치아노에게 달려오긴 했지만 홀에 있던 학생들이나 노인들 모두 큰 소리로 노래를 부르고 있었다. 루치아노는 어머니를 밀어냈고 엔초는 비안카에게 비꼬는 듯 이탈리아어로 말했다. "*Brava, Brava!(훌륭하군, 훌륭해!)* 계속 변호해보지 그래? 네 친구들인 붉은 여단 말이야. 루치아노에게 벌을 줄 필요가 있었나 보지? 정말로? 더러운 자본주의 주점의 주인이라 이건가? 그런 거야?" 비안카는 바닥에 쓰러진 루치아노를 살펴보며 엔초에게 이탈리아어로 대답했다. 이게 꼭 붉은 여단과 관련된 사건인지 단정할 수 없으며, 극좌파나 극우파에 P38을 휘두르며 폭력을 쓰는 단체가 수백여 개는 된다고. 루치아노는 어머니에게 말했다. *Basta, mamma!(됐어요, 엄마!)* 가엾은 노파는 흐느끼고 있었다. 비안카는 붉은 여단이 루치아노를 총으로 쏠 이유가 전혀 없다고 생각했다. 그녀가 수건을 가져와 지혈을 하려고 애쓰는 동안 엔초는 그녀가 이 사건을 극좌파나 극우파 어느 한쪽의 소행으로 확신하지 못한다는 단순한 사실만으로도 문제가 뭔지 알 수 있다고 했다. 누군가 경찰에 전화해야 한다고 말했지만 루치아노가 단호하게 일축했다. *Niente polizia.(경찰은 안 돼.)* 바야르는 상처를 들여다봤다. 총탄은 무릎 윗부분, 허벅지에 맞았다. 출혈 양상을 보니 대퇴부 동맥을 건드린 것 같지는 않다. 비안카는 시몽도 이해할 수 있도록 엔초에게 프랑스어로 말했다. "너도 알잖아. 압박 전략. 폰타나 광장 사건 이후로는 계속 이런 식이잖아." 시몽은 그게 무슨 사건인지 물었다. 엔초가 1969년 밀라노에서 일어난 사건을 설명해줬다. 밀라노의 폰타나 광장 인근에 있는 은행에서 폭탄이 터져 15명이 죽은 참사였다. 비안카가 덧붙였다. "수사 과정에서 경찰이 무정부주의 노조원을 한 명 죽였어요. 경찰청 창문 밖으로 던져서요. 사람들은 무정부주의자들이 범인이라고 했지만, 진짜 범인은 극우파였어요. 정부는 공범이었고요. 극좌파에 불리한 여론을 조성하고 파시스트 경찰을 정당화하려고 폭탄을 터뜨렸죠. 그게 바로 압박 전략이에요. 10년 전부터 사용하고 있죠. 심지어 교황도 공범이에요." 엔초가 확인해주었다. "맞아요. 폴란드 사람이거든요." 바야르가 물었다. "어, 저기, 이런 식의 '처벌'*은 자주 일어나는 일인가요?" 비안카는 허리띠로 지혈대를 만들며 생각했다. "아니요. 그렇게 자주 일어나는 편은 아니에요. 1주일에 한 번도 안 돼요."

루치아노가 죽음의 문턱에 있는 것으로 보이진 않았기 때문에 사람들은 하나둘씩 제 갈 길을 가기 시작했다. 시몽과 바야

---

* 불어로는 jambisation. 죽이지는 않고 경고를 주거나 징벌하는 차원에서 다리를 쏘는 공격.

르는 드로게리아 칼조라리로 가려고 나섰고, 아직 집에 들어갈 생각이 없었던 엔초와 비안카도 그들을 따라나섰다.

19시 42분

바야르와 시몽은 꿈속에서처럼 멍한 상태로 볼로냐 거리를 걷고 있다. 저녁 무렵 볼로냐의 거리는 마치 그림자 극장 같았다. 정체를 알 수 없는 그림자들이 신비한 안무에 맞춰 배경에서 춤을 추는 듯했고, 학생들이 기둥 뒤에서 나타났다가 사라졌다. 마약 중독자와 창녀들은 건물의 아치형 입구 아래 서 있고 헌병들이 빈 거리를 오가며 순찰을 돌았다. 시몽은 고개를 들었다. 중세에 지어진 두 개의 아름다운 탑이 솟아올라 문을 이루고 있다. 한때 이 문을 기점으로 비잔틴 제국의 라벤나로 통하는 길이 뻗어 있었다. 두 번째 탑은 피사의 사탑처럼 기울어 있으며 첫 번째 탑보다 더 작아서 '잘린 탑' 혹은 반쪽짜리 탑이라 불린다. 이 탑이 아직 높고 위엄을 갖추고 있었을 적에 단테는 신곡의 '지옥' 편에서 탑을 이렇게 묘사했다. "아래에서 올려다봤을 때 탑이 기운 방향으로 구름이 흘러가면 마치 탑 자체가 반대 방향으로 이동하는 것처럼 보인다." 붉은 여단을 상징하는 별이 붉은 벽돌벽에 그려져 있다. 멀리서 경찰의 호루라기 소리와 공산주의자들의 합창 소리가 들려온다. 걸인 한 명이 바야르에게 다가와 담배 한 대를 구걸하며 혁명을 일으켜야 한다고 말했지만, 알아듣지 못하는 바야르는 그저 성큼성큼 앞으로 걸어갈 뿐이다. 건물 1층의 아케이드는 끝도 없이 길게 이어져 있다. 시몽은 벽과 아케이드 천장의 나무 들보에 붙어 있는 선거 벽보를 보며 생각한다. 공산주의 이탈리아에 온 다이달로스와 이카로스로군. 이탈리아의 모든 도시가 그렇듯이 도시의 진짜 주민인 고양이가 유령 같은 사람들 사이에 섞여 있다.

드로게리아 칼조라리의 유리창은 캄캄한 저녁 하늘 아래서 환하게 빛나고 있다. 안에는 교수와 학생들이 포도주를 마시고 가벼운 스낵을 먹고 있다. 주인은 곧 문을 닫을 것이라 했지만, 안의 떠들썩한 분위기를 보건대 설득력이 없었다. 엔초와 비안카는 마나레시 한 병을 주문했다.

턱수염이 덥수룩한 남자가 재미있는 이야기를 하고 있는지 모든 사람들이 웃고 있었다. 장갑을 낀 사람 한 명과 끈이 긴 가방을 멘 사람 한 명만이 웃지 않았다. 엔초가 시몽과 바야르를 위해 통역해주었다. "어떤 남자가 저녁에 술에 잔뜩 취해서 집으로 가는 길에 검은 모자를 쓰고 망토를 입은 수녀님과 마주쳤어요. 그는 곧바로 수녀님에게 달려들어서 얼굴을 힘껏 때렸죠. 수녀님을 마구 때려서 쓰러지자 일으켜주며 말했습니다. '근데 배트맨, 난 네가 좀 더 셀 줄 알았어.'" 엔초도 웃고 시몽도 웃었다. 바야르는 웃을 뻔했다.

턱수염은 안경을 낀 젊은 여자, 그리고 대학생과 분위기가 비슷하지만 나이가 더 들어서 한눈에도 교수처럼 보이는 남자와 얘기하고 있었다. 그는 잔에 있던 포도주를 다 마시고는 카운터에 놓인 병을 집어 다시 자기 잔에 따랐다. 그러나 여자와 교수의 잔에는 따르지 않았다. 바야르는 포도주의 라벨을 읽었다. 빌라 안티노리. 그는 종업원에게 저 포도주가 맛있냐고 물어보았다. 아뇨. 저건 토스카나의 백포도주예요. 그다지 맛있다고 할 순 없어요. 종업원이 완벽한 프랑스어로 대답했다. 그의 이름은 스테파노이고 정치학 전공이다. "이곳은 누구나 다 학생이고 정치에 관심이 많죠." 그가 바야르에게 말했다. 그리고 건배하며 말했다. "*Alla sinistra!*"(*좌파를 위하여!*) 바야르도 잔을 부딪치며 말했다. "*Alla sinistra!*" 주점 주인은 걱정스러워졌다. "*Piano col vino, Stefano!*(*포도주는 적당히 마셔라, 스테파노!*)" 스테파노가 웃으며 말했다. "신경 쓰지 마세요. 아버지예요."

장갑을 낀 남자가 안토니오 네그리*의 석방을 외치며 글라디오 작전**의 배후에 극우파를 지원하는 CIA가 있다고 비난했다. "*Negri complice delle Brigate Rosse, è altrettanto assurdo che Trotski complice de Stalin!*" (*네그리와 붉은 여단이 공범이라는*

---

* 이탈리아의 정치학자, 사회학자, 윤리학자. 알도 모로의 암살 사건을 주도한 붉은 여단의 수괴로 기소되어 체포되었다.
** 나토에서 구상한 냉전 기간 이탈리아의 '막후 지원' 작전.

주장은, 트로츠키와 스탈린이 공범이라는 주장과 다를 바 없는 개소리입니다!)

비안카의 성난 목소리. "*Gli stalinisti stanno a Bologna!*" (볼로냐에 스탈린주의자라니!)

엔초는 어떤 젊은 여자에게 다가가서 그녀의 전공을 알아맞히려 시도하며 수작을 걸었다. 물론 단번에 성공했다. (정치학.)

비안카는 시몽에게 설명했다. 이탈리아에서는 공산당의 세력이 매우 커서 당원이 50만 명가량 되는데, 프랑스와 달리 2차 대전이 끝난 1944년에 무기를 반납하지 않아서 어마어마한 양의 독일제 P38이 유통되고 있다. 볼로냐 공산당은 이탈리아 공산당의 축소판 같다. 시장도 공산당원이지만 현재의 실세인 아멘돌라*를 위해 일하고 있다. "공산당에 몸담은 우파지요. 더러운 타협가." 비안카는 뽀로통하게 말했다. 바야르는 그녀가 하는 모든 말을 멍하니 듣고 있는 시몽을 흘끗 보고는 그의 쪽으로 포도주 잔을 들며 말했다. "어이, 좌파, 볼로냐가 마음에 들어? 난장판 뱅센에 있을 때보다 좋아 보이는데?" 비안카가 눈을 반짝이며 말했다. "뱅센이요…? 아! 들뢰즈!" 바야르는 종업원 스테파노에게 움베르토 에코를 아는지 물어보았다.

이때 샌들을 신은 히피 한 명이 들어와서 곧바로 턱수염에

---

* 조르조 아멘돌라. 이탈리아의 저술가, 정치가. 온건 좌파.

276

게 걸어가 어깨를 두드렸다. 턱수염이 뒤를 돌아보자 히피는 엄숙한 표정으로 바지 지퍼를 열고 그의 다리에 오줌을 누었다. 턱수염은 소스라치게 놀라 뒷걸음질을 쳤고 이를 본 사람들이 소리를 질렀다. 잠시 혼란스러웠던 순간이 지나고 주인의 아들들이 달려와 히피를 끌어냈다. 사람들이 불평하는 턱수염 주변에 몰려들었다. *"Ma io non parlo mai di politica!"*(경찰한테 *알리진 않겠어!)* 히피는 문밖으로 끌려 나가면서 턱수염에게 소리 질렀다. *"Appunto!"*(당연히 그래야지!)

스테파노는 히피를 문밖으로 쫓아낸 후 다시 카운터로 돌아와서 턱수염을 가리키며 바야르에게 말했다. "움베르토요? 저 사람이에요."

끈이 긴 가방을 메고 있던 남자가 가방을 카운터 아래에 놔두고 나갔지만 다행히도 다른 사람들이 가방을 발견하고 그에게 갖다 주었다. 그는 혼란스러운 얼굴로 어색하게 고맙다고 하며 밤거리로 사라졌다.

바야르는 턱수염에게 다가갔다. 그는 바지를 닦는 시늉을 하고 있었다. (오줌이 이미 천에 스며들어서 소용이 없었기 때문이다.) 바야르는 명함을 꺼냈다. "무슈 에코? 프랑스 경찰입니다." 에코는 멈칫했다. "경찰? 그럼 저 히피를 잡았어야죠!" 그러나 에코는 드로게리아에 가득한 좌파 대학생들을 의식하고 더 이상 경찰이란 단어를 언급하지 않기로 했다. 바야르는 그에게 이탈리아에 온 이유를 간략하게 설명했다. 바르트가 자신에게 불행한 일이 닥치면 움베르토 에코를 만나라고 한 청년에게 말했다. 그런데 그 청년마저 죽었다. 바르트의 이름을 듣고 에코는 정말로 놀란 표정이 되었다. "롤랑? 잘 알긴 하지만 그렇다고 아주 가까운 친구는 아닙니다. 아주 끔찍한 일이군요. 하지만 사고로 죽은 것 아니었나요?"

바야르는 또 다시 엄청난 인내심을 발휘해야 하리라는 것을 알았다. 그는 잔에 있던 포도주를 마저 마시고 담배 불을 붙이고는 장갑을 낀 남자가 유물사관을 강론하며 팔을 움직이는 것을 보았다. 엔초는 정치학을 공부하는 여학생에게 수작을 걸고 있었고, 여학생은 머리를 만지작거리며 그의 말을 듣고 있었다. 시몽과 비안카는 '바람직한 자치 정부'에 건배하고 있었다. 바야르는 말했다. "잘 생각해보세요. 바르트가 당신을 만나라고 한 이유가 분명히 있을 겁니다. 당신을 콕 집어 말한 이유가요."

그러고 나서 그는 에코가 하는 말을 들었다. 방금 한 질문의 대답은 아니었다. "롤랑…. 그가 견지했던 기호학의 위대한 가르침은, 손가락으로 세상의 어떤 한 가지를 가리키고 그 속에 숨은 의미를 탐구하는 거였지요. 그는 항상 이렇게 말했습니다. 기호학자는 거리를 산책하다가도 어떤 사건을 보면 그 이면의 상징을 느낄 수 있다고요. 옷 입는 방식, 잔을 잡는 방식, 걷는 방식이 있듯이 말하는 데에도 방식이 있다고 했죠. 예를 들어 당신이 알제리에서 전쟁을 치렀다는 것을 알 수 있고…."

"네, 됐습니다. 이미 알아요." 바야르가 투덜거렸다.

"그래요? 좋아요. 동시에 그는 문학 작품 속 어떤 말의 의미를 한 가지로만 생각하지 않는 걸 선호했어요. 하지만… 여러 의미를 생각해보는 걸 좋아했죠. 이해하셨나요? 훌륭하군요. 그래서 그는 일본을 무척 좋아했어요. 어떤 암호든 상징이든 그가 전혀 알지 못하는 세계니까요. 배신할 가능성도 전혀 없고, 이데올로기나 정치성 문제를 고민할 필요도 없고. 단지 미학적인 부분만 생각해도 됐죠. 인류학적인 부분하고요. 아, 인류학적 부분은 없을지도 모릅니다. 그저 순수하게 해석하는 기쁨. 그것이 무엇을 의미하는지 고민할 필요가 없는 해방감. 그는 종종 말했어요. "무엇보다도 지시 대상이란 걸 없애버려야 해!" 하하하하. 하지만 조심하세요. 그렇다고 해서 일본어에 상징을 담은 단어가 없다는 뜻이 아닙니다. 모든 언어에는 상징적으로 의미하는 바가 있어요. (그는 백포도주를 한 모금 삼켰다.) 모든 것에요. 물론 무한대로 의미를 확대해볼 수 있다는 뜻은 아닙니다. 유대교 율법학자들이나 그렇게 생각하겠죠. 모세의 율법을 여러 가지 새로운 방법으로 해석해서 새로운 의미를 만들어내니까요. 성 아우구스티누스도 마찬가지로 성경이 '무한한 의미를 지닌 숲'이라고 생각했죠. 성 제롬은 '무한한 감각의 밀림'이라고 했고요. 하지만 이 표현들은 맥락상 읽어선 안 되는 글들을 못 읽게 하기 위해서 왜곡한 것일 수도 있어요. 해석상의 오류라고 해도 말이죠. 무슨 말인지 이해하시나요? 어떤 해석이 가치가 있는지 없는지, 어떤 해석이 가장 좋은 해석인지 말할 수는 없지만, 텍스트의 원래 맥락과 방향이 다른 해석이라면 거부했던 겁니다. 즉 기호학자들이 아무 말이나 할 수는 없다는 거죠. 어쨌든 바르트는 아우구스티누스주의자였어요. 유대교 율법학자가 아니었습니다."

선반에는 포도주 병들이 가지런히 놓여 있고 청년들의 젊고 활기찬 몸에서는 미래에 대한 희망이 보이는 이곳, 여러 사람들의 대화 소리와 잔 부딪치는 소리가 울리는 이 공간에서 에코가 이야기를 하는 동안 바야르는 장갑을 낀 남자가 맞은편 사람에게 무언가 알 수 없는 주제에 관해 길게 말하는 모습을 보았다.

바야르는 기온이 30도인데 왜 저 남자는 장갑을 끼고 있을까 하는 생각을 했다.

에코와 시시껄렁한 농담을 주고받았던 교수가 끼어들어 유창한 프랑스어로 말했다. "움베르토 당신도 알겠지만, 문제는 바르트가 소쉬르의 방식으로 기호를 연구하는 사람이 아니었다는 거지. 바르트는 엄밀히 말해 상징을 연구했어. 주로 지표를 연구했지. 지표를 해석하는 것은 사실 기호학이 아니야. 지표를 해석하는 건 모든 학문의 임무지. 물리학, 화학, 인류학,

지질학, 경제학, 문헌학…. 바르트는 기호학자가 아니었어, 움베르토. 그는 기호의 특수성을 이해하지 못했지. 청자가 끄집어낸 우연한 흔적에 불과한 지표와는 달리, 기호는 화자가 의도적으로 집어넣어야 하는 것이거든. 그는 그저 약간 영감이 있는 일반 학자였을 뿐. 결국은 한물간 평론가였어. 바르트가 저항했던 피카르나 다른 평론가들과 마찬가지로 말이야."

"*Ma no,*(그렇지 않아) 조르주 자네가 틀렸어. 지표 해석은 모든 학문에서 하는 게 아니야. 모든 학문에 기호학과 기호학의 가장 본질적인 부분이 필요한 순간이 있다는 거지. 롤랑 바르트의 《신화론》은 정말이지 뛰어난 기호학 분석이었어. 의미의 주고받음은 일상생활에서 계속되니까. 그리고 그 의미가 늘 분명하게 의도를 명시하는 것도 아니고. 왜냐하면 '자연스러움'으로 포장하기 위해 사상적 본질을 가려버릴 때가 많거든."

"아, 그래? 확실해? 난 자네가 일반 인식론에 불과한 것을 왜 굳이 기호학이라 부르겠다고 고집하는지 이해할 수가 없군."

"바로 그거야. 기호학은 학문을 어떻게 활용할 것인가를 인식하게 해주는 도구를 제공해주지. 무엇보다도 세상을 보고 인식하게 만들어준다고. 상징적 사실이 가득한 전체로서 말이야."

"그럼 이 경우에 기호학이란 모든 학문의 어머니라고 부를 수 있다는 건가?"

움베르토는 손바닥을 펴고 팔을 벌려 웃으며 소리쳤다.

"*Ecco(그거야)!*"

병뚜껑을 따는 소리가 이어졌다. 뽁 뽁 뽁. 시몽은 비안카의 담배에 불을 붙여주었다. 엔초는 여대생에게 입을 맞추려 했지만 그녀는 웃으며 피하고 있었다. 스테파노는 여러 손님들의 시중을 들고 있었다.

바야르는 장갑을 낀 남자가 포도주가 남아 있는 잔을 내려놓고 주점을 나서는 것을 보았다. 주점의 카운터는 사람들이 드나들 수 없게 되어 있어서 안쪽으로 가는 게 불가능했다. 바야르는 아마도 손님용 화장실이 없을 것이라고 생각했다. 즉여러 상황을 볼 때, 장갑을 낀 남자는 좀 전의 히피 같은 짓을하는 대신 밖에서 볼일을 보려고 하는 거겠지. 바야르는 잠시기다렸다가 마음을 정했다. 그는 카운터에서 티스푼을 집어 들고 밖으로 나갔다.

장갑을 낀 남자는 멀리 있지 않았다. 주점 앞은 사방이 캄캄한 작은 골목길이었다. 그는 벽에 붙어서 오줌을 누고 있었다. 바야르는 그의 머리카락을 움켜쥐고 뒤로 쓰러뜨린 뒤 얼굴에 대고 말했다. "넌 오줌 눌 때도 장갑을 끼나? 손을 더럽히는 게싫어서 그래?" 남자는 중간 정도의 체격이었지만 너무 놀라서맞서 싸우거나 소리를 지르지도 않았다. 그는 단지 겁에 질린눈을 이리저리 굴리기만 했다. 바야르는 무릎으로 그의 가슴을찍어 눌러 꼼짝 못 하게 하고는 그의 손을 잡았다. 그는 남자의 왼손 가죽 장갑 안에 뭔가 물컹한 것이 있다고 느끼며 장갑을 벗겨냈다. 약지와 새끼손가락이 한 마디씩 잘려나가고 없었다.

"그래서? 너도 나무 자르는 걸 좋아한다고 말하려고?"

그는 축축해진 바닥에 남자의 머리를 박았다.

"집회는 어디에서 열리지?"

장갑을 낀 남자가 내뱉는 소리를 알아들을 수가 없어서 바야르는 그를 누르고 있던 힘을 뺐다. "*Non lo so! Non lo so(몰라요! 모른다고요)!*"

바야르는 볼로냐의 거리를 떠도는 폭력의 기운에 전염이 되어서인지 인내심이 완전히 사라진 듯했다. 그는 조끼 주머니에서 티스푼을 꺼내 남자의 눈 아래를 찔렀고, 남자는 겁에 질린 새처럼 끽끽거렸다. 바야르의 뒤에서 시몽이 소리를 지르며 뛰어왔다. "자크! 자크! 뭐하는 거예요?" 시몽이 바야르의 어깨를 잡았지만 훨씬 힘이 센 바야르를 멈출 수 없었다. "자크! 제기랄! 당신 미쳤어요?"

바야르는 눈 아래에 숟가락을 더 세게 눌렀다.

질문을 반복하지도 않았다.

그는 절망과 고뇌를 최대한 빠르게 최고도로 느끼게 하고 싶었다. 불시에 놀라게 한 것도 한층 더 효과를 극대화했다. 알제리에서처럼 효율적으로 일하고 싶었다. 남자는 1분 전까지만 해도 평화로운 저녁 시간을 보내고 있었다. 하지만 오줌을 누는 사이에 어디선가 갑자기 튀어나온 프랑스 남자가 눈을 도려 내려 하고 있었다.

바야르는 겁에 질린 남자가 자신의 눈과 생명을 구하기 위해 마침내 지푸라기라도 잡을 준비가 되어 있다는 것을 느끼고 마침내 구체적인 질문을 했다.

"로고스 클럽의 집회 말이야, 멍청한 놈아. 어디에서 하지?" 손가락이 잘린 남자는 알아들을 수 없는 말을 웅얼거렸다. "*Archiginnasio! Archiginnasio!*" 바야르는 그의 말을 이해할 수 없었다. "아르키 뭐라고?" 그의 뒤에서 시몽이 아닌 다른 사람의 목소리가 들렸다. "아르키진나시오 궁전. 옛날엔 대학교 건물이었죠. 마조레 광장 뒤에 있습니다. 테리빌리아*Il terribilia* 라고 알려진 건축가 안토니오 모란디가 세운 건물이죠. 그런데 왜…."

바야르는 뒤를 돌아보지 않고도 에코의 목소리인 것을 알아들었다. 에코가 질문했다. "왜 그분을 고문하시는 거죠?"

바야르가 설명했다. "오늘 밤 로고스 클럽의 집회가 볼로냐에서 열리기 때문이요." 장갑 낀 남자가 거친 숨을 내쉬었다.

시몽이 물었다. "그걸 어떻게 알았죠?"

"우리가 알아냈어."

"'우리'라고요? 혹시 RG(공안과) 말하는 거예요?"

시몽은 드로게리아에 있는 비안카를 떠올리고 모두에게 프랑스 공안과에서 일하는 게 아니라고 말하고 싶었지만, 신원이 밝혀질 위험이 있고 자기 자신의 정체성에 점점 의문이 커져가고 있었으므로 조용히 있기로 했다. 또한 그들이 볼로냐에 온 이유가 단지 에코를 조사하기 위해서만은 아니었다는 사실도 알게 되었다. 한편으로는 에코가 로고스 클럽에 관해 아무런 질문도 하지 않은 것을 깨달았다. 그래서 본인이 직접 질문을 하기로 했다. "로고스 클럽에 대해 무엇을 알고 계시나요, 무슈 에코?"

에코는 수염을 어루만졌다. 헛기침을 하고는 담배에 불을 붙였다.

"아테네의 중심지에는 세 가지 축이 있었습니다. 체육관, 극장, 그리고 수사학 학교죠. '관람'의 사회를 살아가며, 군중에게 이름과 얼굴을 알리는 자에게도 고대의 세 가지 축의 흔적이 남아 있죠. 다시 말해 스포츠 선수, 배우, (가수나 연극배우도 다 포함됩니다.) 그리고 정치인입니다. 그중 세 번째, 즉 정치인은 지금까지 항상 가장 강한 존재였죠. (로널드 레이건의 경우에서 보듯 세 부류의 경계가 항상 뚜렷한 것은 아니에요.) 왜냐하면 정치인은 가장 강력한 무기를 가지고 있으니까요. 바로 말, 언어입니다."

"고대부터 현재까지 언어의 힘을 가진 자가 정치판의 기저에서 항상 가장 막강한 권력을 행사했어요. 심지어 물리적 힘

285

과 군사력의 우위로 지배가 결정되던 중세 봉건시대에도 마찬가지였죠. 마키아벨리는 로렌초 데 메디치에게 통치는 힘이 아니라 두려움으로 하는 것이고 힘과 두려움은 같은 게 아니라고 했어요. 두려움이란 힘의 담론에서 생겨나는 산물입니다. 당시에는 연설을 잘하는 자가 두려움과 사랑을 일으키는 능력으로 세계를 지배했어. 그렇지 않습니까?

이런 마키아벨리적 전제에 따라, 그리고 점점 커져가던 기독교 세력을 억제하기 위해 반(反)주류의, 혹은 이단의 종파가 3세기에 '로지 콘실리움'이란 단체를 설립합니다. (그 이름은 언어의 지혜, 혹은 언어 집회라는 뜻입니다.)

로지 콘실리움은 이탈리아 전역과 프랑스로 번졌고, 18세기 프랑스 혁명 무렵에 로고스 클럽으로 이름을 바꾸었죠.

피라미드식으로 매우 세분화된 구조를 가지고 있으며, 마치 비밀 사회처럼 계속 뻗어 나갔어요. 맨 꼭대기에는 수장들이 있습니다. 모두 열 명이고 스스로를 소피스트라고 부르죠. 그중 우두머리는 '위대한 프로타고라스'라고 부릅니다. 그들은 자신의 웅변술을 정치적 야망을 이루기 위해 이용하죠. 전해 들은 바로는 클레멘스 6세, 비오 2세 같은 교황 몇 명도 이 자리를 거쳤다고 합니다. 셰익스피어나 라스 카사스 신부, 로베르토 벨라르미노(아마도 갈릴레이의 이론을 조목조목 반박했던 종교재판관이었죠, 들어보셨나요?), 에티엔 드 라 보에티, 주세페 카스틸리오네, 자크 베니뉴 보쉬에, 레츠 추기경, 스웨덴의 크리스티나 여왕, 카사노바, 드니 디드로, 보마르셰, 사드, 당통, 탈레랑, 보들레르, 에밀 졸라, 라스푸틴, 조레스, 무솔리니, 간디, 처칠, 말라파르테 같은 사람들이 로고스 클럽의 회원이었다고들 하죠."

시몽은 이 리스트에 정치인밖에 없다는 것을 알았다.

에코가 설명을 이어갔다. "사실 로고스 클럽 내에는 두 가지 큰 흐름이 있어요. 하나는 내재주의, 그들은 말로 경쟁하는 즐거움 그 자체를 목표로 삼지요. 나머지 하나는 기능주의, 그들은 웅변술을 목표에 도달하기 위한 수단으로 봅니다. 기능주의자들은 또다시 두 가지 계열로 나뉩니다. 마키아벨리주의자와 키케로주의자죠. 공식적으로 마키아벨리주의자들은 행동을 이끌기 위한 설득을 목표로 하고, 키케로주의자들은 도덕이나 신념을 위한 설득을 추구합니다. 키케로주의자들이 좀 더 도덕적인 경향이 있습니다만, 사실 현실에서 그 경계를 구분 짓기란 매우 어렵죠. 두 그룹 모두 권력을 얻거나 권력을 지키려고 한다는 공통점이 있기 때문에…."

바야르가 물었다. "그럼 당신은요?"

에코 : "저요? 저는 이탈리아 사람입니다. 그러니…."

시몽 : "마키아벨리와 키케로 모두 이탈리아 사람이죠."

에코가 웃었다. "*Si, vero.(네, 맞습니다.)* 어쨌든 굳이 따지자면, 저는 내재주의자라고 할 수 있죠."

바야르는 장갑을 낀 남자에게 입장에 필요한 암호가 무엇인지 물었다. 남자는 어느 정도 공포에서 벗어났는지 다시 새된 소리를 질렀다. "하지만 그건 비밀이라고요."

바야르 뒤에는 엔초, 비안카, 스테파노와 주점 손님의 절반이 소리를 듣고 무슨 일인지 살피러 나와 있었다. 모두들 움베르토 에코의 설명을 들었다.

시몽이 물었다. "중요한 회합인가요?" 장갑 낀 남자는 오늘 저녁 회합 참가자들의 수준이 높을 것이라고 했다. 소피스트 한 명, 어쩌면 위대한 프로타고라스가 참석할지도 모른다는 루머가 있기 때문이다. 바야르는 에코에게 회합에 함께 가자고 했다. 하지만 에코는 거절했다. "전 그 회합에 가본 적이 있습니다. 한때 로고스 클럽에 있었죠. 소피스트 바로 아래 단계인 '호민관'까지 올라갔어요. 손가락 하나도 잃지 않고 말이죠." 그는 자랑스럽게 손가락을 보여주었다. 장갑 낀 남자는 씁쓸한 표정을 감추려 했다. "하지만 연구할 시간이 너무 부족해져서 회합에 가는 걸 중단했어요. 그래서 오래전에 그곳에서의 계급을 잃었죠. 요즘 경기 참가자들의 수준이 어떤지 궁금하긴 합니다만… 내일 밀라노에 돌아가야 합니다. 11시에 기차가 있고, 그 전에 15세기 조각품에 대한 에크프라시스* 준비도 마쳐야 합니다."

바야르는 에코를 강제로 연행할 수 없었다. 그는 가능한 한 위협적이지 않은 어조로 말했다. "저희는 아직 선생님께 물어보고 싶은 게 잔뜩 있습니다. 무슈 에코. 언어의 7번째 기능에 관해서 말입니다."

에코는 바야르를 보았다. 그는 시몽에 이어 비안카, 장갑 낀 남자, 엔초, 엔초의 새 여자 친구, 프랑스인 동료 교수, 스테파노와 그의 아버지, 그리고 주점 앞 작은 골목길에 빼곡하게 모여 선 무리를 일일이 보았다.

"*Va bene.*(좋습니다.) 내일 10시에 역 대합실에서 만납시다. 2등석 대합실이에요."

그는 다시 주점으로 들어가 토마토와 참치 통조림을 산 뒤, 작은 비닐 봉투와 서류 가방을 들고 어둠 속으로 사라졌다.

시몽이 말했다. "통역이 필요할 거예요."

바야르 : "손가락 없는 애가 해줄 거야."

시몽 : "온전한 상태가 아닌 것 같은데요. 제대로 역할을 할지 모르겠어요."

바야르 : "알았어. 네 여자 친구 데려와."

엔초 : "저도 갈래요. 같이 가고 싶어요."

드로게리아의 손님들 : "저희도요. 저희도 가고 싶어요."

---

* 예술품을 이야기로 표현하는 것.

장갑 낀 남자는 여전히 땅에 처박혀서 손가락이 없는 손을 흔들었다. "이건 사적인 회합이에요! 이 사람들을 전부 데리고 들어갈 수는 없어요."

바야르가 그의 따귀를 갈겼다. "그건 별로 공산주의답지 않잖아. 자, 앞장서."

볼로냐의 무더운 밤. 작은 무리가 옛 대학교 건물을 향해 행군하고 있다. 멀리서 보면 마치 페데리코 펠리니 영화의 한 장면 같다. 그게 〈달콤한 인생〉인지 〈길〉인지는 잘 모르겠지만.

0시 7분

아르키진나시오의 입구. 작은 무리가 모여 있고 그 앞에 문지기가 있다. 구찌 선글라스를 끼고 프라다 시계를 차고 베르사체 정장에 아르마니 넥타이를 맸다는 점만 빼면, 다른 문지기와 분위기가 비슷하다.

장갑 낀 남자는 시몽과 바야르를 양옆에 세운 채 문지기에게 말했다. "*Siamo qui per il Logos Club. Il codice è fifty cents.*"(로고스 클럽 때문에 왔습니다. 암호는 50센트.)

문지기는 의심스러운 눈초리로 물었다. "*Quanti siete?*"(모두 몇 명이요?)

장갑 낀 남자가 뒤로 돌아서 일행의 수를 세었다. "*Ehm… Dodici.*"(음… 열두 명이요.)

290

문지기는 재미있다는 듯 입을 비죽거리며 입장이 불가능하다고 말했다.

엔초가 앞으로 나서서 말했다. "*Ascolta amico, alcuni di noi sono venuti da lontano per la riunione di stasera. Alcuni di noi sono venuti dalla Francia, capisci?*"(들어봐요, 동지. 오늘 밤 회합에 참가하러 멀리서부터 왔어요. 프랑스 지부에서 온 친구도 있고요. 알아들어요?)

문지기는 미동도 하지 않고 가만히 있었다. 프랑스 지부가 어쩌고 하는 말은 그다지 먹히지 않는 것 같았다.

"*Rischi di provocare un incidente diplomatico. Tra di noi ci sono persone di rango elevato.*"(외교 문제로 번질지도 몰라요. 높으신 분도 있다고요.)

문지기는 일행을 아래위로 훑어보며 불결한 무리밖에 안 보인다고 말했다. "그만!"

엔초는 포기하지 않고 말했다. "*Sei cattolico?*"(당신 가톨릭이죠?) 문지기는 선글라스를 들어 올렸다. "*Dovresti saperer che l'abito non fa il monaco. Che diresti tu di qualcuno che per ignoranza chiudesse la sua porta al Messia? Come lo giudicheresti?*"(옷차림으로 사람을 판단할 수 없다는 걸 아실 텐데요. 신의 사자를 알아보지 못하고 면전에서 문을 닫는 자한테 예수님께서 뭐라고 말하실까요? 과연 어떻게 심판하실까요?)

문지기는 부루퉁한 얼굴이었지만 엔초는 그가 갈등하고 있는 것을 알았다. 문지기는 오랫동안 생각한 끝에 '위대한 프로타고라스'가 익명으로 온다는 소문을 떠올렸다. 그는 마침내 일행에게 외쳤다. "*Va bene. Voi dodici. venite.*"(*좋아요. 당신들 열두 명. 들어오시오.*)

열두 명의 무리는 건물에 들어가 수없이 많은 문장(紋章)으로 장식된 돌계단을 올라갔다. 장갑 낀 남자는 그들을 해부학 강의실로 안내했다. 시몽은 그에게 왜 암호가 50센트(*fifty cents*)냐고 물었다. 장갑 낀 남자가 설명해주었다. 로고스 클럽의 이니셜 L과 C는 라틴어에서 각각 50(*fifty*)과 100(*cent*)을 뜻한다. 그래서 쉽게 외울 수 있도록 그렇게 정했다고 했다.

그들은 온통 목재로 만들어진 근사한 홀에 들어섰다. 이 해부학 강의실은 원래 원형극장으로 설계된 곳으로, 유명 해부학자와 의사의 목재 조각상으로 장식되어 있고 가운데에는 아마 시체를 해부하는 데 쓰였을 흰색 대리석 테이블이 있었다. 안쪽 끝에는 역시 나무로 된 인체 해부 조각상 두 개가 널찍한 판을 받치고 서 있고, 판 위에는 두꺼운 옷을 입은 여자의 조각상이 있었다. 바야르는 의술을 상징하는 조각상이라 생각했지만, 만약 그 여자가 눈을 가리고 있었다면 법과 정의를 상징하는 조각상이 될 수도 있었을 것이다.

계단식 좌석은 이미 거의 다 차 있었다. 심판단은 해부 조각상 아래의 약간 높은 의장석에 앉아 있었다. 사람들이 웅성거리는 가운데 관람객들이 계속해서 들어왔다. 비안카는 흥분해서 시몽의 소매를 잡아당겼다. "저기 좀 봐요! 안토니오니 감독이에요! 〈모험〉 봤어요? 아, 정말 훌륭한 영화예요. 모니카 비티하고 같이 왔네요. *Che bella!(너무 아름다워요!)* 그리고 저기, 보이세요? 심판단 속에 저기 저 남자 말이에요. '비포'*잖아요. 라디오 알리체 멤버였어요. 볼로냐에서 아주 유명한 자유 라디오 방송이죠. 3년 전 여기서 일어난 대규모 투쟁에 큰 역할을 했어요. 저 사람이 우리한테 들뢰즈, 가타리, 푸코를 알려줬고요. 저쪽은 파올로 파브리와 오마르 칼라브레제예요. 에코의 동료들이죠. 에코처럼 기호학자들이에요. 저 사람들도 아주 유명하답니다. 저 사람은 베르디글리오네예요. 마찬가지로 기호학자인데, 심리분석학자이기도 해요. 그리고 저기는 전(前) 산업부 장관 로마노 프로디예요. 여기서 뭘 하는 거죠? 아직도 연정을 해야 한다고 생각할까요? 웃기네요."

바야르가 시몽에게 말했다. "저기 좀 봐." 그는 계단식 좌석에 늙은 어머니와 함께 앉아 있는 루치아노를 가리켰다. 오스테리아 주점 주인 루치아노는 목발 손잡이에 턱을 받치고 담배를 피우고 있었다. 반대편에는 스카프를 두르고 루치아노에게

---

* 프랑코 '비포' 베라르디. 이탈리아의 마르크스주의 이론가, 자치주의 활동가.

총을 쏜 세 남자가 마치 아무 일도 없었다는 듯이 앉아 있었다. 그들은 거리낄 게 없는 사람들처럼 보였다. 참 이상한 나라야. 바야르는 생각했다.

자정이 지났다. 1977년에 볼로냐를 열광시켰던 라디오 알리체의 활동가 비포의 목소리가 시작을 알렸다. 그는 마키아벨리가 로렌초 데 메디치에게 결론을 말할 때 사용했던 페트라르카의 칸초네를 인용했다. "*Vertú contra furore / prenderà l'arme, et fia 'l combatter corto : / ché l'antico valore / ne gli italici cor' non è ancor morto.*" 분노에 맞서는 용기로 / 무기를 잡으리라, 투쟁은 짧을 것이다 / 이탈리아인의 가슴에 고대의 용기가 / 아직 살아 있기에.

비안카의 눈이 빛났다. 장갑을 낀 남자는 가슴을 펴고 양손의 주먹을 쥐어 허리에 받쳤다. 엔초는 드로게리아에서 꼬드긴 여학생의 허리에 팔을 둘렀다. 스테파노는 열광적으로 휘파람을 불었다. 원형의 홀 안에 애국심이 흘렀다. 바야르는 어두운 구석을 열심히 살폈지만 정작 누구를 찾아야 하는지 모르고 있었다. 시몽은 비안카의 구릿빛 피부와 목덜미 아래 고동치는 가슴에 마음을 빼앗겨 드로게리아에서 본, 끈이 긴 가방을 멘 남자를 알아보지 못했다.

비포가 첫 번째 주제를 제비로 뽑았다. 안토니오 그람시의 문장이었다. 비안카가 해석해주었다.

"위기란 옛것이 죽고 새로운 것이 태어나지 못하는 순간에 발생한다."

시몽은 문장을 곰곰이 생각해보았다. 바야르는 전혀 신경 쓰지 않고 방을 계속 살펴보았다. 그는 목발에 기댄 루치아노와 그의 어머니를 관찰했다. 안토니오니와 모니카 비티도 살폈다. 하지만 그는 눈에 띄지 않게 구석에 앉아 있는 솔레르스와 BHL은 보지 못했다. 시몽은 머릿속에서 문장을 분석했다. '그 순간?' 그는 속으로 삼단 논법을 전개했다. 우리는 위기 속에 있다. 우리는 차단되어 있다. 지스카르 같은 우파가 세상을 장악하고 있다. 엔초는 여학생의 입술에 입을 맞췄다. 우리는 어떻게 해야 할 것인가.

두 명의 대결 참가자가 나와서 마치 원형 경기장 아래의 결전장 같은 해부대 테이블의 양쪽 자리를 하나씩 차지하고 섰다. 아무래도 서서 대결을 하는 편이 관중 쪽을 향해 연설하기가 쉬울 것이다.

강의실 한가운데에 있는 해부대 테이블의 대리석이 하얗게 빛났다.

비포 뒤에는 인체 해부상이 버티고서 보이지 않는 문을 감시하는 듯했다. 해부상은 교회처럼 높이 솟은 강단(이전에 교수들이 차지했던 강단) 양옆을 차지하고 있다.

첫 발언자는 이탈리아 남부 풀리아 지방의 사투리를 쓰는

청년으로, 커다란 은제 버클로 장식된 허리띠를 매고 셔츠 앞
섶을 풀어 헤친 채 자신의 논리를 펴기 시작했다.

"지배계급이 사람들의 동의를 얻지 못한다면, 다시 말해 '통
치'가 아니라 '지배'를 하고 강요를 할 뿐이라면, 이것은 대다수
민중이 전통적 이데올로기에서 벗어나 이전의 신념을 버렸다
는 뜻입니다."

비포는 눈으로 강당 안을 훑었다. 그의 눈은 잠시 비안카에
머물렀다.

바야르는 비포가 비안카를 보는 것을 보았다. 어둠 속에서
솔레르스가 BHL에게 바야르를 가리켰다. 오늘 BHL은 자신의
정체를 드러내지 않기 위해 검은 셔츠를 입고 왔다.

젊은 대결 참가자는 천천히 제자리에서 돌며 호소했다. "우
리는 그람시가 어떤 병리 현상이 사람을 현혹시킨다고 보았는
지 알고 있습니다. 그렇지 않습니까? 그 현상이 오늘날에도 우
리를 위협하고 있지 않습니까?" 그는 잠시 뜸을 들였다가 소리
를 질렀다.

"*Fascismo!*"(파시즘!)

그는 마지막 한마디를 말할 때까지 청중들이 스스로 생각하
게 했고, 그럼으로써 모든 청중들이 마치 텔레파시가 통한 것
처럼 한순간에 같은 생각을 하도록 이끌었다. 파시즘이라는 생
각은 마치 소리 없는 파장처럼 방 안을 떠돌았다. 젊은 참가자

는 최소한 한 가지 (필수) 목표를 이루었다. 담화의 초점을 원하는 대로 맞춘 것이다. 동시에 담화를 최대한 드라마틱하게 만들었다. 아직도 왕성하게 번식하고 있는 파시스트의 위험성을 부각시킨 것이다.

끈이 긴 가방을 멘 남자는 무릎 위에 올려놓은 자신의 가방을 움켜쥐었다.

상아 담뱃대에 끼운 솔레르스의 담배는 희미하게 반짝였다.

"하지만 오늘날엔 그람시의 시대와 차이점이 있습니다. 우리는 더 이상 파시스트에게 위협을 받지 않습니다. 파시즘은 이미 국가의 한가운데 자리 잡았습니다. 거기에서 애벌레처럼 꿈틀거리고 있지요. 이제 파시즘은 위기에 빠진 국가와 대중 통제력을 상실한 지배계급이 만들어낸 재앙적인 결과물이 아닙니다. 파시즘은 더 이상 억압과 처벌이 아니며, 그 대신 지배계급이 진보 좌파 세력을 압박하기 위해 은밀하게 이용하는 보조 수단이 되었습니다. 이것은 더 이상 결속이라는 의미의 파시즘이 아니며,* 수치의 파시즘입니다. 음지의 파시즘, 병사가 아닌 부패한 관료를 위한 파시즘, 젊은이의 당이 아니라 노인의 당, 비밀경찰의 은밀하고 의심스러운 밀실의 파시즘, 아무것도 바뀌지 않기를 바라는 민족주의 고용주에 매수되어 이탈리아를 죽

---

* 이탈리아어로 파쇼는 결속, 한 묶음을 뜻한다.

이고 있는 파시즘, 식탁에서 우리를 불편하게 만들지만 그래도 가족이니 할 수 없이 초대하는 사촌 같은 파시즘입니다. 무솔리니의 파시즘이 아니라 P2*의 파시즘을 말하는 겁니다."

계단식 좌석에서 함성이 울려 퍼졌다. 풀리아 억양의 남자는 이제 결론을 내릴 참이다. "애벌레 같은 불완전한 형태의 성숙하지 못한 파시즘은 더 이상 위협이 되지는 못합니다. 하지만 국가 기구 전반에 침투해서 사회의 발전을 가로막고 있습니다. (풀리아 청년은 신중하게도 알도 모로의 연정을 언급하지 않았다.) 파시즘은 더 이상 위기를 틈타 닥쳐오는 위협이 되지 않습니다. 하지만 수년 전부터 이탈리아를 교착 상태에 빠뜨린 위기는 파시즘을 몰아내지 않고서는 해결할 수 없습니다." 그는 주먹을 쥐어 휘두르며 외쳤다. *"La lotta continua!"(투쟁은 계속될 것입니다!)*

그의 상대자는 현재 감옥에 갇혀 있는 안토니오 네그리의 견해를 펼칠 것이다. 즉 위기란 더 이상 주변 상황에서 오는 것이 아니고 주기적으로 찾아오지도 않으며 정부가 제 기능을 못해서 생기는 것도 아니다. 현 시대의 위기란 자본주의가 새로운 시장을 개척하고 노동력을 통제하기 위해 계속 진화하며 퍼져 나가는 과정에서 필연적으로 발생하는 현상이다. 대처의 당선

---

* 프로파간다 두에. 1945년부터 1976년까지 존속한 이탈리아 극우 비밀 단체. 유명 기자, 군인, 기업가, 정치인들이 주축이 되었다.

과 곧 일어날 레이건의 재선이 바로 그 징후이며, 레이건은 2 대 1의 표차로 압승을 거두리라 예상한다. 관중의 견해에 따르면 두 참가자는 상당히 수준 높은 논쟁을 할 테고 자신들이 모두 '변증법론자'(7개 등급 중 네 번째 등급)의 자격이 있음을 입증할 것이다. 하지만 풀리아 출신의 남자가 파시즘을 언급했다는 점에서 가산점을 얻을 것이다.

다음으로 이어진 '가톨릭 사상과 마르크스주의'라는 주제의 대결에서도 마찬가지였다. (이 주제는 이탈리아에서 오래된 논쟁거리다.)

첫 번째 발언자는 '아시시의 성 프란치스코'와 사유재산을 인정하지 않는 탁발 수도회, 파솔리니의 영화 〈마태복음〉, 노동자와 함께 생활하며 선교하는 노동 신부, 남아메리카의 해방 신학, 사원에서 상인들을 몰아내는 예수님에 관해 말하고, 예수 그리스도를 최초의 진정한 마르크스-레닌주의자라고 결론지었다.

해부학 강의실은 승리의 환호성으로 가득 찼다. 비안카는 흥분해서 요란하게 박수를 쳤다. 스카프를 쓴 청년들은 마리화나에 불을 붙였고 스테파노는 혹시나 해서 가져온 포도주를 땄다.

두 번째 발언자는 '민중의 아편'으로 시작해 프랑코와 스페인 내전, 교황 비오 12세와 히틀러, 바티칸과 마피아의 밀거래, 종교재판, 반종교개혁, 제국주의 전쟁의 사례로 들 수 있을 십자군, 화형을 당한 얀 후스, 브루노와 갈릴레이에 관해 이야기했지만 감명을 주지 못했다. 사람들은 모두 열광하며 자리에서 벌떡 일어나 이 상황과 아무런 상관도 없는 벨라 차오*를 부르기 시작했다. 관중의 힘으로 첫 발언자가 3 대 0 승리를 거뒀다. 하지만 비포는 개운치 못한 낯빛이었다. 비안카는 가슴이 터져라 노래를 열창했다. 시몽은 빛나는 비안카의 생기 넘치는 얼굴에 매료되어 그녀의 옆모습을 홀린 듯 쳐다봤다. (그는 비안카가 이탈리아 배우 클라우디아 카르디날레를 닮았다고 생각했다.) 엔초와 여대생도 노래했다. 루치아노와 그의 어머니도 노래했고 안토니오니와 모니카 비티도 노래했다. 솔레르스도 노래했다. 바야르와 BHL은 가사를 이해하려 애쓰고 있었다.

이어지는 논쟁은 젊은 여자와 나이 든 남자의 대결이었다. 질문은 '축구와 계급투쟁'이었다. 비안카는 시몽에게 '토토네로 스캔들'로 온통 떠들썩했다고 얘기해주었다. 승부 조작에 유벤투스, 라치오, 페루자, 볼로냐의 축구 선수들이 연루되었다.

여기에서도 사람들이 기대한 바와 다르게 젊은 여자가 승리했다. 그녀는 축구 선수들이 다른 사람들과 마찬가지로 프롤레타리아라고 했다. 클럽의 구단주가 그들의 노동력을 착취하고 있다고 했다.

---

* 제2차 세계대전 당시 이탈리아의 파시즘과 독일의 나치즘에 저항하던 파르티잔들이 부르던 노래.

비안카는 시몽에게 토토네로 스캔들 이후에 국가 대표 팀 공격수인 파올로 로시가 자격 정지 3년이라는 중징계를 받았고, 그 결과 스페인 월드컵에 참여하지 못하게 되었다고 했다. "당해도 싸요. 나폴리 이적을 거절했거든요." 시몽은 이유를 물었다. 비안카는 한숨을 쉬었다. "나폴리는 너무 가난한 팀이라 상위권 팀들과 경쟁할 수 없대요. 나폴리에는 영광의 순간이 결코 오지 않을 것이라나."

정말 재미있는 나라야. 시몽은 생각했다.

밤이 깊어갔다. 마침내 손가락을 걸고 논쟁할 시간이 되었다. 갈리에누스 황제, 히포크라테스, 이탈리아의 해부학자들, 앉아 있는 여자와 인체 해부상 등등 여러 조각상들이 침묵을 지키는 반면에 살아 있는 사람들은 왁자지껄했다. 담배를 피우고 술을 마시고 수다를 떨었다. 마치 소풍 나온 사람들 같았다.

비포가 대결 참가자들을 불렀다. 도전자는 변증법론자, 방어자는 소요학자였다.

한 남자가 해부대 앞에 자리를 잡고 섰다. 영화감독 안토니오니였다. 시몽은 모니카 비티를 보았다. 사랑에 빠진 여자의 눈빛을 표현하는 데 탁월한 그녀는 우아한 무늬가 인쇄된 얇은 스카프로 얼굴을 감싸고 있었다.

한 여자가 계단식 의자에서 내려와 안토니오니의 맞은편에 섰다. 엄격하고 뻣뻣한 얼굴에 한 올의 흐트러짐도 없이 머리를 틀어 올린 노파. 루치아노의 어머니였다.

시몽과 바야르는 얼굴을 마주 보았다. 엔초와 비안카도 놀란 표정이었다.

비포가 주제를 뽑았다. '*Gli intellettuali e il potere*'. 지식인과 권력.

두 참가자의 발언 순서는 이미 정해져 있다. 변증법론자가 먼저 시작한다.

주제에 관해 논쟁이 이뤄지도록 첫 번째 발언자가 먼저 문제를 제기할 것이다. 특히 이 주제는 문제를 제기하기가 쉽다. 지식인들이 권력의 협력자인가, 적인가? 찬성과 반대, 둘 중 하나만 선택하면 된다. 안토니오니는 자신이 속한 지식인의 사회, 강의실을 가득 채우고 있는 문화계 인사들을 비판하기로 마음먹었다. 지식인들은 권력의 공범이다. *Cosi sia.(그러할지어다.)*

"지식인들은 지배 권력을 형성하는 상부구조에서 일합니다. 다시 그람시로 돌아가 그의 말을 들어보면, 모든 사람은 지식인입니다. 하지만 모든 사람이 사회에서 지식인의 기능, 즉 대중의 자발적 동의를 얻을 만한 일을 하지는 않습니다. '유기적 지식인'이든 '전통적 지식인'이든, 지식인들은 항상 '경제-기업' 논리의 편을 듭니다. 유기적 지식인과 전통적 지식인은 모두 권력을 위해 일합니다. 과거에도 그랬고 현재에도 그렇고 미래에도 언제까지나 그럴 것입니다.

그람시가 말하는 지식인의 안녕? 그것은 당 내에서 확고부동한 지위를 차지하는 겁니다. 안토니오니는 냉소적으로 웃었다. 하지만 공산당 자체가 이미 썩어빠졌어요! 어떻게 속죄할 겁니까? *Compromesso storico, sto cazzo!(연정이라니, 젠장할!)* 타협은 타협을 불러올 뿐입니다.

반체제 지식인? *Ma fammi il piacere!(제발 그만!)* 그는 남의 영화에 나오는 표현을 인용했다. "수에토니우스*가 카이사르를 위해 뭘 했는지 생각해보세요. 범죄를 고발하겠다는 야심을 가지고 시작하지만 결국은 공범으로 전락하고 말았죠."

과장된 무대 인사.

박수 소리.

루치아노의 어머니 차례였다.

"Io so."(저는 압니다.)

그녀도 인용으로 시작했다. 하지만 그녀는 파솔리니를 선택했다. 1974년 일간지 〈코리에르 델라 세라〉에 실린 파솔리니의 '나는 고발한다.'는 가히 전설이 되었다.

"저는 1969년 밀라노 대학살 주동자의 이름을 압니다. 저는 1974년 브레시아와 볼로냐 대학살 주동자의 이름을 압니다. 저는 CIA와 그리스 장교들과 마피아의 도움으로 누가 반공산

---

* 고대 그리스의 역사가, 정치가. 카이사르를 비롯한 로마 황제 11명의 이야기를 다룬 '황제 열전'을 쓴 것으로 알려져 있다.

주의 십자군을 조직했고 누가 순결한 반파시스트로 행세했는지 압니다. 저는 미사를 보는 도중에 지령을 내리고 늙은 장군과 젊은 네오파시스트와 범죄자들로부터 신변의 안전을 보장받은 사람들의 이름을 압니다. 저는 우스꽝스럽고 하찮은 사람 뒤에 숨어 있는 거물들의 이름을 압니다. 저는 살인 청부업자라는 악역을 떠맡은 가엾은 청년들의 뒤에 숨어 있는 거물들의 이름을 압니다. 저는 그들의 이름을 전부 다 알고, 모든 진실을 다 알고, 그들이 저지른 공격과 학살을 모두 다 압니다."

그녀의 떨리는 낮은 목소리가 강의실 안을 울렸다.

"저는 압니다. 하지만 증거가 없습니다. 실마리도 없습니다. 하지만 저는 압니다. 저는 지식인이기 때문에, 작가이기 때문에, 무슨 일이 일어나고 있는지 이해하려고 애쓰며 이 문제에 관해 사람들이 쓰는 모든 글을 읽으려고 애쓰며 사람들이 모르는 사실, 혹은 알지만 입을 다물고 있는 모든 진실을 알아내려고 애쓰는 사람이기 때문입니다. 또 서로 동떨어져 보이는 일들을 연결 지어 의미를 알아내려고 애쓰는 사람이기 때문에, 무질서하게 얽힌 진실의 조각들을 모아 일관된 정치 상황을 재현해내고 임의성과 광기와 수수께끼가 지배하는 것 같은 상황에서 논리를 찾아내려는 사람이기 때문입니다."

이 기고문을 쓴 지 1년이 채 안 되어서 파솔리니는 맞아 죽은 시신으로 오스티아 해변에서 발견되었다.

"그람시가 감옥에서 죽었고 이번엔 네그리가 갇혔습니다. 지식인이 권력을 가진 자와 싸웠기 때문에 세상이 바뀌어왔습니다. 거의 매번 권력을 가진 자가 이기고 지식인들은 권력에 맞선 대가로 목숨 또는 자유를 잃고 쓰러졌지만 말입니다. 하지만 항상 그렇지는 않았습니다. 지식인의 목소리가 힘을 얻었을 때, 비록 그가 죽은 후라 할지라도, 그때 세상은 바뀌었습니다. 목소리를 내지 못하는 자를 위해 대신 목소리를 내주는 사람이라면 가히 지식인이라 부를 수 있을 것입니다."

신체가 훼손될 위기에 처한 안토니오니는 그녀가 그대로 결론을 짓도록 놔둘 수 없었다. 그는 푸코를 언급했다. "푸코는 '대변인과의 관계를 끊어야 한다'고 말했습니다. 대변인은 다른 사람들을 위해서 말하지 않습니다. 자신의 입장을 말할 뿐입니다."

곧바로 루치아노의 어머니가 반격에 나서서 푸코의 그 말은 '*senza coglioni(무시해도 된다)*'고 말했다. "푸코는 개입 자체를 거부하지 않았습니다. 이곳 이탈리아를 보더라도 마찬가지입니다. 3년 전 어느 존속 살해 사건이 온 나라를 떠들썩하게 했지요. 푸코는 얼마 전에 존속 살해범 피에르 리비에르를 다룬 책을 내지 않았습니까? 지식인이 자기 전문 분야에서 일어난 일에 개입하지 않는다면, 도대체 어디에 쓸모가 있단 말입니까?"

어둠 속에서 솔레르스와 BHL은 냉소를 지으며 듣고 있었다. 다만 BHL은 솔레르스의 전문 분야가 과연 무엇인지 궁금해 하고 있었다.

안토니오니는 다시 반격했다. "푸코는 지식인의 그러한 자세에 감춰진 허영심을 누구보다 앞장서서 들춰냈습니다. 지식인들이 (그는 다시 푸코를 언급했다) '그다지 중요하지 않은 일들에 진지하게 반응한다'고 말했습니다. 푸코는 자신을 지식인이 아니라 탐구자라고 밝혔으며, 논쟁에 휘말리는 것보다 연구하는 데 더 많은 시간을 들였습니다. 또한 '지식인들이 이데올로기 전쟁으로 자기 자신의 가치를 실제보다 부풀리려는 게 아닌가' 하고 문제를 제기했습니다."

노부인의 목에 힘줄이 섰다. 그녀는 힘주어 또박또박 말했다. "어떤 지식인이든 자기 분야의 연구를 제대로 한다면, 설령 권력을 위해서였다 할지라도, 그 결과물은 권력에 대항하는 길이 됩니다. 레닌이 말했듯 (그녀는 마치 연극배우처럼 한 바퀴 돌며 관중들을 보았다.) 진실은 항상 혁명적이기 때문입니다. *La verità è sempre rivoluzionaria!*"(진실은 항상 혁명적이다!)

"마키아벨리를 예로 들어보겠습니다. 그는 로렌초 데 메디치를 위해 《군주론*Il Principe*》을 썼습니다. 이보다 더한 아첨은 없을 겁니다. 하지만 정치적 냉소주의의 정점에 있는 이 책은 마르크스주의 선언서이기도 합니다. 이런 구절을 보십시오. "인민의 목적은 지배자의 목적보다 명예롭다. 지배자는 억압하기를 바라는 반면, 인민은 억압받지 않기만을 바란다." 실제로 《군주론》은 피렌체의 공작 메디치를 위한 책이 아닌 게 되었습니다. 곳곳에 배포되었으니까요. 마키아벨리는 《군주론》을 펴내면서 권력자들이 은밀하게 자신들끼리만 나누었을 진실들을 세상에 밝혔습니다. 반체제적인 행동이었고 혁명적인 행동이었지요. 로렌초의 비밀을 사람들에게 폭로했어요. 정치적 실리주의의 수수께끼를 풀어내니 신격화된 변명, 기만의 도덕이 드러났습니다. 신성 박탈이자 인간 해방이었습니다. 진실을 밝히고 규명하고 드러내려는 의지로, 마키아벨리는 신성불가침의 영역에 전쟁을 선포한 겁니다. 지식인은 이렇게 해방자의 역할을 맡습니다."

안토니오니도 《군주론》을 알았기 때문에 이렇게 응수했다. "마키아벨리는 프롤레타리아라는 개념을 몰랐습니다. 그 때문에 민중들의 상황이 어떤지, 필요한 게 무엇인지, 꿈꾸는 게 무엇인지 생각할 수조차 없었습니다. 그래서 이렇게 썼지요. "사람들은 명예나 재산을 박탈당하지 않는다면 만족한 상태로 살아간다." 마키아벨리는 황금 새장에 갇혀서 인류의 태반이 (현재까지도) 애초에 빼앗길 명예와 재산이 없는 채 살아간다는 것을 상상도 못했습니다."

노부인은 그것이 바로 진정한 지식인의 미덕이라고 말했다. "진정한 지식인은 혁명가가 되기 위해 혁명적인 사람이 될 필요가 없습니다. 인민에 봉사하기 위해 인민을 더 잘 알려고 할 필요가 없으며, 인민을 사랑하려고 노력할 필요가 없습니다. 그들은 필연적으로 타고난 공산주의자입니다."

안토니오니는 비웃듯 하이데거*에게 그렇게 말해보라고 했다.

노부인은 말라파르테**를 다시 읽어보라고 했다.

안토니오니는 *cattivo maestro*, 즉 '악한 거장'이라는 개념에 관해 말했다.

노부인은 거장이라는 말에 '악한'이라는 수식어를 굳이 붙였다는 것은 거장이 본래 선하기 때문이라고 말했다.

지켜보던 관중들은 이번 논쟁에서 KO 승이 나오지 않을 것이라고 여기는 듯했다. 비포가 호각을 불어 대결의 끝을 알렸다.

두 참가자는 서로의 얼굴을 뚫어지게 쳐다보았다. 두 사람 모두 표정이 굳어 있었고 턱을 꽉 다문 채 땀을 흘리고 있었지만, 노부인의 쪽 찐 머리는 여전히 한 올의 흐트러짐도 없었다.

관중들의 의견은 제각각으로, 선뜻 어느 쪽이 우세한지 확신을 못 하고 있었다.

비포의 두 보좌관들이 먼저 투표했다. 한 명은 안토니오니를 지지했고 다른 한 명은 루치아노의 어머니를 지지했다.

---

* 독일의 실존철학자. 나치에 협력한 전력이 있다.
** 이탈리아의 소설가. 반(反) 독일적 르포르타주 소설인 《파멸》로 주목받았다.

관중은 비포의 결정을 기다리며 숨을 죽였다. 비안카는 시몽의 손을 꼭 쥐었다. 솔레르스는 침을 꿀꺽 삼켰다.

비포는 노부인을 가리켰다.

모니카 비티의 얼굴이 창백해졌다.

솔레르스는 미소를 지었다.

안토니오니는 아무런 감정을 드러내지 않았다.

그는 해부대에 손을 올려놓았다. 비포의 보좌관 한 명이 일어났다. 키가 크고 빼빼 마른 남자로, 날이 시퍼런 손도끼를 들고 있었다.

그가 안토니오니의 손가락에 도끼를 내리치자 손가락의 뼈가 끊어지는 소리와 대리석에 부딪히는 소리, 그리고 안토니오니의 비명이 울렸다.

모니카 비티가 달려와 아름다운 스카프로 안토니오니의 손을 감쌌고, 비포의 보좌관은 손가락을 주워 모니카 비티에게 건넸다.

비포가 큰 소리로 외쳤다. "*Onore agli arringatori.*" 강의실에 있던 모두가 합창했다. 대결자들에게 명예를!

루치아노의 어머니는 아들 곁으로 돌아가 자리에 앉았다.

몇 분이 흘렀다. 하지만 마치 영화가 끝나고 불이 꺼졌을 때처럼, 관객들이 현실 세계로 돌아오는 데에는 시간이 걸렸다. 아직도 영상이 눈에 아른거렸다. 사람들은 잠에서 차츰 깨어나

듯 뻣뻣해진 다리를 펴고 일어나 하나둘씩 해부학 강의실을 떠났다.

사람들이 느릿느릿 떠나고 있는 가운데 비포와 보좌관들도 흩어진 기록지를 모아 파일에 넣어 들고 방을 떠났다. 로고스의 회합은 어둠 속으로 흩어졌다.

바야르는 장갑을 낀 남자에게 비포가 '위대한 프로타고라스'인지 물었다. 장갑 낀 남자는 아이처럼 고개를 흔들었다. 비포는 가장 높은 7번째 계급인 '소피스트'가 아니라 6번째 계급인 '호민관'이라고 했다. 그리고 아마 안토니오니가 60년대에 소피스트였을 거라고 말했다.

솔레르스와 BHL은 슬쩍 사라졌다. 바야르는 그들이 나가는 것을 보지 못했다. 문 앞에 사람들이 몰려 있었던 데다, 끈이 긴 가방을 멘 남자가 그들을 가렸기 때문이다. 결정을 내려야 했다. 바야르는 안토니오니를 따라가기로 결정했다. 그는 뒤로 돌아 모든 사람이 들을 수 있을 만큼 큰 소리로 시몽에게 말했다. "내일 10시에 역에서 보지. 늦지 말고!"

3시 22분

해부학 강의실이 완전히 비었다. 드로게리아에서 온 일행도 모두 떠났다. 시몽은 사람이 모두 떠난 것을 확인하고 마지막으로 나가고 싶었다. 그는 장갑을 낀 남자가 떠나는 모습을 보았다. 엔초와 여학생이 함께 나가는 모습도 보았다. 그리고 비안카가 움직이지 않는 것에 만족스러워했다. 아마 그녀가 나가려고 했다면 기다리라고 말했을 것이다.

마침내 시몽과 비안카는 마지막으로 남게 되었다. 그들은 일어나서 문 쪽으로 천천히 걸어갔다. 하지만 막 문을 나서려던 순간 동시에 멈춰 섰다. 갈리에누스와 히포크라테스와 다른 조각상들이 시몽과 비안카를 내려다보고 있었다. 인체 해부상들도 꼼짝 않고 있었다. 욕망과 알코올, 일상에서 벗어난 새로운 환경, 프랑스인들이 해외여행에서 종종 마주하는 이국인들의 호감, 이 모든 것이 뒤섞여 수줍음 많은 시몽을 대범하게 만들었다. 아, 수줍은 대범함이라니! 파리에선 절대로 상상하지 못했을 일이다.

시몽은 비안카의 손을 잡았다.

아니, 비안카가 시몽의 손을 잡았을지도 모른다.

비안카는 시몽의 손을 잡고 계단을 내려가 해부대가 있는 곳까지 갔다. 그녀가 제자리에서 한 바퀴 돌자, 조각상들이 마치 연속 사진처럼 잔상을 남기며 움직였다.

시몽은 바로 이 순간 삶이란 연극이며, 지금이 가장 훌륭한 연기를 해야 할 시점이라고 느꼈다. 아니면 들뢰즈의 영혼이 그의 매끄러운 피부 아래 젊고 유연하고 호리호리한 몸속으로 들어온 것일까?

그는 비안카의 어깨에 손을 얹고 귀에 숨결을 불어넣으며 천천히 그녀의 옷을 끌어 내렸다. 그러고는 마치 독백을 하듯 말했다. "나는 이 여인을 둘러싼 풍경을 보고 싶다. 느낄 수 있지만 알지 못하는 그 풍경을 펼쳐보지 못한다면, 나는 결코 만족할 수 없으리라."

비안카는 쾌락으로 몸을 떨었다. 시몽은 이전에 알지 못했던 위엄을 발하며 그녀에게 계속 속삭였다. "함께 풍경화의 구도를 잡아봅시다."

그녀는 시몽과 입술을 겹쳤다.

시몽은 비안카를 쓰러뜨려 해부대 위에 눕혔다. 그녀는 치마를 걷어 올리고 다리를 벌리며 말했다. "나를 사랑해줘요. 기계처럼 사랑해주세요." 그녀의 가슴이 세차게 고동치고 시몽은 자신이 상상한 풍경화의 구도로 미끄러져 들어갔다. 그의 혀는 마치 기계의 부속품이 제자리에 맞춰 들어가듯 그녀의 다리 사이와 입을 왕래했다. 그녀의 입도 여러 가지 일을 했다. 풀무처럼 거친 숨을 배출했으며 힘차게 '응! 응!' 하는 리드미컬한 신음 소리를 시몽의 심장 박동에 맞춰 울리게 했다. 비안카가 신음하자 시몽은 흥분으로 터질 것 같았다. 시몽이 비안카를 핥자 비안카는 자신의 가슴을 움켜쥐었다. 인체 해부상들이 발기했고, 갈리에누스는 옷 아래로 수음을 했으며, 히포크라테스의 손도 토가 아래에서 바쁘게 움직였다. "아! 아!" 비안카는 용광로에서 방금 꺼낸 듯 뜨겁고 단단한 시몽의 거기를 움켜쥐고 기계처럼 자신의 입에 연결했다. 시몽은 앙토냉 아르토*를 인용하여 독백하듯 읊었다. "*피부 아래 그대의 몸은 과열된 공장.*" 비안카의 공장은 자동으로 윤활유를 칠했다. 그들의 신음은 한데 뒤엉켜 적막한 해부학 강의실에 울렸다.

아니, 완전히 적막하지는 않았다. 장갑 낀 남자가 돌아와 그들을 훔쳐보고 있었다. 시몽은 그가 계단 한구석에 웅크리고 숨은 것을 보았다. 비안카는 시몽을 핥을 때 장갑 낀 남자를 보았다. 장갑 낀 남자는 비안카가 시몽을 핥으며 어둠 속에서 눈을 반짝이는 것을 보았다.

밖에서는 마침내 볼로냐의 열대야가 식어가고 있었다. 바야르는 안토니오니가 움직이기를 기다리며 담배에 불을 붙였다. 안토니오니는 아직까지 멍한 상태지만 품위를 지키고 있었다. 지금까지 조사한 바로는 로고스 클럽이 무해한 신비교파인지, 아니면 바르트와 아메드의 죽음이나 지스카르, 두 불가리아 남자, 그리고 일본인들과 관련된 위험한 단체인지 알 수가 없었다. 교회 종소리가 네 번 울렸다. 안토니오니가 걷기 시작했고 모니카 비티가 뒤를 따라 걸었다. 그리고 바야르가 두 사람의 뒤를 따라 걸었다. 그들은 말없이 고급 상점들이 즐비한 아케

---

* 프랑스의 시인, 극작가.

이드를 걸었다.

해부대 위에 누운 비안카는 활처럼 몸을 젖히며 시몽에게 거친 숨을 내뱉었다. 계단 옆에 숨은 장갑 낀 남자에게까지 들릴 정도였다. *"Scopami come una macchina"*(*기계처럼 나를 사랑해줘요.*) 시몽은 그녀 위에 몸을 눕히며 그녀의 안으로 들어가는 입구에서 멈췄고, 그녀의 안쪽에서 매끄러운 액체가 넘치도록 흘러나오는 것을 느끼며 만족스러워했다. 마침내 그녀의 안쪽으로 그것을 깊이 밀어 넣었을 때, 그는 마치 자신이 유체 상태가 되어, 끊임없이 전율하는 나폴리 여인의 몸속에서 자유롭게 헤엄치고 있는 듯한 기분이 들었다.

다시 파리니 거리로 돌아가서, 안토니오니는 일곱 개의 예배당으로 구성된 산 스테파노 성당(중세시대 내내 건축이 이어졌다.) 앞 길가의 경계석 위에 주저앉았다. 그는 온전한 손으로 손가락이 잘린 손을 잡고 고개를 숙였다. 바야르는 멀찌감치 떨어져 아케이드 아래 있었지만 안토니오니가 울고 있다는 것을 알 수 있었다. 모니카 비티가 그에게 다가갔다. 바야르가 보기에 안토니오니는 그녀가 거기에, 그의 바로 뒤에 있다는 사실을 줄곧 알고 있었다. 모니카 비티는 손을 뻗었다. 하지만 그녀의 손은 망설이는 듯 마치 희미한 후광처럼 안토니오니의 머리 위에 멈추어 있을 뿐이었다. 바야르는 아케이드 기둥 뒤에서 담뱃불을 붙였다. 안토니오니는 코를 훌쩍였다. 모니카 비티는 돌이 되기라도 한 것처럼 꼼짝하지 않았다.

비안카는 시몽의 아래에서 경련을 일으키듯 시몽을 부둥켜안고 격렬하게 요동을 치며 소리쳤다. *"La mia macchina miracolante!"* *(기적 같은 나의 기계!)* 시몽은 피스톤 운동을 하는 내연기관처럼 힘차게 움직였고, 장갑을 낀 남자는 웅크리고 숨어 지켜보며, 기관차와 야생마의 교배를 보는 듯한 착각에 빠졌다. 해부학 강의실은 그들의 결합으로 한껏 달아올랐고, 간헐적으로 이어지는 억눌린 신음 소리가 말해주듯 욕망하는 기계들은 계속 삐걱거리면서도 멈추지 않았다. *"'생산물'은 '생산'에 연결되고, 기계 부품은 기계를 돌리는 연료가 되기도 한다."*

바야르는 새로 담배를 꺼내 피웠고, 또 하나를 꺼내 불을 붙였다. 모니카 비티는 마침내 흐느끼는 안토니오니의 머리에 손을 얹었다. 그녀는 그의 머리를 부드럽게 어루만졌다. 안토니오니는 울고 또 울었다. 이제는 그치지 못할 정도로 봇물처럼 눈물이 흘렀다. 그녀는 아름다운 회색 눈으로 안토니오니의 목덜미를 내려다봤지만, 바야르는 너무 멀리 있어서 그녀의 표정이 어떤 의미인지 알 수가 없었다. 바야르는 어둠 속에서 그들을 계속 지켜봤고, 정황상 모니카 비티의 표정에 아마 일종의 연민이 서려 있었을 것이라 추론했다. 모니카가 성당 건물 쪽으로 눈을 돌렸다. 그녀의 생각은 이미 다른 곳으로 옮겨 갔을 것이다. 멀리서 고양이 울음소리가 들렸다. 바야르는 이제 자

315

러 가야겠다고 생각했다.

해부대 위에서는 이제 비안카가 철로 된 말을 탄 듯 대리석 바닥에 누운 시몽의 위에 걸터앉아 있었다. 시몽의 모든 근육이 팽팽해져서 비안카의 허리 움직임에 반응했다. "*세상엔 한 가지 생산물밖에 없다. 그건 바로 '실제'의 산물이다.*" 비안카는 시몽의 위에서 점점 더 빠르고 힘차게 움직였고, 마침내 두 욕망하는 기계는 하나의 원자 사슬로 융합해서 '기관 없는 신체'가 되었다. "*욕망하는 기계는 욕망의 경제에서 가장 근본적인 요소이기 때문에 스스로 기관 없는 신체를 만들어내며 주체와 부분을 구분하지 않는다⋯.*" 들뢰즈의 문장들이 시몽의 머릿속을 떠도는 그 순간에도 그들의 몸은 함께 경련했고, 비안카의 몸은 여전히 흥분 상태에서 폭주하기도 멈추기도 하다가 시몽의 위에 쓰러졌다. 완전히 탈진한 그들의 땀이 한데 뒤엉켰다.

팽팽했던 몸은 느슨하게 풀렸고 간혹 경련을 일으켰다. "*또한 환영은 개인이 아니라 집단의 것이다.*"

장갑 낀 남자는 떠날 수가 없었다. 그 역시 탈진했지만 기분 좋은 탈진은 아니었다. 이미 사라진 손가락이 아파오는 듯한 느낌이었다.

"*정신분열증 환자는 자본주의가 한계에 부딪칠 때 발생한다. 정신분열증이란 자본주의의 발전된 경향이자 부산물이기도 하고 프롤레타리아이며 죽음의 천사이기도 하다.*"

비안카가 마리화나를 말며 시몽에게 들뢰즈의 정신분열증 개념을 설명해줬다. 밖에서 새벽을 알리는 새의 지저귀는 소리가 들려왔다. 그들의 대화는 아침까지 계속되었다. "아니, 그렇지 않아. 대중은 속지 않았지. 그들은 어느 특정한 순간에는 파시즘을 원했어…." 장갑 낀 남자는 계단 사이에서 잠이 들었다.

8시 42분

시몽과 비안카는 마침내 해부학 강의실을 떠나 이미 후끈해진 마조레 광장으로 나섰다. 그들은 넵튠 동상과 그 주변의 사악한 돌고래와 음란한 세이렌을 돌아 지나갔다. 시몽은 격렬한 섹스와 알코올, 그리고 쾌락과 마리화나로 멍한 상태였다. 볼로냐에 도착한 지 24시간도 안 되었지만 그는 이곳에 매우 만족하고 있었다. 비안카가 그를 역으로 안내했다. 그들은 함께 볼로냐의 중심 상가인 인디펜덴차 거리를 따라 걸었다. 상점들은 아직 문을 열지 않았고 개들이 쓰레기통을 뒤적거렸다. 사람들이 여행 가방을 들고 거리로 나왔다. 바캉스의 계절이었고 모든 사람들이 역으로 향하고 있었다.

1980년 8월 2일, 아침 9시.

7월에 바캉스를 떠난 사람들은 돌아오고 8월에 떠나는 사람들은 떠날 채비를 하고 있었다.

비안카는 마리화나를 말았다. 시몽은 셔츠를 갈아입어야겠

317

다고 생각했다. 그는 아르마니 매장 앞에 멈춰서 아르마니 셔츠를 사도 국가에다 비용을 청구할 수 있을지 궁금했다.

기나긴 인디펜덴차 거리의 끝에 볼로냐 역이 있었고 그 앞에 거대한 포르타 갈리에라가 있었다. (겉으로 보기에) 절반은 비잔틴 양식이고 절반은 중세식 아치형 건물이었다. 시몽은 어째선지 그 아래를 지나가고 싶었으나 아직 약속 시간까지는 여유가 있었기 때문에 비안카를 몬타뇰라 공원 입구의 돌계단 쪽으로 데리고 갔다. 그들은 돌계단의 벽에 새겨진 이상한 모습의 분수 앞에 멈춰 서서 말과 문어, 그리고 이름을 알 수 없는 다른 바다 생물들과 싸우고 있는 벌거벗은 여자를 보며 마리화나를 번갈아 피웠다. 시몽은 자신이 약간 환각 상태에 있다고 느꼈다. 그는 스탕달에 관해 생각하다가 다시 바르트를 떠올리며 조각상에 미소를 지었다. "사람들은 항상 자신이 사랑하는 것을 말하는 데 실패한다…."

볼로냐 역은 반바지를 입고 바캉스를 떠나는 사람들과 큰소리로 떠들어대는 아이들로 붐볐다. 시몽은 비안카가 이끄는 대로 대합실로 가서 자신을 기다리고 있던 에코와 바야르를 만났다. 바야르는 그들이 잡았던, 하지만 아무도 묵지 않은 호텔 방에서 시몽의 여행 가방을 가져왔다. 시몽은 동생을 쫓아 뛰어가던 한 아이와 부딪쳐 균형을 잃었다. 시몽은 에코가 바야르에게 하는 말을 들었다. "빨간 망토 소녀는 얄타 회담이 체결

된 세상, 그리고 레이건이 카터를 이어 대통령이 되는 세상을 상상하지 못했을 거라는 뜻입니다."

바야르가 시몽에게 시선을 던지고 도와달라는 신호를 보냈지만 시몽은 위대한 대학교수의 말에 감히 끼어들 생각을 하지 않았다. 그는 주변을 돌아보았고 군중 속에서 가족과 함께 있는 엔초를 언뜻 본 것 같다고 생각했다. 에코가 바야르에게 말했다. "간략하게 말하자면, 빨간 망토 소녀에게 '실제' 세상은 늑대가 말을 하는 세상이라는 겁니다." 시몽은 자신의 안에서 막연한 불안감이 점점 커지는 것을 느꼈고, 그것을 마리화나 때문이라 여겼다. 그는 스테파노가 젊은 여자와 함께 길 쪽으로 가는 것을 본 듯했다. "단테의 신곡에서 벌어지는 사건들은 중세 백과사전의 관점으로 보면 '신빙성 있는' 이야기이고, 오늘날의 관점으로 보면 전설 속 허구가 되죠." 시몽은 에코의 말이 머릿속에서 어지럽게 날아다니는 것 같았다. 그는 식량이 가득 든 커다란 가방을 멘 루치아노와 그의 어머니를 본 것 같았다. 환각에서 깨어나려고 고개를 돌려 비안카를 보았다. 그는 티롤* 모자를 쓰고 목에 커다란 카메라를 건 밝은 금발의 독일 관광객이 짧은 가죽 반바지를 입고 발목 양말을 신은 채 그녀의 뒤를 지나가는 것을 보았다. 이탈리아어가 사방에서 울리

---

* 이탈리아의 북부 지방.

는 가운데 시몽은 에코의 프랑스어를 들으려고 애썼다. "반면에 역사소설을 읽다가 프랑스의 '롱시발드 왕'이라는 이름을 발견한다면 역사적 사실과 비교하며 불편함을 느끼게 되죠. 실존하지 않는 허구의 인물이기 때문입니다. 그건 역사소설이 아니라 판타지 소설입니다."

마침내 두 남자에게 인사를 건네려는 순간 시몽은 에코의 주변에서 또 환영을 봤다. 하지만 바야르는 시몽이 스스로 조각상 아래에서 생각했듯 경미한 환각 상태에 빠진 것을 즉시 알아차렸다.

에코는 바야르가 마치 자신의 이야기를 완벽하게 이해하고 있는 것처럼 계속 말을 이었다. "어떤 소설을 읽을 때, 책 속에서 벌어지는 일들이 실제로 일어나는 일보다 더 '현실적'으로 보인다는 건 뭘 의미할까요?" 시몽은 소설 속이라면 바야르가 입술을 깨물고 어깨를 으쓱할 것이라고 생각했다.

에코는 마침내 입을 다물었다. 잠시 동안 아무도 입을 열지 않았다.

시몽은 바야르가 입술을 깨무는 것을 본 것 같았다.

바야르의 뒤를 지나가는 장갑 낀 남자를 본 것 같았다.

"언어의 7번째 기능에 관해서 뭘 알고 계신가요?" 시몽은 명한 상태여서 처음에는 그 질문을 한 사람이 바야르가 아니라 에코라는 것을 알아채지 못했다. 바야르가 그에게 고개를 돌렸다. 시몽은 자신이 계속 비안카의 손을 잡고 있다는 것을 느꼈다. 에코는 약간 외설스러운 눈으로 비안카를 보는 것 같았다. (모든 것이 가볍게 보였다.) 시몽은 정신을 차리려고 애썼다. "저희는 언어의 7번째 기능에 관련된 텍스트 때문에 바르트와 다른 세 사람이 살해당했다고 믿을 만한 충분한 근거를 가지고 있습니다." 시몽은 자신의 목소리를 들으면서도 마치 바야르가 말하는 것 같다고 느꼈다.

에코는 잃어버린 텍스트와 그 때문에 목숨을 잃은 사람들에 관한 이야기를 흥미롭게 들었다. 에코는 한 남자가 장미 꽃다발을 들고 걸어가는 것을 보았다. 그는 잠시 딴생각을 하며 독을 마신 수도사를 생각했다.

시몽은 사람들의 무리 한가운데에서 전날 보았던, 끈이 긴 가방을 멘 남자를 본 것 같았다. 그는 대합실에 앉아 자신의 가방을 의자 밑에 놓았다. 가방이 꽉 차서 터질 것 같았다.

10시 정각

시몽은 에코에게 로만 야콥슨의 이론에는 언어에 여섯 가지 기능밖에 없다고 말하여 모욕을 주고 싶지 않았다. 에코는 분명 그 이론을 완벽하게 안다. 다만 그것이 정확하다고 생각하지 않을 뿐이다.

시몽은 야콥슨의 글에 "마법 혹은 주문적인 기능"의 초안 비슷한 내용이 있었다는 사실을 기억했다. 하지만 에코에게 야콥슨이 그것을 언어의 기능에 포함시킬 만큼 진지하게 생각하지는 않았다고 말했다.

에코는 "마법적" 기능이 존재한다든가 혹은 야콥슨을 연구했을 때 비슷한 것을 보았다는 얘기를 하지 않았다.

에코에 따르면 미국의 철학자인 오스틴은 사실 언어의 다른 기능에 대해 이론화한 적이 있다. 그것을 "수행적" 기능이라고 했으며, "발화와 동시에 행위가 일어난다."라는 공식으로 압축할 수 있다.

즉 어떤 말들은 발화와 동시에 실제로 행위로 일어나게 된다는 것을 뜻하며 (에코는 이것을 "실현된다"고 표현했다.) 다시 말해 어떤 행위에 대한 말을 함으로써 실제로 그 말이 일어난다는 뜻이다. 예를 들어 시장이 "이제 남편과 아내가 됐음을 선포합니다."라고 말한다거나, 영주가 "당신을 기사로 임명한다."라고 말함으로써 기사를 서임하는 것, 판사가 "판결을 내린다."고 말하는 것, 혹은 국회의장이 "개원을 선언합니다."라고 말하는 것, 혹은 "당신에게 그것을 약속합니다."라는 말도 마찬가지다. 이 말을 함으로써 발화 내용이 실제 행위가 되는 것이다.

어떤 면에서는 야콥슨이 언급한 마법적 기능과 통하는 면이 있다.

벽시계가 10시 2분을 가리켰다.

바야르는 시몽이 대화를 이끌어가도록 내버려 두었다.

시몽은 오스틴의 이론을 알고 있었지만 그것이 사람들을 죽일 만한 이유가 될 수 있는지 납득하지 못하고 있었다.

에코는 오스틴의 이론이 몇 가지 경우에 국한되는 것이 아니고, 좀 더 복잡한 언어 상황까지 확대해서 해석할 수 있다고 말했다. 어떤 말을 할 때에는, 대상이 어떻다고 세상에 선언하기 위해서가 아니라 선언을 함으로써 행동을 이끌어내려 할 수도 있다. 예를 들면 어떤 사람이 당신에게 "이곳은 덥네요."라고 말한다고 치자. 이것은 단순히 온도가 어떻다고 말하는 것일 수도 있지만 대부분의 경우 사람들은 당신이 창문을 열 것을 기대한다. 마찬가지로 어떤 사람이 "몇 시죠?"라고 물어본다면 그는 당신이 예, 아니오로 답변하는 대신 시간을 말해줄 것이라 기대한다.

오스틴에 따르면, 말한다는 것은 '발화 행위'다. 발화 행위는 단순히 '무언가를 말하는' 행위일 수 있지만, 동시에 '발화 수반 행위'일 수도 있고 '발화 효과 행위'일 수도 있다. 그건 말의 순수한 교환을 넘어서는 행위다. 어떤 일이나 행동이라는 결과가 일어나도록 하기 때문이다. 언어의 사용이 어떤 사실에 대한 상황 표현을 넘어서 영어로 말하자면 *perform*, 즉 '수행'하게 해주기 때문이다. (에코는 이탈리아 억양으로 *to perform*을 발음했다.)

바야르는 에코가 시몽에게 하는 설명을 전혀 이해할 수 없었다. 시몽도 그래 보였다.

끈이 긴 가방을 멘 남자가 떠났다. 시몽은 그의 가방이 의자 밑에 남아 있는 것을 보았다. (가방이 원래 저렇게 컸던가?) 시몽은 그가 가방을 또 잃어버렸나보다 하고 생각했다. 사실 물건을 잘 잃어버리는 사람들이 있으니까. 시몽은 남자를 찾아보려고 두리번거렸지만 보이지 않았다.

벽시계가 10시 5분을 가리켰다.

에코는 계속해서 설명했다. "그런데 이런 수행적 기능이 앞서 예시로 든 내용을 넘어서 그 이상을 수행한다고 생각해봅시다. 언어의 기능이 원래 허용된 것보다 훨씬 더 많이, 무엇이든, 누구에게든, 어떤 상황에서든 더 많은 걸 하게 한다면."

10시 6분.

"이런 기능을 알게 된 사람, 그것을 마음대로 구사할 수 있는 사람은 아마도 세계의 주인이 될 수 있겠죠. 그 힘은 무궁무진할 겁니다. 모든 선거에서 이길 수 있을 것이고 군중을 뜻대로 움직일 수 있을 것이며 혁명을 일으키고 여자를 유혹하고 상상할 수 있는 모든 물건을 팔 수 있을 것이고 제국을 건설하고 모든 땅을 차지하고 원하는 건 뭐든지, 어떤 상황에서든 차지할 수 있을 겁니다."

10시 7분.

바야르와 시몽은 조금씩 이해가 되기 시작했다.

비안카가 말했다. "위대한 프로타고라스의 자리를 빼앗고 로고스 클럽의 수장이 될 수도 있겠네요."

에코가 온화하게 말했다. *"Eh, penso di si."*(어, 네. 그렇게 생각합니다.)

시몽이 물었다. "하지만 야콥슨은 그런 기능을 말하지 않았는데…."

에코 : "마지막 부분에서 말했을 거예요. 아마 《일반 언어학 이론》의 출판되지 않은 원고에서 이 기능을 자세히 설명했을 겁니다.

10시 8분.

바야르는 생각나는 대로 크게 말했다. "그리고 바르트는 그 텍스트를 가지고 있었을 테고요."

시몽 : "그걸 훔치려고 바르트를 죽였고요?"

바야르 : "그것뿐이 아니지. 그 기능을 사용하는 걸 막으려고 했을 수도 있고."

에코 : "만약 언어의 7번째 기능이 존재하고 그것이 행위 수반 기능 혹은 행위 효과 기능이라면, 그 기능을 아는 사람이 많을수록 파급력은 대폭 줄어들 겁니다. 물론 작용 원리를 안다고 해서 방어할 수 있는 건 아닙니다. 광고를 예로 들어볼까요. 대부분의 사람들은 광고가 어떻게 작용하는지 어떤 힘이 있는

지 알고 있습니다. 그럼에도 불구하고 우리의…."

바야르 : "텍스트를 훔친 사람은 혼자서 그것을 쓰려고 했겠지."

비안카 : "어쨌거나 분명한 건 안토니오니가 훔치진 않았다는 거예요."

시몽은 자신이 의자 아래 주인을 잃은 검은 가방을 5분 전부터 뚫어지게 보고 있다는 것을 느꼈다. 그는 가방이 너무 크다고 생각했다. 원래 부피의 3배로 보인다고 생각했다. 가방 안의 내용물이 족히 40킬로그램은 나가겠다고 생각했다. 아니면 아직도 환각 현상이 남아 있거나.

에코 : "누군가 언어의 7번째 기능을 혼자서 차지하고 싶어 한다면, 복사본이 남아 있지 않도록 만전을 기하고 싶겠죠."

바야르 : "바르트 집에 복사본 하나가 있었고…."

시몽 : "아메드는 살아 있는 복사본이었고요. 통째로 외우고 있었거든요." 그는 검은 가방의 금색 장식이 마치 카인이 된 자신을 쳐다보는 무덤의 눈으로 보였다.*

에코 : "하지만 훔친 자가 복사본을 하나 만들어 어딘가에 숨겨놓았을 수도 있죠."

비안카 : "그만한 가치가 있는 텍스트라면 잃어버릴 위험을

---

* 빅토르 위고의 《여러 세기의 전설La légende des Siècles》에서 나온 표현.

감수하진 않을 텐데요."

시몽 : "복사본을 만들고 그것을 누군가에게 맡기는 위험을 감수해야 할 테고요."

그는 검은 가방에서 소용돌이 모양의 연기가 피어오르는 것을 봤다고 생각했다.

에코 : "자, 여러분. 이제 저는 여기서 이야기를 마쳐야겠습니다. 기차가 5분 후에 출발하거든요."

바야르는 벽시계를 보았다. 10시 12분이었다.

"기차는 11시에 떠난다고 알고 있었는데요."

"네, 맞습니다. 하지만 그 앞 열차를 타기로 했죠. 밀라노에 조금 더 일찍 도착할 수 있을 테니까요."

바야르가 물었다. "그 오스틴이라는 사람은 어디에서 만날 수 있습니까?"

에코 : "이미 죽었습니다. 하지만 그 사람의 제자가 수행적 기능, 행위 수반 기능, 행위 효과 기능을 연구하고 있어요. 미국의 언어철학자고, 이름은 존 설이라고 합니다.

바야르 : "그럼 그 존 설은 어디서 만날 수 있습니까?"

에코 : "음… 미국에서요."

10시 14분.

위대한 기호학자 에코는 기차를 타기 위해 떠났다. 바야르는 벽에 붙은 전광판을 보았다.

10시 17분.

움베르토 에코가 탄 기차가 볼로냐 역을 떠났다. 바야르는 담배에 불을 붙였다.

10시 18분.

바야르가 시몽에게 11시발 기차를 타고 밀라노로 가서 파리로 가는 비행기를 타자고 했다. 시몽과 비안카는 작별 인사를 했다. 바야르는 표를 사러 갔다.

10시 19분.

시몽과 비안카는 대합실의 사람들 한가운데서 꼭 끌어안고 사랑이 담긴 키스를 나눴다. 정열적인 키스였다. 시몽은 비안카에게 키스하는 동안 소년처럼 눈을 뜨고 있었다. 스피커에서 여자의 목소리가 안코나발–바젤행 기차가 역에 들어오고 있음을 알렸다.

10시 21분.

비안카에게 키스하는 동안 시몽의 시야에 금발의 여자가 들어왔다. 그녀는 10여 미터 정도 떨어져 있었다. 그녀는 몸을 돌려 시몽을 향해 웃었다. 그는 놀라서 펄쩍 뛰었다.

아나스타샤였다.

시몽은 아무래도 마리화나의 효과가 너무 강한 데다 너무 피곤해서 잘못 본 것이 아닐까 생각했지만, 그렇지 않았다. 몸의 윤곽선, 미소, 머리카락. 분명히 아나스타샤였다. 살페트리에르 병원의 간호사가 왜 볼로냐에 있을까? 깜짝 놀란 시몽이 그녀를 부르기 전에, 그녀는 멀어져 역을 나섰다. 시몽은 비안카에게 "여기서 기다려줘."라고 말하고는 아나스타샤의 뒤를 쫓아 뛰어갔다.

다행히도 비안카는 시몽의 말을 듣지 않고 시몽의 뒤를 따라 나왔다. 그래서 목숨을 건질 수 있었다.

10시 23분.

아나스타샤는 이미 역 앞의 원형 교차로를 건넜지만, 자리에 멈춰서 다시 몸을 돌렸다. 마치 시몽을 기다리는 듯했다.

10시 24분.

역에서 나온 시몽은 아나스타샤를 찾아 두리번거리다 구시가지 순환도로의 가장자리에 서 있는 그녀를 발견했다. 시몽이 빠른 걸음으로 원형 교차로의 화단에 들어섰다. 비안카는 몇 미터 뒤에서 그를 쫓고 있었다.

10시 25분.

볼로냐 역이 폭발했다.

10시 25분

시몽은 바닥에 쓰러졌다. 머리가 잔디에 부딪쳤다. 땅이 흔들리는 충격이 파도처럼 연이어 그를 덮쳐왔다. 그는 풀밭에 누운 채 가쁜 숨을 몰아쉬고 흙먼지를 뒤집어썼다. 날아온 파편에 찔리고 굉음에 귀가 멍멍해졌다. 그는 멍한 상태로 꿈속에서 계속 넘어지거나 혹은 취했을 때 발아래에서 땅이 요동치는 것과 비슷한 감각을 느꼈다. 뒤에서 건물이 무너져 내리는 진동이었다. 자신이 누워 있는 화단이 온 방향으로 빙빙 도는 비행접시인 것 같았다. 주변의 물건들이 마침내 움직임을 멈추자 그는 아나스타샤를 찾으려 했지만 그의 눈앞을 커다란 광고판(환타 광고였다)이 가리고 있어서 찾을 수가 없었고, 아직 머리를 움직일 수도 없었다. 하지만 다행스럽게도 조금씩 청각을 되찾고 있었다. 비명 소리와 사이렌 울리는 소리가 들렸다.

시몽은 누군가 자신의 몸을 건드리는 것을 느꼈다. 아나스타샤가 그를 돌려 눕히며 살펴보고 있었다. 시몽은 그녀의 아름다운 슬라브계 얼굴이 볼로냐의 눈부신 하늘을 가리며 자신을 내려다보는 것을 보았다. 그녀는 시몽에게 다쳤는지 물었지만 시몽 자신도 그것을 알지 못한 데다, 입을 열어 말할 수도 없었다. 아나스타샤는 시몽의 머리를 감싸 쥐고 말했다. (그녀 특유의 억양이 다시 튀어나왔다.) "저를 보세요. 당신 아무 데도 안 다쳤어요. 괜찮아질 거예요." 시몽은 간신히 몸을 일으켜 앉았다.

역의 왼쪽 부분이 완전히 파괴되었다. 대합실은 한 무더기의 돌 더미와 기둥만 남았을 뿐이었다. 지붕이 날아가 버린 건물의 잔해는 뒤틀린 백골처럼 보였고 여기저기에서 신음 소리가 들렸다.

시몽은 화단 앞에 쓰러진 비안카를 알아보았다. 그는 그녀에게 기어가 머리를 들어 올렸다. 머리를 부딪쳤지만 살아 있었다. 그녀가 기침을 했다. 이마에 깊게 베인 상처가 있고 얼굴에 피가 흐르고 있었다. 그녀는 중얼거렸다. "*Cosa è successo?*"(무슨 일이지?) 그녀는 자신의 피로 얼룩진 옷 위에 걸려 있는 작은 백을 뒤져 담배를 꺼내서 시몽에게 건넸다. "*Accendimela, per favore.*"(불 좀 붙여주세요.)

바야르는? 시몽은 부상자들과, 멍해진 생존자들, 피아트에서 내린 경찰들, 그리고 낙하산처럼 첫 앰뷸런스에서 뛰어내리는 구조자들 속에서 바야르를 찾으려 했다. 하지만 혼잡한 사람들의 홍수 속에서 아무도 알아볼 수 없었다.

그때 시몽은 흙먼지를 뒤집어쓴 바야르가 잔해를 뚫고 일어서는 것을 보았다. 건장한 몸으로, 힘과 분노와 정치적 이데올로기를 억누르며, 등에 의식을 잃은 젊은 남자를 들쳐 메고 있었다. 전쟁터와 같은 곳에서 극적으로 나타난 바야르를 보며 시몽은 장 발장을 생각했다.

비안카가 중얼거렸다. "*Sono sicura che si tratta di Gladio⋯*"(분명히 글라디오 놈들이야⋯.)

시몽은 바닥에 있는 어떤 형체를 보았다. 죽은 동물 같기도 했는데 자세히 보니 사람의 다리였다.

"*욕망하는 기계와 기관 없는 신체 사이에서 충돌이 일어난다.*"

시몽은 고개를 흔들었다. 그는 들것에 실려 나오는 사람들을 보았다. 산 사람도 있고 죽은 사람도 있었다. 모두 팔을 축 늘어뜨리고 땅에 끌리며 실려 나오고 있었다.

"*기계들의 접합, 기계의 생산, 기계의 소음은 기관 없는 신체에게 참을 수 없는 것이 되었다.*"

그는 아나스타샤 쪽으로 몸을 돌렸다. 마침내 그녀에게 질문할 생각이 들었다. 그녀가 설명해야 할 것이 아주 많았다. "당신은 누구를 위해서 일하죠?"

아나스타샤는 잠시 생각을 하고 대답했다. 그가 알지 못하는 직업적인, 낯선 어투였다. "불가리아인을 위해 일하는 건 아니에요."

그리고 그녀는 가버렸다. 직업이 간호사였지만 구조대원들의 부상자 치료를 돕지 않았다. 그녀는 골목길을 건너 큰길을 향해 뛰어갔으며 아케이드 아래로 사라졌다.

바로 이때 바야르가 시몽에게 왔다. 마치 모든 것이 연극 무대에서처럼 완벽하게 시간 차를 두고 짜여서 정교하게 움직이는 듯했다. 시몽은 마리화나에 폭탄까지 더해져 망상이 더 심해진 것 같은 느낌이었다.

바야르는 밀라노행 기차표 두 장을 흔들어 보이며 말했다. "차를 빌려야겠어. 오늘은 기차가 다닐 것 같지 않군."

시몽은 비안카의 담배를 집어 자신의 입술로 가져갔다. 주변은 아수라장이었다. 눈을 감고 담배 연기를 들이마셨다. 아스팔트에 누운 비안카의 모습이 해부대와 인체 해부상, 그리고 안토니오니의 손가락과 들뢰즈를 다시금 떠올리게 했다. 타는 냄새가 공중을 떠돌았다.

"기관 아래서 그 몸은 구역질나는 애벌레와 구더기를 느낀다. 그의 기관을 움직이며 더럽히고 숨 막히게 하는 신의 작용을 느낀다."

3부

이타카

48

알튀세르는 공포에 질렸다. 방을 샅샅이 뒤졌지만 크리스
테바가 맡긴 그 귀중한 텍스트가 보이지 않았다. 분명히 광고
지 봉투에 잘 넣어 눈에 잘 띄도록 책상 위에 올려 두었는데.
텍스트를 읽어보진 않았지만 맡은 물건을 돌려주는 것은 아주
중요한 일이고, 무엇보다 자신의 책임이기 때문에 신경이 곤두
서 있었다. 그는 서류함을 뒤지고 서랍을 뒤지고 책장의 책을
모두 꺼내어 하나하나 들춰본 다음 바닥에 내던지며 의혹을 감
당하지 못해 분노를 터뜨렸다. "엘렌! 엘렌!" 엘렌이 걱정스러
운 얼굴로 달려왔다. 혹시 그녀가 알지도 몰라…. 광고지를 넣
은 봉투…. 은행 광고였는지 피자 식당 광고였는지 기억은 안
나지만… 엘렌은 천진한 얼굴로 대답했다. "아! 기억나. 광고지
봉투. 내가 버렸어."

갑자기 시간이 정지한 듯했다. 알튀세르는 엘렌에게 다시 확인하지 않았다. 무슨 소용이 있겠는가. 분명히 알아들었다. 그래도 희망을 가지고 다시 물었다. "쓰레기통에…?" 쓰레기통은 어제 저녁에 비웠고, 오늘 아침에 청소차가 와서 가져갔어. 알튀세르는 마음속으로 고함을 질렀다. 그는 근육이 팽팽해지는 것을 느끼며 아내를 보았다. 오랫동안 자신을 지탱해 준 늙은 엘렌. 그는 자신이 엘렌을 사랑한다는 것을 안다. 아니, 그녀를 숭배한다. 그녀에게 연민을 느끼며, 때로 그녀를 괴롭힌 것을 뉘우치고 있다. 그녀는 자신의 변덕과 불성실, 미숙한 처신, 그리고 자신의 천박한 정부들과 조울증(사람들은 '경조증'이라고들 한다)을 오랫동안 인내해왔다. 하지만 이번엔, 너무 심했다. 미숙한 위선자인 자신이 참을 수 있는 한계를 훌쩍 넘어버렸다. 알튀세르는 짐승 같은 소리를 내며 아내에게 덤벼들어 목을 움켜잡고 조였다. 놀란 엘렌은 눈이 커다래졌지만 저항하지 않았다. 단지 목을 움켜쥔 알튀세르의 손에 자신의 손을 얹었을 뿐이다. 어쩌면 그녀는 이렇게 끝나게 되고 말 것을 알고 있었는지 모른다. 아니면 어떤 식으로든 끝나기를 바라고 있었을지도 모른다. 다른 방식을 더 원했을 테지만 알튀세르가 짐승 같은 분노에 사로잡혀 너무 빨리, 너무 폭력적으로 돌변해 있었다. 그녀는 살고 싶었을 것이다. 그리고 이 순간, 자신이 사랑했던 알튀세르의 말을 생각했을지도 모른다. "관념을 개처럼 버릴 수는 없다." 하지만 알튀세르는 개처럼 아내의 목을 졸랐다. 단지 사납고, 이기적이고, 무책임하고, 광적인 개였을 뿐이다. 마침내 손의 힘을 뺐을 때, 엘렌은 이미 죽어 있었다. 혀끝이 한쪽으로 입 밖으로 비죽이 나와 있었다. 알튀세르는 "가엾고 작은 혀끝"이라고 했겠지만. 그녀의 휘둥그레진 눈은 살인자를 보는 것 같기도 하고 천장을 보는 것 같기도 하고, 혹은 존재의 공허함을 보고 있는 것 같기도 했다.

알튀세르는 아내를 죽였다. 하지만 기소되지 않을 것이다. 살인을 저지를 당시 정신착란 상태에 있었기 때문이다. 그가 광분했던 것은 사실이다. 하지만 왜 아내에게 아무 말도 하지 않았을까? 만약 알튀세르가 '자기 자신의 희생양'이라고 주장한다면, 그것은 그에게 침묵을 지키라고 명령한 사람에게 복종하지 않아서가 아니다. 어리석은 사람. 당신은 아내에게 말했어야 했어. 거짓말을 잘 이용하면 소중한 도구가 될 수도 있다는 것을 알았어야 했어. 적어도 그녀에게 "이 봉투는 건드리지 말아줘. 아주 중요한 거야. X 혹은 Y가 (아무나 거짓말로 지어내면 된다.) 내게 믿고 맡긴 거야." 하지만 그렇게 하지 않은 대가로 엘렌이 죽었다. 알튀세르는 정신 질환자로 인정되어 면소 판정을 받았다. 몇 년 동안 감금 상태에 있었으며, 나중에는 윌름가의 아파트를 떠나 20구에 자리 잡고 《미래는 오래 지속된다L'avenir dure iongtemps》라는 아주 이상한 자서전을 쓴다. 자서전 안에는 몇 개의 이상한 문장이 있다. "모택동은 나를 위해 대담 시간까지 마련했다. 하지만 '프랑스 정치 상황'이라는 핑계를 대고 대담에 참석하지 않았다. 내 인생에 가장 큰 바보짓이었다…."

49

"이탈리아라면 그런 일이 일어나고도 남죠!" 오르나노는 대통령 집무실을 성큼성큼 걸으며 두 팔을 번쩍 들었다. "볼로냐? 이건 또 뭡니까? 그 사건이 우리 일과 확실히 연관되어 있습니까? 목표가 우리 측 요원이었나요?"

포니아토프스키는 바를 뒤지며 말했다. "말하기 어렵네요. 우연일 수도 있습니다. 범인은 극좌일 수도 있고 극우일 수도 있어요. 정부에서 저지른 짓일 수도 있고요. 이탈리아랑 연관된 일은 절대 단정 지을 수가 없어요." 그는 토마토 주스를 땄다.

지스카르는 책상에 앉아 뒤적거리던 주간지 〈렉스프레스〉를 덮고 깍지를 꼈다.

오르나노 : (발을 까딱거리며) "우연이라고요? 이런 맙소사! 만약, 분명히 만약이라고 했습니다. 어떤 단체나 정부나, 정보국이나 기구가 우리의 조사를 방해하기 위해 폭탄을 터뜨려 86

명을 죽일 능력과 의지를 가지고 있다면 말입니다. 그렇다면 심각한 문제라고 생각합니다. 미국, 영국, 러시아 모두 다 심각한 걱정거리가 생긴 거죠. 그들이 한 짓이 아니라면 말이에요."

지스카르가 물었다. "그들이 하는 짓하고 비슷해 보이긴 하죠. 미셸, 안 그런가요?"

포니아토프스키는 셀러리 소금을 꺼냈다. "민간인을 최대한으로 살상해서 진짜 정체를 숨겼어요. 극우파의 특징입니다. 그리고 바야르의 보고에 따르면 러시아 스파이가 젊은 교수의 목숨을 구했다고 합니다."

오르나노 : (펄쩍 뛰며) "누구? 간호사 말인가요? 그럼 그 여자가 폭탄을 설치한 겁니다."

포니아토프스키 : (보드카 병을 열며) "그랬다면 왜 굳이 역에서 모습을 드러내겠습니까?"

오르나노 : (포니아토프스키의 책임이라는 듯 손가락으로 가리키며) "조사했잖습니까? 그 여자가 살페트리에르에서 일한 적이 한 번도 없었다는 걸요."

포니아토프스키 : (블러디 메리를 저으며) "바르트는 병원에 있을 때 이미 텍스트를 가지고 있지 않았던 것 같습니다. 아마도 제 생각으로는 이렇게 되지 않았나 싶어요. 미테랑과 점심 식사를 하고 나와서 세탁물 트럭에 치였지요. 이때 운전자가 첫 번째 불가리아인이었던 겁니다. 그리고 두 번째 불가리아인

이 의사라면서 나타나 그를 살펴보는 척하다가 열쇠와 신분증을 훔쳤고요. 여러 가지 경우를 생각해봤지만 역시 그 텍스트는 바르트의 신분증과 같이 있었던 것 같습니다."

오르나노 : "그렇다면 병원에선 무슨 일이 생긴 거죠?"

포니아토프스키 : "침입자 두 명을 목격한 사람들이 있어요. 인상착의가 지골로를 죽인 두 명과 일치하더군요."

오르나노 : (머릿속으로 사건에 연루된 불가리아인을 재구성해보며) "하지만 바르트한테는 텍스트가 없었는데?"

포니아토프스키 : "확실하게 뒤처리를 하러 왔던 거죠."

오르나노는 숨이 차서 집무실 안을 빙빙 돌던 것을 멈췄다. 대신 무언가 눈길을 끈 듯 들라크루아의 그림 한 구석을 뚫어지게 보기 시작했다.

지스카르 : (케네디의 자서전을 집어 들고 어루만지며) "볼로냐의 테러가 우리 측 요원을 겨냥했다는 걸 인정합시다."

포니아토프스키 : (타바스코 소스를 뿌리며) "그렇다면 그들이 옳은 방향으로 수사를 하고 있다는 증거입니다."

오르나노 : "무슨 뜻입니까?"

포니아토프스키 : "그들을 죽이고 싶어 한 것이라면, 아마 조사를 막으려는 의도였을 테니까요."

지스카르 : "그… 무슨 클럽 말인가요?"

포니아토프스키 : "아니면 다른 것일 수도 있고요."

341

오르나노 : "그럼 이제 미국으로 보낼까요?"

지스카르 : (한숨을 내쉬며) "그자는 전화 없답니까? 그 미국 철학자 말이요."

포니아토프스키 : "젊은 교수가 이제 본론으로 들어갈 때라고 말하겠죠."

오르나노 : "그 자식, 국가 비용으로 여행가기를 원하겠죠."

지스카르 : (난처한 표정으로 뭔가 우물거리며 말하는 것처럼) "우리가 가진 정보를 생각해보면, 소피아에 보내는 게 더 낫지 않습니까?"

포니아토프스키 : "바야르는 훌륭한 경찰관이지만 제임스 본드는 아닙니다. 차라리 첩보 작전 팀을 보낼까요?"

오르나노 : "뭐하러요? 불가리아인들을 죽이게요?"

지스카르 : "국방부는 이 일에 관여하지 않았으면 좋겠습니다만."

포니아토프스키 : (얼굴을 찡그리며) "역시 소련과 외교 마찰을 일으킬 만한 행동은 하지 않는 게 나을 것 같습니다."

오르나노 : (주제를 바꾸고 싶어 한다) "위기라는 말이 나왔으니 말인데, 테헤란에 무슨 일이 일어나고 있는 거죠?"

지스카르 : (다시 〈렉스프레스〉를 들춰보며) : "샤*가 죽어서

---

* 페르시아어로 황제라는 뜻. 친미 노선을 추구했던 모하마드 레자 팔라비를 지칭한다.

이슬람 율법학자들이 춤을 추고 있어요."

포니아토프스키 : (보드카를 다시 따르며) "카터는 닭 쫓던 개가 됐고요. 호메이니는 절대 인질을 풀어주지 않을 테니까요."

침묵.

〈렉스프레스〉에 레몽 아롱이 쓴 글이 있었다. "법이 현대의 관습에 맞지 않는다면 그것이 옳든 그르든 잠자도록 내버려두는 것이 낫다." 지스카르는 생각했다. '아주 현명하군.'

포니아토프스키는 냉장고 앞에서 한쪽 무릎을 꿇었다.

오르나노 : "아, 그리고 철학자가 아내를 죽였던데요?"

포니아토프스키 : "상관없어요. 빨갱이거든요. 요양소로 쫓아버렸죠."

침묵. 포니아토프스키는 얼음 틀에서 얼음을 뺐다.

지스카르 : (군대식 어투로) "그 사건이 선거에 지장을 주어선 안 됩니다."

포니아토프스키 : (지스카르가 다시 관심사로 주제를 돌렸음을 파악하고) "불가리아 운전수와 가짜 의사를 찾을 수가 없습니다."

지스카르 : (둘째 손가락으로 책상을 톡톡 치며) "운전수는 상관없어요. 가짜 의사도 상관없고, 그… 로고스 클럽도 상관없습니다. 전 텍스트를 원할 뿐입니다. 텍스트가 책상 위에 올라오기를 원해요."

50

조르주 퐁피두 센터는 1977년 보부르 거리에 세워져 지스카르가 문을 열자마자 곧바로 '정유 공장' 혹은 '파이프로 만든 노트르담'이라는 별명으로 불렸다. 이 건물의 골조가 방문객 3만 명을 넘기면 휘어질 위험이 있다는 소리를 들었을 때, 보드리야르는 저서 《보부르 효과: 내적 폭발과 단념 유도L'Effet Beaubourg: Implosion et dissuasion》에서 프랑스 악동답게 아이처럼 기뻐했다.

퐁피두 센터에 자석처럼 이끌리는 군중(방문객)들은 그 건물을 파괴하는 매개체가 된다. 건물 설계자가 애초에 그렇게 의도한 것이라면(하지만 그것을 원했을 리가?), 구조물과 그것의 배경이 되는 문화를 단숨에 파괴할 수 있도록 계획한 것이라면, 그것은 20세기의 가장 대범한 건축물이며 가장 성공적인 사건이 될 것이다.

슬리만은 마레 지구와 보부르 거리, 학생들이 줄을 지어 도서관 개장을 기다리는 그 건물을 잘 알고 있다. 클럽에서 밤을 새우고 지친 몸으로 나오며 봤기 때문이다. 그는 한 공간에 공존하는 두 세계가 어떻게 이토록 서로 동떨어져 있을 수 있는지 궁금해 했다.

하지만 오늘은 슬리만도 학생들에 섞여 줄을 섰다. 담배를 입에 물고 귀에는 워크맨을 꽂은 채, 책을 읽고 있는 학생들 사이에 서 있다. 그는 슬쩍 책 제목을 훔쳐봤다. 앞의 학생은 미셸 드 세르토의 《일상생활의 창조L'invention du quotidien》를, 뒤의 학생은 에밀 시오랑의 《태어난다는 것의 불편함에 대하여 De l'inconvénient d'être né》를 읽고 있었다.

슬리만은 폴리스의 *Walking on the moon*를 듣고 있었다.

줄은 아주 천천히 줄어들었다. 아직 한 시간은 더 기다려야 한다고 했다.

보부르를 무너뜨리자! 새로운 혁명 구호다. 태울 필요가 없다. 비난할 필요도 없다. 그곳으로 가자! 그것을 파괴할 가장 좋은 방법이다. 보부르의 성공은 더 이상 미스터리가 아니다. 사람들이 그곳에 가는 이유는 파괴하기 위해서니까. 사람들은 이미 재난의 냄새를 풍기는 그곳으로 몰려간다. 오로지 파괴하기 위해서.

슬리만은 보드리야르의 책을 읽지 않았고 자신이 모종의 음모에 동참하고 있다는 사실을 전혀 알지 못했지만, 자기 차례가 오자 쇠막대를 밀고 건물에 들어섰다.

그는 사람들이 영상을 보고 있는 강의실처럼 생긴 곳을 가로질러 에스컬레이터를 타고 열람실로 갔다. 그곳은 마치 거대한 섬유 공장 같았다. 단지 노동자들이 셔츠를 재단하고 있지 않았을 뿐이었다. 수많은 사람들이 재봉틀 대신 책을 끼고 앉아 작은 노트에 무언가를 끄적거리고 있었다.

사람들을 훑어보니 이성에게 수작을 걸러 온 사람들과 잠자러 온 부랑자들도 섞여 있었다.

슬리만에게 가장 경이로운 것은 고요한 분위기와 천장의 높이였다. 공장 같은 모습과 성당 같은 모습이 섞여 있었다.

커다란 유리벽 뒤에는 거대한 모니터가 소련의 TV 영상을 보여주고 있었다. 잠시 후에는 영상이 흔들리다가 미국의 채널을 보여주었다. 다양한 연령층의 시청자들이 붉은 소파에 앉아 있었다. 주변에서 조금 역한 냄새가 났다. 슬리만은 그곳을 벗어나 서가 쪽으로 갔다.

보드리야르는 이렇게 썼다. *사람들은 모든 것을 차지하고 약탈하고 먹어치우고 마음대로 하려는 욕구를 가지고 있다. 보고 이해하고 배우는 것은 아무런 영향을 끼치지 않는다. 그들에게 집단적으로 영향을 끼칠 수 있는 유일한 방법은 그들을 조작하는 것이다. 조작자(예술가와 지식인)들은 이런 욕망에 두려움을 느낀다. 대중은 문화적 볼거리에만 열광하기 때문이다.*

안과 밖, 광장에도 천장에도 도처에 바람자루 풍향계가 있었다. 만약 슬리만이 살아 있는 동안 퐁피두 센터가 붕괴한다면, 그는 다른 사람들과 마찬가지로 바람자루 풍향계를 떠올릴 것이다.

"그들은 이런 적극적이고 파괴적인 열정, 난해한 문화에 대한 과격한 반응. 성소(聖所)의 침입과 모독에 대한 끌림 등을 생각해본 적이 없었다."

슬리만은 책 제목들을 훑어보았다. 조르주 무냉의 《르네 샤르를 읽었는가?*Avez-vous René Char?*》, 스탕달의 《라신과 셰익스피어*Racine et Shakespeare*》, 로맹 가리의 《새벽의 약속 *La Promesse de l'aube*》, 게오르그 루카치의 《역사소설론*Der historische Roman*》, 《화산 아래서*Under the Volcano*》, 《실낙원 *Paradise Lost*》, 《팡타그뤼엘*Pantagruel*》(이 이름은 어디서 들어본 것 같기도 했다).

그는 야콥슨 앞을 지나갔지만 그를 보지 못했다.

그는 콧수염이 난 남자와 부딪쳤다.

"아, 죄송합니다."

이제 이 불가리아 남자에 관해 구체적으로 말해볼까. 주동자가 누구인지는 알 수 있지만 종결자가 누구일지 알 수 없는 은밀한 전쟁에서 죽어간 그의 동료처럼 무명의 병사로 끝나지 않도록 말이다.

이름은 니콜라이라고 하자. 어차피 그의 본명은 끝까지 알 수 없을 것이다. 그는 동료와 함께 수사관들의 궤적을 쫓아 지골로들을 발견했고 이미 둘을 죽였다. 눈앞의 지골로를 죽여야 할지는 아직 모른다. 오늘은 무기가 없다. 우산도 가져오지 않았다. 보드리야르의 환영이 귀에 속삭인다. "공포는 천천히 다가온다.

뚜렷한 이유 없이." 그는 물었다. "무엇을 찾으시죠?*Qu'est-ce que vous cherrrchez?*" 슬리만은 친구 둘이 죽은 후 낯선 사람을 경계하게 되었기 때문에 뒷걸음치며 대답했다. "아무것도 아니에요." 니콜라이는 그에게 웃어 보였다. "뭐든 다 똑같죠. 찾기가 어려워요. *C'est comme tout, c'est difficile à trrrouver.*"

51

우리는 다시 파리의 병원에 와 있다. 하지만 이번에는 아무도 그 방에 들어가려 하지 않는다. 이곳은 생트-안 정신병원이고 알튀세르가 진정제를 맞으며 머무는 곳이다. 레지 드브레, 에티엔 발리바르, 자크 데리다는 스승의 방문 앞을 지키고서 있다. 페레피트 법무부 장관도 에콜 노르말 출신이긴 하지만 그렇다고 해서 관대한 것 같지는 않다. 신문에 중죄 재판이 필요하다고 요구하는 글을 쓰고 있기 때문이다. 한쪽에서는 세 남자가 수년 전부터 알튀세르를 진료해온 디아트킨 박사의 말을 참을성 있게 듣고 있다. 그에게는 신체적으로나 '기술적으로나' 알튀세르가 아내의 목을 졸랐다는 것은 생각도 할 수 없는 일이었다.

푸코가 차에서 내렸다. 당시 프랑스에서 1948년에서 1980년 사이에 에콜 노르말 교수를 지냈다면, 동료나 제자 중에 데리다, 푸코, 드브레, 발리바르, 라캉, 그리고 BHL이 있다는 얘기다.

푸코가 알튀세르의 상태를 묻자 제자들은 알튀세르가 쳇바퀴처럼 같은 말만 되풀이한다고 말했다. "난 엘렌을 죽였어. 이제 어떻게 되는 거지?"

푸코는 데리다를 한쪽으로 불러내어 사람들의 요청을 들어줬는지 물었다. 데리다는 고개를 끄덕였다. 드브레는 은밀하게 그들을 지켜봤다.

푸코는 자신이라면 절대 그런 일을 하지 않을 것이라고 말했다. 그래서 그들의 요청을 거절했다고 했다. (두 대학교수 사이의 경쟁심을 의식했는지 그는 자신이 데리다보다 먼저 요청받았다고 굳이 말했다. 그 요청이 뭐냐고? 아직 밝히기엔 이르다. 무기력과 적개심에 가득 차 사람들이 '늙은 친구'라고 말하긴 하지만 그래도 친구를 배신할 수 없기 때문에 거절했다고 했다.)

데리다는 전진해야 할 때라고 말했다. 분명 도움 되는 점이 있다고 했다. 정치적으로 말이다.

푸코는 하늘을 쳐다보았다.

BHL이 도착했다. 그들은 정중하게 그를 쫓아냈다. 물론 그는 다시 와서 창문으로 들어올 것이다.

이런 모든 일이 벌어지는 동안 알튀세르는 잠들어 있다. 제자들은 그가 악몽을 꾸지 않기를 빌고 있다.

52

"테니스 클레이코트 영상 잔디밭 위 위성중계 이렇게 하는 거야 곧바로 문장을 되받아 쳐야 해 두 번째 공, 스핀샷, 드라이브샷, 뜨는 공, 백핸드, 포핸드, 보리, 코너스, 빌라스, 매켄로…."

솔레르스와 크리스테바는 뤽상부르 공원의 작은 식당에 앉아 있다. 크리스테바는 건성으로 크레이프를 깨작거리고 있다. 솔레르스는 크림 커피를 마시며 쉬지 않고 중얼거리고 있다.

솔레르스가 말했다.

"예수에게 특별한 점이 있다면, 자신이 직접 돌아오겠다고 말했다는 점이지."

혹은

"보들레르가 말했어. '실수하지 않는 사람이 되기까지 오랜 세월이 걸렸다.'"

크리스테바는 잔 위에 떠 있는 뜨거운 우유의 막을 뚫어지게 쳐다봤다.

"세상의 종말이 히브리어로는 *gala* 인데, 발견한다는 뜻이지."

크리스테바는 가슴에 치밀어 오르는 구토를 참으려고 몸을 굽혔다.

"성경 속에서 신이 '나는 사방에 있다'고 말했으니, 그렇다면 우리는 알게 되겠지….”

크리스테바는 곰곰이 생각하려고 애썼다. 그녀는 생각했다. '기호는 물건이 아니지만….'

그들과 안면이 있는 출판업자 한 명이 입에 담배를 문 채 절뚝거리며 어린아이 한 명과 산책하다가 그들에게 인사를 건넸다. 그는 솔레르스에게 '요즘은' 어떤 글을 쓰는지 물었다. 솔레르스는 당연히 신이 나서 떠들어댔다. “여러 등장인물이 나오는 소설입니다. 현장 조사 한 것만도 수백 페이지가 넘어요. 성 대결에 관한 거죠. 이 소설보다 더 지식을 많이 쏟아붓고, 더 복잡하고, 더 신랄하고, 더 가벼운 소설은 아마 없을 겁니다.”

크리스테바는 아직도 멍하니 우유 막을 보며 구토를 애써 억누른다. 그녀는 심리분석가로서 진단을 내린다. “철학적, 형이상학적이면서 차가운 현실주의 서정 소설.”

어린 시절로 퇴행하는 현상은 정신적 충격과 관계가 있다. 하지만 그녀는 크리스테바다. 자기 자신의 주인이며 자신을 통제할 수 있는 여자다.

솔레르스는 출판업자에게 자신의 이야기를 봇물처럼 쏟아내고, 출판업자는 자신이 매우 열광하며 듣고 있다는 사실을 보여주기 위해 눈썹을 찡그리고 이야기를 듣는다. 함께 온 아이가 그의 소매를 잡아끌었다. “20세기 후반에 있었던, 미래 전조적 사건들을 세세하게 구체적으로 묘사할 예정입니다. 그 책의 화학식도 만들 수 있을걸요. 음성인 여자의 몸과 (그리고 왜 음성인지), 양성인 몸 (그리고 어째서인지)."

크리스테바는 천천히 잔 쪽으로 손을 뻗은 뒤 손잡이에 한 손가락을 집어넣어 잔을 들고 입술에 갖다 댔다.

"철학자들은 각자 자기 나름대로 히스테리 상태의 여성, 계략을 꾸미는 여성, 내키는 대로 행동하는 여성들을 보게 될 겁니다."

크리스테바는 커피를 삼키는 순간 눈을 감았다. 그녀는 카사노바를 인용하는 남편의 목소리를 들었다. "만약 쾌락이 존재한다면, 그리고 살아 있는 순간에만 쾌락을 맛볼 수 있다면, 그렇다면 삶이 행복이다."

출판업자는 펄쩍 뛰었다. "완벽합니다! 훌륭해요! 훌륭해요!"

아이는 놀라서 눈을 동그랗게 떴다.

솔레르스는 신이 나서 읊기 시작했다. "여기서 신봉자들은 얼굴을 찌푸리죠. 소시오패스들은 얄팍함을 비난하고, 쇼 비즈니스는 꼼짝달싹 못 한 채 진실을 변형시키고 싶어 합니다. 악마는 불평하고요. 쾌락은 파멸적이어야 하고, 인생은 불행해야 하니까요."

크리스테바의 몸속에 미지근한 용암 같은 커피가 흘러 들어갔다. 그녀는 우유 막이 입으로 들어와 목으로 넘어가는 것을 느꼈다.

출판업자는 솔레르스가 지금 쓰는 책을 끝내고 나면 책을 한 권 써줄 것을 부탁하고 싶었다.

솔레르스는 셀 수도 없이 반복했던 자신과 프랑시스 퐁주의 일화를 또 끄집어냈다. 출판업자는 예의 바르게 들었다. 아, 정말 위대한 작가들이란! 자신을 사로잡은 생각을 거르고 또 걸러서 소재로 완성시키는구나….

크리스테바는 자신의 혐오가 사라지지 않고 혀 아래로 미끄러져 들어가며, 혐오의 대상은 문학의 형태로 바뀌어 모든 글쓰기가 두려워지게 된다고 생각했다. '솔레르스: 공포증 환자로 공포증 때문에 죽지 않게, 그리고 다시 기호로 가득 찬 생활을 할 수 있게 삶을 은유로 바꾼 사람.'

출판업자가 물었다. "알튀세르의 소식을 들으셨나요?" 솔레르스는 갑자기 입을 다물었다. "바르트 사건도 그렇고 올해는 끔찍하네요." 솔레르스는 다른 곳을 쳐다보며 대답을 했다. "맞아요. 세상이 미쳐 돌아가고 있어요. 이런 세상에 뭘 바라는 거죠? 하지만 그게 바로 우리 슬픈 영혼들의 운명이에요." 그는 크리스테바가 두 개의 검은 구멍 같은 눈을 뜬 것을 보지 못했다. 출판업자는 양해를 구하고 낑낑대는 아이를 데리고 떠났다.

솔레르스는 계속 서 있었고 잠시 침묵을 지켰다. 크리스테바는 자신이 삼킨 커피가 배 안에 고여 있는 모습을 상상했다.

위험은 지나갔지만 여전히 우유 막은 거기에 있었다. 커피 잔 바닥에도 여전히 구토증이 남아 있었다. 솔레르스가 말했다. "난 차이를 알아채는 데 소질이 있어." 크리스테바는 커피 잔을 단숨에 비웠다.

그들은 아이들이 시간당 몇 프랑씩 내고 나무배를 빌려 띄우고 노는 커다란 연못 쪽으로 걸어갔다.

크리스테바는 루이의 소식을 들었냐고 물었다. 솔레르스는 개들이 경계를 삼엄하게 서고 있지만 베르나르가 그를 만났다고 말했다. "약 때문에 완전히 얼이 빠져 있었다는군. 계속 이렇게 말했다고 들었어. '엘렌을 죽였어. 이제 어떻게 되는 거지?' 하고. 이런 일이 벌어지리라고는… 당신은 상상할 수 있겠어? 정말로… 이제 어떻게 되는 거지? 너무 황당한 일이 일어났으니…." 솔레르스는 그 일을 다시 생각하고 있었다. 크리스테바는 좀 더 현실적인 고민을 하자고 했다. 솔레르스는 좀 더 확신을 가지고 싶었다. 아파트의 무질서한 상황을 봤을 때 복사본은 파손되었거나 영영 사라졌을 것이다. 최악의 경우에는 아마도 박스 안에 담긴 채 버려져서 200년쯤 후에 중국인들 손에 들어가겠지. 그들은 그것이 무엇인지 전혀 모른 채 아편 파이프에 불을 붙이는 데 쓰겠지.

"당신 아버지가 틀렸어. 다음엔 복사본 만들지 말자고 해."

"그런 말이 무슨 소용이야. 그리고 다음이란 건 없어."

"다음은 항상 있어, 다람쥐 아가씨."

크리스테바는 바르트를 생각했다. 솔레르스가 말했다. "난 누구보다도 바르트를 잘 알았어."

크리스테바가 차갑게 대꾸했다. "그를 죽인 건 나야."

솔레르스가 엠페도클레스를 인용하여 말했다. "심장을 적신 피가 사유를 낳지." 하지만 솔레르스는 무엇을 생각하든 몇 초를 못 넘기고 결국 바르트에게로 신경이 쏠리는 듯했다. 그는 이를 악물고 중얼거렸다. "바르트의 죽음은 헛되지 않을 거야. 난 내 역할을 할 거야."

그러고는 마치 아무 일도 없었던 듯 다시 혼자 중얼거리기 시작했다. "메시지가 더 이상 중요하지 않은 건 알겠어. 아 아이 일은 무슨 일인지 명확하지가 않아. 오 오 … 사람들은 기억하지 못해 아무것도 기억 못 해. 처녀 숲처럼 텅 비었지. 우리는 물 밖에 나온 물고기 같아. 드보르가 내 글을 잘못 읽은 게 뭐가 중요하지? 나를 콕토랑 비교할 만큼 틀렸지만 그게 뭐가 중요해. 우리는 뭐지? 마지막엔 어떻게 되지?"

크리스테바는 한숨을 쉬었다. 그녀는 솔레르스를 데리고 체스를 하고 있는 사람들 곁으로 갔다.

솔레르스에게는 아이 같아서 단 3분 동안만 작동하고 날려 버리는 기억력이 있다. 그는 지금 한 노인과 젊은이의 체스 시합에 정신이 팔려 있다. 그들은 둘 다 뉴욕의 한 팀의 로고가 새겨진 야구 모자를 쓰고 있었다. 젊은이가 상대방의 공격을 막기 위해 역으로 공격을 하자 솔레르스는 아내의 귀에 속삭였다. "노인네 좀 봐. 원숭이처럼 약았는걸. 호 호. 하지만 잘 찾아보면 날 찾을 수 있답니다. 헤 헤."

옆의 테니스 코트에서 퍽 퍽 하는 테니스 공 소리가 들려왔다.

약속 시간이 다가오자 크리스테바는 남편의 소매를 잡아끌고 자리를 떴다.

그들은 그네가 있는 숲을 지나 '손인형 소극장'으로 갔다. 그들은 아이들 한가운데 자리 잡고 나무 의자에 앉았다.

그들 바로 뒤에 쭈글쭈글한 옷을 입은 콧수염 남자가 앉았다.

그는 주름진 조끼를 잡아 펴면서 우산을 다리 사이에 놓았다.

그리고는 담배에 불을 붙이고, 크리스테바 쪽으로 몸을 구부려 그녀의 귀에 무언가를 속삭였다.

솔레르스가 몸을 돌려 반갑다는 듯 소리쳤다. "안녕, 세르게이!" 크리스테바가 퉁명스럽게 말했다. "니콜라이야." 솔레르스는 푸른색 자개 상자에서 담배를 꺼내고 불가리아 남자에게 불을 청했다. 옆에 앉은 아이가 호기심 어린 눈으로 그들을 번갈아 쳐다보았다. 솔레르스는 아이에게 혀를 내밀었다. 무대 커튼이 열리고 손인형 기뇰이 나왔다. "안녕하세요, 어린이 여러분!" "안녕하세요, 기뇰!" 니콜라이는 크리스테바에게 불가리아어로 아메드의 친구를 쫓아다녔다고 말했다. 그의 집도 뒤졌다. (이번에는 어질러놓지 않았다.) 그에겐 복사본이 확실히 없다. 하지만 얼마 전부터 도서관에서 시간을 보내고 있으니 뭔가 이상하지 않은가.

솔레르스는 불가리아어를 이해하지 못해 기다리는 동안 연극을 봤다. 연극의 주인공은 기뇰과 수염이 텁수룩한 도둑이고, 등장하는 헌병이 세르게이처럼 r 발음을 몹시 굴렸다. 단순한 싸움과 막대로 맞는 장면이 계속 반복되었다. 큰 줄거리는 도둑이 훔쳐간 후작 부인의 목걸이를 되찾아야 한다는 내용이었다. 솔레르스는 대번에 후작 부인이 성적인 서비스를 제공한 대가로 도둑에게 스스로 목걸이를 주지 않았는지 의심했다.

크리스테바는 슬리만이 주로 어떤 책을 보는지 물었다.

기뇰은 아이들에게 도둑이 혹시 저쪽으로 도망쳤는지 물었다.

니콜라이는 슬리만이 주로 언어학과 철학 책을 봤다고 대답했다. 하지만 슬리만은 자신이 무엇을 찾고 있는지 정확히 모르는 것처럼 보였다고 얘기했다.

아이들이 대답했다. "네에에에에에에!!!!"

크리스테바는 그게 뭔가를 찾고 있다는 증거라고 말했다. 그녀가 솔레르스에게 그 얘기를 전하려는 순간, 솔레르스도 외쳤다. "네에에에에에에!!!!"

니콜라이가 더 자세히 말했다. 특히 미국 언어학자의 책을 주로 들춰봤다고 했다. 촘스키, 오스틴, 설. 그리고 러시아 학자인 야콥슨, 두 명의 독일인, 뷜러와 포퍼, 프랑스인 한 명, 벵베니스트.

이 리스트를 듣자 크리스테바에게 무엇인가가 떠올랐다.

도둑은 아이들에게 기뇰한테 알려주지 말라고 했다.

아이들은 소리를 질렀다. "안 돼요오오오오오!!!!" 솔레르스는 장난스럽게 "네에에에에에!!!" 하고 대답했다. 하지만 그의 목소리는 아이들의 목소리에 파묻혀 버렸다.

니콜라이는 슬리만이 어떤 책들은 그저 책장만 들춰 보았지만 오스틴의 책은 특히 많이 읽어보더라고 전했다.

크리스테바는 설을 만나야겠다고 결론을 내렸다.

도둑은 막대를 들고 기뇰의 등 뒤로 살금살금 다가갔다. 아이들은 기뇰에게 알려주고 싶어 했다. "조심하세요! 조심하세요!" 하지만 기뇰이 몸을 돌려 뒤를 보려 할 때마다 도둑은 몸을 숨겼다. 기뇰은 아이들에게 도둑이 근처에 있느냐고 물었다. 아이들은 기뇰에게 알려주고 싶어 안달이 났지만 그는 귀머거리처럼 못 들은 척했다. 아이들은 더 흥분해서 날뛰었다. 아이들이 소리를 질렀고 솔레르스도 아이들과 함께 소리를 질렀다. "뒤에 있어요! 바로 뒤에 있어요!"

기뇰이 막대로 한 방 맞았다. 극장은 아이들의 탄식 소리로 가득 찼다. 아이들은 기뇰이 죽었다고 믿었다. 하지만 당연히 아니다. 죽은 척했을 뿐이다. 휴우….

크리스테바는 곰곰이 생각했다.

기뇰은 계략을 써서 도둑을 때려 눕혔다. 이제까지 당한 것을 그대로 돌려주겠다는 듯, 막대로 여러 차례 도둑의 머리를 때렸다. (현실에서는 머리를 저렇게 맞으면 살아남지 못할 것이라고 니콜라이는 생각했다.)

헌병이 도둑을 체포하고 기뇰에게 축하 인사를 건넸다.

아이들은 요란하게 소리를 질렀다. 기뇰이 목걸이를 돌려주었는지 자기가 차지했는지는 알 수 없다.

크리스테바는 남편의 어깨에 손을 얹고 귀에다 대고 소리를 질렀다. "미국에 가야 해."

기뇰이 인사했다. "또 만나요, 얘들아!"

아이들과 솔레르스가 대답했다. "또 만나요, 기뇰!"

헌병도 말했다. "또 만나요*Au rrevoir*, 얘들아!"

솔레르스는 몸을 돌리며 말했다. "잘 가, 세르게이!"

니콜라이 : "또 보겠습니다*Au rrrevoir*, 무슈 크리스테바."

크리스테바가 솔레르스에게 "이타카로 가자."라고 말했다.

53

슬리만은 남의 침대에서 눈을 떴다. 침대에는 자신밖에 없었지만 방금까지 누군가 있었던 흔적이 선명했고 온기가 남아 있었다. 침대라기보다는 바닥에 놓인 매트리스였고, 아무 장식도 없고 창문도 없는 캄캄한 방이었다. 문 너머에서 남자들의 목소리와 음악 소리가 들렸다. 그는 이곳이 어디인지 기억해냈고 이 음악도 잘 알았다. (말러의 곡이었다.) 그는 굳이 옷을 입으려 하지 않고 문을 열어 거실로 나갔다.

거실은 매우 기다란 방으로 벽이 창문으로 되어 있었고, 8층이기 때문에 파리의 풍경이 잘 보였다. (불로뉴 숲과 생-클루.) 낮은 테이블에 검은 기모노를 입은 미셸 푸코가 앉아 팬티 바람의 두 젊은이에게 무언가를 설명하고 있었다. 두 젊은이 중 한 명의 사진 세 장이 소파 옆 기둥에 붙어 있었고, 강연 주제는 코끼리의 성에 얽힌 신비였다.

좀 더 자세히 말하자면, 슬리만은 푸코가 코끼리의 성생활이 17세기 프랑스에서 어떻게 받아들여지고 논평되었는지를 설명하고 있다고 이해했다.

두 젊은이는 담배를 피웠다. 슬리만은 담배의 속에 아편이 차 있다는 것을 알았다. 아침에 피우는 아편은 전날의 여파를 완화해주기 때문이다. 흥미롭게도 푸코는 이런 방법에 의지할 필요가 없었다. 모든 종류의 마약을 가리지 않고 사용하는데도 말이다. 전날 밤 내내 LSD를 했더라도 아침 9시에 타자기 앞에 앉을 수 있는 사람이었다. 옆의 젊은이들은 피곤해 보였다. 젊은이들이 동굴에서 울리는 듯한 목소리로 슬리만에게 인사했다. 푸코는 슬리만에게 커피를 권했다. 그런데 바로 이때 주방에서 요란한 소리가 들리고, 제3의 젊은 남자가 슬픈 얼굴로 주방에서 나왔다. 손에는 플라스틱 조각을 들고 있었다. 그의 이름은 마티유 랭동으로, 막 커피포트를 깨뜨린 것이다. 다른 젊은이들이 탁한 웃음소리를 냈다. 푸코는 너그럽게 차를 대신 마시라고 권했다. 슬리만은 앉아서 비스코티 과자에 버터를 바르기 시작했고, 검은 기모노를 입은 위대한 대머리 철학자는 다시 코끼리의 성생활에 관한 강연을 재개했다.

프란치스코 살레시오는 17세기 제네바의 주교이자 《신심 생활 입문Introduction à la vie dévote》의 저자인데, 순결한 삶의 모델로 코끼리를 제시했다. 정절을 지키며 절제하는 삶을 사는 코끼리는 평생 단 한 마리만을 짝으로 삼고, 3년에 한 번 닷새 동안 눈길을 피해 짝짓기를 하고 난 후 오랫동안 몸을 씻어 정화의 시간을 갖는다. 팬티 바람의 잘생긴 에르베가 담배를 피우며 투덜거렸다. 그는 코끼리의 우화 속에서 가톨릭 교리를 알아차리고 그것을 끔찍하게 여겨 침을 뱉으려 했지만 침이 부족해 시늉으로 그치고 기침을 했다. 푸코는 기모노를 입은 채 열정적으로 말했다. "맞아! 흥미로운 사실은 고대 로마의 박물학자 플리니우스도 코끼리의 습관을 같은 방식으로 분석했단 말이지. 그러니까 코끼리의 도덕에 관한 계보를 연구해보면 다른 사람들도 알아차리겠지만 기독교 이전 시대에서 그 뿌리를 찾을 수 있단 말이야. 아니면 최소한 기독교가 아주 미미한 배아 상태였던 시대에서 말이지." 푸코는 기분이 몹시 좋은 것 같았다. "무슨 말인지 알겠어? 우리는 기독교를 이야기했잖아. 기독교가 마치 그때 이미 존재했던 것처럼. 사실 당시는 기독교나 다른 종교, 특히 로마의 다신교조차 아직 제대로 형태를 갖추지 못한 때였고, 사람들은 아주 순수한 상태였지. 갑자기 나타나서 아무런 영향도 끼치지 않고 영향을 받지도 않고 변형되지도 않고 사라져버리는 집단을 생각하면 안 되지."

마티유 랭동은 아직도 깨진 커피포트 조각을 들고 서 있었다. "하지만 음… 미셸, 무슨 말을 하고 싶은 건가요?"

푸코는 그에게 활짝 웃어 보였다. "사실 이교나 다신교는 하나의 집합체로 취급받을 수 없지만 기독교도 마찬가지야. 방식을 달리 해야 한다는 말이지. 무슨 말인지 이해가 가니?"

슬리만은 과자를 씹으며 말했다. "그러면 미셸, 코넬에서 열리는 토론회 말인데요, 거기에 여전히 갈 생각인가요? 그 코넬이란 데가 정확히 어디 있죠?"

어떤 질문이든 답하는 것을 아주 좋아하는 푸코는 슬리만이 토론회에 관심을 가지는 것에 놀라지도 않았다. 그는 코넬이 미국 북부의 이타카라고 하는 작은 소도시에 위치한 훌륭한 대학교의 이름이라고 알려주었다. 또한 토론 주제가 언어이고 '언어론적 회전'*이라는 제목이 붙어 있어서 응하기로 했는데 자신은 그것을 잊어버렸고, 토론을 위한 준비도 이미 한참 전부터 잊어버렸다고 했다. (《말과 사물Les mots et les choses》을 펴낸 것이 1966년이었다.) 하지만 그는 결국엔 토론회에 갈 것이라 대답했고, 자신의 말을 번복하기가 싫어서라고 했다. (사실 그는 진짜 이유를 잘 알고 있었다. 그는 미국을 너무 좋아했다.)

슬리만은 과자를 다 먹고 뜨거운 차를 한 모금 삼켰다. 담배에 불을 붙이고는 헛기침을 하며 말했다. "혹시 저도 같이 가도 될까요?"

54

크리스테바가 말했다. "그건 안 되지, 여보. 당신은 나랑 함께 갈 수 없어. 이건 대학교수들만 참석하는 토론회라고. 그리고 당신은 사람들이 무슈 크리스테바라고 부르는 걸 너무 싫어

---

* 철학 문제를 기호논리학이나 언어철학을 바탕으로 한 논리분석과 언어분석으로 해결하려 한 움직임.

하잖아."

솔레르스의 미소는 자존심에 입은 상처를 숨기지를 못했다. 그는 상처가 평생 아물지 않을 수 있다고 내심 두려워하고 있다.

논문 심사를 받는 몽테뉴나 파스칼, 볼테르를 상상할 수 있는가?

이 멍청한 미국인들은 왜 자신을 이토록 몰라볼까? 거장 중의 거장, 그의 글이라면 수많은 사람들이 읽고 2043년이 되어도 많은 사람들이 읽을 텐데 어째서?

샤토브리앙, 스탕달, 발자크, 위고라면? 그렇다면 혹시 참가를 고려해주실 수 있는지 허락을 구했으려나?

웃기는 것은 그들이 데리다는 초대했다는 사실이다. 그런데 친애하는 양키님들, *différence*(차이)의 e를 a로 바꿔 *différance*(차연)이라고 썼다는 이유로 당신들이 숭배하는 데리다는 (세계가 분해돼서 흩어지고 있어.) 자신의 최고 걸작인 《산종 *La dissémination*》을 이 솔레르스의 소설 《숫자*Nombres*》에 경의를 표하기 위해 썼다는 사실을 아는지? (세계가 해체되고 있어.) 당신네 뉴욕이나 캘리포니아 사람들은 그 소설에 전혀 관심을 기울이지 않았지. 하하, 웃겨 죽을 지경이군.

솔레르스는 배를 두드리며 웃었다. 호 호 호! 내가 없으면 데리다도 없는 것인데! 아, 온 세상이 그것을 알았더라면…, 미국이 그것을 알았더라면….

크리스테바는 이미 다 알고 있는 내용이었지만 참을성 있게 그의 말을 들었다.

"플로베르나 보들레르, 로트레아몽, 랭보, 말라르메, 클로델, 프루스트, 브르통, 아르토가 논문을 심사받는 게 상상이 돼?" 솔레르스는 갑자기 말을 멈추고 깊이 생각하는 척했다. 하지만 크리스테바는 그가 무슨 말을 할지 이미 알고 있다. "셀린은 논문을 썼지. 하지만 그건 의학 논문이잖아. 문학적으로 우수한 논문이었어." (나는 셀린의 의학 논문을 읽었어. 대학교수들 중에 그 논문을 읽어본 자가 과연 얼마나 되겠어?)

그는 아내에게 다가와 비비적거리며 그녀의 팔 안에 자신의 머리를 밀어 넣고 우스꽝스러운 목소리로 말했다.

"하지만 당신은 가고 싶은 거지? 응? 사랑을 듬뿍 받고 있는 다람쥐 아가씨?"

"왜 그런지 당신도 알잖아. 셜이 거기 올 테니까."

"다른 사람도 다 올 테지!" 솔레르스가 소리를 질렀다.

크리스테바는 담배에 불을 붙였다. 그녀는 자신이 기대고 앉은 쿠션의 문양을 봤다. 클뤼니 박물관의 유니콘 태피스트리를 복제한 것으로 싱가포르 공항에서 솔레르스와 함께 산 쿠션이었다. 그녀는 다리를 포갠 채 앉아 있었고, 머리카락은 포니테일로 묶고 있었다. 그녀는 소파 옆의 식물을 만지며 중간 크기의 목소리와 특유의 어투로 과장되게 또박또박 말했다. "맞아, 다른 사람들도. *les autrrrrres*…."

솔레르스는 짜증을 억누르고 싶을 때 읊는 문구를 읊었다.

"푸코는 짜증, 질투, 너무 격렬해. 들뢰즈는 눈에 거슬려. 알튀세르는 정신이 이상해. (하하!) 데리다는 연이은 성공에 도취해 있지. 라캉은 그냥 싫어. 공산주의자들이 뱅센을 지키고 있다는 건 굳이 말할 필요도 없지. (뱅센은 정신병동이야.)"

크리스테바는 이미 남편의 속내를 안다. 플레야드*에 끼지 못할까 봐 두려운 것이다.

사람들의 인정을 받지 못한 천재는 이제 미국인들을 비난하는 데 혈안이 되어 있다. 그들의 '게이나 레즈비언 연구', 그들의 포괄적 페미니즘, 데리다의 '해체'나 라캉의 심리 분석을 향한 열광…. 몰리에르도 잘 모르는 주제에….

여자들은 또 어떻고!

"미국 여자들? 대부분은 알고 지낼 만한 사람들이 못 되지. 돈, 불평, 가족 관계, 가짜 정신 분석학자. 다행히도 뉴욕에는 히스패닉들이랑 중국인들이 있지. 유럽인들도 꽤 있고." 하지만 코넬에는? 품. 셰익스피어라면 푸아라고 하겠지.**

크리스테바는 영문판 정신 분석학 잡지를 뒤적거리며 재스

---

* 7명의 대표 문인.
** 셰익스피어 작품의 프랑스어 번역판에서는 비웃음을 나타내는 감탄사 '퓨(품)'를 주로 '푸아'라고 번역한다.

민 차를 마셨다.

솔레르스는 화가 나서 황소처럼 어깨를 앞으로 내밀고 거실의 큰 테이블 주변을 돌았다. "푸코, 푸코, 걔네 머릿속에 그놈밖에 없어."

그러고는 결승점에 들어온 후 숨이 차서 힘들어하는 달리기 선수처럼 갑자기 멈춰 섰다. "제기랄, 그러라지. 별로 중요한 것도 아니야. 우선 미국에 가야 해. 가서 회의를 하고 식민지 영어로 대화도 하고 따분한 학회에 참석하는 거지. '다 함께' 있어야 하고, 말은 아주 길게 늘어놓아야 해. 그리고 인간미를 풍겨야 하지."

크리스테바는 찻잔을 내려놓고 그에게 부드럽게 말했다. "당신은 복수할 수 있을 거야, 여보."

솔레르스는 흥분하여 주먹을 휘두르며 자기 자신을 2인칭으로 표현해서 말했다. "당신은 연설을 잘 하잖아. 당신의 연설은 명쾌하지만 짜증나기도 해. (차라리 당신이 말을 더듬었으면 좋겠지만, 별수 없지….)"

크리스테바는 솔레르스의 손을 잡았다.

솔레르스는 웃으며 말했다. "때로는 격려가 필요해."

크리스테바도 웃으며 대답했다. "이리 와. 메스트르*의 글

---

* 프랑스의 정치학자. 주권 신수설을 주장하여 프랑스 혁명에 반대하다가 이탈리아로 망명했다.

을 읽어줄게."

55

오르페브르 강변로, 파리 경찰청. 바야르는 타자기로 보고서를 작성하고 시몽은 촘스키의 일반 문법에 관한 책을 읽고 있다. 고백하자면, 제대로 이해하지 못하고 있다.

타자기로 한 줄을 다 작성할 때마다 바야르는 오른손으로 타자기의 레버를 쳐서 왼쪽 끝으로 돌아가게 했다. 그러는 동안 왼손으로 커피 잔을 잡아 한 모금 삼키고 담배를 빨아들인 다음 파스티스51이라는 로고가 있는 노란 재떨이에 걸쳐놓고 다시 타자를 쳤다. 철컥 탁 탁 탁, 탁 탁 탁, 철컥 탁 탁 탁, 탁 탁 탁….

갑자기 탁 탁 소리가 멈췄다. 바야르는 인조 가죽 의자에서 몸을 꼿꼿하게 세우며 시몽을 쳐다보았다.

"크리스테바라는 이름은 어느 나라에서 온 거지?"

56

미테랑이 도착했을 때 세르주 모아티는 사바나 케이크를 게 걸스럽게 먹고 있었다. 파비위스는 팡테옹 광장 근처의 사저에서 실내화를 신은 채 미테랑을 맞았다. 자크 랑, 바댕테르, 자크 아탈리, 레지 드브레는 차분하게 커피를 마시며 기다렸다. 미테랑은 두르고 있던 목도리를 파비위스에게 던지며 소리를 질렀다. "당신 친구 모루아 말이야. 가만두지 않겠어!" 기분이 몹시 언짢은 게 명백했다. 모여 있던 젊은이들은 오늘의 회의가 몹시 길고 지루하리라고 예감했다. 미테랑은 으르렁거리며 말했다. "로카르! 그놈의 로카르!" 아무도 선뜻 말을 꺼내지 않았다. "메스 전당대회*에서 실패하더니 전력을 다해서 나를 대통령 선거에 내보내겠다는군. 뒤통수를 치겠다는 심산이지!" 젊은이들은 한숨을 쉬었다. 모아티는 사바나 케이크를 천천히 씹었다. 앵무새를 닮은 젊은이가 위험을 무릅쓰고 말했다. "저…." 하지만 미테랑은 차갑고 위협적인 얼굴로 그를 향해 돌아서서 검지를 그의 가슴에 대고 밀면서 말했다. "입조심하시오, 아탈리." 아탈리는 뒷걸음질로 벽까지 밀려갔다. 예비 선거 주자 미테랑은 계속해서 말을 이었다. "다들 내가 실패하길 바라고 있지. 하지만 그 속셈을 내가 역으로 이용해주지. 불출마 선언을 하겠어. 하 하. 바보 같은 로카르 놈이 멍청이 지스카르에게 당하는 꼴을 지켜보자고. 로카르, 지스카르… 코나르(멍청

---

* 1979년에 열린 사회당 전당대회로 미테랑이 로카르를 제치고 당권을 잡는 계기가 된다.

이)*들의 전쟁이군. 훌륭해! 아주 훌륭해! 좌파 2인자라고? 나 참, 어이가 없군. 드브레! 어이가 없어. 로베르! 펜 좀 가져와요. 성명서 내용을 불러줄 테니 받아 적으세요. 저는 사임합니다! 이번에는 패스예요! 하 하! 좋은걸!" 그는 으르렁거렸다. "실패?! 그게 뭐죠? 실패가 뭔데?"

아무도 감히 뭐라 말을 꺼낼 엄두를 내지 않았다. 자기 소신을 당당히 밝히는 파비위스조차도 이토록 민감한 사안에서는 섣불리 끼어들지 않으려 했다. 게다가 이것은 순전히 사의 표명을 어떻게 하느냐 하는 문제였다.

미테랑은 정견 발표를 녹화했다. 그는 짧은 연설문을 준비했다. 지루하고 진부해서 아무런 재능이 보이지 않는 담화문이었다. 그는 보수주의와 고인 물을 언급했다. 열정도 진솔한 메시지도 없으며 재치마저 없는, 텅 비고 과장된 문구만이 있을 뿐이었다. 화면에서는 만년 실패자의 차가운 분노밖에 느낄 수 없었다. 녹화는 장례식처럼 음울한 분위기로 끝을 맺었다. 파비위스는 신경질적으로 실내화 속의 발가락을 꼼지락거렸다. 모아티는 사바나 케이크를 마치 시멘트 덩어리처럼 씹었다. 드브레와 바댕테르는 무표정하게 서로 눈길을 주고받았다. 아탈리는 창밖으로 여성 주차 단속원이 모아티의 R5에 딱지를 끊는

---

* 화가 난 와중에 운율을 맞추고 있다. 미테랑은 평소 글을 잘 쓰기로 정평이 나 있었다.

것을 보았다. 자크 랑도 당황한 것 같았다.

미테랑은 어금니를 악물었다. 그는 평생 쓰고 살아온 가면을 지금도 계속 쓰고 있다. 창자를 갉아먹는 분노를 삭이기 위해 그는 거만한 태도로 벽을 둘러치고 때때로 그 안에 침잠해 버린다. 그는 일어서서 목도리를 집어 들고 아무 말도 없이 떠나버렸다.

미테랑이 떠난 후에도 한참 동안 침묵이 지속되었다.

모아티는 창백해진 얼굴로 말했다. "좋아. 그렇다면 세겔라*가 우리의 유일한 희망이군."

뒤에 있던 자크 랑이 중얼거렸다. "아니요. 아직 하나가 더 남아 있습니다."

57

"그자가 처음으로 거기 갔을 때 왜 그걸 못 찾았는지 이해가 안 가. 야콥슨인가 그 러시아 언어학자랑 관련된 텍스트라는 걸 알고 있었잖아. 야콥슨의 책이 책상 위에 있는데 그걸 눈여겨보지 않았다고?"

---

* 프랑스의 광고 전문가. 미테랑의 선거 캠페인을 맡는다.

그렇죠. 사실 그 책이 전혀 중요해 보이지 않긴 했죠.

"우리가 다시 바르트의 집에 갔을 때도 거기에 왔잖아. 열쇠를 가지고 있었는데 왜 더 일찍 오지 않았을까?"

시몽은 보잉 747기가 긴 활주로를 달리다 이륙하는 동안 내내 바야르의 말을 들었다. 부르주아 파시스트 지스카르가 마침내 그들의 미국 왕복 비용을 대주기로 했지만, 콩코드를 탈 비용까지 승인해주지는 않았다.

그들은 불가리아 사람들을 조사하다 마침내 크리스테바를 쫓게 되었고, 크리스테바가 미국으로 떠나자 그 뒤를 쫓아 핫도그와 케이블 방송의 나라, 미국으로 떠나게 되었다.

우려했던 대로 같은 줄의 좌석에는 쉴 새 없이 울어대는 아이가 있었다.

스튜어디스 한 명이 다가와 바야르에게 이륙과 착륙 동안에는 흡연이 금지되어 있으니 담배를 꺼달라고 했다.

시몽은 비행기 안에서 읽으려고 움베르토 에코의 책 《이야기 속의 독자Lector in fabula》를 가져왔다. 바야르는 책에 뭔가 흥미로운 사실이 있느냐고 물었다. 그가 말하는 흥미로운 사실이란 수사에 도움이 되는 것을 뜻하겠지만, 그것만이 아닐 수도 있다. 시몽은 펼친 페이지를 읽었다. "나는 살아 있다. (다시 말해 지금 글을 쓰고 있는 나는 내가 아는 유일한 세상에서 살고 있다고 생각한다.) 하지만 서사적 가능 세계를 논의하는 순간, 나는

(실제로 경험하는 세계로부터) 이 세계를 서사 세계와 비교하기 위해 기호학적 구성물로 축소하기로 결정한다."

스튜어디스들이 통로에 자리 잡고 영상 속의 안전 지침을 따라 팔을 휘두르는 동작을 하는 동안 시몽은 갑작스레 열기가 솟아오르는 것을 느꼈다. (아이는 울음을 그치고 교통경찰 같은 스튜어디스들의 일사불란한 안무 동작을 넋 놓고 지켜봤다.)

크리스테바는 공식적으로 뉴욕 이타카의 코넬대학교에서 열리는 학술회의에 간 것으로 되어 있다. 바야르는 학술회의의 이름도 주제도 전혀 알고 싶어 하지 않았다. 그는 그저 에코가 언급한 존 설이라는 미국 철학자의 참석 여부에만 관심이 있을 뿐이다. 크리스테바를 아이히만*처럼 프랑스로 끌고 오는 게 목적이 아니다. 지스카르가 단순히 바르트의 살인범을 체포하고자 했다면 모든 정황상 그녀가 연루되어 있다는 것이 분명했기에 출국 금지 조치를 취했을 것이다. 그는 무슨 음모가 꾸며지고 있는지 알아내고자 했다. 정보국의 수사란 항상 그렇지 않은가?

빨간 망토 소녀에게 현실 세계란 늑대가 말을 하는 세상이다.

그리고 그 빌어먹을 텍스트도 되찾아야 한다.

바야르는 이해하려고 노력했다. 그렇다면 언어의 7번째 기능이란 일종의 언어 사용법인가? 마법인가? 사용 안내서인가?

---

* 나치 독일의 전범. 종전 후 아르헨티나에 피신했다가 이스라엘 정보국에 잡혀 이스라엘로 압송되었다.

정치인과 학자들이 최고의 권력을 얻기 위해 손에 넣으려 하는 헛된 망상인가?

통로 건너편에 앉은 꼬마는 면마다 색깔이 다른 큐브를 꺼냈다.

시몽은 생각했다. 그렇다면 자신과 빨간 망토 소녀와 셜록 홈즈의 차이는 무엇인가?

그는 바야르가 큰 목소리로 하는 혼잣말을 들었다. 어쩌면 시몽에게 들으라고 한 말일지도 몰랐다. "언어의 7번째 기능은 수행적 기능이라 생각하자고. 그 기능을 구사하는 자는 누구든, 어떤 상황에서든 사람을 설득할 수 있는 거라고 말이야. 그 텍스트는 앞뒤로 적힌 종이 한 장이었지. 즉 분량이 얼마 되지 않았어. 그토록 강력한 힘을 가졌는데 사용 방법이 그렇게 짧을 리가 없지. 식기세척기든 텔레비전이든 기계의 사용 설명서는 여러 페이지가 되거든. 내 차 504의 설명서도 그렇고."

시몽은 이를 악물었다. 그렇다. 무엇인지 감을 잡기가 힘들다. 아니, 설명할 수가 없다. 종잇조각에 적힌 내용을 아주 조금이라도 알고 있다면 나는 벌써 대통령이 되었겠지. 그리고 온 세상 여자들이랑 다 잤을걸.

바야르는 말하는 와중에도 꼬마의 큐브를 계속 쳐다봤다. 큐브는 각 면마다 색깔이 다른데 색깔을 모두 맞추기 위해서는 수평 또는 수직으로 돌려야 했다. 꼬마는 열중해서 이 방법 저 방법으로 돌려대고 있었다.

《이야기 속의 독자》에서 에코는 허구 속 인물들의 위상을 이야기한다. 에코는 이들이 현실 세계의 사람들 외에 '부수적인' 사람들이라며 '여분의 개체'라고 부른다. 로널드 레이건이나 나폴레옹은 현실 세계의 사람들이고 셜록 홈즈는 허구 속 인물이다. 하지만 그렇다면 '셜록 홈즈는 결혼하지 않았다'라든가 '햄릿은 미쳤다' 같은 문장의 의미는 무엇인가? '여분의 개체'도 현실의 사람과 똑같이 취급해야 할까?

에코는 이탈리아의 기호학자인 볼리를 언급했다. 볼리는 '나는 존재한다. 엠마 보바리는 존재하지 않는다.' 라고 말했다. 시몽은 점점 더 혼란스러워졌다.

바야르가 화장실에 가려고 일어섰다. 정말로 소변을 보고 싶어서라기보다는 시몽이 책에 푹 빠져 있어서 이야기 상대가 되지 않기도 했고, 다리도 한 번씩 뻗어줘야 했으며, 무엇보다도 작은 병에 담긴 술을 전부 마셔버렸기 때문이었다.

그는 비행기 뒤쪽으로 걸어가다가 푸코와 마주쳤다. 푸코는 목에 헤드폰을 걸고 있는 젊은 아랍 남자와 열띠게 토론하고 있었다.

바야르는 학회 일정에서 푸코의 이름을 봤기 때문에 그 역시 오리라는 것을 알고 있었지만, 놀라운 마음을 감출 수 없었다. 푸코는 바야르를 향해 먹이를 만난 육식동물 같은 미소를 지었다.

"혹시 여기 슬리만을 모르시나요, 경위님? 아메드와 친한 사이였죠. 물론 아메드의 죽음은 조사하지 않으셨겠죠? 동성애자 한 명쯤 없어진 것에 관심이 없으시겠죠. 아니면 아랍인이라서? 아니면 둘 다?"

바야르가 다시 자리로 돌아왔을 때 시몽은 고개를 숙이고 잠들어 있었다. 앉아서 잠을 청하는 데 익숙한 사람들의 전형적인 자세였다. 에코는 자신의 장모가 자신을 결국 어떻게 판단했는지 언급했다. "사위가 내 딸과 결혼하지 않았더라면 어떻게 됐을까?"

시몽은 꿈꾸는 사람이다. 바야르는 생각하는 사람이다. 푸코는 슬리만에게 고대 그리스 시대의 섹스에 관한 꿈 해석을 말해주기 위해 위층의 바로 데리고 갔다.

그들은 푸코만큼 환한 미소를 짓는 스튜어디스에게 위스키 두 잔을 주문했다.

꿈을 연구한 그리스 학자 아르테미도로스에 따르면, 섹스에 관한 꿈은 신탁이나 예언과 같다. 그러므로 꿈속에서 경험하는 섹스와 현실에서의 사회적 관계가 서로 어떤 관련이 있는지 정립해야 한다. 예를 들어 노예와 관계를 맺는 꿈을 꾼다면 좋은 징조다. 노예는 자신의 소유물이기 때문이기 때문에 그 꿈은 재산이 늘어나리라는 예언이다. 유부녀와 관계를 맺는 꿈은 나쁜 징조다. 다른 이의 소유물에 손을 대서는 안 되기 때문이다. 어머니와 관계를 맺는 꿈은 좀 더 두고 봐야 한다. 푸코에 따르면 사람들은 그리스인들이 오이디푸스에게 부여하는 비중을 터무니없이 과대평가하고 있다. 모든 경우에서 꿈의 시점은 자유롭고 활동적인 남자의 시점이다. (남자, 여자, 노예, 가족에게) 삽입하는 것은 좋은 징조다. 삽입당하는 것은 나쁜 징조다. 최악은 자연의 섭리를 가장 심하게 거스르는 것으로, 레즈비언끼리 삽입을 하는 것이다. (신, 동물, 시체와 관계를 맺는 것 다음으로.)

"각자 자기 기준이 있고 규범이 있는 거지." 푸코는 웃으며 위스키 두 잔을 또 시키고는 슬리만을 옆 화장실로 데리고 갔다. 슬리만은 기꺼이 푸코가 원하는 대로 해주었다. (워크맨을 빼는 것만은 거부했다.)

우리는 시몽의 머릿속에 들어가 있지 않기 때문에 그가 무슨 꿈을 꾸는지 알 도리가 없다. 그렇지 않은가?

바야르는 푸코와 슬리만이 계단을 올라가 위층의 바로 향하는 모습을 보았다. 그는 그다지 이성적이지 못한 충동에 이끌려 그들의 빈자리로 갔다. 푸코의 자리 앞 주머니에는 책들이 있었고 슬리만의 자리 앞에는 잡지가 있었다. 바야르는 좌석 위 짐칸을 열어서 두 남자의 것으로 보이는 가방들을 꺼냈다. 그는 푸코의 자리에 앉아 푸코의 가방과 지골로의 배낭을 뒤졌다. 서류, 책, 갈아입을 티셔츠, 카세트테이프. 우리가 찾는 텍스트는 없는 것 같군. 하긴 대문짝만하게 '언어의 7번째 기능'이라고 적혀 있진 않겠지. 그래서 그는 가방들을 가지고 자리로 돌아가 시몽을 깨웠다.

시몽은 잠에서 깨어 상황을 듣고는 푸코가 같은 비행기에 있다는 사실에 놀랐다. 바야르가 가방을 뒤지라고 하자 분개했지만 마지못해 동의했다. 20분가량을 뒤진 후 마침내 시몽은 푸코의 가방과 슬리만의 배낭에는 언어의 7번째 기능과 조금이라도 연관이 있어 보이는 것이 없다고 했다. 바로 그때 푸코가 계단을 내려오는 모습이 보였다.

그는 자기 자리로 돌아갈 것이고 조만간 가방이 사라졌다는 사실을 알게 될 것이다.

서로의 역할을 맞출 필요도 없이 그들은 신속하게 움직였다. 시몽은 바야르를 뛰어넘어 푸코가 걸어오는 통로로 나와섰고, 바야르는 반대편 통로로 나가서 푸코의 좌석이 있는 비행기 뒤쪽으로 향했다. 푸코가 시몽의 앞까지 왔다. 시몽이 움직이지 않자 푸코는 고개를 들었고, 근시 안경 너머로 시몽을 알아보았다.

"어라? 알키비아데스!"

"무슈 푸코, 반갑습니다! 정말 영광이에요. 선생님이 쓴 글들 진짜 너무너무 좋아합니다. 지금은 어떤 글을 쓰고 계신가요? 여전히… 섹스에 대한 건가요?"

푸코는 눈살을 찌푸렸다.

바야르는 통로를 계속 걷다가 스튜어디스와 맞닥뜨렸다. 그녀는 작은 수레에서 조용히 차와 포도주를 승객들에게 따라 주며 면세품을 팔고 있었다. 바야르는 그녀의 뒤에서 발을 동동 굴렀다.

시몽은 푸코의 대답을 듣지 않았다. 또 무슨 질문을 던져야 할지 생각하고 있었기 때문이다. 푸코의 뒤에서 슬리만이 더 참지 못하고 말했다. "이제 갈까요?" 시몽은 잽싸게 기회를 잡았다. "일행이 있으셨네요? 반갑습니다! 반갑습니다! 무슈 푸코가 당신도 알키비아데스라고 부르나요? 하하하하. 음, 미국에 가본 적 있으세요?"

바야르는 부득이한 경우 스튜어디스를 밀치고 지나갈 수 있겠지만 수레를 뛰어넘을 방도가 없었다. 푸코의 자리에 이르려면 아직 3칸 정도를 더 지나야 했다.

시몽이 물었다. "법무부 장관 페레피트의 책은 읽으셨나요? 정말 공들여 쓴 것 같지 않던가요? 뱅센에서도 모두들 무슈 푸코의 강의를 듣고 싶어 합니다. 알고 계셨나요?"

푸코는 부드럽지만 단호한 손길로 시몽의 어깨를 잡고 마치 탱고의 스텝을 밟듯 시몽의 몸을 잡고 돌았다. 시몽은 푸코와 슬리만 사이에 낀 형국이 되었다. 즉 푸코는 그를 넘어 가버렸고, 좌석까지 몇 걸음밖에 떨어져 있지 않았다.

스튜어디스의 뒤에 붙어서 천천히 갈 수밖에 없던 바야르는 화장실이 있는 곳에 이르러 마침내 반대편 통로로 넘어갈 수 있었다. 그는 푸코의 자리에 도착했지만 푸코가 오고 있었다. 짐칸을 열고 가방을 밀어 넣는다면 푸코의 눈에 띌 것이다.

시몽은 정확하게 상황을 파악했다. 그는 갑자기 소리를 빽 질렀다. "에르퀼린 바르뱅!"

승객들은 모두 깜짝 놀라 시몽을 쳐다보았다. 푸코도 뒤를 돌아 그를 보았다. 바야르는 재빨리 짐칸을 열고 가방을 구겨 넣은 뒤 다시 닫았다. 푸코는 시몽을 계속 보고 있었다. 시몽은 바보처럼 웃으며 말했다. "우리 모두 에르퀼린 바르뱅이죠. 그렇지 않습니까, 무슈 푸코?"

바야르는 마치 화장실에서 나온 것처럼 '실례합니다'라고 말하며 푸코를 스쳐갔다. 푸코는 바야르가 지나가는 것을 보며 어깨를 으쓱했고, 다른 승객들도 다시 각자의 관심사로 돌아갔다.

"에르퀼린 어쩌고가 누구지?"

"19세기에 남녀 한 몸으로 태어난 사람이에요. 불행했죠. 푸코가 그 사람을 다룬 회고록을 썼어요. 푸코는 성별의 문제를 사적인 것으로 여겼죠. 그래서 생명권력이 부여한 사회 규범을 고발했어요. 우리는 스스로의 성과 성정체성을 두 가지, 다시 말해 이성애자 남성과 이성애자 여성으로만 교육받고 강요받는다고요. 하지만 고대 그리스인들은 성 문제에 관한 한 훨씬 더 유연한 사고방식을 가지고 있었어요. 물론 그들도 나름의 규범을…"

"어, 알았어."

"그런데 푸코랑 같이 온 젊은 남자는 누구죠?"

남은 여정은 별 문제없이 순조로웠다. 바야르가 담배에 불을 붙이자 스튜어디스가 와서 착륙하는 동안 흡연은 금지되어 있다고 말한 것을 빼면. 바야르는 다시 술을 찾았다.

우리는 푸코가 데려온 젊은 아랍인의 이름이 슬리만이라는 것을 안다. 그의 성이 무엇인지는 모른다. 하지만 마침내 미국에 도착했을 때 시몽과 바야르는 여권 심사를 담당하는 경찰들에 둘러싸인 슬리만을 보았다. 슬리만의 비자가 유효하지 않거나 아니면 아예 비자가 없는 듯했다. 바야르는 슬리만이 어떻게 파리에서 탑승할 수 있었는지 의아하게 여겼다. 푸코가 슬리만을 위해 탄원해보려 했지만 소용없었다. 미국 경찰은 외국인과 농담을 나누지 않기 때문에 분위기가 험악했다. 슬리만은 푸코에게 자신을 기다리지 말고 떠나라고 했다. 걱정할 필요 없으며 어떻게든 자기가 잘 해결하겠다고 했다. 시몽과 바야르는 지하철을 타러 떠났다.

셀린의 소설 《밤 끝으로의 여행*Voyage au bout de la nuit*》에서처럼 배를 타고 도착하지는 않았지만, 매디슨 스퀘어 가든 역에서 걸어 나와 곧바로 맨해튼의 한가운데 섰을 때 그들은 매우 놀랐다. 두 남자는 얼이 빠져서 고층 건물의 가물거리는 꼭대기를 보고 8번가의 화려한 조명을 보았다. 비현실적인 느낌과 낯선 느낌이 동시에 교차했다. 만화 잡지 〈스트레인지〉의 독자로서 시몽은 노란 택시와 신호등 위로 스파이더맨이 나타나기를 기대했다. (스파이더맨은 '허구 속 사람'이다. 그래서 불가능하다.) 뉴요커 한 명이 분주하게 지나가다가 걸음을 멈추고 그들에게 도움을 주겠다고 했다. 두 파리지앵은 더 어리둥절해졌다. 낯선 사람의 배려에 익숙하지 않기 때문이었다. 뉴욕의 밤이 오자 그들은 8번가를 걸어 정면에 커다란 고딕체로 '뉴욕 타임스'라고 또렷이 적힌 거대한 건물 맞은편의 포트 오소리티 버스 터미널로 갔다. 그리고 이타카로 가는 버스를 탔다. 안녕, 고층 건물로 가득한 마법의 세계.

이타카까지 앞으로 다섯 시간, 둘은 몹시 피곤했다. 바야르는 가방에서 알록달록한 작은 큐브를 꺼내어 맞추기 시작했다. 시몽은 놀라서 물었다. "꼬마 애의 루빅큐브를 훔쳤어요?" 바야르는 버스가 링컨 터널을 빠져나오는 동안 첫 줄을 맞추었다.

58

《언어론적 회전을 향한 가속》
1980년 가을, 이타카, 코넬대학교
(학술회 기획자 : 조너선 D. 컬러)
강연 순서

노엄 촘스키
비생성 문법

엘렌 시수
히비스커스의 눈물

자크 데리다
A Sec Solo(잠깐의 독주)

미셸 푸코
아르테미도로스의 해몽에서의 다의성 유희

펠릭스 가타리
전제적 시니피앙의 체제

뤼스 이리가레
팰러스 로고스 중심주의와 본질의 형이상학

로만 야콥슨
살아 있다는 것, 구조적으로 말하기

프레드릭 제임슨
정치적 무의식 : 사회 상징적 내러티브

쥘리아 크리스테바
언어, 미지수

실베르 로트랭제
이탈리아 : 자율주의 – 포스트 정치 정책

장–프랑수아 리오타르
입의 포스트모더니즘 : 포스트모던의 말

폴 드 만
케이크 위의 체리. 프랑스 내에서의 붕괴

제프리 멜먼

세탁부 블랑쇼

아비탈 로넬

"사람은 말할 수 있기 때문에, 언어에 대해서 말할 수 있다

고 생각한다." – 괴테와 메타 화자들

리처드 로티

비트겐슈타인 vs. 하이데거

에드워드 사이드

중심가의 망명자

존 설

가짜인가 사기인가 : 픽션에서의 욕설

가야트리 스피박

하층민들은 때때로 입을 다물어야 하는가?

모리스 J. 잽

파괴적 세상에서 보충물 찾기

59

"들뢰즈는 안 오나요?"

"안 와. 하지만 오늘 안티-오이디푸스의 공연이 있어. 너무 기대되는구나!"

"새로 나온 싱글 들어보셨어요?"

"그래! 정말 훌륭해! 아주 LA적이야!"

크리스테바는 두 청년과 함께 잔디밭에 앉아 있었다. 그녀는 청년들의 머리를 쓰다듬으며 말했다.

"난 미국이 좋아. 너희들은 정말 천진난만해(ingenious)."

그들 중 한 명이 그녀의 목에 입을 맞추려 했다. 그녀는 웃으며 그를 밀쳐냈다. 다른 청년이 그녀의 귀에 속삭였다. "'진실한(genuine)'이라고 말하려던 거 아니에요?"

크리스테바는 작게 웃음소리를 냈다. 그녀는 자신의 작은 다람쥐 같은 몸에 전기가 흐르는 듯한 전율을 느꼈다. 맞은편에 있는 다른 학생 한 명이 마리화나를 말아 피웠다. 마리화나의 향기로운 풀 냄새가 공기 중에 번졌다. 크리스테바는 깊이 숨을 들이마시고 그를 향해 말했다. "스피노자의 말처럼 모든 부정은 규정이란다."

히피 이후 세대이자 뉴 웨이브 이전 세대인 세 청년은 황홀한 듯 웃으며 말했다. "우와! 다시 말해봐요! 스피노자가 뭐라고 말했다고요?"

캠퍼스에는 학생들이 바쁜 모습으로 고딕식, 빅토리아식, 신고전주의식, 다양한 양식의 건물과 건물 사이 잔디밭을 가로질러 오고 갔다. 언덕 위에 종탑 같은 것이 있었는데 호수와 협곡을 굽어보며 솟아올라 있었다. 그다지 중요한 건물이 아닐지도 모르지만 어쨌든 대학교 한가운데에 있었다. 크리스테바는 클럽 샌드위치를 깨물었다. 외딴 지역인 오논다가 카운티에는 그녀가 그토록 좋아하는 바게트가 아직 들어오지 않았다. 오논다가 카운티의 행정 중심지는 시라큐스로 뉴욕주의 가장 깊숙한 곳에 위치해 있으며, 뉴욕시와 카유가 부족의 옛 영토였던 토론토를 잇는 길 위에 있다. 오논다가족과 카유가족은 모두 이로쿼이 연맹에 속했고, 오논다가의 이타카에 명망 드높은 코넬대학교가 있다. 그녀는 눈썹을 찌푸리며 말했다. "사실은 반대로 말했지. 모든 규정은 부정이다."

네 번째 청년이 다가와서 그들과 합류했다. 그는 호텔 경영학부 건물에서 나왔다. 한 손에 알루미늄 상자를, 다른 손에는 데리다의 저서 《그라마톨로지*De la Grammatologie*》를 들고 있었다. (그는 크리스테바에게 데리다를 아는지 감히 질문하지 않았다.) 그는 자신이 직접 구워 막 오븐에서 꺼낸 머핀을 가져왔다. 크리스테바는 기꺼이 즉석 피크닉에 참여해서 테킬라를 마시며 즐거워했다. (예상했겠지만, 학생들은 술병을 종이봉투에 숨기고 다녔다.)

그녀는 학생들이 팔 아래 책이나 하키 스틱, 혹은 기타 케이스를 끼고 지나가는 모습을 보았다.

머리가 벗겨지기 시작했지만 뒷머리는 숱이 많아서 마치 무성한 덤불을 머리에 얹은 것 같은 한 노인이 나무 아래에서 혼자 중얼거리고 있었다. 그는 마치 나뭇가지 같은 손을 눈앞에서 마구 흔들어대고 있었다.

한쪽에서는 '101마리 달마시안'의 악당 크루엘라와 영화배우 바네사 레드그레이브를 닮은 단발의 젊은 여자가 눈에 띄지 않게 1인 시위를 하는 것 같았다. 그녀는 크리스테바가 이해할 수 없는 구호를 외쳤고, 단단히 화가 나 있는 듯했다.

젊은이들 한 무리가 럭비공을 가지고 놀고 있었다. 그들 중 한 명은 셰익스피어를 낭송했고 나머지는 적포도주를 병째로 마시고 있었다. (반항아들인지 술을 종이봉투에 숨기지도 않았다.) 그들은 공이 회전하도록 힘을 쓰면서 서로 공을 주고받았다. 병을 든 사람은 공을 한 손으로 잡지 못해서 (그 손으로 담배도 들고 있었다) 야유를 받았다. 이미 다들 어느 정도 취한 듯이 보였다.

이마가 벗겨진 덤불 같은 노인과 크리스테바의 시선이 마주쳤다. 그들은 잠시 서로 쳐다보았다. 짧다면 짧은 순간이었지만, 아무런 의미가 없다고 하기엔 긴 시간이었다.

화가 난 단발머리 여자는 크리스테바에게 와서 말했다. "난 당신이 누군지 알아. 집으로 돌아가. 나쁜 년!" 크리스테바의 친구들은 깜짝 놀라서 서로 쳐다보았고 이내 웃음을 터뜨리며 흥분된 어조로 말했다. "이봐 미쳤어? 뭔데 오라 가라야?" 여자는 다시 원래의 자리로 갔고, 크리스테바는 다시 1인 시위를 시작하는 여자를 지켜보았다. 크리스테바는 지금까지 한 번도 그녀를 본 적이 없었다는 것을 거의 확신했다.

다른 젊은이들이 럭비를 하던 학생들에게 다가오자 분위기가 순식간에 바뀌었다. 크리스테바가 앉아 있는 자리에서도 그들 두 그룹 사이의 적대감을 느낄 수 있었다.

교회 종이 울렸다.

새로 온 그룹은 공놀이를 하던 그룹에게 무엇이라고 큰소리를 쳤다. 크리스테바가 이해한 바로는, 그들이 프랑스인의 꽁무니를 쫓아다닌다(Suckers of French)고 비난하는 것 같았다. 처음에는 그 말의 정확한 의미를 이해할 수 없었다. Suckers와 French가 동격일 수도 있고(프랑스인이 빨아주는 사람 혹은 아부하는 사람이라는 뜻), of French가 소유격일 수도 있었다(그들이 프랑스인의 것을 빨아준다 혹은 오럴섹스를 해준다는 뜻). 하지만 공놀이를 하고 있던 그룹이 앵글로색슨인으로 보이는 점으로 봐서, (미식축구 규칙을 제법 잘 알고 있었으니까) 두 번째 가설이 더 신빙성 있게 느껴졌다.

어쨌든 첫 번째 그룹은 비슷한 수위의 욕설로 응수했고, ("미친놈들!") 상황은 훨씬 나빠질 수도 있었다. 근처의 60대 노교수가 끼어들지 않았다면 말이다. 그는 놀랍게도 프랑스어로 소리를 질렀다. "자자, 진정해요. 학생들!" 크리스테바를 흠모하는 젊은이 한 명이 상황을 잘 알겠다고 과시하는 듯, 그녀에게 말했다. "저 사람은 폴 드 만이에요. 프랑스인이죠?" 크리스테바가 대답했다. "아니, 벨기에인이지."

나무 아래의 덤불 같은 남자는 중얼거렸다. "언어의 건전한 형태는….

1인 시위를 하던 여자는 두 그룹 중 하나를 응원하기라도 한 것처럼 목이 쉬었다. "우리에겐 데리다가 필요 없다! 우리에겐 지미 헨드릭스가 있다!"

폴 드 만은 크루엘라와 레드그레이브를 섞어놓은 듯한 여자가 외치는 구호에 정신이 팔린 나머지 뒤에서 누군가 다가오는 소리를 듣지 못했다. "뒤를 돌아보시죠. 당신의 적이 왔습니다." 트위드 양복을 입은 남자가 그의 뒤에 서 있었다. 조끼는 너무 크고 소매는 너무 길고 머리는 옆으로 가르마를 탔으며 이마 위에 머리카락을 몇 가닥 드리운 남자였다. 시드니 폴락의 영화에 조연으로 출연하기 적당해 보이는 얼굴이었지만 작은 두 눈은 예리해서 사람을 뼛속까지 꿰뚫어 보는 듯했다.

이 사람이 바로 존 설이다.

이마가 벗겨진 덤불 같은 노인은 상황을 예의주시하던 크리스테바를 유심히 지켜보았다. 크리스테바는 열중한 나머지 손가락 끝의 담배가 타들어 가는 것도 잊고 있었다. 노인의 눈길은 설에서 크리스테바로, 크리스테바에서 설로 계속 옮겨 다녔다.

폴 드 만은 중재자의 면모와 재치 있는 면모를 동시에 보여주고 싶었지만 절반 정도밖에 성공하지 못했다. 그가 말했다. "진정하게, 친구! 일단 칼을 내려놓고 아이들을 말리게 도와줘." 왜인지는 모르겠지만 폴 드 만의 말이 설을 화나게 했다. 그는 폴 드 만 앞으로 다가갔다. 모두들 그가 폴 드 만을 한대 칠 것이라고 예상했다. 크리스테바는 옆에 있던 청년의 팔을 꽉 쥐었고, 청년은 기회를 십분 활용하여 그녀의 손을 잡았다. 폴 드 만은 가까이 다가온 설에게 위협을 느끼고 깜짝 놀라서 꼼짝도 하지 않았다. 그가 마침내 자기 자신을 보호하려, 혹은 (누가 알겠느냐마는) 막으려고 움직이려는 참에 제3의 목소리가 끼어들었다. 쾌활한 어조를 가장했지만 상황을 우려하는 마음이 십분 느껴지는 목소리였다. "폴! 존! 코넬대학교에 오신 걸 환영합니다! 시간을 내주셔서 너무 기쁘군요!"

이 사람은 조너선 컬러. 이번 학회를 총괄한 젊은 연구자다. 그는 설에게 손을 내밀었고 설은 마지못해 그의 손을 마주 잡았다. 설의 손에는 힘이 빠져 있었고, 험악한 눈길만은 폴 드 만을 향한 채 프랑스어로 말했다. "당신의 데리다 추종자들을 데리고 사라져주시죠. 지금 당장이요." 폴 드 만은 함께 있던 무리들을 이끌고 사라졌다. 위기 상황은 끝났고 옆의 청년은 마치 그들이 큰 위험에서 벗어난 듯이, 혹은 적어도 그들이 함께 매우 급박한 상황을 헤쳐 나와서 안도하는 듯이 크리스테바에게 입을 맞췄다. 아마 크리스테바도 비슷한 생각을 했을지 모른다. 어쨌든 그녀는 청년이 입을 맞추도록 내버려 두었다.

날이 어두워지고 자동차 엔진의 부릉거리는 소리가 들렸다. 로터스 에스프리*가 끼익 소리를 내며 멈춰 섰다. 모자를 쓰고 시가를 물고 왼쪽 윗주머니에 비단 행커치프를 꽂은 40대의 활기찬 남자가 차에서 나와 곧장 크리스테바에게 갔다. "헤이! 치카!"** 그는 크리스테바의 손에 입을 맞췄다. 그녀는 청년들에게 남자를 손가락으로 가리키며 말했다. "모리스 잽***을 소개할게. 구조주의, 후기 구조주의, 신비평, 그리고 다른 여러 분야에서도 위대한 거장이지."

모리스 잽은 살짝 웃으면서 허영이 가득한 사람으로 비치지 않게끔 객관적으로 들리게 말하려 했다. (하지만 프랑스어로 말했다.) "처음으로 여섯 자리 수 월급을 받은 교수이기도 하고."

젊은이들은 마리화나를 들이마시며 "우와!"라고 대꾸했다.

---

* 로터스 자동차 회사의 스포츠카.
** 스페인어로 '소녀'라는 뜻.
*** 데이비드 로지의 소설 《자리 바꾸기*Changing places*》와 《교수들*Small World*》의 주인공.

크리스테바는 웃으며 물었다. "볼보자동차에 관한 강연을 할 건가요?"

모리스 잽은 짐짓 애석한 듯 말했다. "아…, 그 주제는 세상이 아직 준비가 안 된 것 같아서요…." 그는 잔디밭 위에서 얘기를 나누는 설과 컬러를 흘끗 쳐다보았다. 설은 컬러에게 자신과 촘스키를 제외한 모든 참가자들이 얼간이들이라고 말하고 있었지만 잽은 듣지 못했다. 아무튼 그는 인사를 나누러 다가가지 않았고 대신 크리스테바에게 이렇게 말했다. "어쨌든 나중에 봅시다. 힐튼호텔에 체크인 하러 가야 해요."

"대학교 숙소에 머물지 않고요?"

"절대로! 생각만 해도 끔찍해요!"

크리스테바는 또 웃었다. 외부 참가자들이 머무는 코넬대학교의 숙소 텔루라이드 하우스는 사실 매우 안락하고 호사스러운 시설이었다. 모리스 잽은 몇몇 사람들이 보기에 대학교수의 출세지상주의를 최고도로 올려놓은 사람이었다. 로터스에 올라타 시동을 걸고 출발할 때에는 뉴욕에서 막 도착한 버스와 자칫 충돌할 뻔했다. 그는 엄청난 속도로 언덕을 달려 내려갔다. 크리스테바는 사람들이 모리스 잽에 대해 가진 생각이 틀리지 않다고 생각했다.

그러고 나서 그녀는 버스에서 내리는 시몽 에르조그와 바야르 경위를 보고 얼굴을 찌푸렸다.

크리스테바는 나무 아래의 덤불 같은 노인에게 더 이상 관심을 기울이지 않았지만, 그는 여전히 그녀를 주시하고 있었다. 하지만 노인은 자신 역시 깡마른 북아프리카계 젊은이로부터 주시 받고 있다는 사실을 몰랐다. 노인은 마치 카프카의 소설에서 튀어나온 사람처럼 두꺼운 천의 잔줄무늬 양복을 입고 있었고 울 넥타이를 매고 있었다. 그는 나무 아래서 아무도 알아들을 수 없는 소리를 계속 중얼거렸다. 누군가 그의 말을 들었다 하더라도 이곳의 사람들 중에는 이해할 수 있는 사람이 거의 없었을 것이다. 러시아어였기 때문이다. 젊은 아랍 남자는 다시 워크맨을 귀에 끼웠다. 크리스테바는 잔디밭에 누워 별을 봤다. 바야르는 다섯 시간 동안 루빅큐브를 한 면도 맞추지 못했다. 시몽은 코넬대학교 캠퍼스를 바라보며 아름다운 정경에 넋을 잃었다. 그리고 씁쓸한 마음으로 뱅센의 캠퍼스가 거대한 쓰레기통 같다는 생각을 했다.

60

"처음에는 철학과 과학이 사이좋게 손을 잡고 걸었어요. 18세기까지는요. 크게는 교회의 반(反)계몽주의와 싸우기 위해서였죠. 그러고 나서 19세기부터 차츰 낭만주의가 대두되며 사람들은 다시 계몽주의 사상으로 회귀하기 시작했고, (영국을 제외한) 독일과 프랑스의 철학자들은 이렇게 말하기 시작했습니다. '과학은 삶의 비밀을 알아낼 수 없다. 과학은 인간 영혼의 비밀도 알아낼 수 없다. 그것은 철학만이 해결해줄 수 있는 영역이다.' 그리고 갑자기 유럽 대륙의 철학은 과학에 반대된 학문이 되었고, 그리고 철학 자체의 원칙, 즉 명확성과 지적 정확성, 증명의 배양, 이 모든 것에도 반대하는 학문이 되어버렸습니다. 유럽 대륙의 철학은 점점 더 난해해지고 자유분방해졌으며, (마르크스 철학은 제외하고) 유심론이 되었고, 점점 더 생명론적으로 변해갔습니다. (예를 들면, 베르그송이 그렇지요.)

이런 경향은 반동 철학자 하이데거를 거치며 더욱 심화되었죠. 그는 철학이 수 세기 동안 길을 잃고 헤맸으며, 다시 본연의 문제, 즉 존재에 관한 질문으로 돌아가야 한다고 주장했습니다. 그래서 그는 《존재와 시간Sein une Zeit》을 썼어요. 그 책에서 존재의 의미를 찾을 것이라고 했습니다. 결국 찾아내지 못했습니다만, 하하. 어쨌든 하이데거야말로 불분명한, 복잡한 신조어만 잔뜩 만들어내고 기교만 부리며 허술한 논리와 무모한 은유만을 일삼는, 오늘날의 데리다 같은 철학자들에게 지대한 영향을 끼쳤어요.

하지만 영국이나 미국의 철학자들은 여전히 철학의 과학적인 면에 충실하려 했어요. 바로 분석 철학이라고 하는 것입니다. 존 설이 계승자를 자처하고 있죠."

(익명의 대학생. 캠퍼스에서 인터뷰.)

61

이곳에 와서 먹는 음식이 너무 훌륭하다는 것을 인정하자. 특히 코넬대학교의 교수 식당은 셀프 서비스인데도 고급 레스토랑 못지않았다.

오늘 정오, 그곳에서 참석자 대부분이 식사를 하고 있다. 다만 그들은 바야르와 시몽이 아직 파악하지 못한 지정학적 논리에 따라 흩어져 있다. 교수 식당의 홀에는 여섯 명에서 여덟 명까지 앉을 수 있는 테이블이 놓여 있는데, 자리가 꽉 찬 테이블은 없었고 바야르와 시몽이 느끼기에 분명 그들은 구역별로 나뉘어 있었다.

"각 구역을 어느 세력이 차지했는지 작전 지도가 있었으면 좋겠군." 바야르가 시몽에게 말했다. 바야르는 접시에 주요리로 퓌레를 얹은 등심과 플랜테인 바나나, 부댕 블랑을 얹었다. 흑인 요리사가 바야르의 말을 듣고 프랑스어로 대답했다. "문 옆에 테이블 보이시죠? 거기엔 분석학자들이 모여 있어요. 그들은 적지에 있는 데다 수적으로 열세라 그룹을 지어 앉아 있죠." 그곳엔 설과 촘스키, 크루엘라 레드그레이브가 있었다. 사실 그녀의 이름은 커밀 팔리아로, 성 평등의 역사가로서 그녀가 온 힘을 다하여 증오하는 미셸 푸코의 맞수였다. "반대편 창문 쪽에는 당신들 프랑스 사람들이 '아름다운 패거리들*Belle brochette*'이라고 표현하는 조합이네요. 리오타르, 가타리, 시수, 그리고 가운데에 푸코. 당신들도 저 사람은 당연히 알죠? 목소리가 울리는 저 키 큰 대머리 말이에요. 저쪽에는 크리스테바랑 모리스 잽, 실베르 로트랭제가 함께 있네요. 로트랭제는 〈세미오텍스트〉라는 잡지의 발행인이죠. 구석 자리에 혼자 앉은 사람, 울 넥타이 매고 머리 스타일이 이상한 사람 말이에요. 저 사람은 누군지 저도 잘 모르겠네요. (이상한 행색이군. 바야르는 생각했다.) 그 뒤에 앉은 붉은 머리의 젊은 숙녀도 누군지 모르겠어요." 푸에르토리코 출신 보조 요리사가 힐끗 쳐다보고 말했다. "분명히 하이데거파 철학자일 거예요."

바야르는 흥미를 느꼈다기보다는 직업적인 반응으로 교수들 간의 경쟁의식이 어느 정도인지 물어봤다. 흑인 요리사는 답변을 하는 대신 촘스키의 테이블을 손가락으로 가리켰다. 생쥐 같이 생긴 청년이 촘스키의 앞을 지나고 있었다. 설이 그를 불렀다.

"어이, 제프리. 그 빌어먹을 쓰레기 같은 마지막 글 좀 번역해줘."

"이봐, 존. 난 네 심부름꾼이 아니야. 그런 건 네가 알아서 해. 오케이?"

"잘났군. 나쁜 놈. 뭐, 내 프랑스어가 이 정도는 충분히 가능하지."

흑인 요리사와 보조는 손뼉을 치며 웃기 시작했다. 바야르는 대화를 정확하게 이해하지는 못했지만 대략 둘이 주고받은 대화 분위기를 이해했다. 바야르의 뒷사람이 마침내 불평했다. "이제 좀 앞으로 가주시죠?" 시몽과 바야르는 푸코와 동행했던 젊은 아랍 남자를 알아보았다. 그의 쟁반에는 커리 소스를 곁들인 닭고기와 자색 감자, 삶은 달걀, 셀러리 퓌레가 올라 있었지만, 초대객 명단에 없었기 때문에 계산대에서 퇴짜를 맞았다. 푸코가 그를 알아보고 슬리만을 위해 나서려 했지만 슬리만이 괜찮다고 손짓을 했다. 슬리만은 계산원과 짧게 몇 마디를 주고받은 후 마침내 계산대를 통과했다.

바야르와 시몽은 혼자 앉아 있는 노인의 테이블에 가서 앉았다.

곧 데리다가 도착했다. 바야르는 데리다를 실제로 본 적이 한 번도 없었지만 단번에 그를 알아보았다. 어깨에 파묻힌 머리, 각진 턱, 얇은 입술, 독수리 코, 줄무늬가 있는 벨벳 양복, 앞섶을 풀어 헤친 셔츠, 불꽃처럼 선 은발 머리. 그는 적포도주를 곁들인 쿠스쿠스를 택했다. 그는 폴 드 만과 함께 있었다.

설의 테이블에 앉은 사람들이 이야기를 멈추었다. 푸코도 입을 다물었다. 시수가 데리다에게 손짓을 했지만 데리다는 보지 못했다. 그의 눈길은 누군가를 찾다가 설의 얼굴에서 멈췄다. 데리다는 잠시 멈칫하다가 친구들이 있는 테이블로 갔다. 시수가 그를 포옹했고 가타리는 데리다의 등을 툭툭 쳤으며, 푸코는 언짢은 기색으로 악수를 했다. (데리다가 오래전에 쓴 글 때문이다. 〈코기토와 광기의 역사〉라는 글에서 데리다는 푸코가 데카르트를 전혀 이해하지 못했다고 썼다.) 붉은 머리의 여자가 데리다에게 인사하러 왔다. 그녀의 이름은 아비탈 로넬로, 괴테 전문가이며 해체주의의 열혈 신봉자였다.

바야르는 사람들의 표정과 몸짓을 찬찬히 관찰했다. 그는 조용히 부댕을 먹으며 시몽의 말을 들었다. 시몽은 학회 프로그램을 보며 말했다. "봤어요? 야콥슨에 관한 강연이 있어요. 거기 참석할까요?"

바야르는 식사를 마치고 담배에 불을 붙였다. 이상하게도 학회에 참석하는 게 따분하게 느껴지지 않았다.

62

"분석 철학자들이야말로 막 노동꾼이라고 할 수 있죠. 테니스 선수 기예르모 빌라스 같아요. 전부 다 아주 지루한 사람들이죠. 용어를 설명하는 데만 몇 시간이 걸려요. 사유할 때마다 반드시 가설을 세우고, 가설을 위한 가설을 세우고, 가설을 위한 가설을 위해 또 가설을 세우고…. 계속 반복이에요. 빌어먹을 논리학. 결국에는 열 줄짜리 내용을 설명하겠다고 20페이지짜리 글을 늘어놓는다니까요. 그러면서 대륙 철학자들을 항상 똑같은 말로 비난해요. 미사여구를 지나치게 쓰고, 뜻이 정확하지도 않고, 용어를 정의하는 것도 아니고, 철학이 아니라 문학을 하고 있다는 둥, 수학적 사고가 결핍해 있다는 둥, 시인이냐, 신화적 망상에 가깝다…. (심지어 자기들은 모두 무신론자면서 말이죠.) 뭐 좋아요. 유럽 대륙의 철학자들은 매켄로 선수에 가깝죠. 그 사람들은 그래도 스스로 따분하지는 않으니까요."

(익명의 대학생. 캠퍼스에서 인터뷰.)

63

사실 시몽의 주변 사람들은 대부분 시몽이 괜찮은 수준의 영어를 구사한다고 인정한다. 그런데 이상하게도 외국어에 관해서는 프랑스 내에서 괜찮은 수준이라고 여겨지는 실력이 다른 곳에서는 턱없이 부족한 것으로 드러난다.

시몽도 그랬다. 그는 모리스 잽의 학술 강연에서 세 문장에 한 문장 정도밖에 이해하지 못했다. 변명을 하자면, 일단 강연 주제가 해체주의에 관한 것이라 시몽에게 익숙하지 않았고, 강연자는 어려운 개념들만 잔뜩 늘어놓는 것 같기도 하고 정의를 불분명하게 내리는 것 같기도 했다. 어쨌든 시몽이 기대한 만큼의 명확한 설명을 듣는 데 실패한 것은 분명하다.

바야르는 오지 않았다. 그래서 시몽은 기뻤다. 만약 왔더라면… 참기 힘들었을 것이다.

모리스 잽의 강연에서는 거의 아무것도 알아듣지 못했지만, 그는 다른 곳에서 참석한 의미를 찾았다. 모리스 잽의 비아냥거리는 듯한 말투와 청중의 이해한 듯한 웃음소리. (모두들 이 계단식 강의실 자리에서, 지금-바로 여기에서 자신이 그들과 함께하고 있음을 느끼고 싶은 듯했다. 또 계단식 강의실이군.) 강연 내용과 본질적으로 동떨어졌거나 단순히 강연 내용에 트집을 잡고 싶어서 던지는 듯한 질문을 듣다 보니, 자신이 다른 청중과 비교했을 때 우월한 지적 능력과 예리한 비평 능력을 갖췄다는 사실을 인식하게 된 것 같았다. (간단히 말해서, 부르디외가 말한 '구별 짓기'라고나 할까.) 시몽은 각 질문자의 억양만 듣고도 화자의 신분이나 성향을 짐작할 수 있었다. 학부생, 박사 학위 준비생, 교수, 전문가, 라이벌… 따분한 사람, 수줍은 사람, 열심인 척하는 사람, 거만한 사람, 그리고 가장 수가 많은 부류로 어떤 질문을 할지 잊어버리고 자신의 주장만 끝없이 늘어놓으며 자신의 목소리에 스스로 도취하는 사람들을 큰 어려움 없이 알아맞힐 수 있었다. 어쨌든 실존적인 무엇인가가 이 강의실 안에서 일어나고 있었다.

그러다가 시몽은 흥미로운 문구를 들었다. "치명적인 실수의 뿌리는 문학과 삶을 혼동하는 순진함에 있습니다." 이 말은 시몽에게 궁금증을 일으켰기 때문에 자신의 옆에 앉은 40대 영국인에게 강연 내용을 혹시 통역해줄 수 있는지, 아니면 요약해서 설명해줄 수 있는지 물어보았다. 영국인은 캠퍼스의 절반, 그리고 학회에 참가한 사람의 4분의 3이 그렇듯, 프랑스어를 수준급으로 구사했다. 영국인은 이렇게 설명해줬다. 모리스 잽의 이론에 따르면 문학 비평의 근원에는 삶과 문학을 혼동하게 하는 방법론적인 오류가 있지만 두 가지는 같은 것이 아니고, 기능도 다르다. (시몽은 더 집중했다.) "삶은 투명하고, 문학은 불투명합니다. ('그건 논쟁의 여지가 있는데.' 시몽은 생각했다.) 삶은 열린 체계이고 문학은 닫힌 체계입니다. 삶은 사물들로 이루어져 있고, 문학은 언어로 이루어져 있습니다. 인생은 보이는 대로입니다. 만약 우리가 비행기에서 두려움을 느낀다면 그것은 죽음에 대한 두려움입니다. 여자를 유혹하는 것은 섹스를 하기 위해서입니다. 하지만 《햄릿Hamlet》에선 어떤가요? 아무리 형편없는 비평가라도 햄릿이 단순히 삼촌을 죽이고 싶어 하는 한 남자가 아니라, 거기에 다른 의미가 있다는 것을 압니다."

그렇군. 영국 남자가 해준 이야기는 시몽을 안심시켰다. 시몽은 자신이 근래 겪은 경험에 어떤 의미가 있는지 모른다.

물론 언어에 관한 것은 빼고. 흠흠.

모리스 잽은 데리다의 방식을 점점 더 심도 있게 다루었다. 그는 메시지를 이해하기 위해서는 해석해야 한다고 했다. 언어는 기호로 되어 있고, 그 기호를 이해하기 위해서는 해석을 해야 하기 때문이다. 그런데 "분석을 하는 것은 새로이 부호화하는 것"이라고도 했다. 전체적으로는 아무것도 확신할 수 없게 되고, 대화하는 두 사람이 서로 이해하고 있는지도 알 수 없게 된다고 했다. 내가 사용하고 있는 언어의 의미가 상대방이 이해하는 것과 정확히 일치하는지 알 수 없기 때문이다. (서로 같은 언어를 사용한다 해도 마찬가지다.)

맞아. 시몽은 생각했다.

모리스 잽은 흥미로운 비유를 했고 영국인이 통역해주었다. "대화란 결국 점토로 빚은 공으로 테니스를 하는 것과 비슷하다. 점토 공은 그물을 넘을 때마다 새로운 모양을 띤다."

시몽은 자신이 딛고 선 땅바닥이 갈라지는 듯한 느낌을 받았다. 그는 담배를 피우기 위해 바깥으로 나가다가 슬리만과 마주쳤다.

슬리만은 강연이 끝나기를 기다렸다가 모리스 잽에게 무언 가를 말했다. 시몽은 슬리만에게 무엇을 물어보았는지 물었다. 슬리만은 자신이 누구에게든 무엇이든 질문을 잘 하지 않는 사 람이라고 대답했다.

64

"네. 그런데 역설적인 건, '대륙' 철학이 유럽에서보다 미국 에서 훨씬 성공했다는 거죠. 여기서 데리다, 들뢰즈, 푸코는 대 학가의 절대적 우상이에요. 프랑스의 경우 어학 분야에서도 그 들의 철학을 연구하지 않고, 철학에서도 그들을 얕보죠. 이곳 에서는 영어로 그들을 연구해요. 어학이나 문학에서는 '프랑스 산 이론'이 곧 혁명의 도구죠. 말하자면 자동차의 보조 바퀴처 럼 쓸모없는 존재에서 모든 학문을 다 아우르는 과목이 되었어 요. 프랑스 이론은 언어가 모든 것의 근원이라는 전제에서 출 발하니까요. 그래서 언어에 관한 연구가 철학과 사회학, 심리 학 연구까지 다 포괄하게 된 거예요. 바로 그 유명한 '언어론적 회전'이죠. 그러자 미국 철학자들은 화가 나서 덩달아 언어를 연구하기 시작했어요. 설파, 촘스키파…. 그들은 프랑스 학자 들을 헐뜯는 데 상당한 시간을 할애했죠. 명확성을 요구하면서요. 개념이 명확한 것은 명확하게 설명할 수 있다나요. 이렇게 말하기도 했어요. '태양 아래 새로운 것은 아무것도 없다. 콩디약*이 그렇게 말했고, 아낙사고라스**도 그렇게 말했다. 그들은 모두 니체를 베꼈다…' 그 사람들 입장에서는 '어릿광대'와 '약장수'들한테 주인공 자리를 빼앗긴 기분이었을 거예요. 그래서 화가 났고요. 하지만 푸코가 촘스키보다 섹시한 건 사실이에요."

(익명의 대학생. 캠퍼스에서 인터뷰.)

65

밤이 깊었다. 하루 종일 수없이 강연을 들은 데다 사람들도 너무 많았다. 캠퍼스의 넘치는 열기는 잠잠해지고 휴식 시간이 되었다. 술에 취해 떠들어대는 학생들의 웃음소리가 여기저기서 들렸다.

슬리만은 푸코와 함께 쓰는 방에 혼자 누워서 워크맨 음악을 듣고 있었다. 누군가 문을 두드렸다. *"Sir, there is a phone*

---

* 철학자. 프랑스 아카데미 회원. 인간의 정신 활동은 감각적인 체험을 분석함으로써 설명된다는 감각주의(sensism) 주창자
** 고대 그리스의 철학자. 세계는 질적으로 무한히 다양한 원소로 이루어졌으며 이것을 세계의 '종자'라고 불렀다.

call for you.(선생님? 전화가 왔습니다.)"

슬리만은 조심스럽게 복도로 나갔다. 이미 몇몇 사람들이 흥정을 시작한 참이었다. 더 높은 값을 부르려는 사람일지도 몰라. 그는 희망을 품고 벽에 걸린 전화기의 수화기를 들었다.

전화를 건 사람은 푸코였다. 그는 공포에 질린 목소리로 고통스럽게 말했다. "날 데리러 와줘! 또 시작됐어. 영어가 안 나와…."

푸코는 이 오지에서 어떻게 게이 클럽, 그것도 SM 클럽을 찾아낸 것일까? 슬리만은 택시를 타고 저지대 언저리로 가서 '화이트 싱크'라는 이름이 붙은 건물에 들어섰다. 손님들은 게이 콘셉트의 복장으로 가죽 바지를 입고 모자를 쓰고 있었다. 슬리만은 일단 그곳의 분위기가 마음에 들었다. 채찍을 든 건장한 남자가 슬리만에게 한 잔 사고 싶어 했지만 정중하게 거절하고 밀실 쪽으로 들어갔다. LSD에 취한 푸코가 바닥에 웅크려 있고 (슬리만은 LSD의 증상을 단번에 알아보았다) 서너 명의 미국인들이 의아해하는 표정으로 염려스러운 듯 그를 둘러싸고 있었다. 푸코는 윗도리를 벗고 있었는데 몸에 붉은 자국이 길게 나 있었고 완전히 얼이 빠져서 같은 말만 계속 되풀이했다. "영어가 안 나와! 아무도 내 말을 이해 못 해! 나 좀 여기서 데리고 나가달라고!"

택시는 푸코의 승차를 거부했다. 택시 안에서 토할까 봐 겁이 났거나 아니면 단순히 동성애자가 싫어서 그랬을지도 모른다. 어쨌든 슬리만은 할 수 없이 푸코를 간신히 일으켜 세우고 어깨를 부축한 채 캠퍼스 안의 숙소까지 걸어가야 했다.

이타카는 주민이 3만 명 남짓한 작은 도시지만 (대학교의 학생들까지 고려하면 두 배가 된다) 주거지는 넓게 퍼져 있었다. 길은 매우 길고 거리는 황량했다. 길 양쪽에 목재로 만든 비슷비슷한 집들이 조용하게 늘어서 있었다. 모든 집 앞에 소파나 흔들의자가 있었고 나지막한 탁자 위에 빈 맥주병들과 재떨이가 놓여 있었다. (1980년에는 미국 사람들도 담배를 꽤 많이 피웠다.) 100미터 간격으로 목재로 지은 교회가 있었다. 두 남자는 여러 번 하천을 건넜고, 푸코는 사방에서 다람쥐를 보았다.

순찰차가 그들 곁에서 속도를 늦추었다. 의심이 가득한 표정의 경찰관들이 슬리만에게 손전등을 비추었다. 슬리만은 그들에게 프랑스어로 쾌활하게 무엇인가를 말했고 푸코는 알아들을 수 없는 소리를 중얼거렸다. 슬리만은 경찰관의 눈이라면 푸코의 상태가 그냥 취한 정도가 아니라 완전히 정신을 잃을 정도임을 금방 알아차릴 것이라고 짐작했다. 그저 푸코가 LSD를 몸에 지니고 있지 않기만을 바랄 뿐이었다. 경찰관들은 잠시 망설이다 그들을 더 조사하지 않고 떠났다.

그들은 마침내 도심까지 왔다. 슬리만은 모르몬교도가 운영하는 식당에서 푸코를 위해 와플을 샀다. 푸코는 소리를 질러

댔다. *"Fuck Reagan!"(망할 레이건!)*

슬리만은 묘지를 가로질러서 지름길로 갔지만 언덕을 오르는 데 한 시간이 걸렸다. 걸어가는 내내 푸코는 계속해서 말했다. "맛있는 클럽 샌드위치에 콜라 한 잔…."

푸코는 호텔의 복도에 들어섰을 때 극심한 공포를 느꼈다. 미국으로 출발하기 직전에 스탠리 큐브릭의 영화 〈샤이닝〉을 봤기 때문이다. 슬리만은 간신히 그를 침대에 눕혔다. 푸코는 슬리만에게 키스를 해달라고 조르다가 이내 잠이 들었고, 그리스-로마 시대의 검투사가 나오는 꿈을 꾸었다.

66

"제가 이란 사람이라서 하는 얘기가 아니고요. 푸코는 이상한 소리만 늘어놓는 것 같아요. 촘스키가 옳아요."

(익명의 대학생. 캠퍼스에서 인터뷰.)

67

시몽은 여성 문학에 관한 시수의 강연을 듣고 나오다가 젊은 레즈비언 페미니스트 한 명을 알게 되었다. 그녀의 이름은 주디스로 헝가리의 유대인 가족 출신이다. 그녀는 철학 박사 학위를 준비 중이며 언어의 수행적 기능에 관심이 있었다. 가부장적 세력이 자신들의 입맛에 맞는 문화, 이를테면 이성애-일부일처제와 같은 문화를 형성하기 위해 일종의 은밀한 (눈에 띄지 않는) 수행적 발화를 이용했다고 의심하기 때문이었다. 그녀에 따르면, 가장 높은 권력을 가진 '백인 이성애 남성'이 자신의 희망 사항을 기정사실로 만드는 데 'A는 B이다'라는 언명만으로도 충분했다.

수행적 발화란 '기사 서임'처럼 단순히 자격을 부여하는 역할에 그치지 않았다. 종속적 세력 관계로 막 생성된 결과에 불과한 것을 마치 아득한 옛날부터 쭉 그리해온 증거인 양 둔갑시키는 역할을 하기도 했다.

특히 '자연스러운 인간의 본성'이라는 말에는 문제가 있다. 이 '본성'이란 단어에 우리의 적이 있다. 그에 대한 반작용이 '본성을 거스르는 행위'이다. 이전에는 '신의 뜻을 거역하는 행위'라고 말하던 것의 현대식 표현이다. (다른 곳처럼 미국에서도 1980년대에는 '신의 뜻'이 가지는 의미가 약화되었지만, 그 반대의 작용은 전혀 그렇지 않았다.)

주디스는 "본성이란, 고통, 질병, 잔인성, 야만성과 죽음이죠. 본성이란 살인이에요."라고 했다. 그녀는 낙태 반대 운동의

슬로건인 '낙태는 살인이다.'를 빗대 말하며 웃었다.

시몽은 맞장구를 쳐주려고 말했다. "보들레르는 자연의 본성을 혐오했죠."

주디스는 각진 얼굴형에 학생다운 머리 스타일, 시앙스 포*에서 흔히 볼 수 있을 것 같은, 언제나 반 1등을 도맡을 것 같은 얼굴이다. 다만 그녀는 급진 페미니스트이고 모니크 위티그**처럼 레즈비언과 여성이 다르다고 생각한다. 사람들은 여성이 남성을 보완해주는 존재라고 인식하며, '여성'이라는 정의 안에 이미 여성은 종속된 존재라는 묵인이 있기 때문이다. 아담과 이브의 신화가 어떤 의미에서는 이미 원초적인 수행적 발화다. 여성이 남성 이후에, 남성의 신체 일부에서 창조되었다는 이야기, 금단의 사과를 따먹는 어리석은 짓을 한 사람은 여성, 그러므로 여성은 비난받아야 하고 그로 말미암아 고통 속에 아이를 낳아야 한다는 이야기, 이런 모든 것들에 그녀는 몹시 분개했다. 당연히 그녀는 아이의 출산과 양육도 반대했다.

바야르가 왔다. 그는 시수의 강연에 참석하지 않았다. 차라리 캠퍼스의 공기를 들이마시며 하키 팀의 연습을 보고 싶어 했다. 그는 반 정도 빈 맥주 캔과 감자칩 봉투를 들고 있었다. 주디스는 호기심 어린 눈으로 바야르를 보았다. 시몽의 예상과

---

* 파리 정치 대학.
** 프랑스의 작가, 여성주의 이론가. 프랑스의 첫 레즈비언 단체 창립 멤버

달리 적개심은 없어 보였다.

"레즈비언들은 여성이 아니에요. 당신과 당신의 팰러스 로고스 중심주의*를 곤란하게 만드는 사람들이죠." 주디스는 웃었다. 시몽도 함께 웃었다. 바야르가 물었다. "무슨 얘기를 하는 거야?"

68

"선글라스 벗어요. 햇볕도 없잖아요. 날씨가 얼마나 구질구질한지 보이죠?"

어젯밤 일을 두고 한동안은 말들이 많겠지. 푸코는 아직도 몽롱한 상태다. 그는 커다란 피칸 쿠키를 더블 에스프레소에 적셨다. 에스프레소는 예상과 달리 매우 맛있었다. 그와 함께 온 슬리만은 블루치즈 소스의 치즈베이컨 버거를 먹고 있다.

그들이 앉아 있는 건물은 캠퍼스 언덕 위의 입구 근처, 협곡의 건너편에 있었다. 협곡에는 다리가 걸쳐 있는데, 절망에 빠진 학생들이 가끔 이곳에서 몸을 던지곤 했다. 푸코와 슬리만

---

* 팰러스(남근) 중심주의와 로고스(이성) 중심주의가 결합된 용어. 데리다가 고안한 개념. 팰러스 중심주의가 성욕을 특권화한다면 로고스 중심주의는 언어를 진리의 궁극적인 중재자로 특권화한다.

은 이곳이 술집인지 찻집인지 분간할 수가 없었다. 푸코는 두 통에도 불구하고 호기심 때문에 맥주를 시켰지만 슬리만이 취소해버렸다. 웨이트리스는 방문 교수들이나 다른 유명인들의 변덕에 익숙한지 어깨를 으쓱하고 뒤로 돌아서 기계적으로 주문을 읊을 뿐이었다. *"No problem, guys. Let me know if you need anything, OK? I'm Candy, by the way."*(네, 괜찮습니다. 필요하신 것 있으면 알려주세요. 그리고 전 캔디예요.) 푸코는 중얼거렸다. *"Hello, Candy. You're so sweet."*(안녕하세요, 캔디. 무척 상냥하시네요.) 웨이트리스는 푸코가 하는 말을 못 들었다. 못 들어서 다행일지도 몰라. 푸코는 생각했다. 어쨌든 영어를 다시 말할 수 있어 다행이었다.

푸코는 누군가 자신의 어깨를 만지는 것을 느꼈다. 고개를 들어보니 크리스테바였다. 그녀는 김이 나는 커다란 잔을 들고 있었다. "잘 지내시죠, 미셸? 오랜만이에요." 푸코는 즉시 온몸을 가다듬었다. 선글라스를 벗으며 표정을 밝게 하고는 크리스테바에게 이빨을 다 드러내는 특유의 미소를 지었다. "쥘리아! 눈부시네요!" 그는 마치 그녀를 전날에 본 것처럼 대하며 질문을 했다. "뭐 드세요?"

크리스테바가 웃었다. "역겨운 차예요. 미국인들은 차를 어떻게 만들어야 하는지 모른다니까요. 중국에 가본 적이 있다면 당신도 무슨 말인지 이해할 텐데…"

자신의 상태를 알아차리지 못하도록 푸코는 얼른 말을 받았다. "강연은 잘 끝났나요? 어제는 가보지를 못했어요."

"아시겠지만… 그다지 혁명적인 내용은 아니었죠." 그녀는 잠시 머뭇거렸다. 푸코는 자신의 배에서 꾸르륵 소리가 나는 것을 들었다. "진짜 혁명적인 건 더 특별한 때를 위해서 아껴두려고요."

푸코는 웃는 척하다가 양해를 구했다. "여기 커피를 마시니 화장실에 가고 싶어지는군요. 하 하." 그는 일어나서 되도록 침착하게 화장실 쪽으로 걸어갔다. 그곳에서 배 속을 완전히 비워낼 작정이었다.

크리스테바는 푸코의 자리에 앉았다. 슬리만은 아무 말 없이 그녀를 쳐다보았다. 그녀는 푸코의 창백한 얼굴을 보았고, 그가 당분간 화장실에서 돌아오지 않으리라는 것, 그러므로 적어도 몇 분의 시간이 있다는 사실을 알고 있었다.

"사람들이 가지고 싶어 할 만한 중요한 걸 가지고 있다고 들었어요."

"잘못 아신 겁니다, 마담."

"잘못은 당신이 하고 있는 것 같은데요. 후회할 거예요."

"무슨 말씀을 하시는지 모르겠습니다, 마담."

"어쨌든 저는 준비가 됐어요. 제가 그걸 사도록 하죠. 후한 대가를 치를 생각이에요. 하지만 당신의 보장이 필요해요."

"무슨 보장 말씀인가요, 마담?"

"다른 누구도 이걸 가져서는 안 돼요."

"어떻게 보장해드리기를 원하시나요, 마담?"

"저한테 그렇게 맹세해주기를 바라요, 슬리만."

슬리만은 그녀가 자신의 이름을 부른 것을 알아들었다.

"잘 들어, 화냥년아. 여긴 파리가 아니야. 네 딸랑이들이 너랑 함께 있던 건 못 본 걸로 할게. 나한테 한 번 더 접근하면 암퇘지처럼 목을 딴 다음에 호수에 던져주지."

푸코가 화장실에서 돌아왔다. 얼굴에 물기가 남아 있었지만 몸가짐은 완벽했다. 완벽하게 가장할 수 있겠군. 크리스테바는 생각했다. 눈에 약간의 멍한 기운만 없다면 말이지. 당장 강연할 준비가 된 사람처럼 보여. 어쩌면 정말로 강연하러 갈 참인지도 몰라. 시간을 확인하려는 중일지도 모르지.

크리스테바는 푸코에게 자리를 돌려주었다. "만나서 반가웠어요, 슬리만." 그녀는 손을 내밀지 않았다. 슬리만이 잡지 않으리라는 것을 알았기 때문이다. 그는 누군가 뚜껑을 미리 따놓은 병의 음료수는 마시지 않을 것이다. 테이블 위의 소금통도 쓰지 않을 것이다. 누구하고도 신체 접촉은 하지 않을 것이다. 그는 매사에 조심스러웠고, 그 처신은 옳았다. 니콜라이가 나서지 않으면 상황이 매우 복잡해지겠군. 하지만 내가 통제할 수 없는 상황이란 없어. 크리스테바는 생각했다.

69

"담론을 해체한다는 것은 텍스트 내용에 추정 근거와 주요 개념, 그리고 전제를 부여해주는 수사적 작용을 밝혀냄으로써, 철학이 주장하는 바의 근간이 어떻게 무너지는지 보여주고 그 이면에서 나타나는 위계를 살피는 작업입니다."

(조너선 컬러, 〈언어론적 회전을 향한 가속〉 학술회 기획자)

"우리는 말하자면 언어 철학의 황금기에 있습니다."

설의 강연이다. 미국의 교수들은 모두 그의 강연이 데리다를 향한 복수라는 것을 알고 있다. 설이 생각하기에 프랑스의 해체주의는 설의 스승 오스틴의 명예를 심각하게 실추시켰기 때문이다.

시몽과 바야르는 강의실 안에 있지만 거의 아무것도 이해하지 못하고 있다. 영어로 강연하고 있기 때문이다. 지금은 '발화 행위'에 관해 이야기하고 있다. 그 정도는 이해할 수 있다. 시몽은 '발화 수반 행위'나 '발화 효과 행위' 등도 이해했다. 하지만 'utterance(발언, 입 밖에 냄)'는 또 무엇이란 말인가.

데리다는 참석하지 않았지만 상세하게 보고를 해줄 사람, 충실한 폴 드 만과 그의 통역인 가야트리 스피박, 친구 엘렌 시수를 보냈다. 사실대로 말하자면 거의 모든 사람들이 거기 있었다. 푸코만 빼고. 푸코는 여전히 몸 상태가 안 좋았다. 아마도 슬리만이 내용을 전달해주리라 생각하고 있거나, 아니면 설의 강연에 관심이 없는 것일 수도 있다.

바야르는 자리에 앉은 크리스테바를 보았다. 그리고 교수 식당에서 봤던 모든 사람들을 발견했다. 울 넥타이를 한 덤불 같은 노인도 있었다.

설은 이런저런 것들을 떠올릴 필요가 없으며, 자신은 청중들의 수준을 낮게 보는 모욕을 하지 않을 것이고, 이토록 명백한 사실을 설명하느라 시간을 잡아먹을 필요는 없다고 누누이 말했다.

시몽이 그럭저럭 이해한 바로는, 설은 아주 바보가 아닌 다음에야 "반복 가능성itérabilité"과 "영구성permanence", 문자로 된 언어와 말하는 언어, 진짜 담화와 가짜 담화를 혼동할 수 없다고 주장했다. 본질적으로 설의 메시지는 '빌어먹을 데리다'였다.

제프리 멜먼은 모리스 잽에게 귓속말을 했다. "*I had failed to note the charmingly contentious Searle had the philosophical temperament of a cop.*"(논쟁을 좋아하시는 매력적인 설께서 철학하는 경찰관 기질을 가졌다는 건 그동안 몰랐어요.) 잽이 웃었다. 뒤

의 학생들이 쉿 하고 조용히 해달라는 신호를 했다.

강연이 끝나자 한 학생이 질문을 했다. 교수님께서는 데리다와의 논쟁이 (강의실 안에서 동조하는 웅성거림. 설은 자신이 누구에 반대하는지 정확히 거론하지 않으려고 노력했지만 그의 목표가 누구인지는 모든 사람들이 알고 있었다) 두 철학 전통의(분석 철학과 대륙 철학) 상징적 대립이라고 생각하시나요?

설은 분노를 억누르는 듯한 어조로 대답했다. "*I think it would be a mistake to believe so. The confrontation never quite takes place.*(그렇게 생각하신다면 실수하는 거라고 말씀드리고 싶군요. 대립이라고는 전혀 없었습니다만.) 소위 '대륙 철학자들' 몇 명이 오스틴과 그의 발화 행위 이론을 막연하고 불명확하게 이해하며 오류와 오역을 저지르지요. 방금 강연에서 예를 들었듯이 그런 것에 일일이 신경 쓰며 시간을 지체하는 것은 헛수고입니다" 설은 마치 성직자와 같은 엄숙한 말투로 덧붙였다. "이런 바보짓에 시간 낭비하지 마세요, 학생들. 철학을 진지하게 생각한다면 이런 방식은 아닙니다. 경청해주셔서 감사합니다."

그러고는 강의실의 소란스러운 반응에 개의치 않고 일어나서 나가버렸다.

사람들이 모두 일어나 강의실을 떠나는 가운데, 바야르는 슬리만이 서둘러 설을 따라가는 모습을 보았다. "저기 봐, 에르조그. 아랍인이 발화 효과에 관해 질문할 리는 없을 텐데 말이야." 시몽은 인종차별적 요소와 반지식인적 요소를 걸러 내며 바야르의 말을 들었다. 하지만 그의 빈정대는 소리의 한편에서 의문이 생겨났다. 슬리만이 설에게 원하는 게 뭐지?

71

"빛이 있으라." 말씀하시니 빛이 생겼다. (사해문서에서 발췌, 기원전 2세기경. 유대교-기독교 세계에서 지금까지 발견된 가장 오래된 수행적 발화.)

72

엘리베이터 버튼을 눌렀을 때, 시몽은 자신이 천국으로 올라가고 있다는 사실을 알아차렸다. 엘리베이터의 문은 〈연애소설에 관한 학술회〉라고 적힌 층에서 열렸다. 시몽은 책이 천장까지 쌓여 있고 칙칙한 형광등이 켜진 방으로 들어섰다. 코넬대학교의 도서관은 햇빛이 전혀 들어오지 않으며, 24시간 개방되어 있다.

시몽이 탐낼 만한 책은 물론, 그 외의 책들도 다 있었다. 그는 보물 창고에 들어온 해적이 된 기분이었다. 빌려가고 싶으면 양식지를 채워야 한다는 점만 빼면 말이다. 시몽은 곧 자신의 소유가 될 들판의 밀을 어루만지듯 꽂힌 책들의 귀퉁이를 어루만졌다. 이게 진짜 공산주의지. 모든 이의 것은 나의 것이고, 반대로 나의 것은 모든 이의 것이고.

지금 이 시각, 도서관은 거의 텅 비어 있었다.

시몽은 구조주의를 다룬 책들이 꽂힌 서가로 갔다. 어라? 레비-스트로스가 일본에 관한 책을 썼네?

그는 초현실주의 서가 앞에서 걸음을 멈추고 책꽂이의 책들을 훑어보며 흥분에 몸을 떨었다. 로제 비트라크의 《죽음에 대한 지식Connaissances de la mort》, 우니카 쥐른의 《우울한 봄날 Sombre printemps》, 로베르 데스노스 공저인 《악마의 여교황La Papesse du diable》…. 그밖에도 르네 크르벨의 희귀한 작품들 영어판과 프랑스어판, 라도반 이브시치와 아니 르브룅의 미간행 작품들….

어디에선가 삐걱하는 소리가 들렸다. 시몽은 동작을 멈췄다. 발자국 소리. 시몽은 본능적으로 초현실주의의 '섹슈얼리티에 관한 연구' 서가 뒤에 몸을 숨겼다. 한밤중에 대학 도서관을 방문한 게 불법은 아니지만 미국인들이 흔히 말하듯 적절치 못한 행동이라는 생각이 들었기 때문이다.

그는 설이 아방가르드 시인 트리스탕 차라의 책들이 꽂힌 서가 옆을 지나는 것을 보았다. 설은 서가 옆의 누군가와 대화를 나눴다. 시몽은 시야를 확보하려고 《초현실주의 혁명*La Révolution surréaliste*》 12권 중 한 권을 조심스레 뽑았다. 설과 이야기하는 마르고 우아한 체형의 남자는 슬리만이었다.

설의 목소리는 너무 작아서 알아들을 수가 없었지만 슬리만의 목소리는 분명히 들렸다. "24시간 드릴게요. 그 시간을 넘기면 더 많이 제시하는 사람에게 넘길 거예요." 그는 워크맨을 다시 귀에 걸고 엘리베이터 쪽으로 걸어갔다.

설은 슬리만과 함께 떠나지 않았다. 그는 책을 몇 권 뽑아 뒤적거렸다. 무슨 생각을 하는지는 전혀 알 수 없었다. 시몽은 이 광경을 이미 어디선가 본 것 같은 느낌이 들었지만 이내 잊어버렸다.

시몽은 《초현실주의 혁명》을 다시 꽂으려다가 《그레이트 게임*The Great Game*》을 떨어뜨렸다. 설은 사냥개처럼 고개를 곧추 들었다. 시몽은 도서관에서 나가기로 마음먹고 서가 사이를 조심스럽게 걸었다. 설이 그가 있던 자리로 와서 《그레이트 게임》을 주워 드는 소리가 들렸다. 그는 설이 책의 냄새를 킁킁거리고 맡는 상상을 했다. 설이 자기 쪽으로 걸어오는 모습을 보고 시몽은 서둘러 정신 분석학 서가를 지나 누보로망의 서가까지 왔지만 막다른 길이었다. 뒤로 돌아서자 설이 그곳에 있었다. 한 손에는 종이 자르는 칼을 들고 다른 한 손에는 《그레이트 게임》을 들고 있었다. 그는 본능적으로 책 한권을 꺼내 들었다. 《롤 베 스타인의 환희 Le ravissement de Lol V. Stein》. 하지만 이 책으로는 아무것도 할 수 없겠군. 그는 책을 던지고 다른 책을 꺼냈다. 《플랑드르로 가는 길 La Route des Flandres》. 이게 훨씬 낫군) 설은 사이코 영화에서처럼 손을 번쩍 들지 않았지만, 시몽은 종이칼에 찔리지 않도록 방어해야 한다고 생각했다.

그때 엘리베이터의 문이 열렸다. 시몽과 설은 각자 자리에서 꼼짝 않은 채 부츠를 신은 젊은 여자와 황소처럼 건장한 남자가 복사기 쪽으로 걸어가는 것을 보았다. 설은 종이칼을 주머니에 도로 집어넣었고, 시몽도 클로드 시몽의 《플랑드르로 가는 길》을 치켜들고 있던 팔을 내렸다. 두 남자는 같은 호기심으로 나탈리 사로트의 서가를 가로질러 두 남녀 쪽을 보았다. 웅웅거리는 소리가 나고 복사기의 푸른색 빛이 보였다. 하지만 곧 황소 같은 남자가 기계 쪽으로 몸을 굽히고 있는 젊은 여자의 몸에 달라붙었다. 그녀는 들릴락 말락 한숨을 내쉬고는 남자를 보지도 않은 채 그의 바지 지퍼에 손을 올렸다. (시몽은 오셀로의 손수건이 떠올랐다.)* 그녀의 피부는 새하얗고 손가락은 매우 길었다. 황소 같은 남자는 그녀의 원피스 단추를 끌러서 발아래로 떨어뜨렸다. 그녀는 속옷을 입지 않았다. 그녀

---

* 셰익스피어의 《오셀로 Othello》. 오셀로의 손수건은 데스데모나에게 준 사랑의 징표다.

421

의 몸은 마치 라파엘의 그림처럼 커다란 젖가슴과 가느다란 허리, 커다란 엉덩이와 균형 잡힌 어깨를 가지고 있었고, 주요 부위는 깨끗하게 면도되어 있었다. 검고 각진 단발머리와 갸름한 턱 때문에 그녀는 마치 카르타고의 공주처럼 보였다. 그녀가 황소 남자의 거기를 입에 넣기 위해 무릎을 꿇자 설과 시몽은 눈을 크게 떴다. 그들은 황소 남자의 물건이 과연 우람한지 보고 싶었다. 시몽은 《플랑드르로 가는 길》을 다시 제자리에 꽂았다. 황소 남자는 여자를 일으켜 뒤로 돌렸고, 그녀의 목덜미를 잡은 채 안으로 밀어 넣고는 본능대로 움직였다. 처음에는 천천히 무겁게, 그러고는 점점 더 맹렬하게. 복사기가 들려서 벽과 바닥에 부딪치는 소리, 여자의 기나긴 신음 소리가 (그들 입장에서는) 아무도 없는 도서관 복도에 울려 퍼졌다.

시몽은 이들에게서 눈을 뗄 수가 없었지만 떼야 했다. 이 멋들어진 성행위를 중단시키는 일은 정말 내키지 않았다. 간신히 의지를 다잡고, 그는 본능대로 서가에 있던 뒤라스의 책들을 모조리 바닥에 떨어뜨렸다. 책들이 떨어지는 요란한 소리에 모든 사람들이 삽시간에 조용해졌다. 황소 남자와 그녀가 내던 소리도 멎었다. 시몽은 설의 눈을 똑바로 보며 천천히 설을 지났고, 설은 꼼짝도 하지 않았다. 중앙 통로에 다다르자 시몽은 복사기 쪽으로 돌아섰다. 황소 남자는 그를 뚫어져라 쳐다봤고 그의 성기는 그대로 곧게 서 있었다. 여자는 천천히 도전적인 눈빛으로 자신의 옷을 주워서 다리를 한쪽씩 넣고는 황소 남자에게 등을 돌렸고, 남자는 여자의 원피스 단추를 채워주었다. 시몽은 그녀가 부츠를 벗지 않았다는 것을 알았다. 그는 비상 계단으로 내려갔다.

바깥의 캠퍼스 잔디 위에는 크리스테바의 젊은 친구들이 앉아 있었다. 그들은 3일째 그곳을 점령하고 있었고 주변에는 빈 술병과 감자칩 봉지들이 굴러다녔다. 그들이 청하자 시몽도 함께 앉아서 맥주를 마시고 그들이 건네주는 마리화나를 피웠다. 시몽은 이제 위험에서 벗어났다는 사실을 알았다. (만약 실제로 위험이 있었다면 말이다. 설이 손에 들고 있었던 게 종이칼이 확실했던가?) 하지만 그의 두려움은 사라지지 않았다. 무언가 걱정스러운 다른 것이 있었다.

볼로냐의 17세기 해부학 강의실에서 그는 비안카와 잤고 폭발물 테러에서 가까스로 벗어났다. 여기에서는 한밤중의 도서관에서 언어 철학자의 칼에 찔릴 뻔한 위기를 벗어났다. 그리고 복사기 옆에서 벌어지는 성행위를 목격했다. 그는 엘리제궁에서 대통령 지스카르를 만났고 사우나에서 미셸 푸코와 마주쳤으며, 자동차 추격전을 펼치다가 목숨을 잃을 뻔하기도 했다. 어떤 남자가 다른 남자를 독이 든 우산으로 찔러 죽이는 것을 목격했으며 비밀스런 집단에서 게임에 진 자의 손가락을 자르는 것을 보았으며 비밀문서를 찾으러 대서양을 건너왔다. 그는 자신이 겪으리라고 상상도 못했던 이상한 일들을 최근 몇 달간 수도 없이 겪었다. 시몽은 특이한 일을 마주쳤을 때 어떻게 받아들여야 하는지 알았다. 그는 움베르토 에코의 '허구 속 인물'을 생각하며 마리화나를 빨아들였다.

"무슨 일이죠? 왜 그래요?"

시몽은 마리화나를 다른 사람에게 돌렸다. 머릿속에서는 최근에 있었던 일들이 영화처럼 계속해서 돌아갔다. 자신의 전문 분야에서처럼 시몽은 서사 구조, 부가 요소, 반대되는 것과 우의적 관계를 모두 분리했다. 볼로냐의 성행위(주체)와 공격(폭탄). 코넬대학교에서의 공격(종이칼)과 성행위(객체). (교차 배열법) 자동차 추격전. 햄릿의 최종 결투를 다시 쓴 것. 계속해서 등장하는 도서관이라는 장소. (하지만 왜 자꾸 조르주 퐁피두 센터가 생각나지?) 짝을 지어 다니는 사람들. 두 불가리아 남자, 두 일본인, 솔레르스와 크리스테바, 설과 데리다, 아나스타샤와 비안카…. 특히 가장 그럴듯하지 않은 것들. 왜 세 번째 불가리아인은 텍스트가 바르트의 집에 있다는 것을 시몽과 바야르가 깨달을 때까지 기다렸을까? 왜 그 전에 바르트의 집에 가지 않았을까? 아나스타샤가 러시아의 정보부 요원이라면 어떻게 그렇게 신속하게 바르트가 입원한 병동에 침투할 수 있었을까? 왜 지스카르는 크리스테바를 미국까지 오도록 내버려 두고는 바야르와 자신을 보내 감시하게 했을까? 곧장 체포해서 자신의

'작업장'에 감금하고 자백을 할 때까지 고문할 수도 있을 텐데? 왜 그 텍스트는 영어나 러시아어가 아니고 프랑스어로 쓰인 것일까? 누가 그것을 프랑스어로 번역했을까?

시몽은 신음 소리를 내며 머리를 감싸 쥐었다.

"빌어먹을 소설 같은 일에 말려든 것 같아."

"What?"

"소설 속 덫에 빠진 것 같다고!"

시몽에게 말을 건 남학생은 뒤로 몸을 젖히고 하늘을 향해 담배 연기를 길게 내뿜으며 반짝이는 별들을 보았다. 병째로 맥주를 들이키고는 팔꿈치를 세우고 누워 한참 동안 침묵을 지키다 말했다. "멋진 말이네요. 미국에 온 것을 환영합니다."

73

"이렇듯 편집증 환자는 종잡을 수 없이 그를 모든 방면에서 에워싸고 있는 탈(脫)영토화된 기호의 무력함을 목격합니다. 하지만 그는 그만큼, 분노의 감정 속에서 대기에 뻗어 있는 네트워크의 주인으로서 시니피앙의 초권력에 접근할 수 있죠."

(가타리. 1980년 코넬대학교에서 열린 학술회에서)

74

"야콥슨에 관한 강연이 곧 시작할 거예요. 이제 활약을 좀 하셔야죠?"

"아니. 난 내 몫을 다 했어."

"제기랄. 여기 올 때 좋다고 했잖아요! 사람이 잔뜩 있을 거라고요. 여기선 뭔가 얻어걸릴 거예요. 그 망할 루빅큐브 좀 내려놔요!"

탁 탁. 바야르는 전혀 동요하지 않고 알록달록한 칸을 돌렸다. 여섯 면 중 두 면을 거의 맞췄다.

"알았어요. 조금 있으면 데리다예요. 그 사람은 놓치면 안 돼요."

"왜? 그 사람이 다른 사람보다 더 흥미로운 이유가 있어?"

"이 세상에서 가.장. 흥미로운 생각을 하는 철학자니까요. 그 사람은 오스틴의 이론에 관해서 아주 심각하게 설과 대립하고 있다고요."

탁 탁.

"오스틴의 이론은 수행적 발화에 대한 거예요. 기억해요? 발화 수반 행위와 발화 효과 행위. 말을 하면 행위가 일어나는 것 말이에요. 어떻게 말을 하면서 행위가 일어나는지, 어떻게 다른 사람에게 단순히 말을 함으로써 그 행위가 일어나게 하는 건지. 예를 들어 저한테 항상 결과로 나타나는 발화 수반—효과*perlocutoire*가 있다면, 제가 '데리다의 강연' 소리만 해도 당신은 벌떡 일어나서 우리 자리를 예약하는 그런 일이 일어나겠죠. 당신이 덜 바보라도 그런 일이 벌어질 테고요. 7번째 기능이 지금 우리 주변에 있다면 데리다가 첫 번째 관련자일 거라고요."

"무슨 관련자?"

"제발! 바보 같은 말 좀 그만해요!"

"오스틴이 말하는 기능들이 있는데 왜 모두들 야콥슨의 7번째 기능을 찾는 거지?"

"오스틴의 연구는 순수하게 묘사적이에요. 그저 이게 어떤 식으로 작용한다고 설명해주는 거지 이걸 작용하게 하려면 어떻게 해야 한다고 방법은 안 알려주죠. 당신이 상대방의 어떤 행동을 기대하고 약속을 한다거나 협박을 한다거나 할 때의 작용 원리를 설명하지만 어떻게 상대방이 당신의 말을 믿고 진지하게 받아들이고 당신의 의도대로 행동하게 할지는 안 알려준단 말이에요. 단순히 어떤 발화 행위가 성공할 수도 있고 실패할 수도 있다. 성공하려면 이러이러한 조건이 필요하다. 예를 들어 '당신들이 부부임을 선포합니다.'라는 말이 효력이 있으려면 당신이 시장이거나 시장의 보좌관이어야 한다고 알려주는 식이죠. (물론 이건 순수 수행적 발화일 때죠.) 하는 말마다 성공시키려면 어떻게 해야 하는지는 알려주지 않아요. 그건 사용법일 뿐이죠. 분석 결과일 뿐이고. 그 차이를 알겠어요?"

탁 탁.

"야콥슨의 연구는? 그건 단순한 묘사가 아니란 말이야?"

"어… 단순한 묘사죠. 하지만 7번째 기능은… 아니라고 봐야죠."

탁 탁.

"제기랄. 안 되잖아!"

바야르는 두 번째 면의 색을 맞추지 못하고 있다.

그는 시몽의 노려보는 시선을 느꼈다.

"알았어. 강연이 몇 시지?"

"늦지 마세요!"

탁 탁. 바야르는 전략을 바꿨다. 두 번째 면의 색을 맞추려 하지 않고 첫 번째 면에 있는 각 줄의 색을 맞추기로 했다. 큐브를 맞추는 손놀림은 점차 빨라지고 능숙해졌지만 여전히 발화 수반와 발화 효과의 차이는 이해할 수 없었다.

시몽은 야콥슨 강연에 가는 길이다. 바야르가 같이 가거나 말거나 야콥슨을 다루는 강연에 간다는 생각에 즐거웠다. 하지만 캠퍼스의 잔디밭을 가로지르면서 그는 R을 심하게 굴리는 맑은 목소리와 웃음소리를 들었고, 몸을 돌리자 복사기의 검은 머리 여자를 발견했다. 가죽 부츠를 신은 카르타고의 공주님.

어제와 다른 점은 옷을 입고 있다는 것. 그녀는 자그마한 체구의 아시아 여자, 그리고 체구가 큰 이집트 여자와 얘기를 나누고 있었다. (이집트인이 아니면 레바논 여자일 수도. 어쨌거나 아랍계 여자였고 작은 십자가 목걸이를 하고 있었다. 마론파 신자*일 수도 있다. 하지만 시몽의 생각에는 콥트 정교회 신자**일 확률이 더 높았다. 그런데 시몽은 무슨 기준으로 사람을 분간할까? 미스터리다.)

세 명의 여자는 즐겁게 시가지를 향해 갔고 시몽은 그녀들을 따라가기로 결심했다.

그들은 에드워드 럴로프라는 천재 연쇄 살인마의 뇌가 포르말린 속에 보관되어 있는 과학학부의 건물을 지났다.

그들은 호텔경영학부의 건물 옆을 지났다. 갓 구운 빵 냄새가 코를 찔렀다.

수의학과 건물도 지나갔다. 그들의 뒤를 따라가느라 시몽은 커다란 가방을 둘러멘 설이 건물로 들어가는 것을 보지 못했다. 봤지만 분석해야 할 정보로 판단하지 않고 흘려보냈을 수도 있다.

그녀들은 로망스어*** 연구소 건물도 지나갔다.

그들은 캠퍼스와 시가지를 나누는 경계인 협곡의 다리를 건

---

* 가톨릭 교파. 본교가 레바논에 있다
** 이집트의 기독교 교파
*** 라틴어에서 유래한 언어군. 프랑스어, 스페인어, 이탈리아어 등.

너 에드워드 럴로프라는 주점에 자리를 잡았다. 시몽도 카운터 자리에 앉았다.

그는 부츠를 신은 검은 머리 여자가 친구에게 하는 말을 들었다. "질투 같은 건 관심 없어. 그것도 경쟁이긴 한데 별로…. 하고 싶은 대로 하는 걸 겁내는 그런 남자들한테는 정말 진절머리가 나."

시몽은 담배에 불을 붙였다.

"보르헤스를 좋아하지 않는다고 말하고 싶어. 하지만 그럴 때마다 포기하게 돼."

시몽은 맥주를 시키고 〈이타카 저널〉을 펼쳤다.

"나는 아주 강렬한 육체적 사랑을 위해 태어났다고 말하는 게 두렵지 않아."

세 여자는 웃음을 터뜨렸다.

그들의 대화 주제는 신화론 수업, 별자리와 섹스, 그리스 신화에 나오는 여인들(시몽의 머릿속에 떠오른 여인들은 아리아드네, 파이드라, 페넬로페, 헤라, 키르케, 에우로페…)의 과오까지 다양했다.

결국 이렇게 시몽도 야콥슨의 구조론 강연을 빠지고 말았다. 친구들과 함께 햄버거를 먹는 검은 머리의 여자를 염탐하는 게 더 흥미로웠기 때문이다.

75

공기 중에 전기가 흐르는 듯했다. 모두가 거기에 있었다. 크리스테바, 잽, 푸코, 슬리만, 설…. 강의실은 입구까지 발 디딜 틈도 없이 꽉 찼다. 다른 사람을 넘어가지 않고서는 움직일 방법이 없었다. 사람들은 마치 극장에서 주인공을 기다리는 심정으로 흥분했고, 마침내 주인공이 도착했다. 무대 위의 데리다. 바로 지금이다.

데리다는 맨 앞줄에 앉은 시수에게 미소를 지었고 자신의 통역인 가야트리 스피박에게 친밀한 손짓을 했다. 친구들과 적들을 모두 눈여겨보며 각자의 위치를 파악했다. 설도 확인했다.

시몽도 바야르와 함께 와 있었다. 그들은 레즈비언 페미니스트 주디스와 함께 앉았다.

"타협의 말, 그것이 발화 행위죠. 우리는 다른 사람에게 발화 행위를 통해 말하며 타협을 시도하기도 하고 받아들이기도 합니다. 타협의 말이 있기 전에는 전쟁이나 고통이나 상처가 있었죠…."

시몽은 복사기의 카르타고 공주 역시 와 있다는 것을 알았다. 그녀를 보자 집중력이 흐려져서 데리다가 처음에 꺼낸 몇 마디 말을 놓쳐버렸다.

데리다는 침착하고 용의주도하게 오스틴의 이론을 언급하

며 그것에 반대하는 이론을 펼쳤다. 학술 용어를 사용했고 말하는 내내 객관적인 태도를 유지했다.

발화 행위 이론에서, 발화 행위란 말이면서 동시에 행위이기도 하다. 즉 발화 행위자는 말과 행위를 동시에 한다. 여기에서 데리다는 '의도'라는 전제에 반론을 제기했다. 말하는 자의 의도가 말하기 전에 이미 존재했고, 말하는 자도 이것을 명확하게 인식했는가? 그리고 (상대방이 누구인지 명확하다면) 상대방에게도 똑같이 의도가 명확히 전달되었는가?

내가 만약 '시간이 늦었다'고 말한다면, 이제 돌아가고 싶다는 뜻이다. 하지만 실제로는 내가 남아 있기를 원한다면? 내심 나를 붙잡아주기를 희망한다면? '아니오! 전혀 안 늦었습니다'라는 말로 나를 안심시켜주기를 원하고 있다면?

내가 글을 적을 때, 정말로 내가 원하는 것이 무엇인지 알고 있을까? 텍스트가 형성되면서 스스로 의미를 드러내는 것은 아닐까? (글이 저절로 의미를 드러내기도 하는가?)

내가 무슨 말을 하고 싶은지 알고 있다고 생각하지만 내 말을 듣는 사람들은 내가 생각한 (혹은 생각했다고 믿는) 그대로를 이해하는 것인지? 내가 말한 의도와 그들이 이해한 의도가 정확하게 일치하는 것인지?

이런 것들이 발화 행위 이론의 중요한 점들이다. 하찮아 보이는 의견일 수 있지만, 이러한 논점이 있기 때문에 발화 수반 행위(특히 발화 효과 행위)의 힘을 오스틴처럼 '성공이다 혹은 실패다'라고 평가하기는 어렵다. (철학에서는 진실이냐 거짓이냐를 판단하는 전통이 있었다.)

'시간이 늦었다'라고 말한다면 내 말을 듣는 사람들은 내가 집에 돌아가기를 원한다고 생각할 것이고 나와 함께 가겠다고 제안할 것이다. 내 발화 행위는 성공일까? 내가 만약에 남고 싶었다면? 내 마음속의 무언가 혹은 누군가가 내가 남기를 바란다면? 그런데 내가 그것을 의식하지 못했다면?

"무슨 근거로 '레이건'이 미국 대통령인 '그 레이건'이라고 확신하는 걸까요? 엄밀히 말해 그걸 누가 알 수 있나요? 본인이 미국 대통령 레이건이라면 알까요?"

모두가 웃음을 터뜨렸다. 모두들 최고조로 집중하고 있었고 강의 주제가 애초에 무엇이었는지도 잊었다.

데리다는 이때를 노렸던 모양이다.

"근데 제가 만약 '살Sarl'에게 그를 비평하겠다고 약속한다고 합시다. 저는 그의 무의식적인 욕망을 마주하고 그걸 분석하고 싶지만, 실제로는 그를 화나게 했다면 무슨 일이 일어날까요? 제 '약속'은 약속이 되나요, 아니면 협박이 되나요?"

바야르는 주디스의 귀에 왜 데리다가 설을 '살'이라고 발음하는지 물었다. 주디스는 설을 조롱하려고 그렇게 부른다고 했다. 표면상으로는 '살'이 '*Société à responsabilité limitée*(유한책임회

사'의 이니셜이라고 했다. 바야르는 꽤 재미있다고 생각했다.

데리다는 계속해서 말했다.

"화자의 정체성은 무엇일까요? 화자는 무의식적 발화 행위를 책임져야 할까요? 저도 마찬가지입니다. 살이 비평을 원한다니 살에게 즐거움을 주고 싶은 마음도 있고, 살을 비평하지 않음으로써 괴롭히고 싶은 마음도 있습니다. 비평하지 않음으로써 즐거움을 주고 싶기도 하고, 비평하며 고통을 주고 싶기도 합니다. 살에게 위협을 주리라는 약속을 하고 싶을 수도 있고, 약속으로 위협하고 싶을 수도 있습니다. '명백하게 틀린' 말로 비평을 해서 즐거움을 얻다가 자기 모순에 빠져 단점이 모두에게 노출될 수도 있고요."

당연히 모든 청중들이 설을 돌아보았다. 그는 이 순간을 예상하기라도 한 듯 강의실의 한가운데 앉아 있었다. 군중 속에서 혼자가 된 남자. 마치 히치콕의 기법 같았다. 그는 사람들의 쏟아지는 시선 아래에서도 전혀 표정 변화가 없었고 눈도 깜박이지 않았다. 마치 박제된 사람 같았다.

그뿐만이 아닙니다. 제가 문장을 말할 때, 말하는 사람은 정말로 저일까요? 자신만의 독창적인 얘기나, 개인적인 이야기, 고유한 이야기가 어떻게 가능할까요? 언어란 기존의 단어 조합에서 우물의 물처럼 퍼 올려다 쓰는 것인데 말입니다. 우리는 외부 요인의 영향을 무척 많이 받습니다. 우리가 살아가는 이

시대, 독서, 사회 문화적 요인, 우리의 정체성에도 지대한 영향을 끼치는 언어 습관(언어가 스스로의 모습을 결정한다고들 하죠), 우리에게 쉴 새 없이 날아드는 언어 폭탄….

친구나 부모, 사무실 동료, 혹은 의붓아버지가 신문이나 텔레비전에서 주워들은 소리를 마치 자신의 의견인 양, 자기가 처음 생각해낸 것처럼, 같은 형식의 문장과 설득법과 전제를 사용하고 똑같이 이해했다는 표정과 똑같은 전치사를 사용하고 똑같은 억양을 사용하며, 신문에서 읽은 정치가의 주장을 목소리만 다를 뿐 그대로 따라하는 것, 사실 그 정치가도 책에서 읽은 내용이지만 그대로 따라하는 것을 이제까지 한 번도 본 적이 없는 분 혹시 계신가요? 그렇다면, 화자 고유의 의사가 아닌 그 목소리는 실체가 없는 누군가의 것으로써 어떻게 보면 한 사람에게서 다른 사람에게로 건너가는 통로가 될 뿐이지 않습니까?

당신의 의붓아버지가 잡지나 신문에서 읽은 것을 그대로 되풀이한다면, 그와의 대화는 그저 인용이라고 해야 하지 않나요?

데리다는 지금까지 한 말에 아무런 중요한 내용이 없다는 듯, 다시 '인용' 혹은 '반복성'이라는 자신의 중심 화제로 돌아갔다. (시몽은 두 말의 차이를 잘 이해하지 못했다.)

상대방이 제 말을 적어도 일부분이라도 이해하려면, 저와 상대방은 같은 '언어'를 사용해야 합니다. 우리는 상대방을 이해하기 위해서 반드시 필요한 단어들, 이미 사용했던 단어를 반복해서 사용해야 합니다. 그러므로 우리는 언제나 끝없이 '인용'하는 입장에 있습니다. 우리는 항상 다른 사람이 사용하는 단어를 사용해야 합니다. 그런데 '옮겨 말하기'의 예를 들어볼까요? 계속 다른 사람의 말을 반복해서 말하다 보면 우리는 다른 사람의 단어를 쓰면서 조금씩 조금씩 다른 의미로 사용하게 됩니다.

알제리 출신 프랑스인인 데리다의 목소리가 더 엄숙해지고 커졌다.

"바로 그것이 지금 이 순간 기호(심리적인 것이든 말의 기호이든 도형이든, 그런 것은 중요치 않습니다)의 기능을 확고하게 해주고, 그것이 다시 반복되도록 해주며, 또한 언어의 충만성에 흠집을 내고 분열시키기도 하고, 말하고자 했던 의도의 원형이 존재하는지, '의도한 것'과 '말한 것'이 일치하는지를 확고하게 해주는 것입니다."

주디스, 시몽, 검은 머리의 여자, 시수, 가타리, 슬리만, 심지어 바야르마저도 숨을 죽이고 앉아 있었다.

"규칙이나 법칙을 위반해가면서 반복성과 반복에 따른 변형의 허용을 제한하는 것." 데리다는 위풍당당하게 말했다.

"사건은 결코 우연히 일어나는 것이 아닙니다."

76

"'기생하기'의 가능성은 이미 거기 있습니다. 삶이 '진짜 인생'이라고 부르는 것의 안에도 있죠. 삶은 이 '진짜 인생'에 대해 신념이 너무나 확고해서, 누구도 따라올 수 없는 확신(거의 확신이지 완전한 확신은 아닙니다)을 가지고 '진짜 인생'이 무엇인지 알고 있다고, 그것이 어디에서 시작되어 어디에서 끝나는지도 알고 있다고 생각합니다. 마치 이 단어의 의미에 모두들 만장일치로 동의할 것처럼 생각하죠. '간섭하기'의 가능성이 전혀 없다는 듯이요. 문학이나 연극, 거짓말, 불성실, 위선, 불행, 간섭, 가상의 인생은 '진짜 인생'의 일부가 될 수 없다고 단정해버리는 겁니다!"

(데리다, 1980년 코넬대학교 학술회 강연, 혹은 시몽의 꿈에서)

그들은 벽돌을 밀어 옮기는 고대의 노예처럼 구부정하다. 하지만 그들은 학생이고 맥주가 가득 든 나무통을 힘겹게 굴리고 있다. 기나긴 저녁이 될 테니 미리 준비를 해두어야 한다. 〈물개와 뱀〉은 1905년에 설립된 명망 높은 친목 클럽이며, 가장 인기 있는 클럽 중 하나이다. 오늘은 많은 사람들이 올 예정이다. 마침내 학술회가 끝났기 때문이다. 참가자 전원이 초대되었고, 대다수 학생들에게는 오늘 밤이 스타 철학자들을 볼 마지막 기회였다. 빅토리아 양식의 건물 입구에는 '언어론적 회전. 통제할 수 없는 슬라이드. 환영합니다.'라고 쓰인 휘장이 걸렸다. 입구는 원래 학부생들 전용이었지만 오늘 밤은 모든 연령층의 손님을 받는다. 물론 그렇다고 해서 모든 사람이 들어올 수 있다는 뜻은 아니다. 사회적 지위 혹은 상징적 지위에 따라 항상 누군가는 들어오고 누군가는 문밖에 남는다.

슬리만은 이 사실을 잊어버리지 않게끔 만반의 준비를 한다. 그는 프랑스에서 자주 쫓겨나곤 했다. 이곳에서도 처음엔 그랬다. 두 명의 학생이 그가 통과하지 못하도록 막아섰기 때문이다. 하지만 무슨 일인지 그가 짧게 무슨 말을 하자 통과되었다. 헤드폰을 목에 걸고 문밖에 남겨진 사람들의 부러운 눈빛을 받으며.

안에서 그가 처음으로 마주친 사람은 바닥에 앉아 젊은이들과 얘기를 나누고 있었다. "데리다의 주장은 이미 오래전에 헤라클레이토스가 다 주장했었지." 그녀는 크루엘라 레드그레이브, 즉 커밀 팔리아였다. 한 손에는 모히토를 들고 다른 손에는 담배 파이프를 들고 있었으며, 파이프에는 달콤한 냄새가 나는 검은색 담배가 차 있었다. 그녀의 옆에는 엘살바도르 출신 학생이 엘살바도르 민주 혁명 전선의 주요 지도자들이 정부군에 모두 살해당했다는 얘기를 촘스키와 나누고 있었다. 학생은 이제 엘살바도르에는 좌파 야당이 사실상 없다고 말했다. 촘스키는 마리화나를 빨아들이며 걱정스러운 표정으로 진지하게 이야기를 들었다.

슬리만은 습관적으로 방이 있는 안쪽으로 갔다. 그는 블랙사바스의 *Die Young*이 들려오는 지하로 갔다. 그곳에는 옷을 잘 차려입은 학생들이 이미 취한 채 랩댄스*를 제멋대로 추고 있었다. 푸코도 그곳에 있었다. 검은 가죽 바지를 입고 안경은 끼지 않았다. (인생의 안개를 맛보기 위해서지. 그를 잘 아는 슬리만의 생각이다.) 그는 슬리만에게 손짓했고, 손가락으로 치마 입은 여학생을 가리켰다. 그녀는 쇠막대를 잡고 마치 스트립댄서처럼 선정적인 춤을 추고 있었다. 슬리만은 그녀가 브래지어를 하지 않고 하얀 바탕에 빨간 마크가 있는, (스타스키와 허치에 나오는 빨간 바탕 하얀 무늬 자동차를 반대로 하얀 바탕에 빨간 무늬로 바꾼 것 같았다) 나이키 운동화와 어울릴 법한 하얀 속바지를 입은 것을 보았다.

크리스테바는 폴 드 만과 함께 춤추며 슬리만이 들어오는 것을 보았다. 폴 드 만이 그녀에게 무슨 생각을 하는지 물었다.

---

* 누드 댄서가 관객의 무릎에 앉아 추는 선정적인 춤

"초기 기독교 신자들의 카타콤에 있는 것 같다고 생각했어요."
하지만 그녀의 눈은 계속해서 슬리만을 쫓고 있었다.

슬리만은 누군가를 찾는 것 같았다. 그는 계단을 올라갔다.
계단에서 모리스 잽과 마주치자 잽이 그에게 윙크를 했다. 스
피커에서는 이제 제네시스의 *Misunderstanding*이 흘러나왔다.
그는 테킬라 잔을 집어 들었다. 여러 개의 방이 줄지어 있었고,
슬리만은 문 뒤에서 학생들이 키스하는 소리, 토하는 소리를
들으며 천천히 발걸음을 옮겼다. 어떤 문은 열려 있었고 학생
들이 침대에 걸터앉아 담배를 피우거나 맥주를 마시거나 혹은
섹스나 정치, 문학을 주제로 이야기를 나누고 있었다. 어느 닫
힌 문 뒤에서 슬리만은 설의 목소리와 처음 듣는 신음 소리를
들은 것 같았다. 그는 다시 계단을 내려갔다.

커다란 리셉션 홀에서 시몽과 바야르와 호전적 레즈비언 주
디스가 이야기를 나누고 있었다. 주디스는 블러디 메리를 빨대
로 홀짝거렸다. 바야르가 슬리만을 보았다. 시몽은 카르타고
공주처럼 생긴 검은 머리 여자를 보았다. 그녀는 자그마한 아
시아 여자와 커다란 이집트 여자와 함께 왔다. 누군가 소리쳤
다. "코델리아!" 카르타고 공주가 돌아보았다. 포옹과 키스. 남
학생이 그녀에게 진토닉을 갖다 주었다. 주디스는 바야르와 시
몽에게 계속 말을 하고 있었다. (시몽은 듣지 않았다.) "권력은
'명명하기'라는 신적인 권력 모델로 이해할 수 있어요. 그 모델

에 따르면 발화는 곧 선고를 내리는 것과 같죠." 푸코가 엘렌 시수와 함께 지하에서 올라와서 말리부-오렌지 한 잔을 집은 뒤 다시 계단으로 사라졌다. 주디스는 그것을 보고 푸코에 관해 말했다. "담화는 삶이 아니잖아요. 푸코가 사는 세상은 우리의 세상이 아니죠." 바야르도 동의했다. 코넬리아와 친구들 주변으로 남학생들이 몰려들었다. 그녀들은 매우 인기가 많아 보였다. 주디스는 라캉의 말을 인용했다. "이름은 대상의 시간이다." 바야르는 이렇게도 말할 수 있겠다 싶었다. '시간은 대상의 이름이다.' '시간은 이름의 대상이다.' '대상은 시간의 이름이다.' 또는 '대상은 이름의 시간이다.' 아니면 '이름은 시간의 대상이다.' 말이야 쉽지. 그는 맥주를 집어 들고 사람들이 돌려 피우던 마리화나를 한 모금 빨아들였다. 그리고 마음속으로 고함을 질렀다. '너희들은 선거할 권리, 이혼할 권리, 낙태할 권리 다 가지고 있잖아!' 시수는 데리다와 얘기하고 싶었지만 데리다는 젊은 추종자들에 둘러싸여 있었다. 슬리만은 크리스테바를 피하고 있었다. 바야르는 주디스에게 물었다. "그래서 당신이 원하는 게 뭐지?" 시수는 바야르의 말을 듣고 대화에 끼어들었다. "우리도 방 하나 잡아서 들어가죠!" 〈세미오텍스트〉라는 잡지를 창간한 실베르 로트랭제는 팔에 난초꽃을 안고 데리다의 통역인 제프리 멜먼과 가야트리 스피박과 얘기를 나누고 있었다. 스피박은 "그람시는 내 형제다!"라고 소리를 질렀다. 슬리만은 장-프랑수아 리오타르와 리비도의 경제와 모더니즘 이후의 거래에 관해 얘기를 나눴다. 핑크 플로이드는 노래를 불렀다. "Hey! Teacher! Leave us kids alone!"(헤이! 선생님! 우리들을 좀 내버려 두시죠!)

시수는 주디스와 바야르와 시몽에게 새로운 역사는 남자들의 상상력을 초월하기 때문에 그들로부터 개념을 교정해주는 정형술을 박탈할 것이고 그들의 기계를 망가뜨릴 것이라고 말했다. 하지만 시몽은 이미 대화에 귀를 기울이지 않고 있었다. 그는 마치 적군을 조사하듯 코델리아의 그룹을 바라봤다. 여섯 명. 남자 셋에 여자 셋. 그녀가 혼자 있었다 해도 시몽 입장에서는 그녀에게 접근하기가 몹시 어려웠을 것이다. 하물며 저렇게 사람들에 둘러싸여 있다니, 생각도 할 수 없는 일이다.

하지만 그는 이미 움직이고 있었다.

'하얀 피부, 매력적인 몸, 치마와 싸구려 액세서리… 나는 내 성적 매력과 나이와 모든 것을 걸겠어.' 시몽은 그녀의 머릿속을 들여다보려 애쓰며 생각했다. 그녀에게 다가가면서 그녀의 에로틱한 목소리를 들었다. "커플들은 새랑 비슷해. 떼놓을 수 없고, 셀 수도 없이 많고 새장 밖에서 쓸데없이 날개를 파닥거리지." 아무 특징이 없는 평범한 영어였다. 한 미국인이 그녀에게 영어로 무슨 말을 했지만 시몽은 알아듣지 못했다. 그녀는 먼저 영어로 대답하고 (역시 특별한 억양이 없었다.) 프랑스어로 얘기했다. "하지만 소설 속의 사랑을 겪어보진 못했어. 소설밖에 몰라." 시몽은 포도주 한 잔, 아니 두 잔을 가지러 갔다. (그는 가야트리 스피박이 슬리만에게 말하는 것을 들었다. "우린 적에게 '예'라고 말하는 법을 배웠죠.")

바야르는 시몽이 없는 틈을 타 주디스에게 발화 수반과 발화 효과의 차이점을 물었다. 주디스는 대답했다. 발화 수반 행위는 그 자체로 어떤 행위가 함께 일어나는 것이고, 발화 효과 행위는 결과로써 어떤 행위를 일으키는 것이다. "예를 들면 제가 당신에게 이렇게 말한다고 생각해보세요. '위층에 빈방이 있을까요?' 이 질문 안에 내포된 발화 수반적 요소는 제가 당신을 유혹하고 있는 거죠. 이 질문을 함으로써 당신을 유혹하는 거예요. 하지만 발화 효과 행위는 또 다른 차원이에요. 제가 당신을 유혹하고 있다는 것을 알았을 때, 흥미가 생기던가요? 당신이 제 의도를 알아차렸다면 발화 수반 행위가 성공한 거죠. 하지만 발화 효과 행위는 당신이 나를 빈방으로 이끌고 갔을 때 비로소 성공하는 거예요. 미묘한 차이가 있죠? 항상 명확하게 구분할 수 있는 것도 아니에요."

바야르는 무엇인가 이해할 수 없는 말을 중얼거렸다. 하지만 중얼거린다는 사실 자체가 그녀의 말을 이해했다는 뜻이었다. 시수는 스핑크스 같은 특유의 웃음을 지으며 말했다. "자, 그럼 행동으로 옮기러 갑시다." 바야르는 맥주 캔을 집어 들고 두 여자를 따라 계단으로 향했다. 그곳에는 촘스키와 커밀 팔리아가 키스를 하고 있었다. 복도에는 D&G가 새겨진 실크블라우스를 입은 라틴계 여학생이 있었다. 주디스는 그녀에게서 알약을 몇 개 샀다. 바야르는 D&G라는 브랜드를 몰라서 주디스에게 또 질문을 했다. 주디스는 브랜드가 아니라 '들뢰즈 & 가타리'의 D&G라고 말했다. 그 글자들은 알약 위에도 새겨져 있었다.

아래에서는 미국인이 코델리아에게 말하고 있었다. "너는 내게 영감을 주는 뮤즈야."

코델리아는 뾰로통한 표정을 지었다. 시몽이 보기에는 도톰한 입술을 돋보이게 하기 위해 일부러 짓는 표정 같았다. "그 정도로는 부족해."

시몽은 이 순간을 그녀에게 접근할 시점으로 택했다. 그녀의 친구들 앞에서, 아카풀코의 다이버*와 같은 굳은 결의를 가지고 말이다. 그는 마치 지나가던 사람처럼, 하지만 우연히 들려온 소리에 대꾸하지 않을 수 없었다는 듯이, 최대한 쿨하게 들리는 목소리로 말했다. "당연히 부족하죠. 영감이나 주는 도구가 되고 싶지는 않을 테니까요." 침묵. 코델리아의 눈빛은 이렇게 말하는 듯했다. "좋아. 내 주의를 끄는 데 성공하셨군." 그

---

* 멕시코 아카풀코의 라 케브라다 절벽은 수심이 얕고 수로가 좁아 목숨을 걸고 다이빙하는 곳으로 유명하다.

는 자신이 도시적으로, 그리고 교양인으로 보여야 할 뿐 아니라 호기심을 불러일으켜야 하고, 그녀에게 충격을 주지 않으면서 도전 의식을 심어줘야 하며, 자신의 모습을 보여주는 동시에 그녀의 모습도 드러내 보이도록 해야 한다는 점, 적당한 가벼움과 무거움을 동시에 갖추되 현학적인 모습이나 겉멋 부리는 모습을 피하고, 적당히 세속적인 유머를 사용하되 자신이 바보가 아니라는 점을 보여야 한다고, 그래야 곧바로 에로틱한 관계로 발전할 수 있다고 생각했다.

"당신은 강렬한 육체적 사랑을 위해 태어났고 복사기의 되풀이하는 성질을 좋아하잖아요. 그렇지 않나요? 가장 이상적인 환상이란 다른 게 아니라 실현되는 환상이죠. 그렇지 않다고 하는 사람들은 다 거짓말쟁이거나 수도사거나 착취자예요." 그는 손에 들고 있던 두 개의 잔 중 하나를 내밀었다. "진토닉 좋아하세요?"

스피커에서는 닥터 후크의 *Sexy Eyes*가 흘러나왔다. 코델리아는 진토닉 잔을 받았다.

그녀는 건배를 위해 잔을 들어 올리며 말했다. "우리는 독실한 거짓말쟁이들이죠." 시몽도 잔을 들어 건배를 하고 거의 단번에 잔을 비웠다. 그는 첫 번째 관문을 통과했다.

그는 반사적으로 주위를 둘러보다가 슬리만이 1층으로 올라가는 계단참의 난간에 한 손을 짚은 채 앞으로 몸을 내밀고

서 있는 것을 보았다. 그는 다른 손으로 V자를 그리고 있었으며, 양팔을 중간쯤에서 엇갈리도록 해서 십자가 모양을 만들어보이고 있었다. 시몽은 슬리만이 누구에게 신호를 보내는 것인지 확인하려 했지만, 그의 눈에는 학생과 교수들이 킴 와일드의 *Kids in America*에 맞추어 춤추고 마시고 이성을 유혹하는 모습밖에 보이지 않았다. 시몽은 무엇인가 잘못 돌아가고 있다고 느꼈지만 그것이 무엇인지 알 수 없었다. 슬리만이 향한 쪽에는 데리다가 있었는데 데리다 주변의 사람들은 점점 더 늘어나고 있었다.

시몽은 보지 못했지만, 크리스테바와 울 넥타이를 한 덤불 같은 노인도 그곳에 있었다. 만약 시몽이 그들을 봤다면, 그들이 각각 다른 장소에서 몸을 숨기고 있지 않았다면, 시몽은 크리스테바와 노인이 슬리만을 뚫어지게 보고 있다는 사실을 알았을 것이다. 그들이 슬리만의 신호를 중간에서 지켜보고 있다는 점도 알아챘을 것이다. 두 사람은 신호가 데리다를 향한다고 생각하고 있으며, 데리다는 일부러 자신의 추종자들 사이에 숨었다는 점도 짐작했을 것이다.

시몽은 복사기 옆에서 코델리아와 섹스를 한 황소 같은 남자도 보지 못했다. 그 역시 그 자리에 있었고 코델리아를 황소 같은 눈으로 계속 지켜보고 있었다.

그는 사람들 속에서 바야르를 찾았지만 보지 못했다. 바야르는 위층의 방 안에 있었기 때문이다. 한 손에 맥주를 들고 혈관에는 정체를 알 수 없는 화학 물질을 받아들이며 새로 사귄 친구들과 함께 포르노그래피와 페미니즘에 관해 열띤 토론을 벌이고 있었다.

시몽은 코넬리아의 목소리를 들었다. "교회는 아주 너그럽게도 585년에 마콩 종교 회의에서 여자들에게도 영혼이 있느냐고 물었어요…." 시몽은 그녀를 즐겁게 하기 위해 말했다. "그리고 답을 찾지 않으려고 노력했죠."

덩치 큰 이집트 여자가 워즈워드의 시를 인용했지만 시몽은 그 구절이 어디에서 나왔는지 알 수 없었다. 작은 체구의 아시아 여자는 브루클린에서 온 이탈리아 남자에게 자신이 라신의 작품 속 동성애자들을 주제로 논문을 쓰고 있다고 말했다.

누군가 말했다. "정신 분석학자들은 더 이상 말도 안 한다던데. 그렇다고 분석을 더 많이 하는 것도 아니고."

커밀 팔리아가 소리를 질렀다. "프랑스 놈들은 다 꺼져. 라캉은 독재자야. 미국에서 몰아내야 해!"

홀 저편에서 모리스 잽이 웃으며 그녀에게 소리 질렀다. "그래 맞아, 커스터 장군*!"

가야트리 스피박은 생각했다. '당신은 아리스토텔레스의 손

---

*아메리카 원주민 학살로 유명한 미국 장군.

녀딸이 아닙니다. 아시죠?'

방에서는 주디스가 바야르에게 말했다. "근데 당신 진짜 직업이 뭐야?" 바야르는 갑작스런 질문에 멍청한 대답을 하고는 시수가 알아차릴까 노심초사했다. "나는 어… 탐구를 해. 음… 뱅센에서." 하지만 시수는 당연하게도 한쪽 눈썹을 올렸다. 그는 시수의 눈을 똑바로 보며 말했다. "법 쪽에서." 시수는 다른 쪽 눈썹도 올렸다. 그녀는 뱅센에서 바야르를 본 적이 없을 뿐 아니라 뱅센에는 법학부가 아예 없다. 바야르는 그녀의 주의를 돌리기 위해 그녀의 블라우스 아래로 손을 넣어 브래지어 속 그녀의 가슴을 움켜쥐었다. 시수는 깜짝 놀랐지만 주디스가 다른 쪽 가슴에 손을 얹었기 때문에 아무런 반응을 하지 않기로 마음먹었다.

도나라는 여학생이 코델리아의 그룹에 끼어들었다. 코델리아는 도나의 여성 친목회 소식을 물었다. "'그리스인의 삶'은 요즘 좀 어때?" ('그리스인의 삶'은 남성 친목회나 여성 친목회를 부를 때 쓰는 표현이다. 대부분의 친목회가 그리스의 알파벳을 따라 이름을 짓기 때문이다.) 도나와 친구들은 바쿠스 축제를 재현할 계획이었다. 코델리아는 그 아이디어를 마음에 들어 하며 흥분했다. 시몽은 곰곰이 생각했다. 슬리만은 데리다에게 만나자는 신호를 하고 싶었을 것이다. 두 시에. 하지만 어디에서? 만약 교회라면 전통적 십자가를 흉내 냈겠지. 그런 이상한 모습이 아니라. 그는 물었다. "근처에 묘지가 있나요?" 도나가 손뼉을 쳤다. "네! 정말 멋진 생각이에요! 다 같이 묘지로 가요!" 시몽은 그 말을 하려 했던 것이 아니라고 말하고 싶었지만 코델리아와 친구들이 묘지라는 제안에 너무 흥분하는 것 같아서 아무 말도 하지 않기로 했다.

도나는 준비물을 챙겨 오겠다고 했다. 스피커에서는 블론디의 *Call me*가 흘렀다.

벌써 한 시가 되어가고 있었다.

그는 누군가 말하는 것을 들었다. "해석하는 사제, 즉 예언가는 독재자인 신의 관료라고 할 수 있지. 안 그래? 그 사제는 사기꾼의 면모도 갖추고 있지, 제기랄. 해석은 무한하게 할 수 있어. 그러다 보면 어느 순간에는 더 이상 해석할 것을 찾을 수 없고, 결국엔 해석은 해석이 아닌 게 되지." 가타리였다. 이미 제법 취한 상태였고, 일리노이에서 온 순진한 박사 과정 학생에게 수작을 걸고 있었다.

어쨌거나 시몽은 바야르에게 알려야겠다고 생각했다.

스피커에서는 데비 해리의 노래가 흘러나왔다. "당신이 준비가 된다면, 우리 함께 포도주를 마셔요."

도나가 화장품 파우치를 들고 와서 가자고 말했다.

시몽은 바야르에게 두 시에 묘지에서 만나자고 말하기 위해 계단을 뛰어올랐다. 그는 모든 문을 열어보았고 환각 상태에 빠진 학생들의 여러 가지 행각을 목격했다. 푸코는 믹 재거의 포스터 앞에서 자위하고 있었고, 시를 쓰고 있는 앤디 워홀을 보았으며(사실은 급여 전표를 쓰고 있는 조녀선 컬러였다), 대마초 식물이 바닥에서 천장까지 가득 들어찬 온실을 보았고, 크랙*을 흡입하며 스포츠 채널에서 야구를 보는 학생들도 보았으며, 마침내 바야르의 방 앞에 도달했다.

"어? 죄송합니다!"

당황하여 문을 닫으려는 순간 시몽은 한 여자의 다리 사이에 파묻혀 있는 바야르를 발견했다. 여자가 누군지는 알아볼수 없었지만 잔뜩 흥분한 주디스가 바야르의 뒤에 붙어 소리를 지르고 있었다. "난 남자고 당신을 범하고 있어! 내 수행적 발화를 느낄 수 있지, 안 그래?"

충격적인 광경에 시몽은 전하려던 말을 잊고 허둥지둥 계단을 내려가 코델리아의 그룹에 합류했다.

내려가는 길에 크리스테바와 마주쳤지만 경황이 없어 그녀를 알아보지 못했다.

그는 자신이 긴급 상황에 따라야 할 규칙을 따르지 않고 있다는 것을 느꼈지만 코델리아의 하얀 피부가 그를 너무 강하게 끌어당기고 있었다. 어쨌든 그는 슬리만의 약속 시간에 거기에

---

* 강력한 코카인의 일종

있을 테다. 그는 자신의 계획을 합리화하고 싶었다. 하지만 스스로도 그 계획이 합리적 사고가 아니라 욕망의 산물이라는 사실을 알고 있었다.

크리스테바는 이상한 신음 소리가 새어 나오는 문을 두드렸다. 설이 문을 열었다. 그녀는 방으로 들어가지 않고 설에게 작은 목소리로 말하며 어떤 물건을 건넸다. 그녀는 다시 바야르와 두 여자가 있는 방으로 향했다.

이타카의 묘지는 언덕의 비탈면에 있다. 나무가 우거진 이 묘지의 무덤들은 숲 속에 무질서하게 흩어져 있다. 달빛과 시가지의 조명 외에는 다른 빛이 없다. 그들은 어린 나이에 죽은 한 여인의 묘지 주변에 자리 잡았다. 도나는 무덤 속 무녀의 '비밀'을 암송하겠다고 말하면서, '새로운 남자의 탄생'이라는 주제의 축제를 할 것이고 지원자가 필요하다고 했다. 코델리아는 시몽을 가리켰다. 그는 정확하게 무엇을 해야 하는지 묻고 싶었지만 코델리아가 그의 옷을 벗기는 대로 가만히 있었다. 그들 주변에는 십여 명의 구경꾼들이 있었고, 시몽의 눈에는 거의 작은 군중으로 보였다. 그가 완전히 나체가 되자 그녀는 그를 묘석 아래의 풀밭에 눕게 하고는 귀에 속삭였다. "편안히 있으세요. 오래된 남자를 죽일 거예요."

모두들 취해 있었고 정신이 풀릴 대로 풀려 있었다. 이것이 지금 현실에서 일어나는 일일까? 시몽은 생각했다.

도나는 화장품 파우치를 받쳐 들었고, 코델리아는 파우치를 열어 면도칼을 꺼내 엄숙하게 펼쳤다. 시몽은 도나가 밸러리 솔라나스*를 언급하는 것을 들었기 때문에 마음이 놓이지 않았다. 코델리아는 파우치에서 면도 거품을 꺼내 그의 성기 위쪽에 바르고는 조심스럽게 면도했다. 상징적인 거세로군. 시몽은 생각했다. 그는 면도하는 내내 코델리아의 섬세한 손가락을 느꼈다.

"그들이 무슨 말을 하든, 처음에는 여신 한 명밖에 없었다. 여신 단 한 명."

시몽은 그래도 여기에 바야르가 있으면 좋겠다고 생각했다.

하지만 바야르는 캄캄한 여학생의 방 양탄자 위에서 두 여자의 벌거벗은 몸 사이에 (그 역시 벌거벗고) 누워 담배를 피우고 있다. 한 여자는 그의 가슴에 팔을 올리고 바야르 뒤의 여자와 손을 맞잡은 채 잠들어 있다.

"그들이 무엇을 생각하든 처음에는 여자가 모든 것이었다. 유일한 힘은 여자의 힘이었고 자연의 힘이었다."

바야르는 주디스에게 왜 자신에게 관심이 있는지 물었다. 주디스는 바야르의 어깨를 감고 누워서 중서부 지역 유대인의 억양으로 말했다. "당신은 여기에서 편안해 보이지 않았으니까."

---

* 미국의 급진 여성운동가. 남성의 말살을 주장하며 앤디 워홀을 살해하려다 미수에 그쳤다.

"여신이 말했다. '내가 왔노라. 이것은 바르고 선한 일이다.'"

누군가 방문을 두드리고 들어왔다. 바야르는 몸을 일으키고 크리스테바를 보았다. 크리스테바가 그에게 말했다. "옷을 입는 게 좋을 거예요."

"가장 처음의 여신, 가장 처음의 여인의 힘. 인류는 그녀에 의해, 그녀 위에, 그녀 안에 존재한다. 땅과 대기, 물, 불. 그리고 언어."

교회에서 종 치는 소리가 두 번 들렸다.

"마침내 그날이 왔다. 작은 장난꾸러기가 나타났다. 그는 하찮아 보이나 자신감이 충만하다. 그가 말했다. '나는 신이다. 나는 남자의 아들이다. 그들에게는 기도드릴 아버지가 필요했다. 그들은 내게 충실할 것이다. 나는 그들과 어떻게 소통할지 알고 있노라.'"

묘지는 백 미터가량밖에 떨어져 있지 않다. 파티장의 소리가 무덤에서 쿵쿵 울리며, 시몽이 참여하는 의식과 시대가 맞지 않는 배경음이 되고 있었다. 스피커에서 아바의 *Gimme! Gimme! Gimme!* (*A man after midnight*)가 울려 퍼지고 있었다.

"그래서 남자는 이미지와 규칙과 음경이 있는 인간의 육체를 숭배하게 만들었다."

시몽은 당황스러움과 흥분을 감추려 고개를 돌렸다. 수십 미터 거리에 두 그림자가 나무 아래에서 만나는 것을 보았다.

호리호리한 그림자가 워크맨을 작달막한 그림자에 넘겼다. 그는 데리다가 상품을 확인하고 있다고 생각했다. 아마도 상품은 카세트에 녹음된 언어의 7번째 기능이겠지.

"현실은 통제할 수 없다. 현실은 이야기와 신화와 피조물을 만들어낸다."

데리다가 이타카 묘지 한가운데, 몇 미터 떨어진 나무 아래에서 언어의 7번째 기능을 듣고 있다.

"묘지에서 말 등에 앉아 우리는 아들에게 아버지의 창자를 먹인다."

시몽은 그들의 거래에 끼어들고 싶지만 온몸의 근육이 말을 듣지 않는다. 상징적 거세 이후의 단계는 상징적 부활이고 새로운 남성의 강림이 구강성교로써 재현될 것을 알기 때문이다. 그의 가장 강력한 무기인 혀마저도 움직이지 않고 아무 말도 할 수 없었다. 마침내 코델리아가 그의 성기를 입에 넣었을 때, 카르타고 공주의 뜨거운 혀의 열기가 그의 몸 구석구석에 퍼지는 것을 느꼈을 때, 그는 임무에 실패했다는 사실을 깨달았다.

"우리는 입으로 숨결을 만들고 여성들의 힘을 만든다. 우리는 하나이고 여럿이다. 우리는 여성의 군단이고…"

이제 거래는 끝나겠지. 그들을 방해할 만한 일은 아무것도 없었다.

하지만 고개를 뒤로 젖혔을 때 시몽은 언덕 꼭대기, 캠퍼스의 조명을 받는 곳에 한 남자가 두 마리의 커다란 개를 줄에 묶어 데리고 있는 비현실적인 광경을 보았다. (이게 비현실적으로 느껴졌다는 것이 시몽을 더 심란하게 만들었다.)

주변이 매우 어두웠지만 시몽은 개를 데리고 있는 자가 설이라는 것을 알았다. 개들이 짖어댔다. 의식을 구경하던 사람들이 놀라서 언덕 쪽을 보았다. 도나는 기도문 암송을 멈췄고 코넬리아도 혀의 움직임을 멈췄다.

설은 입으로 소리를 내며 줄을 놓았다. 개들은 슬리만과 데리다에게 달려들었다. 시몽은 벌떡 일어나 그들을 도와주기 위해 달려갔지만 갑자기 억센 손아귀에 잡혀 버렸다. 황소 같은 남자, 복사기 옆에서 코넬리아와 성행위를 한 남자가 시몽의 팔을 잡고 얼굴을 세게 갈겼다. 시몽은 벌거벗은 채로 무력하게 바닥에 쓰러져 개들이 철학자와 지골로에게 달려들고 그들이 뒤로 쓰러지는 모습을 보았다.

비명과 개들의 으르렁거리는 소리가 뒤섞였다.

황소 남자는 등 뒤에서 벌어지는 비극에는 아무런 관심이 없고 그저 시몽과 싸우고 싶어 하는 듯했다. 시몽은 그가 내뱉는 영어 욕설을 들었다. 그리고 코넬리아와 육체관계를 맺은 사람이라면 누구든 독점욕을 가지리라는 것을 이해했다. 개들은 여전히 슬리만과 데리다를 갈기갈기 물어뜯고 있었다.

사람들의 비명 소리와 짐승의 으르렁대는 소리가 의식에 참가했던 젊은이들을 공포에 빠뜨렸다. 데리다는 쓰러져 무덤 사이를 굴렀고 개는 끈질기게 쫓으며 그를 맹렬히 물어뜯었다. 좀 더 젊고 힘이 센 슬리만은 개의 이빨을 팔로 막았지만 개의 힘이 너무 세서 쓰러지기 직전이었고, 더 이상 어쩔 수 없을 것 같았다. 그때, 그는 날카로운 소리를 들었고 바야르가 갑자기 나타나 개의 눈에 손가락을 박아 넣는 것을 보았다. 개는 날카롭게 짖으며 무덤 사이로 도망쳤다.

바야르는 비탈길을 급히 내려가 데리다도 도와주었다.

그는 두 번째 개의 머리를 잡고 목을 부러뜨리려 했지만 개가 뒤로 돌아 바야르에게 덤벼들었다. 바야르는 중심을 잃고 쓰러졌다. 개의 앞다리를 막았으나 개의 입이 그의 얼굴에서 10센치미터밖에 떨어져 있지 않았다. 바야르는 주머니에서 여섯 면이 모두 완벽하게 맞춰진 루빅큐브를 꺼내 개의 목구멍 속으로 깊이 밀어 넣었다. 개는 고통스러운 소리를 내며 머리를 나무에 부딪치고 풀밭 위를 구르다가 마침내 질식해 죽었다.

바야르는 옆에 쓰러진 사람의 형체처럼 보이는 것에 기어서 다가갔다. 목구멍에서 이상하게 꾸르륵거리는 소리가 났다. 데리다는 피를 심하게 흘리고 있었다. 개는 문자 그대로 그의 목을 갈라놓은 듯했다.

바야르가 개들을 죽이는 동안 시몽은 황소 남자에게 장황하게 얘기를 늘어놓고 있었다. 설은 바닥에 쓰러진 슬리만에게 다가갔다. 언어의 7번째 기능이 어디에 숨어 있는지 알아낸 것이다. 물론 그는 워크맨을 빼앗으려는 생각이었다. 고통스러운 신음 소리를 내고 있는 슬리만을 돌려 눕히고 워크맨에 손을 뻗어 삽입 버튼을 눌렀다.

카세트를 꽂는 칸이 열렸다. 그러나 아무것도 없었다.

설은 화가 나서 고함을 질렀다.

나무 뒤에서 또 다른 남자가 나타났다. 울 넥타이를 매고 덤불 같은 머리 모양을 한 남자였다. 어쩌면 처음부터 그곳에 있었을지도 모른다.

어쨌든 그 남자는 손에 카세트를 들고 있었다.

그는 카세트의 테이프를 풀었다.

다른 손으로는 라이터의 톱니를 돌렸다.

공포에 질린 설이 소리를 질렀다. "로만, 안 돼!"

울 넥타이를 맨 노인은 지포 라이터의 불꽃을 테이프에 갖다 댔고 불은 삽시간에 옮겨 붙었다. 멀리서 보기엔 작은 초록색 섬광에 지나지 않았다.

설은 마치 심장이 뜯겨 나가는 것처럼 소리를 질렀다.

바야르가 뒤돌아보았다. 황소 남자도 뒤돌아보았다. 시몽은 마침내 그에게서 떨어질 수 있었다. 그는 몽유병자처럼 덤불 같은 노인에게 다가갔다. (여전히 벌거벗고 있다.) 그리고 무덤덤한 목소리로 물었다. "혹시 성함이?"

노인은 넥타이를 바로잡고 역시 무덤덤한 목소리로 대답했다. "로만 야콥슨, 언어학자입니다."

시몽의 피가 얼어붙는 것 같았다.

낮은 곳에 있던 바야르는 무슨 소린지 잘 들리지 않았다. "뭐라고? 그 사람 뭐라는 거야, 시몽?"

테이프의 마지막 조각이 따닥따닥 소리를 내며 타오르고 재로 변했다.

코델리아가 달려와 데리다 옆에 섰다. 그녀는 자신의 옷을 찢어 데리다의 목에 감아주었다. 그녀는 출혈을 멈추려 했다.

"시몽?"

시몽은 소리 내어 대답을 하지 않았지만 머릿속으로 바야르와 대화를 나눴다. 왜 야콥슨이 살아 있다는 얘기를 하지 않았죠?

"네가 안 물어봤으니까."

사실 시몽은 구조주의의 창시자, 1941년에 앙드레 브르통과 함께 배를 타고 나치 치하 프랑스에서 도망친 러시아 학자, 프라하 학파의 창시자, 소쉬르 이래 가장 중요한 구조주의 학자인 야콥슨이 여전히 생존해 있으리라고 생각해본 적이 단 한 번도 없었다. 시몽에게 야콥슨은 다른 시대의 사람이었다. 레비-스트로스의 시대 사람이지, 바르트 시대의 사람이 아니었다. 그는 자신의 멍청함을 깨닫고 소리 내어 웃었다. 바르트는 죽었지만 레비-스트로스는 아직도 살아 있지 않은가. 왜 야콥슨이 죽었다고 생각했을까.

야콥슨은 자갈돌이나 흙덩어리에 미끄러지지 않도록 조심스럽게 비탈을 내려가 데리다에게 다가갔다.

데리다는 코델리아의 무릎을 베고 누워 있었다. 야콥슨은 그에게 손을 내밀고 뭐라고 말했다.

"고맙네, 친구." 데리다는 희미한 목소리로 말했다.

"난 그저 테이프를 들어보려 했어. 하지만 비밀을 지킬 생각이었지." 그는 울고 있는 코델리아를 보았다.

"웃어주게, 나도 숨이 끊어질 때까지 웃을 테니, 사랑스러운 아이야. 항상 삶을 사랑해라. 그리고 살아남아야 한다…."

이 말을 마치고 데리다의 숨이 끊어졌다.

설과 슬리만은 사라졌다. 돈이 들어 있던 스포츠 가방도 사라졌다.

78

"죽은 사람 앞에 용서를 구한다는 건 어리석고 하찮으며 유치한 일이 아닌가요?"

리조랑지스*의 작은 묘지에 이렇게 많은 사람이 몰려온 적은 한 번도 없었다. 파리 근교, 7번 국도 변, 서민용 임대 아파트의 낮은 울타리와 경계가 맞닿아 있는 이곳은 지금 몰려든 사람들의 소음으로 가득 차 있다.

깊게 판 구덩이에 놓인 관 앞에서 미셸 푸코가 추도의 말을 하고 있다.

"우정과 찬양하는 마음으로 몇 마디 말을 인용할 수도 있고, 다른 사람들의 느낌과 말을 공유할 수도 있을 것입니다. 직접 그에게 한 마디 남길 수도 있겠지요. 하지만 그를 사랑하는 이 마음 때문에 결국은 아무 말도 못하고 아무 의견도 주고받지 못하겠군요."

데리다는 유대인 묘지에 묻히지 않고 가톨릭 묘지에 묻히게 되었다. 때가 오면 그의 아내가 그의 옆에 함께 묻힐 수 있을 것이다.

사르트르는 맨 앞줄에 서서 고개를 숙인 채 엄숙한 표정으로 푸코의 말을 듣고 있었다. 옆에는 에티엔 발리바르가 있었다. 그는 더 이상 기침을 하지 않았고 마치 유령처럼 창백했다.

"자크 데리다라는 이름은 더 이상 들을 수도 부를 수도 없게 되었습니다."

바야르는 시몽에게 사르트르 옆에 서 있는 여자가 시몬 드

---

* 파리 교외의 작은 소도시

보부아르인지 물었다.

푸코는 푸코다운 말을 했다. "'동시대'를 어떻게 생각해야 할까요? 같은 시대에 속해 보이는 것, 역사적으로 같은 나날 또는 사회적으로 같은 지평에 속하는 것이라고들 할 수 있겠지요. 하지만 그렇게 보이는 시간이 끝없이 서로 이질적이라는 것, 사실은 전혀 관계가 없다는 것을 입증하기는 어렵지 않습니다."

아비탈 로넬은 조용히 울었고, 시수는 장-뤽 낭시*에게 기대어 표정이 없는 눈빛으로 관을 쳐다봤다. 들뢰즈와 가타리는 연속으로 일어나고 있는 기이한 일들을 생각했다.

묘지 옆 아파트의 작은 울타리는 페인트칠에 균열이 가 있고, 발코니에는 녹이 슬어 있었다. 발코니는 앞으로 튀어나와 마치 초소 같기도 했고 바다에 우뚝 선 봉우리 같아 보이기도 했다.

1979년 6월 '철학 삼부회'가 소르본의 대 강의실에서 결성되었을 때 데리다와 BHL은 문자 그대로 치고받고 싸웠다. 하지만 BHL은 데리다의 장례식에 참석했고 곧 데리다를 '내 옛 스승'이라고 부르게 된다. (이미 그렇게 부르고 있었던가?)

푸코는 계속했다. "사람들의 생각과는 달리, 가장 중요한

---

* 프랑스 철학자. 데리다가 높이 평가한 제자

461

영역에 있는 개별 주체는 독선적 '초자아'가 아니며, 힘도 없습니다. 우리가 가진 힘을 생각해보면 말이죠."

솔레르스와 크리스테바도 물론 왔다. 데리다는 처음에 그들의 잡지, 〈텔 켈〉에 참여했다. 그의 '산종Dissémination'도 〈텔 켈〉에 실렸다. 하지만 그들은 정치적으로나 개인적으로나 확실치 않은 이유로 1972년에 결별했다. 그러나 1977년 12월에 체코슬로바키아 공산 정권이 데리다의 가방에 마약을 넣어서 그를 함정에 빠뜨리고 프라하에서 체포했을 때, 데리다는 솔레르스의 도움을 받아들였다.

바야르는 여전히 솔레르스나 크리스테바를 체포하라는 명령을 받지 못했다. 그들이 불가리아와 연관이 있다는 것 말고는 바르트의 죽음에 관련된 증거를 찾을 수는 없었다. 증거가 없었지만 바야르는 그들이 7번째 기능을 가지고 있다고 거의 확신했다. 이타카의 묘지에서 데리다와 슬리만이 만난다는 사실을 알려준 사람은 크리스테바였고, 설에게 알려준 사람도 아마 그녀였으리라 생각했다. 바야르의 가설은 이랬다. 그녀의 목적은 다른 사람들의 거래를 모두 실패하게 하는 것이었다. 데리다가 야콥슨과 마찬가지로 복사본을 없애려고 한다는 사실을 몰랐거나 믿지 않았기 때문이다. 야콥슨은 처음부터 자신의 발견이 세상 사람들에게 알려지는 것을 원치 않았다. 그래서 그는 돈을 모아서 데리다가 슬리만의 카세트를 사도록 도와

젰을 것이다.

푸코가 계속해서 연설을 하는 사이에 한 여자가 와서 시몽과 바야르의 뒤에 섰다.

시몽은 향수 냄새로 아나스타샤임을 알았다.

그녀는 그들의 귀에 무슨 말을 속삭였고, 그들은 본능적으로 뒤를 돌아보지 않은 채 들었다.

푸코 : "사람들이 '죽음에서' 혹은 '죽음을 맞이하여'라고 큰소리로 말하는 것은 전형적인 해결책입니다. 그중에서도 가장 나쁜 혹은 그중 나쁜 것은, 상스럽고 하찮은, 하지만 매우 빈번하게 나타나는 해결책이죠. 조작하고 투기하며, 잘 드러나지 않게 혹은 아주 크게 이익만을 취하고, 죽은 자로부터 힘을 더 뽑아내어 산 자를 해치는 데 그 힘을 쓰는 겁니다. 살아남은 자를 고발하고 비방하고, 모욕하며 자신을 정당화하고 다른 사람들을 의혹의 눈초리 아래 두게 만듭니다."

아나스타샤 : "곧 로고스 클럽에서 큰 사건이 벌어져요. 누군가 위대한 프로타고라스에게 도전장을 던졌어요. 그는 자기 직위를 걸고 시합을 해야 하죠. 큰 행사가 될 거예요. 하지만 허가받은 자만이 참석할 수 있어요."

푸코 : "추도사의 전형적인 형태는, 특히 죽은 자에게 직접 말을 걸어도 되는 추도사는 좋은 점이 있었습니다. 물론 허구가 되겠죠. 제가 생각하는 죽음이란 사람들이 관을 둘러싸고

서 있는 모습입니다. 망자를 희화화하게 되면 추도사의 어투는 강해질 것이고, 망자는 우리들 사이에서 머물지 못하게 됩니다.

바야르는 회합이 어디서 있을 예정인지 물었다. 아나스타샤는 베네치아의 비밀 장소에서 열릴 텐데, 장소는 아직 정해지지 않은 것 같다고 했다. 그녀가 몸담고 있는 '조직'이 아직 정확한 장소를 모르기 때문이다.

푸코 : " 살아 있는 자의 거래를 멈춰야 합니다. 자신의 베일을 찢어버려야 합니다. 우리의 다른 죽음에 대한 베일 말입니다. 하지만 그 다른 죽음은, 우리는 아직도 종교적 신념으로 살아남을 수 있다고 생각하며 '이렇게 했더라면'이라는 말로 정당성을 인정받으려 하고 있습니다."

아나스타샤 : "위대한 프로타고라스에게 도전하는 자가 7번째 기능을 훔친 사람이에요. 이제 그 사람의 동기를 아시겠죠."

설과 슬리만도 아직 행방이 묘연했지만 그들을 의심하지는 않았다. 슬리만은 팔고 싶어 했고 설은 사고 싶어 했다. 야콥슨은 데리다가 값을 더 높이 부를 수 있도록 도왔다. 하지만 크리스테바는 거래가 실패하게 만들었고 데리다는 죽었다. 설과 슬리만은 여전히 돌아다니고 있고 둘 중에 한 명은 돈을 가져갔다. 하지만 바야르에게 임무를 준 사람 입장에서 그 두 사람은 중요하지 않았다.

우리에게 필요한 것은, 바야르는 생각했다. 현장에서 잡는 거지.

시몽은 어떻게 참가 자격을 얻을 수 있는지 물었다. 아나스
타샤는 6등급(호민관) 이상만 초대되며, 행사에 앞서 대규모의
자격 심사 대회가 있을 것이라고 했다.

"소설은 죽음입니다. 삶에서 운명을, 기억에서 유용한 행위
를 만들어 내고, 특정한 기간을 의미 있고 계획된 시간으로 바
꿔줍니다."

바야르는 시몽에게 푸코가 왜 소설 이야기를 꺼냈는지 물
었다.

시몽은 아마도 푸코가 무슨 글을 인용했을 것이라고 대답했
지만, 스스로도 푸코가 왜 소설에 관해 이야기했는지 궁금하고
동시에 불안했다.

79

설은 다리 위에서 몸을 숙이고 아래를 내려다보고 있지만
협곡의 물은 잘 보이지 않는다. 단지 어둠 속에서 물 흐르는 소
리가 들릴 뿐이다. 이타카의 밤. 캐스카딜라 개울에서 불어오
는 바람이 들이쳐 울창한 나무 사이를 통과한다. 강물은 인간
세상에서 벌어지는 일에 아랑곳하지 않고 자갈돌과 이끼 위를

유유히 흐르고 있다.

학생 커플이 서로 손을 잡고 다리를 건넌다. 지금 이 시간에는 지나가는 사람이 많지 않다. 아무도 설에게 관심을 두지 않는다.

그가 미리 알았더라면… 그 일을 할 수만 있었더라면….

하지만 역사를 새로 쓰기엔 이미 늦었다.

한 마디 말도 없이 그는 난간에 올라가 중심을 잡고 섰다. 아래에 펼쳐진 심연에 다시 한 번 눈길을 주고 마지막으로 별을 한 번 더 보고 난 뒤, 그는 몸을 던졌다.

작은 풍덩 소리가 나고 물이 조금 튀었을 뿐이다. 어둠 속에서 잠깐 물거품이 반짝였다.

강물은 충격을 다 삼킬 만큼 깊지는 않았지만 유속이 빨라서, 그의 몸을 싣고 빠르게 폭포와 카유가 호수 쪽으로 흘러갔다. 오래전에 인디언들이 낚시를 했던 카유가 호수. 그때는 아무도 발화 수반 행위나 발화 효과 행위 따위를 몰랐겠지. 잠깐, 그걸 과연 장담할 수 있을까?

4부

베네치아

80

　"내 나이 44살. 그 말은 내가 이미 알렉산더보다 오래 살았다는 얘기지. 알렉산더는 32살에 죽었고, 모차르트는 35살, 자리는 34살, 로트레아몽은 24살, 바이런 경은 36살, 랭보는 37살…. 앞으로 살아갈수록 나는 한 시대를 풍미한 옛 위인들보다 더 오래 살게 돼. 만약 신이 나를 계속 살게 한다면, 나는 나폴레옹이나 시저, 조르주 바타유, 레몽 루셀보다 오래 살겠지. 아냐! 난 젊어서 죽을 거야. 느낄 수 있어. 나는 늙은이가 되지 못해. 롤랑처럼 끝나지는 않을 거야. 64살에…. 불쌍하군. 어쨌든 우리는 그에게 정말 충실하게 봉사했으니까…. 아냐, 아냐. 난 곱게 늙지는 못할 것 같아. 게다가 곱게 늙는 노인이란 이 세상에 없어. 나는 열정적으로 살고 싶어. 굵고 짧은 초의 심지처럼…. 그래, 그거야."

81

솔레르스는 베네치아의 리도섬을 특별히 좋아하지 않는다. 하지만 카니발*에 몰려든 사람들에게서 도망쳐 몸을 숨기기 위해, 토마스 만과 루키노 비스콘티를 추억하기 위해 리도로 왔다. 그는 명상적 영화 〈베네치아에서의 죽음〉**의 배경이 된 데스바인스 호텔에 숙소를 정했다. 다들 이곳이라면 아드리아해를 보며 편안하게 생각에 잠길 수 있을 것이라 생각했겠지만, 지금 그는 바에서 위스키를 마시며 웨이트리스를 꼬드기고 있다. 텅 빈 홀에서는 피아니스트가 모리스 라벨의 곡을 건성으로 연주하고 있다. 지금은 겨울의 오후. 수영장이 인상적인 이 호텔에 사람이 많을 리 없다. 물론 콜레라도 없지만.

"예쁜 아가씨 이름이 뭐지? 아니! 말하지 마! 마르게리타라고 부를게. 바이런의 정부였던 마르게리타. 빵집 딸이었지. 들어봤어? 불 같은 기질, 대리석 같은 허벅지…. 그녀는 당신과 똑같은 눈을 가지고 있었지. 해안에서 말을 탔다니 정말 낭만적이지 않아? 튀는 행동이긴 하지. 그래, 당신 말이 맞아. 오늘 말 타는 법 가르쳐줄까?"

---

* 베네치아의 화려한 가면무도회 축제.
** 토마스 만 원작의 루키노 비스콘티 감독 영화. 구스타프는 요양을 위해 리도섬에 갔다가 미소년 타지오를 보고 매료된다. 이때 이탈리아 전역에 돌게 된 콜레라 때문에 구스타프는 리도섬에서 쓸쓸히 죽어간다.

솔레르스는 차일드 헤럴드*를 생각하고 있다. "배우자 잃은 아드리아해는 도제를 애도하며⋯." 베네치아의 지도자, 도제는 바다와 결혼할 수 없고, 사자는 더 이상 두려움의 대상이 아니다. 이건 거세를 상징하는군. "도제의 배는 녹이 슬고, 반지는 홀로 남은 부인을 잊어버리네." 하지만 그는 이내 불길한 생각을 쫓아 버렸다. 그는 빈 잔을 흔들며 새 위스키를 주문했다. "온 더 락스로!" 웨이트리스는 공손하게 미소 지었다. "네, 알겠습니다."

솔레르스는 짐짓 한숨을 쉬었다. "아, 나도 괴테처럼 말할 수 있다면 얼마나 좋겠니. '베네치아에서 나를 아는 사람은 단 한 명, 하지만 그도 금방 나를 만나지는 않으리라.' 그런데 난 프랑스에서 아주 유명한 사람이거든, 예쁜이. 그게 내 불행이지. 프랑스 가봤어? 내가 데려가 줄게. 괴테는 훌륭한 작가지. 하지만 그게 어쨌다고? 얼굴을 붉히는군. 어, 쥘리아. 거기 있었군! 마르게리타, 내 아내를 소개할게."

크리스테바는 고양이처럼 살그머니 텅 빈 바로 들어왔다. "당신은 쓸데없는 데 힘을 쏟고 그래? 이 아가씨는 당신 말하는 거 4분의 1도 못 알아들었을걸. 안 그래요, 아가씨?"

웨이트리스는 여전히 미소 짓고 있다. "네?"

솔레르스는 의기양양하게 말한다. "그게 뭐가 중요해? 나처

---

*차일드 헤럴드의 순례. 바이런의 4부작 산문시

럼 첫인상이 좋은 사람은 굳이 다른 사람의 이해를 받을 필요가 없어. (신이여, 감사합니다.)"

크리스테바는 솔레르스 앞에서 피에르 부르디외를 입에 올리지 않는다. 솔레르스는 그를 몹시 싫어한다. 그는 솔레르스의 이론을 송두리째 흔들어놓으며 항상 좋은 역할을 맡으려 하기 때문이다. 그녀는 이번 주에 예정된 모임 전에 너무 많이 마시지 말라는 말도 하지 않는다. 이미 오래전부터 그녀는 그를 아이처럼, 동시에 어른처럼 취급하기로 마음먹었다. 어떤 것들은 그에게 설명해주지 않았고, 그가 요구할 만한 위치까지 스스로 올라오기를 기다렸다.

피아니스트는 유난히 더 귀에 거슬리는 연주를 했다. 좋지 못한 징조일까? 하지만 솔레르스는 자신의 타고난 행운을 믿는다. 그는 아마도 수영을 하러 갈 것이다. 크리스테바는 그가 이미 샌들을 신고 있는 것을 보았다.

82

200척의 갤리선과 20여 척의 소형 갤리선(보통 갤리선의 절반 크기), 그리고 6척의 대형 갤리선(당시의 B-52)이 오스만 함대를 쫓아 지중해를 항해하고 있다.

베네치아 함대 지휘관이며 다혈질인 세바스티아노 베니에르는 속으로 화를 삭였다. 그는 우방인 스페인, 제노바, 사보이, 나폴리, 교황청 중 전쟁을 진정으로 원하는 자가 자기 혼자라고 생각했다. 하지만 그는 잘못 생각하고 있다.

펠리페 2세의 스페인 황실이 신세계 정복에 혈안이 되어 지중해에 무관심하기는 했다. 하지만 신성 동맹 함대의 혈기왕성한 지휘관인 돈 후안 데 아우스트리아는 달랐다. 그는 카를 5세의 피를 물려받은 아들이자 펠리페 2세의 의붓 형제였고, 사생아라는 신분 때문에 다른 곳에서 얻을 수 없는 명예를 전쟁으로 얻으려 했기 때문이다.

세레니시마*의 중요한 이익을 온전히 지키고 싶어 하는 세바스티아노 베니에르, 명예를 위해 움직이는 돈 후안 데 아우스트리아는 가장 가까운 우방이었다. 하지만 그는 이 사실을 모르고 있다.

83

솔레르스는 제수아티 성당에서 성 안토니오의 초상화를 보

---

* 베네치아 공화국의 별칭.

며 자신과 닮았다고 생각하고 있다. (자기가 성 안토니오를 닮았다고
생각했는지, 아니면 성 안토니오가 자기를 닮았다고 생각했는지는 잘 모
르겠다.) 그는 은총을 빌기 위한 축성 양초에 불을 붙이고 밖으
로 나와 자신이 몹시 좋아하는 도르소두로 거리를 산책했다.

그는 아카데미아 미술관 앞에서 줄을 서 있는 시몽 에르조
그와 바야르 경위를 만났다.

"경위님을 여기서 뵙다니…. 정말 놀랐습니다. 어떻게 여기
까지 오셨습니까? 아, 맞아요. 당신이 보호하는 청년에 관한 소
문을 들었습니다. 저는 다음 투어에 참가하려면 서둘러야겠군
요. 네, 네. 비밀을 만들 필요는 없죠. 그렇지 않은가요? 베네치
아는 처음이신가요? 미술관에서 문화 소양도 좀 쌓고 싶으시고
요? 그러시겠죠. 저 대신 조르조네의 〈뇌우〉를 보시고 거기에
경의를 표해주세요. 이 많은 일본 관광객들을 꾹 참고 볼 만한
가치가 있는 유일한 그림이거든요. 그 사람들은 사방에서 사진
을 찍어댄답니다. 보셨나요?"

솔레르스는 줄을 선 두 명의 일본인을 가리켰다. 시몽은 놀
랐지만 내색하지 않았다. 그는 파리에서 푸에고를 타고 나타나
자신의 생명을 구해줬던 일본인들을 알아보았다. 그들은 마치
시몽과 전혀 관계가 없는 사람인 양 최신형 미놀타 카메라로
움직이는 것은 뭐든지 다 찍어대고 있었다.

"산 마르코 광장이나 해리의 바는 잊으세요. 이곳이 바로

베네치아의 중심지니까요. 즉 세계의 중심이란 말이죠. 도르소 두로… 베네치아는 좋은 등을 가졌어요.* 그렇지 않습니까? 하하. 그리고 캄포 산토 스테파노에는 꼭 가보셔야 해요. 그랑 카날(대운하)은 한 번만 건너보면 돼요. 니콜로 톰마세오 동상이 보일 거예요. 정치가이자 작가죠. 베네치아 사람들은 그를 카가리브리Cagalibri, 즉 책 똥을 싸는 사람이라고 불러요. 동상 때문에 그렇게 됐죠. 정말로 동상을 보면 책이 똥으로 나오는 것 같다니까요? 하하. 다른 편의 주데카섬도 꼭 가보셔야 해요. 위대한 건축가 팔라디오가 지은 교회 건물들을 볼 수 있어요. 팔라디오를 모르신다고요? 불굴의 도전 정신을 가진 사람이죠…. 어떤 면에서는 당신하고도 비슷한가요? 이 사람은 산 마르코 광장 맞은편에 상징물을 건축하라는 임무를 맡았어요. 상상이 가시나요? 아주 성스럽고 어려운 임무였죠. 미국인 친구들이 말하는 챌린지였단 말이죠. 물론 미국인들은 예술을 전혀 이해하지 못하지만요. 그뿐인가요? 여자들도 예술을 이해 못해요. 어쨌든 그건 다른 이야기고요. 자, 그래서 그가 뭘 했냐면, 물 위에 산 조르조 마조레 성당을 지었어요. 그리고 레덴토레 성당은 신고전주의의 걸작이죠. 한쪽은 비잔틴과 화려한 고딕 양식이고, 다른 쪽은 르네상스와 반종교개혁을 거치며 되살린 고

---

* '도르소두로'는 '견고한 등'이라는 뜻.

대 그리스 양식입니다. 가서 꼭 보세요. 여기서 100미터밖에 안 떨어져 있어요! 서두르면 해 지는 모습을 볼 수 있을 거예요."

그때 사람들이 늘어선 줄에서 비명이 들렸다. (불어로) "도둑이야! 도둑이야!" 관광객 한 명이 소매치기의 뒤를 따라 달렸다. 솔레르스는 본능적으로 조끼 주머니에 손을 넣었다.

그는 자신의 행동을 곧바로 깨닫고 손을 뺐다. "하하. 보셨나요? 프랑스인이 분명하네요. 프랑스인들은 항상 바보같이 당한다니까요. 그래도 항상 조심하세요. 이탈리아인들은 위대한 민족이지만 사기꾼이기도 하거든요. 다른 위대한 민족들처럼. 자, 그럼 이만 가보겠습니다. 미사 시간을 놓칠까 걱정이 되네요."

그렇게 말하고 솔레르스는 멀어져 갔다. 그의 샌들이 베네치아의 도로 위에서 소리를 냈다.

시몽이 바야르에게 말했다. "봤어요?"

"어. 봤어."

"저자가 갖고 있어요."

"그래."

"왜 안 뺏었어요?"

"그게 정말로 가치가 있는지 우선 확인해야지. 그래서 널 데려왔고."

시몽의 얼굴에 자부심 가득한 미소가 보일 듯 말 듯 떠올랐다. 그들은 다시 관광객의 모습으로 돌아갔다. 시몽은 뒤에 있는 일본인을 잊었다.

84

200여 척의 갤리선이 코르푸 해협을 통과하고 코린토스만을 향해 나아갔다. 제노바의 프란체스코 산프레다가 지휘하는 함대 중에 라 마르케사라는 배가 있었다. 선장은 디에고 데 우르비노, 선원들은 주사위 놀이를 즐기고 있다. 그중에는 빚을 진 치과 의사의 아들이자 명예와 재산을 얻기 위해 배에 탔으며 모험을 즐기는 카스티야의 몰락한 귀족 미겔 데 세르반테스도 있었다.

85

카니발이 잠잠해진 밤, 베네치아의 대저택들은 사적인 파티로 북적거리고 있다. 특히 카 레초니코*에서 열리는 파티는 그

---

* 시인 로버트 브라우닝이 죽기 전까지 살았던 집. 현재는 미술관으로 사용되고 있다.

어느 파티보다도 호화롭고 폐쇄적이다.

건물로부터 새어 나오는 활기찬 목소리에 행인들은 부러운 듯 걸음을 멈추고, 지나가던 바포레토*의 승객들은 연회장을 쳐다본다. 벽에는 사실주의 그림들이 걸려 있고, 천장에는 18세기 프레스코 벽화가 그려져 있으며 휘황찬란한 샹들리에가 매달려 있다. 하지만 파티의 초대객은 철저하게 제한하고 있다.

로고스 클럽의 파티는 신문에 실리지도 않는다. 세상과의 소통에는 무심한 파티라고나 할까? 어쨌든 파티는 열렸다. 베네치아 한복판의 호화로운 건물에서, 100명의 초대객이 얼굴을 드러내고 참석했다. (정장 파티였지만 가장무도회는 아니었다.)

언뜻 보기에는 여느 파티와 다를 바가 없어 보였다. 하지만 초대객들의 대화를 들어봐야 한다. 그들은 서론, 결론, 논쟁, 반론에 관해 이야기한다. (바르트가 말했듯, '특정 부류의 열정은 그것에 속하지 않은 사람에게는 매우 이상해 보인다.') 생략법, 은유, 삼단논법, 환구법. (솔레르스는 이렇게 말할 것이다. '물론이죠.') "Res(사실, 사물)와 Verba(말, 단어)를 단순하게 본래의 의미대로 해석하면 안 된다고 생각합니다. 퀸틸리아누스가 말했죠. Res는 '의미하는 것', 그리고 Verba는 '의미를 담은 것'이라고 했어요. 그러니까 담론의 측면으로 본다면 '시니피에'와 '시니

---

* 베네치아의 대중교통용 선박

피앙'이란 말이죠." 네, 잘 알아들었습니다.

사람들은 이미 통과한 대결자들과 시합에 참가할 대결자들, 손가락이 잘린 노장들, 변론술에 능한 젊은 참가자들을 주제로 이야기를 나눴다. 대부분이 영광스럽고 드라마틱한 결투의 추억을 가지고 있었다. 그들은 베네치아 화가 티에폴로의 그림 아래서 각자의 추억담을 나눴다.

"저는 그 인용문이 누구의 글인지도 몰랐어요."

"그 사람이 기 몰레의 말을 끄집어내서 궁지에 빠졌죠. 하하."

"장-자크 세르방-슈레베르와 멘데스 프랑스의 신화 대결 때 참석했는데 그때 주제가 뭐였는지 기억도 안 납니다."

"저는 르카뉘에와 엠마뉘엘 벨의 대결을 봤어요. 초현실주의에 관한 주제였죠."

"*You French people are so dialectical.*"(당신네 프랑스 사람들은 정말 변증법적이에요.)

"저는 식물학 관련 주제를 뽑았어요. 낭패라는 생각이 들었죠. 그러다 텃밭을 가꾸던 할아버지가 생각났어요. 할아버지 덕분에 손가락을 잃지 않았죠."

"그러고는 이렇게 말하더라고요. '사방에서 무신론자를 찾으려고 해서는 안 된다. 스피노자는 정말 수수께끼 같은 사람이다.' 너무 바보 같은 말 아닌가요?"

"*Picasso contra Dali. Categoria historia del arte, un clasico. Me gusta mas Picasso pero escogi a Dali.*"(*피카소 대 달리였죠. 미술사 분야, 고전적인 주제였어요. 저는 피카소를 더 좋아하지만 달리를 뽑았어요.*)

"그 사람이 축구 이야기를 꺼냈는데 전혀 모르는 내용이었죠. 초록색 팀이랑 무슨 가마솥 이야기를 계속 하더라고요…."

"2년 동안 대결에 참가하지 않았더니 2등급 달변자로 내려왔어요. 아이도 생기고 직장도 있고 하니, 이제는 시간도 없고 열기도 식었어요."

"기권하려던 참이었는데 갑자기 상대방이 기적처럼 엄청난 실수를 저질러서…."

"*C'è un solo dio ed il suo nome è Cicerone.*"(*세상에 신은 단 한 사람이고 그의 이름은 키케로예요.*)

"*I went to the Harry's Bar (in memory of Hemingway, like everyone else). 15000 liras for a Bellini, seriously?*"(*저는 해리의 바로 갔어요. 다른 사람들처럼 헤밍웨이를 추억하고 싶었죠. 그런데 벨리니 한 잔에 15000리라라니 말이 됩니까?*)

"*Heideger, Heideger, … Sehe ich aus wie Heideger.*"(*하이데거, 하이데거… 제가 하이데거를 닮기는 했죠.*)

갑자기 계단 쪽이 소란스러워졌다. 진행 요원이 방금 도착한 초대객에게 문을 열어주었다. 시몽이 바야르와 함께 들어섰고, 사람들이 선망의 눈길로 그들을 보러 몰려들었다. 소문의 젊은 천재가 바로 저 사람이에요. 갑자기 나타나서 단숨에 소요학자 등급까지 올라갔어요. 파리에서 세 번의 회합 동안 네 번을 연달아 승리해서 4등급을 수직 돌파해버렸다니까요. 대부분 사람들은 몇 년이 걸리는 데 말이에요. 오늘 또 한 등급 올라갈지도 몰라요.

시몽은 진회색 아르마니 정장에 붉은색 셔츠, 가느다란 줄무늬가 있는 검은 넥타이 차림이다. 바야르는 굳이 새 옷을 장만할 필요를 느끼지 못해서 예의 낡은 양복을 그대로 입었다. 사람들은 젊은 천재를 에워싼 채 용기를 내어 말을 걸었고, 시몽은 파리의 무용담을 들려줘야 했다. 첫 번째 시합은 거의 워밍업에 가까웠다. 국내 정치에 관한 주제였는데 ('중도층을 공략하면 선거에서 무조건 이기는가?') 시몽은 레닌의 〈무엇을 할 것인가?〉를 언급하며 달변가를 쉽게 이겼다.

웅변가와의 대결에서는 꽤 심오한 법철학이 주제였고 ('합법적 폭력은 폭력인가?') 시몽은 혁명가 생-쥐스트의 말, 특히 '왕은 통치하거나 죽거나 둘 중에 하나'라는 말을 인용했다.

호전적이었던 4등급 변증법론자와의 대결 주제는 셸리의 인용문이었다. ('그들은 인생의 꿈에서 깨어났다') 시몽은 칼데론 데 라 바르카와 셰익스피어, 그리고 《프랑켄슈타인*Frankenstein*》을 매우 세련된 방식으로 적절히 언급하여 승리했다.

라이프니츠의 문장을 주제로 ('교육이 모든 것을 할 수 있다. 곰도 춤추게 한다.') 소요학자와 대결할 때도 우아하고 세련된 방식은 변하지 않았다. 시몽은 독특하게도 사드의 인용문에 근거하여 자신의 논리를 펼쳤다.

바야르는 창밖의 대운하에 떠 있는 곤돌라를 보며 담배에 불을 붙였다.

시몽은 여러 사람들의 간청 하나하나에 일일이 대답을 해주고 있었다. 정장을 완벽하게 갖춰 입은 어느 나이 든 베네치아 사람이 시몽에게 샴페인 잔을 내밀었다.

"선생님, 당연하겠지만 카사노바를 아시겠죠? 카사노바는 폴란드 귀족과의 결투를 다룬 글에서 이렇게 썼다고 합니다. '결투를 앞둔 사람에게 주는 첫 번째 충고는 다음과 같다. 가능한 한 빨리 상대방을 공격해 당신을 해칠 수 없게 만들어라.' *Cosa ne pensa?(어떻게 생각하시나요?)*"

(시몽은 샴페인 한 모금을 삼키고 옆에서 속눈썹을 깜박거리고 있는 노부인에게 미소를 짓는다.)

"검을 사용하는 결투인가요?"

"*No, alla pistola.(아니오. 총을 사용하는 결투입니다.)*"

"총을 사용하는 결투라면 가치 있는 충고라고 생각합니다. (시몽이 또 다시 미소 짓는다.) 하지만 말로 겨루는 결투라면 좀 다르죠."

"*Comme mai?(어째서 그런가요?)* 제가 감히 이유를 여쭤봐도 되겠습니까, 선생님?"

"흠…. 예를 들어 저 같은 경우는, 상대방의 기호를 분석하는 편입니다. 그러려면 상대방이 제게 다가오도록 놔두어야 하죠. 상대방이 말을 늘어놓으며 스스로를 드러내게 만듭니다. 이해하시나요? 말로 겨루는 결투는 검으로 하는 결투와 비슷하죠. 자신의 약점을 파악하고, 방어를 단단하게 하고, 피하고, 거짓 공격을 하고, 자르고, 떨어졌다가 방어하고 반격하고…."

"*Uno spadaccino, si.(검술이라… 그렇군요.)* 하지만 총이 더 낫지 않나요?"

바야르가 시몽을 팔꿈치로 쿡쿡 찔렀다. 시몽도 중요한 대회의 전날에 자신의 전략과 정보를 이렇게까지 세세하고 친절하게 알려주는 것이 현명하지 못하다는 점을 잘 안다. 하지만 교육자로서의 본능이 너무 강했다. 그는 '가르칠' 수 있는 기회를 도저히 그냥 지나칠 수 없었다.

"제 생각에는 두 가지 접근 방식이 있습니다. 기호학적 접근과 수사학적 접근이죠. 무슨 말인지 이해가 되십니까?"

"*Si, si…. credo di si, ma….(네, 네. 그런 것 같습니다. 그런데…)* 조금만 더 설명해주실 수 있으신가요, 선생님?"

"음, 사실 매우 간단합니다. 기호학은 이해하고 분석하고 의미를 파악할 수 있게 해줍니다. 수동적이고 방어적이죠. 비에른 보리예요. 수사학은 설명하고 설득하고 이기게 해줍니다. 공격적이죠. 매켄로예요."

"아, 네. 그런데… 보리가 매켄로를 이기죠. 아닌가요?"

"물론 맞습니다. 하지만 기호학으로 이길 수도 있고 수사학으로 이길 수도 있습니다. 방어로 이길 수도 있고 공격으로 이길 수도 있고요. 보리가 이길 수도 있고 매켄로가 이길 수도 있습니다. 경기의 성격에 따라 달라질 뿐이죠. 기호학은 상대방의 논점을 잘 분석하여 파악한 다음에 다가가는 겁니다. 기호학은 보리 같다고 말씀드렸죠. 즉 상대방의 볼을 받아쳐낼 수만 있으면 되는 겁니다. 수사학은 서비스 에이스이고, 발리입니다. 공을 강하고 빠르게 넘겨야 하죠. 반면에 기호학은 되받아치는 겁니다. 패싱샷과 탑스핀 로브예요."

"그럼 그게 더 나은가요?"

"음, 아니요. 꼭 그런 것은 아닙니다. 하지만 그게 제 방식, 제가 구사할 수 있는 기술이죠. 저는 명석한 변호사나 설교자나 웅변가가 아닙니다. 메시아도 아니고 청소기 세일즈맨처럼 설득력이 있지도 않아요. 저는 일개 대학교수에 지나지 않습니다. 제 일은 분석하고 해석하고 비평하고 뜻을 읽어내는 것입니다. 제 놀이기도 하죠. 저는 보리나 빌라스, 호세-루이스 클레르크입니다."

"그럼 대적하는 자는 누구인가요?"

"매켄로, 로스코 태너, 제럴라이티스….."

"지미 코너스도요?"

"아, 맞아요. 코너스. 제기랄."

"왜 그러십니까? 코너스가 무슨 짓을 했나요?"

"하도 잘하니까요."

시몽의 마지막 말은 반어법이었지만, 지금 이 시점에서는 꼭 그렇다고 볼 수만은 없다. 1981년 2월 당시 코너스는 보리에게 8연패를 당하고 있었다. 마지막 그랜드 슬램 우승은 거의 3년 전으로 거슬러 올라갔다. (1978년 US 오픈에서 보리를 상대로 우승했다.) 사람들은 코너스가 이제 끝났다고 생각하기 시작했다. (코너스가 1982년의 윔블던과 US 오픈에서 우승하리라는 사실을 아직 알 턱이 없으니.)

어쨌든 시몽은 다시 진지해져서 노신사에게 물었다. "아마 그 사람이 결투에서 이겼지요?"

"카사노바요? 네, 폴란드 귀족의 배를 맞혀서 거의 죽일 뻔했죠. 하지만 자신도 엄지손가락에 총을 맞아서 왼손을 절단할 뻔했답니다."

"아… 그래요?"

"의사는 카사노바에게 괴저가 일어나 살이 썩어 들어갈 것이라고 말했죠. 카사노바는 괴저가 이미 시작되었는지 물었습니다. 의사가 아니라고 하자 카사노바는 '좋습니다. 괴저가 일어날지 안 일어날지 두고 봅시다.'라고 했죠. 그러자 의사는 그때가 되면 팔 전체를 잘라내야 한다고 했습니다. 카사노바가 뭐라고 대답한지 아십니까? '어차피 손이 없으면 팔 하나가 무슨 소용인가요?' 이랬답니다. 하 하."

"하 하. 음…. 훌륭하네요."

시몽은 공손하게 목례를 하고 벨리니 칵테일을 가지러 갔다. 바야르는 주변의 음식들을 이것저것 잔뜩 집어먹고 배가 부른 상태로, 호기심과 경외, 간혹 두려움 어린 눈으로 시몽을 보는 사람들을 관찰했다. 시몽은 반짝이는 드레스를 입은 여인이 내미는 담배를 기꺼이 받아 피우고 있었다. 시간이 흐를수록 그가 알고자 했던 정보는 더 확실해지고 있었다. 시몽이 파리에서 참여했던 몇 번의 경기가 이미 베네치아까지 소문이 다 퍼졌다는 것.

시몽은 자신의 에토스 때문에 이곳에 왔지만 그렇다고 숙소에 늦게 돌아가기는 싫었다. 단 한 순간도 그는 자신과 맞붙을 사람이 이곳에 와 있는지 찾으려 하지 않았다. 반면에 상대방은 홀 안 어딘가에서, 목재로 만든 고급 가구에 기댄 채 알베르고 브루스톨론의 조각상 위에 담배를 비벼 끄면서, 천천히 주의 깊게 시몽을 관찰하고 있을 터였다.

반짝이 드레스의 여자가 바야르에게 교태를 부리고 바야르도 싫지 않은 눈치였기 때문에, (그녀는 바야르가 시몽의 수직 상승에 어떤 역할을 했는지 알고 싶어 했다) 시몽은 혼자 호텔에 돌아가기로 마음먹었다. 바야르는 여자의 앞섶이 깊게 파여서, 혹은 이 도시와 연회장의 아름다움에 마음이 빼앗겨서, 아니면 베네치아에 도착하자마자 시몽이 여기저기로 끌고 다니는 바람에 피곤해서, 시몽이 혼자 나갔다는 사실을 알아차리지도 못했다. 알아차렸다 하더라도 말릴 생각은 없었을 테지만.

시몽은 약간 우울했다. 아직 밤이 깊지 않았고 거리 곳곳에 흥겨운 파티가 열리고 있었다. 하지만 원인 모를 불안감이 마음을 짓눌렀다. 왜지? 본능이란 편리하다. 신의 존재처럼 굳이 논리적으로 설명할 필요가 없다. 아무것도 '느끼지' 못했더라도, 보고 듣고 추측해서 해석한 뒤 명석하게 반응할 수 있다. 시몽은 가면을 쓴 얼굴과 마주쳤다. 그리고 또 다른 가면과 마주치고 또 마주쳤다. (가면을 쓴 사람이 아주 많았고 꺾인 길도 자주 나왔으니…) 그는 인적이 드문 골목길에서 자신을 뒤따라오는 발자국 소리를 들었다. '본능적으로' 길을 우회했고, 길을 잃었다. 뒤의 발자국 소리가 점점 가까워지고 있다는 느낌이 들었다. (복합적인 심리 요인을 고려하지 않는다면 '느낌'이란 이미 '본능'보다는 구체화된 개념이다.) 그는 거리를 헤매다 마침내 리알토 다리 근처의 캄포 산 바르톨로메오 광장에 이르렀다. 그곳에서는 거리의 음악가들이 경연 비슷한 것을 벌였고, 시몽은 호텔이 몇백 미터 거리의 멀지 않은 곳에 있다는 사실을 알아차렸다. 하지만 베네치아의 골목길들은 시몽을 비웃는 듯했다. 호텔 쪽으로 가다 보면 어느새 운하의 물길에 가로막히곤 했다. 리오 델라 파바, 리오 델 피옴보, 리오 디 산 리오….*

젊은이들이 돌우물에 기대어 맥주를 홀짝거리며 마시고 있었다. 이 식당은 이미 지나치지 않았던가?

골목이 점점 좁아지고 있지만 이게 꼭 막다른 길이란 법은 없다. 모퉁이를 지나면 이어지는 길이 나올 것이다.

찰랑, 반짝, 또 운하.

제기랄. 다리는 대체 어디에 있지?

시몽이 몸을 돌렸을 때 가면 쓴 남자 세 명이 그를 막아섰다. 그들은 한 마디도 하지 않았지만, 목적은 분명해 보였다. 다들 둔기를 들고 있었기 때문이다. 시몽은 무의식적으로 관찰했다. 한 명은 리알토 다리의 노점에서 파는 싸구려 날개 달린 사자 조각상을 들고 있고, 한 명은 리몬첼로 술병의 병목을, 나머지 한 명은 길고 무거운 유리 제작용 집게를 들고 있었다. (저 집게도 둔기로 분류해야 하나?)

시몽은 그들의 가면을 알아보았다. 카 레초니코 연회장에서 카니발을 주제로 한 피에트로 롱기의 그림을 봤기 때문이다. 커다란 매부리코가 달린 카피타노 가면, 페스트 의사의 길

---

* 작은 운하의 이름들.

487

고 하얀 부리 가면, 마지막으로 삼각모와 검은 망토를 입는 바우타 복장의 일부인 라르바 가면. 하지만 그들은 청바지를 입고 농구화를 신고 있었다. 이를 본 시몽은 그들이 폭행 사주를 받은 조무래기들이라고 생각했다. 자신의 얼굴을 감춘 것으로 미루어 시몽을 죽일 의도는 없어 보였다. 다른 목격자들로부터 얼굴을 가리기 위해 가면을 썼을 가능성도 있긴 하지만.

페스트 의사의 가면을 쓴 자가 손에 병을 쥐고 말없이 다가왔다. 시몽은 이타카의 개가 데리다에게 달려들었을 때처럼 이상하고 비현실적인 상황에 넋을 잃고 멍하니 서 있었다. 그는 근처 식당 손님들의 목소리를 들었다. 식당에서 겨우 몇 미터 떨어져 있었지만 악사들의 음악 소리와 베네치아 밤거리의 소음이 너무 컸다. 도움을 청하는 소리를 아무리 질러도 ('도와주세요'가 이탈리아어로 뭐였더라?) 아무도 주의를 기울이지 않을 것이다.

시몽은 뒷걸음질 치며 생각했다. 만약 자신이 소설 주인공이라면 어떤 위험을 무릅쓸 것인가? (현재의 상황과 가면, 둔기 등이 너무 눈길을 잡아끄는 바람에 더더욱 소설이라는 가정을 하게 된다. 그 흔한 클리셰를 거리낌 없이 활용하는 소설이 될 듯하다.) 소설은 꿈이 아니다. 소설에서는 죽을 수도 있다. 일반적으로는 주인공을 죽이지 않지만, 이야기의 마지막엔 죽일지도 모른다.

만약 지금이 이야기의 마지막 부분이라면, 주인공은 그 사실을 어떻게 알아차릴 수 있을까? 자기가 책의 어느 부분에 와 있는지 어떻게 알 수 있을까? 마지막 페이지에 다다랐다는 사실을 어떻게 알 수 있을까?

그리고 만약에 자신이 주인공이 아니라면? 모든 사람들은 스스로가 자기 인생의 주인공이라고 생각하는데 말이다.

시몽은 자신이 충분한 준비를 갖추었는지 확신하지 못했다. 소설 속 존재라는 관점에서 자기 자신이 삶과 죽음을 충분히 이해할 수 있을 만큼의 시각을 갖추었는지도 의문이다. 그래서 그는 아직까지 시간이 남아 있을 때, 즉 가면을 쓴 남자가 다가와 병으로 두개골을 깨뜨리기 전까지 남은 시간 동안 좀 더 현실적인 방안을 생각해보기로 했다.

주변을 관찰한 결과 유일한 탈출구는 등 뒤의 운하이다. 하지만 지금은 2월. 물은 얼음장처럼 차가울 것이다. 저들이 쉽게 노를 구할지도 모른다. 등 뒤에 10미터 간격으로 곤돌라가 정박해 있기 때문이다. 자신이 운하에서 힘겹게 헤엄치는 동안 그들은 아이스킬로스의 희곡 《페르시아인들Persai》에 등장하는 살라미스 해전의 그리스인들처럼, 참치를 때려죽이듯 쉽게 자신을 죽일 수 있을지도 모른다.

생각의 속도는 행동보다 빠르다. 페스트 의사의 가면을 쓴 남자가 마침내 병을 높이 치켜들었을 때는 시몽이 이 모든 생각을 끝낸 후였다. 마침내 시몽을 내리치려 하는 순간, 갑자기

병이 사라졌다. 아니, 누군가가 그의 손에서 병을 빼앗았다. 페스트 의사는 뒤를 돌아보았다. 동료 두 명이 있어야 할 자리에 검은 양복을 입은 일본인 두 명이 서 있었다. 바우타와 카피타노는 바닥에 쓰러져 있었다. 페스트 의사는 이해할 수 없는 광경 앞에서 어안이 벙벙해 그들을 쳐다볼 뿐이었다. 일본인은 방금까지 페스트 의사가 들고 있던 병으로 그를 단호하고 정확하게 연달아 내리쳤다. 뛰어난 전문가임을 보여주듯 병은 깨지지도 않았고, 양복은 거의 구김살 하나 없었다.

쓰러진 세 남자는 신음 소리를 냈다. 서 있는 세 남자는 아무 말도 없었다.

시몽은 생각했다. 어째서지? 소설가가 자신의 운명을 지배하고 있다면, 그는 왜 이 두 사람을 자신의 수호천사로 선택했을까? 다른 일본인이 다가와 상체를 약간 숙이며 시몽에게 인사했다. 그리고 시몽의 마음속 질문에 대답했다. "롤랑 바르트의 친구는 저희의 친구입니다." 그들은 몸을 돌려 닌자처럼 어둠 속으로 사라졌다.

시몽은 방금 들은 설명이 지나치게 간결하지만 그 정도로 만족해야 한다고 생각했다. 그는 마침내 호텔로 가는 길을 찾아냈고, 긴긴밤 끝의 휴식을 취할 수 있었다.

86

로마, 마드리드, 콘스탄티노플, 어쩌면 베네치아 사람들도, 모두 의문을 가지고 있었다. 이 대규모 함대의 목표는 무엇인가? 기독교도들은 어디를 수복하거나 점령하고자 하는가? 키프로스를 원하나? 13번째 십자군 원정을 시작하고 싶은가? 하지만 그들은 키프로스의 항구 도시 파마구스타가 이미 함락되었다는 소식도, 그곳의 수비대장 브라가딘의 끔찍한 고통에 관한 이야기도 전혀 듣지 못했다. 돈 후안 데 아우스트리아와 세바스티아노 베니에르는 전투가 어떤 식으로든 마무리 짓는 계기가 되기를 바랐고, 오스만 해군의 완전한 파괴를 꿈꾸고 있었다.

바야르는 약속 시간을 기다리는 내내 시몽의 머리를 식혀주기 위해 함께 걸어야 했다. 이리저리 걷다 보니 콜레오니의 기마상 아래에 이르렀다. 바야르는 청동의 강렬함과 조각가 베로키오의 섬세함, 엄격하고 강하고 독선적이었던 용병대장 콜레오니의 삶을 생각하며 감탄을 금치 못했다. 시몽은 산티 조반

니 에 파올로 성당으로 들어갔고 그곳의 프레스코 벽화 앞에서
기도를 올리고 있는 솔레르스를 보았다.

시몽은 그를 또다시 봐서 놀라기도 했지만 의심이 들기도
했다. 하지만 베네치아는 작은 도시이기 때문에 그들이 각자
따로따로 관광을 즐기고 있다면 가능성이 아주 없지는 않다는
생각도 들었다.

굳이 솔레르스와 얘기를 나누고 싶은 생각은 없었기 때문에
시몽은 조용히 중앙의 홀로 가서 도제들의 무덤을 둘러봤다.
(그중에는 레판토 해전의 영웅 세바스티아노 베니에르의 무덤도 있
다.) 또한 벨리니의 그림을 보며 감탄했고, 로사리오 예배당에
서는 베로네세의 그림에 다시 한 번 감탄했다.

시몽은 솔레르스가 기도를 마치고 떠나자 다시 돌아와 프레
스코 벽화 쪽으로 갔다.

그곳에는 날개 달린 작은 사자 두 마리가 유골함 양옆에 조
각되어 있었고, 그 위에는 피부를 벗겨내어 피투성이 근육이
드러난 긴 수염의 대머리 남자가 고통스러워하는 모습이 그려
져 있었다.

시몽은 아래의 판에 새겨진 라틴어를 가까스로 해석했다.
키프로스의 총독 마르칸토니오 브라가딘은 파마구스타 요새에
서 1570년 9월부터 1571년 7월까지 튀르크인에게 영웅적인 항
거를 한 대가로 참혹하게 처형당했다. (또한 항복할 당시에 합당

한 존경의 표시를 하지 않았다는 이유로 받은 처벌이기도 했다. 하지만 대리석 판에는 그런 말이 쓰여 있지 않다. 알려진 바에 따르면 그는 당시의 관습대로 기독교인 지휘관들과 교환 조건으로 튀르크인 포로를 석방해야 했으나 거만하게 거부했으며, 포로의 운명에 무관심하여 부하들이 그들을 죽이게 내버려두었다고 튀르크 함장의 비난을 받기도 했다.)

간략하게 말해, 그들은 브라가딘의 귀와 코를 자르고 8일 동안 방치해 상처가 덧나게 했다. 그리고 개종을 거부하자 (형리에게 욕설을 내뱉을 힘이 여전히 남아 있었다.) 그에게 흙과 자갈돌로 가득 채운 지게를 메게 하고 전장으로 끌고 다니며 튀르크 병사들의 조롱과 학대를 받게 했다.

고통은 거기에서 끝나지 않았다. 튀르크인들은 그를 갤리선의 돛대에 매달아 모든 기독교도 노예들이 그들의 참패와 튀르크인의 분노를 똑똑히 보게 만들었다. 튀르크인들은 한 시간 동안 그에게 소리를 질렀다고 한다. "자, 봐라! 네 함대와 네 예수님을! 너를 구원하러 오는 자가 있는지 똑똑히 지켜봐라!"

마지막으로 그는 벌거벗은 채 기둥에 묶였고, 산 채로 피부가 벗겨졌다.

그의 시체는 박제되어 소 등에 실려 거리를 돌아다니다가 콘스탄티노플에 보내졌다.

유골함에는 그의 피부가 들어 있다. 가엾고 고통스런 그의 성물. 그의 피부가 어떻게 이곳으로 왔을까? 라틴어 문구는 그것도 설명해주지 않는다.

솔레르스는 왜 유물함 앞에서 기도를 올렸을까. 시몽은 알 길이 없다.

88

"저는 베네치아 사람들의 더러운 음모에 응하라는 명령을 받지 않았습니다."

세바스티아노 베니에르 지휘관 앞에서 그렇게 말한 토스카나의 함장은 혹독한 대가를 치러야 했다. 그는 자신의 말이 지나쳤다는 것과 늙은 베네치아 지휘관이 가혹하기로 정평이 나 있다는 사실을 깨달았으며, 체포당하지 않으려고 저항했다. 결국 심각하게 부상을 입은 뒤 폭동 혐의로 처형당했다.

하지만 그가 스페인 제국의 관리라서 베니에르에게는 그를 벌할 권한이 없었다. 더더군다나 그를 마음대로 처형해서는 안 되었다. 이 소식을 들은 돈 후안은 위계질서를 확실히 알려주기 위해 베니에르를 파면해야 할지 심각하게 고민했다. 하지만 베네치아 함대의 제2사령관이자 감독관 바르바리고는 돈 후안을 설득하여 레판토 해전의 전략을 뒤흔들지도 모를 위험을 무릅쓰지 못하게 했다.

결국 함대는 레판토를 향해 계속해서 전진할 수 있었다.

89

타츠코,

저희는 베네치아에 잘 도착했고 필리프는 시합에 참가하기로 했어요.

카니발이 다시 열려서인지 베네치아는 활기가 넘치고 있어요. 가면을 쓴 사람들도 있고 거리 곳곳에서 공연이 열리고 사람들의 이야기와 달리 악취가 나지도 않아요. 곳곳에 일본 관광객들이 무리 지어 다니고 있는 점은 파리와 같아요.

필리프는 그다지 걱정하는 것 같지 않아요. 잘 아시잖아요. 그이는 항상 낙관적인 데다가 흔들리지 않아요. 가끔은 너무 낙관적이라서 대책 없어 보이기도 하지만요. 그런 태도를 유지할 수 있다는 점도 좋은 힘인 것 같아요.

제가 왜 필리프에게 자리를 양보했는지 이해할 수 없으시죠? 하지만 심판단이 남자로만 구성돼 있다는 점, 실력이 똑같더라도 남자가 더 유리할 수 있다는 점을 고려해주셨으면 해요.

아버지는 여자가 남자와 똑같다는 것, 어떤 점에서는 더 우월하다는 걸 알려주셨죠. 그때나 지금이나 아버지 말씀이 옳다고 생각하지만 남자가 지배하는 이 사회의 현실을 무시할 수는 없어요.

로고스 클럽이 존재한 이래로 지금까지 단 네 명의 여자가 소피스트 자리까지 올라갔다고 해요. 카트린 드 메디시스, 에밀리 뒤 샤틀레, 마릴린 먼로, 그리고 인디라 간디(아직 살아 있으니 다시 소피스트가 될 수도 있겠죠). 정말 드물어요. 그리고 프로타고라스가 된 여자는 한 명도 없었고요.

만약에 필리프가 문제를 잘 풀어낼 수 있다면 모두의 상황이 바뀔 거예요. 필리프는 세계에서 가장 영향력 있는 사람 중 한 명이 되겠죠. 아버지도 필리프의 뒤에서 막강한 힘을 누리게 될 테고, 더 이상 안드로포프나 러시아인들을 두려워하지 않아도 될 거예요. 아버지의 조국을 면면이 송두리째 바꿀 수도 있어요. ('아버지의 조국'이 아니라 '우리나라'라고 하고 싶지만, 아버지께서는 제가 프랑스인으로 있기를 원하셨죠. 사랑하는 아버지. 아버지의 기대 이상으로 말씀을 따르겠어요.) 그리고 아버지의 유일한 딸은 이 새로운 형태의 권력을 손에 넣고, 프랑스 지식인들을 지배할 거예요.

필리프를 너무 못마땅하게 생각하지 마세요. 무분별한 행동도 다른 형태의 용기예요. 그가 기꺼이 위험을 받아들인 걸 아시잖아요. 항상 행동으로 옮기는 용기를 존중하라 가르쳐주셨죠.

놀이처럼 행동한다 해도 말이죠. 우울함이 전혀 없다면 정신 활동도 없다는 뜻이에요. 필리프는 우울함이 없어서 정신 활동도 없고, 그래서 연기를 할 수 없어요. 셰익스피어가 말했듯이 그이는 살아 있는 내내 으스대기도 흔들리기도 하겠죠. 하지만 저는 바로 그 점을 좋아해요.

키스를 보내요. 아버지.

아버지를 사랑하는 딸

줄렌카

추신 : 장 페라의 음반은 잘 받으셨죠?

90

"음, 그래요. 거의 비슷해요. 진짜로요."

시몽과 바야르는 산 마르코 광장에서 우연히 움베르토 에코를 만났다. 정말이지, 베네치아에서 아는 사람과 다 만나기로 약속이라도 한 것 같다. 우연의 일치처럼 보이는 현상을 모두 자신의 인생이 한낱 소설 같은 허구에 불과하다는 신호로 보는 편집증 때문에 시몽은 분석 능력을 제대로 발휘하지 못했다. 에코가 지금 여기에 있는 진짜 이유도 분석을 할 수 없었다.

베네치아 석호에서 여러 척의 소형 배들이 서로 부딪치며 대포를 쏘고 고함을 질러대고 있었다.

"레판토 해전을 재현하는 거예요."

에코는 대포 소리와 함성 때문에 고함을 지르듯 말해야 했다.

다른 볼거리도 많았지만, 작년에 부활한 후 두 번째를 맞은 올해 카니발의 주제는 무엇보다도 역사 현장 재현이었다. 베네치아 함대가 이끌어낸 신성 동맹, 스페인 무적함대와 교황의 군대가 쉴레이만 대제의 아들인 주정뱅이 셀림 2세의 오스만 해군과 싸워 물리친 전투가 레판토 해전이다.

"저 큰 배 보이시나요? 저건 부친토로라는 배예요. 도제가 매년 예수 승천일에 저 배를 타고 바다의 결혼식을 축하하며 금반지를 아드리아해에 던졌답니다. 공식적인 행사에 참가할 때는 저 배를 타고 외출했죠. 하지만 부친토로는 석호 밖으로 나가본 적이 한 번도 없었어요. 그러니까 지금 저기에 나타나서는 안 됩니다. 1571년 10월 7일 레판토 전투 현장이라고 가정한다면 말이지요."

시몽은 에코의 말을 거의 듣지 않았다. 그는 갤리선의 노를 젓는 힘찬 움직임과 작은 배들에 매료되어 부두로 걸어갔다. 하지만 그가 문 역할을 하도록 세워놓은 두 기둥 사이를 지나려는 찰나 에코가 그를 불러 세웠다.

"멈춰요! 베네치아 사람들은 산 마르코의 기둥 사이는 절대 지나가지 않아요. 베네치아 공화국 시절에 사형수들을 처형해서 거꾸로 매달아 둔 곳이거든요. 주민들은 산 마르코의 기둥 사이를 걸으면 불행이 온다고 믿어요."

기둥 꼭대기에 베네치아의 상징인 날개 달린 사자와 테오도로 성인이 악어를 쓰러뜨리는 모습이 새겨져 있었다. 그는 중얼거렸다. "저는 베네치아 사람이 아니니까요." 그리고 보이지 않는 문턱을 넘어 물가로 걸어갔다.

그리고 그는 보았다. 저급하게 가장한 '소리와 빛'이 아니라 전함으로 가장한 작은 배에 가득 타고 있는 부자연스런 단역 배우들을. 하지만 함대의 위용은 대단했다. 6척의 대형 갤리선이 바다 위에 떠 있는 요새처럼 주변의 모든 배들을 부수고 있었다. 총 200여 척의 갤리선의 왼쪽 날개 부분에는 노란 깃발을 달고 아고스티노 바르바리고의 지휘를 받는 함대가 있었다. 그는 전투 초반에 한쪽 눈에 화살을 맞고 죽었다. 오른쪽 날개 부분에는 초록 깃발, 안드레아 도리아 지휘 하의 제노바 함대로 그들은 오스만 군대 지휘관 울루치 알리(울루치 알리는 배교자 알리, 애꾸눈 알리, 변절자 알리라고도 불린다. 원래 이탈리아의 칼라브리아 태생이었지만 알제의 고관이 되었다)에게 패배한다. 중앙에는 푸른 깃발을 건 신성 동맹의 총사령관, 스페인 제국을 대표하는 돈 후안 데 아우스트리아의 함대가 있었다. 그 곁에는 교황령 함대의 지휘관인 마르칸토니오 콜론나, 흰 수염의 냉혹한 75세 노장이자 장차 베네치아의 도제가 되는 세바스티아노 베니에르가 함께 있었다. 세바스티안 베니에르가 스페인 소속의 함장을 처형해버린 뒤로 후안은 베니에르에게 단 한마디의 말도 하지 않았고, 눈길을 주는 법도 없었다. 상황이 불리하게 돌아갈 경우를 대비해 배치한 후미 부대는 산타 크루스 후작이 지휘했고 흰 깃발을 걸고 있었다. 상대편 오스만 함대는 총사령관 무에진자데 알리를 중심으로 술탄의 근위보병과 해적선들로 구성되어 있었다.

갤리선 라 마르케사에는 열병에 걸린 미겔 데 세르반테스가 타고 있었다. 그는 선실에 누워 있으라는 명령을 받았지만 전투에 참가하고 싶어서 함장에게 간청했다. 몸이 아파서 최대 규모의 해전에 참가하지 못한다면 사람들이 얼마나 비웃겠는가?

마침내 그는 허가를 받았고 갤리선들이 서로 부딪치고 병사들이 서로 총을 쏘며 육탄전을 벌일 때 함께 맹렬하게 싸웠다. 전쟁의 광풍에 휩쓸려 튀르크인들을 참치 도살하듯 베었고, 그 자신도 가슴과 왼손에 총을 맞았지만 계속해서 싸웠다. 기독교 함대의 승리가 확실해지고, 오스만 총사령관의 목이 돛대에 높이 매달렸다. 용감한 미겔 데 세르반테스는 디에고 데 우르비노 함장의 명령에 따라 싸웠고, 전투에서 입은 부상으로 또는 돌팔이 의사들 때문에 왼손을 못 쓰게 되었다.

훗날 사람들은 그를 '레판토의 외팔이'라 불렀고, 어떤 이들은 그가 불구가 되었음을 비웃었다. 심신에 상처를 입고 화가 난 세르반테스는 《돈 키호테El ingenioso hidalgo Don Quixote de la Mancha》 2권의 서문에 다음과 같이 썼다. '그들은 마치 내가 어느 선술집에서 왼팔을 잃은 것처럼 대했다. 과거와 현재를 통틀어, 그리고 앞으로도 없을 가장 큰 모험에서 겪은 일인데 말이다.'

관광객들과 가면을 쓴 축제 인파들의 무리 속에서 시몽도 온몸에 열이 나는 듯했다. 누군가 그의 어깨를 두드렸다. 그는 베네치아의 도제 알비세 모체니고와 신성 동맹의 참가자들이 베네치아와 기독교 함대의 승리를 축하하기 위해 서둘러 달려오는 모습을 상상했다. 하지만 거기엔 움베르토 에코가 있었다. 그는 은은한 미소를 띠며 말했다. "유니콘을 찾아 떠났다가 코뿔소만 발견하는 사람들이 간혹 있습니다."

91

바야르는 베네치아의 오페라 극장, 페니체 앞에 줄을 서 있었다. 마침내 그의 차례가 되었을 때 그들은 바야르의 이름을 명단에서 확인했고, 그는 검문을 통과한 듯한 안도감을 느꼈다. (직업상 이런 경험이 익숙지 않다.) 그런데 그들은 바야르에게 무슨 자격으로 초대되었는지 물었다. 바야르는 경기에 참여하는 시몽 에르조그의 동행인이라고 설명했다. 하지만 그들은 끈질기게 계속 물었다. "*In qualità di che?*"(무슨 자격으로 참가하는데요?) 바야르는 어떻게 대답해야 할지 몰랐다. "음… 코치 자격으로?"

그들은 마침내 바야르를 통과시켰고 그는 붉은색 의자가 놓인 특석에 자리를 잡았다.

무대에는 한 젊은 여자가 노인과 마주 서서 맥베스의 인용문으로 대결을 펼치고 있었다. "모든 사람들이 시간의 주인이 되게 하시오." 두 참가자는 영어를 사용했다. 바야르는 자리에 비치된 동시통역 헤드폰을 사용하지 않아서 정확하게 이해하지는 못했지만, 아무래도 여자 쪽이 우세한 듯했다. ("시간은 제 편입니다." 그녀가 우아하게 말했다. 결국 그녀가 승리자로 결정되었다.)

승급 대회를 참관하기 위해 유럽 전역에서 온 사람들이 객석을 꽉 채웠다. 낮은 등급의 사람들이 호민관들에게 도전했다. 대부분 소요학자들이었지만 변증법론자들도 있었다. 심지어 몇몇 웅변가들도 이 대회에 참가하기 위해 한 번에 손가락 세 개를 잃을 위험을 감수하고 호민관에게 도전했다.

모든 사람들이 위대한 프로타고라스가 도전을 받았다는 사실을 알았으며, 호민관들만이 자신이 초대한 사람을 동반하고 경기를 참관할 수 있다는 사실도 알고 있었다. (소피스트들은 심사 위원단으로서 당연히 참석한다.) 내일 시합이 열릴 비밀 장소는 오늘 밤 시합이 끝난 뒤에 허용된 사람에게만 알려질 예정이다. 도전자의 신분이 무엇인지는 무수한 루머가 돌았지만 공식적인 발표는 없었다.

바야르는 미슐랭 가이드를 뒤적거리다가 페니체 극장이 설립 이래 여러 번 화재로 소실되었다가 다시 지어졌다는 사실을 알게 되었다. 그래서 아마도 불사조라는 뜻의 페니체라는 이름을 붙였을 것이다. (바야르는 이탈리아어의 페니체가 프랑스어의 페닉스보다 듣기 좋다고 생각했다.)

무대에서는 지적인 러시아 남자가 바보같이 인용문에서 실수를 하는 바람에 손가락을 잃었다. 마크 트웨인의 문장을 말로의 문장이라고 잘못 말한 것이다. 대결 상대인 교활한 스페인 남자는 상황을 역전시킬 수 있었다. 둔탁한 '탁' 소리가 날 때, 객석의 사람들은 '우우우' 하는 소리를 냈다.

뒤편의 문이 열리는 소리에 바야르는 놀라 펄쩍 뛰었다. "오, 안녕하십니까, 경위님! 스탕달을 만나고 오신 것 같습니다." 솔레르스가 파이프를 들고 바야르가 앉아 있는 객석으로 다가왔다. "정말 흥미로운 대결이죠, 안 그런가요? 베네치아의 상류층, 유럽의 지식층이 여기 다 모인 것 같습니다. 미국인들도 와 있던데요. 혹시 헤밍웨이도 로고스 클럽 회원이 아니었는지 모르겠습니다. 베네치아에서 일어난 일도 책으로 다

503

룬 적이 있으니까요. 아세요? 늙은 총독의 이야기인데 곤돌라에서 젊은 여자의 수음을 해주었지 않습니까. 축복받은 손이죠. 베르디가 〈라 트라비아타〉를 작곡한 장소도 이곳 베네치아입니다. 빅토르 위고 원작의 〈에르나니〉도 이곳에서 오페라로 만들었고요." 솔레르스의 눈길은 무대로 향했다. 작달막한 이탈리아 남자가 파이프를 물고 있는 영국 남자와 시합을 하고 있었다. 솔레르스는 곰곰이 생각하며 말했다. "H를 떼어낸 Hernani."* 그는 오스트리아-헝가리 제국의 장교처럼 뒷굽을 붙이며 탁 소리를 내고 상체를 가볍게 숙이고는 자신의 자리로 돌아갔다. 바야르는 크리스테바도 함께 있는지 보려고 솔레르스를 눈으로 쫓았다.

무대에서는 턱시도를 입은 사회자가 말하고 있었다. "*Signore, Signori*…"(*신사 숙녀 여러분.*) 바야르는 헤드폰을 썼다. "각국에서 오신 참가자 여러분… 파리에서 온… 그의 시합 기록은 눈이 부십니다. 한 번도 친선 경기를 한 적이 없습니다. 손가락을 건 시합만 네 번을 했군요. 네 번 모두 심판단 만장일치로 이겼습니다. 그 자체로도 충분히 별명이 생길 만합니다. 여러분, 큰 박수로 맞아주십시오. '뱅센의 해석가'입니다."

시몽이 무대에 들어섰다. 몸에 잘 맞는 니노 세루티 양복을

---

* 빅토르 위고의 희곡 〈에르나니〉는 프랑스어로 Hernani이며, 주세페 베르디의 오페라 〈에르나니〉는 이탈리아어로 Ernani라 표기한다.

입고 있었다.

바야르는 긴장한 채 객석의 사람들과 함께 손뼉을 쳤다.

시몽은 청중에게 미소를 지으며 답례했다. 제비뽑기로 주제를 뽑는 동안 모든 감각 세포가 깨어나는 느낌을 받았다.

"*Classico e Barocco.*" 클래식(고전주의)과 바로크. 미술사에 관한 주제인가? 아닐 수도 있다. 이곳은 베네치아이기 때문이다.

순간적으로 여러 생각이 머릿속에 떠올랐다. 하지만 지금은 생각을 분류할 때가 아니다. 우선은 다른 것에 집중해야 한다. 대결 상대와 악수를 하는 짧은 순간, 그는 자신이 마주한 사람의 표정에서 많은 지표를 읽었다.

– 햇볕에 그을린 얼굴을 보니 이탈리아 남부 사람이군.

– 키가 작은 편. 지배 충동이 있을 수도 있겠어.

– 악수하는 손에 적당히 힘이 들어가 있다. 여러 사람을 만나기 좋아하는 성격.

– 배가 불룩 나왔다. 소스가 있는 음식을 많이 먹는 편이다.

– 악수하는 상대방을 보지 않고 청중들을 보고 있다. 정치가의 무의식적인 행동.

– 이탈리아인치고는 옷차림에 신경을 별로 쓰지 않았다. 양복은 꽤 입은 흔적이 있고, 별로 어울리지 않는다. 바짓단은 약간 짧은 편, 검은 신발은 그래도 광을 잘 냈군. 구두쇠거나 인기 연설가이거나.

– 손목에는 사치스러운 시계. 최신 모델. 그럼 물려받은 건 아니겠고, 위치에 비해선 너무 비싼 물건이다. 수동적 부패자일 확률이 매우 높군. (남부 이탈리아 사람이라는 가설이 입증되었다.)

– 결혼반지 외에 가문의 문장이 새겨진 반지. 아내가 있고 정부도 있군. 문장을 새긴 반지는 정부가 주었겠지. 아마도 결혼 전부터 꼈던 반지일 테고. (결혼하고 나서 끼기 시작했다면 부인이 의심했을 것이다. 그러니 가문의 유산이라는 핑계를 만들어야 했겠지.) 아내보다 오래 사귀었지만 결혼은 원하지 않는 연인, 하지만 헤어질 수 없는 연인.

이런 추리는 모두 추측에 지나지 않는다. 시몽도 매번 정확하다고 확신하지는 않는다. 시몽은 생각했다. "내가 셜록 홈즈는 아니니까." 하지만 여러 지표들이 어느 한 가정을 가리킨다면 시몽은 그 가정을 믿게 된다.

그의 결론은 상대 남자는 정치가이며, 십중팔구는 기독교민주당이다. 나폴리나 칼리아리의 후원자이며, 정보를 취합하여 종합하는 자, 출세 지상주의자, 약삭빠르고 능숙하지만 쉽게 결단을 내리지 못하는 자.

따라서 그는 상대에게 불안감을 먼저 심어주기로 했다. 그는 등급이 낮은 자에게 주어지는 특권을 포기하고, 존경하는 대결 상대자에게 선제 발언권을 양보하겠다고 선언했다. 즉 주제로 주어진 두 선택지 중 하나를 선택할 권리를 양보하겠다는 것이다. 어쨌든 테니스에서도 서비스를 받는 쪽을 선택할 수 있으니까….

상대방은 절대로 받아들이지 않을 기세였다. 하지만 시몽이 던진 승부수는 이렇다. 이탈리아인은 자신의 거부가 잘못 해석되어 일종의 경멸이나 신경질, 또는 유연하지 못하다거나 가장 나쁘게는 두려워한다고 받아들여지는 것을 절대로 원하지 않는다.

이탈리아인은 흥을 돋우기를 좋아한다. 절대로 흥을 망치고 싶어 하지 않는다. 그는 도전을 거부하면서 시합을 시작할 수 없었다. 그 도전이 계략으로 보이더라도 어쩔 수 없이 받아들여야 했다.

이탈리아인이 바로크라는 말의 어원을 말하기 시작했을 때, (그는 바로크라는 단어가 포르투갈어로 모양이 고르지 못한 진주를 뜻한다고 했다.) 시몽은 자신이 적어도 한 발짝 앞서 있다고 생각했다.

이탈리아인은 학술적인 이야기로 시작했지만 자신감이 부족해 보였다. 시몽이 선택권을 포기하면서 그를 당황하게 만들었고, 미술사는 그의 전문 분야가 아니었기 때문이다. 하지만 호민관의 위치는 우연히 차지한 게 아니었다. 그는 점차 자신감을 회복하기 시작했다.

바로크는 세계를 극장으로 보며, 인생을 꿈, 환상, 색채의 거울, 그리고 깨진 선으로 보는 미학의 흐름이다. 바로크를 '키르케와 공작', 다시 말해 '변신과 과시'라고 정의하기도 한다. 바로크는 직선보다 곡선을 선호한다. 바로크는 불균형, 비대칭, 눈속임, 부조리를 좋아한다.

시몽은 헤드폰을 쓰고 있었지만 이탈리아인이 몽테뉴의 텍스트를 프랑스어로 언급하는 것을 들었다. "나는 존재를 그리지 않는다. 그 움직임을 그릴 뿐."

이해하기 어려운 바로크는 이 나라에서 저 나라로, 한 세기에서 다른 세기로 전해졌고, 16세기 이탈리아의 트리엔트 공의회*와 반종교개혁, 17세기 초반에는 프랑스의 스카롱과 생트-아망의 문학 작품, 17세기 후반에는 이탈리아로 다시 돌아왔다. 독일의 바이에른을 거쳐 18세기에는 프라하, 상트페테르부르크, 남아메리카, 로코코… 바로크에는 일관성이라는 게 없다. 영구적이거나 정형화된 특징도 없다. 바로크는 움직임이다. 베르니니와 보로미니의 건축, 티에폴로의 그림, 몬테베르디의 음악을 보라.

이탈리아인은 바로크에 관해 일반적으로 알려져 있는 사실들을 차근차근 훌륭하게 제시했다.

갑자기 어떤 이유에선지 어떤 흐름의 생각인지는 알 수 없

---

* 종교개혁에 맞서 가톨릭의 교리와 체계를 재정비한 종교회의.

지만, 그의 이야기는 '바로크와 페스트'를 중심으로 흘러가며 급물살을 타기 시작했다.

바로크는 페스트다.

정형화된 특징이 없는 바로크의 정수는 바로 이곳 베네치아에서 찾을 수 있다. 산 마르코 성당의 돔이나 전면의 아라베스크 문양, 석호 쪽으로 뻗은 기괴한 궁궐, 그리고 베네치아의 카니발에서도 발견할 수 있다.

어째서냐고? 이탈리아인은 베네치아의 역사를 잘 알고 있었다. 1348년에서 1632년까지 페스트는 나타났다 사라지기를 반복하며 지치지도 않고 다음과 같은 메시지를 전달했다. *Vanitas vanitatum.(허무하고 또 허무하다.)* 1462년과 1485년, 페스트가 발병하여 베네치아 공화국을 휩쓸었다. 1506년, 페스트가 다시 발병했다. *Omnia vanita.(모든 것이 허무하다.)* 1576년, 화가 티치아노를 앗아 갔다. 삶은 카니발과도 같다. 의사들은 하얗고 긴 부리 가면을 썼다.

베네치아의 역사는 페스트와의 길고 긴 대화나 다름없다.

베네치아 공화국은 베로네세의 〈페스트를 멈추는 예수〉, 틴토레토의 〈페스트를 치료하는 성 로코〉, 도가나 구역에 있으며 발다사레 롱게나가 설계한 라 살루테 성당*으로 응답했다. 독

---
* 페스트를 이겨낸 이후 성모 마리아에게 봉헌한 성당이다. 살루테는 이탈리아어로 '건강'이라는 뜻이다.

일의 미술 평론가 비트코버는 라 살루테 성당을 두고 이렇게 말했다. "조각 예술의 승리다. 기념비적인 바로크 작품이며 빛의 역할을 극대화했다."

청중 사이에 앉은 솔레르스는 무언가를 적고 있다.

라 살루테 성당은 8각형 구조로 전면이 없고 빈 공간이 많다.

기이한 모양의 돌바퀴는 마치 메두사를 보고 돌로 변해버린 물거품을 말아놓은 듯한 형상이다. 바퀴의 끝없는 움직임은 세상의 덧없음에 대한 대답과도 같다.

바로크는 바로 페스트, 즉 베네치아다.

꽤 괜찮은 전개로군. 시몽은 생각했다.

이탈리아인은 열기가 고조되어 계속해서 말을 이었다. 그렇다면 고전은 무엇인가? '고전'이라는 말을 전혀 볼 수 없는 곳이 있을까? 베르사유 궁전은 고전인가? 쇤브룬 궁전은 고전인가? 고전도 가지각색이다. 그래서 사람들은 고전을 경험에 비추어 판단한다. 모두가 고전을 이야기하지만 고전의 실체를 본 사람은 아무도 없다.

질서와 조화, 전체에 근거한 미학 사조에는 루이 14세의 절대 군주식 사고가 녹아 있다. 절대 왕정 이전의 프롱드의 난 시기가 불안정했다는 점을 감안하면 더욱 그렇다.

시몽은 생각했다. 모든 정황을 고려했을 때, 남부 이탈리아에서 온 바짓단이 짧은 시골뜨기 양반은 역사의 한 부분, 미술사를 제법 잘 아는 듯했다.

그는 헤드폰으로 동시통역을 듣고 있다. "고전 작가는 현대에 있을 수 없습니다. … 고전이라는 이름표는… 그저 지휘봉에 불과합니다. … 교과서에서 선택받았을 뿐이지요."

이탈리아인은 마침내 결론을 내렸다. 바로크는 베네치아다. 고전은 존재하지 않는다.

청중들의 박수 소리.

바야르는 초조해서 담배에 불을 붙였다.

시몽은 자신의 책상에 기대었다.

두 가지 선택지가 있었다. 이탈리아인이 말하는 동안 자신의 논점을 새로 준비하거나, 이탈리아인의 말을 잘 듣고 거기에서 반박할 거리를 찾거나. 시몽은 좀 더 공격적인 두 번째 방식을 좋아한다.

"고전주의(Classicisme)가 존재하지 않는다니, 그건 베네치아가 존재하지 않는다는 말입니다."

전면전이다. 레판토 해전처럼.

사실 '고전주의'라는 단어는 시대와 정확히 부합하는 말이 아니었다. 하지만 신경 쓰지 않았다. 어쨌든 '바로크'와 '고전'이란 개념은 모두 불확실하고 복잡한 현실을 설명하기 위해 끌어온 도구로, 훗날 그 시대가 지난 후에 만들어졌기 때문에 이미 그 자체로 시대에 부합하지 않는 개념이었다.

"그리고 신고전주의의 진주인 이곳, 페니체 극장에서 그러한 말을 들었다는 점도 흥미롭습니다."

시몽은 일부러 '진주'라는 단어를 사용했다. 전략은 이미 머릿속에 다 짜놓았다.

"주데카와 산 조르조 섬을 지도에서 성급히 지워버리는 말이기도 하고요." 그는 상대방을 향해 몸을 돌렸다. "건축가 팔라디오가 존재한 적이 없던가요? 신고전주의 양식의 성당들은 바로크 성당들의 환영이었을까요? 존경하는 대결 상대자님께선 곳곳에서 바로크 양식을 보셨습니다. 물론 그러실 권리가 있습니다만…."

두 참가자는 마치 협의라도 한 듯 주제의 논점을 같은 방향으로 잡았다. 관건은 '베네치아'였다. 베네치아는 바로크인가, 고전인가? 그들의 논점에 가치를 부여하는 것은 베네치아였다.

시몽은 이번엔 청중들을 보며 말했다. "질서와 아름다움, 화려함, 조용함, 관능. 베네치아를 표현하기에 이보다 더 적절한 단어가 있을까요? 아니면 고전주의를 표현하는 데 이보다 더 나은 단어가 있을까요?" 보들레르의 말이 끝나고 바르트의 말이 이어졌다. "고전. 문화(문화가 풍부할수록 쾌락은 더욱 다양해지고 더 커진다). 지성. 아이러니. 섬세함. 행복. 자제. 안정감, 삶의 기술." 시몽은 여운을 남기며 다시 한 번 말했다. "베네치아."

고전은 존재하고, 베네치아는 고전의 산실이다. 이것이 1번.

2번은, 상대방이 주제를 이해하지 못했다는 점을 부각시킨다.

"존경하는 상대자님이 아마 잘못 들으신 것 같습니다. 바로 크냐 클래식이냐가 아니라, 바로크와 클래식입니다. 왜 두 가지가 서로 대립해야 하나요? 그들은 음과 양처럼 함께 베네치아와 세상을 구성합니다. 아폴로와 디오니소스, 숭고한 것과 기괴한 것, 이성과 열정, 라신과 셰익스피어라고 할 수 있죠." (시몽은 마지막 예시에서 더 자세히 들어가고 싶었지만 그냥 넘어갔다. 스탕달은 공공연하게 셰익스피어를 좋아했기 때문이다.)

"산 마르코의 돔과 팔라디오의 건축은 서로 대립하지 않습니다. 무슨 말인지 아시겠습니까? 팔라디오의 레덴토레 성당을 보시지요." 시몽의 시선은 청중들을 지나 먼 곳을 향했다. 마치 레덴토레 성당이 있는 주데카섬을 보는 듯했다. "한편으로는 과거의 비잔티움과 화려한 고딕, (말로 표현할 수 있다면 말이지요.) 그리고 또 한편으로는 르네상스와 반종교개혁을 거쳐 영원히 되살아난 고대 그리스." 시몽의 연기는 부족함이 없었다. 솔레르스는 미소를 띠며 크리스테바를 보았고, 크리스테바도 고개를 끄덕였다. 솔레르스는 만족스러운 마음에 특별석의 나무 테두리를 가볍게 두드리며 담배 연기를 둥글게 내뿜었다.

"코르네유의 《르 시드Le cid》를 예로 들어볼까요? 처음 쓰였을 때는 피카레스크 작품에 가까운 바로크 희비극이었습니다만, 나중에 유행이 바뀌자 고전 비극으로 재분류되었습니다.

(논란이 분분했죠.) 규칙, 일관성, 전체 구성이요? 전혀 상관없었습니다. 한 작품 안에 두 가지 요소. 하지만 같은 작품. 한때는 바로크였지만 나중엔 클래식."

시몽은 끝도 없이 더 얘기할 수 있었다. 예를 들어 로트레아몽은 어떤가? 세상에서 가장 암울한 낭만주의 시인이었지만, 본명인 이시도르 뒤카스로 발표한 기괴한 시집 《시Poésies》에서 보여주듯 돌연변이 고전주의의 타락한 옹호자이기도 했다. 하지만 그의 이러한 행보는 방황의 산물이 아니었다. "수사학에는 두 갈래의 전통이 있습니다. 아테네식 어법과 아시아식 어법입니다. 한쪽은 명료한 서구적 화법이죠. 부알로가 말했듯 '생각이 분명하면 명확하게 표현된다'는 방식입니다. 나머지 한쪽은 서정적이고 화려한 표현, 동방의 아름답고 감각적인 비유를 풍요롭게 사용하는 방식입니다."

시몽은 지역에 따른 두 가지 분류가 근거가 없음을 잘 알았다. 하지만 지금은 굳이 상세하게 설명할 필요가 없었다. 자신이 무슨 말을 하려는지 심사 위원단이 알고 있다고 느꼈기 때문이다.

"두 가지 전통의 합류점은 어디일까요? 바로 이곳, 세계 문화의 교차로이자 분기점인 베네치아입니다. 베네치아는 육지와 바다, 직선과 곡선, 천국과 지옥, 사자와 악어, 산 마르코와 카사노바, 태양과 안개, 역동성과 불멸성이 뒤섞인 교차점입니다!"

시몽은 잠시 뜸을 들인 후 결론을 내렸다. "바로크와 클래식의 공존. 그 증거는, 베네치아입니다."

청중들이 박수를 쳤다.

이탈리아인은 곧바로 반박하려 했으나 얼마간 기다려야 했다.

이탈리아인은 다시 프랑스어로 직접 말했다. 시몽은 그의 논리가 나쁘지는 않지만 초조한 마음에 무리수를 두었다고 생각했다. "베네치아는 바다입니다. 도전자가 애써 변증법적 시도를 했으나 그 사실을 바꿀 수는 없습니다. 물이라는 요소, 유체는 바로크입니다. 고체, 고정되고 단단한 것, 그것이 클래식입니다. 하지만 베네치아는… 바다입니다!" 시몽은 베네치아에 머무는 동안 알게 된 지식을 떠올렸다. 부친토로, 바다에 던지는 결혼반지, 에코가 들려준 역사 이야기. "아니요. 베네치아는 바다의 남편입니다. 바다와 같지 않습니다."

"가면의 도시입니다! 거울 같은 유리와 반짝이는 모자이크의 도시입니다! 석호에 잠긴 도시, 베네치아는 물과 모래와 진흙으로 만들어진 도시입니다!"

"그리고 돌도 있지요. 대리석이 아주 많습니다."

"대리석도 바로크입니다. 핏줄 같은 줄무늬가 있고 여러 층으로 되어 있죠. 쉽게 깨지고요."

"아니요. 대리석은 클래식입니다. 프랑스에서는 '대리석에 새긴다'라는 표현을 씁니다."

"카니발! 카사노바! 칼리오스트로*!"

"그렇습니다. 카사노바. 집단 무의식 속에서 카사노바는 진정한 바로크의 왕입니다. 하지만 카사노바가 마지막입니다. 사람들은 지나간 시대를 신격화하고 예찬하며 묻어버립니다."

"하지만 그것이 베네치아의 본 얼굴입니다. 끝없는 몰락. 18세기가 바로 베네치아입니다."

시몽은 자신이 점점 불리해지고 있다고 느꼈다. 이제는 단단하고 직선적인 베네치아의 역설을 더 고집하기 힘들어 보였다. 하지만 그는 고집을 부렸다. "아니요. 베네치아는 강하고 영광에 가득 차 있으며 지배적입니다. 바로 16세기의 베네치아죠. 사라지고 와해하기 전 찬란했던 시절이었습니다. 당신이 찬양하는 바로크가 베네치아를 시들게 했습니다."

이탈리아인은 쉽게 넘어가지 않았다. "하지만 와해된다는 것 자체가 베네치아의 모습입니다. 정체성이 사라져가고 있어요!"

"하지만 베네치아가 나아갈 미래가 있어야 합니다! 당신이 말하는 바로크는 교수대의 밧줄입니다."

"그것도 바로크의 이미지입니다. 당신은 베네치아가 바로

---

* 이탈리아의 여행가이자 연금술사.

크라는 사실을 인정하지 않더니 이젠 바로크를 비난하시는군요. 하지만 모든 것이 바로크를 가리키고 있지 않습니까? 바로크의 영혼이 이 도시를 빛나게 만들고 있다는 증거입니다."

시몽은 순수하게 논리적인 입증을 하는 측면을 본다면 이제 자신이 한 수 아래에 있는 국면에 접어들었다고 느꼈다. 하지만 다행스럽게도 수사학이란 논리로만 이루어지는 게 아니다. 이제는 파토스*Pathos*의 카드를 꺼낼 차례다. 베네치아가 계속 살아야 한다는 것.

"바로크는 베네치아를 서서히 죽게 만들고, 죽어가는 순간 더 아름답게 보이게 하는 독일지도 모릅니다. (상대방을 인정하는 말은 안 돼! 시몽은 속으로 생각했다.) 하지만 《베니스(베네치아)의 상인*The Merchant of Venice*》을 봅시다. 구원의 손길은 어디서 오지요? 섬에 사는 여성, 즉 땅에 사는 여성입니다!"

이탈리아인은 승리를 확신한 듯 부르짖었다. "포셔요? 남자로 분장한 여자 말입니까? 완전히 바로크적이죠! 샤일록의 융통성 없는 이성에 맞선 바로크의 승리이기도 합니다. 샤일록은 계약상의 권리를 주장하며 살덩어리 1파운드를 베어내려 했습니다. 이토록 정신이 마비된 유대인 상인의 권리 해석이야말로, 고전주의적인 신경증의 발로입니다. (말로 표현할 수 있다면 말이죠.)"

시몽은 청중이 이탈리아인의 대담한 표현을 높이 평가한다고 느꼈다. 동시에 그는 대결 상대자가 샤일록을 얘기할 때 약간 횡설수설했다고 느꼈다. 그건 다행스러운 일이다. 시몽도 점점 논쟁 주제에 혼란스러움을 느끼고 있기 때문이다. 정말로 집중해야 하는 순간이었지만, 자기 자신의 존재에 대한 확고한 신념을 잃게 한 의혹과 편집증이 그를 방해하고 있었다. 그는 셰익스피어에 아직 머물러 있는 체스판의 병정을 서둘러 옮겨야 했다. ("삶이란 주어진 시간 동안만 으스대고 행동하는 가엾은 행동자다.") 맥베스의 문장이 왜 하필 지금 이 순간 머리에 떠오른단 말인가. 왜? 무엇 때문에? 시몽은 이러한 의문을 나중에 생각하기로 했다. "포셔는 바로크적 광기와 샤일록을 물리칠 수 있게 한 고전주의적 천재성이 혼합되어 만들어진 인물입니다. 다른 인물과도 확연히 다릅니다. 충분히 감정적이면서도 사법 논쟁에서 단호하고 논리정연하며 본보기가 될 만한 이성을 발휘하여, 샤일록의 논리를 오히려 자신에게 유리하게 뒤집어버립니다. '살 1파운드. 물론입니다. 법이 당신에게 허용한 것입니다. 하지만 단 1그램도 초과해선 안 됩니다.' 이 순간, 안토니오는 법의 마술로 구원을 받았습니다. 물론 바로크적인 행동이죠. 그러나 고전주의적 바로크입니다."

시몽은 다시 청중의 호응하는 반응을 느꼈다. 이탈리아인은 주도권을 다시 빼앗겼다고 느꼈다. 그래서 그는 시몽이 '그럴싸하고 화려한 되풀이'를 하고 있다고 부각시키는 데 집착했

518

다. 그러는 와중에 그도 작은 실수를 범하고 말았다. 시몽의 논리적 비약을 비난하기 위해 질문을 던졌다. "그렇다면 법이 고전주의적이라는 것은 누가 말한 건가요?" 자기 자신이 그렇게 말했다는 사실을 잊은 것이다. 하지만 시몽은 이제 너무 지치고 집중력도 떨어져서 혹은 다른 문제에 너무 집중하느라 이 모순을 지적하지 못했고, 이탈리아인은 계속해서 말을 이어갔다. "도전자가 가진 논리 체계의 한계점이 여기서 드러난 것 같지 않습니까?"

그가 일격을 가했다. "존경하는 대결 상대자께서 보여주신 것은 매우 단순합니다. 그분은 자신의 유추를 우리에게 강요했습니다."

시몽은 자신이 항상 앞서던 부분, '메타담론'에서 기습을 받았다. 가만히 있으면 전쟁에서 패배할 것이다. 시몽도 자신의 논리를 바짝 조였다. "당신의 베네치아 방어는 덫에 걸렸군요. 동맹군으로 방어진을 다시 세워야겠습니다. 포셔가 동맹군이죠. 실용주의와 책략의 절묘한 칵테일이거든요. 가면 아래의 베네치아가 패배하려는 시점에 포셔가 자신의 섬에서 바로크적인 광기와 고전주의적 논리를 가져오죠."

시몽은 점점 더 집중하기가 어려웠다. 그는 17세기의 '위엄'과 레판토 해전에서 싸우던 세르반테스, 뱅센에서 그가 맡았던 제임스 본드에 관한 수업, 볼로냐 해부 강의실의 해부대, 이타카의 무덤, 그리고 그 외의 수천 가지 일들. 다른 상황에서라면 충분히 즐길 수 있었을 깊은 수렁에서 자신을 침범한 이 바로크적 현기증을 극복하지 못하면 지게 될 것이라는 사실을 잘 알았다.

그는 셰익스피어에 관해 충분히 논쟁했다고 생각하고 스스로 논란을 끝내버리기로 마음먹었다. 그는 논쟁의 방향을 바꾸고 상대방이 파놓은 메타담론의 구덩이를 우회하기 위해 정신적 에너지를 집중했다. 처음으로 시몽은 불안감을 느꼈다.

"한 단어가 더 있습니다. '세레니시마', 가장 고요한 곳이라는 뜻이죠."

이 말을 하면 상대자는 어쨌거나 반응을 할 수밖에 없으며, 상대방이 나를 적극 공략하리라 마음먹은 논쟁의 흐름이 끊기게 된다. 이탈리아인이 응수했다. "'공화국'과 바로크!"

시몽은 시간을 벌기 위해 즉흥적으로 머릿속에 떠오르는 말들을 내뱉었다. "그건 상황에 따라 다르죠. 도제 제도가 천 년간 지속되었습니다. 안정적인 시스템이었죠. 확고한 권력 체계가 있었습니다. 도처에 성당이 있었고요. 신은 바로크가 아닙니다. 아인슈타인이 말했죠. 반면에 나폴레옹은 (시몽은 베네치아 공화국의 파괴자였던 나폴레옹의 이름을 일부러 끄집어냈다.) 절대 군주였지만 항상 옮겨 다녔죠. 매우 바로크적이지만 매우 고전주의적이기도 했죠. 자신의 고유한 방식으로 말입니다."

이탈리아인은 대답을 하려고 했다. 그러나 시몽이 끼어들었다.

"아, 맞아요. 잊어버렸습니다. 고전주의는 존재하지 않는다고 하셨죠. 그렇다면 우린 30분 전부터 무엇을 이야기한 건가요?" 청중들은 숨을 멈췄다. 이탈리아인은 정통으로 어퍼컷을 맞았다.

두 사람은 장시간 긴장한 데다 집중을 했기 때문인지 피로해져서 무의미한 말을 주고받기 시작했다. 그들 뒤에 앉아 있는 세 명의 심사 위원들은 그들이 하고 싶은 말은 모두 다 했다고 판단한 뒤 논쟁이 끝났음을 선포했다.

시몽은 안도의 한숨을 내쉬고 심사 위원을 향해 돌아섰다. 그는 심사 위원들이 모두 소피스트들이라는 사실을 깨달았다. (보통 심사 위원단은 자신들이 판결을 내려야 할 대결자들보다 등급이 높은 사람들이기 때문이다.) 세 사람 모두 시몽을 공격했던 자들처럼 베네치아 축제의 가면을 쓰고 있었다. 시몽은 카니발 기간에 대회를 열 경우의 이점을 떠올렸다. 자신들의 정체를 숨길 수 있다. 심사를 위해서든, 누군가를 제거하기 위해서든.

심사 위원들은 숨 막히는 침묵 속에 투표를 진행했다. 첫 위원은 시몽에게 투표했다. 두 번째는 이탈리아인.

최종 판결은 이제 마지막 위원의 손에 달려 있었다. 시몽은 앞선 패배자들의 손가락에서 흐른 피로 붉게 변한 나무 판을 뚫어지게 쳐다봤다. 사람들이 웅성거리는 소리를 듣고 마지막 위원의 판결이 나왔음을 알았지만 고개를 들 수가 없었다. 처음으로 그는 사람들의 웅성거리는 소리를 해석할 수 없었다.

아무도 테이블 위의 나무 판을 잡지 않았다.

세 번째 위원은 시몽에게 표를 던졌다.

이탈리아인은 울기 시작했다. 손가락을 잃지는 않을 것이다. 로고스 클럽의 규칙에 따르면 도전자가 실패했을 경우에만 손가락을 자르기 때문이다. 하지만 그는 자신의 지위를 매우 중요하게 여기는 사람이고 계급이 한 등급 떨어졌다는 사실을 견디지 못했다.

청중들이 박수를 치기 시작했고 시몽은 이제 호민관의 지위로 올라섰다. 무엇보다도 내일 시합에 자신을 포함한 두 사람의 초대권을 확보했다. 시몽은 시합 장소와 시간을 확인한 후 청중들에게 인사하고 바야르에게 갔다. 시몽의 시합이 마지막이었기 때문에 사람들은 하나둘씩 홀을 나가고 있었다.

바야르는 초대장 내용을 확인한 후 담배에 불을 붙였다. 오늘 저녁에만 12번째 담배다. 영국 남자 한 명이 지나가다 문틈으로 고개를 내밀고는 시몽에게 축하의 말을 건넸다. "*Good game. The guy was tough.*"(*좋은 승부였어요. 강한 상대였는데.*)

시몽은 아직도 떨고 있는 자신의 손을 내려 보았다. "소피스트들은 훨씬 더 강할까요?"

92

솔레르스의 뒤에 틴토레토의 거대한 그림, 〈천국〉이 있었다. 틴토레토 역시 당대에 도제의 궁에 있는 의회실을 장식할 화가를 뽑는 콩쿠르에서 우승한 사람이다.

그림의 아래에는 널찍한 단이 있고 그 위에는 세 명이 아닌 열 명의 심사 위원단이 앉아 있다. 소피스트 전원이 참석한 것이다.

그들 앞에는 위대한 프로타고라스와 솔레르스가 앞에 놓인 소형 탁자에 기댄 채 서 있었다. 청중들 중 4분의 3이 그들을 지켜봤다.

열 명의 심사 위원과 두 명의 대결 참가자는 모두 베네치아의 가면을 쓰고 있었지만, 시몽과 바야르는 솔레르스를 쉽게 알아봤다. 청중들 가운데에는 크리스테바도 있었다.

페니체 극장에서와 달리 이 거대한 홀 안에서는 청중들도 모두 서 있다. 이곳은 14세기에 천 명이 넘는 귀족들을 수용할 수 있도록 설계되었다. 53미터 길이의 홀, 기둥 하나 없이 어떻게 지탱하고 있는지 알 수 없는 천장. 벽에는 셀 수 없이 많은 거장들의 그림이 걸려 있다.

거대한 홀은 청중들에게 위압감을 주어 그들의 속삭이는 소리에는 두려움마저 섞여 있다. 사람들은 틴토레토나 베로네세의 눈길 아래에서 경외심을 품은 채 귓속말을 했다.

심사 위원 한 명이 일어나서 이탈리아어로 엄숙하게 대결의 시작을 알리고 그의 앞에 놓인 항아리에서 주제를 뽑아 들었다.

"부드럽게 미쳐가는 사람. *On forcène doucement.*"

주제를 불어로 말한 것 같은데… 바야르는 시몽에게 고개를 돌렸다. 시몽 역시 바야르에게 잘 이해하지 못했다고 눈짓을 했다.

사람들의 혼란스러워하는 속삭임이 53미터 길이의 홀을 떠돌았다. 프랑스어가 모국어가 아닌 사람들은 통역 장비의 채널이 제대로 맞춰져 있는지 확인했다.

솔레르스가 조금이라도 당황했는지는 모르겠지만, 어쨌든 그는 아무런 내색도 하지 않았다. 홀 안의 크리스테바도 표정에 동요가 없었다.

솔레르스에게는 5분의 시간이 주어졌다. 주제를 이해하고 쟁점화한 뒤 자신의 논리를 정리해서 일관된 논점, 가능하면 청중의 관심을 끌 수 있는 논점을 찾기 위한 시간이었다.

그동안 바야르는 옆에 앉은 사람에게 말을 걸었다. 저게 무슨 말인가요?

스카프를 매고 상의에 실크 손수건을 꽂은 잘 차려입은 노인이 말했다. "프랑스 사람이 위대한 프로타고라스에게 도전을 했습니다. '사형에 찬성하십니까, 반대하십니까' 이런 질문이

나올 리는 없겠죠. 무슨 말인지 아시겠습니까?"

바야르는 무슨 뜻인지는 알겠으나, 왜 주제가 프랑스어인지 물었다.

노인이 대답했다. "위대한 프로타고라스의 배려죠. 그는 모든 언어를 다 구사한다고 합니다."

"프랑스 사람은 아니고요?"

"아닙니다. 이탈리아 사람이에요."

바야르는 가면 아래로 고요하게 파이프를 피우며 뭔가를 끄적거리고 있는 위대한 프로타고라스를 보았다. 옆모습과 태도, 턱의 모습이 (가면은 눈만 가리니까) 낯이 익었다.

5분이 흐르고 난 후 솔레르스가 몸을 곧추 세워 청중을 보고, 마치 춤추는 것처럼 한 바퀴 돌았다. 등 뒤에 있는 열 명의 심사 위원을 확인하는 듯했다. 그러고는 위대한 프로타고라스에 대항하는 자신의 담화를 시작했다.

"*Forcène(미쳐가는 것, 포르센)*···. *forcène*··· *Fort*··· *Scène(강렬한 장면)*··· *Fors*··· *Seine(센강을 제외하고)*··· *Faure(Félix)*··· *Cène(펠릭스 포르 최후의 만찬).** 펠릭스 포르 대통령은 펠라티오를 받다 심장마비로 죽었습니다. 역사 속으로 들어갔으나 충격적인 장면이 되어 나왔죠. 본론에 들어가기 전에 서론, 애피타

---

* 'Forcène'과 발음이 같은 단어 조합을 나열.

이저를 말해봤습니다. 하 하."

시몽은 솔레르스가 대담하게도 라캉식의 접근을 시도한다고 생각했다.

바야르는 곁눈질로 크리스테바를 슬쩍 보았다. 여전히 그녀의 표정에는 변함이 없었다. 어쩌면 그것이 그녀가 극도로 집중한 모습일지도 모른다.

"Force, Scène(힘과 장면). 어떤 장면에 미치는 힘. 기본적으로는 조지 로드리그*라고 할 수 있죠. Foret sur Seine.(센의 숲.) (발 드 마른 지구에 있습니다. 그곳에선 아직도 문에 까마귀를 박아놓는다고 합니다.) 목을 조를까, 말까? 그게 문제가 아닙니다."

바야르가 눈짓으로 시몽에게 이게 무슨 뜻이냐고 물었다. 시몽은 작은 목소리로 솔레르스가 대범한 공격을 펼치려는 것 같다고 말했다. 논리 관계를 유추 관계로 대체하려는 시도로 보였다. 순수한 이성보다는 이미지들을 활용하여 생각을 나열하는 전략이다.

바야르는 이해해보려고 애썼다. "그럼 바로크적인 거야?"

시몽은 약간 놀랐다. "어… 그렇게 볼 수 있죠."

솔레르스는 계속 말을 이었다. "Fors scène. 바꿔 말하면 hors la scene(무대 밖). 무대에 올릴 수 없는 것. 말하자면 음란하고

---

* 미국의 화가. 강렬한 색채와 장면을 구사했다.

혐오스런 것이죠. 하지만 관심을 끄는 건 모두 무대 밖에 있습니다. 물론 나머지는 별로 흥미롭지 않죠. 마르셀랭 플레네르가 쓴 〈외설적 솔레르스〉라는 기사 들어보셨나요? 네, 네. 들어보셨다고요. 이유가 뭐냐고요? 당연히 위에서 시킨 거죠. (솔레르스는 손가락으로 천장을 가리키고 베로네세의 그림을 가리킨다.) 예술은 신이 뿌린 씨입니다. 틴토레토는 신의 예언자죠. 게다가 그는 음모를 경고해줍니다. 그 시대는 축복받았죠. 종과 그물이 낫과 망치를 대신할 수 있었으니까요. 어쨌거나 그 두 가지 물건은 어부에게 필요한 물건들 아닌가요?"

바야르는 크리스테바의 얼굴이 약간 불안해 보인다고 느꼈다.

"물고기들이 물 밖으로 고개를 내밀 수 있다면 자신들의 세상이 유일한 세상이 아니라는 사실을 알게 될 텐데요."

시몽은 솔레르스의 전략이 지나치게 대범하다고 생각했다.

바야르가 그의 귀에 대고 속삭였다. "너무 허황된 소리 아닌가?"

실크 손수건을 꽂은 노인이 그들에게 속삭였다. "저 프랑스 사람 얼간이 같아요. 그걸 사용하려면 지금 아니면 안 될 것 같은데."

바야르는 노인에게 무슨 말인지 자세히 말해달라고 요청했다.

노인은 말했다. "저 사람은 주제를 이해하지 못했어요. 우리보다 나은 게 없는 것 같습니다. 그렇지 않은가요? 지금 허세를 부리고 있어요. 용감하네요."

솔레르스는 앞의 책상에 팔꿈치를 올려놓고 상체를 약간 앞으로 숙이고 있었다. 부자연스러운 자세였지만 이상하게도 그에게는 편안해 보이고 긴장하지 않은 듯한 느낌을 주었다.

"왔노라, 보았노라, 토했노라."

솔레르스의 문장을 만들어내는 속도는 점점 빨라지고 유연해져서 거의 음악을 연주하는 것 같았다. "신은 의심할 여지없이 정말로 가까이에 있습니다. 부드럽게 기름칠하고 부드럽게 장갑을 끼고…." 그러고 나서 이어지는 말에 시몽과 바야르는 어리둥절해졌다. "내면의 간질간질한 느낌을 믿는 것은 우리 신체에 근본적이고 유일한 가치를 부여해줍니다." 이 말을 하고 솔레르스는 선정적으로 혀를 움직여 이빨을 훑었다. 바야르는 크리스테바의 미간에 주름이 분명하게 잡히는 모습을 보았다.

솔레르스는 갑자기 말을 이었다. (시몽은 솔레르스가 일종의 비밀을 누설하지 않았나 생각했다.) "수탉이 영혼에게…"

바야르는 솔레르스의 리듬에 맞춰 몸을 끄덕거렸다. 작은 통나무 조각이 강물에 실려 가다가 간혹 작은 배에 부딪치는 듯했다.

"… 예수의 온전한 영혼은 천국의 완전한 행복 안에서 기뻐하며, …"

솔레르스는 점점 더 침이 많이 나오는 것 같았지만 알프레드 자리의 기계처럼 계속 말을 이어갔다. "저는 폭로의 방식으로 이름을 별명으로 바꾸어 부릅니다. 저는 저 자신이며 궁궐로 이동하고 오두막집으로 이동합니다. 파라오 비둘기 양 변신 전환 상승…."

청중들은 그가 말을 이어가기에 실패하고 곧 결론을 내리리라고 느꼈다. "저는 계속해서 저 자신일 테니 여러분들께서는 제가 저라는 것을 눈여겨보십시오. 그리고 제가 누군지 그리고 내일은 어떤 모습인지…."

바야르는 어안이 벙벙해서 시몽에게 물었다. "저게 언어의 7번째 기능인가?" 시몽은 자신의 편집증이 다시 발동하는 것을 느꼈다. 그리고 멍하게 솔레르스가 현실의 사람이 맞는지 생각했다.

솔레르스는 단호하게 결론을 내렸다. "저는 게르만-소비에트에 반대하는 사람입니다."

청중들은 충격을 받아 침묵을 지켰다.

위대한 프로타고라스마저 아연실색한 것 같았다. 그는 약간 어색하게 '흠 흠' 하는 소리를 냈다. 드디어 그의 차례가 되어 입을 열었다.

시몽과 바야르는 그 목소리를 알아들었다. 움베르토 에코.

"어디서부터 시작해야 할지 모르겠습니다. 도전자께서는 할 말을 모두 다 하신 것 같아 보이는군요. 맞습니까?"

에코는 솔레르스 쪽으로 몸을 돌려 정중하게 목례하고 마스크를 바로 잡았다.

"우선은 어원을 몇 가지 짚고 넘어갔으면 합니다. 존경하는 청중 여러분과 심사 위원들께서도 눈치채셨겠지만, '미쳐간다', forcener라는 단어는 현대 프랑스어에 없는 단어입니다. 현재 남아 있는 형태는 폭력적 행동을 보이는 미친 상태를 나타내는 명사, forcené밖에 없습니다.

그런데 이 forcené는 우리에게 실수를 유도합니다. 철자를 눈여겨보시기 바랍니다. 예전에는 forcener에 c가 아닌 s가 쓰였습니다. 감각 혹은 생각을 뜻하는 라틴어의 sensus에서 파생되었으니까요. 즉 forsener였습니다. 문자 그대로 생각이 없는 사람, 미친 사람을 뜻하는 단어입니다. 그러니 '힘'이라는 의미가 없었습니다.

이 단어는 천천히 변했습니다. 철자도 바뀌어서 사람들은 이 단어에 '힘'이라는 의미가 있다고 착각하기에 이르렀습니다. 16세기 이후로는 중세 프랑스어에서 사용되었습니다.

그렇다면 저는 이러한 질문을 제기하고 싶습니다. 존경하는 도전자께서 말씀하신 대로, '부드럽게 미쳐가는 것'은 모순어법일까요? 두 단어 사이에 모순성이 있습니까, 없습니까?

없습니다. *forcener*의 진짜 어원을 생각하면 말입니다.

있습니다. 잘못된 어원으로 '힘'의 의미를 생각했다면 말입니다.

하지만… 봅시다. '부드럽다'와 '강하다'는 서로 무조건 반대되는 개념인가요? 강한 힘은 부드럽게 작용할 수도 있습니다. 예를 들어 강물에 휩쓸렸을 때 혹은 사랑하는 사람의 손을 잡았을 때…"

노래하는 듯한 목소리의 억양이 홀 안을 채웠지만 모든 사람들이 그의 날카로운 공격을 알아챘다. 에코는 한없이 너그러워 보였지만 상대방이 전혀 감을 못 잡았던 주제를 혼자 즐기며 조용히 솔레르스의 오류를 지적하고 있었다.

"자, 지금까지 살펴본 바로 그 단어가 무슨 뜻인지 알 수 있지 않나요? 도전자께서는 매우 대범한 방식으로 판타지 같은 해석을 하셨습니다. 죄송합니다만 저는 그보다 좀 더 수수한 답을 드리겠습니다. 그저 '부드럽게 미쳐가는 사람'이란 무엇인지 설명을 드리고자 합니다. 바로 시인입니다. *Furor poeticus*, 시적 광기를 뜻하는 말입니다. 가장 먼저 이 단어를 말한 사람이 누구인지는 확실치 않습니다. 다만 16세기 프랑스 시인이며, 장 도라의 제자, 그리고 당대의 유명한 시인이었으리라 추정하고 있습니다. 왜냐하면 신플라톤주의의 영향이 아주 뚜렷하게 드러나거든요.

플라톤에게 시는 예술이나 기교가 아니었습니다. 신이 내린 영감이었죠. 시인의 몸 안에는 신이 함께 살아간다고 믿었습니다. 소크라테스가 유명한 담화에서 이온에게 설명한 내용입니다. 즉 시인이 미쳐 있다는 표현은 부드러운 광기를 나타내는 말이었습니다. 파멸의 광기가 아닌 창의의 광기였던 것입니다.

저는 이 인용문의 저자가 누군지 모릅니다. 단지 롱사르나 뒤 벨레가 아닐까 추측할 뿐입니다. 둘 다 '부드럽게 미쳐가는 사람들의' 학파에 속했습니다.

원하신다면 신의 영감을 두고 다시 논해볼까요? 저는 잘 모르겠습니다. 존경하는 도전자께서 무슨 말을 하고 싶으셨는지 이해를 제대로 못 했거든요."

모두들 잠잠했다. 솔레르스는 자신이 말할 차례라는 것을 알았지만 머뭇거리고 있었다.

시몽은 무의식적으로 에코의 전략을 분석했다. 에코의 전략은 쉽게 요약할 수 있었다. 솔레르스 반대하기. 에토스를 아주 겸손하게 사용하기. 설명은 간결하고 논리적으로. 허황된 해석이나 지나치게 문학적인 해석은 거부하기. 에코는 상식을 벗어난 상대방의 수다에 일일이 대응하지 않고, 자신의 박학다식함으로 전혀 논쟁의 여지가 없이 설명할 수 있는 능력에 만족하고 있었다. 그리고 대결자의 정신적 문제를 부각시키기 위한 정확성과 겸손.

솔레르스는 다시 말을 시작했지만 확연하게 자신감이 떨어져 보였다. "철학적 경험이 초월적 지평의 끝을 넘어서지만 않는다면 철학에 관한 담화를 문학적 주제에도 적용할 수 있기 때문에 저는 철학에 관해 얘기하겠습니다."

에코는 아무 말도 하지 않았다.

솔레르스는 겁에 질려서 소리쳤다. "루이 아라공은 저에 대해 엄청난 반향을 일으키는 글을 썼어요. 제 천재성에 대해서! 그리고 엘자 트리올레도! 제게 봉헌하는 글을 썼다고요!"

당혹스런 정적.

열 명의 소피스트 중 한 명이 손짓을 하자 입구에 서 있던 두 명의 경호원이 솔레르스에게 다가갔다. 솔레르스는 얼이 빠져 소리를 지르고 있었다. "간질간질! 하하하! 안 돼, 안 돼!"

바야르는 왜 투표가 없느냐고 물었다. 노인은 때때로 만장일치가 확실한 경우가 있다고 했다.

두 경호원은 솔레르스를 심사 위원석 앞의 대리석 바닥에 눕혔고, 심사 위원 중의 한 명이 커다란 원예 가위를 들고 앞으로 나섰다.

경호원들은 틴토레토의 〈천국〉 아래에서 소리 지르며 발버둥 치는 솔레르스의 바지를 벗겼다. 다른 소피스트들도 돕기 위해 자리에서 내려왔다. 솔레르스가 버둥거리는 바람에 가면이 벗겨졌다.

맨 앞줄에 있는 청중들만이 무슨 일이 일어나고 있는지 직접 볼 수 있었다. 하지만 모두가 앞에서 벌어지는 일을 알고 있었다.

길고 뾰족한 주둥이의 페스트 의사 가면을 쓴 소피스트가 솔레르스의 고환을 가윗날 사이에 끼우고 손잡이를 두 손으로 단단히 잡았다. 그리고 힘을 주어 잘랐다.

크리스테바는 몸을 떨었다.

솔레르스는 알 수 없는 소리를 질렀다. 목구멍에서 나오는 길고 끔찍한 소리가 거장들의 그림을 흔들고 홀 전체에 울려 퍼졌다.

페스트 의사 가면을 쓴 소피스트는 두 개의 고환을 주워서 두 번째 항아리에 담았다. 시몽과 바야르는 그제야 항아리의 목적을 이해했다.

창백해진 시몽이 옆자리의 노인에게 물었다. "치러야 하는 대가는 손가락이 아니었나요?"

노인은 위 등급에 도전할 때는 손가락을 걸지만 솔레르스는 한 번도 대결을 한 적이 없었는데도 곧바로 위대한 프로타고라스에게 도전을 했다고 했다. "그런 경우에는 대가가 더 크지요."

의료진이 와서 필요한 의료 처치를 하는 동안 솔레르스는 끔찍한 신음 소리를 내며 몸을 비틀어댔고, 크리스테바는 솔레르스의 고환이 든 항아리를 받아 들고 홀을 떠났다.

바야르와 시몽은 크리스테바의 뒤를 따라갔다.

그녀는 항아리를 안고 빠른 걸음으로 산 마르코 광장을 가로질렀다. 아직 초저녁이었고 광장에는 어슬렁거리며 구경하는 사람들, 죽마 위에 올라탄 마술사들, 불을 내뿜는 사람들, 18세기의 의상을 입고 검술 결투를 흉내 내는 사람들로 가득했다. 시몽과 바야르는 크리스테바를 놓치지 않으려고 인파를 헤치며 걸었다. 그녀는 좁은 골목길에 접어들었고, 다리를 건너면서 한 번도 뒤돌아보지 않았다. 어릿광대 옷을 입은 남자가 그녀의 허리를 잡고 키스하려고 했으나 그녀는 새된 비명을 지르고 상처 입은 어린 동물처럼 항아리를 안고 도망쳐 리알토 다리를 건넜다. 바야르와 시몽은 그녀에게 목적지가 있는지조차 알 수 없었다. 먼 하늘에서 불꽃놀이가 보이기 시작했다. 그녀는 보도에 발부리를 부딪쳐 항아리를 떨어뜨릴 뻔했다. 그녀의 입에서 하얀 입김이 나왔다. 날이 추웠지만 그녀는 망토를 도제의 궁에 두고 왔다.

어쨌든 그녀는 어딘가에 도착했다. 산타 마리아 글로리오사 데이 프라리 성당, 솔레르스의 말에 따르면 '세레니시마의 영광스러운 심장부'였다. 티치아노의 유해와 그의 그림 〈성모 승천〉이 있는 곳이기도 하다. 성당이 닫혀 있을 시간이었지만, 그녀는 성당 안에 들어갈 생각이 없는 듯했다.

그녀가 이곳에 온 것은 우연이었다.

그녀는 리오 데이 프라리에 놓인 작은 다리의 중간에서 멈춰 섰다. 그녀는 다리의 가장자리에 항아리를 놓았다. 시몽과 바야르는 바로 근처에 있었지만 그녀에게 다가갈 엄두를 내지 못했다.

크리스테바는 제자리에서 도시의 소음을 들으면서, 잔물결을 일으키며 흘러가는 강물을 바라봤다. 가랑비가 내려 그녀의 짧은 머리를 적셨다.

그녀는 블라우스에서 두 번 접힌 종잇조각을 꺼냈다.

바야르는 그녀에게 달려가 종잇조각을 빼앗고 싶은 충동이 일었으나 시몽이 제지했다. 그녀는 그들 쪽으로 고개를 돌리고 눈살을 찌푸렸다. 그녀는 종잇조각을 펼치며 마치 그들의 존재만을 느낄 수 있는 듯, 그들의 존재를 지금에서야 알아차린 듯, 그들을 증오로 가득한 눈으로 노려보았다. 차가운 눈빛에 바야르는 얼어붙었다.

주변이 너무 어두워서 무슨 내용인지 읽을 수는 없었지만, 시몽은 종잇조각의 글씨를 알아보았다. 종이는 앞뒤로 빽빽하게 차 있었다.

크리스테바는 조용히, 천천히 종이를 찢었다.

종잇조각은 점점 더 작은 조각이 되어 차가운 바람을 타고 운하 위를 날았다.

결국 검은 바람과 조용한 빗소리만이 주변을 채웠다.

93

"그럼 네 생각엔 크리스테바는 알았던 것 같아, 몰랐던 것
같아?"

바야르는 상황을 이해해보려고 노력했다.

시몽은 난처했다.

솔레르스라면 언어의 7번째 기능이 효과가 없으리라는 것
을 몰랐을 수도 있다. 하지만 크리스테바는?

"잘 모르겠어요. 자료를 좀 읽어봐야겠어요."

그녀는 왜 남편을 배신했을까? 왜 그 기능을 사용하지 않았
을까?

바야르가 시몽에게 말했다. "그녀도 우리와 같은 생각이었
을지 몰라. 정말 효과가 있는지 먼저 보고 싶었을 수도 있어."

시몽은 베네치아의 관광객들을 보았다. 그들은 슬로우 모션
처럼 움직이며 베네치아를 하나둘씩 떠나고 있었다. 바야르와
시몽은 짐을 들고 바포레토가 오기를 기다렸다. 카니발이 끝
나가고 있었기 때문에 베네치아를 떠나기 위한 줄은 매우 길었
고, 배들은 역이나 공항으로 관광객들을 실어 날랐다. 바포레
토가 도착했지만 행선지가 달라서 다음 바포레토를 기다려야
했다.

시몽은 생각에 잠겨 바야르에게 물었다. "당신에게 현실이

란 뭐죠?"

바야르가 질문을 이해하지 못하자 시몽이 다시 물었다. "자기가 소설 속에 살고 있지 않다는 걸 어떻게 알죠? 허구 속 인물이 아니라는 걸 어떻게 아냐고요. 당신이 실제 인물이라는 걸 어떻게 확신하죠?"

바야르는 진지하게 호기심을 가지고 시몽에 대해 생각했다. 그리고 너그러운 목소리로 대답했다. "너 바보야? 현실은 우리가 살고 있는 게 현실이지. 그게 다야."

바포레토가 도착해서 배를 부두에 붙이는 동안 바야르는 시몽의 어깨를 두드렸다. "생각을 너무 많이 하지는 말라고. 가자."

사람들이 무질서하게 바포레토에 오르고, 선원들은 관광객들이 짐과 아이들과 함께 아무렇게나 배에 오르는 것을 거칠게 제지했다.

시몽의 차례가 되어 배에 뛰어오르자 검표 담당원이 그의 바로 뒤에서 문을 닫아버렸다. 아직 부두에 서 있던 바야르가 항의하려고 했으나 이탈리아인은 무심하게 쳐다볼 뿐이었다. "Tutto esaurito." (만원입니다.)

바야르는 시몽에게 다음 바포레토를 탈 테니 다음 정거장에서 기다리라고 했다. 시몽은 인사하는 손짓을 했다.

시몽이 탄 바포레토가 부두에서 멀어졌다. 바야르는 담배에 불을 붙였다. 그의 뒤에서 고함 소리가 들렸다. 그는 뒤를 돌아

보았고 두 명의 일본인이 욕설을 하며 싸우는 모습을 보았다. 바야르는 당황해서 그들에게 다가갔다. 그들 중 한 명이 프랑스어로 바야르에게 말했다. "당신의 친구가 방금 납치되었습니다."

바야르는 이 말을 이해하는 데 얼마간의 시간이 필요했다.

단 몇 초, 그 이상은 아니었다. 그러고는 경찰의 자세로 돌아가서 경찰이 던질 만한 질문을 했다. "왜죠?"

두 번째 일본인이 말했다. "이틀 전 시합에서 이겼기 때문입니다."

시몽에게 진 이탈리아인은 나폴리의 정치인으로 세력이 컸다. 그리고 자신의 패배를 인정하지 못했다. 바야르는 카 레초니코의 연회 직후에 시몽이 공격받았다는 사실을 알고 있었다. 일본인들이 그에게 설명했다. 나폴리 남자는 시몽이 시합을 하지 못하도록 깡패들을 고용했다. 시몽과의 대결이 두려웠기 때문이다. 지금은 시합에서 졌기 때문에 복수를 하고 싶어 한다.

바야르는 멀어져 가는 바포레토를 보았다. 그는 재빨리 상황을 분석하고 주변을 관찰했다. 콧수염이 있는 장군 같은 사람의 조각상이 있었다. 다니엘리라고 쓰여 있는 건물도 보였다. 부두에 매인 배들이 있었다. 곤돌라 하나가 관광객을 기다리고 있었다.

그는 일본인들과 함께 곤돌라에 뛰어올랐다. 곤돌라 사공은 별로 놀라지도 않고 이탈리아어로 노래를 시작했으나 바야르가 다급하게 말했다.

"저 바포레토를 따라가 주시오!"

사공은 이해를 못 하는 척했지만 바야르가 리라를 한 움큼 집어주자 노를 젓기 시작했다.

바포레토는 이미 300미터를 앞서 있었다.

사공은 깜짝 놀랐다. 바포레토가 평상시의 수로를 벗어나 무라노 쪽으로 가고 있었기 때문이다. 노선을 벗어난 것이다.

바포레토 위의 시몽은 아무것도 모르고 있었다. 다른 승객들도 거의 대부분이 관광객이라 전혀 길을 몰랐기 때문에 자신들이 다른 방향으로 가고 있다는 사실을 알아채지 못했다. 두세 명의 이탈리아인이 이탈리아어로 항의했지만 아무도 신경 쓰지 않았다. 관광객들은 이탈리아인의 불평이 현지에서 항상 있는 일이라고 생각하고 있었다. 그들의 바포레토는 아무 문제없이 무라노섬으로 향했다.

뒤편 먼 곳에서는 바야르가 탄 곤돌라가 거리를 좁히려 애쓰며 쫓아오고 있었다. 바야르와 일본인들은 사공에게 더 빨리 노를 저으라고 성화를 부리며 시몽의 이름을 소리쳐 불렀다. 아직도 너무 멀리 떨어져 있었고, 시몽이 그들 목소리에 귀를 기울일 이유도 없었다.

하지만 시몽은 허리에서 뾰족한 칼끝을 느꼈다. 뒤에서 목소리가 들렸다. "*Prego.*"(실례.) 시몽은 배에서 내리라는 뜻으로 알아들었다. 그는 시키는 대로 따랐다. 관광객들은 비행기를 타려고 마음이 급해서 칼을 보지 못했다. 바포레토는 다시 원래의 노선으로 돌아갔다.

시몽은 부두에 내렸다. 그는 뒤의 남자들이 그날 저녁 가면을 쓰고 있던 자들이라고 확신했다.

그들은 시몽을 유리 작업장 중 한 곳에 들어가게 했다. 안에는 유리 세공업자가 방금 불에서 꺼낸 유리 반죽을 주무르고 있었다. 시몽은 흥미를 느끼고 관찰했다. 유리 반죽에 바람을 불어넣어 늘이고 틀에 넣자 모양이 만들어졌다. 연장으로 몇 군데를 손보고 나니 뒷발로 선 작은 말의 형상이 되었다.

불 옆에 아래위 짝이 맞지 않는 옷을 입은 배불뚝이 대머리 남자가 서 있었다. 시몽은 그를 알아보았다. 페니체 극장에서 그와 대결한 정치가였다.

"*Benvenuto!*"(환영합니다!)

시몽은 세 부랑자들에 둘러싸인 정치가와 마주 섰다. 유리 세공업자는 무심하게 계속 작은 말들을 만들고 있었다.

"브라보! 브라보! 당신이 떠나기 전에 개인적으로 축하해주고 싶었습니다. 팔라디오, 잘 했어요. 쉬운 주제였지만 잘 했습니다. 포셔도요. 난 납득할 수 없지만. 심판들 생각에는 그랬겠죠? 맞나요? 셰익스피어… 비스콘티도 이야기했어야 했는데… 혹시 비스콘티의 영화 〈여름의 폭풍〉을 봤나요? 베네치아에 온 외국인이 불행한 결말을 맞는 이야기죠."

나폴리 정치가는 뒷발로 선 말을 만들기 위해 유리 반죽을 만드느라 여념이 없는 유리 세공업자에게 다가갔다. 그는 빨갛게 달궈진 유리에 다가가 시가를 꺼내어 불을 붙였다. 그리고 시몽을 향해 돌아서며 기분 나쁜 웃음을 지었다.

"내 추억을 하나 가져가지 않고 그냥 떠나게 할 순 없죠. 프랑스어로는 어떻게 표현하더라. '각자 자기 몫을 받는다.'였던가요?"

세 남자 중 한 명이 시몽의 목덜미를 누르며 꼼짝 못 하게 잡았다. 시몽은 발버둥을 쳤지만 다른 남자가 가슴을 세게 치는 바람에 잠시 숨이 막혔다. 세 번째 남자가 시몽의 오른팔을 잡았다.

세 남자는 그를 앞으로 밀고, 세공업자의 작업대에 시몽의 팔을 내밀었다. 유리 말들이 떨어져 바닥에서 깨졌다. 유리 세공업자는 뒷걸음질 쳤지만 놀라는 기색은 없었다. 시몽은 세공업자의 눈을 보았지만 그의 눈에서 도와줄 마음이 전혀 없다는 것을 느끼고 공포에 사로잡혔다. 그는 비명을 지르며 발버둥 쳤지만, 비명은 그저 반사적 행동일 뿐 도와줄 사람이 없다는 것을 자각하고 있었다. 바야르와 일본인들이 그를 구하러 오고 있으며, 빨리 도착해주면 요금의 세 배를 주겠다고 사공에게 약속한 사실을 모르기 때문이다.

유리 세공업자가 물었다. "*Che dito?*"*(어느 손가락?)*

바야르와 일본인들은 더 빨리 가기 위해 가방을 노처럼 젓고 있었다. 사공도 죽을힘을 다해 노를 저었다. 무슨 일인지 잘은 모르지만 시간이 촉박하다는 점을 이해한 것이다.

나폴리 정치가가 시몽에게 물었다. "어느 손가락? 특별히 좋아하는 손가락이 있나?"

시몽은 말처럼 뒷발질을 했지만 세 남자가 그의 팔을 작업대 위에 아주 단단하게 붙잡고 있었다. 이 순간 그는 자신이 소설 속 주인공인지 아닌지 전혀 의문을 품지 않고 있었다. 생존 본능이 그의 반응을 이끌었고 절망적으로 그곳을 벗어나려 했지만 역부족이었다.

곤돌라는 마침내 부두에 닿았고, 바야르는 수중의 리라 뭉치를 모두 사공에게 던진 후 일본인들과 함께 부두로 뛰어올랐다. 하지만 유리 작업장들이 줄지어 있어서 시몽이 어느 작업장으로 끌려갔는지 알 수가 없었다. 그들은 모든 건물에 차례로 뛰어 들어가며 세공업자, 판매자, 관광객들에게 닥치는 대로 질문을 퍼부었다. 하지만 시몽을 본 사람은 한 명도 없었다.

나폴리 정치가는 시가를 빨아들이고 명령을 내렸다. "*Tutta la mano.*"*(손 전체.)*

유리 세공업자는 집게를 더 큰 것으로 바꾸고 시몽의 손목을 잡아 유리를 끼우는 곳에 올렸다.

바야르와 일본인들은 아무 작업장에 들어가서 젊은 프랑스 남자의 차림새를 설명했으나 너무 빨리 말하는 바람에 아무도 이해하지 못했고 바야르는 그곳에서 나와 옆의 작업장에 들어갔지만 여전히 시몽은 없었다. 아무도 프랑스인이 지나가는 것을 보지 못했고, 바야르는 이렇게 서두르기만 해서는 시몽을 찾지 못할 것이고 수사를 해야 한다는 사실을 알았지만 경찰의 본능으로 매우 위급한 상황임을 느꼈고, 그렇기에 아무 정보도 없이 이 작업장에서 저 작업장으로 뛰어다녔다.

하지만 이미 너무 늦었다. 유리 세공업자는 시몽의 손목 위에 물림 장치를 잠그고 살과 힘줄, 그리고 뼈를 으깨고 있었다. 마침내 딱 하는 불길한 소리와 함께 그의 오른손이 팔에서 떨어져 나가 피 웅덩이에 떨어졌다.

나폴리 정치가는 시몽의 손목이 바닥에 떨어지는 모습을 보며 잠시 망설이는 듯했다.

이제 충분한 보상을 받았나?

그는 시가를 길게 빨아들이고 연기로 원을 몇 개 그린 뒤 말했다. "*Andiamo.*"(가자.)

바야르와 일본인들은 시몽이 길게 지르는 비명 소리를 들었고 마침내 유리 작업장에서 엄청난 양의 피를 쏟으며 정신을 잃은 그를 찾아냈다.

지체할 시간이 없었다. 바야르는 잃어버린 손을 찾으려 했으나 찾지 못했다. 바닥을 아무리 살펴도 부서진 말 조각밖에 보이지 않았다. 곧바로 조치를 취하지 않으면 시몽은 과다 출혈로 죽는다.

그때 일본인이 아직도 벌겋게 달아 있는 부삽을 찾아내어 그것을 시몽의 상처에 갖다 댔다. 지글거리며 뼈와 살이 타는 끔찍한 소리가 났다. 시몽은 고통 때문에 정신을 차리고 영문을 모른 채 울부짖었다. 살 타는 냄새가 주변의 작업장까지 번졌고, 무슨 일이 벌어지고 있는지 알 턱이 없는 사람들의 속을 불쾌하게 뒤집어놓았다.

바야르는 살을 태워버렸으니 더 이상 이식 수술을 할 수 없을 것이고 시몽이 평생 불구로 살아야 한다고 생각했다. 부삽을 집어 든 일본인이 마치 바야르의 생각을 읽은 듯 바야르에게 죄책감이 남지 않도록 재를 헤집어 보여주었다. 마치 로댕의 조각을 닮은, 검게 타버린 손에 붙은 손가락들이 재 속에서 타닥타닥 소리를 내며 타고 있었다.

5부

파리

94

"믿을 수가 없어! 빌어먹을 대처가 바비 샌즈를 죽게 내버려 두다니!"

시몽은 뉴스를 전하는 파트리크 푸아브르 다보르(PPDA) 앞에서 발을 쾅쾅 굴렀다. 앙텐 2 채널의 뉴스에서 아일랜드의 활동가 바비 샌즈가 단식 투쟁 66일 만에 사망했다는 보도가 나오고 있었다.

바야르가 주방에서 나와 뉴스를 흘낏 보았다. 그는 논평했다. "자기가 죽겠다고 하는데 어떻게 막을 수 있어, 응?"

시몽은 바야르에게 소리 질렀다. "상황을 이해 못 해요? 멍청한 경찰관 나리! 이제 겨우 스물일곱 살이라고요!"

바야르는 논거를 제시하려고 노력했다. "테러 조직의 일원이잖아. IRA 말이야. 걔네도 사람들을 죽이잖아. 안 그래?"

시몽은 숨이 막힐 것 같았다. "라발이 레지스탕스를 보고 한 말이랑 똑같아요! 1940년에 당신 같은 경찰한테 이러쿵저러쿵 소리를 들었다면 정말 짜증 났을 거예요!"

바야르는 아무 말도 하지 않는 게 낫겠다는 생각에 잠자코 시몽의 잔에 포르투갈산 포도주를 따르고 칵테일 소시지가 담긴 그릇을 테이블에 놓고는 다시 주방으로 들어갔다.

PPDA는 이어서 스페인 장군 한 명이 암살당했다는 소식과 마드리드 의회에서 쿠데타가 실패한 지 겨우 3개월이 지났는데 프랑코 체제에 사람들이 향수를 느끼고 있다며 보도를 이어갔다.

시몽은 전철에서 가져온 잡지를 다시 읽기 시작했다. 바야르의 집에 오는 길에 제목을 보고 호기심이 생겨서 산 잡지다. 〈설문조사 : 프랑스인이 꼽은 가장 뛰어난 지식인 42명〉. 잡지는 500명의 '문화' 인사에게 (시몽은 얼굴을 찡그렸다.) 현존하는 최고의 프랑스 지식인 세 명을 꼽아달라고 요청했다. 1위 레비-스트로스. 2위 사르트르. 3위 푸코. 그 뒤로는 라캉, 보부아르, 유르스나르, 브로델….

시몽은 데리다가 죽었다는 사실을 잊고 명단에서 그를 계속 찾고 있었다. (시몽은 데리다가 살아 있었다면 분명히 이름을 올렸을 것이라고 생각하지만 그건 모를 일이다.)

베르나르-앙리 레비(BHL) 10위.

미쇼, 베케트, 아라공, 시오랑, 이오네스코, 뒤라스….

솔레르스 24위. 투표 진행 방식에 관한 상세한 설명이 있고, 투표단에 솔레르스의 이름도 올라 있는 것을 보아 시몽은 솔레르스가 크레스테바에게, 크리스테바는 솔레르스에게 투표했으리라고 짐작했다. (아마 같은 식으로 BHL와도 표를 주고받았을 것이다.)

시몽은 칵테일 소시지를 집어 들고 바야르에게 큰 소리로 물었다. "혹시 솔레르스 소식 들어봤어요?"

바야르는 다시 주방에서 나왔다. 손에 행주를 들고 있었다. "퇴원했다던데. 크리스테바가 내내 병실에 붙어 있었다는군. 정상 생활로 돌아갔다고 들었어. 정보통에 따르면 고환을 베네치아에 있는 묘지에 묻었대. 그것들을 기리려고 해마다 두 번씩 묘지로 간다는군. 한쪽에 한 번씩."

바야르는 약간 망설이다 시몽을 보지 않으며 덧붙였다. "그래도 원래 있던 자리로 수월하게 잘 돌아간 것 같더라고."

알튀세르 25위. 아내를 살해한 사건은 명성에 크게 흠집을 낸 것 같진 않다. 시몽은 생각했다.

"냄새 좋은데요? 뭐예요? 지금 만들고 있는 거?"

바야르는 다시 주방으로 들어갔다. "자, 올리브 먹으면서 기다려."

들뢰즈 26위, 클레르 브레테셰와 동점.

뒤메질, 고다르, 알베르 코엔….

부르디외 고작 36위. 시몽은 분개했다.

시사 주간지 〈리베라시옹〉의 투표자들은 그래도 데리다에게 투표를 했다. 죽었는데도.

가스통 드페르와 에드몽드 샤를-루는 둘 다 보부아르에게 투표했다.

안느 생클레르는 아롱, 푸코, 장 다니엘에게 투표했다. 시몽은 장 다니엘이 아주 만족해서 안느 생클레르에게 대들지도 모르겠다고 생각했다.

어떤 이들은 더 이상 세계적 지식인이 없다며 아무에게도 투표하지 않았다.

미셸 투르니에는 이렇게 답변했다. "저를 제외하면 언급할 만한 사람이 전혀 없어 보입니다." 다른 때 같았으면 시몽은 아마 웃음을 터뜨렸을 것이다. 가브리엘 마츠네프는 이렇게 썼다. "내가 첫 번째로 꼽는 이름은 내 이름이다. 마츠네프." 시몽은 이런 퇴행적 나르시시즘(자신의 이름을 스스로 꼽는 욕구)도 정신 분석학의 한 분야로 분류가 되는지 궁금했다.

PPDA의 뉴스는 이어졌다. "미국은 달러 상승에 매우 고무된 상황입니다. 5프랑 40…"

시몽은 투표자 명단을 훑어보며 분노를 느꼈다. "제기랄. 썩어빠진 자크 메드셍… 멍청이 장 뒤투르… 광고업자들… 그렇겠지. 신종 패거리들… 프란시스 위스테르…? 아, 엘카바크의 그 쓰레기. 이놈은 누구에게 투표했지…? 늙은 보수 반동주의자 포웰…! 그리고 파쇼 시라크? 이 허풍선이를…? 이 얼간이들이!"

바야르가 고개를 내밀었다. "지금 나한테 얘기하는 건가?"

시몽은 뭐라고 더 중얼거리며 불평을 했다. 바야르는 다시 오븐으로 돌아갔다.

PPDA의 뉴스 프로그램은 추운 5월을 예고하는 알랭 기요-페트레의 기상 예보를 마지막으로 끝났다. (파리 12도, 브장송 9도.)

광고가 나온 후 파란색 화면이 나왔고 심벌즈와 금관악기로 이루어진 배경음악이 흐르며 대선 토론회를 알리는 메시지가 떴다. "공화국 대통령 선거"

1981년 5월 5일, 토론회 사회를 맡은 두 명의 기자가 푸른색 화면의 뒤를 이어 토론회를 시작했다.

시몽이 소리쳤다. "자크, 얼른 와요! 시작해요!"

바야르는 맥주와 작은 큐브 모양의 치즈를 들고 와 시몽의 옆에 앉았다. 그는 맥주 뚜껑을 땄고, TV에서는 지스카르가 선택한 유럽 1 방송의 시사 평론 담당자, 만약에 사회당이 승리하면 스위스로 도망가야 할 장 부아소나가 회색 양복, 줄무늬 넥타이 차림으로 토론회 방식을 설명했다.

옆에는 라디오 방송 RTL의 기자인 미셸 코타가 바가지 모양의 검은 머리, 형광빛 립스틱에 진홍빛 블라우스와 연보라색 조끼를 입고 앉아서 초조한 미소를 띤 채 노트를 끄적거리는 시늉을 하고 있었다.

시몽은 RTL 방송을 듣지 않았기 때문에 바야르에게 저 진홍빛 블라우스를 입은 러시아 인형이 누구냐고 물었고, 바야르는 실실 웃었다.

지스카르는 유용한 토론회가 되었으면 한다고 말했다.

시몽은 치즈의 포장을 이빨로 벗기려고 했으나 뜻대로 되지 않아 짜증이 났다. 미테랑이 지스카르에게 말했다. "울어줄 사람 중에 무슈 시라크도 물론 있겠죠?"

바야르가 시몽의 손에서 큐브 치즈를 빼앗아 은박지 포장을 벗겨주었다.

지스카르와 미테랑은 서로의 연합군들을 마음에 들어 하지 않았다. 시라크는 당시 강경 우파였고, 급진적 자유주의자였으며 파쇼에 가까웠다(지지율 18%). 마르셰는 당시 와해되고 있던 스탈린주의의 브레즈네프파였다(지지율 15%). 하지만 지스카르나 미테랑이나 당선되기 위해서는 그들의 도움이 필요했다.

지스카르는 자신이 재선할 경우 의회를 해산시킬 필요가 없다는 점을 누누이 강조했다. 반면에 미테랑이 당선된다면 공산당과 연정을 하거나, 의회의 과반수를 차지하지 못한 대통령이 되어야 한다고 주장했다. "국민들의 눈을 가리고 인솔할 수는 없습니다. 국민들은 어디로 향하고 있는지 알 권리가 있습니다." 시몽은 지스카르가 '해산하다'라는 동사 변화에서 실수를 범했다는 사실을 알아채고, 바야르에게 에콜 폴리테크니크를 졸업한 사람들은 정말 무식하다고 말했다. 바야르는 반사적으로 말했다. "공산주의자들은 모스크바로 가라!" 지스카르는 미테랑에게 말했다. "당신은 프랑스 국민들에게 이렇게 말할 작정인가요? '저는 위대한 변화를 이끌어내겠습니다. 단 현 의회를 포함해서 아무하고나 연정을 해야 합니다.' 이런 경우에는 절대로 의회를 해산하면 안 됩니다."

사회당이 의회 과반수를 차지하리라고는 생각도 하지 못하는 지스카르가 불안정성을 들어 못을 박는 동안 미테랑은 제법 엄숙한 어투로 말했다. "저도 대통령 선거에서 당선되고 싶습니다. 당선되리라고 생각하고, 만약 당선된다면 의회 선거에서도 승리할 수 있도록 법의 테두리 안에서 할 수 있는 모든 방법을 동원할 생각입니다. 다음 월요일, 프랑스의 정신, 변화를 위한 갈망이 일어날 수 없다고 생각한다면, 당신이야말로 지금 이 나라에서 무슨 일이 일어나고 있는지 전혀 이해를 못 하고 있는 겁니다." 바야르가 볼셰비키 같은 버러지라고 투덜거리는 동안 시몽은 기계적으로 이중 명제를 추출해냈다. 미테랑은 지스카르에게 말하는 동시에 지스카르를 싫어하는 모든 사람들에게 말하고 있었다.

그들이 의회 과반수를 놓고 토론을 시작한 지 이미 30분이 지났다. 지스카르가 공산당의 의원들이 허수아비라고 계속 암시하는 것에 슬슬 짜증이 나기 시작할 무렵, 이제까지 줄곧 수세에 몰렸던 미테랑이 반격에 나서려고 결심한 듯, 갑자기 이렇게 말했다. "대통령 각하께서 계속 공산주의에 반대하시는데 말입니다. 몇 가지 사항을 좀 바로잡아도 되겠습니까? 너무 단순한 문제라서요. (잠시 침묵) 각하께서도 잘 아시겠지만 노동자층에 공산당 지지자들이 많습니다. (잠시 침묵) 각하의 논리를 따라가다 보면 이런 의문이 들 것 같습니다. '공산주의자들은 어디에 쓸모 있는 사람들인가?' 하지만 그들은 실제로 생산하고, 일하고, 세금을 내고, 전쟁터에서 목숨을 잃고⋯ 모든 것을 다 하는 사람들입니다. 그런데 그 사람들이 프랑스의 과반수를 차지하면 안 된다고 보십니까?"

시몽은 칵테일 소시지를 하나 더 입에 넣으려던 찰나 손을 멈췄다. 기자들이 흥미도 없는 다른 질문을 갖고 활발하게 논쟁하는 사이에, 미테랑과 지스카르의 전세가 바뀌었다는 사실을 깨달았다. 지스카르가 방어하는 입장이 되었기 때문이다. 목소리의 어조도 바뀌었고, 무엇보다 '노동자=공산주의자'라는 공식이 자명한 시대상을 고려했을 때 지금이 어떤 상황인지 완전히 이해한 듯했다. "하지만⋯ 절대 공산주의 유권자들을 공격하는 게 아닙니다. 무슈 미테랑, 저는 7년 동안 한 번도 프랑스의 노동자 계급을 불쾌하게 하는 말을 한 적이 없습니다. 단

한 번도 말입니다! 저는 노동자 계급의 노동을 신성하게 여기고, 그들의 활동과 정치적 의견 표명을 존중합니다."

시몽은 실소를 터뜨렸다. "당신 말이 맞아. 매년 인권 축제에 소시지를 먹으러 참석하겠지. 독재자 보카사와 중앙아프리카 공화국의 사파리를 오가며 노동 총동맹의 금속 노동자와 건배를 할 테고. 하하."

바야르는 시계를 보고 오븐의 음식을 지켜보러 주방으로 돌아갔다. 기자들은 지스카르의 임기 중 업적을 화제로 올렸다. 지스카르는 자신의 업적이 매우 훌륭하다고 했다. 미테랑은 두터운 안경을 쓰고 지스카르의 업적을 분석하며 형편없다고 말했다. 지스카르는 리바롤의 풍자를 인용하여 대답했다. "아무것도 안 했다는 것은 아주 큰 장점입니다. 물론 그걸 악용하시면 안 됩니다." 그리고 미테랑의 아픈 곳을 찔렀다. "사실 당신은 입으로만 일을 했죠. 1965년부터 지금까지. 저는 1974년부터 프랑스 국정을 살폈습니다." 시몽은 짜증이 났다. "당신의 국정이 어땠는지도 봤죠!" 하지만 반박하기 어려운 쟁점이라는 것을 알고 있었다. 주방에서 바야르가 그에게 대꾸했다. "그래? 그동안 소련 경제가 훨씬 더 발전했나 보지?"

미테랑은 자신의 주장을 펼 기회를 잡았다. "당신은 7년 전에 했던 이야기를 되풀이하는 경향이 있군요. '과거의 사람'이라는 말을 하셨죠. 세월이 흘러 당신은 수동적인 사람이 되었군요.”

바야르가 소리 내어 웃었다. “하, 과거의 사람… 아직도 소화를 못했군. 7년 동안 되새김질을 했나 본데?”

시몽은 자신도 동감이었기 때문에 대꾸를 하지 않았다. 미테랑의 말은 나쁘지 않았으나 미리 준비한 티가 너무 났다. 어쨌거나 미테랑은 그 말을 하고 나서 잠시 여유를 되찾았다. 방금 트리플 악셀을 완성시킨 피겨 스케이팅 선수처럼.

그 후로는 프랑스 경제에 관한 논쟁이 오고 갔다. 시청자가 보기에 지스카르와 미테랑은 그럭저럭 토론에 열심히 참가했다. 바야르는 마침내 김이 무럭무럭 오르는 양고기 타진 요리를 가져왔다. 시몽은 놀랐다. “요리는 어디서 배웠어요?” 지스카르는 사회당이 집권했을 경우의 끔찍한 미래상을 늘어놓았다. 바야르는 시몽에게 말했다. “첫 아내를 알제리에서 만났지. 기호학인가 뭔가 하는 걸로 이상한 꼼수를 썼다고 해서 내 전부를 알 수 있는 건 아니야.” 미테랑은 1945년에 대대적으로 국영화를 계획한 사람은 드 골이라고 말했다. 바야르는 1976년산 코트-드-본의 적포도주를 가져와 뚜껑을 땄다. 시몽은 타진을 입에 넣었다. “너무 맛있잖아!” 미테랑은 계속 두터운 안경을 썼다 벗었다 했다. 바야르가 말했다. “1976년, 부르고뉴 포도주가 아주 환상적인 해였지.” 미테랑이 말했다. “포르투갈 같은 나라들은 은행을 국영화했지만 사회주의 국가가 되진 않았습니다." 시몽과 바야르는 함께 타진을 음미하며 코트-드-본을마셨다. 바야르는 일부러 칼로 자를 필요가 없는 음식을 준비했다. 소스와 함께 푹 삶은 고기는 포크로 누르기만 해도 쉽게 조각을 낼 수 있었다. 시몽은 바야르가 일부러 이런 음식을 준비했다는 사실을 알았고, 자신이 안다는 사실을 바야르가 안다는 사실도 알고 있지만, 두 남자는 아무 말 없이 그저 먹고 마셨다. 무라노에서 있었던 일은 아무도 끄집어내지 않았다.

미테랑은 화를 내고 있었다. "당신이 내각을 구성했습니다. 게다가 그들을 이끈 장본인이죠. 오늘 당신이 행정부에서 저지른 일들에 잔소리를 늘어놓으며 불평을 한다면, 그게 다 어디서 비롯된 걸까요? 정부를 이끄는 사람은 당신, 책임자도 당신입니다. 선거 3일 전에 가슴을 치시겠죠. 충분히 이해합니다만 당신이 당선된다면 향후 7년이 지난 7년과 다르리라고 볼 만한 근거가 있습니까?"

미테랑의 능수능란한 조건법이 시몽의 눈에 띄었다. 하지만 황홀할 정도로 맛있는 타진 때문에, 그리고 쓰라린 기억 때문에 미테랑에게 그다지 집중하지 않았다.

지스카르는 갑작스런 공격에 당황해서 평소의 멸시하는 태도로 무마하려 했다. "기본 예의를 지키는 어투를 사용해주셨으면 좋겠습니다." 그러나 미테랑은 싸울 태세가 되어 있었다. "저는 제가 원하는 대로 제 의사를 표현하겠습니다." 그리고 계속 밀어붙였다. "실업자가 150만 명입니다."

지스카르는 미테랑의 표현을 정정했다. "구직자죠."

미테랑은 물러서지 않았다. "말하기 껄끄러운 단어를 피하는 의미론적 구별이 뭔지 저도 잘 압니다."

그는 다시 말했다. "인플레이션과 높은 실업률 외에도 또 있습니다. 이 정부의 병입니다. 우리 사회를 죽음으로 내모는 병이죠. 실업자의 60%가 여성입니다. 대부분 여성입니다. 여성의 인권과 존엄이 심각하게 훼손되었습니다…."

시몽은 처음에 주의를 기울이지 않았다. 미테랑은 점점 더 빠르게 말하기 시작했고 점점 더 공격적이었으며 점점 더 정확하고 설득력이 강해졌다.

지스카르는 약한 밧줄 하나에 매달린 형국이 되었다. 하지만 그 역시 싸워보지도 않고 물러날 수는 없었다. 그는 시골 귀족 같은 '슈' 발음을 줄이려고 애쓰며 미테랑에게 질문을 던졌다. "최저임금을 얼마나 올리실 생각이죠?" 어차피 소기업들은 살아남지 못한다. 사회주의 개혁안은 무책임하게도 사회보장 문턱을 낮춰서 근로자 10명 미만의 소기업 근로자에게도 혜택을 주려 한다.

샤말리에르 출신의 부르주아 지스카르는 항복할 생각이 없었고 두 남자는 계속 공격을 주고받았다.

그러다 지스카르가 미테랑에게 마르크화의 환율을 대라고

말하는 실수를 저질렀다. "오늘 시세 말입니다."

미테랑이 대답했다. "저는 당신의 학생이 아니고, 당신은 이 자리에 대통령의 자격으로 나온 게 아닙니다."

시몽은 포도주를 마시며 생각에 잠겼다. 그의 말에서 떠오르는 것이 있었다. 수행적인….

바야르는 치즈를 더 가지러 갔다.

지스카르는 말했다. "저는 가족의 몫을 없애는 정책에 반대합니다. 저는 자본 가치 상승분에 대한 정액세를 다시 도입하는 방안을 지지합니다…" 에콜 폴리테크니크의 뛰어난 공학도답게 여러 조치를 정확하게 설명했지만 이미 늦었다. 그가 졌다.

기술적 문제에 관한 신랄한 토론이 계속되었다. 핵 문제, 중성자 폭탄, 공동 시장, 동—서 문제, 국방비 예산….

미테랑이 말했다. "무슈 지스카르 데스탱은 사회주의자들이 나라를 수호하려고 하지 않는 나쁜 국민이라고 생각하시는 겁니까?"

지스카르는 화면에 안 잡힌 채로 "전혀 아닙니다."라고 말했다.

미테랑은 그를 보지도 않으며 말했다. "그런 말씀이 아니라면 이 얘기는 할 필요가 없겠군요."

시몽은 혼란스러웠다. 그는 낮은 테이블에 놓인 맥주 캔을 집어 들고 팔 아래 끼워 뚜껑을 열려고 했지만 맥주 캔이 미끄러지면서 바닥에 떨어졌다. 바야르는 장애인이 된 시몽이 불편해진 일상생활을 못 견뎌할 것임을 알았기 때문에, 시몽의 분노가 폭발할지도 모른다고 생각했다. 그는 바닥에 흐른 맥주를 닦으며 "괜찮아. 아무 일 아니야."라고 말했다.

하지만 시몽이 보여준 반응은 뜻밖이었다. 그는 바야르에게 미테랑을 가리키며 말했다.

"저 사람 보세요. 아무것도 안 느껴져요?"

"뭐라고?"

"미테랑이 하는 말 처음부터 다 들었어요? 말 잘하는 것 같지 않아요?"

"흠, 그러네. 7년 전보다 확실히 좋아졌어."

"아니요. 다른 게 있어요. 지나치게 말을 잘하잖아요."

"어째서 그렇게 생각하지?

"아주 미묘하긴 한데…. 처음 30분 이후로는 계속 지스카르를 쥐락펴락하고 있잖아요. 어째서인지 모르겠어요. 분명히 차이점은 알겠는데… 납득이 안 가요."

"그러면 네 말은…."

"이것 좀 보세요."

지스카르는 사회주의자가 무책임하므로 그들에게 군사 문제와 핵 억지력 문제를 절대로 맡기면 안 된다는 것을 입증하려고 몹시 애쓰고 있었다. "반대로 국방 문제에 관한 한, 당신들은 한 번도 정부의 안에 찬성한 적이 없습니다. 국방에 관련한 법안에는 모두 반대하셨습니다. 이 법안들은 예산안 심의와는 별개로 상정되었고요. 그러니 당신의 사회당, 혹은 당신이 프랑스의 안보가 매우 중요하다는 것을 잘 알면서도 국방 문제에 관한 법안에는 전혀 협조를 안 하는 방향으로 투표를 했다고 보입니다. 세 번에 걸쳐서 국방 관련 법안에는 전혀 찬성하지 않으셨군요. 특히 1963년 1월 24일의…."

미테랑은 지스카르의 말을 아예 무시하고 대답도 하지 않았고, 미셸 코타가 다른 주제를 끄집어냈다. 지스카르는 화가 나서 말했다. "이건 정말 중요한 문제입니다!" 미셸 코타는 정중하게 대답했다. "물론입니다. 대통령 각하!" 그리고 그녀는 아프리카의 정치적 문제를 말하기 시작했다. 부아소나는 딴생각을 하고 있었다. 모든 사람들이 지스카르에게 신경을 쓰지 않았다. 아무도 그에게 귀를 기울이지 않았다. 사람들은 미테랑이 지스카르를 완전히 묵사발로 만들었다고 생각할 것이다.

바야르는 상황을 이해하기 시작했다.

지스카르는 수렁에서 허우적거리고 있었다.

시몽은 자신이 꺼낸 이야기를 마무리 지었다. "미테랑이 언어의 7번째 기능을 손에 넣었어요."

바야르는 미테랑과 지스카르가 아프리카 자이르에 프랑스 군대를 개입시키는 문제를 두고 논쟁하는 모습을 보며 머릿속에서 퍼즐 조각을 하나하나 맞추기 시작했다.

"하지만 시몽, 베네치아에서 그 기능이 제 역할을 못하는 걸 봤잖아."

미테랑은 콜웨지 인질 사건을 언급하면서 지스카르에게 치명타를 먹였다. "간략하게 말하자면, 더 빨리 구출할 수 있었어요. 미리 생각을 했더라면 말이죠."

시몽은 손가락으로 텔레비전을 가리키며 말했다.

"지금은 제 능력을 발휘하고 있어요."

95

파리에는 비가 내리고 있다. 바스티유 광장에서 축제가 시작되었지만 사회당 간부들은 아직도 솔페리노의 당사에 머물러 있다. 이곳은 전기가 흐르는 듯 짜릿한 흥분과 열기가 가득하다. 정치판에서 선거를 이겼다는 것은 완결일 뿐 아니라 새로운 시작을 의미하기도 한다. 그 때문에 선거 승리로 비롯된 흥분에는 행복감과 함께 두려움도 섞여 있다. 술이 넘칠 만큼 준비되었고, 애피타이저도 가지각색으로 잔뜩 쌓여 있다. "역사적 순간입니다!" 미테랑이 말했다.

자크 랑은 악수와 포옹을 하고 마주치는 모든 사람을 끌어안았고, 결과를 듣고 아이처럼 울고 있는 파비위스에게 미소를 지었다. 거리에는 사람들이 노래를 부르고 소리를 질렀다. 역사적 승리가 마침내 침묵을 깨는 순간이었다. 개인적으로는 자크 랑 자신이 문화부 장관이 될 것임을 알았다. 모아티가 오케스트라의 지휘자 역할을 했다. 바댕테르와 드브레는 미뉴에트 비슷한 춤을 추었다. 조스팽과 킬레스는 장 조레스의 건강을 위해 건배했다. 젊은 당원들은 솔페리노 거리에 있는 당사의 철문을 기어오르며 즐거워했다. 거대한 태풍 속에서 수천 개의 작은 번개가 번쩍이듯, 여기저기서 카메라 플래시가 찰칵거리며 터졌다. 자크 랑은 어디에 눈길을 줘야 할지 알 수 없을 정도였다. 누군가 그를 불렀다. "무슈 랑!"

그는 고개를 돌려 바야르와 시몽을 바라봤다.

랑은 깜짝 놀라 이 두 사람이 파티를 즐기러 온 것이 아니라는 사실을 바로 알아차렸다.

바야르가 먼저 입을 열었다. "저희에게 몇 분만 시간을 내주신다면 대단히 감사하겠습니다." 그는 수첩을 꺼냈다. 랑은 삼색기 문양을 알아보았다.

"무슨 일이신가요?"

"롤랑 바르트에 관한 일입니다."

랑은 롤랑 바르트의 이름을 듣자 마치 보이지 않는 손으로 뺨을 맞은 듯한 표정을 지었다.

"저기… 아, 지금은 적절한 시기가 아닌 것 같습니다만…. 나중에, 평일은 어떠신가요? 비서에게 연락하시면 약속을 잡을 수 있을 겁니다. 저는 이만…."

하지만 바야르가 그의 팔을 잡았다. "아니오. 지금이어야 합니다."

피에르 족스가 지나가다 물었다. "무슨 문제라도 있나, 자크?"

랑은 철문에서 입장객을 통제하고 있는 경찰관들을 흘끗 보았다. 그는 망설였다. 얼마 전까지만 해도 경찰들은 그들의 적을 위해 일하는 사람들이었다. 하지만 지금은, 경찰들에게 이

두 사람을 밖으로 내보내라고 말할 수도 있다.

거리에서는 다시 앵테르나쇼날이 울려 퍼졌고, 지나가는 자동차들이 박자에 맞춰 경적을 울렸다.

시몽은 겉옷의 오른팔 소매 자락을 올리며 말했다.

"부탁드립니다. 오래 걸리지 않을 겁니다."

랑은 뭉툭하게 잘린 손목을 응시했다. 족스가 다시 물었다. "자크?"

"아니, 별일 없어, 피에르. 금방 돌아올게."

그들은 정원을 향해 창이 나 있는 1층의 빈 사무실에 들어갔다. 스위치가 말을 안 들었지만 밖에서 들어오는 빛만으로도 대화를 나누기에 충분히 밝았다. 세 남자는 반쯤 어둑한 사무실에 서 있었다. 아무도 앉으려고 하지 않았다.

시몽이 먼저 말을 꺼냈다. "무슈 랑, 언어의 7번째 기능이 어떻게 당신 손에 들어갔나요?"

랑은 한숨을 쉬었다. 시몽과 바야르는 기다렸다. 미테랑은 이미 대통령이 되었다. 랑은 이제 말할 수 있다. 그리고 분명히, 랑은 말하고 싶어 했다.

랑이 바르트와의 오찬을 계획했다. 바르트가 야콥슨의 텍스트를 손에 넣었다는 사실을 알게 되었기 때문이다.

"어떻게요?" 시몽이 물었다.

"어떻게라니, 뭘 물어보시는 건가요?" 랑이 물었다. "바르트가 어떻게 그 텍스트를 입수했냐고 물어보시는 건가요, 아니면 그 사실을 제가 어떻게 알았냐는 질문인가요?"

시몽은 담담했다. 하지만 그는 바야르가 가끔 인내심을 발휘하는 데 어려움을 겪는다는 사실을 잘 알았기 때문에 조용히 말했다. "둘 다요."

자크 랑은 바르트가 텍스트를 어떻게 손에 넣었는지 모른다. 하지만 문화계에 아주 폭넓고 깊은 인맥을 가지고 있기 때문에 텍스트가 바르트의 수중에 들어갔다는 정보를 입수했다. 드브레가 데리다와 대화하면서 그 사실을 알아냈고 자크 랑에게 알려줬다. 그들은 흥미를 갖고 바르트의 텍스트를 훔치기 위해 오찬을 계획했다. 식사하는 동안 바르트가 벗어놓았던 상의 주머니 속 텍스트를 랑이 몰래 빼내서 드브레에게 주었고, 드브레는 데리다에게 갖다 주었다. 데리다는 원본 텍스트를 변형하여 비슷하지만 다른, 진짜처럼 보이지만 원래의 기능을 뺀 텍스트를 만들었다.

시몽은 놀랐다. "하지만 왜 그랬죠? 바르트는 이미 텍스트의 내용을 알고 있었습니다. 보면 바로 잘못된 텍스트란 것을 알아차릴 텐데요."

랑이 말했다. "텍스트의 존재를 저희가 알게 되었다면 이 정보를 아는 사람이 분명 더 있을 것이고, 불필요하게 탐욕을 불러일으킬 필요는 없다고 생각했습니다."

바야르가 물었다. "솔레르스와 크리스테바가 텍스트를 훔치려고 들 것을 예상했습니까?"

시몽이 랑 대신 답변했다. "아니요. 지스카르가 손에 넣으려고 할 것이라 생각했겠죠. 사실 그 생각이 맞았고요. 지스카르가 당신에게 맡겼던 임무가 바로 그것이었으니까. 단지 예상과는 달리, 바르트가 차에 치였을 때까지 지스카르는 아직 그런 게 있다는 사실조차 몰랐죠. (시몽은 랑을 향해 고개를 돌렸다.) 지스카르의 문화계 정보망은 당신네들보다 덜 효율적인 듯하네요."

랑은 자부심에 찬 미소를 지었다. "사실 저희 작전은 도박이나 다름없었죠. 대담한 작전이었어요. 바르트가 알아차리기 전에 바꿔치기를 해야 했으니까요. 그래야 바르트에게서 훔친 자도 텍스트가 진짜라고 생각했을 테고요. 저희가 의심을 받아선 안 되었죠."

바야르가 덧붙였다. "당신들이 원하던 대로 되었군요. 훔친 자가 지스카르가 아니라 솔레르스와 크리스테바였지만 말입니다."

랑이 다시 말했다. "저희 입장에서는 그다지 다를 게 없었습니다. 지스카르를 속이고 그가 비밀 무기를 손에 넣었다고 생각하게 만들고 싶었으니까요. 어쨌거나 저희가 7번째 기능을 확보했다는 것, 그게 가장 중요했습니다."

바야르가 물었다. "그럼 바르트는 왜 죽인 겁니까?"

랑은 사실 일이 그렇게까지 커질 줄은 몰랐다. 누구든 죽일 의도는 전혀 없었다. 그들에게는 사실상 지스카르만 아니라면 상관이 없었다. 다른 누군가가 7번째 기능을 손에 넣는다거나 그 기능을 완벽하게 사용한다 해도 신경 쓸 바가 아니었다.

시몽은 이해했다. 미테랑은 7번째 기능을 단기적으로 사용하려 했다. 토론회에서 지스카르를 꺾는 것. 하지만 솔레르스에게는 더 크고 더 멀리 나가는 목표가 있었다. 그는 로고스 클럽의 위대한 프로타고라스의 자리를 차지하고자 했기 때문에 에코를 꺾기 위해 자신에게 결정적인 능력을 부여해줄 7번째 기능을 원했던 것이다. 일단 그 자리를 차지하고 나면 어느 누구도 자신에게 도전하지 않기를 바랐다. 그래서 크리스테바는 바르트의 텍스트를 빼앗으려 불가리아 정보 요원을 이용했던 것이다. 7번째 기능은 자신들만의 전유물이어야 했다. 내용을 알고 있는 바르트는 죽어야 했고, 바르트뿐 아니라 텍스트를 가지고 있었던 사람, 다시 말해 자신이 사용하기 위해서든 팔기 위해서든 텍스트를 가지고 있었던 사람들도 모두 죽어야 했다.

시몽은 미테랑이 '7번째 기능 작전'의 허가를 내렸는지 물었다.

랑은 직접적인 대답을 피했지만 부정하지도 않았다. 틀림없이 미테랑은 허락했다. "마지막 순간까지 미테랑은 7번째 기능이 과연 그런 능력이 있는지 확신하지 못했어요. 그 기능을 제대로 사용하기 전에 어느 정도 시간이 필요했죠. 하지만 결정적인 순간 지스카르를 궁지에 몰아넣었죠." 미래의 문화부 장관, 자크 랑은 거만하게 말했다.

"데리다는 어떻게 된 건가요?"

"데리다는 지스카르가 패배하기를 원했어요. 물론 야콥슨과 합의한 대로 데리다 역시 아무도 7번째 기능을 손에 넣지 않기를 바랐죠. 하지만 미테랑이 그것을 입수해서 사용하는 것을 방해할 생각은 없었어요. 가짜를 만들어서 바꿔치기한다는 아이디어를 마음에 들어 했죠. 단지 대통령이 그 기능을 사용하되 혼자서만 사용하고, 절대 다른 사람과 공유하지 않아야 한다고 제게 다짐을 받았죠. (랑은 다시 웃었다.) 대통령이 아무런 문제없이 약속을 지키리라고 확신합니다."

"당신은 어떤가요? 그걸 읽어봤습니까?" 바야르가 물었다.

"아니요. 미테랑이 펴보지 말라고 했어요. 저하고 드브레한테 말입니다. 어쨌거나 저는 그날 펴볼 시간도 없었고요. 바르트에게서 훔치자마자 드브레에게 넘겨야 했으니까요."

자크 랑은 당시의 상황을 다시 얘기해주었다. 생선 요리도 지켜봐야 했고 대화에도 참여해 분위기를 이끌어야 했으며, 눈에 띄지 않게 텍스트도 훔쳐내야 했다.

"드브레가 대통령의 명령에 따랐는지 모르겠습니다만 그역시 시간에 쫓겼어요. 아마 평소의 충성심을 생각하면 펴보지 않았을 겁니다."

"그렇다면," 바야르가 미심쩍은 듯이 다시 물었다. "현재 살아 있는 사람들 중에서는 미테랑이 유일하게 7번째 기능을 알고 있다는 거요?"

"야콥슨 자신하고요. 그런 것 같습니다."

시몽은 아무 말도 하지 않았다.

바깥에서는 사람들이 환호하고 있었다. "바스티유로! 바스티유로!"

문이 열리고 모아티가 고개를 들이밀었다. "안 오세요? 공연이 시작됐어요. 광장에 사람들이 꽉 들어찼답니다."

"곧 갈게요."

랑은 동료들에게 가고 싶어 했지만 시몽에게 아직 질문이 남아 있었다. "데리다가 만든 가짜 텍스트는 사용자를 혼란스럽게 만드는 게 목적인가요?"

랑은 잠시 생각했다. "잘 모르겠습니다. 최우선 목표는 진짜처럼 보이는 것이었죠. 짧은 시간 동안 그럴싸하게 보이도록 모방해서 만들어야 했기 때문에 데리다에게도 부담이 컸을 겁니다."

바야르는 베네치아에서 본 솔레르스의 행동을 생각하고 시몽에게 말했다. "솔레르스는 원래 좀 혼란스러운 사람이었잖아. 안 그래?"

랑은 가능한 한 최대로 정중하게, 이제 모든 질문에 대답했으니 가도 되겠냐고 물었다.

그들은 어두운 사무실을 떠나 축제 장소에 갔다. 옛 오르세 역사 앞에서 한 남자가 비틀거리며 행인들의 응원을 받아 소리질렀다. "지스카르를 가로등으로!* 혁명가에 맞춰 춤추자!" 랑은 시몽과 바야르에게 바스티유로 함께 가자고 했다. 가는 길에 그들은 장차 내무부 장관이 될 가스통 드페르와 마주쳤다. 랑이 서로를 소개해주었고, 드페르는 바야르에게 말했다. "당신 같은 사람이 필요합니다. 이번 주 중에 한 번 만납시다."

비가 억수같이 퍼부었다. 하지만 기쁨에 겨워 광장에 몰려든 사람들은 아랑곳하지 않았다. 이미 밤이 되었는데도 사람들은 외쳐댔다. "미테랑은 태양! 미테랑은 태양!"

바야르는 랑에게 크리스테바와 솔레르스가 처벌을 받게 될지 물었다. 랑은 고개를 가로저었다. "솔직히 그럴 가능성은 희박해 보입니다. 7번째 기능은 국가 기밀이에요. 대통령은 절대로 이것을 들쑤시고 싶지 않을 거예요. 게다가 솔레르스는 과한 야심을 품었던 대가를 톡톡히 치르지 않았나요? 솔레르스를 몇 번 만난 적이 있어요. 매력적인 사람입니다. 비굴한 듯하면서도 거만한 면이 있었죠."

---

* 프랑스 혁명 기간 동안 가로등은 즉석 처형대 혹은 집단 폭행 장소로 쓰였다.

랑은 만족한다는 듯 미소를 지었다. 바야르는 랑과 악수를 나눴고, 미래의 문화부 장관 자크 랑은 마침내 동료들과 합류하여 축제를 즐겼다.

시몽은 광장을 가득 메운 사람들의 물결을 바라봤다.

"헛수고만 했군…."

바야르는 놀랐다. "헛수고라니 무슨 말이야? 이제 60세에 은퇴할 수 있게 되었잖아. 네가 원하던 거 아냐? 주 35시간 근무. 유급 휴가 1주일 추가. 국영화. 사형 폐지. 그래도 만족하지 못하는 건가?"

"바르트, 아메드, 아메드의 친구 사이드, 다리에서 죽은 불가리아인, DS를 탄 불가리아인, 데리다, 설… 그들은 뭘 위해 죽었죠? 그들이 목숨을 걸었던 그 엉터리 텍스트 때문에 솔레르스는 베네치아에서 고환을 잃었죠. 우린 처음부터 신기루를 쫓고 있었어요."

"꼭 그렇지만은 않아. 야콥슨의 책에 끼어 있던 바르트의 텍스트는 진짜였지. 불가리아인을 막지 않았더라면 크리스테바의 손에 들어갔을지도 몰라. 그랬다면 그녀는 자신이 가지고 있던 가짜와 진짜를 비교해보고 바꿔치기를 눈치챘을 테고. 슬리만의 카세트테이프에도 원본이 녹음되어 있었고. 원본이 엉뚱한 사람의 손에 들어가면 안 되잖아. (젠장, 손 이야기는 꺼내지 말았어야 했는데.)"

"데리다는 어차피 그걸 없애려고 했잖아요."

"하지만 설의 손에 들어갔으면 어쩔 뻔했냐고. (제기랄, 자꾸 손 얘기를 하다니.) 지금쯤 어떤 일이 벌어졌을지 아무도 모르지."

"무라노에서의 일도요."

주변 사람들은 노래를 불렀고, 바야르와 시몽에게는 무거운 정적이 내려앉았다. 바야르는 무슨 말을 해야 할지 알 수 없었다. 그는 젊은 시절에 봤던 영화를 떠올렸다. 〈바이킹〉. 영화 속에서 한 팔이 불구인 토니 커티스가 한 손으로 커크 더글러스를 죽인다. 하지만 이 영화를 언급하면 시몽이 예민하게 받아들일지도 모른다.

누가 뭐라 하든 수사 자체는 잘 진행되었다. 그들은 바르트의 암살범을 제대로 지목하고 추적했다. 그들이 가짜 텍스트를 가지고 있었다는 사실을 어떻게 알 수 있었겠는가. 시몽이 옳다. 그것은 잘못된 길이었다. 처음부터 그들은 잘못된 길을 따라 움직였다.

바야르가 말했다. "이 수사를 하지 않았다면 너는 지금의 네 모습이 아니겠지."

"외팔이요?" 시몽이 비웃듯 말했다.

"처음 너를 만났을 때 넌 도서관에 처박힌 책벌레였지. 조용하고 온순한 숫총각 같은 모습이었어. 지금 네 모습은 어떻지? 딱 맞게 재단된 정장 차림에, 여자들을 만나고, 로고스 클럼의 승승장구하는 스타지….”

“그리고 오른손이 없고요.”

여러 공연이 이어졌다. 사람들은 춤추고 포옹했다. 젊은이들의 무리 가운데서 바람에 날리는 금발 머리가 보였다. 시몽은 아나스타샤를 알아보았다. (그녀가 머리를 푼 모습은 처음이었다.)

오늘 저녁 이 수많은 사람들 가운데서 아나스타샤를 만날 확률이 얼마나 될까? 시몽은 자신이 소설의 주인공이라면 형편 없이 재능이 없는 소설가일 것이고, 그렇지 않다면 아나스타샤가 아주 뛰어난 스파이일 것이라고 생각했다.

무대에서는 텔레폰이 ‘그것(그것은 정말 너였어)’을 부르고 있었다.

그들의 눈이 마주쳤고, 그녀는 장발 남자와 춤을 추며 시몽에게 친숙하게 손짓을 했다.

바야르도 그녀를 보았다. 그는 시몽에게 자신은 집으로 돌아가겠다고 말했다.

“돌아간다고요?”

“내가 축하할 승리가 아니거든. 너도 알잖아. 나는 다른 대머리한테 투표했다는 거. 그리고 이런 행사를 즐길 만한 나이가 아니거든. (그는 마리화나를 피우거나 딥 키스를 하거나 음악에 맞춰 점프하며 열광하고 있는 젊은이들을 가리켰다.)”

“아니, 아저씨. 코넬대학교에서는 안 그랬잖아요. 당나귀처

럼 후끈 달아올라서 주디스를 뒤에 달고 누군지는 모르지만 어
떤 여자한테 밀어 넣고 있을 때는 말이죠."

바야르는 못 들은 척했다.

"네 사회당 친구들이 손대기 전에 서류들을 좀 정리해야 해
서 말이지."

"드페르가 자리를 주면 어떻게 할 거예요?"

"나는 공무원이야. 정부를 위해서 일하고 돈을 받는다고."

"알아요. 정부를 위해 봉사하는 정신 훌륭하십니다."

"닥쳐. 멍청이."

그들은 함께 웃었다. 시몽은 바야르에게 아나스타샤의 설명
이 궁금하지 않냐고 물었다. 바야르는 시몽의 손(왼손)을 잡고,
춤추는 아나스타샤를 보며 말했다. "나중에 얘기해줘."

그렇게 말한 뒤 바야르는 사람들의 무리 속으로 사라졌다.

시몽이 몸을 돌렸을 때, 이미 아나스타샤가 시몽의 앞에 서
있었다. 비와 땀에 젖어 있었다. 잠시 어색한 침묵이 흘렀다.
아사스타샤는 시몽의 사라진 오른손을 바라봤다. 시몽은 그녀
의 주의를 다른 곳으로 돌리고 싶어서 물었다. "소련은 미테랑
의 당선을 어떻게 생각하나요?" 그녀는 웃었다. "브레즈네프
는…." 그녀는 그에게 마시던 맥주 캔을 내밀었다. "요즘 실세
는 안드로포프예요."

"그럼 불가리아의 실권자는 어떻게 생각하고 있죠?"

"크리스테바의 아버지요? 우리는 그가 딸을 위해 일을 꾸몄다는 걸 알고 있었죠. 하지만 왜 7번째 기능을 원했는지는 몰랐어요. 당신이 로고스 클럽이라는 실마리를 줬죠."

"크리스테바의 아버지는 이제 어떻게 되나요?"

"시대가 변했어요. 이제 더 이상 1968년의 그때가 아니에요. 아버지든 딸이든 어떻게 하라는 명령은 못 받았어요. 당신을 죽이려고 했던 요원은 이스탄불에서 마지막으로 목격되었는데, 그 뒤로 흔적을 찾지 못했어요."

비가 더 거세게 쏟아지기 시작했다. 무대에서는 자크 이즐랭이 '샴페인'을 불렀다.

시몽은 슬픈 듯한 어조로 말했다. "왜 베네치아에 오지 않았죠?"

아나스타샤는 머리를 묶고 부드러운 담뱃갑에서 담배를 꺼냈지만 불을 붙이지 못했다. 시몽은 그녀를 바스티유 앞 아스날 항구의 나무 아래로 데려갔다. "전 다른 경로를 따라갔어요." 그녀는 솔레르스가 알튀세르에게 사본을 맡겼다는 정보를 알게 되었다. 그녀는 물론 그것이 가짜인 줄 몰랐기 때문에 알튀세르가 입원해 있는 동안 그의 아파트를 샅샅이 뒤졌다. 책과 서류가 너무 많은 데다 종이 한 장이라 어디에든 숨길 수 있기 때문에 오랜 시간과 공을 들여 찾았지만 결국 찾지 못했다.

시몽이 말했다. "아, 유감이군요."

뒤쪽 무대 위에서 로카르와 쥐캉이 서로 손을 잡고 앵테르나쇼날을 부르자 군중들이 따라 불렀다. 아나스타샤는 가사를 러시아어로 흥얼거렸다. 시몽은 현실에서 정말로 좌파가 권력을 잡을 수 있는지 생각했다. 아니, 좀 더 정확하게 말하자면 현실에서 자기의 삶을 바꿀 수 있는지 생각했다. 하지만 오래전부터 자신을 괴롭힌 존재론의 고민에 빠지기 직전에, 아나스타샤가 그에게 속삭였다. "내일 모스크바로 떠나요. 오늘 밤은 할 일이 없고요." 마법처럼 젊은 여자가 가방에서 샴페인을 꺼냈다. 시몽은 그녀가 샴페인을 어디에서 어떻게 가져왔는지 알수가 없었다. 두 남녀는 병째로 샴페인을 나눠 마셨고 시몽은 아나스타샤가 머리핀으로 자신의 경동맥을 끊어버리거나 독이 든 립스틱에 바르지 않았을지 궁금해하며 그녀에게 키스를 했다. 아나스타샤는 가만히 키스를 받아들일 뿐 립스틱을 꺼내지 않았다. 그들의 키스는 쏟아지는 비와 배경의 축제 때문에 마치 영화의 한 장면 같았지만 시몽은 더 이상 그것을 생각하지 않기로 했다.

사람들이 소리쳤다. "미테랑! 미테랑!" (하지만 새 대통령 미테랑은 그 자리에 없었다.)

시몽은 아이스박스에 담긴 음료를 파는 노점상(오늘은 특별히 샴페인을 팔고 있었다)에게 다가가서 샴페인 한 병을 사 한 손으로 뚜껑을 열었다. 아나스타샤는 미소를 지으며 다시 머리를 풀어 헤쳤다.

그들은 샴페인 병을 부딪쳐 건배했고 아나스타샤는 천둥이 치는 아래에서 목청껏 소리쳤다.

"사회주의 만세!"

그들 주변에서 젊은이들이 박수를 쳤다.

다시 번개가 번쩍하는 순간 시몽도 외쳤다.

"진정한 사회주의!"

96

1981년 롤랑 가로스 토너먼트 결승전. 보리는 상대를 제압하기 위해 서비스를 넣었다. 젊은 체코슬로바키아 선수 이반 렌들을 6 대 1로 이겨 첫 세트를 따냈다. 히치콕의 영화 장면처럼 사람들의 머리가 공을 따라 움직였다. 시몽만 혼자서 멍하니 다른 생각을 하고 있다.

바야르는 신경 쓰지 않을지도 모르지만 시몽은 알고 싶었다. 자신이 소설 속의 인물이 아니고 현실 속의 인물이라는 증거를 원했다. (그렇다면 현실은 뭐지? 라캉은 '서로 충돌할 때'라고 말했다. 시몽은 자신의 뭉툭한 오른쪽 손목을 봤다.)

두 번째 세트는 좀 더 접전이었다. 선수들이 미끄러질 때마다 흙먼지가 일었다.

시몽은 관람석에 혼자 앉아 있었다. 젊은 마그레브 남자가 시몽의 옆자리에 앉았다. 슬리만이었다.

그들은 인사를 나눴다. 렌들이 두 번째 세트를 이겼다.

보리가 이번 토너먼트에서 처음으로 내준 세트였다.

"자리 좋네요."

"홍보 회사가 빌린 자리야. 미테랑의 선거 홍보를 했던 회사지. 나를 고용하고 싶대."

"관심 있으세요?"

"너도 말 편하게 해."

"당신 손, 유감이라고 생각해요."

"보리가 이기면 롤랑 가로스에서 여섯 번째 우승인데… 정말 굉장하지 않아?"

"게임 출발이 좋은 것 같아요."

세 번째 세트에서 보리는 빠르게 점수 차를 벌렸다.

"와줘서 고마워."

"마침 파리에 다녀가던 길이었거든요. 경찰 분이 알려줬겠지만."

"그럼 지금은 미국에 살아?"

"그렇죠. 영주권을 받았거든요."

"6개월 만에?"

"다 방법이 있죠."

"미국 행정부?"

"네. 미국 행정부."

"코넬대학교 이후에 무슨 일을 했길래?"

"돈을 들고 튀었죠."

"거기까진 이미 알아."

"뉴욕에서 강의를 들어보려고 컬럼비아대학교에 등록했어요."

"학기 중에? 그게 가능해?"

"그럼요. 비서를 설득하기만 하면 돼요."

보리가 세트에서 두 게임을 따냈다.

"로고스 클럽에서 이기는 걸 봤어요. 축하해요."

"그런데 미국에도 로고스 클럽이 있어?"

"있죠. 하지만 이제 막 부화한 단계예요. 확실치는 않은데 미국 전체에 호민관이 한 명밖에 없대요. 필라델피아에 소요학자 한 명이 있고, 보스턴에 한 명인가 두 명인가 있고, 서부 해안 지대에 변증법론자 몇 명이 있어요."

시몽은 그도 로고스 클럽에 가입할 계획인지 묻지 않았다.

보리가 세 번째 세트를 6 대 2로 승리했다.

"앞으로는 뭘 할 생각이지?"

"정치학 공부를 할 거예요."

"미국에서? 미국 시민권을 딸 셈이야?"

"안 될 것 없죠."

"그러면… 어… 선거에 나갈 생각이야?"

"흠… 우선은 영어 공부를 좀 더 해야 하고 미국 시민이 돼야겠죠. 토론만 잘 한다고 후보가 될 수 있는 것도 아니고. 일단은… 뭐라고 말해야 하나… 할 일을 열심히 하면서 제 텃밭을 만들어야겠죠. 2020년쯤이면 민주당 예비 선거에 나갈 수 있을지도 모르죠. 그 전에는 힘들겠네요. 하하."

슬리만의 목소리가 웃음기를 띠어서인지 시몽은 그게 진심인지 농담인지 분간하기가 힘들었다.

"아니에요. 사실은 컬럼비아에서 한 친구를 만났어요. 그 친구는 크게 될 인물인 것 같아요. 제가 도와준다면."

"크게? 어디까지?"

"상원 의원까지는 만들어줄 수 있을 것 같아요."

"왜?"

"그냥요. 하와이에서 온 흑인이에요."

"흠, 그래. 새로 얻은 권력을 사용해 도전을 해보겠다는 거로군."

"사실 권력하고는 다르죠."

"알아."

렌들은 공을 직선으로 갈겨 넣었고 공은 보리와 3미터 떨어진 곳에 꽂혔다.

시몽이 평했다. "보리에게 흔치 않은 일인데… 저 체코 선수 잘하는걸."

그는 슬리만이 자신의 생각을 꿰뚫어 보고 있다는 사실을 알면서도 그를 부른 진짜 이유를 말하지 않고 시간을 끌고 있었다.

"카세트테이프를 계속 반복해서 들었지만 아직도 외우지 못하겠어요."

"방법이야? 아니면 비밀 무기?"

"방법이라기보다는 힌트에 가까워요. 아니면 따라야 할 길?

궤적? 야콥슨은 '행위 발화'라는 용어로 효과적으로 표현을 했는데, '행위'라는 게 이미지예요."

슬리만은 보리가 양손으로 백핸드를 하는 모습을 보았다.

"그렇다면 기술이라고 말할 수 있겠군."

"그리스식 의미로요?"

슬리만이 웃었다.

"그리스어로는 테크네*techné*. 맞아요. 프락시스(실행)*Praxis*, 포이에시스*Poïésis**…. 이런 것들도 다 배웠죠."

"지지 않을 자신 있어?"

"네. 하지만 무조건 지지 않는다는 뜻이 아니에요. 누군가 저를 꺾을 수도 있다고 생각해요."

"7번째 기능을 사용하지 않아도?"

슬리만은 웃었다.

"두고 봐야 알겠죠. 하지만 전 배워야 할 게 잔뜩 있거든요. 그리고 훈련도 해야 하고요. 이민국 관리나 비서를 설득하는 일도 쉽지는 않았지만 선거에서 이긴다는 건 좀 더 어려운 일이니까요. 아직도 단련하기 위해 갈 길이 멀어요."

시몽은 미테랑의 수준이 어느 정도일까 생각했다. 만약 미테랑이 다음 선거에서 진다면? 죽을 때까지 다시 한 번 선거에

---

* 아리스토텔레스의 용어. 법칙을 알고 그에 따라 인간에게 필요한 것을 만들어 내는 기술.

584

서 이길 날만을 기다린다면?

그러는 동안 렌들은 4세트에서 스웨덴의 테니스 기계 보리를 꺾었다. 사람들은 흥분했다. 롤랑 가로스 오픈에서 오랜만에 보리가 5세트까지 가게 된 것이다. 그는 1979년의 빅토르 페치와의 결승전 이후로 한 세트도 진 적이 없었다. 더군다나 롤랑 가로스에서는 1976년 이탈리아 선수 파나타에게 당한 패배가 처음이자 마지막이었다.

보리는 두 번 실책을 범해서 렌들에게 브레이크 포인트를 만들어주었다.

"뭐가 더 불확실한지 모르겠어." 시몽이 말했다. "보리의 6번째 우승일까. 아니면 패배일까."

보리가 서비스 에이스를 따냈다. 렌들은 체코어로 뭐라고 소리를 쳤다.

시몽은 자신이 보리의 우승을 바라고 있다는 점을 알았다. 약간의 미신과 보수주의, 변화에 대한 두려움 때문이었을 것이다. 예측 가능한 사실이 현실이 되기를 바라는 마음도 작용했을 것이다. 보리는 코너스와 매켄로를 비롯한 모든 적수를 이기고 결승에 올랐지만, 세계 랭킹 5위의 렌들은 준결승에서 호세 루이스 클레르크에게 패배할 뻔했고 2라운드에서 안드레스 고메스에게 이미 한 번 패배했다. 현재의 상황을 감안한다면….

"그런데 푸코 소식은 가끔 듣니?"

"그럼요. 편지를 주고받고 있죠. 파리에 갈 때면 그의 집에 머물러요. 아직도 성의 역사를 주제로 글을 써요."

"그럼 푸코는… 어, 7번째 기능에 전혀 관심도 없는 건가? 적어도 연구 대상으로라도?"

"언어학을 포기한지 꽤 됐잖아요. 나중에 다시 관심을 가질지도 모르죠. 아무래도 무슨 말을 꺼내기 전에 빙빙 돌리는 성격이라서요."

"흠, 알겠어."

"아, 아니에요. 당신 이야기가 아니었어요."

보리가 포인트를 땄다.

두 사람은 말을 멈추고 한동안 경기를 보았다.

슬리만은 아메드를 생각했다.

"암캐 같은 크리스테바는 어떻게 됐죠?"

"잘 지내. 솔레르스한테 무슨 일이 일어났는지 들었어?"

슬리만의 얼굴에 비웃음이 어렸다.

시몽과 슬리만은 둘 다 로고스 클럽의 수장 위대한 프로타고라스의 자리를 두고 언젠가는 서로 맞붙을 것이라는 생각을 한 적이 있다. 하지만 오늘은 아무런 말도 꺼내지 않고 있다. 시몽은 조심스럽게 움베르토 에코의 이야기를 피했다.

렌들이 포인트를 땄다.

상황은 점점 더 불확실해지고 있었다.

"당신은요? 앞으로 어쩔 계획이에요?"

시몽은 자신의 잘려 나간 손목을 보여주며 웃었다.

"글쎄, 롤랑 가로스 우승은 아무래도 어렵겠군."

"시베리아 횡단 철도는 어때요. 그게 딱 좋아 보이는데."

시몽은 또 다른 외팔이 지식인 블레즈 상드라르*를 빗댄 농담에 미소 지었다.

렌들은 지고 싶지 않았지만 보리가 너무 강했다.

하지만.

항상 불가능은 일어난다.

렌들이 또 포인트를 땄다.

렌들이 서비스를 하게 되었다.

젊은 체코슬로바키아 선수는 시합의 무게에 눌려 떨고 있었다.

하지만 이겼다.

보리, 무적의 보리가 졌다. 렌들은 두 팔을 번쩍 치켜들었다.

슬리만은 관중들과 함께 박수를 쳤다.

시몽은 우승컵을 높이 치켜드는 렌들을 보았다. 정말로 무슨 생각을 해야 할지 알 수 없었다.

---

* 프랑스의 시인, 소설가. 대표작 《절단된 손La Main Coupée》, 《시베리아 철도Le Transsibérien》.

나폴리

97

시몽은 갈레리아 움베르토 I 쇼핑몰 앞에 서 있다. 유리와 대리석이 웅장하고 아름답게 조화를 이룬 건물이지만 그는 입구에 머물러 있다. 갈레리아는 지표로 삼았을 뿐 목적지가 아니기 때문이다. 그는 지도를 펼친다. 도대체 왜 로마 거리가 안 나오는지 이해할 수 없다. 지도가 가짜가 아닌지 의심스러울 지경이다.

그는 지금쯤 로마 거리에 있어야 했다. 그런데 이곳은 톨레다 거리다.

뒤쪽 도로 건너편에는 구두닦이 노인이 호기심 어린 눈으로 시몽을 지켜봤다.

시몽은 구두닦이 노인이 자신을 보는 이유를 잘 안다. 지도를 한 팔로 어떻게 도로 접을지 궁금한 것이다.

노인에게는 손님이 발을 올릴 수 있도록 나무 상자가 있었다. 나무 상자의 위쪽 면은 악보대처럼 비스듬하다. 시몽은 굽을 올려놓는 부분이 경사진 것을 보았다.

그들은 눈길을 주고받았다.

나폴리의 거리 한복판에서 도로를 사이에 두고 그들은 서로의 시선을 의식했다.

시몽은 결국 이곳이 정확히 어디인지 알아낼 수 없었다. 그는 구두닦이 노인에게서 눈을 떼지 않은 채 천천히, 하지만 능숙하게 지도를 접기 시작했다.

갑자기 구두닦이 노인이 시몽의 위쪽 한 지점을 보았다. 시몽은 노인의 경악하는 표정을 보고 심상치 않은 일이 일어나고 있음을 알았다.

고개를 들었더니 갈레리아 입구 위에 새겨진 두 케루빔과 문장을 둘러싼 석고 조각이 떨어지고 있었다.

구두닦이 노인은 참극을 막기 위해, 혹은 무슨 역할이든 하기 위해 경고하는 소리를 지르고 싶었지만 (*"Statte accuorto!(조각상 떨어져요!)"*) 이빨이 없는 그의 입에서는 아무 소리도 나오지 않았다.

하지만 시몽은 예전의 그가 아니다. 500킬로그램은 됨 직한 하얀 돌덩어리에 깔려 죽었을 이전의 책벌레가 아니다. 로고스 클럽에서 서열이 꽤 높은 외팔이이며 최소한 세 번 목숨을 잃을 뻔한 사람이다. 대부분의 사람들은 이런 상황에서 본능적으로 건물에서 떨어지려 하지만, 시몽은 오히려 건물 벽에 바짝 붙어 섰다. 엄청나게 큰 돌조각은 그의 발 앞에서 아무런 해를 끼치지 않고 산산조각이 났다.

노인은 아직도 넋이 나간 상태였다. 시몽은 석고 조각을 보고 노인을 보고 주변의 공포에 질린 행인들을 보았다.

시몽은 손가락으로 가엾은 노인을 가리켰다. 하지만 그가 입을 열고 말하는 상대는 노인이 아니었다. 그는 도전하듯이 말했다. "날 죽일 거라면 좀 더 공을 들여야 할 거야!" 어쩌면 소설가가 메시지를 주려고 했을지도 모른다. "그럼 무슨 뜻인지 더 확실하게 표현을 하던가." 시몽은 분노에 차서 중얼거렸다.

98

"작년에 일어난 지진 때문이에요. 건물들이 모두 약해졌거든요. 다들 언제 무너질지 모르는 상태예요."

시몽은 왜 석고 조각이 그의 머리 위에 떨어질 뻔했는지 비안카의 설명을 듣고 있다.

"성 야누아리오는 베수비오 화산이 폭발했을 때 용암을 멈추게 했어요. 이후로 그는 나폴리의 수호성인이 되었죠. 성 야누아리오의 피는 유리병 안에 보관되어 있어요. 해마다 주교가 유리병을 가져와서 뒤집는데, 이때 굳어 있던 피가 다시 흐를 때도 있어요. 만약에 피가 액체로 변하면 불행이 사라진다고 해요. 그런데 당신 작년에 무슨 일이 있었던 거예요?"

"피가 액체로 변하지 않았죠."

"유럽연합에서 복구비용으로 수백만 유로를 지원했어요. 하지만 나폴리 재건설 계약을 따낸 카모라*는 지원금을 횡령하고 아무것도 복구하지 않았죠. 몇 군데 하기는 했는데 날림으로 해놓아서 위험한 건 마찬가지예요. 항상 사고가 일어나요. 나폴리 사람들은 이제 익숙해졌어요."

시몽과 비안카는 관광객들이 많이 찾는 오랜 전통의 카페 감브리누스의 테라스에서 이탈리아 커피를 홀짝거리고 있다. 시몽이 이곳을 약속 장소로 선택했다. 그들은 커피 외에 럼 바바 케이크도 맛보았다.

비안카는 그에게 '나폴리를 보고 죽어라.'라는 표현을 설명해주었다. (이탈리아어로는 *vedi Napoli e poi muori*, 라틴어로는 *viderer Neapolim et Mori*이다.) 이 표현은 사실상 말장난이라고 했다. Mori는 '죽는다'는 뜻도 있지만 나폴리 근교의 소도시 이름이기도 하다. 즉 '나폴리와 모리를 봐라'라는 뜻도 된다.

---

* 나폴리의 마피아.

비안카는 피자의 역사도 말해 주었다. 이탈리아의 움베르토 1세와 결혼한 마르게리타 왕비가 나폴리 대중들의 음식인 피자를 알게 되었고, 이를 이탈리아 전역에 퍼뜨렸다. 그래서 마르게리타 여왕을 기리기 위해 이탈리아의 국기의 색깔인 녹색(바질), 흰색(모차렐라), 붉은색(토마토)로 된 피자를 '피자 마르게리타'라고 부른다.

그녀는 아직 시몽의 오른손에 대해 묻지 않았다.

흰 피아트 한 대가 카페 앞에 이중 주차되어 있었다.

비안카의 말은 점점 더 활기를 띠었다. 그녀는 정치를 화제로 올리기 시작했다. 그녀는 부를 독점하고 인민을 굶주리게 하는 부르주아를 얼마나 증오하는지 다시 한 번 얘기했다. "시몽, 당신 그거 알아요? 핸드백 하나에 수억 리라를 쓰는 부르주아들이 있대요. 핸드백 말이에요."

흰 피아트에서 청년 두 명이 내려서 테라스로 왔다. 트라이엄프 오토바이를 타고 온 세 번째 남자가 오토바이를 인도에 세우고 그들에게 와서 합류했다. 비안카는 거리와 등지고 앉아 있어서 그들을 보지 못했다. 볼로냐에서 붉은 스카프를 매고 있던 자들이었다.

시몽은 그들을 봤지만 놀란 표정을 전혀 드러내지 않았다.

비안카는 이탈리아의 부르주아에 관해 얘기하다가 화가 나서 울고 있었다. 그녀는 레이건을 비난하는 말을 쏟아냈다. 그

594

녀는 미테랑도 경멸했다. 이탈리아든 프랑스든 사회주의자는 항상 배신했기 때문이라고 했다. 특히 이탈리아 사회당의 당수인 베티노 크락시가 쓰레기라고 했다. 그들은 모두 마땅히 죽어야 하며, 가능하다면 그들을 직접 처형하고 싶다고 했다. 그녀에게 세상은 끝없이 우울한 곳이군. 시몽은 그녀의 말이 완전히 틀리지는 않다고 생각했다.

세 청년은 맥주를 시키고 담배에 불을 붙였다. 그리고 시몽과 만난 적이 있는 또 다른 남자가 왔다. 베네치아에서 만난 적수. 그의 손을 자른 남자가 양옆에 경호원을 데리고 왔다.

시몽은 럼 바바를 먹는 척 고개를 숙였다. 남자는 지역 선거에서 당선된 유명 인사다운, 혹은 카모라의 중요 간부 같은 거만한 태도로 악수를 했다. 그는 카페 안쪽으로 사라졌다.

비안카는 포를라니 총리와 그의 5당 연립 정부 얘기를 하며 침을 뱉었다. 시몽은 그녀가 신경 발작을 일으키고 있다는 인상을 받았다. 그녀를 안심시키기 위해 달래는 말을 하며 테이블 아래로 손을 넣어 그녀의 무릎을 만지려고 했다. "비안카, 세상이 그렇게 비참하지만은 않아요. 니카라과를 생각해봐요." 하지만 바지의 옷감 너머에는 그녀의 피부가 아닌 단단한 물체가 있었다.

비안카는 깜짝 놀라 펄쩍 뛰었고 다리를 의자 쪽으로 급하게 움츠렸다. 그녀는 곧바로 울음을 멈췄다. 그녀는 도전적이면서 동시에 간청하는 눈빛으로 시몽을 보았다. 그녀의 눈물 속에는 분노와 사랑이 함께 들어 있었다.

시몽은 아무 말 하지 않았다. 동시에 안도감이 들었다. 해피 엔딩이었군. 외팔이와 외다리. 좋은 이야기가 항상 그렇듯, 한 편으로는 죄책감도 들었다. 만약에 볼로냐 역의 폭발 사고로 그녀가 다리를 잃었다면 시몽의 책임이었기 때문이다. 시몽을 만나지 않았더라면 비안카는 여전히 아름다운 두 다리로 걸어 다니며 치마를 입었을 것이다.

또한 이 커플은 감동적이고 따뜻한 장애인 커플이 되지 못 할 것이다. 소외 계층으로 전락한 데다가 좌파 사상이 몸에 배 어 있지 않은가?

다만 그가 계획한 마지막 장면은 이게 아니었다.

그렇다. 분명 그는 나폴리에 들른 김에 비안카를 다시 만나 고 싶었다. 볼로냐의 해부대 위에서 사랑을 나눴던 비안카. 하 지만 지금 그에게는 다른 용무가 있다.

시몽은 스카프를 맨 남자들에게 보일락 말락 고갯짓을 했다.

세 남자는 일어서서 스카프를 올려 입을 가리고 카페 안으 로 들어갔다.

시몽과 비안카는 오랫동안 서로 쳐다보며 말없이 수많은 대 화와 감정을 주고받았다. 과거와 현재와 조건법 과거(세 가지 중 가장 나쁜 것이다. 과거를 후회하는 용법이기 때문이다.)

폭발음이 두 번 들려왔다. 비명 소리와 혼란의 소리.

스카프를 맨 청년들이 다시 나왔다. 얼굴 아래를 스카프로 가렸고 시몽을 해친 정치인을 뒤에서 밀고 있다. 세 청년 중 한 명은 발터 P38 권총을 정치인의 허리에 찌르고 있다. 다른 한 명은 바닥에 엎드려 있다. 공포에 질린 고객으로 가장하기 위해서다.

시몽의 앞을 지나며 세 번째 청년이 테이블 위에 무언가를 놓았고 시몽은 자신의 냅킨으로 그것을 덮었다.

그들은 정치인을 끌고 가 피아트에 태워 시동을 걸고 떠났다.

카페 안은 공포에 휩싸였다. 시몽은 안쪽에서 들려오는 소리에 귀를 기울였고, 경호원들이 다쳤다는 것을 알았다. 둘 다 다리에 총을 맞았다.

시몽은 공포에 질려 있는 비안카에게 말했다. "나랑 같이 가요."

그는 그녀를 데리고 세 번째 남자의 오토바이로 가서 그녀에게 냅킨을 내밀었다. 냅킨 안에는 오토바이 키가 있었다. "운전 부탁해요."

비안카는 항의했다. 자기도 스쿠터가 있지만 이렇게 큰 오토바이는 몰 수 없다고 했다.

시몽은 이를 악물고 얼굴을 찡그리며 오른손을 보여주었다. "나도 몰 수 없어요."

비안카는 할 수 없이 오토바이에 올라타 시동을 걸었다. 시몽은 그녀의 뒤에 앉아 허리에 팔을 둘렀다. 그녀가 액셀러레이터를 돌리자 오토바이가 풀쩍 뛰었다. 비안카는 어느 방향으로 가야 하냐고 물었다. "포추올리요." 시몽이 대답했다.

99

달빛 아래 펼쳐진 광경은 이탈리아판 서부 영화와 공상과학 영화가 섞인 장면 같았다. 하얀 점토질로 덮인 거대한 분화구의 한가운데 스카프를 맨 세 청년이 배불뚝이 남자를 부글거리는 웅덩이 옆에 무릎 꿇리고 주위를 에워싸고 있다.

지구 깊은 곳에서 분출된 유황이 주변 곳곳에서 끓어 넘치고 있다. 사방에 썩은 달걀 냄새가 가득했다.

처음에 시몽은 쿠마에에 있는 무녀의 거처를 고려했다. 그곳이라면 아무도 그들을 찾지 못할 것이다. 하지만 거기는 너무 유치하고 상징적인 장소였다. 상징은 이제 지긋지긋해지기 시작했다. 하지만 상징으로부터 벗어나기는 쉽지 않았다. 메말라서 갈라진 흙 위를 걷는 동안 비안카가 알려줬다. 로마인들은 이 화산의 가스 구멍이 지옥의 입구라고 생각했다고 한다. 그렇군.

"동지! 이제 어떻게 할까요?"

감브리누스 카페에서 그들을 알아보지 못했던 비안카가 눈을 크게 떴다.

"볼로냐의 붉은 여단을 고용했어요?"

"딱히 붉은 여단을 원한 건 아니에요. 근데 엔초랑 이야기할 때는 붉은 여단을 옹호하지 않았나요?"

"아무도 우리들을 고용하지 않았어요."

"Non Siamo dei mercenari."*(우린 용병이 아니에요.)*

"맞아요. 돈을 받고 움직이는 게 아니니까요. 전 설득을 했을 뿐이에요."

"저 사람을 납치하라고 시켰어요?"

"Si tratta di un uomo politico corrotto di Napoli."*(이놈은 나폴리의 부패한 정치인이에요.)*

"시청에서 건축 허가를 내리는 사람이기도 하죠. 저 녀석이 카모라에게 판 면허 때문에 지진 당시에 수백 명이 죽었어요. 카모라가 지은 부패한 빌딩에 깔려서요."

시몽은 부패한 정치가에게 다가가 잘린 손으로 그의 얼굴을 문질렀다. "게다가 패배를 인정하지 않는 구질구질한 놈이기도 하고." 정치가는 짐승처럼 고개를 마구 흔들었다. "Strunz! Si mmuort!"*(멈춰! 죽여버린다!)*

스카프를 쓴 젊은이들은 그에게 어마어마한 액수의 몸값을 걸자고 했다. 한 젊은이가 프랑스어로 시몽에게 말했다. "이런 돼지 같은 놈의 몸값을 누가 치르려고 할지 모르겠네요. 하하." 그들은 모두 따라 웃었고, 비안카도 웃었다. 입 밖에 꺼내지는 않았지만 그녀도 그가 죽기를 원했다.

알도 모로 같은 불확실성. 시몽은 그편이 마음에 들었다. 복수를 간절히 원하기도 했지만 상황을 운명에 맡기는 것도 좋아했다. 그는 왼손으로 정치가의 턱을 잡아서 있는 힘껏 조였다. "우리의 계획을 이해했나? 르노 4L의 트렁크에 처박히거나 집에 돌아가서 더러운 짓거리를 계속하거나 둘 중에 하나겠지. 하지만 로고스 클럽에는 발을 들여놓을 꿈도 꾸지 않는 게 좋을 거야." 베네치아의 대결이 다시 떠올랐다. 당시 그는 처음으로 진짜 위험에 처했다고 느꼈다. "그런데 어떻게 너 같은 촌놈이 그 정도 교양을 쌓았지? 더러운 짓거리를 그렇게나 벌이는 사이에 어떻게 극장에 갈 시간이 있었지?" 하지만 그는 사회적 편견에 가득 찬 말을 뱉은 것을 금방 후회했다.

턱을 놔주자 정치가는 이탈리아어로 떠들어대기 시작했다. 시몽은 비안카에게 물었다. "뭐라는 건가요?"

"당신 친구들에게 돈을 많이 주고 당신을 죽이라고 할 거래요."

시몽은 웃었다. 무릎 꿇고 앉은 정치가의 설득력을 모르는 바는 아니지만 기독교민주당의 썩은 정치인과 갓 스물다섯 살이 될까 말까 한 붉은 여단이라…. 하루 온종일 말해보라지. 한 마디라도 먹힐까?

정치가도 같은 생각이었는지, 갑자기 그 뚱뚱한 몸으로는 상상도 못할 민첩한 몸놀림으로 가까이 있는 붉은 군인의 P38 총을 빼앗으려 덤벼들었다. 하지만 스카프를 둘러맨 붉은 여단은 한창때의 젊은이들이다. 뚱보 정치가는 개머리판으로 얻어 맞고는 땅에 뒹굴었다. 붉은 여단은 욕을 하며 뚱보에게 총을 겨눴다.

그래, 이야기는 이렇게 끝나는구나. 지금, 여기서, 그를 죽이겠지. 바보같이 덤벼들었으니. 시몽은 중얼거렸다.

총성이 들렸다.

하지만 쓰러진 사람은 붉은 여단 중 한 명이었다.

다시 정적이 내려앉았고, 모두들 주변을 채운 화약 냄새를 맡고 있었다.

아무도 숨으려 들지 않았다. 시몽이 이처럼 완벽한 장소에서 만나자는 환상적인 아이디어를 냈기 때문이다. 더 자세히 말하자면, 지름이 700미터나 되는 분화구에서 뭘 할 수 있단 말인가. 몸을 숨길 나무 한 그루, 아니 덤불 한 포기도 없었다. 시몽은 피난처로 삼을 만한 장소를 살피다가 연기가 피어오르는 돌무더기를 보았다. (마치 고대의 한증실 내지 지옥의 문 같은 곳이었다.) 하지만 너무 멀리 있었다.

정장 차림의 두 남자가 그들에게 다가왔다. 한 명은 권총을 들고 있었고 나머지 한 명은 소총을 들고 있었다. 시몽은 독일제 마우저 자동 권총을 알아보았다. 살아 있는 붉은 여단원 두 명은 항복의 표시로 두 손을 들었다. 이 거리에서는 그들의 P38이 전혀 도움이 안 된다는 것을 알았기 때문이다. 비안카는 머리에 총알을 맞은 시체를 바라봤다.

카모라에서 부패한 정치가를 구하기 위해 사람을 보냈다. '조직'은 자신의 개를 쉽게 포기할 정도로 만만하지 않았다. 또한 시몽은 자기도 사사로운 원한에 사로잡혀 복수를 시도했다는 점에서 좀스러웠다고 생각했다. 그는 아마 이 자리에서 붉은 여단과 함께 죽을 것이다. 비안카도 같은 운명을 걷겠지. 조직은 목격자를 살려두지 않을 테니까.

정치가가 바다표범처럼 씩씩거리며 일어서서 먼저 시몽의 뺨을 때리고, 붉은 여단, 마지막으로 비안카의 뺨을 때렸다. 이렇게 이들 네 명의 운명은 확정되었다. 정치가는 두 명의 하수인에게 이를 갈며 말했다. "*Acceritele.*"(죽여.)

시몽은 베네치아에서 만난 일본인들을 생각했다. 이번에는 그를 도와주는 '데우스 엑스 마키나'가 없을까? 마지막 순간, 시몽은 초월적인 (의식 영역 밖의) 순간을 체험했다. 만약 그가 소설 속 주인공이라면, 죽어가는 순간에 어떤 대사를 해야 할까? 시몽은 여러 가지 가능성을 생각해봤다. 바야르는 시몽에게 뭐라고 할까? "토니 커티스가 〈바이킹〉에서 어떻게 했는지 생각해봐." 아, 네, 네. 어련하시겠어요. 자크 바야르라면 무장한 남자의 총을 빼앗아 그 총으로 옆의 남자를 치겠지. 하지만 그는 여기 없잖아. 그리고 난 바야르가 아니거든.

카모라의 하수인은 소총을 시몽의 가슴에 겨눴다.

시몽은 이제 더 이상 구원의 손길을 기다려봤자 소용이 없다는 것을 알았다. 이것이 만약 진짜 소설이라면 소설가는 내 편이 아니었군.

총을 겨눈 자는 붉은 여단만큼이나 앳된 남자였다. 그가 막 방아쇠를 당기려는 순간 시몽이 그에게 말했다. "당신이 명예를 아는 남자라는 걸 알고 있어." 총잡이는 잠시 멈칫하고 비안카에게 무슨 말이냐고 물었다. *"Isse a ritto cà sin'omm d'onore."* 그래. 더 이상 기적은 없을 거야. 하지만 그렇다고 해서 소설이든 아니든 그저 당하고만 있으란 법은 없지…. 시몽은 구원이라는 말을 믿지 않았다. 지상의 임무라는 말도 믿지 않았다. 하지만 미리 정해진 운명이란 없다는 것을 믿었다. 아무리 변덕스러운 사디스트 소설가의 손에 맡겨졌다 할지라도, 운명은 아직 정해져 있지 않다고 믿었다.

다시 한 번 더.

이 가상의 소설가를 신처럼 대해야 한다. 즉 항상 신이 존재하지 않는 것처럼 행동해야 한다. 만약 신이 존재하더라도, 고작해야 재능 없는 소설가일 것이고 존경하거나 복종할 필요가 없을 테니까. 이야기의 흐름은 바꾸면 된다. 가상의 소설가는 아직 결정을 내리지 못했다. 만약 그렇다면, 소설의 결말은 주인공의 손에 달려 있을 것이다. 그리고 주인공은 바로 나다. 아, 로만 야콥슨! (이런 것이었나?)

나는 시몽 에르조그. 내 이야기의 주인공은 바로 나.

시몽이 말하기 시작하자 총잡이가 시몽을 보았다. "당신 아버지는 파시스트와 싸웠지. 파르티잔이었어. 당신 아버지는 자유와 정의를 위해 목숨을 걸었다고." 두 남자는 비안카 쪽을 보았고 비안카는 나폴리어로 통역했다. *"Pateto eta nu partiggiano cà a fatt'a guerra'a Mussolini e Hitler. A commattuto p''a giustizia e'a libbertà."*

부패한 정치가는 짜증을 냈지만 총잡이는 입 닥치라고 손짓했다. 정치가는 두 번째 남자에게 시몽을 빨리 죽이라고 명령했지만 소총을 든 이 남자는 정치가에게 조용히 말했다. *"Aspett'."*(기다리시오.) 아마도 소총을 든 남자가 책임자인 듯했다. 그는 시몽이 어떻게 그의 아버지를 알고 있는지 궁금했다.

사실 이것은 사색의 결과일 뿐이다. 시몽은 소총의 모델을 알아보았다. 독일 최고 사격수들이 쓰는 마우저 모델. (시몽은 제2차 세계대전 역사를 속속들이 알고 있다.) 시몽은 젊은 남자가 아마도 아버지로부터 총을 물려받았을 것이라고 추측했다. 그렇다면 두 가지 가설을 세울 수 있다. 아버지가 이탈리아군 소속으로 독일군과 함께 싸워 총이 생겼을 수도 있고, 아니면 반대로 파르티잔으로서 독일군의 시체에서 전리품으로 획득한 것일 수도 있다. 첫 번째 가설이 맞다면 어차피 목숨을 건지는 데 아무런 도움이 되지 않을 테니 그는 두 번째 가설을 말한 것이다. 하지만 그 이상으로 자세한 말은 하지 않았고, 비안카를 향해 말했다. "그리고 당신은 지진 때 가족을 잃었지." 비안카가 통역했다. *"Isse sape ca è perzo à coccheruno int"o terramoto…."*

뚱보 정치가는 발을 굴렀다. *"Basta! Spara mò!"*(그만! 당장 총을 쏴!)

하지만 '조직'이 하찮은 일을 처리하도록 지명한 총잡이('삼촌'이라고 불렀다)는 자신의 가족을 몰살시킨 지진에서 뚱보 정치가가 어떤 짓을 저질렀는지 설명하는 시몽의 말을 넋을 잃은 채 듣고 있었다.

정치가는 항변했다. *"Nun è over'!"*(사실이 아니야!)

하지만 젊은 '삼촌'은 시몽의 말이 진실임을 알 수 있었다.

시몽은 담담한 얼굴로 물었다. "이 남자는 당신 가족을 죽였어. 복수하고 싶지 않아?"

비안카 : *"Chito a acciso e parienti tuoje. Nun te miette scuorno e ll'aiuta?"*

시몽은 '삼촌'이 지진에서 가족을 잃었다는 사실을 어떻게 알았을까? 그리고 정치가가 참사의 배후에 있다는 사실을 어떻게 알았을까? 명확한 증거도 없이 말이다. 시몽은 자신의 비평가적 편집증을 자세히 밝히고 싶어 하지 않는다. 만약 소설가가 있다면, 시몽은 소설가가 알아차리기를 바라지 않는다. 어떻게 해서 책을 읽듯이 소설가의 생각을 읽었는지 밝히지 않을 것이다.

어쨌든 그는 서론을 가다듬는 데 많은 공을 들였다. "당신이 사랑하는 사람들이 모두 다 땅에 묻혀 버렸지."

비안카는 더 이상 통역할 필요가 없었다. 시몽도 더 이상 말할 필요가 없었다.

소총을 든 젊은 남자는 정치가에게 다가갔다. 정치가의 얼굴은 화산의 분화구를 메운 점토처럼 창백했다.

그는 정치가의 얼굴을 개머리판으로 갈긴 후에 뒤로 밀었다.

배불뚝이에 교양을 갖춘 부패한 정치가는 비틀거리다 끓어오르는 분화구 속으로 떨어졌다. "*La fangaia.*"(진흙 분화구.) 비안카가 넋을 잃고 중얼거렸다. 부패한 정치가의 몸이 잠시 떠올랐다가 소름끼치는 소리를 내며 분화구에 빨려 들어갔다. 죽기 직전 그는 시몽의 목소리를 들을 수 있었다. 죽음처럼 담담한 목소리로 시몽이 말했다. "이제 알겠지. 네가 잘랐어야 했던 건 바로 이 혀였어. 언어란 말이야."

유황 기둥은 계속해서 땅 속에서 치솟아 올라 하늘을 향해 뻗으며 대기를 악취로 채웠다.

언어의
7번째
기능

La septième
fonction
du langage